現代文學 24

湖村裡的夢幻

卷二

柯美淮 原著

博客思出版社

目次

卷二

第二十五回　借論著點明故事義　評文革警醒昏夢人

卻說在常青老師教導下，柯和貴、喻剛強等同學作了自我批評，和好了。可是，到了第三年春天，文化大革命在北崗師範開始了，喻剛強與柯和貴又互相鬥爭起來。

本書寫到了文化大革命中的人物故事，為了使讀者了解背景，作者先從三十年後柯和貴所寫的《論文化大革命》一書中摘錄幾段文字放在前面。

論文化大革命

文化大革命過去三十多年了，健忘的中國人快把它忘得一乾二淨了。再過二十年，文化大革命的過來人就死光了，後人就無法了解文化大革命真實歷史事件。後人了解歷史，只能從官方檔案中找資料。官方收藏的是些什麼資料呢？儘是獨裁政府根據自己的政治需要進行歪曲的歷史謊言。這些謊言，會使後人又唱起「東方紅，太陽升，中國出了個毛澤東」，會再搞一場「三忠於」、「四無限」的文化大革命。為什麼辛亥革命後中共獨裁專制能成功？為什麼在蘇聯、東歐共產黨獨裁全部垮臺而唯獨在大清國土地上的共產黨獨裁巍然不動？因為，五千年的中國帝王傳統文化包袱像崇山峻嶺一樣聳立和橫亙在大清國土地上，重重地壓在大清國的子民心理上；五千年的中國歷史都被帝王歪曲、虛構了，使後來的毛澤東等政治野心家能隨心所欲地揀出歷史垃圾當新生事物來愚弄子民。今日，時時處處可以聽到這樣的聲音：「毛主席是中國和世界歷史上最偉大的人，有誰比得上毛主席？有誰敢反對毛主席？毛主席就敢發動文化大革命。」「鄧小平算什麼東西？要是毛主席活著，美帝國主義敢炸我大使館嗎？要是毛主席復活就好了，再發動一次文化大革命，把那些狗入的貪官汙吏整個死去活來！」時時處處可以看到這樣一種現象：毛澤東的石膏像、肖像擺在堂屋當神供祭，毛澤東的彩色小紙塊人頭像掛在車頭、貼在門上避邪。中國人不懂得：貪汙腐敗的醜惡現象，並不是經濟改革開放帶來的，而恰恰是毛澤東獨裁專制的後遺症，是鄧小平在經濟上改革開放、在政治上死保「一黨專政」制度造成的；要治療貪汙腐敗，不是要倒回到毛澤東時代去，而是要實行配套的政治制度改革開放：否定毛澤東獨裁專制，實行民主法治，貪汙腐敗才自行消亡。所以，經歷過文化大革命的平民，雖然各人所處的地位、派別有不同，但是，應該有崇高的社會責任感和歷史義務感，從「救救孩子」的良好願望出發，真實地記述自己的親身經歷和所見所聞，作為回憶錄、家史、遺訓留給後人，讓後人了解文化大革命的實情，知道毛澤東和周恩來等中共集團高層成員的罪惡，知道文化大革命是中國和世界歷史的史無前例的殘暴事件，知道鄧小平等人是如何歪曲文化大革命的。記述者，應該拋棄政治偏見和個人忌諱、恩怨，不能使用含混不清的概念，如紅衛兵、造反派之類，絕莫受官方從政治陰謀出發胡編的史料影響。

要真實反映文化大革命狀況，必須抓住下列主要問題：一、文化大革命是什麼性質的政治運動？二、文化大革命的全過程可以劃分哪幾個時期？各時期發生了哪些大事件？主要施害者和受害者是哪些人？三、為什麼說周恩來是文化大革命的第二號罪犯？四、首犯毛澤東為什麼「要」和具備什麼條件「能」發動和領導文化大革命？五、鄧小平、葉劍英、陳雲、王震等政治集團為什麼否定「四人幫」而不否定毛澤東？六、如何評價文化大革命？

一、文化大革命是什麼性質的政治運動？

文化大革命是中國共產黨內部高層政治陰謀家互相爭權奪利、要政治權術的危害全體國民的一場殘酷的政治鬥爭。在文化大革命中，形成了三個政治集團：第一個是毛澤東、江青、周恩來、張春橋集團，第二個是劉小奇、周恩來、鄧小平、葉劍英、王震集團，第三個是林彪、葉群、周恩來、黃永勝集團。後來的華國鋒、汪東興沒有形成政治集團。文化大革命的始作俑者是毛澤東。周恩來是左跳右跳、助紂為虐者，是第二號罪犯。這三個政治集團，各自有政治野心。第一集團，是要變「黨天下」為「毛氏家天下」，變中共毛主席為毛氏毛皇帝，傳位給毛氏的江青或毛遠新。第二集團，是要維護「黨天下」，保衛廣大老幹部既得的政治權力和利益，忠於黨的毛主席，反對毛氏的毛皇帝，更反對企圖登位的江青或毛遠新。第三集團，是臨時分化出來的，趁亂起事，火中取粟，建立林彪為領袖的「黨天下」。三個政治集團，各使政治陰謀，耍政治權術。

第一集團是主動進攻者。毛澤東在鬥爭中搞了個「三部曲」，即文化大革命中經常提到的所謂「毛主席的偉大戰略部署」。第一步，重用林彪，許諾林彪接班；發動受「黨天下」壓迫的平民學生和廣大群眾造反，打倒各級黨委，把「黨天下」的罪惡都歸到第二集團上，開脫自己罪責，讓受壓迫的人民又把自己當大救星，忠於自己，成為自己的政治勢力；對第二集團進行分化、瓦解，孤立和打擊即將接班的劉少奇，分化拉攏利用政治勢力最大、又最奸滑的周恩來，讓周恩來派的老幹部在受批鬥後再啟用，由忠於「黨天下」的老幹部轉變為忠於「毛氏家天下」的大臣。第二步，集中力量打擊林彪集團。如果林彪從打擊劉少奇中吸取教訓，不接班，去讓江青或毛遠新接班，成為江青或毛遠新的輔佐大臣，則大功告成。如果林彪像劉少奇一樣執迷不悟，想接班搞「黨天下」，那就「繼續革命」，打垮林彪。第三步，林彪不行，重用周恩來，讓周恩來輔佐江青或毛遠新。文化大革命按照毛澤東部署走完了第一步、第二步，走到第三步中期走不通了，毛澤東帶著「毛氏家天下」的美夢一起死了，如意算盤失算，文化大革命失敗。在這一點上，毛澤東不如金日成，金日成如意地傳位給兒子金正日，變黨天下為家天下。

第二集團，在文化大革命初期，不理解文化大革命，被動挨打，劉少奇垮臺，老幹部受整。到了中期，變被動為主動，老幹部們團結在周恩來周圍，堅決反對「家天下」，誓死捍衛「黨天下」和自己既得的權力利益。周恩來是個以自己利益為第一、易主而忠的奸相。他看到戰友受打擊，自己有可能也受打擊，就與毛澤東賽陰謀。他一邊偽忠毛澤東，一邊分化、瓦解、打擊毛澤東勢力。他先配合毛澤東打倒劉少奇和林彪，再利用搞政局穩定和經濟建設之名，打擊不得人心的江青親信——即所謂的「四人幫」，擴大打擊忠於毛澤東的平民造反派，挖掉毛澤東的牆腳。他要死了，就向毛澤東推薦自己的幹將鄧小平執政。鄧小平表面上表示忠於毛澤東，「永不翻案」，骨子裡搞「黨天下」和反「毛氏家天下」。等到毛澤東覺察到鄧小平時，搞了「批鄧，反擊右傾翻案風」，但是，晚了，毛澤東陽壽到了，第二集團勝利了。

第三集團，林彪本屬於毛澤東集團，無獨立的集團。後來，林彪在鬥爭中看到了毛澤東的野心，就建起了自己的政治集團。林彪也想利用周恩來，來實現順利接班。他確實利用周恩來、葉劍英來宣傳過自己。但是林彪在被毛澤東利用來整垮劉少奇時，得罪了一大批老幹部，在毛、林鬥爭時，又處於弱勢，周、葉集團站在毛澤東這一邊，鬥垮了林彪。

以上所述，就是文化大革命的性質，是中共高層各政治集團為各自的政治野心進行政治陰謀比賽的運動，各方都是非正義的，邪惡的，受殘害的是平民。

我們看待文化大革命，必須以對平民利害為標準。

本來，中國帝王專制的宮廷鬥爭是常見的事，如父子、母子、兄弟為爭皇權相殺相殘，外戚之禍，宦官之亂，也都只限在高層裡。但是，中共這個罪惡集團，每次鬥爭都要把人民捲進去，加以愚弄、利用、屠殺。文化大革命是典型例證。單就各政治集團殘害平民的程度來衡量：劉、周、鄧、葉集團最大、最深、最凶、最公開、時間最長，毫無人民性，發展到89年鎮壓學生「六四運動」也毫不手軟；毛澤東、江青集團在殘害平民時，還講點組織紀律、政治原則，偽裝一下自己；林彪集團對平民沒有殘害，在《5·71記要》中，還為「五七幹校」、紅衛兵、下鄉知青鳴冤叫屈。

二、文化大革命全過程的時期劃分和各時期主要施害者、受害者、主要事件

文化大革命的事件記載詳見我編的《中華人民共和國歷史年事表》，這裡只揀主要事件論述。

文化大革命不只是「十年浩劫」，而是「十四年浩劫」。從1965年11月到1979年3月，到1984年7月31日，中共中央還發出「清理『三種人』若干問題補充通知」，到89年「六四慘案」後，中共中央還發文清查「三種人」在運動中的反革命罪行。從殘害平民的角度，這十四年可分為十個時期。

第一時期，1965年11月10日《評新編歷史劇〈海瑞罷官〉》到1966年5月16日中央的《5•16通知》。文化大革命在學術界進行。主要施害者是劉少奇、周恩來、鄧小平政治集團。主要受害者是「反動學術權威」、教師和「白專學生」。

毛澤東、江青、張春橋集團是想從學術界打開缺口，去整幕後的劉少奇一夥，即所謂「走資本主義道路的當權派」（簡稱「走資派」）。劉少奇、周恩來、鄧小平集團則利用執政權力，極力把文化大革命局限在學術界，像五七年反右運動那樣抓知識份子中的右派份子，整大中學生中「走白專道路」的學生，不讓運動擴大到黨政軍界。中共中央早就有個「文化革命領導小組」（簡稱「五人小組」）：彭真、陸定一、康生、周揚、吳冷西。「五人小組」背後是劉少奇、周恩來、鄧小平。在66年2月5日，劉少奇召開政治局會議，批准和通過了「五人小組」的《二月提綱》，說文化大革命是在黨委的領導下，在學術界開展大鳴大放，批判資產階級，防修反修。於是，在文藝學術界反右運動開始了，一批左派積極份子起來，同夥相咬，徒弟咬師傅。詩人何其芳跳出來咬周揚、田漢、夏衍，戚本禹等人跳出來亂咬，郭沫若自咬。第一批被打倒的「反動學術權威」是鄧拓、吳晗、廖沫沙、翦伯贊、田漢、夏衍等一大批人，這些人後來都進了「五七幹校」即所謂的住「牛棚」。同時，「五人小組」在各院校內開展「批白專道路，防修反修」，使成績優秀的學生遭批鬥、受壓制。這些學生在《十六條》發出後成了平民子弟造反派。現在的中共史料、文學作品，把打倒「反動學術權威」、趕進「牛棚」的罪行加在平民子弟造反派頭上，是在顛倒黑白，開脫劉、周、鄧集團罪行，嫁禍於人。

第二時期，1966年5月16日《中國共產黨中央委員會通知》簡稱《5•16通知》到1966年10月22日《人民日報》社論《紅衛兵不怕遠征難》。文化大革命擴展到全國大中小學校。主要施害者是劉少奇、周恩來、鄧小平集團，主要受害者是廣大教師和「走白專道路」的「右派」學生。

1966年5月4日至5月26日，劉少奇主持召開了中央政治局擴大會議，毛澤東沒參加，根據毛澤東指示，撤銷了「五人領導小組」和《二月提綱》，成立了「中央文化大革命領導小組」，簡稱「中央文革小組」，康生為顧問，陳伯達為組長，江青為副組長，制定了《5・16通知》。《通知》明確指出：「批判混進黨裡、政府裡、軍隊裡和文化領域裡的各界裡的資產階級代表人物」，「例如赫魯雪夫那樣的人物，他們還睡在我們的身旁」。很顯然，毛澤東、江青集團已向劉少奇、周恩來、鄧小平集團發動公開進攻了，毛澤東把江青推向權力中心了。劉少奇、周恩來、鄧小平等人內心意識到了這一點，就拼死守住陣地，不直接進攻毛、江集團，卻阻止文化大革命擴展到黨政軍內，把文化大革命引向大中小學校內，去進行反右運動，批鬥教師和學生，轉移鬥爭大方向。66年5月29日清華附中彭小蒙等學生（高幹子弟）以「紅衛兵」名字寫大字報，被毛澤東當作新生事物加以讚揚和鼓勵。5月30日，劉少奇、周恩來、鄧小平決定派遣工作組到各校領導文化大革命。6月1日《人民日報》社論《橫掃一切牛鬼蛇神》使用的是五七年反右運動的語言。6月3日劉少奇在政治局會議口頭傳達「八條規定」，指示各級黨委「不僅參加運動，而且負起領導責任」。還規定：內外有別。王光美帶工作組蹲點清華大學。「工作組」進校與校黨委結合組織起「革命幹部子弟」、團幹、學幹的「紅衛兵」組織，其目的是造教師和平民子弟學生的反，保護高幹權力和利益，後來被稱之為「保皇派紅衛兵」。「保皇紅衛兵」，大肆批鬥絕大多數教師，把教師打成「牛鬼蛇神」和「走資派」；大肆批鬥學生中的「走白專道路」的「右派」學生。北京「革命幹部子弟」紅衛兵公開提出口號：「老子英雄兒好漢，老子反動兒混蛋」，把矛頭對準平民子弟學生。6月6日，西安交大發生「六・六事件」，工作組、校黨委、紅衛兵大整各系「尖子」學生，李世英等平民子弟學生被戴高帽遊行，挨鬥爭，被打成反革命份子。劉少奇、陶鑄大力支持。李世英自殺未遂。6月21日清華大學平民子弟學生蒯大富被監管，各校都有被監管的右派學生。在8月20日，首都保皇紅衛兵進行「破四舊」、「立四新」運動，把矛頭對準「反動學術權威」和社會上的「黑五類」分子，抄家，打砸槍殺，破壞古跡古董。僅在北京市大興縣，從8月27日到9月3日，共有325名「四類份子」及家屬遭殺害，最大的80歲，最小的38天，22戶被殺絕，8.5萬人被扣上「四類份子」帽子趕出京城。可見，革命幹部子弟保皇紅衛兵是一群惡少、「衙內」。後來，「破四舊運動」波及全國，犯下了滔天罪行。工作組培植的「紅衛兵」後來被稱為「保皇紅衛兵」，毛澤東在天安門城樓上一、二、三、四、五、六次接見的「紅衛兵」都是保皇紅衛兵的代表和頭頭。保皇紅衛兵後來發展為「聯動」，現在成了「太子黨」。這時，平民子弟學生還在被壓迫之中，沒有組織成造反派紅衛兵。可是，現在的中共史料和文學作品把「抄、打、砸、搶」和破「四舊」罪行籠統地說成是「造反派紅衛兵」，這是又一次顛倒黑白，桃代李僵。

第三時期，1966年10下旬到1967年2月解放軍支「左」。施害者是毛澤東、江青、周恩來、林彪集團，受害者是劉少奇、鄧小平集團。

1966年8月8日，毛澤東、周恩來主持召開了中共八屆十一中全會，制定和通過了《關於無產階級文化大革命的通知》，簡稱《十六條》。《十六條》明確規定：「在當前，我們的目的是鬥垮走資本主義道路的當權派，批判資產階級的反動學術權威。」「無產階級文化大革命，只能是群眾自己解放自己，不能採取任何包辦代替的辦法。」「警惕有人把革命群眾打成『反革命』。」後來，毛澤東自己寫了《我的第一張大字報》。毛澤東把「五七年反右運動」中的「左」派和「右」派顛倒過來了，把階級敵人定在黨內領導幹部中，號召受壓迫學生和群眾造黨委的反，達到整垮要接班的劉少奇及其支持勢力，讓江青或毛遠新接班。周恩來見勢，立即行韜諱之計，棲身到毛澤東、江青集團中來，轉而整與自己並非親密的劉少奇一夥。周恩來在10月28日向紅衛兵作檢討說：「深感跟不上毛主席。」此後，劉少奇、鄧小平作檢討。但周恩來「身在曹營、心在漢」，心繫在劉、鄧集團中，時時出面保護自己的戰友、同夥。1966年10月，周恩來支持西北造反派學生抓鬥李井泉，說李井泉是老反革命份子。周恩來鼓勵抓陶鑄的造反派說：「你們好大膽！敢抓第四號人物。」取悅毛澤東。67年2月，周恩來暗地裡支持葉劍英、陳毅、譚震林搞「二月逆流」。葉劍英見勢也跟毛澤東虛與委蛇，在10月28日吹捧林彪。

受壓的平民子弟學生見到了《十六條》，開始反抗。9月6日首都大專院校紅衛兵革命造反總司令部成立，10月6日，首都紅衛兵「三司」在體育場召開10萬人誓師大會，開始北上和南下串連，發動省、市、縣受壓迫平民子弟學生組織造反紅衛兵。《人民日報》發表社論《紅衛兵不怕這征難》後，各省、市、縣平民子弟學生開始衝出校門，上京串聯。毛澤東在第七、八次接見的紅衛兵才是平民子弟學生，是毛澤東所要利用的力量。11月，各省、市、縣平民子弟學生組織造反派紅衛兵，揪鬥黨委領導，驅趕「工作組」，為廣大教師平反，焚燒「工作組」和黨委整理教師、民主人士、學生的黑材料。造反派紅衛兵又到校外發動工人、農民造黨委的反，組織造反組織。造反派組織中有不少「五類份子」的子弟參加進來了。受壓迫的平民子弟和群眾，總算趁毛澤東利用他們的機會，揪鬥了無惡不作的各級黨委領導，出了一口惡氣。全國右派文人應該拍手稱快。造反派紅衛兵把毛澤東又視作救星，表示忠心。現在中共史料罵造反派作惡，在這段時期中是事實。中共老幹部萬分仇恨造反派有其理由，因為造反派專門與老幹部作對，與「黨天下」作對，是老幹部、「黨天下」不共戴天的階級敵人。從66年11月到67年2月，造反派得意了四個月，黨委領導吃虧了四個月。但在67年3月，事情又倒過來了。

第四時期，1967年2月下旬解放軍進校支「左」到1967年7月20日「武漢七．二零」事件。主要施害者是劉少奇、周恩來、鄧小平、葉劍英、王震集團的解放軍，受害者是造反派紅衛兵、廣大教師、五類份子、反動學術權威。

1967年1月23日，中共中央發出《關於人民解放軍堅決支持革命左派群眾的決定》，2月下旬至

3月上旬，支「左」部隊陸續進駐各大院校。解放軍中的絕大多數軍官只聽元帥、老將們的，受劉少奇、周恩來、鄧小平、葉劍英集團控制。支「左」部隊所理解的「左」、「右」仍是「工作組」所理解的五七年反右運動中的「左」、「右」：凡是保皇黨委的是「左派」，凡是反黨委的是「右派」。支「左」部隊是搞武的，比搞文的「工作組」野蠻百倍，不講「文理」、「文鬥」，只講「鎮壓」、「武鬥」。加上黨委受過造反派揪鬥，保皇派受過造反派羞辱，對造反派的復仇和打擊就十分瘋狂。支「左」部隊一進校，成立軍管會，就與黨委結合起來，把渙散的保皇紅衛兵組織起來，解散造反派組織，抓捕造反派頭目，強迫造反派群眾認罪，重新整理造反派和廣大教師、黑五類、反動學術權威的黑材料，遊鬥、毆打、關押，不少造反派學生、教師、五類份子、反學術權威被打死打傷。這種殘酷的血腥的鎮壓進行了五個整月，到武漢「七．二零」事件發生後才終止。毛澤東、江青、林彪集團看到了軍隊權力仍在劉、周、鄧、葉集團手裡，就決定把文化大革命的火燒到軍內。後來的中共史料把這段黑暗歷史隱瞞了。

第五時期，1967年7月20日武漢事件（史稱「七．二零」事件）到1967年9月中旬，造反派紅衛兵勝利。施害者是毛澤東、江青、周恩來、林彪集團，受害者是黨政軍領導幹部和保皇派紅衛兵。

這兩個月的時間，有些無政府主義混亂。但造反派鬥爭老幹部卻用文鬥。1967年7月4日，毛澤東、周恩來、謝富治、王力等人到武漢，毛澤東指示武漢軍區司令員陳再道給「武漢工人總部平反」，謝富治、王力公開佩戴武漢水利電力學院造反派袖章，支持造反派。陳再道堅持自己立場不改正。周恩來見狀，於18日離漢返京，迴避了。實際上周恩來是支持陳再道和保皇派「百萬雄師」的。周恩來一離開，20日陳再道就暗中指示「百萬雄師」揪鬥王力，抓關謝富治。周恩來得知毛澤江在漢沒離開，怕把事情鬧大，就指示陳再道保護毛主席安全，釋放謝富治、王力。陳再道把王力、謝富治轉到29師師部。毛澤東於20日也離漢南下。22日，謝富治、王力離漢飛回北京，受到江青、林彪和首都百萬造反派歡迎。24日，林彪主持召開軍委會議，撤銷陳再道、鐘漢華職務，調任親信曾思玉、劉豐赴任。22日，林彪主持中央文革會議，將「七・二零事件」定性為「反革命暴亂」，公開支持武漢造反派。「8・11」獨立師被解散，「打倒軍內一小撮走資派」，「批判帶槍的劉、鄧路線」。全國造反派紅衛兵恢復組織活動，支「左」軍代表作檢討，承認犯了方向性路線錯誤，轉頭支援造反派。造反派揪鬥黨委領導和保皇派頭目。保皇派是靠權勢扶植才能生存的，一旦失去扶植力量，傾即作鳥獸散，毫無反抗力量。造反派重新撤銷教師、反動學術權威和自己的黑材料。可是好景不長，到了十月份，中央號召成立軍代表、老幹部和群眾代表組成的「三結合」革委會，造反派為老幹部在三結合中爭權奪力而分裂為兩派。後來的中共史料對這段歷史大肆歪曲、虛構，宣傳造反派罪行，把這兩個月當作整個文化大革命的罪惡加在造反派頭上。

第六時期，1967年10月到1967年4月3日的中共「九大」召開。施害者是毛澤東、江青、周恩來集團和劉少奇、周恩來、鄧小平、葉劍英集團，受害者是廣大造反派群眾、五類份子和沒有被結合進革委會的老幹部。

1967年9月5日，江青接見來京的安徽造反派頭目說：「要逐步成立各級革命委員會」，9月9日，中共中央辦公廳發出通知，號召全國認真學習江青同志5月講話。9月16日，周恩來、江青等接見首都大專院校各校造反派紅衛兵代表，周恩來傳達毛澤東指示：「迅速實現大聯合，搞好本單位的鬥批改。」所謂「三結合」的革命委員會，是軍代表占44%，任主職，老幹部占49%，任副職，群眾代表占7%，任閒職。見到有權力可爭，老幹部們立即分裂為兩派，各派都自稱是「革命的寶貴財富」，攻擊對方是「走資派」、「叛徒」、「內奸」，各派都到造反派中去拉一派，宣稱自己是支持革命造反派的，各派都去爭取支「左」部隊。造反派頭頭也與不同派的老幹部勾結，分裂成兩派，支「左」部隊各支持一派。兩派都指責對立派是反革命集團，全面開展鬥爭了。這次鬥爭，有老幹部和軍隊參與，又有槍，就特別血腥殘忍；大規模武鬥不斷，流血死人不斷。在農村，一些造反派頭目與原大隊、公社、區縣的幹部勾結起來，槍殺對立派成員和四類份子。在這時期，主持中央日常工作的是周恩來，主持中央軍委日常工作的是葉劍英。林彪集團已見雛形。67年8月9日，「首都5‧16兵團北京商業學院決戰隊」貼出攻擊周恩來大字報說：「周恩來背叛『5‧16通知』，是反革命兩面派。」周恩來正是如此。周恩來鑽進三個政治集團中，為三個政治集團作不斷來回服務，骨子裡卻是劉、鄧集團的帶頭羊。他忠於毛澤東，又不贊同毛澤東搞「家天下」；他宣傳林彪接班，又不願林彪打擊其他老帥老將；他尊重江青，又不願江青當女皇。他的政治目的只有一個：保住自己，保住戰友、親信等老帥、老將、老幹部的「黨天下」，狠狠打擊反對「黨天下」的任何階級敵人和政治對手。9月16日毛澤東說：「告訴小將們，現在正是他們有可能犯錯誤的時候。」要求紅衛兵多作自我批評，實現革命大聯合，搞好本單位的鬥批改。毛澤東說：「五一六是反革命組織」，「反對鬧派性」。9月5日，江青說：「『5‧16』這個反動組織是從極左面目出現的，它集中目標反對總理，實際上對我們這些人整理黑材料，它什麼都可以往外拋。」（注：「五一六」兵團是打著毛澤東旗號反對「黨天下」的。）周恩來立即制定出一系列的中央文件，把造反派中少數派都打成「五一六兵團」似的反革命組織，打擊五類份子。1967年10月26日中共中央《關於不准地富反壞右乘機翻案問題的規定》，因為造反派中有不少五類份子的子弟，這檔是針對這類人的。1968年5月15日《關於清理階級隊伍工作中的幾個問題的通知》，1968年7月3日《關於制止武鬥的佈告》（簡稱《7‧3佈告》）。1968年7月24日《關於制止武鬥的佈告》（簡稱《7‧24佈告》）。葉劍英等老帥、老將執行這些檔十分及時和得力，指示各軍管會與各級老幹部相結合，依靠工人、貧下中農，恢復民兵組織，領導軍隊和民兵收繳造反派槍支，圍剿造反派組織，大抓反革命組織和壞頭頭，鎮壓五類份子。一時間，全國軍隊和民兵圍剿工作展開，造反派組織大都成了「五一六兵團」似的反革命組織，頭頭進牢房，成員遭殺戮，五類份子被屠殺。1967年10月24日，廣西出現了「貧下中農最高法院」、「貧下中農肅反委員會」，「貧下中農鎮反委員會」，僅全州縣一個大隊集體抗殺「四類份子」76人。

1968年3月15日，廣西軍區決定武力解決寧明縣上石「農總」組織，得到中央批准。軍區調出8個連的兵力和一萬多民兵圍剿「農總」，打死「農總」三百多人，五萬多「農總」人員都成了反革命份子。1968年5月6日，周恩來親自命令廣西軍區鎮壓造反派，7月8日又去電命令「嚴肅處理」。在周恩來親自命令和指揮下，廣西駐軍對造反派進行大規模清剿。8月8日，軍隊和另一造反派組織「聯指」民兵攻打「四·二二」造反組織，佔據的南寧市，當場打死1470人，抓獲俘虜9845人。被俘人員交各縣當「殺人放火」、「四類份子」、「國民黨殘渣餘孽」、「壞頭頭」處理的有7012人，又有2324人被打死，被當犯人長期關押的有246人；燒毀房屋2820多間，5萬多居民無家可歸。8月12日，南市革委會和警備司令部還舉行「反革命罪行展」，共3個館，第3館是「活人展」，26人作為戰犯、叛徒、特務、走資派，掛黑牌，關進在鐵籠裡，50多萬代表前往參觀。8月10日，廣西河池軍分區武力解決「四·二二」鳳山縣「七·二九」革命造反大軍問題，共抓捕1萬多人（占全縣總人口的十分之一），槍殺打死1016人。清剿後，8月25日鳳山縣革委會宣告成立了。與此同時，全國各省、市、縣支左軍隊和民兵對造反派進行清剿，用造反派、五類份子的鮮血染紅「全國一片紅」的革委會成立。1968年9月7日實現「全國一片紅」。這筆血債應由周恩來負主要責任，第二政治集團負主責，毛、江集團負次責，林彪集團無責任。中共史料卻把這筆血債記在「造反派」頭上。毛澤東在67年10月31日八屆十二中全會上說：「對黨內老同志嘛，要一批二保三看嘛。」「我對搞二月逆流的老同志恨不起來。……如果不參加（九大）呀，我看是個缺點。」早在67年3月，毛澤東說：「老幹部是革命寶貴財富。」周恩來抓住這些話，宣傳幹部政策，保護和啟用一大批老幹部。1968年2月13日外交部貼出大字報《批判「打倒陳毅」的反動口號》，2月14日《人民日報》「不折不扣地執行毛主席的幹部政策」，說：「熱情地幫助更多的幹部站出來革命。」5月28日《人民日報》文章《解決幹部問題的基本出發點》說：「百分之九十五以上的幹部是好的和比較好的。」1968年3月31日，周恩來致信毛澤東，建議徐海東參加「九大」主席團，得毛澤東批准，林彪同意。與此同時，周恩來在高層策劃了關押王力、關鋒、戚本禹、楊、余、付，打擊了毛、江集團和林彪集團。在「九大」中，21個政治局委員，毛、江集團6人，林彪集團6人，劉、周、鄧集團7人，有2人搖擺不定，基本平衡。在中央軍委主席名單中，毛、江集團1人，林彪集團1人，劉、周、鄧集團5人，劉、周、鄧、葉集團占絕對優勢。「槍桿子裡面出政權」，由此可見勝負。這是周恩來奸滑和殘忍的勝利。老幹部說「我們的好總理」是正確的，說「人民的好總理」是荒謬的。在周恩來主持中央工作的這一年半時間裡，還有把大批「反動學術權威」送進「五・七幹校」（即住「牛棚」），強迫城市知青上山下鄉，都是周恩來遵照毛澤東指示幹的。

第七時期，1969年7月23日《中國共產黨中央委員會佈告》簡稱《7・23佈告》到1971年9月13日，林彪事件。主要施害者是劉少奇、周恩來、鄧小平、葉劍英集團。受害者是廣大造反派群眾、五類份子，共有二十三類人。

在這個時期，毛、江集團與林、葉集團進行爭權奪利鬥爭，毛澤東不准林彪接班，林彪消極反抗。兩個集團的鬥爭只是高層中，對平民沒有傷害。但是，劉、周、鄧、葉集團是以殘害平民為能事的，專一殘害平民。這一時期，仍然是周恩來主持中央日常工作，葉劍英主持中央軍委日常工作。在第六時期，周、葉對造反派、五類份子大開殺戒，在這時期殺人、整人更劇烈。周恩來針對平民對立派又制定出一系列中央文件，交毛澤東、林彪批閱，親自指揮執行。1969年5月31日起，中央決定「工宣隊」、「貧宣隊」在全國範圍內管理學校。1969年6月26日起，在全國開展「清理階級隊伍」運動。1969年7月23日《中國共產黨中央委員會佈告》簡稱《7・23佈告》，《佈告》指出「混在各派群眾組織中的一小撮階級敵人和壞頭頭，利用資產階級派性」，「犯了極其嚴重的反革命罪行」，「由解放軍實行軍事包圍」，「實行追捕、歸案」，「交群眾家家戶戶討論，依法懲處」。（注：從此有了「群眾專政」）。1969年8月4日抓緊住8341部隊駐南口機車車輛廠宣傳隊「支左人員如何正確處理同新的領導班子的關係」為典型，「對領導班個別成員鬧派性時應嚴肅鬥爭，防止無原則的調和」，開始整頓和清理入閣政權中的「造反派頭頭」。1969年8月28日《中國共產黨中央委員會命令》簡稱《8·28命令》毛澤東批示：「照辦。」此件針對新疆，說：「所有跨行業的群眾組織，要立即解散」，「實行軍事包圍」，「以反革命論處」，「必須堅決鎮壓」。1969年9月17日，中共中央發出《關於增補、調動、撤換各級革命委員會成員的通知》，規定：「注意增補革命領導幹部和革命群眾代表，要著重增補優秀產業工人代表。」對「調往他處的或紅衛兵從學校畢業後下放勞動」、「有嚴重政治歷史問題」等成員，都要撤換。（注：這下子就把入閣造反派的頭頭排除出去了，把老幹部和保皇派——優秀工人代表吸納進政權了，就是後來的中共第三、四階梯的中央接班人都在這時期進入革委會了。造反派頭頭意識到內鬥為他人作嫁衣裳。）1969年9月27日中共中央發出《對武漢問題的指示》，此件針對武漢「北斗星學會」、「決心把無產階級文化大革命進行到底造反派」（簡稱「決派」）、「《揚子江評論》」（簡稱「北決揚」）。檔指出「北決揚」是反革命的，實行抓捕，鎮壓。湖北省革委會副主任、工總頭子朱紅霞發起「反覆舊」運動，被抓捕。1969年10月14日中共中央通知緊急疏散在京黨和國家領導人。此件害怕蘇聯襲擊京城。毛澤東外出，劉少奇到開封，鄧小平到江西。這些人並未進「五·七幹校」。1969年10月17日，林彪發佈「第一個號令」，要求把全軍進入緊急備戰狀態。（注：以後作為林彪搞陰謀的一個罪證。可見，林彪並不能控制軍權。）1969年11月5日和12月27日，周恩來主持制定兩個報告解決四川問題，將在四川搞「反覆舊」運動的革委會副主任劉結挺、張西挺抓捕，說他倆是政治野心家。這兩人都是支持造反派的老幹部。四川省革委會調整為周、葉集團、保皇派頭目共掌。1970年1月31日中共中央發出《關於打擊反革命破壞活動的指示》，這一個檔與後來5月2日中央發出的《反對貪汙盜竊、投機倒把、鋪張浪費的指示》相結合，統一稱為「一打三反」運動，是繼「清理階級隊伍運動」後的鬥爭擴大化運動。在「清隊」和「一打三反」中階級敵人由五類份子擴大到二十三類分子。反革命集團層出不窮，大型的由解放軍圍剿，中型的由民兵打殺，小型和個體的由群眾專政打殺。冤案林立，冤魂遍地，殺頭，割喉，分屍，鬥屍，挖心，吃肝，集體屠殺，其殘暴滅絕人性，前所未有，持續了三年。據不完全統計，僅1970年2月至11月，10個月內，全國反革命份子184萬餘人，逮捕28.48萬餘人，死亡50餘萬。1970年3月27日中共中央發出《關於清查「五・一六」反革命集團的通知》。1970年4月中共中央召開整黨建黨工作座談會，毛、江集團想整掉劉、周、鄧、葉集團的一批叛徒，周、鄧、葉集團趁機整掉鬧派性的「造反派」的壞頭頭。1970年6月27日中共中央批轉《北大、清華關於招生（試點）的請示報告》，實行群眾推薦，領導批准和學校復審相結合的辦法，取消了中考、高考。老幹部在招生中「走開後門」之風興起，出現了白專英雄張鐵生。1970年6月29日至1970年9月2日，周恩來對新華社工作中極左做法提出批評。周恩來控制了輿論。1970年7月12日中共中央《關於整團建團工作的通知》，恢復團組織活動。周恩來一邊打垮群眾組織，一邊恢復團組織，做「黨天下」助手，把忠於黨的保皇派頭頭組織起來。1970年8月29日，寧夏銀川市革委會宣判「共產主義自修大學反革命集團案」頭目吳述森、魯志立，吳述梓被判死刑，其他青年都被劃為現行反革命份子。各省都有這種反革命集團。1970年9月23日開展全國農業學大寨運動。1970年10月28日中共中央發出《關於召開地方各級黨代表大會的通知》，從此，老幹部和保皇派全部「復舊」。1970年12月11日1971年2月11日公安部召開第五次全國公安會議。公檢法「復舊」，繼續抓「一打三反」運動，繼續落實「群眾專政」。1971年4月15日至7月31日全國教育工作會議在京召開，周恩來親自作指示，張春橋講話。從此學校開展「開門辦學」。1971年6月20日全國工業學大慶。1971年8月6日中共中央決定撤銷潘複生黑龍江黨組核心的小組組長、省革委會主任職務。潘複生、王效禹都是支持造反派的老幹部。同時，各省都清理支持造反派的老幹部，把權力歸到劉、周、鄧、葉集團中來。1971年8月27日全國各地方黨代會都勝利召開完畢，至此，劉、周、鄧、葉集團穩定了「黨天下」。毛、江集團勢力被大大削弱了，林、葉集團覆滅。

在這一時期，毛澤東把注意力集中到觀察林彪和與林彪作鬥爭去了，對周、葉集團放鬆了，甚至順著周、葉意見辦。林彪在「九大」被確定為毛澤東接班人，寫進了《黨章》、《憲法》，一心一意地去準備接班，去觀察毛澤東對自己的看法是否發生變化。他千萬沒想到毛澤東是利用他做江青的輔佐大臣。1970年4月11日至8月，林彪就想提出設國家主席議案來試探，遭到毛澤東反對。林彪起心組織林彪、葉群、黃永勝集團，去拉攏陳伯達、周恩來。陳伯達被拉過去了，周恩來卻耍兩面派。1970年8月23日中共九屆二中全會在廬山召開。林彪利用陳伯達按黨的組織原則向大會提議案設國家主席，再次試探毛澤東。毛澤東就號召全會批判陳伯達，表明了不讓林彪接班的心跡。周恩來就倒向毛澤東一邊，批判陳伯達，反對林彪。毛、林鬥爭公開了。毛澤東決心搞垮林彪，就借助周恩來、葉劍英集團勢力向林彪進攻。8月25日至31日毛澤東寫了《我的一點意見》。1971年2月23日，中共中央轉發毛澤東「批陳整風」的指示，實際上是搞垮林彪。周恩來親自召開各大軍區黨委、省、市負責大會，批判陳伯達。葉群、吳法憲、黃永勝被迫作檢討，通不過。林彪集團決定反抗。1971年3月23日至24日，於新野起草秘密檔《「571工程」紀要》，攻擊「毛澤東是當代的秦始皇」、「紅衛兵成了替罪羔羊」、「農民缺吃少穿」、「知青上山下鄉是變相失業」、「人民敢怒不敢言，甚至不敢怒不敢言」、「五・七幹校是變相勞改」、「他們的社會主義實質是社會法西斯主義，他們把中國的國家機器變成一種互相殘殺、互相傾紮的絞肉機，把黨和國家的政治生活變成封建專制獨裁式的家長制生活。」（注：說得多好啊！切中要害，如果林彪接班，中國狀況會好得多。）1971年8月14日至9月12日，毛澤東南巡，對各地負責人講林彪問題，置林彪於死地。1971年9月13日，林彪見到暗殺毛澤東未成功，毛澤東安全回京，就想乘飛機到廣州考察，尋找退休後路。誰知遭到周恩來的暗算，指示飛機向北飛出國界，然後引爆安裝在飛機翅膀的定時炸彈，使林彪冤死在出逃蒙古溫都爾汗內。

評：第六時期、第七時期是文化大革命中作惡最多、最深、最大的時期，共有四年時間。這四年作惡是有組織、有領導、有政策的，不是無政府主義的。一開始，有軍管會，軍管小組。各地也先後成立革委會，到68年9月7日「全國一片紅」，到69年4月1日「九大」召開。這段時期中央日常工作主持人是周恩來，中央軍委日常工作主持人是葉劍英，毛澤東、林彪、江青在檔上批閱「同意」、「照辦」。對毛、江集團和林彪集團的社會基礎力量造反派群眾大開殺戒，用軍隊清剿。同時把入閣的造反派頭目說成鬧派性、反對毛主席指示加以清除出去。另一方面，把劉、周、鄧、葉集團中被打倒的老幹部和保皇派頭目分期分批地扶起來，複職。四年後，毛集團和林彪集團已無社會基礎力量了，劉、周、鄧、葉集團又復舊掌權了。而毛澤東在周恩來的謊報中，以為劉少奇被打垮了，絕大多數老幹部被打萎了，可以用來為自己實現「家天下」服務了，障礙是林彪，就去對付林彪去了。林彪集團則自身難保，垮臺了。所以在這兩個時期的四年中，中國大地的殘殺罪惡都是周恩來幹的。後來的鄧小平時代的中共史料中把這段歷史罪惡歸在造反派頭上，歸在林彪和江青頭上，是為劉、周、鄧、葉集團開脫罪責，嫁禍於人。對周恩來的陰謀和罪惡，唯有遭他殘殺的人，如「五・一六兵團」、「決北揚」等，才認識清楚，進行過「反覆舊」鬥爭，毛、江集團對「反覆舊」充耳不聞，總是希望周恩來等老幹部來輔佐。

第八時期，1971年9月18日中共中央發出《關於林彪叛國出逃的通知》至1975年1月13日四屆「人大」召開。主要受害者：造反派群眾、五類份子、上山下鄉知青、五・七幹校的學術權威（學者、民主人士）。主要施害者：劉、周、鄧、葉集團。在這個時期毛澤東由相信到懷疑周恩來，想制止、控制周恩來，制止維護「黨天下」和為害「家天下」的行為，繼續想利用周恩來。周恩來就利用林彪垮臺，乘東風打擊毛、江集團的力量，壯大劉、周、鄧、葉集團，穩定「黨天下」，阻止毛澤實現「家天下」。1971年9月18日中共中央《關於林彪叛國出逃的通知》，周恩來很機智地抓住這一機會，為「二月逆流」和老幹部平反。9月26日——10月15日，中共中央召集部分老幹部同志揭發、批判林彪。10月3日中共中央發出《成立林彪反黨集團中央專案組的通知》。10月4日中共中央發出《成立葉劍英主持軍委工作的通知》，葉劍英接替林彪的軍權，不僅主持日常工作。10月6日中共中央發出通知，擴大傳達林彪叛黨叛國事件，10月下旬擴大到全國人民中傳達。1972年4月9日，周恩來批評新華社極「左」思潮破壞藝術品質的提高。在7月21日再次批評新華社極「左」思想沒有批透。周恩來矛頭直指江青，抓輿論權。1972年4月24日，周恩來親自起草《人民日報》社論《懲前毖後，治病救人》，毛澤東批示同意。重申黨的幹部政策。周恩來的目的是把老幹部全部扶上臺，把保皇派列為新幹部，來填補林彪集團垮臺後的權力空間。周恩來一個省一個省地解決問題。這一著棋紮實穩重。5月21日中共中央召開批林整風運動，周恩來公佈了1966年7月份毛澤東《致江青同志的信》，借機讓老幹部罵林彪，忠於毛主席。又借機寫了份《關於國民黨造謠污蔑地刊載所謂「伍豪事件」真相》，為自己投降自首辯解，了結心症。1972年8月14日毛澤東對鄧小平批示「應與劉少奇加以區別」。1972年8月，江青與美國作家維特克進行六次談話，共60小時，使維特克回美後寫成《江青同志》（即《紅都女皇》）。表現出江青無才無德，政治幼稚。周恩來抓住這個機會整江青，把《紅都女皇》送給毛澤東看。毛澤東看後大怒：「孤陋寡聞，愚昧無知。立即攆出政治局，分道揚鑣。」這才令毛澤東傷心，周恩來高興。對周恩來陰謀覺察最早的是張春橋，8月8日，張春橋、姚文元接見新華社成員指出：「林彪的一套，是我們批判劉少奇過程中搞出來的，……現在有人要批。」「《人民日報》裡有一股邪氣」。1972年11月28日——12月2日，周恩來與江青、張春橋發生批極左還是極右的爭論。從此毛、江集團與周恩來正面鬥爭開始。1972年12月18日毛澤東覺察到周恩來不對勁，仍想利用周恩來，就指示「批林也要批極右」。1972年12月19日周恩來看到毛澤東插手了，就連忙轉向，作自我批評，承擔《人民日報》批極左的責任。1972年12月19日，周恩來請示毛澤東調譚震林回京工作，給鄧小平一點工作，毛澤東同意了。周恩來這是在試探毛澤東對自己的態度，做到心中有底。1973年2月26日，周恩來對國家計委說：要研究解決「三個突破問題」，消除林彪一夥對經濟的破壞性後果。周恩來轉變鬥爭策略，避開敏感的批極左或極右問題，在經濟建設上去批林彪，實際上是批毛、江集團，在組織上把入閣的造反派以破壞「生產」罪名清除出去。1973年3月23日屠德雍向全國寄發文章《文化大革命十大罪行》。屠是中共黨員，工程學院教研所副主任。屠如此大膽，是因為看到了周、葉集團強盛，毛、江集團衰弱。屠直接攻擊江青、張春橋、陳伯達是野心家，在這之後（74年4月6日）有技術員白智清以「赤心客」名字上書周恩來、葉劍英鞭韃「文化大革命」和江青後黨。屠、白二人都站在維護「黨天下」立場上，是劉、周、鄧、葉集團的忠誠衛士，並無「人民性」。兩人都被捕，後被平反昭雪提幹。1973年5月20日——31日，周恩來主持中央工作討論修改《黨章》。同時調譚震林、華國鋒、吳德、王洪文、李井泉來京列席政治局會議。1973年12月12日——22日毛澤東在政治局會議上說：「準備打仗，內戰外戰都來！我還可以打幾仗。」「一打就可以分清，誰是勾結外國人，希望自己做皇帝的。」這話是恫嚇周恩來、鄧小平等人的，不要他們做皇帝，只能毛氏做皇帝。1974年7月5日《人民日報》發文《京劇革命十年》，吹捧江青八個樣板戲。1973年8月5日，毛澤東與江青談評法批儒，念了《讀〈封建論〉呈郭老》的事：「勸君少罵秦始皇，焚坑事業要商量。祖龍魂死秦猶在，孔子名高實粃糠。百代都行秦政法，《十批》不是好文章。熟讀唐人《封建論》，莫從子厚返文王。」從此開展評法批儒運動。1974年7月17日毛澤東在政治局會上批評江青「不要搞成四人小宗派」。毛澤東批評江青，一是江青不爭氣，二是為了公開樹立江青，試探其他人對江青的態度。後來，周恩來抓住這一點來忠毛打江，離間和分化毛、江集團。1974年10月4日，毛澤東建議鄧小平擔任國務院第一副總理。這是毛澤東不大信任周恩來，想用鄧小平來替換周輔佐江青和毛遠新。因為鄧小平已向毛澤東保證「永不翻案」。實際上，鄧是周的人，鄧不會背棄他的劉、周、鄧、葉集團。本來，毛澤東想到張春橋為第一副總理，但怕失去老帥老將的支持，招架不住，所以採取分化周、鄧的策略。這是毛澤東的失算。1974年10月18日王洪文到長沙向毛澤東告周恩來的狀，毛澤東說：「反周民必反」。這裡的「民」是指老幹部。毛澤東看到周恩來在老幹部的威望，不敢像反劉反林那樣反周，同時想用安撫利用的方法對付周恩來。1974年11月10日江青給毛澤東寫信安排四屆「人大」人事。毛澤東批示：「不要由你組閣。你結怨甚多。」毛澤東看到江青不行，曾說過：「有武則天之貌而無武則天之才。」毛澤東想另選毛遠新接班。1974年12月，《人民日報》、《紅旗》雜誌宣傳毛遠新的「哈爾濱經驗」。毛遠新出面了。1975年1月4日周恩來致信毛澤東恢復文化部、教育部，任於會詠、周榮鑫為部長。毛澤東批示：同意。1975年1月13日「四屆人大」召開，周恩來作《政府工作報告》，張春橋作《修改憲法報告》，選舉朱德為委員長，任命周恩來為總理，鄧小平、張春橋、李先念、王震為副總理。鄧小平主持中央工作，周恩來養病。從此，鄧小平在幕前，周恩來在幕後，毛澤東也想利用和指揮鄧小平。集團間的鬥爭轉到下一步了。

評：這個時期共有三年半。是劉、周、鄧、葉集團與毛、江集團的鬥爭。周恩來處於主動，抓住機會就削弱毛、江集團，壯大劉、周、鄧、葉集團勢力，幹得紮紮實實，真槍真刀，表現得老練沉著。而毛、江集團則只做表面工作，要花槍，顯得被動、浮躁、幼稚。

第九時期，1974年7月17日鄧小平發表《軍隊要整頓》的講話到1976年10月6日葉劍英、汪東興、華國鋒的軍事政變成功，拘捕江青、毛遠新、張春橋、王洪文、姚文元。

這個時期共一年半時間，是毛、江集團與劉、周、鄧、葉集團生死決鬥的時期，以毛澤東的死和華國鋒、汪東興、陳錫聯的叛變為前提條件，使劉、周、鄧、葉集團勝利和毛、江集團失敗而告終。鄧小平一上臺，就背叛毛澤東，按著周恩來的意圖辦事。鄧小平上臺的第十二天，在總參發表《軍隊要整頓》的講話。說：「提高黨性，消除派性。」鞏固周恩來、葉劍英已掌握的軍權，擴大劉、周、鄧、葉集團軍權，用派性排擠毛、江集團在軍隊的領導人，架空毛澤東軍權。此舉十分重要，毛澤東沒有覺察出來。26日，葉劍英就致信毛澤東建議成立軍委常委會，把西沙作戰後成立的軍委6人組擴大成軍委常委會，增補劉伯承、徐向前、聶榮臻、粟裕為常務委員。毛澤東同意了。「西沙之戰」是江青引以為軍功的。這樣，就消除了江青在軍隊的影響。接著，鄧小平就開展全面整頓，從中央黨政到地方黨政，利用「消除派性」、「抓生產」，進一步逼使已入閣的造反派頭目讓權、交權，或拘捕。而江青、張春橋，姚文元仍在書生氣十足地「批判經驗主義」，寫《論林彪反黨集團的社會基礎》、《論對資產階級的全面專政》。毛澤東昏了頭，在75年5月27日政治局會議批評江青時又提「四人幫」這個詞。周恩來抓住這個機會，寫信致政治局按毛主席指示辦事。李先念、鄧小平、葉劍英等人乘機攻擊「四人幫」。75年8月康生對毛澤東身邊工作的王海容、唐聞生說：「我沒有叛變」，「江青、張春橋歷史上都是叛徒。」並指出證明人。康生是毛、江集團中整人軍師，一生以筆殺人為能事。至此，康生看到了毛、江集團即將失敗，想投向劉、周、鄧、葉集團，殺回馬槍，想保住自己和家人安全。康生的叛變極大地削弱了毛、江集團勢力。75年8月31日江青指示《人民日報》、《紅旗》發表《重視對〈水滸傳〉的評論》，9月2日江青強調「評《水滸》要聯繫實際」，把矛頭對準周恩來。7月，胡耀邦主持中國科學院工作，9月26日作《科學院工作彙報提綱》，第一次提出「科學技術是生產力」，說：「不宜籠統地、絕對地、不加具體地分析地提『開門辦科研』。」「不能用行政命令的辦法，更不能以多數還是少數，青年還是老年，政治表現如何來作為衡量學術是非標準」，「絕大多數是好的和比較好的」。胡耀邦的這個《提綱》是為知識份子說話的，沒有政治陰謀。鄧小平立即批准，說：「『白專』……比鬧派性拉後腿的人好得多。」鄧小平是包藏政治陰謀的，他本是整知識份子的老手，現在是為了拉政治勢力才又說「白專」好。（80年，鄧小平又把胡耀邦的「科學技術是生產力」加了一個「第一」據為己有。）毛澤東對《提綱》不作表態。毛澤東是一直痛恨知識份子的，他為了變「黨天下」為「家天下」才借用「白專」學生。此次不表態，是害怕知識份子又起來了，對自己不利。75年9月27日鄧小平召開農村工作座談會講話，要求全面整頓。10月24日周恩來在醫院高度評價鄧小平工作。11月2日，毛遠新向毛澤東彙報，攻擊鄧小平，說：「今年以來，在省裡工作感到有一股風，主要是針對文化大革命。」「我很注意小平同志講話，我感到有一個問題，他很少講文化大革命成績，很少提批判劉少奇的修正主義路線。」「有一股風，似乎比1972年批極左而否定文化大革命時還要凶些。」從毛遠新這些話來分析，毛遠新敏銳地把劉少奇、周恩來、鄧小平聯繫在一起了，這個結論是正確的。從「毛氏天下」利益來看，毛遠新比金日成的兒子金正日強，比江青強，毛澤東舍江青而調毛遠新進京接班是對的。毛澤東聽了毛遠新的話當然又驚又喜，告訴毛遠新：「有兩種態度，一種是對文化大革命不滿意，另一種是要算文化大革命的賬。」「總的看法：文化大革命三七開，三分錯誤，七分成績。」毛澤東又告訴毛遠新鬥爭策略：「找鄧小平、陳錫聯、汪東興開會，當面講，不要吞吞吐吐，要開門見山。」毛遠新開了個會，與鄧小平當面爭了起來。毛澤東又告訴毛遠新開8人會，增加李先念、紀登奎、華國鋒、張春橋，「這個不要告訴江青，什麼也不講。」毛澤東擔心江青的「結怨甚多」，影響毛遠新的接班。8人會開成功了。75年10月20日，中共中央政治局對文化大革命評價。毛澤東要鄧小平主持會議，鄧小平拒絕了，說：「由我主持寫這個決議不適宜。我是桃花源中人，『不知有漢，無論魏晉』。」鄧小平再不向毛澤東軟弱求情「永不翻案」，公開違令，因為他看到毛澤東奄奄一息了，重重打擊一下，就死了。鄧小平背水一戰。毛澤東認識了鄧小平了，發怒地說：「永不翻案靠不住。」毛澤東決定搞垮鄧小平。75年11月3日，毛澤東讓毛遠新傳話吳德：「小平偏袒劉冰。」「劉冰的矛頭是對著我的。」「清華大學出現的問題不是孤立的，是當前兩個階級、兩條路線鬥爭的反映。這是一股右傾翻案風……總是要算文化大革命的賬，總是要翻案。」接著，中共中央召開「打招呼」會議。實際上是毛澤東要試探黨政軍老幹部對文化大革命、對毛遠新的態度。11月26日，中共中央發出《關於轉發〈打招呼的講話要點〉的通知》，各省、市、自治區黨政軍負責人表態，擁護毛主席，忠於毛主席。持續九個月的全面整頓工作停止，「反擊右傾翻案風」運動開展起來。《人民日報》發文《論走資派還在走》。12月4日《紅旗》發文《教育革命的方向不容篡改》，批判鄧小平的「教育要整頓」。75年12月16日，康生病死，臨死前叫喊：「我沒有自首。」這個毛澤東御前的文人殺手，總是以「叛徒」、「自首」等罪名殺人，其實是賊喊捉賊，要死時恐懼別人也用這種法子來殺自己和家人。75年12月朱德對周恒說：「現在搞反擊右傾翻案」，「有人要搶班奪權是不行的。林彪不是死了嗎？」「要打倒我，就得先打倒共產黨，以外，沒有別的辦法。」朱德說的是樸素的老實話，每個老幹部的命運是與整個共產黨連在一起的，沒有「一黨專政」，他們就一錢不值。朱德看到了毛澤東要搞「家天下」，所說的「有人」是指江青或毛遠新。76年元旦，《人民日報》、《紅旗》發表毛澤東詞二首《重上井岡山》、《鳥兒問答》，這是表明毛澤東把「黨天下」變為「家天下」的決心，也是毛澤東用來恫嚇死保「黨天下」的老帥、老將們。76年1月8日，周恩來病世，臨死前叫喊：「我不是投降派。」這些共產黨的高級幹部都有一個心病：怕被定上叛黨罪名。76年2月2日，中共中央《通知》：「由華國鋒同志任國務院代總理」、「在葉劍英生病期間，由陳錫聯同志主持中央軍委工作」。這是毛澤東臨死作了作出的一個重大決定：想讓庸懶的華國鋒為過渡人物，剝奪了葉劍英軍權，想讓有親戚關係的陳錫聯輔佐江青或毛遠新登基。毛澤東給華國鋒的手諭是：「你辦事，我放心；有大事，問江青。」2月25日華國鋒講話：「批判鄧小平同志修正主義路線」。各大軍區表態擁護中央。同時，從76年2月25日起，各省被開除、關押的造反派頭目紛紛要求平反昭雪，如浙江原省革委副主任現在牢裡的張永生，湖北夏邦銀、朱紅霞，湖南唐忠富、胡勇等等。76年3月社會上出現《總理遺言》傳抄（是青年工人李君旭編寫的）。4月1日，天安門廣場出現「深切懷念敬愛的周總理」，並有詩歌、口號，點名批判江青、張春橋。4月4日悼念周恩來運動達到高潮。4月4日午夜中共政治局開會決定鎮壓「悼念周恩來運動」。4月5日凌晨一點，北京公安局、衛戍區和民兵上萬人鎮壓「四・五運動」。「四・五運動」並非大學生民主運動，發起人是高幹子弟（「聯動」）即後來的太子黨一夥，是劉、周、鄧、葉集團為他們保住自己的特權利益與毛、江集團的決戰，它的效應導致後來的葉劍英軍事政變成功，保住了「黨天下」，粉碎了毛澤東搞「家天下」的政治陰謀，無正義可言。要談「四・五運動」有什麼正面價值，那就是也有民主人士和市民參與，趁機在宣傳反獨裁、爭民主。這些民主人士後來都遭到鄧小平的關押。4月7日，毛澤東聽毛遠新彙報了「四‧五運動」，指示：「開除鄧小平的一切職務，保留黨籍，以觀後效」，「華國鋒任政府總理」，「任第一副主席」。中共政治局開會，不讓鄧小平、葉劍英、蘇振華參加。可見，毛澤東沒有直接指示鎮壓「四‧五運動」。4月8日，《人民日報》文章《天安門廣場的反革命事件》。6月15日，毛澤東對華國鋒、張春橋說：「我一生幹了兩件事：一是與蔣介石鬥了那麼幾十年……另一件事……就是發動文化大革命。這兩件事沒有完，這筆遺產得交給下一代。怎麼交？和平交不成就動盪交，搞不好就得血雨腥風了。你們怎麼辦？只有天知道。」這個兇惡的獨裁者臨死前還想把人民拖入到戰亂中。76年7月6日，朱德病死。76年9月9日，毛澤東病死。這是中國老百姓的大喜事。中國人拿毛澤東無可奈何，老天爺卻收他去了。9月21日聶榮臻要楊成武告訴葉劍英：「四人幫是一夥反革命份子……先下手，採取果斷措施。」葉劍英回話：「請聶元帥放心。」9月24日李先念告訴葉劍英說，華國鋒與「四人幫」鬥爭，華請葉劍英定出方式和時間。其後，葉劍英、汪東興、鄧小平、王震、華國鋒討論解決「四人幫」方案。1976年10月6日，葉劍英、汪東興、華國鋒兵變，拘捕江青、毛遠新、張春橋、姚文元、王洪文以及在京的其他毛、江集團成員。22日召開中央緊急會議，任華國鋒為黨中央主席和軍委主席。華國鋒、汪東興、陳錫聯背叛毛澤東，毛、江集團垮臺，劉、周、鄧、葉集團勝利。

評：從這個時期的鬥爭情況看，搞「家天下」從辛亥革命後就不得人心，袁世凱失敗了，毛澤東也失敗了。搞「黨天下」還有一定的欺騙性。不管是搞「家天下」還是「黨天下」，只要進行輪換——改朝換代或傳位接班，獨裁者都以血腥的軍事行動為手段，和平接班的時候極少，遭難的總是平民。

第十時期，從1976年10月8日中共血腥鎮壓上海毛、江集團的群眾遊行示威到1979年1月4日——22日中共中央紀委對已死的康生、謝富治進行審查。這個時期，實際上可延續到85年2月28日——3

月6日陳雲領導整黨時「徹底否定文化大革命，核查『三種人』」。在這個時期，「深入開展揭批『四人幫』運動」，在全國範圍內廣泛深入地打擊、批鬥參加文化大革命的廣大造反派學生和群眾。施害者是劉、周、鄧、葉集團，受害者是所有參加過文化大革命的造反派學生、群眾和支持造反派的老幹部。

本來，劉、周、鄧、葉集團在高層政變取得了政權，應該大赦天下，廣施皇恩，來安撫人心，穩定天下，不迫害廣大造反學生、群眾和他們一起戰鬥過的老幹部。但是，中共從來就不知道什麼是大赦，什麼是安撫，只知道用血腥的野蠻的鎮壓來打擊對手，暴力維護「黨天下」。這是一個極端兇惡的獨裁政權，比歷史上的「家天下」邪惡百倍。1976年10月8日——15日上海遊行示威，口號：「還我江青，還我春橋，還我洪文，還我文元！」中共中央派蘇振華、倪志福、彭沖到上海指揮軍警鎮壓，死傷數萬人，抓捕十幾萬人。1976年11月9日保定遊行示威，要求釋放江青等人。中央軍委發出《佈告》，調動軍隊圍剿反革命份子，攻克192個據點，打死萬人，事後槍斃頭目21人。其餘各大中城市比較平靜，但是，軍警照樣抓捕，槍斃沒有遊行示威的造反派頭目、學生、群眾和支持造反派的老幹部。76年2月5日《紅旗》社論《打一場「揭批四人幫」人民戰爭》。於是，在全國城市、農村開展廣泛深入地揭批「四人幫」運動，在文化大革命中參加造反派組織的隊長以上幹部一律抓捕，成員人人批鬥，大頭目槍斃不少，判刑、打死、致殘無數。一直到1978年底大運動才停止，但小運動持續到1985年2月。受害者達億萬人。

為什麼劉、周、鄧、葉集團如此仇恨和害怕造反派呢？為什麼造反派甘心受毛、江集團蒙蔽呢？因為造反派都是「黨天下」受壓迫者的平民、平民子弟和五類份子子弟，仇恨直接壓迫他們的黨委領導，「只反貪官，不反皇帝」；他們中的少部分先知先覺者借助毛、江集團來打垮「黨天下」，想搞民主制。他們是「一黨專政」的死敵，是「一黨專政」的最具威協力量的一群人。

揭批「四人幫」大運動結束後，華國鋒、汪東興提出「兩個凡是」，想堅持毛澤東獨裁制，與劉、周、鄧、葉集團發生矛盾，公開鬥爭。這種鬥爭的雙方是高層爭權奪利，無人民性。1977年4月10日鄧小平批評「兩個凡是」。1977年4月27日《人民日報》社論《新老反革命結成黑幫》，把造反派與支持造反派的老幹部都當成反革命份子打擊。1977年7月16——21日中共十屆全會舉行，恢復鄧小平所有職務。1977年8月12——18日，中共十一屆全會召開。1977年8月恢復高考制度。1978年1月10日《人民日報》社論《切實整頓黨組織部門，落實黨的幹部政策》，指出「徹底摧毀資產階級幫派體系」。1978年4月5日公安部《關於全部摘掉右派份子的帽子的報告》，這是胡耀上臺後，在借為老幹部平反之機，為知識份子平反。1978年5月11日《光明日報》發文《實踐是檢驗真理的唯一標準》，批判「兩年凡是」，是鄧、葉集團與華、汪集團的鬥爭。1978年6月24日四川召開全省批鬥「四人幫」親信、現行反革命份子劉結挺、張西挺廣播大會，從77年8月到78年2月兩人在全省遊行了53次，參加批鬥人1300萬人。兩人早在周恩來主持工作時被撤職了，沒參加政治鬥爭，這次又被揪出來批鬥。兩人本是老幹部，由於支持了造反派才遭如此摧殘。可見鄧、葉集團的慘無人道。1978年11月14日北京市委為1976年4月5日的「天安門事件」平反。1978年12月18——22日中央十一屆三中全會召開，停止使用「階級鬥爭為綱」，確定「全黨工作重點轉移到社會主義現代化建設上來」，在經濟上實行改革開放。這是一大進步。1978年12月27日，北京市揭批「聶元梓」等首都「五大學生領袖」罪行，聶元梓、蒯大富、譚厚蘭、韓愛晶、王大賓被定為現行反革命份子，在18個區進行了378場批鬥，後被判刑。其實蒯大富等學生早在68年被分配工作到下面去了，沒在政治運動起作用。1979年1月4日——22日中紀委對已死的康生、謝富治進行審查，定為反革命份子，骨灰抛出八寶山。這是戳屍！可見其殘酷性，無人性。從此，劉少奇、周恩來、鄧小平、葉劍英集團的代表人物換成了鄧小平、陳雲、王震、李先念、薄一波為代表了。這個罪惡集團雖然千變萬化，但其反人性的反動政治本質始終變不過來。

三、為什麼說周恩來是文化大革命的第二號罪犯？

從上文「二」中所列的文化大革命全過程的主要事實中可以看到，周恩來不僅是兩面派，而且是三面派，在每個政治集團都有他的名字，都有他的策劃和活動。他在三大政治集團在來回穿梭，三面施害，殘害中國平民。他從文化大革命的第一時期一直施害到第八時期死去時為止。在第一、二時期，周恩來一邊忠於毛澤東，幫助毛澤東部署文化大革命，吹捧江青，讓江青出場，把張春橋、姚文元調到中央，制定《5・16通知》。一邊又背著毛澤東與劉少奇、鄧小平站在一起，批准《二月提綱》，大抓「反動學術權威」，向各大學校派遣工作組，把文化大革命從學術界引入到大中小學校，抓教師、學生中的牛鬼蛇神，殘害廣大師生，阻止文化大革命發展到黨政界來抓「走資派」。在文化大革命的第三時期，周恩來遵照毛澤東指示起草和制定《十六條》，組織和接見紅衛兵，第一個吹捧「林彪同志是毛主席最親密的戰友」，「江青同志是毛主席的好學生」，掀起紅衛兵「破四舊，立四新」運動，把與他不親近的一批老幹部如劉少奇、陶濤、李井泉等拋出來當犧牲品，丟卒保車。一邊又站在劉少奇、鄧小平一邊，包庇工作組和各級黨委，利用保皇派紅衛士兵如「聯動」，保護自己和嫡系、親信，支持葉劍英、陳毅、譚震林搞「二月逆流」。看到毛澤東批判「二月逆流」了，急轉過來要葉劍英、陳毅、譚震林等人作檢討。在第四時期，周恩來一邊遵照毛澤東指示向各學校派遣支左部隊，一邊讓葉劍英主持軍委日常工作，暗中串通各元帥、大將，指揮支左部隊像工作組一樣搞五七年反右運動，殘害廣大師生、造反派。如果周恩來不搞「兩面派」，武漢「七・二零」是發生不了的。第五、六、七、八時期，是周恩來最得意時，掌握軍隊實權，在各地成立軍管會、軍管小組。他十分痛恨揭他是「兩面派」傷疤的「五一・六兵團」，親自起草許多中央、中央軍委、國務院檔，親自指揮各軍隊清剿各地「五・一六反革命集團」似的反革命集團和反革命份子，有領導、有組織地對平民進行所謂「清理階級隊伍」和「一打三反」運動，搞「群眾專政」，大量屠殺造反派群眾和「二十三類」階級敵人，對中國平民犯了滔天罪行。對於周恩來這些罪惡歷史，中共特權階層盡力掩蓋、修飾，捏造出許多有關周恩來的光輝的歷史事蹟，把周恩來吹上了天，當成他們的楷模。李先念說：「周總理保護了廣大幹部」，「是我們的好總理」。陳雲說：「我們這些人都是他保的嘛。」御用文人柯岩吟詩：「人民的好總理。」不錯，周恩來是中共元老們的「好總理」，但絕對不是中國人民的「好總理」。中國平民如果跟著中共元老們和他們的御用文人亂喊：「人民的好總理」，那就十分悲哀了！

為什麼周恩來的面目難以認清和定位呢？原因有二：一是中國共產黨為了政治目的而謊編、歪曲、閹割歷史，用這種謊言寫成歷史教科書，愚弄國人，教育學生；二是周恩來本人的奸詐、陰險的性格。歷史地真實地分析作為政治家的周恩來，就具有四個面孔：可憐兮兮的乞丐相，溫良謙讓的儒者相，慷慨大方的外交家相，陰險毒辣的豺狼相。周恩來一生的全部智慧和能力都表現在這四個面孔的變換和使用上。下面作一些分析。

（一）可憐兮兮的乞丐相

這個相，又稱太監相，哈巴狗相，奴才相，是周恩來善於使用眼淚和匍匐在地的樣子做出來的，是專門用來討主子的同情、諒解、歡心、重用的。這個相，在中國歷史上的發明者是秦始皇時的趙高，以後被太監們、奸相們不斷地豐富，著名的有李林甫、高俅、魏忠賢、李蓮英。周恩來集前人之大成，十分嫻熟地運用了這個相，使他幾易主子而不倒，都得到重用，處在宰相的地位上。周恩來的是非標準是：誰能為君就忠於誰，甚至可以忠於阿斗般的君主向忠發。在忠君時，君言「是」即「是」，君言「非」即「非」，君言「一百」，自己就言「一百」，決不言「九十九」或「一百零一」，被人贊為「穩健」派。他沒有劉少奇那樣自以為是，劉少奇為取君寵，君言「一百」，自己就言「一百零一」，在「一」中失言，犯了君忌。他更沒有林彪那樣大膽勇敢，君言「一百」，自己就言「一萬」，「大樹特樹」「偉大天才」，最後在敢作破釜沉舟的鬥爭中死亡。

（引者注：下文是用歷史事實論證，從略）

〈二〉溫良恭謙的儒者相

這個相，又稱奸相，文人相，長者相。這個相的主要特徵是：機警奸詐，笑裡藏刀，禮讓中庸，小恩小惠。這個相專門是給親人，友人、嫡系和可利用者看的，決不賜給異己份子和人民群眾。這個相在中國歷史上演得比較成功的有曹操、李林甫、嚴嵩、魏忠賢、和珅等人。周恩來與上述歷史人物相比，沒有曹操的雄才大略，沒有嚴嵩的淵博知識，沒有魏忠賢建立生祠的威望和膽略，沒有袁世凱的野心。但是，周恩來比他們更具表演天才，把這個相演得惟妙惟肖。周恩來憑這個相征服了戰友、同僚等絕大多數老幹部們，形成了一股強大的穩固的政治勢力，使毛澤東不得不嘆服：「反周民必反。」周恩來憑這個相蒙蔽了國民，使他在「黨天下」中芳名遠揚，就像魏忠賢那樣使全國人都去祭魏氏生祠。當然，後人在史書上會給周恩來恢復真面目的，就像明朝後人給魏忠賢恢復真面目一樣。

（引者注：下文是用歷史事實論證，從略）

〈三〉慷慨大方的外交家相

這個相是給外國人看的。慷國家領土和國人財產之慨，大大方方贈送給鄰國和獨裁盟友，換得「黨天下」的安穩和個人的國際名聲。日本人為周恩來塑造了高大的紀念銅像，稱周恩來為「傑出的外交家」。緬甸軍人政權稱周恩來是「緬甸人民的好朋友」。美國人基辛格卻不以為然，背後諷刺周恩來「婆婆媽媽」，「毫無獨立見解」。周恩來的賣國膽略和大手筆是中國歷史上的石敬塘所望塵莫及的。

（引者注：下文是用歷史事實論證，從略）

〈四〉陰險兇惡的豺狼相

這才是周恩來的真面目。這副嘴臉是用來對付四種人的：1. 黨內異己份子，如顧順章等；2. 向共產黨要民主自由的知識分了，如梁漱溟、羅隆基等；3. 無產階級的敵人，如五類份子、平民造反者，他秘密下令殺害北京遇羅克、湖北王仁舟。臨死前的第三天還不忘指示親信去殺害在勞改的湖南長沙的數學教師陳光第先生；4. 廣大人民群眾，餓死幾千萬也不在乎。這副相，在公開場合下隱藏著，在背地裡顯得十分猙獰、狠毒。

（引者注：下文是例證，從略）

到這裡，我們對周恩來已有了一個大體輪廓認識；周恩來不是什麼「人民的好總理」，而是人民的公敵，是文化大革命的第二號罪犯；對於忠君來說，是中國歷史上最大的奸相、賣國賊。

四、毛澤東為什麼「要」和具備什麼條件「能」發動和領導文化大革命？

答曰：毛澤東要變「黨天下」為「家天下」，所以「要」發動文化大革命。毛澤東認為變「黨天下」為「家天下」的條件已經成熟，所以「能」發動文化大革命。什麼條件已經成熟了呢？第一，在黨內，毛澤東成了知識水準最高、資格最老的獨裁者，已成了金口玉言的至高無上的獨裁領袖。凡是資歷和知識水準比他高的或能與他攀比的人都已被清除出黨，如陳獨秀、張國燾、李達、瞿秋白、李立山、王明等。凡是資歷高敢冒犯他的人都被打倒，如高崗、彭德懷等。剩下的是三類人：一類是有點知識的好蒙蔽嚇唬的忠於他的，如劉少奇、周恩來、鄧小平、陳毅、葉劍英、林彪等；二類是山大王，如朱德、賀龍、劉伯承等；三類是知識水準高的御用文人，像太監一樣服貼，如康生、胡喬木、陳伯達等。第二，在黨外，毛澤東通過批《傳武訓》、評《紅樓夢》，批梁漱溟，反胡風，反右派，把民主人士、知識份子從上到下，抓的抓，批的批，打的打，變成惶惶不可終日的縮頭烏龜，誰敢去冒殺頭坐牢危險犯龍顏呢？即使有漏網者，在文化大革命初期喊個「打倒反動學術權威」也就徹底被掃清了。在校大中院校學生，通過六四、六五年「反和平演變」和「活學活用毛主席著作，批判修正主義，走又白又專道路」兩次運動的洗腦，崇拜毛澤東，成為他的社會基礎力量。江青已有一定的政治水準和手腕，毛遠新已成人了，政治上成熟了，毛澤東還健康，「能打仗」。難道他毛澤東連金日成也不如嗎？

我的回答這樣簡單，會有人大喊：「難道史無前例、錯綜複雜、高高深莫測的文化大革命的『謎底』就這麼簡單、俗套嗎？許多專門研究文化大革命幾十年的專家們，都沒說出個準兒，你小子能有多大能耐、幾滴墨水，居然得出這個荒謬的絕倫的結論？」我要說：「我就是《皇帝新裝》那個天真無邪的孩子，敢於喊出『皇帝什麼也沒穿呀！』而那些專家們不是那天真無邪的孩子，而是為皇帝織縫新裝江湖騙子和老於世故的宰相大臣。」

毛澤東為什麼要發動文化大革命的確是個最大最深的「謎」，猜不准謎底，就無法把文化大革命發生的各種怪事件和出現的各類怪人連貫起來作正確解釋，就會東採西摘一些現象來證明一些五花八門的胡說八道的觀點。對這個「謎」，有許多人不理解。劉少奇、周恩來、鄧小平等人說：「老革命遇上新問題，不理解。」林彪說：「理解的要執行，不理解的也要執行。」周恩來還說：「緊跟毛主席走就是了。」朱德說：「我只支持老毛。」江青說：「我只是毛主席的小學生，按著毛主席的偉大部署辦事。」她還說：「我是毛主席的一條狗，毛主席叫我咬誰就咬誰。」這些了解內情的偉大馬列主義者都「不理解」，何況一直被愚弄的中國平民呢？即使周恩來、鄧小平、葉劍英、陳雲、王震之流理解了，他們都是政治陰謀家，還要打著毛澤東旗幟繼續搞「黨天下」，能說破嗎？

這個「謎」的神秘性表現在下列一連串令人費解的存疑上。

存疑一，毛澤東發動文化大革命是患了老年癡呆症了，是瘋了。這種猜測似乎有些道理。到文化大革命前，毛澤東在中國的地位已到了登峰造極的地步，比史達林在蘇聯還高，不存在向上爬和與人爭權奪的問題；「黨天下」也固若金湯，不存在政權垮臺之憂；他那時已七十四歲，又有了法定接班人，向劉少奇順利交班，讓他的徒子徒孫像蘇聯共產黨紀念列寧一樣紀念他就是了。他發動文化大革命不是動搖了他的寶座和降低了他的威望了嗎？不是自找麻煩嗎？正常人是不會那樣幹的，只有老昏了頭、神經衰弱的瘋子才那麼做。但是這種解釋，只是發洩憤怒，不能令人信服。因為事實是：發動文化大革命的毛澤東，身體十分健康，頭腦十分清醒，能橫渡長江，能駕馭全域，指揮若定。所以這種解釋使人存疑。

存疑二，毛澤東發動文化大革命是要打倒劉少奇，害怕劉少奇像赫魯雪夫否定史達林那樣來否定自己。這種解釋，就又產生了兩個問題，忽略兩個歷史事實。兩個問題是：第一，要打倒劉少奇，只需像整垮高饒反黨集團和打倒彭德懷反黨集團那樣在中央開一兩個會就行了，用不著搞文化大革命把全國搞亂。第二，打倒劉少奇在「九大」時結束了，又用不著去打倒林彪、批周批鄧。兩個歷史事實是：第一，劉少奇是最忠於毛澤東的，是劉少奇站在批判王明的最前頭，第一個提出「毛澤東思想」，擁立毛澤東為黨的唯一最高領袖；是劉少奇衝在反高饒集團和彭德懷集團最前頭，高嚷：「我就是要搞毛主席的個人崇拜。」是劉少奇為毛澤東護駕，在「七千人」大會上把三年災害的黑鍋背在自己身上，證明毛澤東是英明偉大的。第二，在中國共產黨內，陳獨秀已成了普列及諾夫，只有毛澤東成了中國的列寧。只要中國共產黨執政，誰都要高舉毛澤東這面旗幟，毛澤東這面旗幟倒了，中國共產黨也就垮了。在蘇聯，共產黨內爭權爭利者都要打列寧的旗幟，托洛茨基、史達林、赫魯雪夫、勃列日涅夫等等都是那樣。毛澤東自己也說，「左」派，「右派」都要打他的旗幟。劉少奇明白這一點，後來掌權了的鄧小平就是這樣做的。毛澤東絕對不會擔憂劉少奇接班後會學赫魯雪夫否定史達林那樣否定毛澤東。如果那樣，劉少奇不是斷送「黨天下」、自取滅亡嗎?所以這種解釋使人存疑。

存疑三，毛澤東搞文化大革命是為了把三年災害錯誤轉嫁給劉少奇為首的高中級老幹部身上，從而開脫自己。這種說法有其歷史根據。三年災害後，劉少奇召開了個高中級七千人大會，把錯誤攬到了中央頭上，等於是把錯誤攬到了毛澤東頭上，毛澤東當時被迫作了自我批評。毛澤東對「七千人」大會一直耿耿於懷。他終於找到了「黨內走資主義道路」這頂帽子，找到了文化大革命這種革命形式，要打倒劉少奇為首的高中級老幹部，把餓死四千萬農民、損失二千三百億元這筆歷史血債轉嫁出去，證明：

「三年災害」是劉少奇為首的資產階級司令部歪曲了「三面紅旗」造成的，毛澤東還是英明偉大的。這種解釋在海內外具有權威性，不少民主人士也認為是這樣，中共高層也默認了。但這種解釋仍然留下一個問題：為什麼打倒了劉少奇的「九大」開後，還要繼續打倒林彪、批周批鄧呢？也許有人接著解釋，林彪事件是林彪「搶班奪權」，毛澤東始料未及的；批周批鄧是「四人幫」搞的。這種補充解釋很難令人信服。「九大」時，林彪成了毛主席最親密的戰友，是寫進《黨章》的法定接班人。周恩來、葉劍英都親自出面宣傳林彪，為老幹部所一致接受。1969年4月開「九大」，1970年8月開廬山會議，其間隔只有16個月，而林彪跟著毛主席四十三年，難道突然就從最親密的戰友變成了不共戴天的仇敵了嗎？難道林彪熬過了四十三年，卻熬不過16個月嗎？分明能安穩接班而卻去搶班奪權，林彪不是一個大傻瓜、瘋子嗎？既然是法定接班人，林彪理所當然地應該接班一部分實權，提議「設國家主席」又有什麼過錯呢？即使提議「設國家主席」是錯誤的，是最親密的戰友和法定接班人，作為長輩的毛澤東找林彪談心溝通，批評教育就行了，為什麼要給林彪扣上「搶班奪權」的帽子去打倒他呢？再說批周、批鄧，這顯然不是「四人幫」的權力和能力能幹得了的兩件大事，只有毛澤東才幹得了。為什麼不說毛澤東批周、批鄧而要說是「四人幫」呢？「四人幫」是毛澤東的代名詞，「四人幫」中的頭號人物江青是毛澤東的妻子。「四人幫」實際上是「五人幫」、「六人幫」。所以這種解釋使人存疑。

存疑四，毛澤東發動文化大革命的動機是好的，是為了黨不變修、國不變色，要選出真正的馬列主義者來接班。這種解釋是毛澤東本人說的，江青也是這麼說，周恩來、鄧小平、林彪也是這麼說，一些善良的學生、知識份子和民眾也跟著這麼說。這種解釋才是真正的政治陰謀，愚弄民眾，是放政治煙霧彈，把毛澤東發動文化大革命的真正動機掩蓋起來，使它成為一個「謎」。人們不禁要問：難道用戰無不勝的毛澤東思想武裝起來的偉大、光榮、正確的中國共產黨內，緊跟毛澤東幹一輩子革命的老幹部中，就沒有一個真正的馬列主義者，而全是「黨內走資派」嗎？難道真正的馬列主義者只毛澤東、江青、毛遠新這一家人嗎?即使江青、毛遠新是真正的馬列主義者，難道高舉毛澤東思想的紅旗、幹了一輩子馬列主義的劉少奇、周恩來、林彪、鄧小平之輩一點毛澤東思想覺悟也沒有，不能識出真正馬列主義者江青、毛遠新嗎?馬列主義「放之四海而皆準的真理」性和毛澤東思想戰無不勝的力量又到哪裡去了呢?難道睡在毛澤東身邊的赫魯雪夫就有那大的狗膽和力量來反毛主席，要毛主席花那大的勇氣和心血來發動文化大革命、自下而上地亂黨、亂軍、亂國嗎? 1973 年 12 月 13 日毛澤東對軍區司令員們說：「準備打仗，內戰外戰都來，我還可以打幾仗，一打起來，就可以分清，誰是真正願打的，誰是勾結外國人，希望自己做皇帝的。」多大的決心，多大的冒險精神，難道是為了黨不變修、國不變色嗎?要知道，說這番話時，劉少奇、林彪都已經垮臺了，只有周恩來還在毛澤東身邊，毛澤東是在對誰說，與誰打仗，在嚇唬誰，要達到什麼政治目的呢?「希望自己做皇帝的人」是誰?劉少奇、林彪都倒了，死了，毛澤東自己在做著，周恩來敢嗎?還有誰敢?一語破的，只有實現「家天下」後讓江青、毛遠新來做。誰敢來爭皇帝，就「分清」了。毛澤東已經公開了：要江青出面代他指揮文化大革命，要毛遠新替他發號施令，要各大軍區表態、獻效忠書。為了黨不變修、國不變色是假，為了變「黨天下」為「毛氏天下」才是真，才值得毛澤東花那麼大的精力、冒那麼大的險來搞文化大革命。所以這種解釋是政治煙霧彈。

以上四種解釋都使人存疑，都不能連貫地清楚地解釋文化大革命中出現的一連串怪現象，也就是說，都沒有猜中毛澤東發動和領導文化大革命的「謎底」。撇開中共政治陰謀家故意歪曲文化大革命，掩飾「謎底」不談，單說我們平民為什麼不能正確地理解和認識文化大革命?那是因為我們不能正確理解和認識毛澤東這個人。因為，我們受著中共槍炮、監獄的威迫而使自己變成了爬行政治動物，我們受中共謊言的愚弄使自己變成了失去人的智慧的爬行政治動物。這樣，當我們仰視兩足直站在我們面前的毛澤東時，我們就感到他高我們一籌，是外星來的高智慧動物，是天上下凡的神，神秘而偉大，不能用我們的智慧去揣度。所以，我們就對毛澤東作出了許多錯誤的判斷和評價。

下面，就對歌頌毛澤東的三種具有普遍的典型的錯誤言論進行分析和批判。

其一，毛澤東的知識水準很高，能制服周恩來這些留學生和老帥老將們。批判這種說法很簡單，只不過提個反問就行了：劉邦和朱洪武是文盲，為什麼能使張良、蕭和和劉伯溫、宋廉忠心服務呢？秘密不在於知識，而在於亂世出英雄。在亂世中，只要有冒險冒死精神，拉起一杆子亡命隊伍，敢拼敢殺，就成了所謂「有槍便是草頭王」了。奪天下的草頭王當然比一般的草頭王要豁達開朗些，有心機些。再說周恩來等到人也不是什麼現在意義上的法國留學生，而是讀完初中去法國搞勤工儉學，即現在意義上的出國打工仔。周恩來等人在勤工儉學時一心一意去搞政治鬥爭，更沒讀什麼書，稱不上知識份子，當然比不上毛澤東的知識水準。康生、胡喬木、陳伯達算得上是知識份子，卻是太監似的人物。那些老帥、老將都是梁山上一百單八將似的綠林好漢。毛澤東是個不及格的中師生，語文、政治、歷史成績優異，數學、物理、化學不及格，有毛澤東同學張昆弟日記為證。毛澤東又有何不同凡響的偉大、神秘呢？

其二，毛澤東是思想理論家，把馬列主義與中國革命實踐相結合，創造了毛澤東思想，有著作為證。所謂理論思想家，則是指個人的知識和智慧在前人的基礎上有獨特的理論創造和思想發明，並且對這種理論創造和思想發明有較為嚴密、系統的論述。譬如蘇格拉底、柏拉圖、亞里斯多德、康得、黑格爾、洛夫、盧梭、馬克思、老子、孔子、孟子、墨子、董仲舒、孫中山等等。對於被劉少奇等人吹捧起來又用刺刀槍炮維護起來的「毛澤東思想」算不算得上有理論創造和思想發明的一種有系統的理論呢？讀讀《毛澤東選集》就知道了。通讀五卷《毛澤東選集》，我們看不到有系統的理論論述，看到的只是零散的應付時局和戰爭的政策文令和軍事上戰略戰術的應用性文章，即使是兵書，也沒有《孫子兵法》的系統性；我們更看不到有理論創造和思想發明，看到的是為了貼標籤經過歪曲地斷章取義地直錄或轉錄的馬、恩、列、斯和中國古代軍事家、帝王將相的語錄用來指導、解釋政治時局、形勢的應急文章。就拿中共所吹噓的反映毛澤東偉大的哲學思想的《矛盾論》和《實踐論》來說吧。我們暫且不去考證這兩本小冊子是李達寫的還是毛澤東自己寫的。這兩本小冊子，充其量只能算得上是讀了一些零星的馬列的哲學片斷而寫的心得體會文章，毫無理論創造性和思想發明，並且，所體會的辯證法既不是康得、黑格爾意義上的辯證法，也不是馬克思意義上的辯證法，倒是從史達林那裡抄來的與中國歷代帝王爭天下的法術相結合的血腥的鬥殺法。《實踐論》寫的是根據政治鬥爭需要而取其所用的實用小冊子，毫無新意。並且，東摘西抄，零打碎敲，缺乏邏輯性。在五卷《毛澤東選集》中，我們看不到馬克思主義，倒看到了秦始皇、劉邦、曹操、唐太宗、成吉思汗、朱洪武、李自成爭奪天下和治理天下的傳統的帝王思想。這是什麼原因呢？因為毛澤東根本沒有知識水準和讀書人的研讀精神去啃動馬克思的大部頭著作，他壓根兒也不是馬克思主義者。毛澤東的革命引路人陳獨秀就一針見血地指出：毛澤東的「山上的馬克思主義是一個大笑話！」

現在，我們來看看一些事實。

1936年，毛澤東對斯諾說：「有三本書特別深刻地銘記在我的心中，使我樹立起馬克思信仰。這三本書是：陳望道譯的《共產黨宣言》，這是用中文出版的第一本馬克思主義的書；考茨基的《階級鬥爭》，以及柯卡普著的《社會主義史》。到了1920年夏天，我已經在理論上和在某種程度的行動上，成為了一個馬克思主義者，而且從此我也自認為是一個馬克思主義者了。」注明一下，這三本小冊子，一本是被列寧斥之為無產階級叛徒的考茨基寫的，是修正了馬克思主義的書；一本不是真正的馬克思主義者柯卡普寫的，至少不是馬列的典型著作；只有《共產黨宣言》才是馬克思寫的，《共產黨宣言》是《黨章》中的《總綱》，不能全面地反映馬克思主義的基本原理。1920年11月25日之前，毛澤東不主張在中國搞馬克思主義，而主張在中國不搞大統一，搞二十七個自治共和國，搞湖南「自治共和國」。1920年11月25日他在寫給北京的羅章龍信中說：「我主張湖南不與聞外事，專把湖南一省弄好，有兩個意見：一是中國太大了……二是湖南的地理民情，均極有為……弟直主張湖南應自立為國，湖南完全自治，不受外力干涉，不要為不中用的『中國』所累……」第二天，即 1920 年 11 月 21 日，毛澤東接到了蕭子升和蔡和森從法國寄來的兩封信。蕭子升和羅章龍主張共產主義，但反對俄國的勞農專政；主張溫和的教育方法，反對革命流血方法。蔡和森主張俄國式革命，採取恐怖的方法。1920 年 12 月 1 日，毛澤東給蕭子升、蔡和森的復信說：「我於子升、和笙二兄的主張，不表同意。而於和森的主張，表示深切贊同。」「單要採取這個恐怖的方法」，「走俄國人的路——這就是結論。」大概蔡和森的信鼓動了毛澤東去讀馬列的書，他就讀了那三本小冊子。到 1921 年夏「成為了一個馬克思主義者」，去參加了中共「一大」。我們按時間來計算，1920 年 11 月 25 日到 1920 年 11 月 26 日只一夜時間，毛澤東就確定了「走俄國人的路——這就是結論」。「俄國人的路」是什麼路？是「單採取恐怖方法」的暴力打天下和坐天下的路。從 1920 年 11 月到 1921 年 7 月中共一大，其間只有七個整月時間，並且單憑蔡和森的信和讀了那三本小冊子，毛澤東成為了「馬克思主義者」。難道「全人類科學的結晶」、「放之四海而皆準的」的馬克思主義就那麼十分膚淺嗎？難道馬克思、恩格斯的那些巨著是不值一讀的一堆廢紙嗎？難道中國真的千年才出了一個偉大天才毛澤東、能「一夢三車書」嗎？難道只有初中生的史達林和中師畢業的毛澤東才能成為馬克思主義者而大學教授的伯恩思坦、考茨基、普列及諾夫、陳獨秀、李達、陳望道都成不了馬克思主義者嗎？這真是「魚肉穿腸過，佛在我心中」哩！恐怕稍有常識而能獨立思考的人是絕不會相信這類神話、鬼話的，只有不成人形的鬼才相信。不過，這倒能說明三個問題：第一、馬列主義根本不是一種科學，不是「放之四海而皆準的真理」，而是一種教人鬥殺的思想武器，學起來、用起來十分簡單，在大刀或機槍上貼上「馬列主義」的標籤，揮起來、端起來殺人就是了，根本用不著去讀。林彪對這一點心領神會，他說：「馬克思的書太多太厚，讀不了，寫不來，我們只需百分之九十九讀毛主席的書。」「讀毛主席的書，也唯讀《毛澤東語錄》就行了。」「要活學活用，立竿見影。」第二，真正的馬列主義者從來不去認真讀馬克思、恩格斯的書，用鼻子聞一聞列寧、史達林的血腥氣，就聞出了其中的真諦：為了實現自己的政治陰謀，去鬥爭，去殺人。列寧、史達林、毛澤東就是這種真正的馬克思主義者。他們心裡在叫：「去他媽的雞巴毛的馬克思主義，老子只認定一條：打著馬克思主義旗幟，單取恐怖的暴力革命，去實現老子的政治陰謀就行了。」所以，毛澤東並不認真去啃馬克思、恩格斯的大部頭，讓胡喬木、康生、陳伯達等人去給他找馬克思、列寧、史達林的實用語錄，而去認真讀《資治通鑒》等中國帝王打天下、坐天下的歷史書。如此看來，在中國幾千年前就有了毛澤東這類真正的馬列主義者了。如紂王、秦始皇、陳勝、劉邦、朱洪武等。如果那時的帝王、農民起義領袖知道有「馬列主義」這個詞，就寫在旗幟上和宮門上，就都成了真正馬列主義者、偉大的共產主義戰士了。在沙皇的俄國，也有這類真正的馬列主義者。俄國、中國的土地上是專門天生這類真正的馬列主義者的。這真正是對馬克思主義的莫大諷刺和褻瀆。第三，認真地研讀馬克思主義巨著的大學教授們是一輩子也悟不也馬克思主義真諦的，成不了真正的馬克思主義者。研讀到頭髮白了，只有兩個結果：要麼成了糊塗蟲，糊裡糊塗地成了修正主義者或反動學術權威，如李達，被批鬥得死去活來還大叫：「毛主席，快救我！」要麼到老了就無限悔恨地嘆息：「馬列主義是騙局，誤了我一生。」如中共中央馬列主義研黨所的戈揚、蘇紹智等。

其三，毛澤東是一統中國的成功者，勝利者，創造了千秋偉業，當然就掌握了真理。這個問題較複雜深刻。對於帝王成功這種歷史現象，有兩種較然不同的評價。第一種，中國俗話說：「成則為王敗則寇。」史達林對來訪的劉少奇說：「你們勝利了，真理就在你們手裡。」第二種，雨果說：「成功是一件相當醜惡的事情。它貌似真才實幹，而實際是以偽亂真。」「成功是才能的假相，受它愚弄的是歷史。」「在我們這個時代，有一種幾乎被人公認為哲學正宗的理論，它成了成功的僕人，它標榜成功，並不惜為成功的賤役。你設法成功吧，這就是原理。富貴等於才能，中得頭彩，你便是一個出色人才。誰得勢，誰就受人尊崇。」「我們這時代的推崇全是近視的。金漆就是真金。阿貓阿狗，全無關係，關鍵只在成功。」「只要達到目的，眾人便齊聲喝彩，誇為奇才異能。」為什麼會出現這兩種截然不同的說法呢？因為兩種評價者的出發點和標準截然不同。第一種評價者是以權勢、富貴為標準，從歌頌強者出發的，並不去計較成功所採取的手段和對民對國帶來什麼後果。很顯然，這是強盜邏輯，中國的強盜和我國的強盜都是一個腔調。第二種評價者是以正義、人道為標準，從利民利國出發，計較成功者所採取的手段和成功後對民對國的後果。很顯然，這是人道邏輯，中國的善士和法國的善士都是一個腔調。按第一種強盜邏輯來看，秦始皇、成吉思汗、忽必烈、努爾哈赤、毛澤東都是成功者，是值得崇拜歌頌的，是掌握了真理。按第二種人道邏輯來看，秦始皇、成吉思汗、忽必烈、努爾哈赤、毛澤東都是野蠻戰勝文明的成功者，兇惡殘忍，殺人如麻，是非正義的，不合人道的，他們愚弄了歷史，根本沒有真理，是值得鞭撻的。可悲的是，今天我們這個時代卻與雨果所處的法國的「我們這個時代」一樣，一般中國人是推崇第一種評價歷史的強盜邏輯。請看今日的中國歷史學家和電視編導者、主持人，正在不遺餘力地為秦始皇的成功探密和正在為成功了的帝王偉業放聲謳歌。「金漆就是真金。阿貓阿狗，全無關係，關鍵只在成功。」「只要達到目的，眾人便齊聲喝彩，誇為奇才異能。」這正是中國的歷史評價現狀。這就倒退到司馬遷的後面去了。中國的普通民眾當然是跟著當權者和學者學舌的。有位中學校長，聽到曾經是他的中學老師批評毛澤東不懂經濟建設，就激憤起來，一點也不講師生情面，當眾喝斥他的老師：「你在胡說！毛主席是中國歷史上最偉大、最英明、最正確的開國君主。毛主席在，有誰敢說一個『不』字？幹部敢貪汙腐化嗎？美帝國主義敢炸我大使館嗎？臺灣敢不就範嗎？有誰能和毛主席相比？」那位老師反問：「孫中山能不能和毛澤東相比？」那位中學校長回答：「孫中山算個什嗎？是個失敗者。毛主席是一統中國的成功者，勝利者。」那位老師看到自己的學生中邪太重，鬼迷心竅，不可理喻，就默不作聲地走了。那位中學校長發出勝利者的哈哈大笑聲，自己以為真理在握。那位老師走到操場上，望著大好河山，流淚了，嘆息著：「貧窮，愚昧，我的同胞何時能覺醒啊！」

現在，我們來按雨果的標準衡量一下毛澤東的成功。雨果說：「成功是才能的假象，受他愚弄的是歷史。」

毛澤東成功的秘訣——內因和條件是什麼呢？

第一，毛澤東較早地樹立了明確的矢志不移的做統一中國的皇帝的政治抱負。早在「五四運動」時，毛澤東就問天：「悵廖廓，問蒼茫大地，誰主沉浮？」毛澤東是農民的兒子，深受封建家長制的影響，接受了中國帝王專制思想文化，在軍閥們為爭皇帝的戰亂中，就立下了作皇帝的抱負，這是中國知識青年農民的正常理想，是符合中國傳統帝王專制思想的，有很深厚的思想基礎。毛澤東這種做皇帝的理想在辛亥革命後，在當時對這種政治理想能否實現，還沒把握，處在「悵」中。「十月革命一聲炮響，送來了馬列主義。」列寧主義與中國帝王專制思想相符合了，毛澤東毅然決然地加入了中國共產黨，接受了列寧主義，就堅定了這種做皇帝的理想，並且矢志不渝地去為之奮鬥。毛澤東為實現做皇帝的理想，沒有受任何思想主義、組織原則的束縛，反而把列寧主義、共產黨組織當作實現理想的武器。相比之下，孫中山立下的政治理想，是打倒皇權，剷除帝王專制思想，實現三民主義。他為實現三民主義，連一個臨時總統也可辭職不當。這就與強大的深厚的中國傳統帝王思想相對立，在中國，基礎薄弱，定會受到挫折反覆。蔣介石也為三民主義所累，幾次辭職下野。陳獨秀為民主科學所牽，向史達林鬧黨權獨立。張國燾為黨的組織原則所羈，不願主動向毛澤東奪權。所以這些人都失敗了，唯有毛澤東成功了。毛澤東的成功在辛亥革命之後，是中國帝王專制在列寧主義包裝下的成功復辟，是中國歷史的反動，是潮流中的一股逆流回漩，是對中國國民、國家的蹂躪，是對中國歷史的愚弄，毫無正面價值，不值得歌頌，只能給予控訴、鞭撻。

第二，毛澤東為了實現自己做皇帝的理想不擇手段，其中之一是：為了爭得比鄰強悍的史達林的賞識和扶植，不惜丟了人格、國格，去做史達林的兒子、俄奴、漢奸、賣國賊。毛澤東曾經恬不知恥地令人肉麻地說：「史達林是我們偉大的導師和父親。」毛澤東在參加第一次中國黨代會時，就百般去討好史達林派來的馬甯、羅明茲內。張國燾看不慣，批評毛澤東說：「只會討好，向上爬。」在陳獨秀主張「二次革命論」違抗史達林命令時，毛澤東毅然決然地背叛有恩於自己的陳獨秀，冒險去參加羅明茲內主持召開的漢口「八・七會議」，去領導湖南搞秋收暴動，上井岡山做土匪，搞武裝恐怖活動。當博古、周恩來為首的中共中央機關遷到井岡山奪了毛澤東軍權、大整毛澤東時，毛澤東本可以輕易地殺死這夥幼稚的文弱的中央大員，取而代之，但是毛澤東不敢。毛澤東不是怕這夥人，而是怕史達林，這夥人是史達林委任的。毛澤東就行韜諱之計，忍氣吞聲，等待時局變化，讓史達林承認自己。不久第五次反圍剿失敗，莫斯科《真理報》刊登了毛澤東的井岡山鬥爭的輝煌成績，毛澤東被選為共產國際第三號負責人，毛澤東就乘機召開遵義會議，奪回軍權。毛澤東要周恩來派潘漢年冒險去向史達林請求承認和扶植。潘漢年不辱使命，使毛澤東得到了史達林的賞識和扶植。到了毛爾蓋與張國焘第四方面匯合時，毛澤東就毫不猶豫地用中共中央的名義，勾結葉劍英製造「電報事件」，整垮了還在講黨的組織原則的張國焘，除去了心頭大患。到了延安，毛澤東就大膽地把黨政軍三權集於一身，利用康生在整黨中清除黨內異己份子，逼走張國焘，批判王明，成了黨的唯一領袖。在抗日戰爭的後期，毛澤東又及時抓住蘇聯紅軍進軍東北，派林彪去蘇聯紅軍手裡接受了日本關東軍的先進武器。毛澤東在史達林的支持下打敗了蔣介石，奪得了天下。一坐天下，他就派劉少奇去朝見史達林。聽到史達林的誇讚成，他就親自去拜謁史達林，像小媳婦見到惡公婆一樣，簽訂了出賣廣闊領土和不凍港符拉迪沃斯托克的喪權辱國的《中蘇友好條約》，甘當史達林的兒皇帝。他聽史達林的命令，派志願軍去維護金日成小王朝，與聯合國軍隊作戰，開了與聯合國正義軍隊作戰的先例。毛澤東的這種成功，根本不能與秦始皇、劉邦、朱洪武的成功相得並論，是中國歷史上石敬塘似的成功，是喪失國格、人格的俄奴的成功，是對中國歷史的再次愚弄，毫無正面價值，不得標榜，只能給予控訴、鞭撻。

第三，殺人起家，起家殺人。毛澤東為了實現做皇帝的理想，就具有中國歷代開國君主和列寧、史達林的殘忍性格和豺狼心腸。毛澤東在1920年曾說：「中國的統一條件是殺人多，流血多。」毛澤東像劉邦一樣為了成就帝業，敢於犧牲妻子兒女和其他家庭、家族成員。毛澤東為了成就帝業，敢於「單採取恐怖暴力手段」，不斷殺人。從秋收起義到1949年共二十年中，統計湘鄂贛邊處四個縣的烈士是：五萬，八萬，九萬，十一萬，在全國除開少數民族按一千個縣計算，就應該有烈士一億一千萬，還有沒有統計出來的和被打死的敵人，被殺死的人數不下二億人。用二億中國平民的生命去換取毛澤東的一個「黨天下」。難怪在清末時就有四億五千萬同胞的中國，到1949年一百年中人口還減了二千萬，這就是毛澤東爭奪皇位犯下的滔天罪行！這就是毛澤東創立的豐功偉績！毛澤東成功有正面價值嗎？值得歌頌嗎？毛澤東還嫌殺人不夠多，坐天下了，並不大赦天下，為了樹立絕對領袖的權威，又想出許多毒辣手段，在27年中使中國平民非正常死亡高達六千多萬人。1972年，毛澤東對尼克森說：「準備死一億人來和蘇聯打一仗。」尼克森聽了，心中嚇得一跳。多麼殘忍的心腸！相比之下，寬厚仁慈的孫中山先生實在不「算個什麼」。毛澤東這種成功是強盜土匪打家劫舍的成功！不值得歌頌。

第四，毛澤東在政治賭博時手氣好，運氣好。用中國人的話說：「毛主席有洪福。」毛澤東實在有洪福，成功的機遇總是跟著他：1.在國民革命還沒北伐時，孫中山就逝世了。如果孫中山還能活五年到十年，中國的歷史就改寫了，毛澤東就默默無聞了，中國國民早就過上民主幸福的日子了。孫中山雖然是個「失敗者」，「不算什麼」，但是，慈禧怕他，袁世凱怕他，軍閥頭子怕他，史達林怕他，毛澤東怕他，總之，一切皇帝和想做皇帝的政治野心家都恨他，怕他。毛澤東只敢稱自己是「孫中山的學生」，贊「孫中山是革命的先行者」，打孫中山的旗幟，掛孫中山的肖像，籠絡孫中山的夫人做花瓶。2.史達林撤了陳獨秀總書記的職，等於為毛澤東搬走了毛澤東搬不動的橫在毛澤東前途上的一座大山。陳獨秀垮臺了，中共高層中的大知識份子都紛紛脫黨，使一群莫斯科來的根本不懂中國國情的幼稚的青年學生掌權，這些青年知識份子根本不是毛澤東的對手。3. 中共中央機關被蔣介石逼到了井岡山，這給毛澤東奪取中央領導權創下了天賜良機，使毛澤東可以挾天子以令諸侯，打垮張國焘，統一紅軍和全國黨組織。如果中共中央機關遷到第四方面軍那裡，則情況就相反了，中國的歷史就改寫了。4. 第五次反圍剿的失敗，又給毛澤東一個好機遇，使他成功地在遵義會議奪取了最高軍事權力。同時，遵義會議使莫斯科派青年知識份子沒權威了，中央高層知識份子水準再降一次，變成了文盲、半文盲的山大王簇擁著毛澤東，使毛澤東能大要愚弄權術。5. 在延安，毛澤東被蔣介石逼得又要成為流寇時，小日本打進來了，張學良發動了「西安事變」，使毛澤東化險為夷，有了假抗日、真壯大的良好機遇。日本兵攻陷南京進行大屠殺，全中國人和全世界人民都悲痛，唯有毛澤東、周恩來之流舉杯慶祝；蔣介石受到重創，這中國天下就是他毛澤東的了。至於日本，會被美國佬、英國佬和俄國佬打敗的，他毛澤東只實行「一分抗日，二分保存，三分發展」的戰略，等到機會去打敗蔣介石。6. 日本人被趕走了，蘇聯紅軍給了毛澤東精良裝備。在蔣介石顧及打內戰會招來國內、國際不好輿論和不懂中國國情的美國佬調和的國共兩黨關係空隙中，毛澤東毅然決然地發動了三大戰役，趕走了蔣介石，坐了天下。這就是「毛主席的洪福大」。毛澤東的這種成功，是賭棍在賭場上的成功，沒有人道價值，不值得喝彩，只能給予控訴、鞭撻。

同胞們，當我們對上面歌頌毛澤東的三種言論能進行這樣的分析和批判時，就說明我們由爬行政治動物變成了兩足政治動物。我們作為一個人直立起來了，與毛澤東面對面、眼睛對眼睛、鼻孔對鼻孔了。我們就會恍然大悟，驚訝地大叫一聲：「毛澤東和我們一樣是人，是一個中國人。」他和我們一樣，橫眼睛，直鼻孔，兩足兩手，圓頭七孔，要吃飯，要睡覺，要放屁，要屙屎屙尿，沒有什麼神奇的生理構造；他和我們一樣，有性慾，要女人，只不過他有權威，能隨心所欲地蹂躪女人；他和我們一樣，怕冷，怕熱，長瘤，生病，要死亡，並不能「萬壽無疆」，只不過他地位最高，醫療條件最好，能多活幾年，死後，有黨徒花國民的錢去保存他那被掏去五臟六腑的軀殼；他和我們一樣，生兒育女，成室成家，只不過他為了成就帝王霸業，心腸硬毒，敢於拋棄妻子兒女，敢於家破人亡，坐了天下後，再去選美，生兒女，重建家室；他和我們一樣，先關心自己，再關心家人，要把自己的財產遺傳給妻子兒女，只不過他有權力和帝位也要遺傳給妻子兒女；他和我們一樣，知識一般，智力平平，只不過他專一思考政治權術，顯得陰險狡詐；他和我們一樣，有好勝心，想創一番事業，只不過他專去創帝王霸業，愛好在戰爭中殺人取勝；他和我們一樣，相信中國的風水命運祭祖墳，只不過他做了皇帝把祖墳做得高大漂亮，想獨佔龍脈，派黨徒們在全國挖別人的祖墳……這樣，我們就可以給毛澤東下一個結論了：一個人，一個中國人，一個中國農民子弟，一個中國下層知識份子，一個農民起義成功的中國農民領袖，一個善於耍政治陰謀和權術的政治野心家，一個二十世紀中葉反孫中山、反世界民主潮流的反動王朝復辟者，一個史達林的俄奴、兒皇帝，一個政治壑欲難填、想變「黨天下」為「家天下」的當代袁世凱。如此而已，毛澤東有何神秘和偉大？

正確認識了毛澤東，就能正確認識文化大革命，就能猜中毛澤東為什麼「要」和具備什麼條件「能」發動和領導文化大革命的「謎底」，就不會認為我所猜的那個「謎底」太簡單了，太俗套了，就不會去追求什麼神秘和偉大了。這個「謎底」早被孫中山揭穿了：「中國幾千年以來所戰的都是為了皇帝一個問題。」這個「謎底」在北朝鮮金日成那裡已向全世界公開了。只不過大中國不比小朝鮮，人多心雜。毛澤東吸取袁世凱的教訓，擔心「家天下」一旦公開，「希望自己做皇帝」的人多起來，軍閥混戰，弄巧成拙，「為他人作嫁衣裳」。所以他就把為實現「家天下」而搞文化大革命的心跡掩飾起來，埋在心底，想通過一些政治權術來實現。果然，大中國人多心雜，各種人都鬧起來了，連心腹汪東興、陳錫聯也背叛他。雖然沒出現軍閥混戰，卻也出現三個政治集團比賽玩政治陰謀，使毛澤東帶著「毛氏家天下」美夢上天了，留下了一個千古之「謎」。毛澤東生前最恨彭德懷、劉少奇、林彪，死後恐怕最恨的是葉劍英、汪東興、陳錫聯。

五、為什麼鄧小平、葉劍英、陳雲、王震集團否定文化大革命、否定「四人幫」，卻不否定毛澤東呢？

這個問題已在「二」中有所闡述，這裡再綜合論述一下。

這個中的根本原因和判斷是非標準是：是否維護中共老幹部集團的既得的特殊權力和利益問題。侵犯或削弱了中共老幹部集團的特殊權力和利益的行為和言論，就是「非」，就要否定它；維護和擴大中共老幹部集團和特殊權力和利益的行為和言論，就是「是」，要肯定它。從毛澤東搞秋收暴動到1949年打下「黨天下」，這二十多年的時間，毛澤東的所有言論和行動，都是為了中共上層集團爭奪特殊權力和利益，並且爭奪到手了，使中共上層集團一個個成了開國元勳，千古英烈，分得了高官厚祿。中共上層集團的人當然要擁護毛澤東，跟著毛澤東，肯定毛澤東。也就是說，跟著毛澤東，就是跟著自己的功名利祿走，肯定毛澤東，就是肯定自己的功名利祿的合理合法性。所以，鄧小平說：「沒有毛主席，我們還在黑暗中摸索。」一位元帥說：「沒有毛主席，我們這些人能成就什嗎？」從1949年到1966年這17年中，毛澤東所有的言論和行動都是為著鞏固和擴大「黨天下」權勢而努力，也就是為了維護的擴大中共老幹部集團既得的特殊權力和利益而努力，哪怕鬧三年大饑荒餓死四千多萬農民，其政治目的沒變。中共老幹部集團當然要肯定毛澤東、擁護毛澤東、忠於毛澤東，也就是肯定和維護自己既得的特殊權力和利益。文化大革命了，毛澤東變了，要變「黨天下」為「毛氏家天下」，要老幹部們由忠於「黨天下」的毛主席變為忠於「毛氏天下」的毛皇帝，並且還要擁立江青和毛遠新接皇位。這對老幹部們來說，是「一場觸及靈魂深處的革命」，要轉變思維方式，同時，要老幹部們不能只顧經營自己的「安樂窩」，要讓出一部分特殊權力和利益，給新型的權力機構「三結合」革命委員會。行的，就是「革命寶貴財富」，進革委會；不行的，就成了「走資派」，要挨批鬥，甚至要被打倒。這就侵犯和削弱了中共老幹部集團既得的特殊權力和利益。這一下子，老幹部們不習慣，不情願，「不理解」，「緊跟不上」，要「抗爭」，為維護既得的特殊權力和利益而「抗爭」。於是，中共老幹部集團發生了分化，分成了兩個政治集團：「家天下集團」和「黨天下集團」。毛澤東再不代表中共老幹部的「黨天下集團」利益了，而去代表毛氏的「家天下集團」利益了。「黨天下集團」就由劉少奇、周恩來、鄧小平、葉劍英為代表了。鬥爭的結果：「黨天下集團」勝利了。在中國歷史，勝利者才有控訴權和審判權。「黨天下集團」就來控訴和審判文化大革命了，那侵犯和削弱了「黨天下集團」的中共老幹部特權和利益的文化大革命，就被否定了。本來，理所當然地也應該徹底否定毛澤東。但是，中共老幹部集團新的代理人鄧小平、葉劍英、陳雲、李先念、薄一波、王震等到人想到：徹底否定毛澤東，就等於徹底否定了中共老幹部集團的光輝歷史和偉業，就不僅不能維護和擴大老幹部集團既得的特殊權力和利益，反而會被中國民眾用「民權」代替了「皇權」，變獨裁專制為民主政治，把「黨天下」弄垮，把既得的特殊權力放利益丟個精光。這是中共老幹部集團「一千個不答應，一萬個不答應」的。怎麼辦呢？「天下事難不倒共產黨員」。鄧小平、葉劍英、陳雲、王震集團並不難辦，因為他們手中有槍、有監獄，說紅不綠，指鹿為馬。他們就找個文化大革命的「替罪羊」：「四人幫」及其「幫派體系」是文化大革命的罪魁禍首，毛主席是受江青這個妲己、呂雉的迷惑和康生、張春橋這些奸佞小人的蒙蔽而犯了錯誤，毛主席還是英明偉大的，毛澤東旗幟是不倒的。這樣，「四項基本原則」就出籠了，《中共歷史若干問題的決議》的文件就出來了。這樣來評價先帝、先皇的功過，在中國歷史上屢見不鮮，是中國民眾能接受的。於是，鄧小平、葉劍英、陳雲、李先念、薄一波、王震集團就在政治上的獨裁專制與毛澤東時代保持連續性了，鎮壓民運和「六•四」符合馬列主義、毛澤東思想，「黨天下」穩定了，中共老幹部集團在經濟改革開放中維護和擴大了既得的特殊權力和利益了。

六、如何控訴和審判文化大革命？

雨果說：「只有控訴過勝利的人，才有權審判失敗。」這句話的意思是：誰在政治野心家爭奪最高權力的鬥爭、戰爭中受害，誰就具有控訴勝利者和審判失敗者的權利。這個「誰」就是全體國民。只有全體國民才具有控訴和審判權利。可是在中國，全體國民的這種權利被勝利者剝奪了，勝利者掌握了控訴和審判權，就根據自己的政治需要信口雌黃，歪曲、虛構歷史，掩飾自己的罪行，壓迫國民跟著勝利者的腔調學舌。如在「五」中所述那樣。今天，我們要把這種權利奪回來，來控訴文化大革命勝利者罪行，審判失敗了的文化大革命。

如前在「一」中所述那樣，文化大革命是毛澤東、江青集團妄圖變「黨天下」為「毛氏家天下」而發動的，引發了中共高層的分化和鬥爭：毛、江集團要搞「家天下」，劉、周、鄧、葉集團要維護「黨天下」。這種鬥爭，本是中共高層內爭奪最高權力的狗咬狗的殊死的宮廷鬥爭，與被剝奪了公民權的中國民眾毫無關係。可是，那喊著「為人民服務」謊言的中共高層集團，為了取得鬥爭的勝利，爭相把鬥爭擴大到民間，欺騙民眾去為他們的政治野心作犧牲，使全體國民捲入到文化大革命中去。正如毛澤東所形容的：「這個運動大得很，把人民群眾真正發動起來了。父子之間，夫妻之間，都辯論起來了。」兩個政治集團各自蒙蔽了一派民眾，從中操縱，「父子之間，夫妻之間」都分裂為兩個政治派別，互相鬥殺起來。兩個政治集團又互相勾結，把破壞的罪行加在民眾身上，來回肆虐民眾。這樣，文化大革命成了中國和世界上史無前例的最大的政治殘暴事件，中國大陸的民眾包括傻子、瘋子、瞎子、啞巴、老人、小孩全部受到傷害，千萬人死亡和致殘，中國傳統的善美的道德倫理遭到一次大洗劫。中共的毛澤東、江青、周恩來、張春橋集團和劉少奇、周恩來、鄧小平、葉劍英集團對中國全體國民所犯下的滔天罪行，真是罄竹難書！

俗話說：「有一利必有一弊，有一弊必一利」，「利弊相間。」文化大革命也合了這個理。這就是說文化大革命雖然是中國國民的一次大劫難，中國傳統文化精華的一次大洗劫，卻也從反面顯出它的正面價值和積極意義來。具體表現如下：

其一，中共兩個政治集團爭相發動民眾進行殊死鬥爭，互相揭露和攻擊，把他們的醜惡和罪行暴露在民眾面前，使民眾看清了中共猙獰醜惡的真面目。這樣，毛澤東就從輝煌的政治頂峰上跌下來了，從神壇上滾下來了；中共從中央到地方各級的赫赫然、威威然的大小官員面紗被揭去了，露出了強盜土匪的真相來，在民眾心目中失去了威嚴性、欺騙性、合法性。中國民眾不相信中共了，不相信領袖獨裁了，農民們渴望再出英明天子來改朝換代，知識分了和市民渴望民主政治。鄧小平、葉劍英、陳雲、王震集團被迫向民眾作出一些政治讓步，放棄「領袖獨裁」，恢復「寡頭政治制」，出現了胡耀邦、趙紫陽的「寬鬆、寬容、民主」的開明政策，使民間出現了幾次民主運動。儘管鄧、葉、陳、王集團血腥鎮壓民運、學運，但共產黨大傷元氣，再沒有毛澤東時代的鐵打江山了。

其二，中國傳統思想文化的精華遭到一次大洗劫，美善的道德淪喪，中國帝王專制思想文化糟粕全氾濫出來了，出現了「三忠於」、「四無限」、「早請示，晚彙報」，同時，也就暴露出馬列主義、毛澤東思想的荒謬，使馬列主義、毛澤東思想失去了昔日的光輝、權威和欺騙性，使中國民眾認識到馬列主義、毛澤東思想是世界文化和中國文化的糟粕，產生了信仰危機。中國民眾必然要去尋找另一種思想文化信仰，於是，三民主義和西方的民主思想再次得到宣傳。儘管鄧小平、葉劍英、陳雲、王震集團用槍炮和監獄來維護馬列主義、毛澤東思想，又搞出什麼鄧小平理論，但最終不能再蒙欺中國民眾了。

其三，鄧、葉、陳、王集團在文化大革命中勝利了，他們再也不能沿襲毛澤東朝代的一切制度，他們要維護和擴大中央老幹部集團的既得特殊權力和利益，要取得中國民眾的好感，必須要有所作為。他們不願改革政治制度就來改革經濟制度，拋棄了鬧出四年大饑荒的計劃經濟公有制，實行經濟改革開放，建立市場經濟，出現了「胡、趙中興」景象。

其四，中國大陸民眾全部蒙難，受劫難最深重的是民間高、中、下層知識份子和平民子弟學生。

但是，在大災難中，中國民間知識份子在反思，在覺醒，在探索救民救國的新思想、新形式。特別具有積極意義的是：在災難中磨練出一支極其仇視、拼死反抗、猛力推翻中共獨裁政權的民主知識份子隊伍。這支隊伍由三部分人組成：第一部分人，是以五七年的老右派份子為骨幹的歷次運動都遭到中共迫害的倖存下來的知識份子。他們控訴中共的罪行和自己的遭遇說不完，談不盡，對中共的本質認識得清楚，不間斷地宣傳民主思想和為民主事業作鬥爭，是民主鬥士的老將。第二部分人，是文化大革命中市民、農民的造反派組織、平民子弟學生的造反派紅衛兵、廣大受迫害的教師、上山下鄉的平民知識青年。這部分人是第二代民主知識份子隊伍中最大的一群。他們有先知先覺者和後知後覺者之分。先知先覺者有不願和沒有入「三結合革委會」的造反派組織的頭頭和成員。他們有的在文化大革命前就被中共打壓，開除學籍、公職，抓去坐牢；有的是在文化大革命前期遭受批鬥的「走白專道路」的在校大中學生。他們對中共的觀察有金睛火眼，認識清楚，對中共的鬥爭有豐富經驗和犧牲精神。他們有明確的民主政治理念，一直在尋找機會組織起來，推翻中共獨裁政權，建立民主制度。遇上了文化大革命，他們就毫不猶豫地建立造反派組織，打著毛澤東旗幟，來壯大自己的隊伍。他們並不是那些受毛澤東矇騙的天真的造反派紅衛兵，不接受中共招安去入「三結合革委會」，更不去受老幹部唆使鬧派性，不在造反派內打仗。他們藉口「決心把無產階級文化大革命進行到底」，目標明確地去趁亂搶槍，武裝自己，與中共決戰，達到推翻包括毛、江集團在內的中共獨裁政權的目的。在文化大革命中，只有他們既反對「黨天下」，又反對「家天下」，才沒有被中共兩大政治集團欺騙和利用。他們是中共不共戴天的敵人，也是中共最仇恨、最害怕的敵人。他們在「7・3」佈告到「一打三反」中受到周恩來集團的武裝鎮壓，組織被打反革命集團，頭目進牢房，成員遭殺戮和批鬥，以後又一直被當作「四人幫」的幫派體系中的「三種人」遭歧視和壓迫。說他們是「四人幫」爪牙，有損於他們的名聲，玷污了他們的心靈。如湖北的「決北揚」、「巴河一司」，北京的「五・一六兵團」。後知後覺者有：受了中共招安入閣的造反派多數派的頭目和成員、上山下鄉的平民知青。他們在文化大革命的第一、二時期遭受劉、周、鄧、葉集團的迫害，被當作「牛鬼蛇神」、「右派學生」受批鬥，家被保皇紅衛兵抄了。在中共中央《十六條》出籠後。他們進行了大串連，組織了造反派紅衛兵和造反派教師、工人、農民組織，向各級黨委進攻，大抓「走資派」，出了一口惡氣。他們真心真意地把毛澤東當作心中的「紅太陽」、「大救星」，忠於毛澤東，認為毛澤東與民心連心。他們是毛、江集團的社會基礎力量。他們遭受劉、周、鄧、葉集團的反覆迫害和打壓。在「七二・零事件」後，他們又揚眉吐氣了。他們爭相進入「三結合革委會」，受老幹部們的唆使，在造反派內打起來內戰來。他們在造反派分裂後是多數派，配合周恩來指揮的軍警、民兵去屠殺戰友。他們的頭頭進了「三結合革委會」撈了個閒職。成員則一利未圖。在周恩來批「極左」、恢復經濟生產和鄧小平的「全面整頓」中，已入閣的造反派頭頭遭到老幹部們的排擠、整風，被撤職、開除、坐牢，空缺的位子又被所謂「優秀青年」的保皇派填補了去了。在這個時期，他們有所覺悟了，認識到自己被騙了，被蒙了，造反派打內戰是錯誤的。他們就進行「反覆舊」抗爭。但是，他們仍然把政治前途寄希望於毛、江集團。他們總認為毛、江集團對人民要好些，劉、周、鄧、葉集團是人民的死敵。在「四人幫」被捕時，他們舉行遊行示威，高呼「還我江青，還我春橋，還我洪文，還我文元」的口號。他們是「四人幫」的爪牙，是幫派體系的人物，是劉、周、鄧、葉集團的死敵。在揭批「四人幫」運動中，他們的頭目遭到大規模的批鬥、遊鬥，被打成反革命份子，被判刑，成員無一例外地受批鬥、進「學習班」勞動改造。他們成了文化大革命的替罪羊。在鄧小平時代，他們一直被當作「三種人」打壓。他們在「四人幫」垮臺後，反思文化大革命，覺悟了，認識文化大革命是一場大劫難，是一場大騙局，受欺最深的是他們。他們進而認識到毛、江集團與劉、周、鄧、葉集團都是窮兇極惡的獨裁者。他們尋找到民主思想，向中共獨裁政權再次作鬥爭起來。他們最善於獨立思考，富有冒險鬥爭精神。上山下鄉的平民知青，是文化大革命中的天真浪漫的中小學生。他們受中共的欺騙，歡欣鼓舞、敲鑼打鼓地到農村去，到邊疆去。

他們到了農村、邊疆，像進入勞改場那樣，被監管著幹繁重的勞動，過缺衣少食的苦生活，失去了家庭的溫暖，失去了城市生活的歡樂。他們中命運最好的是被推薦上了大中院校和參軍，大多數後來回城做苦力工人。他們荒廢了一生學業，荒蕪了美好青春。他們反思起來，由仇恨毛、江集團上升到仇恨整個中共獨裁政權。他們極容易接受民主思想，是民運、學運的市民基礎力量。他們中不少人成了堅定的民主鬥士。第三部分人，是中共內有良知、有正義感的中高層學者、新聞工作者，文藝界人士。他們熟悉中共中高層內幕，對中共的本質認識透徹。他們有理論水準，有鼓動宣傳能力，是民主政治精英。中共最害怕他們的背叛，對他們監視、打壓很嚴厲。他們只主張理性的和平抗爭，反對民主革命。

現在來看看上述幾部分人在鄧小平時代和江澤民時代的政治活動情況。

（注：從略）

在這第二十八回裡，作者摘抄了柯和貴《論文化大革命》一書中的主要觀點。作者的意思是：因為文化大革命被鄧、葉、陳、李、薄、王集團弄得面目全非，所以借柯和貴的論述來澄清一些糊塗認識，使本書所寫的文化大革命中的人物故事的含義明朗起來，不至於被人誤解或曲解。

現在作者要回過頭來，敘述本書主人公柯和貴在文化大革命中的故事，且聽下回分解。

第二十六回　工作組秘定黑名單　柯和貴逼上抗暴路

卻說柯和貴在北崗師範開展的「活學活用毛主席著作，批判修正主義，走又紅又專道路」運動中，終於化險為夷。但是，他仍然心有餘悸，把《升學》稿子燒了，再也不敢去圖書館了，不敢寫作了，連日記也不敢寫。

俗話說：積習難改。柯和貴已經養成了愛讀愛寫的習慣，突然要改掉這個習慣卻難了，總有一種失落感，就像貴夫人丟失了貴重的首飾，又像商人虧了一大筆錢，心裡惆悵，痛苦。一個月後，他實在控制不住自己了，又不知不覺地去了圖書館。他不敢把書帶回教室，就求管理員讓他站在書架旁讀書，按時把書放回書架。他寫了兩種日記，一種是說革命詞句的，給組織上抽查；一種是說內心話的，私藏起來。

一九六六年春，文化大革命運動捲入到北崗師範。校領導在一公里長的共青路兩旁搭了大字報長棚，全校師生都要寫批判《海瑞罷官》、《燕山夜話》的文章。柯和貴按校黨委書記虞興報告的調子寫批判文章，批判海瑞不是什麼清官，而是嘉靖皇帝的忠實走狗。他又自作聰明地去批判岳飛，說岳飛不是什麼民族英雄，而是趙構的忠實走狗。到了六月初，北崗市委向北崗師範派了文化大革命運動工作小組，組長是市委宣傳部副部長黃武。工作組一進校，與校黨委組成北崗師範文化大革命領導小組，組長黃武，副組長虞興。又以校團委、學生會幹部為基礎，組織了北崗師範紅衛兵。柯和貴班的喻剛強任總部副司令，劉輝任常委。柯和貴班以團支部、班委會幹部為基礎，成立了紅衛兵二（2）中隊，王安任隊長。加入紅衛兵要經過嚴格的政治審查，全班只有十幾個幹部同學入了，王旭元也是一個。郭素青、柯和貴寫了申請書，沒有被批准。學校紅衛兵分期分批上北京接受偉大統帥毛主席檢閱，這件事對一個青年學生來說是無尚光榮的。

北崗師範文化大革命運動正式開始了。黃武作了動員報告，說：「這次運動的重點是整那些反動學術權威和黨內走資本主義道路當權派。」「教師就是學生的當權派，反動教師就是學校的反動學術權威和走資本主義道路的當權派。」學習的文件是《人民日報》社論《橫掃一切牛鬼蛇神》。六月初，學校紅衛兵揪出了四個反動學術權威和「走資派」：資本家出身的北京大學畢業的老副校長鐘敏，進修學院的教授劉益，語文教研組長張先奎，數學教研組長張椿。還揪出了家在香港的香港特務教育學教師郭之春。階級敵人就隱藏在身邊，真是觸目驚心。各班紅衛兵爭相揭發本班教師。柯和貴班把資本家出身的語文教師黎明、地主出身的美術教師莫名、工商業主出身的音樂教師郝常定為黑幫份子。大字報、大標語貼滿了學校棚欄，批鬥聲討聲充滿了校園。每日有教師遭到批鬥、遊行、抄家，百分之九十的教師被迫勞動改造，有三位教師畏罪自殺。一時間，校園殺氣騰騰，風聲鶴唳。

校紅衛隊在揪鬥教師的同時，還風風火火地進行大破「四舊」運動，先在校內打砸搶，再殺向社會打砸搶。挨家挨戶抄查，見到「五類份子」就批鬥毆打，被打死的不知其數；見到古色古味的東西就砸，見到不是馬、恩、列、斯的書就燒。紅衛兵經過的地方，一片破敗，一片狼藉，一片火煙，一片呻吟。紅衛兵這種「橫掃一切」「砸爛舊世界」的革命行動，黨委、工作組、公安人員叫：「好得很。」柯和貴的木箱是祖父遺留下來的，箱面箱壁雕有白鶴神鹿，王安要砸，柯和貴求情，用刀子削去雕刻了事。王安感到在「破四舊」運動中沒有建大功，就召開二（2）紅衛兵中隊開會，去炸掉象徵封建社會的唐代青雲寶塔，但弄不到炸藥。王安就帶全中隊十六個紅衛兵拿著鐵錘、拔河繩到青雲寶塔，把繩子系在塔頂上，用力拉。那塔卻巍然不動。紅衛兵就用鐵錘砸青石塊，一塊也沒砸破，反倒累個精疲力竭，無功而返。

校紅衛兵感到人手不足，就連接發展三批紅衛兵。郭素青加入了，柯和貴卻始終不夠條件。柯和貴沒資格加入紅衛兵，並不放在心上，還偷偷地去看望黎明等任課教師。學校不上課了，柯和貴參加運動的時間少，就一心一意去讀書。此時，他只敢讀馬、恩、列、斯、毛的書。他開始讀時，是為了應付寫批判文章和解釋大辯論中一些政治觀點。到後來，他被書中的概念術語和深奧的理論所吸引，就產生了研讀精神。因為是讀馬、恩、列、斯、毛的書，他敢公開讀，公開作筆記。他讀了《資本論》、《反杜林論》、《共產黨宣言》、《國家與革命》、《無產階級叛徒考茨基》，史達林的《歷史唯物主義與辯證唯物主義》、《矛盾論》、《實踐論》，還讀普列漢諾夫的《論藝術——沒有地址的信》。他像基督教徒讀《聖經》那樣虔誠，抱著理解真理、吸收真理的態度讀。他為了便於理解，還讀了一些介紹和解釋性的文章。他對馬克思的基本原理有所理解了，卻感到驚奇：發生在蘇聯和中國的社會主義的現實與馬克思論述的社會依次交替原理不合，文化大革命也與馬克思的原理不合，列寧、史達林、毛主席所強調的理論與馬克思所述的原理也不大一致。這是什麼原因呢？柯和貴回答不了。他只好認為馬、恩、列、斯、毛五位偉大導師都不會錯，馬列主義是放之四海而皆準的真理，毛澤東思想是戰無不勝的，錯就錯在自己的理解上。他立即放棄了自己的反動思想，強迫自己接受有矛盾的馬、恩、列、斯、毛的各種真理。他還牽強附會地給自己解釋說：文化大革命運動是資產階級與無產階級鬥爭的繼續，是列寧與考茨基鬥爭的繼續，是史達林與托洛茨基鬥爭的繼續，是毛主席與陳獨秀、王明鬥爭的繼續。他還猜測，托洛茨基是考茨基的親後代，因為兩者有「茨基」這個因素。

八月下旬，學校發生了三（2）班余榮事件。接著，文化大革命運動的烈火燒到了柯和貴身上。柯和貴再不能「不放在心上了」，被驚動了，被逼進了文化大革命運動中。

三（2）班紅衛兵要打倒班主任李勝老師，余榮站出來為李勝老師辯護，說李勝老師不是反動學術權威，更不是「走資派」，是群眾中的一員，不應被打倒。紅衛兵就圍攻余榮。余榮火了，就亂說起來，說黃武的動員報告轉移了文化大革命運動鬥爭的大方向，包庇「走資派」，挑起群眾鬥群眾。紅衛兵們揪住余榮毆打。邢行就站出來為余榮辯護，說鬥爭矛頭不應該指向同學。這事鬧到了校紅衛兵總部，余榮、邢行遭到批鬥、遊行。余榮、邢行的罪行是攻擊紅衛兵，攻擊工作組，攻擊黨的領導，攻擊文化大革命，攻擊毛主席；罪名是：右派份子，現行反革命份子。余榮被市公安局逮捕，邢行交紅衛兵管制勞動改造。後來，邢行逃跑了。

余榮事件後，北崗師範文化大革命運動深入了一步，各班紅衛兵深挖猛揭余榮、邢行式的右派學生。

九月上旬的一個晚上，學校在大禮堂放映毒草影片《青春之歌》、《清宮秘史》，供紅衛兵批判。《青春之歌》這部小說，柯和貴讀過。他曾被小說中的青年學生為共產主義事業不怕坐牢殺頭激動過。現在，這部小說被判為歌頌小資產階級知識份子、醜化工農兵的大毒草。在放映中，王安經常叫罵片中的盧嘉江，林道靜是小資產階級份子，是假革命份子。

在放映途中，王旭元悄悄把柯和貴叫到大禮堂外山坡下，告訴柯和貴：「今天下午，班上紅衛兵開會，說你與余榮、邢行關係密切，王安記了你不少黑材料，你已被工作組秘定為右派份子了，你被暗中監視起來了。這一次，可不比『批白專』時，你要小心謹慎。」

王旭元說完，不敢停留，溜進大禮堂看電影去了。

柯和貴聽完，「嗡」的一聲耳鳴了，心亂了，哪有閒情去看電影？他兩腳亂走起來。他走到教室，門被鎖著；走到寢室，門也被鎖著。他走到教師宿舍大樓下，想找常老師談談，但也停步了，心想：常老師雖沒挨批鬥，但一直不敢到班上來，見到喻剛強、王安，陪笑臉，打招呼，彷彿喻剛強、王安是老師，常老師是學生。柯和貴走到大操場，來回打圈。他累了，在操場上一個陰暗角落，坐在水泥地上，雙手抱膝，兩眼發呆。

這夜，天氣晴朗，宇宙蒼茫。彎彎的月亮掛在西天上，不白，淺黃；銀河的星很稠密，白茫茫的；別處的星，有的擠在一起，有的孤零零。前方的龍王山，樹林黑黝黝一片，成了一條黑龍，遮住了長江。

北崗市上空一片燈光。校園內所有房子都熄了燈，樓房在昏暗中懵懵懂懂地立著，好像在夢中。樹林裡漆黑陰森，寬大梧桐葉在微風中飄落，有沙沙聲音。秋蟲在哭泣，蚊子在哼唱。四周寂靜得可怕。

柯和貴沒有雅興去欣賞這中秋的夜景，一個勁地想著自己的問題。

「我真的有問題嗎？為什麼黨團組織老是盯著我不放？」柯和貴在徹底反省自己的思想和言行。屢屢遭到突然的打擊，使年輕的柯和貴有些不相信自己。「憑良心，我是熱愛毛主席，熱愛共產黨的。我從來沒萌發來反黨反社會主義的念頭，總是把柯鐵牛那樣的人與黨組織區別開來。我沒有右派言行。」柯和貴又肯定自己。這時，他感到背上、肩上、額上，有蚊子在咬，也懶得去拍打。

「那黎老師、余榮、邢行又有什麼罪過呢？」柯和貴在問自己，他看不到這些可敬可愛的老師、同學的右派言行。他由此想到家鄉的熟人。尹安寧、柯丹青被槍斃，母親一直堅持說那是兩個大好人。堂兄柯和義是他所敬愛的有知識的好人，被打成劫匪坐牢。王熾興老師也是好人，劃成右派。「這是為什麼呢？我心目中的好人都成了階級敵人，壞人都成了共產黨員，革命積極份子。」柯和貴在問天。

一個重大的問題想不開，就要在心裡鬱結起來；鬱結過厚過硬，思想孔道被淤塞了；淤塞的結果，要麼把一個人憋死，要麼被憋出一種氣力，衝破淤塞，發洩出來。柯和貴想著，憋著，一股氣憤從心底升起，叫出聲音來：「混帳！奸臣當道，是非顛倒！」柯和貴心底裡的氣憤，迅速膨脹，升騰，化成了憤恨，心裡在叫：「百里興是英雄！要是有梁山，老子就上去，湊成一百單九將，鬧他個天翻地覆，殺惡官酷吏，直搗京城，逼皇帝讓位。一切禍根在皇帝身上。宋江不如晁蓋！」柯和貴這種被一時憋出來的憤恨，是真的反黨反毛主席的思想的反革命思想。但他感覺不出來。

柯和貴想入非非了，思想插上了翅膀，在太空中遨遊。

「我怎麼度過這一關呢？」柯和貴的思想又落到了地面上，回到了現實中。嚴酷的現實在逼著他。

他不能因一時打憋氣毀了自己，毀了母親哥嫂。他費勁地想著，想不出脫難的法子來。他想得昏睡了，眼裡出現了恐怖的幻景：大禮堂臺上，坐著黃武組長、虞興書記。他站在台前，脖上掛著大紙牌，寫著現行反革命份子柯和貴。王安在揭發批判，喻剛強在上綱上線，臺上臺下一陣接一接地高呼：「打倒柯和貴！」王旭元傻了眼，郭素青在發抖，常老師表情痛苦……一會兒，兩個員警上了台，給他帶了手銬，用槍托打他的臀部。他在刑審室裡，不承認自己的現行反革命罪行，受了酷刑，被判刑三年。刑滿後回家，遭到柯鐵牛毒打，被柯國慶管制著勞動。母親上吊了，哥嫂陪著他挨批鬥，侄兒子龍不能上學……

「這下子完了，沒救了！」柯和貴眼前，一片黑暗，恐懼陣陣襲來，渾身陣陣痙攣。那黑暗的樹林裡，好像王安帶著工作組人員在窺視著他；那共青路上的腳步聲，好像是黃武在指揮員警搜捕他……

「自殺！我決不能讓他們宣佈我是反革命份子而連累老母、哥嫂，絕不能像佘榮、百里興那樣讓他們凌辱、屠殺！」柯和貴心如死灰，肝似刀割。他想不開了，思想孔道全被淤塞，再也憋不出一股氣力來衝開這個淤塞。他無路可逃了，絕望了，選擇了唯一的有利於家人的路子——自殺。他一直鄙視自殺的人愚蠢，沒想到今天自己要走那條路了。他第一次體會到人要自殺時混亂的悲痛的思想情緒，第一次嘗到了人要自殺前渾身打痙的生理反應。

這時，大禮堂那邊傳來了凳子搬動和嘈雜的聲音，電影放完了，同學們在校園內說話，走動。

柯和貴站起來，身子無力鬆軟，拖著沉重的步子，走到學校洗衣塘邊。他站住了，嘴裡喃喃自語：「畏罪自殺，畏罪……」他一片空白的腦海裡，兀立著「畏罪自殺」這個孤島。

「誰？幹什嗎？」有人沖著他吆喝。

「我——」他小聲地應了一個字。他被驚醒了，思想回到了現實中。他不知不覺地挪動步子向寢室走去。

大概自殺的人都是由於一時想不開，有了一念之錯。如果在他自殺的那一剎那間，有一種人的、動物的、自然的聲音響起，就會把他那「一念之錯」打消，使他驚醒，救了一條生命。柯和貴的例子就是一個證明。

柯和貴默默地走進寢室，上床睡覺。同學們在熱烈地談論和批判《青春之歌》、《清宮秘史》。

「我要批判那個林道靜。一點鳥事想不通，就去投水自殺，太脆弱了。」大嗓門孫勇叫著，笑著：「她長得那麼漂亮，還沒結婚哩，自殺了，不太可惜嗎？」

「你是沒到她那個處境呀。」王旭元接過話頭，說，「要是現在把你打成一個現行反革命份子，看你怎麼快活得起來。」

「把老子打成現行反革命份子，老子先把王安幹掉，再去挨槍子。」孫勇笑著說。

「你平白無辜地說我做麼事？」躺在床上的王安抬起頭，質問孫勇。

「你平白無辜地偷記同學的黑材料做麼事？我班沒有現行反革命份子就不說了，要是有，就是你在搗鬼，作陰毒！」孫勇不笑了，沖著王安怒叫。

「你不要血口噴人！」王安坐起來了，指著孫勇發火。

「你敢用手指敲我？老子就把你的手指折斷！」孫勇火了，從床上跳下來，去揍王安。

幾個同學趕上前，抱住孫勇，勸解著。

「半個月前，老子就發現你暗中翻柯和貴的抽屜、箱子、床頭，在一個日記本上記黑材料。那不是搞特務活動、又是幹什嗎？」孫勇被人推著，邊喊邊上床。

柯和貴聽了孫勇的話，僵死的心子有些活動了。「我好糊塗，怎麼能去自殺呢？半個月前王安就記了我的黑材料，為什麼還不對我下手呢？」柯和貴冷靜下來了，他想著學校近來的文化大革命運動情況：黃武近來出面講話少了，有流言蜚語說余榮要被釋放了。「余榮敢說工作組鬥爭大方向錯了，難道沒有理論根據嗎？」柯和貴思維又活躍起來：「我沒有關心文化大革命運動是一個大錯誤，是盲人騎瞎馬，深夜臨半池。我應該研究文化大革命運動，讓自己死也死個明白。」柯和貴決定從明天起去閱覽室借看近兩個月來的《人民日報》和《紅旗》雜誌，了解毛主席和中央文革小組對文化大革命的指示和觀點。

第二天吃了早飯，柯和貴跑到圖書館向管理員借了七、八兩月的《人民日報》和《紅旗》雜誌，讀起來。他埋頭讀了兩天，讀到了《中共中央關於無產階級文化大革命的決定》即《十六條》，讀了毛澤東寫的《炮打司令部，我的第一張大字報》，了解到清華大學蒯大富事件和首都大學生六個領袖的事蹟……他對文化大革命形成了一個總整看法：文化大革命和五七年反右運動截然相反，反右運動是依靠各級黨委和積極份子（即所謂「左派」）來整廣大知識份子和大學生，文化大革命則是利用青年大學生和民眾來造反，整各級黨委內的走資本主義道路當權派。革命動力和革命對象顛倒過來了，北崗市黨委、校黨委領導才是革命對象，校紅衛兵是右派、保皇紅衛兵。而工作組是完全按五七年反右運動模式來定文化大革命運動中的左派、右派，大方向錯了。柯和貴明白了，為什麼王安半個月前記了自己的黑材料而至今沒有批鬥自己，是因為毛澤東的那張大字報和《十六條》遏制了工作組和校紅衛兵整學生的行動，不然，自己早被抓起來了。

「毛主席真英明偉大，他老人家早就知道『走資派』在迫害青年學生和人民群眾。他發動文化大革命是為了黨不變色、國不變修，拯救青年大學生和人民群眾。毛主席和人民心連心，是人民的大救星！」柯和貴心裡在說，「是毛主席救了我。」柯和貴對毛澤東產生了深厚的階級感情，不覺激動得熱淚盈眶。他想到自己昨晚還要「直到京城，逼皇帝讓位」的思想，真是錯怪了毛主席，是不忠於毛主席，又不覺悔恨起來。

「跟著毛主席造反，打倒那些罪惡滔天的黨內『走資派』，解放自己，解放受壓迫的教師和同學，解放全人類！」柯和貴心裡在呼嘯，胸中怒火在燃燒。

「怎麼行動呢？」柯和貴在想。他想起了南柯村柯慶如大哥的一段話：「如果蘆火包圍了你，你冒火逃跑，肯定會被燒死。你站著不動，也會被燒死。你只有在你腳下順風放一把火，在你面前燒出一片空白地，你站在空白地上，就得救了。」這段話說出了一個鬥爭哲理：要解放自己，出路就在腳下，借敵人的炮來反攻敵人，不可亂跑亂躲。柯和貴決定就在自己腳下放起一把火，讓那向他撲來的大火反方向燒去。

柯和貴回到了教室。

「柯和貴，你要彙報這兩天的思想活動。」王安走到柯和貴桌旁說。

「你在暗中關心我，是嗎？我要向你彙報，是嗎？」柯和貴嘲笑著，反問。

「向組織彙報！」王安嚴厲地說。

「什麼組織？」柯和貴明知故問。

「工作組，校黨委，紅衛兵。」王安嚴肅地說出幾個組織名稱。

「工作組，校黨委，校紅衛兵算什麼東西？」「啪——」柯和貴猛拍桌子，大聲喝斥。

王安被驚得退了一步。全班同學都驚愕起來，教室裡充滿了緊張氣氛。

「王安，我告訴你，黃武、虞興才是真正的黨內『走資派』，校紅衛兵是『走資派的走狗』，保皇派，右派！」柯和貴怒不可遏。

「你這是反革命份子余榮的反動言論！」王安回過神來，警告著說。

「不准你攻擊余榮！余榮是真正的革命左派，革命英雄！」柯和貴字字句句鏗鏘。

「這還了得，公開反黨！我去叫工作隊員來。」王安無奈地叫喊。

「你去叫那些右派份子來吧，我要炮打黃武！」柯和貴發瘋了，不要命了。一個被逼上絕境的漢子，荷戈猛回，面對追兵，是要殺開一條血路的。

柯和貴立即磨墨。

「算了吧，這次非同小可，不要把自己往死裡推。」郭素青小聲勸說。

「置之死地而後生。」柯和貴簡短地回答。

柯和貴磨好了墨，拿起毛筆，走上講臺，鋪開講臺上公用的大張白紙，書寫起來。不到一個小時，他就寫好了大字報，收好硯池毛筆，卷起大字報，找到漿糊。

「孫勇，敢不敢和我一起去貼大字報？」柯和貴對著教室後排叫。

孫勇面色驚恐，不敢應答，坐著沒動。同學們都仰著驚恐的面孔，用敬佩而憂慮的目光望著柯和貴。

柯和貴獨自去了，把大字報貼在學校大字報棚上，覆蓋了批判黎明老師的大字報。柯和貴貼完大字報，轉身，發現班上的同學都站在他身後，圍看大字報。一會兒，同學們都圍到了柯和貴大字報下。

喻剛強用筆抄錄：

黃武扮演了什麼角色？

無產階級文化大革命，是毛主席發動和領導的在新的歷史條件下進行的史無前例的一場大革命。這場大革命不同於土改肅反、反右運動，革命的物件和革命的動力都發生了變化。文化大革命的革命對象是：修正主義者，即黨內走資本主義道路的當權派。這些黨內走資派，篡奪了黨的部分領導權，打著紅旗反紅旗，披著馬列主義、毛澤東思想外衣反對馬列主義、毛澤東思想，採用的是孫悟空鑽進鐵扇公主肚子裡的戰術，妄圖從黨內使黨變修、國變色，復辟資本主義。黨內走資派，是資產階級在黨內的代理人，是美帝、蘇修、國民黨反動派實行和平演變的無產階級最危險的敵人。他們結成了黑幫，從中央到地方形成了資產階級陣營。十幾年來，他們假毛主席和黨的名義，殘酷地鎮壓反抗他們的革命左派，殘害廣大人民群眾，犯下了製造三年大災害等滔天罪行。文化大革命的革命動力是：一直遭受黨內走資派迫害的又敢於反抗的廣大革命師生和人民群眾，如我校三（2）班余榮、邢行同學。

毛主席和人民心連心，看清了黨內走資派的反動面目和險惡用心，不忍心讓人民再回到舊社會受苦受難，就決心發動和領導無產階級文化大革命運動，指揮師生和人民群眾向黨內走資派反攻，炮打資產階級司令部。

面對這場新的大革命的到來，黨內走資派恐慌了，害怕他們的陰謀被揭穿，害怕他們的特權被丟失，就動用手中的權力，搶先行動，曲解文化大革命，轉移鬥爭大方向，按五七年反右運動模式，派出他們的先遣隊工作組，組織他們的保皇黨校紅衛兵，鎮壓左派和廣大師生，再次向毛主席為首的無產階級司令部進攻。這正如毛主席所說：「顛倒是非，混淆黑白，形左實右，又何其毒也！」

來我校以黃武為組長的工作組，是北崗市委黨內走資派派出的一支先遣隊，執行著資產階級司令部的指示，向無產階級司令部開戰。我們現在來看看黃武來我校後說了些什麼，幹了些什麼，就清楚黃武扮演了什麼角色。

黃武的工作組一進校，就和校黨委內的走資派勾結在一起匆忙成立校紅衛兵這個保皇組織，死保校黨內走資派，首先向廣大革命教師進攻。黃武在第一個報告中，胡說什麼「教師就是學生的當權派，是學術權威。」在短短四個月中，全校教師被批鬥的百分之九十，被迫反省勞改的百分之七十，被逼自殺的有四人。黃武的反革命言行遭到革命左派學生余榮、邢行的揭露和抵制，他們就豬八戒的耙子倒打一把，把余榮、邢行打成反革命份子、右派份子，還將余榮關押起來。他們害怕革命左派學生，就立即在各班秘密整理左派學生的黑材料，準備向全校左派學生下毒手。他們實在是「形左實右，又何其毒也」！

將黃武上述言行與《五・一六通知》、《十六條通知》、《炮打司令部》等中央文件相對照，我們不難發現，黃武是與無產階級司令部對著幹的。是不是黃武知識不高、革命經驗不足而對無產階級文化大革命運動不理解呢？不是的！黃武是市宣傳部副部長，理論水準高著哩；黃武是解放牌老幹部，鬥爭經驗豐富著哩。那是為什麼呢？那是因為黃武本人就是徹頭徹尾的黨內走資派中的一員。他的本質決定著他要執行資產階級司令部的指示，他的職務是資產階級司令部的一支先鋒隊隊長，他的任務是鎮壓學生左派和廣大革命教師來保護黨內走資派，他的手段是獼猴王假扮孫大聖，以假亂真。

革命左派的同學們，教師們，覺醒吧，行動起來吧，在毛主席指示精神的直接領導下，甩開資產階級司令部的所謂黨委領導，看清黨內走資派的本質，識破黃武等人的真面目，把握文化大革命的鬥爭大方向，自覺組織起真正的造反派紅衛兵，跟著毛主席，造黨內走資派的反！一切誤入保皇派紅衛兵組織的同學們，不要再受黃武的蒙蔽和利用了，向黃武反戈一擊，站到革命左派這邊來吧！

炮打資產階級司令部！
打倒黨內走資本主義道路的當權派！
批判黃武！
揪出北崗師範、北崗市委黨內走資派！
救出余榮！
無產階級文化大革命運動萬歲！
偉大的領袖毛主席萬歲！萬歲！！萬萬歲！！！
北崗師範二（2）班造反派紅衛兵一名戰士柯和貴
1966・10・9

柯和貴貼了大字報，心中被淤塞的孔道全舒張了，十分舒暢。同時，他也感到十分疲乏，就到寢室睡覺去了。

欲知柯和貴命運如何，且聽下回分解。

第二十七回　窺內幕黨大人失尊　激義憤黑材料遭焚

卻說柯和貴貼了大字報，心情舒暢，身子疲乏，到寢室睡大覺去了。

「柯和貴，柯和貴，快醒來。」柯和貴在夢中聽到王旭元的聲音，醒來，坐起。王旭元坐在床沿急急地說：「黃武看了你的大字報，臉色氣烏了。喻剛強等紅衛兵幾個頭目在議論，說你的問題比余榮嚴重十倍。我和郭素青、孫勇商量了，好漢不吃眼前虧，你要迴避一段時間。我在外面放哨，你快跑。」

柯和貴聽後心裡一驚，後悔不該一時衝動，把大字報語句寫得太刺激人了。他沉思著，一個大膽的念頭跳出腦海，對王旭元說：「我決不迴避，也迴避不了。我已經寫了，現在就要去做。」

「你還想做什嗎？」

「上北京見毛主席。報紙上說，大連十幾個中學生步行到北京串連。」

「啊——」王旭元又驚又喜，「行，一舉兩得，既去避難，又見世面。」王旭元說著，又轉了口，「行不通，上北京要學校介紹信，要路費、生活費。」

「我去找黃武談判。」柯和貴更冷靜了，說。

「你瘋了，送肉上砧板？」王旭元邊說，邊向窗外窺視。

「旭元，我鐵心了，不怕死了，你走吧，不能連累你。」柯和貴看出王旭元的恐慌神色，說。

「有事要我幫忙，就找我。」王旭元說著，走了。

柯和貴躺靠在床上想著，一會兒，上北京的全過程在腦子裡形成了，決定冒險找黃武。他相信黃武暫時不敢抓他。

柯和貴下了床，大搖大擺地走過大字報棚邊。同學們都默默地看著他。柯和貴來到辦公大樓門前，黃武和虞興在說著話。

「我叫柯和貴，送上門來了，你們要抓就抓吧。」柯和貴走上前，說。

黃武，虞興一齊看那柯和貴：並非一個氣宇軒昂、氣吞山河的勇猛英雄，而是一個其貌不揚、人物猥褻的農家小子；身材矮小，面皮淡黃，穿一套農婦縫製的灰色粗布衣褲。只有那廣闊明朗的天庭，有著包羅萬象的容量；那深邃炯炯的眼睛，發出睿智正直的光芒；那清秀精瘦的臉頰，泛著文雅英俊的神采；那硬削光潔的月牙形下巴，透著倜儻不羈的豪氣；正像一頭勇於猛撞虎獅的牛犢。

「哪個要抓你呢？『四大』是毛主席給學生的權利，你說什麼，寫什麼，都行。」黃武很沉穩。

「我有一個請求。」柯和貴說。

「說吧。」黃武表現出很大的度量。

「我要上北京見毛主席，請你開個介紹信，給一個月的生活費。」柯和貴見黃武不凶，軟下態度說。

「和貴同學，這不行呀。每個同學都要自由上北京，不亂套了嗎？」黃武說。

「文化大革命是不能循規蹈矩的，有些出格的亂。這是革命中正常現象。」柯和貴力爭。

「這個我就無權作主了，要找市文革領導小組批准。」黃武說。

「那好，我去找市文革小組。」柯和貴說著，就轉身走。

在柯和貴身後圍滿了同學，大家默默地讓開路，讓柯和貴走。

柯和貴來到市委大門口，看見王旭元、孫勇、郭素青在大門外場地的一棵法國梧桐樹下蹲著。

「柯和貴，向你賀喜。」王旭元迎上來，雙手握住柯和貴，像久別重逢的難友，說，「我們真為你擔心死了，站在你背後。聽說你要來市委，我們就抄近路來等你。」

「和貴老弟，我算服你了。你是英雄虎膽，我只有貓膽。」孫勇感慨著。

「大智必有大勇。」郭素青笑著說。

「你們願意和我一起上北京嗎？」柯和貴問。

「我跟你走。」孫勇表態了。

「走吧，一起去找市文革小組。」王旭元說。

柯和貴四人找到市文革小組組長，爭論了半個小時，組長說要請示市委李華書記。柯和貴等人找到李書記。李書記知道形勢變化，不敢得罪柯和貴等人，就做作關心的樣子，說北京天氣很冷，會凍壞身體，明春再去。王旭元說，在紅太陽毛主席身邊，不覺得冷。李書記被糾纏不過，就叫市文革小組組長給柯和貴四人寫了字條，由黃武去辦事。柯和貴四人拿著字條去找黃武，黃武只好給柯和貴四人寫了介紹信，發一個月生活費。

柯和貴、王旭元、孫勇、郭素青高高興興地搭船乘車來到省城。他們到江南大學找到王旭元的同鄉高軍。高軍是造反派紅衛兵的小頭目。高軍介紹說，江南大學有兩派紅衛兵，一派是工作組校黨委扶植起來的紅衛兵，一派是受工作組迫害的同學自發組織起來的造反派紅衛兵。造反派紅衛兵反工作組和校黨委。高軍還說：「紅衛兵上京串連，不用介紹信，不用買火車票，不用付生活費，只需有學生證和紅袖章就可以了。」柯和貴就說要加入江南大學造反派紅衛兵，孫勇說先去北京看看再說。高軍就給了王旭元四人四個紅衛兵袖章。四人又在江南大學看了看大字報，兩派紅衛兵辯論激烈。柯和貴當然贊同造反派的紅衛兵的觀點，柯和貴心裡踏實了，認為自己沒錯。

「北崗市黨內走資派真厲害，離省城只一百多里，卻把消息封鎖得密不透風。」王旭元氣憤地說。

「這是共產黨鐵的組織紀律嘛。」孫勇說。

四人直進火車站，亮了紅袖章和學生證，沒買票子，乘火車到了北京。北京火車站有紅衛兵接待站。

柯和貴四人被接待客車送到朝陽區演繹胡同小學住下。

北京是每個中國人嚮往的聖地。這裡，聚居著中國人敬仰的偉大領袖、元帥、將軍們。從小學到大學的教科書裡，那些偉大領袖、元帥、大將都被描繪得神秘傳奇、威武聖潔。

柯和貴來到北京，當然感到十分榮幸，言行也十分拘謹。他更羨慕兩個地方：北京大學、清華大學。他沒有忘記自己來北京的目的是追求真理，就把活動時間作了周密的安排。王旭元和郭素青打聽到他們受毛主席接見的時間還有半個多月。孫勇提出加緊時間遊玩。柯和貴和王旭元、孫勇、郭素青一起遊玩了天安門、故宮，照了合影相，就獨自活動去了。

柯和貴按計劃，先跑了北京大學、清華大學等名牌院校，拜會了首都五大學生領袖和江南省在京的著名學生領袖。他調查了作家協會、全國文聯、外交部、共青團等機關的文化大革命情況，收集了揭露和批判中央高層人物、各省市主要領導人和他所崇敬的郭沫若、巴金等人的材料，參加了批鬥王光美、陳毅等人的批鬥大會，看到了周恩來貼在北京大學牆上的檢討書，看到了農大附中牆上貼的批判林彪的大字報……柯和貴就這樣收集著、抄錄著、分析著、思考著，了解到那些令人敬畏膜拜的神秘傳奇、威武聖潔的偉人、元帥、將軍們的聞所未聞的醜聞、糜爛的生活、敗壞的道德、惡劣的行跡。他的腦海裡發生了山崩海嘯，一座座赫然高大的偶像砰隆砰隆地倒塌了，呼啦啦地粉身碎骨，沉入到水底裡。他相信馬克思的座右銘：懷疑一切。他懷疑還沒有全部露相的林彪是不是能接好毛主席的班，他懷疑還在十分活躍的周恩來是不是魏忠賢似的奸臣……在柯和貴的腦海裡，只剩下了一個孤島上的高大塑像：毛主席。但那座塑像的光彩也暗淡了許多。他想：為什麼跟著毛主席革命的大人物全是烏龜王八蛋？為什麼這些烏龜王八蛋都反對毛主席？從這時起，柯和貴的思想和行為開始出現了反常現象。

柯和貴和他所居住在一起的紅衛兵被通知接受毛主席檢閱了。紅衛兵先進行了五天的訓練，練隊列和步伐，訓練搖擺《毛主席語錄》的動作，訓練呼喊口號的方式。在一天早晨七點，突然通知下來：

受毛主席檢閱。有的紅衛兵還沒起床，就被緊急召集到體育館排隊。安全人員挨個搜身，不准帶任何鐵器，連鋼筆也不能帶，只能帶《毛主席語錄》本和一截分發下來的鉛筆頭，說是讓紅衛兵記下見到毛主席的時刻。管理人員介紹了在廣場或在大街兩種檢閱的情況，要大家遵守革命紀律，不能搗亂秩序。如果發現搗亂的人就當會作反革命份子抓捕起來。要不怕犧牲地保衛毛主席的安全。

這次受檢閱不是在天安門廣場，而是在長安大街上。柯和貴個子矮小，被安排在前排。孫勇說柯和貴有福氣，靠毛主席近，身材矮就好。長安街兩旁，一百五十萬紅衛兵都盤腿坐著，看不到頭，也看不到尾。紅衛兵前排，每一米遠有一個員警，員警前面是手挽手的人民解放戰士，連成人牆。

上午十點，汽車聲響起。一輛輛軍用大卡車載滿手持鋼槍的戰士走過。噠噠的軍用摩托車隊出現了，黑壓壓的，有七、八個長列。摩托車隊的後面分開了，夾著小四輪敞口車。每一輛小四輪敞口上站著三個人。兩邊的紅衛兵都歡呼起來了，跳躍起來了，一陣陣的口號聲驚天動地，一片片的《毛主席語錄》紅海洋熱浪滾滾。大街兩邊，解放軍築起的人牆晃動了，戰士們一個個踮緊腳尖，拼命地堵住身後衝擊的人浪。柯和貴還不知道發生了什麼事，被沖擠到一個戰士後面，從兩個戰士的肩間隙縫中望那小四輪敞口車。那三個人中間的是毛主席。毛主席左手扶住車前橫欄，右手齊耳舉著。毛主席越來越近了，離柯和貴只有三米遠。柯和貴看得真切。柯和貴簡直不敢相信自己的眼睛：毛主席的面孔並不像報紙上和肖像上所描繪的那樣紅光滿面、神采奕奕、多麼慈祥、多麼溫和，毛主席的臉腮就像兩塊白軟軟的豆腐，不怒不笑，毫無表情；那揚起的右手，掌肉也像一塊凹下去的白豆腐。毛主席左邊緊站著臉頰瘦削的林副主席。右邊拉開一點距離，站著方臉大眼的周總理。兩人都舉著《毛主席語錄》本微微晃動。毛主席的小車後有一列小四輪敞口車，有一輛站著劉少奇和朱德。小車過完了，又是摩托車隊、軍用大卡車車隊。

「快寫清楚。」柯和貴身後的孫勇在逼著王旭元。

「寫什麼呀？」柯和貴問。

「你這人怎麼一時糊塗呀？記上某年某月某日某時某分在什麼地方見到了我們心中最偉大的紅太陽、偉大領袖毛主席。這是一個人一生中最難忘的最偉大的最幸福的時刻。我下午就寫信回去告訴父母兄弟姐妹和鄉親們，讓他們也分享我的幸福。」孫勇突然成了一個抒情散文家。他的感情是真摯的，而那優美的句子不是孫勇創作的，而是從報紙上學來的最時髦的流行句子。

柯和貴聽到了哭泣聲。他向四周瞧去，紅衛兵們都一隻腳跪在地上，一隻腳豎起膝蓋，在放在膝蓋上的《毛澤東語錄》本扉頁上用鉛筆頭記著那偉大的時刻。許多紅衛兵沉浸在巨大的幸福之中，激動得笑了，哭了，熱淚盈眶。不知道這感情是真摯的，還是被感染的？柯和貴分辨不清楚。柯和貴卻沒有偉大的時刻和偉大的幸福的感覺，沒有記下那個時刻，他只感到幸運，看到了真實的活的毛主席；忘不了那一幕情景：一位高大白胖、身穿軍裝的老人，高高地站在敞口小車上，前後左右簇擁著軍用卡車和摩托車，百萬紅衛兵在高呼：「毛主席萬歲！」

三年後，柯和貴得知毛主席對斯諾說的一段話：「喊我萬歲的，少數人是真心的，大多數人是跟著喊的，還有少數人是被迫著喊的。」柯和貴真佩服毛主席的眼力和分析力。

受到毛主席檢閱後，孫勇、王旭元、郭素青搭火車遊玩南寧、廣州、杭州、上海去了。柯和貴無心去玩，仍留在北京二十多天，了解文化大革命情況。這期間，毛主席又兩次檢閱了百萬紅衛兵，柯和貴沒去參加。

柯和貴離開北京的那一天，買的是十一點二十分的火車票。他一大早起來，包好資料，去遊玩北海、景山。他爬上景山頂上，鳥瞰北京城。北京城房屋建築是一個大方塊形。大道小街將這大方塊形劃成許多小方格。古代建築多，現代高樓大廈少。故宮和中南海就在這大方塊形中央的景山腳下，一覽無餘。炊煙混合著晨霧，纏繞在建築物上，一片灰蒙。太陽升起了四、五丈高，天空沒一絲雲彩，藍湛湛的。柯和貴仰望那潔清浩瀚的宇宙，鳥瞰這灰濛濛的北京城，產生了一種超脫感受，覺得這北京城混濁渺小，算不得雄偉壯麗；那龜縮在小方格籠裡的人更是不算什麼。他想到從那中南海的小方格籠裡發出的聲音，竟使全國的小方格裡的小動物發抖，歡跳，時哭，時笑，又產生了憤憤不平的情緒。他油然吟出一首打油詩來：

一覽京城小，方格霧中浮。眼前眾巨神，聚議金鑾殿。
孫猴騰雲至，鐵棒舞金圈。硬爭齊天聖，玉皇身打顫。

柯和貴吟了幾遍，自覺好笑，邁步下山來。

柯和貴來到王府井大街，看到有一處人們排了好長的隊列，過路人都在隊尾後加入隊列。隊列越來越長，過了拐角。柯和貴看不到隊列的前頭在做什麼，就問幾個站在隊列的人，回答不知道，說「人家排，你也排吧，總會有好處」。柯和貴很好奇，就站在隊尾。他身後又有許多人排起來。隊列慢慢向前移動。大約過了一個小時，柯和貴移動到了最前頭，原來是賣冰棒。

「地凍三尺賣冰棒，真他媽的活見鬼！上當了。」有人說。

柯和貴也很惱火，但是怨得誰呢？是自己沒弄清楚情況而自願排隊的。他不想買冰棒，但看到大家買了，自己一個人不買，面子上不好看；何況站了一個多小時的隊，不要，也不合算，也就無奈何買了一支。那冰棒送進口裡，冰得牙齒打顫。柯和貴強迫自己吃著，好像這支冰棒是來之不易的神水結晶體。柯和貴看到許多人吃了兩口，就氣惱著把冰棒甩出老遠。他心裡感到好笑：金碧輝煌的皇城聖地，居然住著這麼多盲從的人，他也是那盲從隊列中的一員。他佩服那冬天賣冰棒的人的別出心裁的工作。後來，柯和貴總忘不了這件小事，經常講給熟人聽。

柯和貴回到居住處，離火車開動時間不足一個小時了，連忙提起包裹，向火車站走去。

柯和貴坐在火車上，自以為在京城研究文化大革命四十多天，很了解文化大革命，決定回校大幹一場。但是，他的頭腦裡有兩種思想在打架：母親一直教導他要與人為善，要忍讓，不記仇，不打鬥；而堂兄柯和義卻說，與惡人無法為善，除惡就是揚善，姑息惡人就是為虎作倀。「是的，對惡人不能忍讓。掌權的惡人比地痞流氓壞十倍百倍。鬥垮走資派，解放全中國。」有一種聲音在召喚著柯和貴。

柯和貴回到學校，邢行已經自發地組織了造反組織北崗師範毛澤東思想紅衛兵，只有十四個人，經常遭到保皇紅衛兵的圍攻，不敢大張旗鼓地活動。工作組、校黨委還在掌權，余榮還沒有被釋放出來，教師還在受批鬥勞改中。王旭元、孫勇、郭素青也回校了，就和柯和貴商量組織造反派組織。柯和貴認為造反派組織不能多，不能分散力量，應加入邢行的組織。四人找了邢行，邢行很高興，要王旭元當第一號服務員。柯和貴說邢行不能讓位，等到組織壯大了，再選舉領導人；現在要公開活動，解除受迫害的同學和教師的心理障礙。柯和貴、王旭元、孫勇、郭素青在班上成立了毛澤東思想紅衛兵「倒海翻江」戰鬥隊，在學校公開演說，與保皇派紅衛兵辯論。不到一個星期，毛澤東思想紅衛兵發展到六十多人，進行了民主選舉，選出總部負責人五個：柯和貴、余榮、邢行、王旭元、孫勇。柯和貴得了全票，但他說自己組織領導能力差，只能搞宣傳工作，主辦《長江評論》小報。他提議第一號服務員就是余榮，暫由王旭元代理。毛澤東思想紅衛兵總部作了三個秘密決議：揪鬥黃武、虞興和驅逐工作組，救出余榮，銷毀工作組和保皇紅衛兵整理的黑材料。為了防止保皇紅衛兵的破壞和衝擊，對行動計畫作了周密安排，組織了以孫勇為隊長的三十人敢死隊。

在一個嚴冬的凌晨，柯和貴醒了，躺在床上，思考著今天將要發生的幾件大事的全過程和各個相扣的環節，預料著可能出現的意外情況和相應對策。他眼盯著窗戶，窗戶由墨黑而暗淡，由暗淡而灰白。他聽到孫勇下床的沉重腳步聲，王旭元穿衣的唏唏聲。他起床了，摸到臉盆毛巾出了寢室門。室外寒氣襲人。他連連打了寒噤。不少同學都來到洗池，大家心照不宣，默默地洗，默默地走。

東方，乳白色中泛出了彩紅色，星星逐漸退隱，被霧水洗過的天空碧藍，遠山黑乎乎的，田野、村莊在晨霧中靜靜地躺著，瓦楞上的殘雪像被撕裂的塊塊白色碎布片。

柯和貴感到腳趾、耳朵、鼻尖很冷，一邊跳躍，一邊用手掌搓著面部和耳朵，精神抖擻地走進大禮堂。

大禮堂臺上的燈亮了，邢行和幾個女同學佈置好了會場，昨夜寫好的標語、條幅、高帽子都放在廣播室內。毛澤東思想紅衛兵都不聲不響地來到大禮堂。王旭元點了名，作了分工。大家都同仇敵愾，服從指揮，分頭行動去了。孫勇帶敢死隊揪人，王旭元帶人張貼標語，邢行、郭素青控制廣播室，柯和貴坐在臺上，其餘成員分別守住大門、側門、臺上、台下。

半個小時後，操場上傳來了孫勇大嗓門吆喝聲：「快走，放老實一點！」

一會兒，黃武、虞興被押上了台，臺上的同學拉起了橫幅：

批鬥「走資派」黃武、虞興大會

孫勇指揮敢死隊人員在台下站成弧形，護衛著臺上。王旭元等人回來了。邢行按響了起床鈴，在廣播裡叫喊：

「同學們，老師們，今天早上，毛澤東思想紅衛兵召開批鬥我校一、二號『走資派』黃武、虞興大會，歡迎參加。」

邢行又反覆地喊著口號，其中兩個口號很特別：「解放受壓制的同學！解放受迫害的教師！」

全校師生不約而同地向大禮堂湧來。那些被迫勞改的老師被幾個毛澤東思想紅衛兵領來了。這些老師畏畏縮縮，站在大禮堂後面的牆角下。保皇派紅衛兵站著觀望，對這突發事件呆若木雞，看著他們的主子挨批鬥。因為保皇派紅衛兵是最沒獨立思考能力的一群，是聽慣了使喚的一群，他們的腦子是副磨盤，不能自轉，只能由主人來推動。柯和貴把他們的能力估計過高了，枉做了許多提防工作。

王旭元宣佈大會開始，宣讀了幾條毛主席語錄，宣佈了大會紀律。孫勇把高帽子戴到黃武、虞興頭上。邢行高呼口號。柯和貴作了簡短演說。

柯和貴說：

「尊敬的老師們，親愛的同學們，戰友們：

「毛主席教導我們：『誰是我們的敵人，誰是我們的朋友，這個問題是革命的首要問題！』我看也是文化大革命的首要問題。文化大革命，就是毛主席發動廣大青年學生和人民群眾起來重點整那些黨內走資本主義道路的當權派的大革命。可是，為什麼我校文化大革命至今把敵人和朋友顛倒過來了呢？原因很簡單：黃武、虞興這兩個我校最大的『走資派』，知道文化大革命要整他們，就反其道而行之，把『當權派』、「反動學術權威」這兩頂帽子反扣在廣大教師頭上，把『牛鬼蛇神』、『黑幫份子』的帽子反扣在敢於反抗他們的左派學生頭上，封鎖省城、京城的革命消息的傳入，關起門來整人。大家看，那些站在後面牆角下的我們的老師，被迫害得還像老師嗎？他們日夜提心吊膽，不敢亂說亂動。那是我們的恩師呀，我們怎麼能聽『走資派』的教唆去把我們的老師整成那個可憐樣子呢？我們的良心何在？我們的正義感何在？余榮、邢行同學是全校出名的好人，是他倆無私奉獻，自找吃苦，每年組織迎接新同學活動。他倆出於善良、正直，為自己的班主任李勝老師辯護了幾句，『走資派』就把他倆打成現行反革命份子，把余榮同學關押起來。我們怎麼能聽『走資派』的挑撥、去圍攻自己的同學呢？我們的良心何在？我們的正義感何在？」

柯和貴說到這裡，激動了，聲音咽了，哭了。全場肅然。邢行大呼口號：「打倒走資派！」「解放被迫害的教師！」「釋放余榮！」

這一招很湊效，全場呼口號，出現了一片哭泣聲，情緒激昂，充滿悲憤。

「老師們，同學們，戰友們，我們善人的軟心腸是很難理解惡人的鐵石心腸的。『走資派』是整人、鬥人、殺人成性的最凶的惡人。他們一天不整人、鬥人、殺人，就一天不舒服。難道我們廣大師生活著是為了專供給『走資派』整、鬥、殺嗎？難道我們廣大師生是天生的任『走資派』宰割的下等動物嗎？難道我們不能有做『人』的一天嗎？難道我們不能像個『人』一樣來反抗他們嗎？」

臺上臺下掌聲雷動。

「不！我們是人，是文化大革命的生力軍！我們再不能膽小怕事了，再不能受蒙蔽了，再不能不關心政治了，再不能任『走資派』宰割了。我們要站起來，要反抗！『馬克思的道理千頭萬緒，歸根結蒂就是一句話：造反有理！』」

熱烈的掌聲。

「朋友們，起來，起來，起來！造反吧！造黨內『走資派』的反！前進，前進，前進，進！」

熱烈的長時間的掌聲，歡呼聲，憤怒聲。

柯和貴的演說具有很大的感染力、鼓動力，整個大禮堂沸騰了，站在牆角下的教師開始走動了。

王旭元宣佈批鬥黃武、虞興。發言人一個接一個上臺控訴、批判。那個被打成香港特務的郭之春老師，聲淚俱下，激起了滿堂的同情和憤怒。郭之春老師表決心：哪怕是坐牢殺頭，也要與「走資派」決一死戰！批鬥中，有人要打黃武，被王旭元制止了。

批鬥完了，王旭元要黃武、虞興在《要求解放余榮》書上簽字。黃武、虞興都承認了關押余榮的錯誤。

接著押著黃武、虞興遊街。遊行隊伍到市公安局大門停下。邢行、王旭元、柯和貴作為代表去找公安局長，遞交了《要求釋放余榮書》，同時要求關押黃武。公安局長同意釋放余榮，但不同意關押黃武。孫勇叫來了一部大卡車，扶余榮上車。郭素青給余榮戴上大紅花。有人放了爆竹。毛澤東思想紅衛兵隊伍雄糾糾、氣昂昂在大街上遊行示威，撒傳單，呼口號，放爆竹，跟在後面看熱鬧的人群浩浩蕩蕩。遊行隊伍在北崗高中大門停下，柯和貴向北崗高中同學發表鼓動演說，聽演說的人成千上萬。

遊行隊伍繞北崗市主道轉了一圈，回到北崗師範大禮堂，繼續開會。余榮發表了講話。王旭元、孫勇帶人去抄來了一大堆黑材料，放在臺上左角處。

王旭元走到台前講話：「老師們、同學們，這些黑材料是從工作組辦公室、校紅衛兵總部和學校檔案室抄來的，有些是有良心的幹部同學自覺交出來的。凡是挨整的老師、同學上臺來認領，不敢認領的，我們就當眾燒毀。」

這一舉動很得人心，具有很大的召喚力。站在牆角下的教師們都挪步走近台前。一會兒，台前有些擁擠了。王旭元等人把材料散開，讓教師、同學們翻閱。人群裡響起了哭聲。這哭聲由低沉的「哦哦」到高昂的「啊啊」。臺上臺下一片嚎啕大哭聲。不少教師拿著材料去質問黃武：「黃組長呀，你怎麼冤枉人啊？我根本沒說這種話呀！」「黃組長，你真狠毒，給我加上這個罪名。」……進修學院的劉奎老教授在女兒攙扶下，顫巍巍地走到毛主席像前，下跪磕頭；他又走到柯和貴面前，連聲稱讚。不少被整了黑材料的同學一時激憤，要去圍攻黃武，被孫勇的敢死隊制止了。同學們都各自拿走了黑材料，教師們一個也沒有拿，說是相信組織處理。

王旭元下令把黑材料搬到大禮堂外山坡上燒毀。一堆堆火光，一縷縷濃煙，把那黑材料變成了一片灰燼。

孫勇宣佈黃武、虞興停職反省，工作組人員在下午五點鐘前全部撤離學校。

大會散後，柯和貴回到教室。王安拿了一個日記本走到柯和貴桌旁說：「對不起，柯和貴，我記了你的黑材料，現在退給你。」

柯和貴接過日記本子，翻開一看，記的是：柯和貴閱讀封資修反動書籍目錄和反動言行。所寫的其中有《資本論》、《反杜林論》、《國家與革命》等書，有柯和貴從反演變時以來公開說的一些話，還有喻剛強抄的《黃武扮演什麼角色？》。結論：柯和貴大量閱讀古書，不讀毛主席的書，言論反動惡毒，行為不軌，是典型的右派份子。

柯和貴看了後，心裡好笑。他對王安不但沒發火，反而很友好誠懇地說：「王安，這不是你和喻剛強的錯，是『走資派』挑撥離間了我們的友好關係。想起我們初來師範時，是多麼歡快，融洽。我們重新和好吧。我不會記恨你和喻剛強的，這本子還是給你保存。」

柯和貴把日記本還給了王安。王安拿著日記本子走到喻剛強身旁。喻剛強劃了根火柴把日記本子燒了。從此，喻剛強、王安與柯和貴個人關係和睦起來。

批鬥黃武、虞興大會後，北崗師範毛澤東思想紅衛兵很快發展壯大起來，以郭之春老師為首的學校教師成立了造反派組織「紅教工」。毛澤東思想紅衛兵又分成十個分隊，到北崗高中和市直機關等發動了文化大革命。北崗市文化大革命蓬蓬勃勃地開展起來了。

快元旦了，北崗師範毛澤東思想紅衛兵總部又作了出了一個決議：利用春節期間，組織小分隊到北崗市下屬的十三個縣去串連發動文化大革命。

柯和貴帶了永安籍五個毛澤東思想紅衛兵來到家鄉永安縣造反。

柯和貴對抗暴有詩云：

善人理應抗暴

我是一株小草，既軟又弱。
沒有樹高，沒有花香；

不作棟樑，供養牛羊。
狂風襲來，草杪迎風起伏掀波浪；
暴雨擊來，草根抱土蕩漾保生長。
風過了，立杆向上；
雨停了，綠茵如常。
小草天性，柔弱勝剛強。

我是一個善人，能忍能讓。
朋友誤會，胸寬有度量；
窮人賒欠，心慈不逼賬。
強人欺凌，理智爭辯卻決不忍讓；
強權施暴，激情憤起而拼命反抗。
任人宰割，是爛草無絨
坐而待斃，就喪失天良。
善人本性，除暴為安良。
欲知後事如何，且聽下回分解。

第二十八回　聯鄉親鬥垮柯鐵牛　盡兄情提醒柯和貴

卻說柯和貴帶著五個永安縣籍的毛澤東思想紅衛兵回鄉串連造反。柯和貴改名柯武丁。他們先到永安縣高中，串連了受壓制的孔紅衛等十幾個學生，組織了永安縣高中紅旗公社組織，效法北崗師範作法，把永安高中的文化大革命運動顛倒過來。又到縣直機關、學校發動，永安縣文化大革命轟轟烈烈地開展起來了。鬧了半個月，柯和貴六人才各自回家過春節。

柯和貴背了個流行的紅衛兵黃軍包，回到南柯村。他看了母親、哥嫂，給了子龍十枚毛主席像章，親自給子龍胸前佩戴一枚。他又去看望堂兄嫂柯和義、張愛清，給了小柳十枚毛主席像章，親自給小柳胸前佩戴一枚。

南柯村第一個出遠門的讀書人回來了，正值城裡學校鬧文化大革命，所以震動很大。傍晚時，柯和貴家聚攏了上十人。人們問起文化大革命，柯和貴就宣傳起來，講京城、省城、北崗市的文化大革命情況，講了造反派紅衛兵揪鬥「走資派」情況。他說文化大革命馬上要從城市發展到農村。

「聽說要打倒劉少奇，說劉少奇不該搞『三自一包』，這個我不贊成。要不是有自留地、自留禽，可能要有六年災害。」七小隊貧協組長柯嶺峰說。

柯和貴針對柯嶺峰的話解釋說，三年災害不是毛主席搞的，是當國家主席、負責經濟工作的劉少奇搞的。在廬山會反彭德懷右傾時，劉少奇惡狠狠地批判彭德懷：「與其你反黨，不如我反黨。」柯和貴講了劉少奇為首的「走資派」的罪惡。

「聽老弟這麼一說，我懂了。」柯嶺峰說，「共產黨一坐天下，那些打仗有功和土改積極份子就搶著當官，過好日子，把貧下中農丟到一邊去了。他們嘴上說為人民服務，實際上強迫人民為他們當官的服務。從南柯村爬上去當官的，除尹苦海一個人外，沒有一個好傢夥，沒有為人民辦一件好事。五個月前，柯鐵牛那傢夥爬灰爬我弟媳房裡去了，嚇得我弟媳叫我。我去跟他說情理，他反說我反黨，把我貧協組長撤了。你說那傢夥惡不惡？柯鐵牛才是南柯村的大惡霸，獨角獸！我們應該造他的反！」

「柯鐵牛確實是南柯村的大惡霸。可是，他掛著大隊支書的銜子，是黨的一級政府的代表。你反他，就是反黨。再說，區、縣兩級都只聽他一個人說的話，他親手培養的柯業章當了副縣長。官官相衛，恐怕造不了他的反。」五十多歲的柯珍穩說。

柯和貴就解釋說，黨內有兩個司令部，柯鐵牛屬於劉少奇為首的資產階級司令部，反柯鐵牛不是反黨，是反資產階級司令部裡的一個「走資派」。

「這就是說，黨內又出現了民國十八年的殺改組派的事。」柯慶如老漢說。

「是這樣的。」柯和義說，「民國十八年共產黨內分成中央派和改組派，中央派秘密殺絕了改組派。現在共產黨坐天下了，毛主席這一派就公開地發動人來殺劉少奇一派。哎，皇帝宮廷裡是殺來殺去的。我只希望不要把老百姓也捲進去亂殺。」

「和義哥，你可不能這麼說。」柯和貴說。柯和貴並不了解民國十八年共產黨內的殺改組派，只覺得柯和義思想陳舊，把毛主席當作皇帝看待，實在是反動思想。他就解釋說：「毛主席可不是像皇帝那樣為個人做皇帝亂殺人的，他是為了人民的利益才發動文化大革命，整那些害人民的黨內『走資派』。我們應該響應毛主席號召。」柯和貴從背包裡掏出一堆文件、報紙說：「這些是中央文件和我主編的《長江評論》，你們拿去學習學習，就會理解文化大革命了。」

「我們現在就成立一個造反組織，去打倒柯鐵牛。」柯和丁提議說。

「我不參加，我什麼都不知道。」柯和義說著，起身走了。

跟著柯和義走的有三、四個人。

「和義哥被壓迫怕了。」柯和貴嘆息著。他又對沒走的人說：「你們怕不怕？」

大家表示，只要能打倒柯鐵牛，出口惡氣，死了也值得。於是就成立「南湖公社紅旗農民造反軍南柯大隊分部，選舉了柯和丁為第一號服務員。柯和貴起草了《宣言》和《告紅石區人民書》。會議決議：與縣高中紅旗公社紅衛兵取得聯繫，調來一批紅衛兵壓陣，揪鬥柯鐵牛，發展組織。

天濛亮，柯和貴帶著柯和丁、柯法善去縣高中找孔紅衛聯絡。

柯和貴等人走了不到一個時辰，柯鐵牛、柯國慶帶三十個民兵就抓了柯和義、柯和仁、柯嶺峰等反革命份子，押到大隊部審訊。柯鐵牛親自坐堂，要柯和義、柯嶺峰交待反革命集團頭子柯和貴的去向。柯國慶命令民兵捆人打人。正在柯鐵牛一個勁地審訊現行反革命份子的時候，放哨的民兵跑來報告，說一百多個紅衛兵包圍了大隊部。柯鐵牛一聽，拍著桌子叫罵：「入他娘的十八代！好大膽的反革命份子，公開反黨了！走來多少抓多少！」柯鐵牛還沒走出辦公室門，紅衛兵就衝進來了，把柯鐵牛等三十多人都抓起來，捆起來，放了柯和義、柯嶺峰等人。

柯和貴、孔紅衛決定，立即鬥爭柯鐵牛。紅衛兵到村裡張貼了標語：「打倒走資派柯鐵牛！」「打倒大惡霸柯鐵牛！」

柯和丁、柯法善每人拿著一面銅鑼，前屋後巷地叫喊：「開會囉，到大隊部去參加鬥爭柯鐵牛大會囉！」

聽到鬥爭柯鐵牛，社員們心裡又驚喜又害怕，驚喜的是惡人終得惡報，害怕的是打不死狼反被狼咬。不少社員扛著農具照常出工，不敢參加鬥爭會。可是，沒有隊長帶工，沒有會計記工分，出工的社員只好轉到大隊部去看熱鬧。

在大隊部場地的土臺上，柯鐵牛被紅衛兵押著，扭著手，按著頭。孔紅衛主持大會，柯和貴講了話，柯和丁、柯嶺峰等人揭發批判。社員們痛恨柯鐵牛，卻不敢去控訴批判。大會開了一個多小時，孔紅衛宣佈柯鐵牛交給農民造反軍管制勞改。

柯鐵牛被柯和丁、柯嶺峰押到八小隊勞改。但是，八小隊有哪個人敢管制大隊支書呢？柯和丁一走，柯鐵牛就自由了。

柯鐵牛是南柯大隊的土皇帝，平日耀武揚威，專別人的政，無惡不作。今日，他反被別人專政，威風掃地，臉面丟盡。那些討好他的女人見了他不打招呼了，那些在他面前被嚇得打戰的五類份子見了他呼的一聲擦身而過。有一個富農份子還諷刺他說：「支書，你也和我一樣了。」柯鐵牛接受不了這個突如其來的現實。為黨賣命十七年，忠心耿耿。上級叫他幹什麼，他就幹什麼；叫他怎麼幹，他就怎麼幹，他有什麼過錯？要說玩女人，縣、區、社哪個幹部不玩女人呢？他還親自給上級幹部安排過漂亮的女人。為革命辛苦奔勞，娛樂娛樂，有什麼不對呢？就說貪汙，集體個人都窮得叮噹響，有什麼可貪汙的？他每月只是多拿了點糧油去養老婆孩子。要說他作了什麼惡事，他心裡清楚，滅了叔父柯啟文一家，吃了人肉，暗中指派柯國慶去殺害了幾個五類份子，但那是階級鬥爭呀，是為了保住千百萬共產黨人頭不落地進行的反復辟鬥爭呀，哪個大隊幹部沒幹過？這算什麼罪過？他敢對毛主席說：「我的心是忠的，血是紅的。如果文化大革命鬥死了我，我還要高呼『毛主席萬歲』。我是一名真正的共產黨員。」柯鐵牛想到自己英雄一世，今日竟然落到這個下場，心中忿忿不平。他要向上級黨組織表白心跡，他相信黨是偉大的、光榮的、正確的，他不相信柯和貴、柯和丁幾個毛孩子，既不是黨員，又不是革命幹部，能翻得了天！

「入他娘的十八代！走著瞧，老子要復仇！」柯鐵牛叫罵起來。

柯鐵牛就去找公社黨委書記，社委書記答得含糊不清。他又去找區委書記，區委書記回答得模棱兩可。他最後去找當了副縣長的柯業章，柯業章安慰了他一陣，說過些日子到南柯村來看望他。

再說柯和貴等人，積極發展紅旗農民軍，半個月，全社各大隊都成了立了組織，南湖公社紅旗農民軍總部也成立了。柯和貴決定再次批鬥柯鐵牛。

批鬥柯鐵牛大會會址在南湖小學操場上，搭了個又高又大的鬥板台。全社紅旗農民和南柯大隊男女都參加了，還揪來了南湖公社黨委書記劉耀武陪鬥。柯和丁主持大會，柯和貴作了演說。柯鐵牛坐在臺上右角一條高腳凳上，劉耀武坐在柯鐵牛旁邊。這次批鬥在會比上一次就聲勢浩大了，激烈了。群眾情緒激昂，上臺發言的人特別多，控訴者的憤怒聲、哭喊聲，驚天動地。

在眾多發言中，土改根子、貧協主席柯鐘月的發言很典型：

「各位老虎大沖們（勞苦大眾），父老鄉親們，我在土改時當主席，蛋屎（但是）……蛋屎（但是）……鬥爭了糞桶蛋（反動派）和一個粑（大惡霸）。蛋屎（但是）……蛋屎（但是）……柯丹青不是糞桶（反動），尹安定不是一個粑（大惡霸）。他們是個大善人。我清楚，五十多歲的人都清楚。蛋屎（但是）……蛋屎（但是）……我鬥爭了他們，槍斃了他們，那不是我們自願的，是工作隊強迫的。我作了孽，心裡一直不安寧，對不起兄弟叔侄。蛋屎（但是）……蛋屎（但是）……我柯鐘月一生有良心，靠苦幹活命。柯鐵牛、柯太仁（柯國慶原名）、瞿習遠（瞿思危原名）這三個畜牲，狗吃了良心。解放前，他們遊手好閒，偷雞摸狗，為害鄉親。解放後，為了當官，當革命積極份子，殺伯母，鬥叔父，槍斃柯丹青、尹安定。他們當官了，比先前還惡十倍，強姦婦女，害人鬥人，欺壓老百姓。柯鐵牛，你才是南柯村真正的一個粑（大惡霸），真正的糞桶蛋（反動派）。你翻開肚腸出來看看，是黑心腸，是狼心狗肺！別人怕你，老子不怕你。你要把李嬸娘（柯和貴的母親）打成破爛地主，憑什嗎？老子反對！你要把柯慶如一家趕出去，憑什嗎？柯慶如只是個富裕中農，老子反對！你就害我，害不著，就害我兒子和平。你教柯太仁把隊裡的小水牯牽到深山裡，賴我和平兒偷牛。要不是尹主席（尹苦海）會斷案，我兒子和平就冤枉坐牢了。我去告你，瞿習遠那傢夥包庇你。柯鐵牛，你作惡到頭了，也有今日了！今日，老子要你嘗嘗跪碗鋒、滾狗子刺、上吊的滋味。」柯鐘月向台下喊：「和平，把碗鋒，狗子刺，繩子，土磚搬上來，讓這一個粑（大惡霸）受刑。」

台下，柯鐘月的兒子和平和幾個青年就搬東西，準備上臺。

「鐘月叔，我對不起你。你今日鬥我應該，可不能讓我受那酷刑呀！鐘月叔，你饒了我吧！」柯鐵牛跪下，向柯鐘月磕頭。

「今日說這些話太遲了。」柯鐘月說。

「不要饒那惡霸，讓他受刑！」

「打倒畜牲柯鐵牛！」

……

台下響起了怒吼聲。

柯和貴連忙走到台前，指著和平叫：「和平，不能拿刑具上臺。文化大革命，只搞文鬥，不搞武鬥。我們不能學柯鐵牛那樣野蠻。」

「好，好，和平，我們服從組織，聽柯和貴的。」柯鐘月大聲說。他轉身指著柯鐵牛喝著：「鐵牛，你的牛耳朵聽清楚了嗎？柯和貴不計較你，寬宏大量，是讀書人做官，不像你那樣只憑蠻力。」

柯鐘月說完，下臺了。柯鐘月就是本書第六回所寫的學官話的那個土改時的貧協主席。他只要學著官話說話，就難聽好笑了，只要說著自己的話，就明白通俗。

這時，一輛吉普車開到操場停下，車裡走出柯業章。

「柯縣長，快來救我，反革命份子在打擊報復我。」柯鐵牛一眼看見柯業章，心中高興，恢復了惡狠本性，站起來叫喊。

柯業章大踏步走上台。柯鐵牛迎上前。

「你他媽的『走資派』！」柯業章叫罵一聲，朝柯鐵牛胸口上一拳，把柯鐵牛放翻在臺上。他一邊打一邊罵道：「你這個地地道道的『走資派』，橫行鄉里，作惡多端，迫害革命造反派。我早就想為民除害，今日有機會了。」

「要文鬥，不要武鬥！」柯和貴高呼口號。他趕上前去，拉開柯業章，把柯鐵牛扶在座位上。

柯業章站在台前，當眾聲明支持紅旗農民軍，宣佈柯鐵牛是罪大惡極的「走資派」，現行反革命份子，宣佈柯和丁等人為南柯大隊負責人，黨籍問題在一個星期之內解決。

「有了吧，柯縣長。這是革命群眾在毛主席直接領導下的自發革命行動，不需要救世主，也不需哪一級黨委認可，你好自為之。」柯和貴說。

「你柯業章也不是什麼好東西！」台下有人叫喊。

「真是個狗吃了良心的傢夥，打起恩人來。」台下有人不服。

「柯業章也是『走資派』！」

「柯業章，滾下臺來！」

……

柯業章被柯和貴挖苦了一通，見到台下群眾對他不滿，就與柯和貴握手告別，悻悻地下臺，在人們叫罵聲中狼狽地乘車走了。

批鬥柯鐵牛大會開到下午才散會。這一次，南柯大隊社員真正地被發動起來了，各大隊社員也相繼成立紅旗農民軍。柯和丁成了南湖公社紅旗農民軍總部第一號服務員。

春節過後，柯和貴要返校了，就召開了南湖公社紅旗農民軍總部會議，討論了幾項革命工作。柯和貴對柯和丁等負責人說：「革命不是為了個人當官發財，革命是為人民服務。你們現在當官了，要把生產搞上去，讓老百姓有飯吃。你們絕對不要學習柯鐵牛，欺壓老百姓，亂鬥亂打社員。如果你們成了柯鐵牛一樣的人，老百姓又會起來推翻你們的。」

柯和貴要總部負責人跟他一起在毛主席肖像前舉手發誓願：「革命不是為了個人做官，革命是為人民謀幸福。如果欺壓老百姓，就遭千刀萬剮罪！」

可見柯和貴沒有脫離中國傳統的義士思想。

柯和貴在離開家鄉前，與柯和義進行了長時間的談話。柯和貴眉飛色舞、義正詞嚴地講文化大革命的好處，講毛主席和人民的心連心的思想。柯和義、張愛清只是聽。

「那些當權派實在嚇人，人民都怕他們。柯鐵牛咳嗽一聲，全村人發抖。應該改朝換代了。」張愛清在柯和貴講話的間歇插話。

柯和貴感到張愛清用詞不妥，就糾正地說，不是「當權派」壞，是「走資派」壞；不是「改朝換代」，是打倒「走資派」，擁護毛主席的領導。

柯和義看著眼前的柯和貴，正氣浩蕩、熱血沸騰、天真浪漫的樣子，就說：「小弟，毛主席是老謀深算的政治家、軍事家，他的偉大戰略部署，普通人是不大理解的。這次他發動文化大革命，是恨劉少奇，又是怕劉少奇。他恨劉少奇，劉少奇在三年災害後召開了七千人大會，不事先和毛主席商量，就說三年災害的錯誤主要在中央，搞突然襲擊，逼得毛主席在大會上作自我批評，給毛主席臉上抹黑。毛主席能不恨劉少奇嗎？他怕劉少奇像蘇聯赫魯曉夫否定史達林那樣否定毛主席，使毛主席死後靈魂不得安寧。毛主席就先下手為強，發動了文化大革命來搞劉少奇。說不一定，毛主席發動文化大革命還有更大的政治目的。」

柯和貴聽了，不以為然，就說：「毛主席是有偉大胸懷的人，不會有私仇，不會去計較劉少奇在七千人大會上搞的那個小動作。毛主席是從全體人民利益出發，來發動文化大革命的，要打倒的不是劉少奇一個人，而是整個『走資派』的資產階級司令部，讓新生力量革命造反派掌權，造出一個為人民服務的新天地。」

「你以為毛主席會把老幹部打倒嗎？不會的。毛主席是借文化大革命在打倒劉少奇時，把老幹部整打一番，讓老幹部不忠於劉少奇，而忠於自己。到時候，毛主席會把被整打得服貼了的老幹部啟用起來，和江青這些造反派新幹部結合著掌權，造出一個絕對忠於毛主席的政權。」

「造反派和老幹部是死對頭了，不可能結合在一起。」柯和貴打斷柯和義的話，說。

「怎麼不可能呢？毛主席『一句頂一萬句』，說的話是『最高指示』，有誰敢不執行？毛主席現在只說『重點整那些黨內走資本主義道路的當權派』，這就留有餘地。到一定時候，又說一句啟用老幹部的話，叫造反派與老幹部組成新老結合的領導班子，那些造反想當官的造反派頭頭還不爭著去與老幹部相結合嗎？當然，新、老有些合不來，免不了不作權力鬥爭。這恰恰是毛主席需要的鬥爭局面，新、老幹部都爭著忠於毛主席一個人，毛主席就從中玩弄權力平衡手段。如果有人敢不服，毛主席手中還有軍權，就調動軍隊來整治不服的人。這正是中國歷代皇帝玩慣的政治手段。和貴，爭權奪利的好戲有著看哩。」柯和義說。

「我總覺得你的話不大正確，你把毛主席比作歷代皇帝了。再說，《十六條》明明寫著文化大革命的搞法和目的，絕對不是你說的那個結局。」柯和貴感到柯和義的說法太離譜了，但他從理論和經驗上又駁不倒柯和義，只好用信仰來抗衡。

「小弟，你現在十分信仰毛澤東思想。在你的心裡，用毛澤東思想來衡量我的話，以為我說的全是反動言論。你聽不進我的話不要緊，我們現在不爭論了，各人保留觀點。我只談一點：你要學會自我保護。你善良正直，一心想追求真理，救國救民；你的年齡決定你不懂官吏之道，不懂權術，易衝動，勇於為信仰去犧牲自己。這是一個血氣方剛、有正義感的知識青年的優點，也是弱點。說是優點，如果你所信仰的主義是真正的救國救民，犧牲了就死得其所。說是弱點，是因為你所信仰的主義是政治野心家所設計的騙局，犧牲了是為政治野心家個人賣命，死得冤枉。我為你擔憂的就是這一點。我現在提醒你：在你還沒有明白毛主席發動文化大革命的真正意圖時，絕不要萌發去當英雄、烈士的念頭。你不要再介入文化大革命了，絕不要輕信報紙上說什麼，你要站在場外冷靜思考。」柯和義邊說，邊盯著柯和貴，語重心長，眼眶噙滿淚花。

「和貴弟，你和義哥觀點雖然不正確，但對你是一片真心真情，我們擔心你出危險呀。」張愛清說。

剛才，柯和貴實在認為柯和義的話是陳詞濫調，十足的反動言論。他只是出於良心和情義沒有激烈地衝擊柯和義。現在，柯和義和張受清說出關心自己的話來，令柯和貴很受感動。他了解柯和義、張愛清，有知識，有經驗，良心好，不騙人，對自己更是真情實意。柯和貴的內心產生了震動：難道文化大革命是一場政治陰謀嗎？是一個政治騙局嗎？是帝王宮廷爭權奪利的鬥爭嗎？柯和貴現在還不能回答這些問題。

「義哥，大嫂，我會保護好自己的。」柯和貴說，「我開始時也不關心文化大革命的，是被逼著參加的。現在恐怕難抽身退出來了。」

「見機行事，想法子退出來。」柯和義說。

柯和貴點了點頭。

柯和貴背著紅衛兵黃背包返校了。

柯和貴返校不久，文化大革命形勢發生了急劇變化，使柯和貴再次遇險。

欲知後事如何，且聽下回分解。

第二十九回　支「左」軍隊奉命造孽　識時洪峰賭彩上臺

卻說柯和貴返回北崗師範後，受著柯和義的話的影響，減少參加毛澤東思想紅衛兵活動，把《長江評論》的主編工作也讓給班上《倒海翻江》戰鬥隊隊長樊福同學，自己一心一意地去看報讀書，研究文化大革命。

到了三月，國務院發出了《通知》：停止大串連，複課鬧革命。毛主席接連發出最高批示：「成立三結合委員會」，「老幹部是革命的寶貴財富」，「抓革命，促生產」，「人民解放軍要支持左派」。

四月，北崗軍分區派了一個團的軍隊進駐北崗師範。軍隊進校後，對學校實行軍管，對學生進行軍訓，恢復校黨委領導，把保皇派紅衛兵重新組織起來，成立軍代表、老幹部虞興和保皇派紅衛兵頭目三結合校革委會，各班革命領導小組是原團幹、學幹的原班人馬。軍隊勒令《紅教工》解散，命令毛澤東思想紅衛兵停止活動，造反派老師和頭目低頭認罪，成員人人作思想反省。毛澤東思想紅衛兵第一號服務余榮不服，貼出大字報，指責支左軍隊執行的是工作組路線，支「右」不支「左」，犯了方向性大錯誤。余榮立即被逮捕。邢行、王旭元、孫勇被嚇得逃跑了。毛澤東思想紅衛兵成員紛紛寫聲明退出去。柯和貴沒有逃跑，也沒寫退出組織的《聲明》，不吭聲，遵守紀律，參加軍訓上課。

柯和貴所在班是毛澤東思想紅衛兵最多的班，在支「左」軍隊眼裡是重災班，派進了一個營，營長叫趙猛，指導員叫傅有。喻剛強當了校革委會副主任，王安是班革命領導小組組長。這一次，喻剛強、王安沒有趁機整柯和貴，反而保護柯和貴，對傅有說：「柯和貴與王旭元、孫勇有本質區別，對毛主席是忠的。」傅有就把柯和貴當作右派學生轉化思想的典型。在班會上，趙猛營長給柯和貴提出兩點要求：「第一，必須協助組織抓到王旭元、孫勇、邢行，以示立功贖罪；第二，不能默不作聲，要寫聲明退出毛澤東思想紅衛兵組織，反戈一擊，批判反動組織的罪行，表示自己不再受蒙蔽了。作不到這兩點，就要受到軍法制裁。」

柯和貴再也不能安靜讀書了，必須面對不可逃避的嚴酷現實鬥爭。柯和貴對趙猛營長提出的兩點要求，在心裡一條也不能接受：「我知道孫勇等人的下落，但是我寧可自己受苦、犧牲，也不會去幹那種出賣朋友的傷天害理的卑鄙缺德事。毛澤東思想紅衛兵是按毛主席指示辦事，是反抗『走資派』的迫害起來造反的，有什麼罪過？我無罪可贖，無過可悔。」

柯和貴想起了柯和義的話，毛主席真的動用了軍隊了，要啟用老幹部了，文化大革命就這樣子結束了。他有一種被欺騙的感覺。但是，柯和貴不甘心，不相信這就是毛主席發動文化大革命的真正目的，不相信文化大革命就這樣完了。現在，柯和貴再也不關心什麼文化大革命了，只關心自己和王旭元、孫勇、邢行、余榮等人的安全。他再次被逼上反抗的道路。柯和貴冷靜地想到，現在面對的不是當文化部副部長的黃武這類文職官員，而是「秀才遇著兵，有理講不清」的「兵」。柯和貴想起柯和義提醒自己的話：「血氣方剛」、「易衝動」、「勇於犧牲」、「不懂權術」，這是弱點。他決定不去與那些兵蠻鬥，要鬥智。柯和貴思考著，作出了解脫自己的三個方案：第一，拖。用緩兵之計，裝傻，盡可能在班上多呆幾天，看看形勢變化，再圖出路。第二，逃。逼得太緊，拖不下去，就和王旭元、孫勇、邢行一起逃到北京，了解情況，再作打算。第三，坐牢。逃不脫，罪加一等，坐牢是肯定的。不管哪個方案，柯和貴是決不屈服去低頭認罪的：「寧可死於法，決不死於刑。」

柯和貴想好了，就裝著傻乎乎的樣子，對趙營長的兩點要求不放在心上，照常上課，吃飯，睡覺，時刻留心報紙上的文章和各類傳聞。

過了上十天，喻剛強、王安找柯和貴談話，說趙營長、傅指導員限柯和貴在兩天之內對兩點要求作出反映。喻剛強、王安勸慰了柯和貴一些話。柯和貴說；「你們去彙報，說我願意轉變思想，只是還有些想不通，讓指導員來作我的思想轉化工作。這樣，你倆就交差了。」

果然，一個下午，傅有指導員來做柯和貴思想轉化工作。兩人端了方凳，坐在樹林裡。

傅有，山東人，二十五、六歲，高個子。初中畢業後當兵，入黨升官，是活學活用毛主席著作的積極份子，柯和貴還聽過他的活學活用報告。傅有聽了喻剛強、王安建議，把柯和貴當作思想轉化的典型。他要趙營長先給柯和貴一些壓力，他再用毛澤東思想來轉化柯和貴。他很有信心來轉化柯和貴，為革命再立新功。

「柯和貴，你為什麼對趙營長的兩點指示毫無反應？是想不通，還是軟抗？」傅有態度威嚴。

「傅指導員，你和營長把我當作思想轉化的典型，來教育其他同學，來體現黨的治病救人政策，我對你們的一片好心表示感謝。」柯和貴軟綿綿地說。

傅有聽了柯和貴有認罪悔改之意，就與柯和貴談心，交朋友。他設身處地地談了黨對自己的培養，談了學習毛主席著作的心得體會，談了自己應如何忠於毛主席、忠於黨，談了自己隨時為黨獻出自己的生命。他很健談，談了一個多小時。他觀察到柯和貴老實認真的神情，以為柯和貴被感動了，思想有轉變，就要柯和貴表態。

柯和貴裝著委屈的傻氣相，說：「趙營長兩點指示太苛刻了，組織上派許多人去追捕王旭元、孫勇、邢行都沒效果，叫我一個人怎麼去找到他們呢？再說，組織上派人監視我，我又沒有活動自由，怎麼能尋找到他們呢？」

「好，從今天起，你有活動自由。你一旦有了王旭元三人的消息，就向我報告。」傅有說。

「那第二點也說得太難聽了，把我當階級敵人。我承認我有錯誤，但不承認我犯了罪。文化大革命是觸及每個人靈魂深處的大革命，用強力壓迫人服從，口服心不服，只有用戰無不勝的毛澤東思想來清洗人的頭腦，才能轉化人的思想。」

「這你就不懂了。對於犯錯誤的同志，必須要用強迫和自覺相結合的方法，才能使他感到有壓力，才能轉化思想。轉化了，一切就都好了。不要死扣字眼嘛。」傅有說，「要證明你的思想轉化了，你必須要拿出行動來：立即寫出《聲明》，退出毛澤東思想紅衛兵，寫份承認自己犯錯誤的檢討書，不在班上念，交給我就行了，你能做到吧？」

「像你這樣和風細雨地做思想工作，用毛澤東思想來教育我，我很服氣。我去想想，明天上午表個態。」柯和貴誠懇地說。

吃了晚飯，柯和貴故意在學校操場、大禮堂轉悠著，還散步到校外商店買東西。他很高興，沒有人跟蹤。

晚自習時，趙營長在班上說：「柯和貴同學的思想有轉化。但是，他必須在明天上午拿出具體行動來。」

第二天大早，學校大字報欄上貼著柯和貴的一張《聲明》：

柯和貴聲明

我聲明：毛澤東思想紅衛兵是真正的革命左派組織，它的一切大行動都牢牢撐握了鬥爭大方向。我代表毛澤東思想紅衛兵總部向全校師生和戰友們鄭重宣佈：毛澤東思想紅衛兵總部仍在繼續進行秘密的革命活動。

我聲明：我校支左軍隊像去年工作組一樣，執行的是資產階級司令部的命令，在支右，不是支左，犯路線性錯誤。軍隊應立即撤出學校。

我聲明：文化大革命絕對不是走了一個圓圈又回到起點，軍隊進校不是文化大革命的收場，而是文化大革命的反覆，是黨內「走資派」在搞翻案復辟。局勢的發展將不利於「走資派」和被他們操縱的軍隊，將有利於毛澤東思想紅衛兵。戰友們，作好準備，迎接我們公開與「走資派」作的最後決戰！

我聲明：我和王旭元、孫勇、邢行等人上北京去了，軍隊用不著浪費財力、人力去追捕，到一定時候，我們會送上門來的。

毛澤東思想紅衛兵必勝！

黨內走資本主義道路當權派必敗！

毛主席萬歲！萬歲！！萬萬歲！！！

三（2）班柯和貴67年6月4日

趙猛看了《柯和貴聲明》，氣得暴跳如雷，立即召開班會，命令王安將《柯和貴聲明》撕掉，以免流毒深廣；命令喻剛強建立柯和貴特別檔案；命令全班同學聲討柯和貴，肅清流毒。趙猛還向駐軍團長嚴正報告敵情，建議全校實行戒嚴，加崗加哨。傳有很狼狽，又很害怕，擔心自己幾年「活學活用」的努力所建的功勳潰於一旦。他急忙向嚴團長作檢討，編造說，柯和貴向他認罪悔過時痛哭流淚，他被柯和貴迷惑了，放鬆了警惕性。

卻說柯和貴，下晚自習後，回到寢室，暗暗地把日用品和換洗衣服包好，來到教室，寫了《聲明》，貼了。他就抄大禮堂後的小路，上七一水庫，穿龍王山山谷，走了十幾里路，來到荒湖村與王旭元、孫勇、邢行會合。四人向省城反方向走了二十多里，到蓮河縣乘車去省城。他們無錢買火車票，就到火車貨站，找到工人造反派的成員。在兩個工人的幫助下，他們上了去北京的貨車。

到了北京城，四人直奔北京大學。北京大學的造反派是多數派，掌權派，設有外地的造反派紅衛兵接待站。接待柯和貴四人的紅衛兵叫雷小鳴。雷小鳴聽了柯和貴四人反映的情況，很氣憤。雷小鳴告訴柯和貴四人，中央出現了「二月逆流」，駐學校軍隊大多數支右不支左，中央文革小組知道了這件事，正在研究對策。雷小鳴安排了柯和貴四人的住宿。第二天一早，雷小鳴帶柯和貴四人去中央文革接待站。在中央文革接待站中，外地來告狀的造反派很多，柯和貴四人直到下午兩點才被安排接待。中央文革小組接待站的人給柯和貴四人寫了字條，蓋了公章。字條寫著：

「迅速釋放余榮同學，不准迫害柯和貴、孫勇、邢行同學。」

「好了，有了護身符了。」孫勇很高興。

「軍隊只服從上級命令，恐怕不會按這個字條辦事。」王旭元說。

「一個小小團長，敢抗拒中央文革嗎？」孫勇說，「把字條給我，我回去找軍隊算賬。」

柯和貴把字條給了孫勇，說：「軍隊被『走資派』操縱著，你要小心呀。」

柯和貴四人在北京又考察了幾天，混火車返回省城。王旭元建議到江南大學住幾天，看看形勢再行動。孫勇說有中央文革批條，不怕，就一個人回校去了。王旭元設法找到了高軍。高軍把三人接進學校住下。江南大學造反派頭頭被逮捕了兩個，但造反派仍在公開活動，與駐校軍隊辯論。

一天深夜，下著暴雨。江南大學高音喇叭響起，播放著造反派組織的《嚴正聲明》。

高軍沒回寢室。邢行三人就冒雨到辦公大樓觀看。在暴雨中的操場上，集合著上千名造反派紅衛兵，排成六隊，在毛主席塑像前宣誓：

「聲援武漢革命造反派，向陳再道討還血債，批判帶槍的劉鄧路線，打倒軍隊一小撮走資派，誓死保衛毛主席，誓死保衛林副主席，誓死保衛江青同志！下定決心，不怕犧牲，排除萬難，去爭取勝利！」

這時，一陣腳步聲，兩隊帶槍的解放軍戰士跑步上前向操場包抄過來。紅衛兵一湧而上，堵住軍隊。幾個女同學拿起喇叭筒喊：

「毛主席教導我們說：凡是鎮壓學生運動的人決沒有好下場！」

「軍愛民，民擁軍，人民子弟兵不打人民！」

「解放軍戰士們，不要受軍內走資派蒙蔽，調轉你們的槍口，向資產階級司令部開炮！」

……

辦公大樓的高音喇叭在喊：「造反派勇士們，衝呀，反擊呀，繳槍呀！」

這命令一發出，造反派紅衛兵們就撲向荷槍實彈的軍隊戰士。「砰」、「砰」兩聲槍響。那槍聲沒有嚇住造反派紅衛兵，十幾個人圍住一個軍隊戰士，繳了槍。造反派紅衛兵又集合，列隊，向校門外沖去。街上傳來了密集的槍聲。

「我們去看看吧。」王旭元說。

「不行。我們不明情況。」柯和貴說。

「旭元，旭元。」高軍在宿舍那邊喊。

「高軍，我在這裡。」王旭元答應著。

高軍跑過來，全身流著雨水，氣喘吁吁地說：「省軍區司令員命令軍隊向保皇派發槍，在校門口向造反派開槍，打死了十幾個人。現在，造反派紅衛兵向省軍區衝去揪司令員。我是宣傳隊的，要去宣傳工人。你們不要出去，回宿舍去。」

「到底發生了什麼事？」柯和貴問。

高軍到辦公大樓拿出了一捆傳單和報紙，給了王旭元兩張，和幾個紅衛兵一起走了。

王旭元三人回到宿舍，看那報紙、傳單。有一張是當天的《人民日報》，第一版報導了湖北省武漢市「七二•零事件」。武漢軍區司令員陳再道，發槍給武漢保皇派組織「百萬雄師」，包圍了陪同毛主席到武漢巡視文化大革命的謝富治、王力，打傷了王力。武漢造反派組織敢死隊保衛毛主席，保衛中央首長，發生了大規模武鬥。今天上午，江青和林彪全身戎裝，在北京機場接見了受傷回京的謝治富、王力，作了重要指示：「小將們，我們要文攻武衛。」《人民日報》有評論員文章，提出「批判帶槍的劉鄧路線」，「批判軍內一小撮走資本主義道路的當權派。」

「現在，我們可以回校了。」柯和貴說。

柯和貴三人就上街去找北崗市的貨車。有一輛北崗市貨車停在江南大學不遠的街旁邊，司機在打瞌睡。王旭元叫醒了司機。那司機是北崗市市直造反派組織紅工總成員，很快與王旭元火熱起來，叫王旭元三人上車，用雨布蓋住身子。貨車開動了。在市內，柯和貴聽到了廝殺聲。汽車跑出了省城，跑了兩個多小時，天亮了，到了北崗市。柯和貴叫司機把車子開到市郵電局大門外停下。柯和貴三人下了車。他們等到八點，購買了十份《人民日報》。三人商討著回校後的行動計畫。

邢行說：「這兩天的《人民日報》肯定被軍隊封鎖了，不讓同學們看。我們先宣傳《人民日報》的內容，再公開活動。」

柯和貴、王旭元贊同。

暑天的天氣，說雨就雨，說晴就晴。太陽升起，特別鮮豔。街道房屋被暴雨沖洗得很乾淨，樹葉很青翠。

柯和貴三人的心情舒暢，呼吸著新鮮空氣，踏著灑滿陽光的大道，繞過解放軍崗哨，來到柯和貴班教室。柯和貴、邢行擠坐在座位上，王旭元回到自己座位上。

全班同學驚愕了，屏住呼吸，望著三人。

「你們好大膽子呀，真是送肉上砧板了。」郭素青小聲說。

「你看這就清楚了。」柯和貴送給郭素青一份《人民日報》。

「這有什麼用？孫勇拿了中央文革批條，照樣被抓走了。」郭素青說。

「軍隊走資派比地方走資派厲害百倍呀。他們自恃手中有槍，把無產階級司令部也不放在眼裡。」邢行感慨著。

「這一次，他們可要輸了。」柯和貴信心十足地說。

「同學們，軍內走資派封鎖消息，我現在給大家讀一則《人民日報》登的特大新聞。」王旭元從座位上站起來，大聲朗讀起來。

全班同學側耳聆聽。

「住口！」趙營長站在門口喝道。他身後跟著傅指導員。趙營長指著王旭元大聲喊：「你好大膽子，竟敢公開進行反革命宣傳？」

王旭元沒理睬趙營長，繼續在讀。

「給我抓起來！」趙營長指著王安命令。

「慢著！」柯和貴站起來，走到趙營長面前，說，「趙營長，你不調查一下就給人扣反革命份子的帽子，不合毛澤東思想吧？王旭元在讀中央機關報——《人民日報》。你公開誣衊《人民日報》，到底你是反革命，還是《人民日報》是反革命？

王旭元向趙營長和揚了揚手中的《人民日報》。

趙營長一看，臉變色了。

「趙營長，這份《人民日報》可能被軍內走資派封鎖了，你沒看到。我給你兩份去學習。」柯和貴給了趙營長、傅指導員每人一份《人民日報》。

趙營長和傅指導員看起《人民日報》來。柯和貴趁機向同學們發放《人民日報》，同學們十幾個人圍著看一份《人民日報》。不到半個小時，一個戰士來通知趙營長、傅指導員去開會。

趙營長、傅指導員一走，邢行就向同學們介紹起京城、省城的革命情況。王旭元拿了四份《人民日報》去學校大字報欄張貼。

中午，學校大字報欄貼出一張聲明：

洪峰嚴正聲明

我是一個共產黨員，校團委會組織委員，校紅衛兵總部組織委員，校革委會常委。一年多來，我不斷研究文化大革命。在兩個階級、兩個司令部反反覆複較量中，我終於認識到文化大革命鬥爭大方向是鬥爭黨內走資派和資產階級司令部，不是鬥爭教師和學生。我今天嚴正聲明如下：

一、校紅衛兵組織是黨內走資派扶植和操縱的保皇紅衛兵，我鄭重宣佈退出來，也希望所有保皇紅衛兵同學退出來，再不要受走資派蒙蔽和利用了。

二、校革委會是黨內走資派復辟的產物，我鄭重宣佈辭退校革委會組織委員之職。

三、我校支「左」軍隊不支「左」而支「右」，不支「造」而支「保」，犯了同工作組一樣的大方向性錯誤。

四、我決心組織革命造反派紅衛兵，大造黨內走資派的反。我願為捍衛毛主席革命路線去坐牢，去犧牲。希望一切有覺悟的同學，和我一起去戰鬥，去成為革命英雄！

特此嚴正聲明！

三（5）班洪峰67年7月21日

在《洪峰嚴正聲明》的空白處，批滿了小字，褒貶不一：「支持洪峰」，「與洪峰戰鬥在一起」，「洪峰是真正的馬列主義者」，「洪峰是個投機分子」，「洪峰是個兩面派」，「抓住洪峰的狐狸尾巴」，「小人哉，洪峰也」。……

不到一個小時，在《洪峰嚴正聲明》的左邊貼出一張《佈告》：

佈告

鑒於洪峰背叛黨、團組織，背叛校紅衛兵，背叛校革委會，惡毒攻擊「最可愛的人」——中國人民解放軍，我總部佈告如下：

開除洪峰北崗師範紅衛兵的兵籍，撤銷其一切職務。

我校紅衛兵是忠於毛主席、忠於黨的文化大革命真正的左派組織，希望共產黨員、共青團員、紅衛兵戰士、同學們，不要受洪峰反動言論的蠱惑，堅定無產階級立場，與黨內走資派和一切階級敵人血戰到底！

特此佈告。

北崗師範紅衛兵總部67年7月21日

在《洪峰嚴正聲明》的右邊，貼著一張大字報：

堅決支持《洪峰嚴正聲明》

《洪峰嚴正聲明》是革命宣言書，宣佈自己從舊營壘裡殺出來了，又宣佈自己向舊營壘殺去一個回馬槍。這一槍，殺得有力，刺中了舊營壘的心臟，快哉！

那些自稱為「真正左派」的先生們，你們的槍炮口是由「走資派」撥定的，板機是由「走資派」扣的。洪峰不忍心向自己的老師、同學開槍開炮，有骨氣不當「走資派」的炮灰，是一個真正的革命左派。毛澤東思想紅衛兵總部鄭重聲明：堅決支持洪峰！歡迎洪峰！

毛澤東思想紅衛兵決不向自己的教師、同學們發一槍，開一炮，而專向黨內走資派開炮！開炮！開炮！！！

北崗師範毛澤東思想紅衛兵總部 67年7月21日

又過了一個小時，在《洪峰嚴正聲明》的對面大字報欄上貼出柯和貴的一首詩：

歡迎您——洪峰

我倆本是同學，我倆本應共歡樂、同患難。
誰使我倆對立相殺，是萬惡的「走資派」。

今天，你冒著炮火——過來了，
您丟棄名利——過來了，
我張開雙臂，將你擁抱。
我倆並肩，面對那邊。
那邊——
「走資派」眼睛冒著凶光，「走資派」牙齒格格作響，
「走資派」命令他的炮手，——向您開炮。
當炮彈還沒到的時候，我擋在您的面前；
當炮彈到了的時候，我胸口冒著鮮血。

當我倒下去的時候，那位炮手驚叫：
「我打中了我的同學！」
當我倒下去的時候，那位炮手跑過來了。

得道多助——
那邊所有的炮手都跑過來，我們的隊伍壯大了。
我們的隊伍是全體師生，我們的隊伍是全體人民。

失道寡助——
「走資派」失去了民心，「走資派」手下沒兵了，
「走資派」成了孤家寡人，他孤獨地躲在那孤單的碉堡裡。

勝利屬於我們，勝利屬於人民！
你活著，在為人民辦好事，
我死了，在九泉之下安息！
三（2）班柯和貴67年7月21日

在柯和貴的詩的空白處，也很快地批滿了小字，褒貶不一：「我們的理論家柯克思」，「北崗黑夜裡的一把篝火」，「革命的詩篇」，「打不死的程咬金」，「真正的猛士」，「徹頭徹尾的反革命份

子」，「一個逃犯」，「君子哉，柯和貴也」……

在教室裡，柯和貴卷袖奮筆，邢行磨墨牽紙，王旭元張貼，又一份三千字的大字報貼到大字報欄上：《北崗市紅色政權為什麼能夠存在？》。

全校沸騰了，大字報鋪天蓋地。教師們默默地圍著看。

柯和貴、王旭元、邢行沒去看大字報，在樹林下商量下一步行動。洪峰的同班同學、校紅衛兵總部宣傳委員楊陽明帶著三個同學來找柯和貴。

「你們來抓反革命份子嗎？」王旭元沒好氣地對楊陽明質問。

「不要誤會。」楊陽明笑著說，「我們受洪峰委託來找你們。」

「洪峰呢？」柯和貴問。

「軍隊要抓他，他暫時不能露面，請你們去與他商量怎麼幹。」楊陽明說。

「奇怪，軍隊不抓柯和貴而去抓洪峰嗎？洪峰是真革命，就大膽地站出來。」王旭元說。

「局勢還不穩定，小心為好。」楊陽明說，「洪峰在校門左旁小街口等你們。」

楊陽明說完，就走了。

「我們要小心洪峰，在工作組和軍隊進校兩個時期，他整老師和同學多麼賣力氣，突然轉變了，這人在投機，心術不正。」王旭元說，「我和他是同鄉，了解他。」

「革命不分先後，洪峰丟官造反，我們應該相信他。」邢行說。

「我看，他是嫌那個常委小了，想當第一把手，看到有機會了，就賭一把。」王旭元說。

「你總是多疑。」柯和貴說，「楊陽明說現在時局不穩，洪峰要賭一把，這賭注可大呀，弄不好會賭了他的前途，洪峰算有膽略。要是我，就不賭。我是被逼著求平安造反的。就是他來投機造反，當了第一把手，當不了一年半載，照樣參加畢業分配。」

「我們還是少數派，洪峰轉過來，影響大，我看還是與洪峰團結起來吧。」邢行說。

「你倆意見一致了，我也沒得說了。」王旭元說，「好吧，去見洪峰。」

柯和貴三人出了校門，在左旁小街上見著了楊陽明。楊陽明帶著三人走了七、八里路，在一個小村莊裡見到了洪峰等四人。洪峰十分熱情地和柯和貴等人一一握手。洪峰請柯和貴先講話，柯和貴謙讓了，請洪峰先講。

洪峰說：「文化大革命到了最後衝刺的關鍵時刻，與帶槍的劉鄧路線作鬥爭，不是文鬥了，是真槍實彈的武鬥。弄得不好，我們要坐牢，殺頭；弄得好，我們就坐天下了。我們要敢於賭這一把。毛主席上井岡山就是下了這個不怕犧牲、去爭取勝利的決心的。我們也要有這個決心和膽識。今天，我們聚在一起有十人，算是十兄弟了。我們雖然不搞舊的桃園結義，但形勢把我們逼到一起來了，大家要一一表示決心。」

「我支持洪峰的觀點。現在是黎明前的黑暗，我們要有必勝的信心和勇於流血犧牲的精神，與走資派作最後決戰。」楊陽明表態了。

洪峰那邊的人都一一表態了。

「既然大家都有這樣的決心和勇氣，我們三人沒得說的了。」王旭元表態了。

「我們不但要有勇猛的精神，還要有嚴密的組織，正確的戰略戰術。我看第一步成立組織，形成一個領導核心，第二步再擴大組織。」洪峰說。

「我看組織已經有了，那就是毛澤東思想紅衛兵，領導核心也有了，那就是余榮為首的原領導班子，現在再增補兩個人就行了。」王旭元說。

「毛澤東思想紅衛兵被走資派和保皇派整得太慘了，誣衊得太糟了，繼續沿用，同學們會心有餘悸，我建議重新組建北崗師範造反派紅衛兵。余榮勇有餘而智不足，可以留在領導班裡，不能勝任第一把手。我們現在急需一個有智有勇的學生運動領袖，指揮大家戰鬥。」楊陽明說。

「我認為，毛澤東思想紅衛兵雖然遭到許多打擊和誣衊，但久經考驗，名聲浩大，具有號召力。原來的六百多個成員，對它有深厚的感情。如果換一個組織名稱，恐怕同學們會觀望一陣子，那就貽誤戰機了。余榮是深孚眾望的，只是還在獄中，現在可以選出一個臨時班子，等以後再進行正式選舉。第一把手，誰當都一個樣，服務員唄。」柯和貴說。

「我同意柯和貴的意見，繼續沿用毛澤東思想紅衛兵這個名稱。我設想，選出七個人，加上余榮，孫勇，共九人。第一號服務員，非柯和貴莫屬。」洪峰說。

「我當第一把手不適合，組織能力、政治能力都差，說說寫寫還行。」柯和貴推讓了，說，「暫時就由洪峰擔任吧，洪峰有領導經驗。」

「我看第一號服務員還是余榮，暫時由第二服務員代理工作。」王旭元說。

「我估計余榮在獄中至少還要待一、兩個月，這一兩個月是緊急狀態，第一把手必須名正言順地指揮戰鬥。我看就在柯和貴和洪峰兩人中產生。現在選舉，選上誰，誰就不要讓了，要為革命勇於挑重擔。」楊陽明說。

「現在選舉嗎？你們還沒有通過正式手續加入毛澤東思想紅衛兵哩。」王旭元說。

「這好辦，我們七人分別寫申請書，原領導人多數在這裡，批准就是了。」鄧文哲說。

「可以。」組織委員邢行說。

柯和貴三人就批准了洪峰七人加入了毛澤東思想紅衛兵。

柯和貴反覆表示不願參選第一把手。洪峰說，如果柯和貴不參選，他也不參選，這次會議就沒意義了。邢行就勸說柯和貴參選。王旭元見會談成了僵局，想到眼前處境的艱難，就作了讓步，勸柯和貴參選。王旭元聲明說：「這次不是正式選舉，被選舉出的領導班子是臨時的，等到余榮、孫勇出獄後再舉行正式選舉。」洪峰贊成王旭元的意見。

選舉很簡單，採用舉手法，先選出第一把手。在選柯和貴時，有四人舉手：洪峰，楊陽明，王元，邢行。在選洪峰時，有六人舉手：柯和貴和洪峰那邊的五個人。洪峰當選了。大家鼓掌歡迎。接著選出六個人為委員。洪峰對選出的委員作了工作分配：王旭元為第二號服務員，柯和貴為宣傳委員，楊陽明為組織委員，邢行為外交委員，鄧文哲為秘書，馬天水為武裝委員。余榮、孫勇為委員，職務暫空著。會議規定：總部委員的重大決議以少數服從多數為原則，在具體指揮下，洪峰有決斷權。

會議第一次作出五個行動決議：第一，佔領辦公大樓，安裝高音喇叭，壯大宣傳聲勢；第二，與軍分區談判，要求釋放余榮、孫勇；第三，要求軍隊發槍，武裝敢死隊；第四，強迫書記虞興、校長鐘敏勞動改造；第五，勒令保皇紅衛兵解散組織。

洪峰對工作作具體分工：邢行、鄧文哲上省城聯絡各大院校造反派，傳遞資訊；王旭元、楊陽明發展組織；馬天水組織敢死隊佔領辦公大樓，保衛辦公大樓，保衛委員安全；柯和貴主編《長江評論》。洪峰自己負責找軍隊談判。這樣，毛澤東思想紅衛兵的工作步入了正軌。

對於柯和貴奮起抗暴，有人說，柯和貴以暴抗暴，是好戰分子，不是悟道善人。柯和貴寫詩回應曰：

善人，本是與人為善，能忍則忍；
互愛結伴，以德報怨。

但是，善人容忍應有底線。

若身心喪失自由，被逼到生死邊緣；
若身旁弱者，生命遭厄；
善人應該理智思考，奮起反抗戰鬥。

善人抗暴，不在懲人，志在變天；
勢必消滅惡理，剷除惡源，
致使社會回善。

若善人，一忍百忍，
甘受凌辱欺騙，容忍暴政、暴力橫行，
又何以為善？

欲知洪峰有何作為，且聽下文分解。

第三十回　三結合洪峰當主任　兩分裂和貴迷方向

卻說洪峰不費吹灰之力就坐上毛澤東思想紅衛兵第一把交椅，並使屬下各盡其能，將政治鬥爭工作安排得有條不紊，又將那最具權力的工作——找軍隊談判獨攬在自己手中，可見洪峰具有非凡的政治鬥爭才華和經驗。

洪峰，蓮河縣人，王旭元的初中同學，大柯和貴五歲，與喻剛強同年。他，身軀雄偉，寬額，環眼，翹眉毛，高鼻樑，方臉大嘴，是一副傳統英雄模樣。他下頷右側也有一顆肉痣，家鄉父老讚譽他有毛主席的天福，洪峰也一直津津樂道於此。初中畢業後，沒考上高中，回鄉勞動一年，他叔父是大隊黨支書，培養他入團入黨，送他去搞「社教」運動。在「社教」運動中，他拉上了後來當區委書記洪吉的關係，就當了區團委副書記。洪峰不甘心於副職，了解到毛主席是師範畢業，就請求洪吉推薦他上了北崗師範讀書。洪峰讀書，政史課成績優異，數理化平平，這大概也是學毛主席。洪峰喜讀歷史演義小說和范文瀾編的《通史》，敬佩秦始皇的雄才大略，劉邦的豁達，曹操的奸巧，劉備的韜諱，唐太宗的知人善用，暗自把自己與那些帝王相比。他為了政治鬥爭所需，讀政治論文、報紙社論，還啃了《矛盾論》、《實踐論》。洪峰與喻剛強相比，喻剛強是毛澤東思想的信徒，用階級鬥爭、無產階級專政理論來束縛自己的言行，保守呆板，無個性，其政治理想頂多也是做個向上爬的官吏，無做帝王的野心。洪峰信奉毛澤東思想，卻是信仰的主人，用階級鬥爭、無產階級專政的理論來為自己的政治理想服務，開放靈活，個性強，有做皇帝的政治野心。同時，喻剛強服輸，與人交往，講情義私交。洪峰則永不服輸，與人交往不講私情，只講利用。洪峰與柯和貴相比，則是完全不同的兩種類型的人。雖然兩人都很聰明，思想開明，思維敏捷，有勇氣，有冒險精神，但是，洪峰熱愛帝王文化，喜歡獨裁制度，想在帝王文化和獨裁制度中進行政治博弈，實現自己的獨裁。柯和貴憎恨帝王文化和獨裁制度，個性解放，講自由民主，有救國救民的憂患意識，在獨裁制度下進行政治鬥爭，柯和貴不能與洪峰比肩；而在民主政治下進行政治鬥爭，洪峰又遠不如柯和貴了。洪峰不把余榮、喻剛強、劉輝、王旭元、邢行、孫勇放在眼裡，唯獨敬佩柯和貴。兩人雖然在不同的紅衛兵組織裡，卻沒有發生過爭辯。洪峰一直避免與鋒芒所向披靡的柯和貴發生正面衝突，與柯和貴見面時，很客氣的打招呼。洪峰後來發現了柯和貴在政治鬥爭中的致命弱點：純真善軟，不懂權術，直線型，只知憑正義感和熱情去猛幹。洪峰因此斷定：柯和貴不能為君，只能為臣。他在心裡暗自把柯和貴當作自己的魏徵、周恩來。而柯和貴對洪峰這種思想渾然不覺。

洪峰在學校只當了個團委組織委員，在紅衛兵總部當了個組織委員，在校革委會中當個常委，職務在喻剛強之下。洪峰想爭第一把手，如王旭元所言，大整教師和右派學生，但爬不上去。洪峰心裡不服，就留心觀察文化大革命的政治風雲變幻，尋找機會，以求一逞。洪峰是北崗師範學生中第一個看到《人民日報》報導「武漢七二•零事件」的人。從這事件中，洪峰窺視到了中央文革派必勝，就決定冒險衝殺出去，當毛澤東思想紅衛兵的第一把手，以後入黨政界當校革委、市革委第一把手，直線升上去。他對眼前的政治鬥爭作了鬥爭部署，使柯和貴入彀，也就使整個毛澤東思想紅衛兵入彀。洪峰第一步就勝利了。

洪峰對負責人作了工作分配後，王旭元、柯和貴等人拼命地去完成工作任務，洪峰則每日泡在軍隊嚴團長辦公室裡，認識了許多軍官，爭取軍隊支持自己，卻從不提釋放余榮、孫勇的事。

一日上午，王旭元對柯和貴說：「我看洪峰根本不想余榮、孫勇出獄，為什麼半個多月了軍隊分區還沒放人？我倆去質問洪峰。」

柯和貴聽了，很氣憤，但他擔心與洪峰鬧分裂，就說；「我們不需找洪峰爭吵，直接帶我班倒海翻江戰鬥隊去找陸司令要求放人。」

王旭元同意了。兩人就與隊長樊福商量，帶了三十多個隊員去軍分區，找到了司令陸榮。柯和貴向陸司令提出了兩個要求：一、立即釋放余榮、孫勇；二、命令支「左」軍隊從北崗師範撤出，不再干涉學校文化大革命。陸司令說，釋放余榮、孫勇可以研究，撤軍要等省軍區命令。

王旭元聽了，嚴肅地說：「陸司令，你應該知道，全國都在批判帶槍的劉鄧路線，省軍區司令員、政委被揪鬥了。我們對您還是信任的，沒有衝擊軍分區，沒有揪鬥嚴團長和您。如果您不立即答覆我們的合理要求，逼得我們在軍區分區造反，我們對發生的事件不負任何責任。」

陸司令聽了，皺了皺眉頭，說：「你們等著，我馬上去研究一下。」

過了一個小時，一個軍官來到接待室，對柯和貴等到人說：「余榮、孫勇立即同你們一起乘軍分區卡車回校，但你們不能開歡迎會。我去命令嚴團長，支『左』部隊原地待命，不干涉校內文化大革命。」一會兒，余榮、孫勇被兩個軍警送來了。余榮、孫勇一見到柯和貴、王旭元、樊福就抱頭痛哭。余榮表示不乘軍分區大卡車，沿大街步行回校。他們走到校門口時，洪峰、楊陽明、馬天水帶敢死隊在列隊迎接。

洪峰召開了毛澤東思想紅衛兵總部負責人會議，決定孫勇為敢死隊正隊長，馬天水為副隊長，余榮協助楊陽明抓組織工作，半年後再舉行大選。

第二天上午，洪峰、孫子勇、馬天水一起去找嚴團長要槍武裝敢死隊。嚴團長接到了軍分區口頭指示，支持毛澤東思想紅衛兵，就發了槍。洪峰給每個負責人發一支手槍。柯和貴拒絕持槍。

洪峰帶領一百名敢死隊在操場上操練。他向天空連放三槍示威。槍聲震盪校園，毛澤東思想紅衛兵歡欣鼓舞，保皇紅衛兵被嚇壞了。

余榮、孫勇的獲釋，槍支的獲得，使得保皇派紅衛兵紛紛倒戈，毛澤東思想紅衛兵在一天之內猛增到一千多人，只剩下一些保皇紅衛兵的頭目不被批准加入。

洪峰又主持召開戰鬥隊隊長以上幹部會議，會上，洪峰提議：一、加強批鬥管制「走資派」鐘敏，批判挽救虞興；二、各戰鬥隊批鬥保皇組織頭目，有仇報仇，有冤伸冤，要「走資派」和保皇派永世不得翻身。

對於洪峰的提議，余榮帶頭表示贊同，與會者一片贊同聲。

柯和貴卻表示反對。他說：「鐘敏從運動開始就被打成反動學術權威和走資派，一直遭到虞興、工作組、保皇派紅衛兵、支『左』軍隊的迫害，不是『走資派』，而是修正主義路線的受害者，我們應該解放他。況且，他患有嚴重的肝病，再挨整，就死了。虞興是真正的『走資派』，一直執行反動路線，應該打倒。保皇派頭目都是我們的同學和教師，是受蒙蔽者，只要他們轉變立場，就不應該遭批鬥。」

「和貴呀，你真是宋襄公！」洪峰笑著說。接著，他嚴肅地說；「文化大革命是你死我活的階級鬥爭，鐘敏出身於反動資本家家庭，四七年有變節行為，是兩派都要打倒的走資派和反動學術權威，要狠狠地打擊。虞興是出身好的老幹部，是革命的寶貴財富，犯有路線錯誤，批判他，也要結合他。保皇派頭目不是普通受蒙蔽同學，是鐵杆保皇分子，他們轉變是假轉變，要狠狠地批鬥他們，使他們皮肉吃點苦頭，才能在靈魂上鬧革命。譬如喻剛強、王安這兩個人，整起你柯和貴心慈手軟嗎？為什麼一有機會就批鬥你、非置你於死地不可呢？我們以其人之道還給其人之身，有什麼不對的呢？」

「不對。」柯和貴態度十分明朗地說，「如果去批判老師、同學，如果去折磨人的肉體，那就是像工作組、支『左』軍隊、『走資派』那樣執行資產階級路線。」

「和貴，你在《歡迎您——洪峰》的詩裡說：『當炮彈還沒到你的時候，我猛地擋在你面前』。現在你食言了啦？反對洪峰了？」楊陽明笑著說。

「我沒食言。洪峰代表正確路線，我願為洪峰擋炮彈；洪峰代表錯誤路線，我願為老師、同學擋炮彈。我在《支持洪峰嚴正聲明》中說了一句：『決不向自己的老師和同學們發一槍，開一炮』。」柯和貴觀點十分鮮明。

洪峰看著柯和貴那耿直認真的樣子，聽著柯和貴鏗鏘的聲音，又看到了柯和貴的一點：「這人不爭君位，也不忠君，搞政治鬥爭是為了哪一樁呢？難道他只是一心追求所謂的真理嗎？或者說，是個典型的反革命份子嗎？如果這人拉不過來做自己的魏徵、周恩來，就成了自己前途的絆腳石，要提防點。」洪峰想著，微笑著溫和地說：「我倆不必爭了，求同存異。一個建議能不能形成決議，按少數服從多數的原則進行表決，我執行決議。」

經過投票表決，二十九票贊成，兩票反對，通過了洪峰提議。

一場批鬥鐘敏和保皇紅衛兵頭目的運動在學校開展起來。

柯和貴、王旭元、孫勇、樊福召開倒海翻江戰鬥隊會議，王旭元講了不批鬥喻剛強、王安、劉輝的道理。孫勇說：「不整那幾個傢夥，老子心裡有火。」樊福表示堅決執行總部決議。柯和貴勸說了孫勇轉了觀點。會上也通過投票表決，通過了不批鬥喻剛強三人的決議。柯和貴、王旭元找喻剛強、王安、劉輝談話，叫他們作個檢討過關。在喻剛強三人作檢討的班會上，原團支部組織委員宋鈞和宣傳委員程貴反戈一擊，猛揭狠批喻剛強、王安，被樊福批准加入了倒海翻江戰鬥隊。喻剛強、王安、劉輝在柯和貴、王旭元保護下，沒遭批鬥、掛牌、遊行之苦。事後，喻剛強提醒柯和貴說：「洪峰是個野心家，有心機，陰險毒辣，你要提防著。」柯和貴心裡認為喻剛強與洪峰不和，是私人恩怨，不以為然。

鬧了兩個來月，到了十月上旬，《人民日報》上刊出「毛主席最新指示」：「還我萬里長城！」十月十日，王力、關峰、戚本禹被抓，中央軍委和國務院發出檔，各地成立軍管會、軍管小組，各級革委會第一主任由軍代表擔任，由老幹部和造反派代表組成。山東軍區政委王效禹和黑龍江軍區政委潘複生主動站出來，與造反派頭目、老幹部建立革委會。全國各地效法。這樣，出現了老幹部內、造反派頭目內爭權奪利的分裂鬥爭。一些老幹部分別拉攏造反派內的頭目，支「左」軍隊各支持造反派內一派頭目，血腥的內戰開始了。北崗師範毛澤東思想紅衛兵內部出現了大分裂。

北崗師範毛澤東思想紅衛兵內的分裂是由一張校革委會人員名單引起的。

一天上午，洪峰召開總部負責人擴大會議，討論通過校革委會人員名單。楊陽明將油印好的名單分發了。那名單寫著：北崗師範革命委員會負責人名單：「第一主任嚴正，第一副主任洪峰，副主任虞興、柯和貴、楊陽明，委員王旭元、鄧文哲、邢行、馬天水、孫勇、余榮、樊福、汪瀾（原學校教導主任）。」

楊陽明叫大家舉手表決通過。余榮卻站起來反對，說：「第一，虞興不是什麼革命老幹部，他一直鎮壓毛澤東思想紅衛兵，是『走資派』。鍾敏才是革命老幹部，四七年在北京大學讀書就是地下共產黨員，所謂變節一事，是虞興的陷害，他一直受反動路線迫害，暗中支持毛澤東思想紅衛兵。第二，兩、三個人密定出名單是『走資派』那一套，不符毛澤東思想紅衛兵的選舉原則，應該先由大家選舉，再交上級審批。」

「我認為這個名單是合法的。革委會是政權機關，不是群眾性的組織，不能實行普選制。『下級服從上級，全黨服從中央』這是毛主席制定的組織原則，不是什麼『走資派』的老一套。中央決定由軍代表任革委會第一主任，我校嚴團長就有權確定人員名單。虞興雖有錯誤，但出身好，歷史清白，是結合對象。鍾敏是歷史反革命份子，已被搞臭，結合他，師生通不過，軍分區也不會批准。」楊陽明說。

「嚴團長不熟悉所有青年幹部，我看是洪峰一人專權決定的吧！」余榮說。

「你余榮是有野心當第一把手，但你有這個本事嗎？你只有硬著頭皮去坐牢的本事！你當第一把手時，毛澤東思想紅衛兵兩次遭到劫難。你有資格、有功勞嗎？我看沒有。」楊陽明破口攻擊余榮。

「話可不能這麼說。」王旭元說，「余榮功勞不可磨滅，兩次大劫難是全國局勢造成，並非余榮過錯。余榮敢兩次坐牢實在令人敬佩。」

「我去坐牢，你洪峰、楊陽明到哪裡去了？到資產階級司令部那邊在大整教師學生去了。看到快勝利了，你們就投機革命了，來摘桃子了。我告訴你們：不實行選舉制，你們與走資派暗中勾結出來的這個名單就休想通過。」余榮發怒了。

「好了，好了，我這個位置讓給余榮，就萬事大吉了。」洪峰氣憤地說。

「洪峰不能讓位！」馬天水叫起來。他用手槍指著余榮吼道：「沒有洪峰的組織和安排，余榮還在牢裡。你今日要篡位，老子就斃了你！」

「洪峰不能讓位！」樊福等人叫喊起來。

「不要吵了。」柯和貴站起來說。他指著馬天水吼：「把手槍交上來！」

馬天水瞥了洪峰一眼，無奈地把手槍放在辦公桌上。

「同學們，中央號召要搞革命大聯合，我們卻在為爭官名鬧分裂，這是革命行為嗎？難道我們造『走資派』的反就是為了自己去做『走資派』嗎？我想不通。我首先表態，把我的副主任名字抹掉，讓給有能力的戰友。」柯和貴激動地說。

「我提議，為了緩解糾紛，校革委會暫時推遲成立，等市革委成立後再說。」邢行說。

「這不行了。」洪峰語氣緩和地說，「現在是自下而上地建立新生政權，校革委不成立，市革委就不能成立。並且，名單已經由嚴團長上交到軍分區了。要修改名單，就要等一段時間。」

「洪峰，這是你欠思考了。這麼大的事應事先與大家商量。」柯和貴說。

「這不能怪洪峰。嚴團長指示我擬個名單，我寫了，職務都是嚴團長添加的。洪峰的第一副主任也是嚴團長點名的。我當時以為不是了不起的大事，當了校革委，是臨時的，畢業分配後，大家各奔東西了。我沒想到今日引起這大風波，我向大家作檢討。」楊陽明說。

「楊陽明，你的花言巧語騙不了我。這不是一般的一時疏忽，是預謀。」余榮語氣粗魯。

「余榮，你心平氣和一點。」柯和貴按著余榮坐下，說，「我提個折中方案：第一，結合虞興，但再不能打擊鐘敏校長了。黃武犯那大的錯誤，他有病，我就批准了他在家養病反省，對鐘敏也應這樣處理；第二，我要對著大家的面說清楚，這個名單不是正式名單，是臨時名單，以後要師生投票選出正式名單。就是這臨時名單，也要今日在座的投票表決，通過了，就算了，通不過，余榮和楊陽明再去找嚴團長更改，洪峰不要插手了。我再次表態，我的名字抹掉。」

「我贊成柯和貴的提議。但柯和貴的名字是嚴團長親點的，抹不掉的。」洪峰說。

參會的十五人就進行投票，贊成的八票，反對的五票，棄權的兩票，名單通過了。

吃午飯的時候，余榮、邢行找柯和貴、王旭元。余榮埋怨柯和貴不該和稀泥，余榮說：「柯和貴呀，你原來有那強的洞察力和預見力，今日怎麼糊塗了?那個名單上的重要職務都是『走資派』、校團委、校保皇紅衛兵的頭子，我們只是個裝飾品。這是洪峰學袁世凱搞復辟。你柯和貴只能與明槍鬥，卻防不了暗箭。鑽進革命心臟裡來的敵人最危險。」

「我也看出了那名單是洪峰與虞興、嚴正搞的陰謀。柯和貴在這方面是書呆子，總是怕內亂。不過，當時支援那名單的是多數人，反對也沒有用，我就什麼也不說了。」王旭元說。

「如果柯和貴支持余榮，反對的人就變多數了，名單就通不過了。」邢行說。

「我實在是被弄糊塗了，辨不清方向了。」柯和貴說。

「余榮，你想想，有什麼和平的法子來挽救局勢?」王旭元說。

「這是與『走資派』和保皇勢力爭奪政權的你死我活的鬥爭，和平的法子是不成的。所以，江青說：『文攻武衛』，『小將們，你們要武裝起來』。」余榮說。

「你要拿槍去打自己人嗎?」柯和貴吃驚了。

「不，我不會先開槍。如果敵人開槍，我就堅決還擊。我要重新組織造反派紅衛兵，造垮這個復辟政權。」余榮語氣強硬。

「你是在搞分裂，我不參加。」柯和貴最害怕內部分裂，害怕內部武鬥，「如果你真的另立山頭，我就宣佈中立，不介入你與洪峰的爭鬥。」

「你呢？」余榮問王旭元。

「我和柯和貴觀點一樣。」王旭元說。

「有你們這個表態就行了，我相信我不是在搞分裂，是在新形勢的兩個階級、兩個司令部的進行繼續鬥爭，是孫中山的護國戰爭。你們到時候會看清敵我的，會支持我的。」余榮說。

過了兩天，學校大字報欄出現了兩份大字報：《聲討洪峰檄文》、《新生毛澤東思想紅衛兵宣言》。文中列舉了洪峰十大罪狀，指責洪峰是北崗師範當今的袁世凱，虞興是清朝的遺老。洪峰是虞興派到造反派內部的「走資派」代理人，將毛澤東思想紅衛兵演變成了保皇紅衛兵。指出即將成立的校革委會是「走資派」復辟政權。號召毛澤東思想紅衛兵集合到「新生毛澤東思想紅衛兵」旗幟下，進行「護國戰爭」，推翻復辟政權，建立真正的紅色新生政權。兩份大字報上一貼出，支援的大字報一下子貼滿了大字報欄，原毛澤東思想紅衛兵紛紛退出，加入到「新生毛澤東思想紅衛兵」。「新生毛澤東思想紅衛兵」一下了集合了一百多人，在余榮、邢行帶領下，佔領了大禮堂，揪鬥了虞興，轉移和保護起鐘敏。

洪峰急忙召開總部負責人會議，討論如何對付余榮。楊陽明、馬天水、鄧文哲、孫勇、樊福等主張用武力奪回大禮堂，驅逐余榮。柯和貴和王旭反對，主張文攻，讓余榮等鬧一陣子，全國局勢穩定了，畢業分配了，就鬧不成了。

「如果發生武鬥，你站在哪一邊？」洪峰微笑著問柯和貴。

「我和王旭元中立，不介入。你不用武，余榮不會先用武。」柯和貴說。

「你會退出毛澤東思想紅衛兵嗎？」洪峰問。

「不會。我對毛澤東思想紅衛兵的感情太深了。但是，我會辭退所有職務。」

「柯和貴老弟，我了解你，尊重你的選擇。我想你去為組織辦兩件事：第一，軍區陸司令指示市革委會要結合李華書記，要我們保護他。你認識李華書記，請你去把他接到學校來。第二，你和王旭元負責調查李書記材料，寫出結合李華書記的文章。這兩項工作與校內派別鬥爭無關，既解脫你，又不使你寂寞。」

柯長貴和王旭元答應了。

洪峰又指示樊福主編《長江評論》。洪峰又要敢死隊派人保護柯和貴、王旭元安全。

柯和貴、王旭元帶著敢死隊的三個人就去找李華書記。李書記愛人說李華被北崗高中紅色造反團揪鬥了。柯和貴五人趕到北崗高中，校門守衛不讓進去。過了一個多小時，校內駛出兩輛大卡車，李華和省委副書記姜石被押在車上，戴著高帽，成「坐飛機」型進行遊鬥。車上車下是全副武裝的紅衛兵敢死隊護著。柯和貴、王旭元等人只好轉到李華家，說晚上來接李書記到北崗師範居住。晚上，柯和貴、王旭元等人來接李華。李華一見柯和貴、王旭元就像見了故人一樣，十分高興，乘了小車來到北崗師範，由洪峰接著，帶到嚴團長處。

第二天上午，柯和貴、王旭元來找李華座談。李華介紹了自己的家庭出身和革命歷史。他著重談了三十四年前的一個事件。那時，李華是湘鄂贛特委組織部副部長，現任北崗市市長鄭紅是正部長。一次，鄭紅失蹤了，李華向上級作了報告，上級指示他轉移了機關和檔。轉移後，黨組織機關遭到了國民黨反動派的抄搜。鄭紅在第三天才返回。上級審查了鄭紅。鄭紅說他到新野縣發展組織去了。李華保護了鄭紅，鄭紅才免於一死。誰知鄭紅恩將仇報，現在向北崗高中紅色造反團密告李華是那次事件的製造者，是叛徒。鄭紅和北崗高中造反派聯手，想打倒李華，自己當市革委會主任。李華為了證明那段歷史，向柯和貴、王旭元提供了現在還倖存的革命者名單。李華說他一直支持北崗師範造反派的革命行動，是他給柯和貴、王旭元等人批字上北京串連。

柯和貴、王旭元根據李華提供的線索，乘坐李華的吉普車，調查了十幾天，證明李華那段歷史沒問題。柯和貴、王旭元連寫了四篇《評李華必須上馬》的評論，交給楊陽明去張貼，交給樊福在《長江評論》上刊登。

這時，北崗市各學校、各機關工廠、各系統的造反派都分裂成兩派。以北崗高中紅色造反團為核心的有市直紅色工農軍、北崗師範新生毛澤東思想紅衛兵等為一派，得到駐北崗高中駐軍支持，主張結合市長鄭紅，打倒市委書記李華。以北崗師範毛澤東思想紅衛兵為核心的有市直造反團、北崗高中紅色鋼鐵隊等為一派，得到駐北崗師範駐軍支持，主張結合市委書記李華，打倒市長鄭紅。市老幹部也分裂為兩派：李華派和鄭紅派，向自己所支援的造反派組織提供對方老幹部的犯罪材料。市兩派又各自向省聯絡一派，向縣串連一派。這樣，鬥爭越演越烈，戰鬥越來越大。

一天上午，柯和貴、王旭元正在教室看書，突然，從大禮堂那邊傳來了槍聲。柯和貴、王旭元放下書，出教室，下樓。

「你們不要去，兩派打仗了。」郭素青迎面跑來，說。

「有校外武鬥隊嗎？」王旭元問。

「沒有。只有孫勇、馬天水帶敢死隊去打余榮總部。」郭素青說。

「快去制止。」柯和貴說著，向大禮堂跑去。

王旭元、郭素青隨後跟去。

大禮堂傳來了慘叫聲，余榮的人在向外逃跑。柯和貴進了大禮堂，看見孫勇、馬天水等人抓住余榮的人，在用槍托使勁地打。

柯和貴躍上臺，抓起擴音器，吼道：「住手！」

那擴音器發出的吼聲像炸雷一般，孫勇、馬天水等人住手了，望著臺上。

「孫勇、馬天水，我命令你們向後退十步！」柯和貴指著兩人喝道。

孫勇、馬天水等人後退了。

「你們爬到外面去！」柯和貴指著余榮的人命令道。

余榮的人向外逃跑去。

柯和貴大聲講起來：「同學們，戰友們，你們狠心毆打的那些人是日本鬼子嗎？是蔣匪嗎？是『走資派』嗎？不是！是我們的同學，是與我們一起戰鬥過的共患難的戰友。現在，他們只是與你們觀點有不同，就值得你們用槍去打死他們嗎？如果……」

「砰——」突然響了一槍，子彈打到柯和貴頭上的天花板。

「你他媽的！怎麼能向柯和貴開槍？」孫勇喊一聲，左手托起馬天水的槍桿，槍口上還在冒著青煙。

「我沒打柯主任，是槍走火了。」馬天水在爭辯。

「把槍豎起，聽柯和貴講話。」孫勇命令道，「你他媽的，再走火，老子槍斃你！」

「如果你用槍打死了別人，別人又會用槍打死你。這樣自己人打自己人，被打死了能做烈士嗎？打勝了能做英雄嗎？我看不能！是死得冤枉，贏得糊塗！」柯和貴並不理會馬天水的那一槍，從容不迫地講。

這時，柯和貴看到洪峰、楊陽明腰撇手槍進了大禮堂。

「余榮呢？」洪峰問孫勇。

「逃跑了。」孫勇回答。

「真沒用！」洪峰生氣地批評說。

「洪峰，你要抓余榮去槍斃嗎？」柯和貴氣憤地質問。

「和貴，我沒那個意思。」洪峰解釋說，「我叫孫勇、馬天水來請余榮去談判。」

「剛才有人向柯和貴開槍。」郭素青對洪峰說。

「誰？」洪峰問。

「馬天水。」孫勇說，「要不是我舉托他的槍桿，柯和貴就沒命了。」

「馬天水，你過來！」洪峰喝道。

馬天水走到洪峰面前。洪峰繳了馬天水的槍，「啪啪」兩耳光，打在馬天水臉上，喝道：「快向柯主任賠禮道歉！」

「不用啦。」柯和貴說，「我不相信馬天水真有狗膽子向我開槍，我倒相信馬天水的槍走了火。」

「戰友們，立即清場，佔領大禮堂。以後看到余榮的人就驅逐出校門。」楊陽明大喊。

「打傷了的人怎麼辦？」柯和貴問洪峰。

「各治各的傷。」洪峰說，「和貴呀，毛主席說：『革命不是請客吃飯，不是繪畫寫文章，不能那樣溫良恭謙讓。革命是暴動，是一個階級折翻另一個階級的暴烈的行動。』你心腸太善軟了。以後，這類事件絕莫來管，弄不好，流彈會傷你。」

洪峰說完，風風火火地走了。

「我叫你不要來的，好險呀！」郭素青說。

「我不來，那十幾個同學就會被打死。」柯和貴說。

「那也是，算你造了七級浮屠。」郭素青說，「你聽懂了洪峰的弦外之音嗎？那是在警告你，你再管事，馬天水的流彈就會打死你。還是孫勇可靠。以後，你不要再管這類事了。」

「王旭元呢？」柯和貴沒看到王旭元，很焦急地問，「難道被流彈打死了嗎？」

「王旭元掩護余榮跑了。」郭素青說。

柯和貴和郭素青走出禮堂。王旭元回來了，說余榮帶人跑到北崗高中去了。

柯和貴心裡很不平靜。他想起了柯和義的話：「爭權奪利的好戲有著看哩。」難道那「權力」比生命還金貴嗎？柯和貴理解不了。柯和貴記著柯和義的話，「要學會保護自己」，不要去「為政治野心家個人賣命，死得冤枉」。柯和貴善良天真的品質使他不忍心看到同學互相殘殺，想努力挽回局勢，就和王旭元商量，去找嚴團長出面制止武鬥。

柯和貴、王旭元找到了嚴團長。柯和貴說：「嚴團長，兩派武鬥，部隊應該出面制止，調解。」

嚴團長笑著說：「柯和貴，你不是要陸司令下令叫我休整待命，不介入學校文化大革命嗎？怎麼現在又變觀點了？你請我介入，那你去請陸司令下令，說清楚叫我支持哪一派，我才敢介入。」

「嚴團長，我建議把兩派的槍支彈藥收繳起來，不然要流血死人的。」王旭元說。

「『文攻武衛』，武衛，就要有槍嘛。陸司令不叫我收槍，我不敢收。收了，可就成了軍內『走資派』。」嚴團長說。

「嚴團長，我糊塗了，不理解兩派為什麼持槍相殺，我決定不介入了，退出運動，一心去讀書。」柯和貴說。

「哈哈，你柯和貴是響噹噹的造反派，想做半截子革命嗎？」嚴團長笑著說。頓了一下，嚴團長認真地說：「和貴同學，說真的，我像你一樣糊塗了，不知道支持哪一派，只能與多數派站在一起。」

「嚴團長，我倆退出派別去讀書，不會挨槍子吧？」王旭元問。

「我願與你倆交朋友，保證你倆安全讀書。如果你倆去搞反革命活動，那我可保護不了。」嚴團長說。

柯和貴、王旭元與嚴團長握手告別。兩人寫了《辭職申請書》交給洪峰，又寫了一張《聲明》貼在大字報欄上。

聲明

我倆水準低，覺悟不高，對目前發生的一些大事件認識不清，辨不清鬥爭大方向，分不清敵我。鑒於此，我倆不宜擔任負責人，今辭退校革委、總部的一切職務，不介入兩派的任何活動，一心學習，提高認識。但我倆仍然是毛澤東紅衛兵戰士。

特此聲明。

柯和貴、王旭元

在柯和貴、王旭元《聲明》旁邊貼有一則《佈告》。

佈告

鑒於柯和貴、王旭元二位同志反覆呈遞辭職申請書，現痛惜佈告如下：

批准柯和貴、王旭元二位同志辭去校革委會和毛澤東思想紅衛兵負責人的一切職務。

此佈

北崗師範革命委員會北崗師範毛澤東思想紅衛兵總部

在柯和貴、王旭元《聲明》空白處批滿了小字：「逃兵」，「半截子革命份子」，「右傾投降主義者」，「逍遙派」，「又一個驚人舉動」，「明智之舉」，「不求為官，但求平安」，「不做夢中人」……

柯和貴、王旭元無官一身輕，一心一意地進圖書館，坐閱覽室，還請管理員打開禁書房，坐在裡面讀大毒草，再不擔憂有人記黑材料了。

可是，不到一個月，北崗市發生了一次大規模流血事件，闖進了一個瘋狂神秘的人物，又把柯和貴、王旭元拖進了文化大革命運動中去了。

欲知後事如何，且聽下文分解。

第三十一回　戰禮堂慘死患難友　出校門拜訪瘋狂人

卻說一日上午，郭素青慌忙跑進教室，對著柯和貴、王旭元大叫：「快點躲起來，要打大仗了！」郭素青跑到坐位邊，鎖抽屜。

教室外的樓上樓下響起了一片雜亂的腳步聲。柯和貴、王旭元連忙鎖了抽屜，跟著郭素青向外跑。校門口，辦公大樓，大禮堂，有武鬥隊在臥伏，架機槍。一支荷槍的武鬥隊向學校外北邊跑去。同學們都向東邊隔著一口水塘的女生宿舍跑去。柯和貴、王旭元、郭素青跑進郭素青的寢室。

過了一個多小時，北邊龍王山傳來了槍聲。那槍聲越來越密，越來越近，在大禮堂那邊轟然大作。「啾啾啾」，「噠噠噠」，「砰轟」……子彈從寢室上空飛過，手榴彈就在寢室西牆邊爆炸。有的同學嚇得趴在地板上，郭素青捂住耳朵，柯和貴側耳細聽，王旭元靠在牆邊打瞌睡。

「衝呀——」這是勝利者的叫聲。

「來吧，老子跟反革命份子拼了！」這是孫勇的喊聲。

「噠噠噠」的機槍聲響起，「啾啾啾」的手槍聲響起，「砰轟砰轟」的手榴彈聲響起。

「毛主席萬歲！萬……歲……萬……」這又是孫勇的喊聲。這聲音特別壯烈，慘痛，由強而弱，消逝在硝煙中。

接著，是叫罵聲，打鬥聲，慘叫聲，呻吟聲。

大禮堂的戰鬥結束了，辦公大樓的戰鬥又響起。只十來分鐘，辦公樓傳來了「我們投降」的叫聲。槍聲嘎然而止，校園內一片死寂。

「走，我們出去看看。」柯和貴站起身，說。

柯和貴、王旭元、郭素青走出寢室。寢室裡的同學都陸續地走出來了。

柯和貴三人來到大禮堂大門外場地上，看到大禮堂臺階上躺著孫勇的屍體，紫色的血順著水泥臺階直流到草地上。三人奔上前去，看到孫勇的身上被子彈打爛了，胸口上被刺刀捅開一個口子。柯和貴、王旭元、郭素青三人跪在孫勇身旁痛哭起來。

孫勇的眼睛睜著，望著藍天、白雲，好像在問：「我死得值得嗎？」

柯和貴用手掌輕輕地抹著孫勇的眼睛，許久，那眼皮才合上。三人把孫勇的屍體抬進大禮堂，放在兩張合攏的吃飯方桌上，躺平。

「等洪峰他們來處理吧，我們去救受傷的同學。」王旭元嗚咽著聲音說。

大禮堂裡躺著十幾個同學，有的還活著，有的中彈，有的挨刀，有的被槍托打得遍身烏紫。他們在痛苦中呻吟，扭動，滿地是血。

「同學們，我們把受傷的同學送進醫院吧。」柯和貴對著前來看景象的同學說。

「街上還在響槍。」有的同學說。

「救死扶傷要緊，我相信不會打抬擔架的。」王旭元說著，背起一個重傷同學就走。

柯和貴、郭素青每人扶起一個能邁步的輕傷同學走。膽子大的同學也背的背、扶的扶，跟在後面。醫院也分成兩派，王旭元知道市一醫院的多數派與洪峰是一派，就把傷員背到市一醫院。在回來的路上，王旭元聽說余榮受了重傷，在第三醫院，就與柯和貴、郭素青一起去看余榮。

余榮躺在門診部地板上。他的髖骨卡著一顆子彈，痛得咬破了嘴唇，但不呻吟。

「余榮，我再不願看到這種慘景了，你遣散組織吧，我們一起做逍遙派。」柯和貴哭著說。

「和貴，你好糊塗呀！這是革命戰爭！洪峰是反革命集團的頭子，我與他不共戴天！」余榮咬著牙，語氣十分堅定。

「孫勇死得好苦呀！」郭素青哭著說。

「孫勇死有餘辜！他為反革命集團賣命。」余榮大聲疾呼。

「快把余榮抬上擔架，進手術室。」王旭元拿來了擔架。

三人抬上余榮，進了手術室。

「我們走吧。」王旭元說。

三人走在街上。這時，江上傳來了槍聲，傳來了船隊齊鳴的汽笛聲。

「蓮河一司打進城了，蓮水革聯那些鬼崽子被嚇得屁滾尿流了！」街上有人喊。

許多大卡車，裝著全副武鬥的戰士，打著「蓮水革聯」的旗幟，倉皇向東門跑。

王旭元三人來到學校辦公大樓。大樓上兩扇窗戶伸出用竹竿掛著表示投降的白褂子在風中飄動。樓上樓下擠滿了人，議論紛紛。卻沒有人救傷患。

王旭元三人上到二樓，敢死隊的同學都龜縮在一間大房裡，全部受傷，垂頭喪氣，驚慌失措。有三個被槍打中的重傷患在呻吟。

「洪峰、楊陽明、馬天水到哪裡去了？」王旭元問。

敢死隊成員一見到王旭元、柯和貴，膽子大了，敢哭了。

「洪峰、楊陽明作了鼓動演說，就走了。」一個隊員說。

「馬天水佈置了作戰任務，說要去大禮堂指揮戰鬥，也走了。」另一個隊員說。

王旭元沒說什麼，背起一名重傷員就走。

「同學們，救人要緊，大家動手呀。」柯和貴對著圍上來的人說，「重傷員背到市一醫院，輕傷員送校衛生室。」

「聽柯和貴的。」有人回應。

「媽的，戰鬥結束一個多小時了，洪峰鑽進老鼠洞裡還不出來！」有人叫罵。

「領袖的生命當然金貴呀，大家要捨命保他的命，保他的權嘛。」有人諷刺。

「洪峰太不像話了。」有人埋怨，「應該安排人救死扶傷呀。」

……

柯和貴、王旭元、郭素青在學校與醫院中來回奔跑，送完了傷患，疲乏了，就坐在辦公大樓大門外水泥地上休息。有個消息靈通的同學給柯和貴講述這次戰鬥的原因：

北崗高中紅色造反團發現洪峰把市委書記李華藏起來了，又連續發表《評李華應該上馬》的文章，知道洪峰要搶先成立市革委會。他們也把市長鄭紅保護起來了，宣傳李華是叛徒，「走資派」，不能結合進革委會。洪峰他們就在前夜偷襲了北崗高中紅色造反團，打死三人，打傷一百多人，搶走了鄭紅。北崗高中紅色造反團在北崗市內處少數派，打不過洪峰這派，就去蓮水縣串聯多數派「蓮水革聯」。「蓮水革聯」派五千人馬，分三路打北崗市，要活捉李華，打死洪峰。洪峰也派人去聯絡蓮水縣「蓮河一司」。「蓮河一司」雖是少數派，但戰鬥力強，「蓮水革聯」怕他們。那「蓮河一司」的頭頭是個神秘的怪人，叫汪仁船。他對洪峰派去的人說：「我們不會參加不義的軍閥混戰。」就沒出兵，使「蓮水革聯」打勝了這一仗。可是，那個汪仁船又帶領戰船從江上向北崗市開來，嚇跑了「蓮水革聯」。

「那汪仁船是怎樣個神秘的怪人呢？」柯和貴饒有興趣地問。

「我也說不清楚。」消息靈通同學說，「這裡有『蓮水革聯』散發的傳單，給你一份，你去看、去猜。」

柯和貴接過傳單，一看，題目是《反革命狂人汪仁船反動言論錄》。柯和貴正要看，學校廣播響了：「緊急通知！緊急通知！全校師生到大禮堂前參加追悼孫勇五烈士大會。不去的視為反革命論處。校革委會，毛澤東思想紅衛兵總部。」

柯和貴把傳單塞進褲袋，跟著王旭元、郭素青一起去大禮堂。

大禮堂大門上貼個大「哀」字，臺上一條橫幅「追悼孫勇五烈士大會」。橫幅下陳列著孫勇五人的屍體，屍體上覆蓋著國旗和毛澤東思想紅衛兵戰旗。四周牆壁貼的標語是：為革命流血犧牲光榮！孫勇五烈士永垂不朽！為孫勇五烈士報仇！徹底肅清一切反革命份子！與階級敵人血戰到底！誓死保衛毛主席！誓死保衛林副主席！誓死保衛江青同志！廣播在播著《毛主席語錄》歌和哀樂。

大會議程很簡單，洪峰作了慷慨激昂、鼓舞鬥志的演說。大會最後一項是：為烈士報仇，嚴懲叛徒余榮手下的三條走狗。三個被俘的新生毛澤東思想紅衛兵同學被押到孫勇五人屍體前。他們的鎖骨被鐵絲穿連著，被迫跪下，磕頭認罪。接著，在「為烈士報仇，嚴懲兇犯」的憤怒口號下，擁上一群人，用槍托，用石頭，用手腳，一陣亂打，瘋狂的叫罵聲，痛苦的求饒聲。

柯和貴、王旭元、郭素青站在最後面。柯和貴看到這一幕，要衝上去解救那三個同學，被王旭元、郭素青死死拽住。

「他們瘋狂了，還認你柯和貴嗎？」郭素青說。

「在人們失去理智時，凡有異議的人都會被處死，去不得。」王旭元說。

柯和貴不忍心看下去，出了大禮堂。王旭元、郭素青也跟著出來了。三人來到教室，痛哭起來。

後來，柯和貴聽說那三個同學作為殉葬品和孫勇五人埋在一起。第二天下午，柯和貴又聽說余榮的人抓走了三個毛澤東思想紅衛兵同學，以同樣方式處死了。

孫勇的死使柯和貴十分痛苦，他禁不住寫了一首詩來悼念孫勇：

哭孫勇

在我遭受迫害的時候，勇哥——
你站起來一聲吼：「我要保護柯和貴！」
在我孤立無援的時候，勇哥——
你高高舉起雙手：「我要支持柯和貴！」
勇哥——以前你問我：「怎麼辦？」
我能辯明是非；
以前你問我：「去哪裡？」
我能分出東西。
勇哥——
今日你問我：「怎麼辦？」
我心裡一團霧迷；
今日你問我：「去哪裡？」
我腳步在徘徊。

勇哥呀——
在我眼前，你倒在血泊中，
面對蒼天質問：「我是烈士嗎？」

老天只能告訴你：「你是被你的朋友子彈射中，
你的子彈也射中了你的朋友，
你是為了哪一樁？」

勇哥呀——
在我眼前，你倒在血泊中，
睜眼向我怒吼：「你為不為我報仇？」
我只能告訴你：「你喊著『毛主席萬歲』倒下，
余榮也喊著『毛主席萬歲』盡忠，
叫我向誰進攻？」
余榮罵你死有餘辜，洪峰誇你立了大功。
我只能為你哭泣：「你一生勇猛剛強，不該胡亂衝鋒；
你一生正直善良，卻糊塗一時而無善終。」

嗚呼——勇哥，

你死得不值呀，怎不叫我惋惜英雄？

你死得苦慘呀，怎不令我泣血心痛？

學校的武鬥仍在不斷發生。郭素青說這是戰亂，應該迴避，就回家去了。柯和貴、王旭元不能安心讀書了，不知如何是好。

一日上午，柯和貴無意中從褲袋裡摸出了那張傳單，看了起來。他不看則已，一看，就被吸引住了：

反革命狂人汪仁船反動言論錄

一、用兵就是用詐，政治就是行騙。二、「萬歲」、「萬壽無疆」也是「四舊」。三、周恩來是大奸相，比魏忠賢還壞，專門保護達官貴人，維護特權階級。四、金無赤足，人無完人，毛澤東是否有重大錯誤，林彪是否能為人民辦好事，有待觀察和評價。五、文化大革命必然要深化為武化大革命，因為「走資派」擁有兵權，決不會與造反派分權而治，造反派只有用槍桿子奪權。六、分裂的造反派頭頭分別為分裂的「走資派」所操縱，他們的戰爭是不義的軍閥爭權奪利的混戰，毫無革命意義和進步性可言。七、黨內走資派所宣傳的所謂人民民主專政，民主是假，專政是真。所謂專政，就是帝王專制。八、中國人在科學技術上發明創造很少，而在「忠君」上發明創造層出不窮，現在有人發明了「三忠於」、「四無限」，接著有人又創造了「早請示和晚彙報」。九、誰說現在消滅了壓迫剝削？「走資派」大權在握，壓迫農民、知識份子比歷朝歷代都殘酷，你敢批評他們就說你是三反份子，壓得你幾代人抬不起頭。「走資派」把農業、工業經濟變為集體所有制、國營所有制，實際上是「走資派」所有制，他們以「公」的名義隨意「私」拿；他們有服務員、警衛員、私人醫生、廚師、司機、小轎車，享受得多麼美好，而工人累死，農民餓死。十、「打倒反動學術權威」這個口號「蓮河一司」不喊。學術權威有什麼不好呢？他們獨立思考，建立高級理論，發明創造，有利於人民，有利於人類。「走資派」最怕學術權威，怕學術權威有異議。十一、「蓮河一司」是一個國家的概念，是在「走資派」黑暗統治下的新生的人民政權，就像毛主席當年在國統區建立的「中華蘇維埃」那樣。凡是外來武裝人員進入蓮河一司，就是武裝入侵，我們就要用革命武裝消滅他們。十二、在社會科學方面，沒有什麼「放之四海而皆準」和戰無不勝的理論，只有關於某種模式描述的理論，不全都對。十三、我們要「藏槍於民」，外國就多是允許私人持槍的，槍這個東西，太平時能幫我自衛，戰亂中能助我殺敵。這「藏槍於民」與毛主席的「全民皆兵」的思想是一致的，民不持槍，這「全民皆兵」就成了一句空話，毛主席是號召打人民戰爭的，要不「藏槍於民」，這人民戰爭又何以能打？十四、「深挖洞，廣積糧」。這「廣」指的就是廣大人民群眾，「廣積糧」就是說糧食要儲藏在老百姓的手中，我們蓮河一司就不交公糧，造反派也只有手中有糧才能心中不慌。兵馬未到，糧草先行，不儲備充足的糧食怎麼行？你就說我抗糧也罷！十五、如果按照毛澤東的《階級分析》來重新劃分今日的中國社會階級，那些既得利益集團者（省部級官員）就是大資產階級，縣市級官員就是中產階級，社局級官員就是小資產階級，工人就是半無產階級，臨時工和社員就是無產階級。革命對象和革命動力就清楚了。蓮河革命就是要解決農民問題。農民問題，馬克思、恩格斯沒有解決，列寧、史達林沒有解決，農民出身的毛澤東仍然沒有解決，我們現在就來解決這個問題。十七、蓮河政府，就是廉價政府，就是不能由上級提名候選人的選民自己推舉候選人的公民一人一票民主直選政府。只有這個廉價政府的官員才對選民負責而不阿諛奉迎上級官員。

……

在每條言論後附有批判文，那批判文不是文不對題，就是謾罵，不但批不倒那言論，反而使那言論顯出光彩來。

在傳單後附有《汪仁船其人》：

汪仁船，蓮河人，富農子弟，1934年出生，1956年考入北京外國語學院西班牙語系，1958年因為反對周恩來、劉少奇被劃為現行反革命份子，後瘋了，又被押回生產隊管制勞動。汪後船賊心不死，乘文化大革命之機，發動農民造反，成立「蓮河一司」，揚言要以農村包圍城市、武裝奪取無產階級政權。汪仁船是個徹頭徹尾的反革命狂人。

柯和貴從來沒看到、也沒聽到這樣的言論。他從南柯村、到北崗市、到省城、到京城，見到和拜訪過許多理論家、學生著名領袖，收集了許多言論錄，自己也大膽地寫論文，但與汪仁船這言論相比，真是小巫見大巫，老鼠比老虎了。汪仁船，其人如此膽大瘋狂，其言如此驚世駭俗。那言論像一個炸彈接著一炸彈，把那思想碉堡炸得磚碎灰飛，把那住在碉堡裡的人炸得血肉橫飛。柯和貴像是從碉堡裡被炸飛出來的人，飄在空中，有被掉到地上摔得粉身碎骨的恐懼，一瞬間，魂飛魄散。柯和貴喘息了好大一會兒，像從惡夢中醒來那樣，心驚膽顫。柯和貴想用毛澤東思想把那《反動言論》批判一通，於是再看。他越看越深感到自己是井底之蛙，閱歷淺，知識貧乏，批判不了；同時，深感到，在平等論戰之中，那戰無不勝的毛澤東思想顯得軟弱無力。在研究問題中，柯和貴是個老實人，是個尋根究底的人，不會輕易放過自己所不理解的問題，也不會輕易用「大棍子」去棒殺別人的理論。他決定去拜訪汪仁船，去弄清汪仁船的理論體系。

柯和貴把自己的想法跟王旭元說了，要王旭元一起去找汪仁船。

王旭元說：「汪仁船和我是同縣人，我早聽說過他的一些傳聞。那個人神經錯亂，言論和行動極其反常。我們不要去惹他，弄不好會成為真正的反革命份子。」

接著王旭元講了汪仁船一些怪事。汪仁船押回家後，和父親打一架，不住在家裡，住在生產隊養豬場裡。隊長組織社員鬥爭他，他又與隊長打架。他和養豬老人合得來，幫著養豬。誰知他一個大學生卻會養豬，增加了生產隊不少收入。他每兩個月就殺一頭豬給社員加餐。大隊支書不敢管他。有人給他說媒，他說他每天都跟豬婆結婚。他的妹子當了公社主任，他到處說他妹子是賣屄買官，不與妹子來往。隊裡賣棉花，把三級棉花包在一級棉裡，他就去供銷社報告了，說是住隊幹部弄虛作假，害得住隊幹部挨鬥。搞社會主義教育時，他把劉少奇、周恩來的肖像當工作隊的面撕了，說劉少奇是李蓮英，沒脊樑骨，只會喊「老佛爺萬壽無疆」；說周恩來是李林甫加魏忠賢，笑裡藏刀，專立生祠，專殺東林黨。這下子不得了，公安特派員去抓他。養豬老人說他近月來瘋得很厲害，隊裡幹部、社員都出面證明他瘋得很厲害，才沒抓去。

柯和貴聽了，好奇心更大了，更想去了，求王旭元去打聽汪仁船在北崗市的地址。王旭元無奈地答應了。

這是一個中秋的夜晚，北崗市一片死寂，燈光稀少，居民們大都逃避戰亂出城了。王旭元帶著柯和貴，在暗街黑巷裡摸索走路。他們來到近郊一個木料場。木料場被木柵圍著，木柵門站著兩名持槍的「蓮河一司」戰士。王旭元上前說了幾句，戰士讓兩人進去了。內場還有持槍的巡邏隊。他們來到一棟三層樓的大門前，大門又有持槍戰士，在門內一張長方桌旁坐著一男一女兩個學生模樣戰士。王旭元叫那個女同學：「高雲英。」高雲英連忙熱情地與王旭元握手。王旭元向柯和貴介紹了高雲英，說是他同大隊的人。王旭元又向高雲英介紹了柯和貴，說明了來意。

那高雲英，二十出頭，中等身材，微胖，皮膚白嫩，臉上有一些過麻疹留下的淺淺麻子點，不很漂亮，但是性格開朗，膽大潑辣，是蓮水高中學生。高雲英就帶兩人到了一個會議室。

會議室裡亮著電燈，坐著七、八個人，有的寫東西，有的看材料，有的爭論問題。

高雲英走到一個三十出頭的農民身旁，介紹了王旭元、柯和貴，又對王旭元、柯和貴說；「這位就是你們要找的汪仁船同志。」

柯和貴看那汪仁船，一點不像傳說中的那麼神奇、瘋癲、兇惡，卻是一個普通的江南農民。汪仁船，留著短茬頭髮，古銅色方臉，右額上有條一寸來長的斜疤痕，中等個子，身體結實；穿一件純白色棉布鈕扣上衣。與一般農民不同的是：表情不憨厚，反應不木訥，深邃的眼裡閃著睿智的光。

汪仁船站起身，向前跨一步，與王旭元、柯和貴一一握手，示意兩人坐在自己對面的一條長木凳上。高雲英也坐下了。汪仁船坐姿很有風度：身正，腿平放，微笑，既莊重，又平易近人。

汪仁船先開口了，對柯和貴說：「你就是柯和貴呀？我聽說過，還收集了你的個人資料，永安縣南柯村人，北崗師範三（2）班學生，愛好文學，第一個衝出校門上北京，第一個寫工作組和支左部隊的大字報。你寫的《北崗市紅色政權為什麼能夠存在？》，說北崗市紅色政權存在的第一條件是有毛主席和中央文革的支持。我問你：如果毛主席死了，中央文革垮了，那北崗市紅色政權還能存在嗎？」

「那……」柯和貴吱唔了。他沒有想、也不敢想有這個假設條件。他注視著汪仁船微笑而平靜的神情，心想：「這人確實是個反革命狂人，思想沒有禁區，嘴巴沒有遮攔。」

「你大概真的相信『萬萬歲』囉。」汪仁船語氣平和地說。接著，他的臉陰沉起來，語速加快：「自從秦始皇稱帝後，中國人就高呼『萬萬歲』，到了慈禧，加了個『萬壽無疆』。可是，那些『萬萬歲』、『萬壽無疆』的皇帝、老佛爺都到哪裡去了？都死了，都像正常人一樣活到六、七十歲就死了，他們的肉身沒有比普通人多點什麼。現在還剩下一個『萬萬歲』、『萬壽無疆』的毛澤東，已經七十四歲，是『古來稀』的老人，隨時都會死去。」

「還有林副主席接班呀。」柯和貴說。

「林彪體弱多病，說不定先毛主席而死。再說，從林彪的一系列極端的言行來看，林彪能為國為民辦好事嗎？」汪仁船不假思索地說。

「照你這樣說，中央高幹都靠不住，文化大革命不是會失敗嗎？」柯和貴問。

「自己的事靠自己，中央高幹都靠不住。《國際歌》唱：『從來就沒有什麼救世主！』」汪仁船激動起來，口若懸河，狂吹起來，「奇怪的是，中國人民從來就沒有信過自己，也沒有權利來管自己的事，來管自己國家的事，總是把自己和自己國家的命運交給救世主，希望英明天子來拯救他們。於是，中國的救世主層出不窮。那些救世主口稱『從天意，順民心』，『為人民服務』，來爭天下了。救來救去，國家越救越窮困虛弱，人民越救越災難深重。一個朝代接著一個朝代地都是帝王獨裁制度。原來救世主們救國救民是假，爭自己的皇帝位是真。有人感慨地說：『江山如此多嬌，引無數、英雄競折腰』。一語破的，救世主們是為『如此多嬌』的『江山』來競爭的，是把『如此多嬌』的『江山』當作私產來競爭的。至於人民，在他們眼裡是炮灰、家奴、家畜，用人民流血死亡去為他們爭江山，用人民流汗勞動去營造他們的江山。越是被他們吹得『偉大』的救世主，對人民造孽越重。秦皇、漢武、唐宗、宋宗、成吉思汗是殺人最多的救世主，使中國人口減少最多的帝王。倒是清朝出了幾個有點『人民性』的皇帝，使中國人口從七千萬增到四億多。所以從帝王的政治意義上講，政治就是騙，弄權術而勝利的是帝王，受愚弄而失敗的是人民。在中國歷史上，人民有過一次短暫的勝利，那就是辛亥革命。孫中山才是真心救國救民的人，想啟蒙國人，讓人民自己當自己的救世主，來管理自己的事，來管理自己的國家的事，不要皇帝，不要救世主。奇怪的是，幾千年不相信自己、只迷信救世主的中國人民，不買孫中山的賬，都去為救世主打孫中山，又打出了一個『他是人民大救星』的領袖獨裁天下來。所以，『革命尚未成功，同志還須努力』。」

汪仁船說到這裡，喝了兩口水，繼續說：「文化大革命對於青年學生和人民大眾來說，就是一場政治大騙局。中央分成兩個司令，是宮廷內兩個爭權奪利的政治集團，他們之間的鬥爭本與青年學生和人民大眾無關。可恨的是，他們卻都自稱『為人民服務』，到學生和人民大眾來尋找被使用的力量，製造混亂，挑起事端，點燃戰火，擴充自己的力量。可憐的是，青年學生和人民大眾卻那麼輕易地被他們騙了，把他們當作自己的救世主，去為他們爭江山而吶喊，而流血，而戰鬥。文化大革命是林彪、江青勝利，還是劉少奇、周恩來、鄧小平勝利，還是兩個政治集團妥協結合，我們暫且估計不准。但是有一點是能會估計準確的：不管是什麼結局，青年學生和人民大眾都要蒙受災難，他們都要在青年學生和人民大眾中尋找替罪羊來宰殺，一來滿足他們嗜血成性的欲望，二來洗抹他們血債累累的罪行。我不知道運動後會給青年學生和人民大眾定什麼罪名，但『欲加之罪，何患無辭』，罪名肯定是有的。」

柯和貴聽得天昏地暗，又好像有一道道閃光，自己只是連聲「啊啊」。

「那麼，你為什麼要參加文化大革命造反呢？」王旭元問。

「參加文化大革命的人民大眾中有各式各樣的人，有想趁機撈官的少數造反派頭頭，有想解除壓迫被逼得造反的右派青年學生和老師，有幸災樂禍、大家都來受罪的『五類份子』，有被愚弄慣了的真正『三忠於』的青年學生、工人、農民，還有抱僥倖心理、唯恐天下不亂而想火中取栗實現孫中山遺願的『同志還須努力』的政治野心家。」汪仁船說到這裡，哈哈大笑起來。他笑了一陣，問柯和貴：「你屬於哪一種人呢？」

「我——」柯和貴一時回答不出來。他從來沒這樣想過，分析過。

「這樣說來，『三忠於』也是騙局嗎？」王旭元問。

「『三忠於』當然是騙局。劉少奇、周恩來、鄧小平、林彪都喊『三忠於』，其實他們內心一點兒『三忠於』也沒有，是想喊『三忠於』來爭寵毛澤東，然後取而代之，去玩玩當皇帝的味道。在中央高層只有江青、毛遠新內心忠於毛澤東，毛澤東也真心想把位子傳給江青、毛遠新。在民間，內心『三忠於』的人就多了，廣大青年學生和人民群眾都是，而最後受迫害的又是這內心『三忠於』的青年學生和人民群眾。這就是中國歷史上忠君的悲劇，也是文化大革命的悲劇。」

「那『三結合』呢？」柯和貴問。

「那『三結合』是三個相互鬥爭的政治集團相妥協、相調和的產物。毛澤東擔心劉少奇、周恩來、鄧小平等老幹部集團居功自傲，不忠於自己，就發動了文化大革命，培植出林彪軍人集團和江青文人集團，向老幹部集團作鬥爭。鬥得老幹部集團七零八落，鬥得老幹部一個個感到大難臨頭，向毛澤東呼救，絕對服從和絕對忠於毛澤東。到這時，毛澤東就轉而來利用老幹部集團這張牌子，來平衡林彪軍人集團的權力，就發出指示：『老幹部是革命的寶貴財富』，『還我萬里長城』，建立『三結合革命委員會』，把三個政治集團捏合在一起，都忠於毛澤東。這種『三結合』並不是毛澤東的發明創造，在清末慈禧就搞過『三結合』，老的是徐桐、剛毅，中的是軍人榮祿，青的是光緒、康有為，慈禧則從中左、右操縱。結果，『青』的被禁、被殺、被趕，只剩下慈禧和榮祿。歷史有如此驚人的相似處。我看那些撈官入閣的造反派頭頭的下場將比康有為還慘，會是受招安的宋江一百單八將的下場。我們蓮河一司寧可作黃花崗七十二烈士，也不會被騙去搞什麼『三結合』。」

「那你為什麼還要高舉毛澤東思想旗幟呢？」柯和貴問。

「孫中山反對馬列主義，卻去聯俄、容共、扶助工農，毛澤東是徹底反對民主的，卻打著民主的旗幟去反對蔣介石獨裁。明修棧道，暗渡陳倉，都是用兵之策略。」

「你們這次來北崗市是為了追打蓮水革聯嗎？」王旭元問。

「不是。我說了，蓮河一司決不去介入爭權奪利的軍閥混戰。我來北崗市是抬屍遊行。」

「有人說你們抬屍遊行是醜化文化大革命。」王旭元說。

「是的。」汪仁船毫不含糊地回答，「我們就是要醜化文化大革命，還要醜化歷次政治運動。我們抬屍到北崗市遊行，還要抬屍到省城、到京城遊行，告訴全市、全省、全國、全世界人民：文化大革命不是什麼救國救民的運動，而是屠殺人民的運動。現今中國的當權派是中國歷代王朝愚民、殺民、暴政、酷刑的集大成者。面對這群嗜血成性、『一蠻三分理』的虎狼兇惡之徒，人民搞文鬥是沒用的，只有武鬥，只有用革命方式推翻他們，才能免於殘暴統治。蓮河一司的武化革命就是第二次辛亥革命！」汪仁船站起來，揮動著雙臂，像一頭猛獅，呼嘯的聲音和憤慨的情緒充滿整個會議室。

「我和王旭元是北崗師範毛澤東思想紅衛兵的負責人，支左部隊發給我倆每人一支手槍和 20 發子彈，我倆拒絕接受。我倆反對武鬥。」柯和貴說。

「因為反對武鬥而不要手槍，是迂腐。」汪仁船說，「還有其他原因不要手槍嗎？」

「我倆不願意自己人內部相互殘殺。」王旭元說。

「這個原因僅僅是情有可原，但是不是理性思維。造反派內部不能相互殘殺，國民不能自己打自己，這是對的。但是，國民必須有持槍權。公民是國家主權體，是主人，官員是奴僕，是公僕。主人不能持槍，奴僕反而能夠持槍，那就把主人與奴僕的關係顛倒了：奴僕可以屠殺主人，主人只能任人宰割。蓮河人就要把顛倒了的關係再顛倒過來：主人公民必須有持槍權，用武力奪回被奴僕強行霸佔的主權，然後實現公民投票選舉公僕的廉價政府制度。中國的公民們好不容易遇上了『支左』軍隊發槍這個千古難逢的機遇，如果害怕武鬥而自己不持槍就放棄持槍權，那就是迂腐不堪了。誰最害怕公民有持槍權呢？當然是霸佔了國家主權的官員。我預料，毛澤東馬上會後悔給公民發槍，要收回槍支。但是當全國持槍的造反派都像蓮河人這樣認識到自己是國家主人，應該有持槍權去反抗竊國大盜時，那麼大內戰就爆發了，勝利者是公民，專制社會就被徹底埋葬了，公民民主法治社會就在中國誕生了。你們想過了嗎？戊戌變法是文鬥，結果怎麼樣？辛亥革命是武鬥，結果又怎麼樣？面對窮凶極惡的專制政權，文鬥還有用嗎？不要做康老三，要做孫中山。（注：康老三，即康有為。武漢造反派「三鋼」把武漢改良派「紅三司」諷刺為「康老三」）所以，我鼓勵到蓮河來考察的外地人，理解了蓮河革命後，就回到他們的家鄉去，用蓮河人的革命理論和革命方式去搞文化大革命，造成浩浩蕩蕩的革命力量，敵人的幾百萬軍隊就渺小了，不堪一擊了。」

「你這樣說，那不就是把現在的政權與清朝政府混為一談了嗎？與毛主席分庭抗禮了嗎？」柯和貴說。

「現政權與清政府有兩樣嗎？你去仔細對比一下。如果你的心中還有什麼『大救星』，那你就不是獨立思考的知識份子，沒有把自己當著自己的主人，還在思想牢籠裡打轉轉，是思想文化奴才，而思想文化奴才是不可理喻的，我們就不會討論出什麼理論結果。」

柯和貴仰視著汪仁船，直到汪仁船情緒平靜下來，又問：「你說政治就是騙，你為什麼對我倆不行騙而說出這些真心話呢？」

「現今當權派騙我們，我們當然要騙他們。但我從不騙善良正直的人。」汪仁船心平氣和地說，「你倆要想了解蓮河一司，不能只聽我胡吹，應該到蓮河鎮去實地考察，體驗生活，否則，真的會受騙上當。」

「謝謝你對我倆的信任。我倆是決心要到蓮河一司去看看的。」柯和貴說。

王旭元請高雲英介紹如何去蓮河一司。高雲英簡介了一下，去為柯和貴、王旭元兩人開了介紹信。

高雲英說：「你們是很幸運的。汪仁船從來沒有與外來人這麼推心置腹地明明白白地說這些話。他可能是看中了柯和貴，因為他派人去收集過北崗師範和北崗高中的有水準的理論文章，研究過柯和貴。」

下半夜了，柯和貴、王旭元摸黑回來學校。

其實，汪仁船的思想理論並不是什麼全新的思想理論，而是早在西歐和北美實現了的民主法治思想理論，是世界潮流，只不過被中國共產黨的獨裁政權封鎖了，使中國青年人閉耳塞聽罷了。所以對於當時的柯和貴來說，汪仁船的革命理論是全新的，是自己聞所未聞的，是一時難以接受的，就決定到蓮河去考察一段時間再說。可是，柯和貴保持了自己天生的那一顆天生的善心和一種自然智慧，到蓮河考察後定會接受汪仁船的思想理論。汪仁船看准了柯和貴是能夠接受自己的啟蒙的，能夠成為自己的一個知己。

第二天吃了早飯，柯和貴、王旭元把東西清理好，把箱子、被子卷搬到附近一個熟悉的農民家裡，每人挎個紅衛兵黃背包，向蓮河走去。

柯和貴走出校門去農村，受到紅衛兵們的指責，就寫詩回應曰：

群雀吵亂鎮，猶怪鷹出城。
只知窩裡鬥，不分是非爭。
解惑求真理，離窩去農村。
他日再返校，自是明白人。

欲知柯和貴去蓮河的後事如何，且只下回分解。

第三十二回　蓮河鎮鬧成新天地　汪佑村冒出傳奇人

卻說柯和貴、王旭元步行了六十多里，來到了蓮河鎮地界。

正如汪仁船所言，蓮河鎮是一個國家的概念，在邊境上有崗哨，有巡邏兵，街口架有機槍，對進入的陌生人盤查很嚴。柯和貴、王旭元進入鎮裡。鎮裡卻又是一番景象：看不見毛主席塑像和毛主席語錄牌，看不見「萬歲」、「萬壽無疆」、「三忠於」、「誓死保衛」之類的標語，看不見牆壁上一層壓一層的大字報，沒有「革命無罪，造反有理」的吶喊聲，沒有持槍的武鬥隊，沒有喊「打倒」聲，沒有呻吟聲，沒有幹部的吆喝聲，沒有五類份子的可憐相……一句話，看不到階級鬥爭的跡象，看不到文化大革命的蹤影。看到的是牆壁清潔，街面乾淨，生意興隆，人面微笑，好像是個寧靜的世外桃源小鎮。

蓮河革命委員會設在原中共區委所在地。柯和貴、王旭元找到這裡。兩邊牆上用藍漆刷寫了兩條醒目的大標語：

十萬蓮河人十萬個皇帝黨派　政府軍隊都要忠於民眾

革委會大院有二十多間房子，掛著六塊牌子：蓮河公民議政委員會，蓮河革命委員會，蓮河司法委員會，蓮河監察委員會，蓮河軍事委員會，蓮河教育委員會。革命委員會和軍事委員會兩塊牌子掛在一個門的兩側。

柯和貴拜訪了議政主任皮晨月，革委會主任李長友，監察主任程雷，司法主任柯愈昌。了解到，軍事委員會從屬於革委會，其餘五個委員會是平級的，各有權力限制。五個委員會主任由各方、各團體推舉出候選人，全民投票選舉產生，每屆四年，可參選連任兩屆，不能連任三屆。只有軍事委員會主任由革委會主任任命。

「怎麼不見蓮河一司的牌子呢？」王旭元問。

「蓮河一司是黨派組織，設在它所選擇的地方，就在原供銷社辦公處。」皮晨月說。

「汪仁船怎麼沒選上主職幹部而由你任命為軍事委員會主任呢？」柯和貴問李長友。

「現在軍事是當務之急，非汪仁船同志莫屬。他就再沒權利參加其他職務競選了。」李長友說。

「你們這裡各管各的，頭目太多，沒一個人說了算，怎麼統一呢？」王旭元問。

「互相分權，由法律來統一，這是我們政權的特徵。我們不搞個人或一黨獨裁制。」柯愈昌說，「你們新來的人可能一下子接受不了。但是，你們到蓮河基層去考察一下人民的生活、生產狀況，就會認為民主法治比獨裁人治優越多了。汪仁船寫了一本書，我給你們看看。」

柯和貴、王旭元每人領了一本油印的書，題目是《論蓮河政權結構》。

「你們這裡的走資派和五類份子有沒有選舉權和被選舉權？」柯和貴問。

「我們這裡沒有五類份子，沒有走資派，一句話，沒有階級敵人，只有公民。我們這裡有人喊打倒汪仁船、打倒毛主席，但都不是犯罪，而是言論自由。我們這裡只有殺人、搶劫等刑事罪犯。」程雷說。

柯和貴、王旭元告別了李長友等人，來到蓮河一司辦公處。這裡有一排房子，掛有許多牌子：徹底造反派蓮河第一司令部，蓮水縣「八一八」紅色造反團，蓮水縣紅色教工，蓮河農民革命軍，蓮水縣高中毛澤東思想紅衛兵，蓮河「一月風暴」戰鬥隊，徹底革命造反派溪州二司辦事處，徹底革命造反派羅山三司辦事處，徹底革命造反派高坡四司辦事處……柯和貴、王旭元訪談了幾個組織，方才知道，原來「蓮河一司」是「徹底造反派總部」下屬的一個司令部，是最早成立的一個農民造反組織。十幾個造反組織正在醞釀成立「徹底造反派總部」。在這裡，柯和貴、王旭元碰到了軍事委員會副主任羅偉民，參謀長費宏志。羅偉民是原來蓮河區公安特派員，曾經押送過汪仁船，打過汪仁船，後來卻敬佩和服從了汪仁船。柯和貴、王旭元在蓮河一司住了一夜。

第二天，兩人來到蓮河街。他們原來沒有注意到，街上做買賣的，不只是國營供銷社一家，還有不少私營的代銷店、小商店、食堂、旅社、菜場、糧油店、食品店……非常繁榮。

柯和貴、王旭元來到一家麵館，坐下，叫了兩碗麵。麵館主人叫曹樹青，四十六歲，原來是區委副書記，現在沒選上幹部，根據革委員制定的法規，辦了這家麵館。

柯和貴感到特別新奇，同時，產生了一個疑問：「這是不是復辟資本主義？」柯和貴就請教曹樹青。

曹樹青解釋起來：「我們這裡搞的是社會主義新經濟政策，不是資本主義；走資派政權搞的是假社會主義，真資本主義。我們來比較一下，資本主義是有壓迫和剝削的，社會主義是消滅壓迫和剝削的。走資派政權在政治上殘酷地壓迫人民，把一部分人民劃成五類份子，不給人民言論自由，無緣無故地挑起人與人的仇恨，鬥爭。幹部由上級任命，忠於上級，不為人民辦事。我們這裡幹部是公民選舉的，替公民辦事，沒有五類份子，人民大膽說話，消滅壓迫。走資派政權破壞生產，剝削人民。他們搞所謂一大二公，實際上以『公』的名義獨拿、獨佔，過著舒適的生活，人民則受凍受餓，甚至被餓死。他們極力破壞生產，什麼水稻畝產三萬六千斤，中稻畝產十三萬斤，把幾畝稻穀移到一畝田上應付檢查，檢查一過，稻穀都枯死了。像這樣的混帳話報紙也吹出來，像這樣的缺德事幹部也幹得出來。他們搞供應票證制，許多票證只有幹部獨有。我們這裡就不存在剝削，幹部只拿很低的生活補助，實事求是地幹事，幹了壞事要個人負責任，甚至受法律制裁。生產隊只有三個幹部，大隊也是三個，公社五個，區也只七個，真正地精簡了機構和人員，吃閒飯的非常少，人民的負擔很輕，生產隊上交只有原來的三分之一。人民有吃有穿。你看街上多繁榮，什麼東西都能買能賣，沒什麼煩人的票證了。再次，資本主義是束縛生產力的，社會主義是解放生產力的。走資派政權搞人民公社的三級所有制，社員被『三基本』統死了，出勤不出力，哪有生產積極性？糧食棉花產量上不去，有時連年減產，造成大饑荒。我們這裡把土地好壞搭配分給農戶，社員生產積極性可高哩，連年大豐收，家家有餘糧，還允許各人自謀職業，自由幹事，真是『人人各盡其能』了。外區外縣的社員都朝我們這裡跑。你們用這標準衡量衡量，是我們政權好，還是走資派政權好？是我們搞資本主義，還是走資派搞資本主義？不怕不識貨，就怕貨比貨呀。」

「在蓮河這裡，一切被顛倒過來了。」柯和貴心裡想。

「我總覺得你們的搞法有些不對勁。」王旭元說。

「你這話我聽得多了。不少來採訪的記者、大學生都這樣說過，還誣衊汪仁船是反革命狂人，誣衊我們搞資本主義。我開始時也覺得不大對勁。在揪鬥幹部的時候，我心裡有怨氣。汪仁船在召開老幹部會議上說：『你們這次受到衝擊，是毛主席他老人家的意思，不能怪革命造反派。你們當了十七年的走資派，壓迫人民，管制五類份子，是劉少奇叫你們幹的，不能怪你們。你們的官權是上級給的，所以你們只為上級負責，為上級服務，不為人民負責，不為人民服務。現在我們實行公民選舉制，公民選官，公民罷官，這樣的官就不害怕上級了，只害怕公民了，所以要全心全意為人民服務。我們的法律不由上級制定，而由人民制定。選出的法官不受黨官、政府官的管束，自行執法。在法律面前，都是公民，人人平等。你們這些老幹部都是公民，有選舉權和被選舉權，從今以後再沒有人敢無法無天地去揪鬥你們了。你們有當官的經驗，被選上更好，如果沒有被選上，你們就去自食其力，或到生產隊去領一份田地，或依法自己辦企業，賣體力智力。』我當時是區委副書記，聽了後很受感動，他說的是實話呀，是通情達理的話呀。後來，汪仁船搞分田地，允許私辦店辦企業，不到一年時間，就把糧油棉搞上去了，把市場搞繁榮了，蓮河人過上了有吃有穿的好日子。我的良心使我敬佩汪仁船了。許多老幹部都服了汪仁船了。你能不服嗎？事實擺著。『社會主義不是要人民過上好日子』嗎？『復辟資本主義不是要人民重受二茬罪，重吃二遍苦』嗎？我們這裡人民過上了好日子，怎麼能說是復辟資本主義呢？怎麼能說不是搞社會主義呢？一個有良心的人，就要有點人民性，一切從人民利益出發去看問題。說『不對勁』，就看是對誰『不對勁』，對走資派『不對勁』就好，對人民『不對勁』就壞。

「同學，我說的話你們可以不聽，我們不興胡吹，只看事實。我勸你倆到基層去認真調查，就會得出正確結論，但絕莫學那些只來表面看一下的大學生、記者，看不到真事，就出去說不憑良心的話。」

「吃麵條啊，同學。」曹樹青愛人端出兩碗熱氣騰騰的麵條，放在王旭元、柯和貴面前，桌上擺有筷子、醬油、醋。曹樹青夫婦熱情待客的好心腸，好態度，比公家食堂的工作人員好百倍，真令人食慾大振。

柯和貴、王旭元吃完麵條，付了錢，向不遠的山坡上一排新房子走去。

那一排房子就是蓮河人所說的新農村，也是20年後的勞改釋放的武漢造反派頭目在所謂「文革」回憶錄裡所說的汪仁船「極左」的證明材料。那些頭目的頭腦仍然被夾在馬列主義的思想牢籠裡，習慣於用唯物辯證法和毛澤東思想的階級鬥爭觀念去批評汪仁船是什麼「極左」、「極右」之類。其實汪仁船根本不在他們中的行列，他們把汪仁船斥之為「文革的異類」是正確的。

柯和貴、王旭元走進新農村。那是新的紅磚瓦平房，有三處：最下一處是托兒所和幼稚園，再上處是敬老院，向北一百多米遠的坡頂處居住的是青年農民，其實是民兵。各處都有食堂，有管理員和服務員。管理員向柯和貴、王旭元講解說：「這裡實行的是供給制。托兒所、幼稚園和敬老院所接收的是蓮河鎮裡的人，坡頂是戰時單身民兵的駐地。有人抓住這裡的供給制，就攻擊我們是在恢復人民公社時極左的共產主義，不要貨幣，那純粹是閉著眼睛說瞎話。你們到下面農村去看看，那裡只有供給制的托兒所、幼稚園和敬老院，有單身漢付錢吃飯的食堂，農民們是各家各戶生活，沒有什麼人民公社的影子。」

柯和貴問：「供給制是不是不要貨幣了？」

管理員說：「我只聽汪仁船說，國家是禍害，貨幣也是禍害，將來國家消亡了，貨幣這個禍害也就消亡了，沒有說現在就不要貨幣。難道汪仁船連貨幣也不懂嗎？」

柯和貴、王旭元離開蓮河鎮，向農村走去。兩人走十來里路，隨便進了一個有五、六十戶的村莊。這村莊叫馬家垸。兩人找到隊長馬國家。馬國家把兩人安排到一個叫鄭瘋子婆婆的家裡。全村人都在喜氣洋洋地曬棉花，運棉杆，各幹各的，又互相幫忙。王旭元、柯和貴就幫鄭婆婆幹活。

吃了晚飯後，鄭婆婆說要去開社員大會，罷免隊長馬國家和選舉新隊長。柯和貴、王旭元也跟著去開會。

會址在生產隊倉庫的水泥稻場上。在稻場的倉庫牆下放著兩張長方桌，牆上掛有一個小黑板，一個一百瓦的電燈泡照亮了整個場地。桌旁坐有七個人，兩個是大隊和公社派來的巡視員，五個是隊議政小組成員，成員是社員每三年一次選舉出來的群眾代表，不拿報酬。馬先福組長坐在當中，先點了名，社員都到齊了，就宣佈開會。

馬先福說：「根據一部分社員的提議，要求罷免馬國家隊長。馬國家問題有兩個：一是今年棉花得了一種怪病，他沒及時請技術人員解決，是馬先鋒去省農業大學請來一個老師解決了。二是搞『走資派』那樣的個人獨裁，不通過議政小組，私自帶人去前畈修引水渠。渠挖成了，要修閘門，他又私自在社員中集資。集資錢不夠，才央求議政小組解決。後來，又出現了水渠占去的田地補償問題，他解決不了，才又求議政小組解決。馬國家把議政小組當成他的隊委會，把社員當成他的家奴，違背了新法律第八條第五款：『關係到全體人民利益的重大事件，必須行政部門提出議案，由議政機關批准，必要時由利益所牽的全體公民投票決定。行政部門不能獨裁行事。』大家對馬國家這兩個問題議論了五、六天了，今天來開會辯論、表決。」

馬先福說完後，先由馬國家作辯解。馬國家只承認沒及時治棉苗病的錯誤，說開渠是他迅速行動得好，才使前畈兩百多畝水稻得到灌溉，獲得了大豐收。馬國家說：「一個行政主職領導應該有決斷權，有迅速行動指揮權。如果事事去決議，行動遲緩，就誤大事，造成損失。」

馬上有人反駁馬國家：「一個行政主職領導只能在法律賦予他的許可權內有決斷權，不能侵犯法律劃歸給議政機關的權力。一個人的智慧是有限的，眾人的智慧最大。議政機關議事也很迅速，考慮也周全些，不會造成行動遲緩和危害。如果行政領導獨斷專行，辦好了也是僥倖取勝，辦不好那才危害大。以前『走資派』獨裁亂來，給人民造成大危害又不受懲罰，才是大危害。依法辦事最重要。」

社員們很快議論開了。議政小組成員給每個公民發了一張白紙和一截鉛筆頭，說贊成罷免馬國家的就在白紙上打勾號，不贊成的打叉號。投票結果，125人打勾號，36人打叉號，贊成票超過了三分之二，一個叫馬國友的青年被選上了。在整個會議中，巡視員一言不發，只是監視。

柯和貴、王旭元受到一次生動的民主政治教育，更加敬仰汪仁船了。

兩人在馬家垸住了幾天，了解到農民們完全能理解和懂得按民主法治辦事。但是，農民們又充滿對英明天子的渴望，把汪仁船神秘化了。鄭婆婆對柯和貴、王旭元神秘兮兮地說：「蔣介石是烏龜精變的，毛主席是鱉魚精變的，烏龜精忠厚，鱉魚精兇惡，所以蔣介石打不過毛主席。玉皇大帝看到鱉魚精造孽人間幾十年，就派李老君下凡，投胎到汪佑村，長成了汪仁船，來為民除害。汪仁船是真命天子，大難不死，一心為民，有治國的法寶，搞出了民主法治。」馬家垸老人都說汪佑村風水好，才出了汪仁船，還說二郎神日夜保護汪仁船。柯和貴、王旭元聽得心驚肉跳，不敢吱聲。柯和貴收集了不少關於汪仁船的傳奇故事，記了一大本子。兩人決定去汪佑村住幾天。

柯和貴、王旭元離開馬家垸，步行七十多里路，看到了汪佑村。

「真是一塊風水寶地，活龍出現了。」王旭元指著汪佑村地脈感嘆起來，「那青龍從大別山龍脈而來，在晴川湖喝水潛身向前，猛抬頭，成了龍頭山。又將龍珠吐到前面，成了龍珠坡。再向前，是長江。龍入長江歸大海，就大顯神通了。汪佑村座落在龍頭山右額，肯定要出大人物。」

柯和貴看那地形，正如王旭元所言。但他笑著搖頭說：「儘管那地形像龍，但你說的是災異論，是迷信。我沒有科學根據來信這一套。」

「我那裡有個風水老先生，經常給我講風水地理學，帶我看地脈，我覺得其中有道理。風水學在中國幾千年了，我也沒有科學根據來否定這一套。」王旭元說。

兩人說著，進了汪佑村，找到與汪仁船一直同居的汪義德老人住房。

汪義德老人的住房在村後半里遠的一個黃鐮石坎的平地上。這是天然形成的半畝平地，以黃鐮石為地面。在石坎壘起了一道雜色石牆，有八尺高，上蓋茅草。牆外下等地，用石頭矮牆圍住一個大糞池，糞尿從上等地石牆的一個圓孔流到糞池裡。繞石牆栽有一圈梧桐樹，樹幹有四、五尺圍了。石牆西側有個木柵院門，做有頂蓋。進了院門，靠院牆一帶有許多間豬欄，用石牆或粗樹杆隔開，大都空著，只有三間有豬。院中間豎立著五個一丈多高的圓柱形土倉，用來盛裝豬飼料。院子南側有廚房，有煮豬食的大鍋大灶，有人煮飯的小鍋小灶。離廚房一丈多遠是柴房。在院子的東北邊有一股泉水流進來，穿院而過。過了院子，是傍山高坎，有兩個窯洞，裝有木板洞門，每間七、八平方米，一人多高。汪仁船住的那個窯洞空著，汪義德老人住的洞有一張床，一張小桌。建造這院落住房的主人，顯然動了不少腦筋，花了不少氣力。

汪義德老人出外幹活去了，柯和貴、王旭元就坐在窯洞門外的方石凳上等著。

太陽快落山時，一個人挑著一擔棉花杆進院門。那被捆紮的棉花杆挑在槍擔上，比院門高。那人十分熟練地將前頭棉花杆向院門內右側低斜進來，換了肩，向前走一步，翹起前頭，放低後頭，就挑進院門了。他挑到柴棚邊，用腳踢下前捆，轉身放下後捆，抽出槍擔，解下鉤繩，把繩子挽了圈，掛在槍擔耳上，把槍擔插在地上，把棉花杆棚弄好。

柯和貴這才看清，那人六十多歲，方臉，紫色面皮，白髮茬連著白胡茬。如果讓頭髮、鬍子長長，就是一位馬克思頭腦了。那老人骨骼肌肉萎縮了許多，但身材仍有一米七左右，年輕時是位彪形大漢，是古戰場上項羽、張飛似的英雄。老人穿著有補釘的黑色粗棉布衣褲，攔腰束根白布條，褲腳卷到膝上。

「你們是來找我的那兩位同學吧？要你們久等了。」老人微笑著對眼前的兩位同學說。那溫細的語氣與粗壯的體魄形成反襯。這種現象，柯和貴已在班主任常青年老師身上看到了。

「是呀，老伯。」王旭元說，「你這大年紀還幹重活，真了不起。有活需我們幫忙嗎？」

「莊稼活是幹不完的。我來弄飯給你們吃，順便聊天吧。」老人說。

柯和貴、王旭元幫汪義德老人抱柴，生火，煮豬潲，餵豬。吃了飯，洗了澡，進窯洞休息。晚上，三人談到下半夜。柯和貴、王旭元與汪義德一起生活了兩天兩夜，了解了汪仁船的概貌。

1958年初春的一個中午，蓮河區特派員羅偉民和兩個民兵押著戴了手銬的汪仁船回到汪佑村，找到隊長汪大勇和貧協組長汪義德。羅偉民說：「汪仁船是個極右份子、反革命份子，在北京坐了三個月的牢，瘋了。這傢夥確實有神經病，坐在辦公室裡，就去牆上撕下劉主席、周總理的肖像，一邊撕，一邊說瘋話：李林甫、魏忠賢，魏忠賢、李林甫。還說些聽不懂的外國話。那李林甫、魏忠賢肯定是揭發和鬥爭了他的仇人。現在，把他交給你們，要好好監管，別讓他亂跑亂說。」

「你那嘴一上一下的，嘿嘿，真像一張一合的狗嘴。」汪仁船盯著羅偉民的嘴，一邊說笑，一邊說瘋話。

「放老實點。」羅偉民揚手打了汪仁船兩巴掌。

汪大勇、汪義德趕忙勸住。汪仁船嘴角流血，還在一個勁地又笑又說。羅偉民給汪仁船打開了手銬，帶著兩個民兵走了。

汪仁船是蓮河區解放後第一個考上北京外國語學院的人，影響很大；現在又是第一個被押回管制生產的反革命大學生，影響又很大。村裡人一下子圍來觀看。

汪仁船臉上煞白，好像很久沒見日光；臉上有幾塊烏色，左眉有條斜到太陽穴的新傷疤；顴骨高，下巴尖，不是原來飽滿的方臉；手腕腫大，短頭髮，有鬍子，比實際年齡大十幾歲；一身破爛的學生裝，很單薄，破布鞋，全身冷得發抖。可是，他滿臉瘋笑，喃喃自語，說著別人聽不懂的瘋話。

「兒呀，我的苦兒子呀——」汪仁船的母親田惠娥衝到汪仁船面前跪下，抱住汪仁船雙腳大哭。

「哭什麼呀？出了個不成才的敗家子。」汪仁船的父親汪義財也來了，看也不看汪仁船一眼，彎腰去拉老伴。他說：「回去呀，不要被這孽障連累了。」

汪仁船開始只是呆立著，傻笑著，眼淚鼻涕亂流。突然，他向汪義財一掌打去，胡說八道起來：「老狗，你撲在老娘身上想強姦嗎？畜牲，害人精！哈哈哈，強姦，強姦！」

汪義財被打翻在地，見了汪仁船這個樣了，嚇得爬起來就跑。汪仁船在地上抓起兩塊磚頭去追。汪義德追上去，從背後攔腰把汪仁船抱起，像抱小孩子一樣抱進汪仁船家裡。

汪仁船回到家裡，瘋瘋癲癲，打爺罵娘，還用菜刀砍傷了汪義財胳膊。汪義財有家不能歸了。

汪義德就與汪大勇商量，去把汪仁船的妹妹汪敏敏和妹夫魏得勝接來處理，最好把汪義財老夫婦接去住，讓汪仁船一個人在家住。

汪敏敏只讀完小學，因家裡是富農，又貧窮，就回家幹農活了。她到十七歲時，被蓮河區區委書記魏得勝看中了，魏得勝愛人病死了，有一個五歲的小女孩，魏得勝大汪敏敏十三歲。汪敏敏想解脫自己的處境，又有黨組織的安排，就做了書記夫人。第二年，她入了黨，當了區婦聯主任。汪敏敏的父母因此也沒被當富農看待，汪仁船高考時政審也過關了，讀書費用也不愁了。後來，魏得勝調到縣當組織部部長，汪敏敏也隨著到縣組織部工作。

汪敏敏一聽汪義德說汪仁船的事，就立即要魏得勝一起回汪佑村。汪敏敏走進自家的大門，看到哥哥那副模樣，淚如泉湧，正要上前抱住哥哥痛哭一場。誰知那汪仁船又開五指，向汪敏敏臉上打來，又揮拳去打站在汪敏敏身旁的魏得勝。汪義德連忙抱住汪仁船向門外拽。那汪仁船一邊走，一邊哈哈大笑，一邊混帳話不斷：「嫩母狗，老公狗，哈哈哈，嫩母狗，老……」

魏得勝滿面羞惱，說：「我再也不進這屋子的大門了。」

汪敏敏哭泣起來，拉著魏得勝，要求把父母帶走。

這時，公社、大隊書記們聽說縣委組織部長魏得勝來汪佑村，都趕來了。

「沒法子啦，魏部長，兩位老人要帶走，汪仁船由村裡管。」汪大勇說。

「兩位老人跟敏敏是可以的，只是礙著階級成份不好辦。」魏得勝說。

「這好辦，把兩位老人的富農份子帽子摘去就是了。三級幹部都在，特殊情況特殊處理。」公社書記說。

「這個問題，你們看著解決。但絕對不要扯上我的關係。我要走了。」魏得勝說著，站起身，出了門，上了吉普車，走了。

生產隊、大隊、公社主職幹部和汪敏敏一起就地辦公，辦了摘掉汪義財、田惠娥富農份子的帽子的手續，交給汪敏敏。公社書記還調來一部東方紅拖拉機，送汪敏敏及她父母去縣城住。田惠娥不願離開兒子汪仁船，不肯走。汪敏敏給了母親一些錢，帶著父親一起走了。

父親一走，汪仁船沒發瘋對象了，瘋氣好了些，只是罵母親，不打母親。田惠娥被兒子嘔起熱火，一口痰閉住了氣管，突然死了。母親的死刺激了汪仁船神經，瘋氣消去了一大半，不打人罵人，只是發呆，傻笑，不知道做飯吃。汪義德等人拉他去吃飯。汪義德是個單身漢，愛人在幫解放軍渡江抬擔架時被流彈打死，就守著不娶。汪義德看著汪仁船出生、長大，最喜愛汪仁船，不嫌汪仁船瘋。汪仁船一直尊重汪義德，瘋了也服汪義德一個人勸解。汪義德就把汪仁船拉到家裡與自己一起住。

一天，汪仁船跑了，急得汪義德到處找，找不著。到了第七天，汪仁船提著兩個化肥袋，笑嘻嘻地回來了。汪義德高興地迎接他，一看那化肥袋裡是野菜。汪仁船說著瘋話：「牛吃野草長那大，人吃野菜也能長到牛那麼大。」眾人聽了大笑起來。到了屋裡，汪義德發現那化肥袋上面是野菜，下面全是書，喜在心裡，卻不問汪仁船，也不向外人宣揚。汪仁船從此成天關在房裡看書，但每十天要到外面發瘋一次。

三面紅旗了，吃大食堂了，一切歸公了。汪仁船有時高興得手舞足蹈，有時痛苦得哭哭啼啼，說一些不著邊際的瘋話。一次，生產隊殺了一頭老母牛給社員加餐。汪仁船突然跪在死牛身旁，抱著牛著大哭：「老婆呀，你死得好苦呀。為人累了一輩子，沒用，就被人殺了吃肉。你好苦呀，死了，也不知道為啥死呀！老婆呀……」人們抿著嘴好笑。

一天早飯後，生產隊幹群都圍在稻場上，議論如何處理各家各戶歸公的大小牲豬。有個青年開玩笑地說；「這些都姓私，是資本主義的東西，全部殺了吃掉，消滅私有制。」幹群都不敢有反對意見，隊長汪大勇決定殺豬。

汪仁船鑽到豬群中，說起瘋話：「這隻長大了，不能改造思想。這隻還小，能改造思想。」他走到汪大勇面前，傻笑著說：「報告首長，我有妖法，能把小豬都改造成社會主義的豬，全姓公。你信不信？」

汪大勇笑著說：「我信，我信，你是李老君，有八卦爐，能把土煉成仙丹。」

汪仁船就把二十斤至五十斤的小豬抱走了，共有二十五隻，都關在他的住房裡，汪仁船又去倉庫裡拿了五十多個鐵罐、耳鍋，說是給小豬當碗用。幹部們都由著汪仁船做瘋事，反正都是公家的東西。

汪義德對汪大勇說：「那些小豬讓汪仁船牽去，還不是死嗎？不如讓我帶著汪仁船去辦個養豬場，共產主義呀，不吃肉還行嗎？」汪大勇批准了。

汪義德和汪仁船就在村後那塊黃鐮石平地上辦起了養豬場，把兩個紅薯洞挖大成住宿的窯洞。汪義德帶著汪仁船每天到大食堂挑剩菜剩飯和洗鍋水給豬吃。貧協組長汪義德辦起養豬場，受到大隊、公社的表揚，蓮河區通訊員皮晨月和小學教師李長友來採訪，寫了篇通訊，發表在省市報紙上。汪義德名聲大振，被評上勞模。那皮晨月、李長友是汪仁船高中時的同學，從此，兩人就經常來養豬場，帶來報紙向汪仁船進行思想教育。

一次，縣委要來汪佑村檢查水稻是否達到畝產二萬五千斤。住隊幹部和汪大勇就指揮社員把遠處的三十多畝水稻都挖來，移植到公路旁的八畝稻田裡。檢查過了，半成熟的水稻也就枯死了。汪大勇說放一火燒掉，汪義德說秕穀可以作豬飼料，就派社員把稻穀收割回家，在稻場曬乾，挑到養豬場。汪義德和汪仁船就日夜勞動，築起五個柱形土倉，外壁抹著牛糞拌黃泥，防鼠防潮。每倉裝一百擔，裝滿了三個倉。要交公糧了，由於水稻畝產二萬五千斤，上交任務增加了五十倍。汪佑村生產隊把全部口糧交上去了還不夠。汪大勇就要開土倉拿秕穀去上交。汪仁船發瘋了，拿起木棍打了汪大勇。幹部們捉住汪仁船，關進窯洞裡。土倉被開了，秕穀與好穀混裝成袋，拿去上交。誰知糧管所的人把汪佑生產隊的稻穀卡住了，說有人上告了，汪大勇對黨不忠，把秕穀當好穀上交。汪大勇被區特派員羅偉民抓去了，關進黑房裡。汪義德通過汪敏敏把汪大勇給放出來了。汪佑生產隊的上交糧被退回來，都放進了養豬場土倉裡。過春節時，汪大勇要養豬場殺五頭豬。汪仁船不讓步，說豬的思想還沒改造好，不姓「公」。汪義德從中調解，殺了兩頭豬。食堂漸漸沒糧了，汪大勇要開土倉放糧。汪仁船這一次更瘋得厲害了，拿了刀子砍傷了汪大勇的屁股。汪義德也不同意開倉放糧，說土倉裡是養豬場的豬飼料，不能讓人吃豬食。食堂是共產主義的，上級會下撥糧食的。上級卻沒有糧食下撥，只發了指示，要各食堂「排除萬難，去爭取勝利」。汪大勇看到有的地方解散了食堂，他也宣佈解散了汪佑生產隊的食堂。

大饑荒開始了，社員們各家各戶生火吃飯，過起了原始人生活。沒糧食，挖野菜，刮樹皮。野菜樹皮沒炊具煮熟，就自製泥鍋用火燒硬著使用。

汪義德就在窯洞召開了隊委會七人會議。汪義德說汪仁船為了全村人的生命裝瘋。說汪仁船料事如神，比諸葛亮、劉伯溫還強。說汪仁船早就料到大食堂吃不長，要發生大饑荒。說辦養豬場，收秕穀存糧，收炊具，到糧管所告狀，留著肉豬度荒，等等大事都是汪仁船的功勞。汪仁船向汪大勇作了道歉，說汪大勇蒙了冤枉，為全村人作了犧牲，是個大好人。

汪大勇驚呆了，當他恍惚大悟時，一下子跪在汪仁船面前，哭著說：「仁船叔，我感謝你，你救了全村人的命呀，你才是大好人。」

隊幹部都跪下來了。汪仁船把眾人扶起。

汪仁船說：「我看報分析，國家沒糧了，又沒錢去外國買糧，全國性大饑荒，少則兩年，多則四年，要餓死不少農民呀。當官的是餓不死的。」汪仁船流淚了。他繼續說：「要想汪佑村不餓死人，在座的就要膽子大些。第一，上級允許每人口分一厘自留地，我們就分一分自留地；第二，養豬場的五個土倉，半年開一個，不能一下子都開了；第三，養豬場的大肉豬，每兩戶共一頭，小豬每戶一頭，留下一頭母豬和公豬給汪義德大叔餵養。這些要對外絕對保密。」

幹部們一致贊同汪仁船的意見。汪大勇就召開了社員大會，說了那三條。社員們都說汪大勇、汪義德真了不起，救了全村人。

汪義德老人還對柯和貴、王旭元說：「仁船在六二年料到毛主席要搞文化大革命。他說毛主席要打垮劉少奇、周恩來那些人，要江青來當女皇。國家要亂的，他要領導農民造反。」

「他對以後的事有預料嗎？」柯和貴問。

「有呀。」汪義德老人說：「他說毛主席利用林彪打劉少奇、周恩來，以後又要把林彪打倒，讓他侄兒毛遠新接班。可能要打大仗。他就造反成功了；可能只打小仗，或者毛主席勝利了，或者周恩來勝利了。周恩來那些老幹部勝利了，造反派就遭殃了，他要坐牢殺頭的。他怕連累我，不要我與他接觸。我六十多了，不怕死了，能不保衛仁船嗎？」

「汪仁船什麼都好，不孝父母不好。」王旭元說。

「你說錯了，汪仁船是個大孝子。他裝瘋是為了父母不受牽連。他知道妹妹和妹夫會照顧他父母的，自己背了個不孝的罪名。前年，他父親病了，他日夜看護。汪義財直到死時才知道兒子的一片苦心。」汪義德老人說。

柯和貴、王旭元對汪仁船和蓮河一司革命情況有了本質的了解，決定跟汪仁船一起鬧革命，還動員了北崗師範二十多個同學到蓮河鎮去參加革命。

後來，在與汪仁船一次談話中，柯和貴說理解汪仁船裝瘋的原因。汪仁船嚴肅地說：「你像汪義德一樣，只知道我裝病的次要原因，不懂得主要原因。我裝病是為了獲得自由。在人民公社時，農村就是個大勞改場，社員都是勞改犯。我裝瘋就成了唯一的一個自由人了。不自由，不如死。」

柯和貴又明白了一個大道理。

欲知汪仁船革命結果怎樣，且聽下文分解。

第三十三回 汪仁船口陳肝膽語 孫衛國威掃蓮河地

卻說柯和貴、王旭元參加了蓮河革命，尋找救國救民的道路。

他倆返回北崗師範，汪仁船帶著蓮河一司抬屍遊行到省城，佔領了省委《江南日報》和省廣播電臺的紅旗大樓。柯和貴、王旭元就動員十幾個造反派同學趕到紅旗大樓。蓮河一司在紅旗大樓，對外發行報紙和廣播，宣傳蓮河革命。但是，報紙和電臺遭到封鎖和破壞，一份報紙也發不出去，一個聲音也播不出去。蓮河一司只好在省城散發傳單。

一天上午，有人用高音喇叭在紅旗大樓下面演講：《蓮河農民運動考察報告》，聽的人堵塞了街道。柯和貴、王旭元就下樓去聽，感到幼稚可笑。柯和貴、王旭元回到樓上，對汪仁船說：「那個報告純粹是在曲解蓮河人的思想觀點，應該反駁，肅清流毒。」汪仁船說：「那個人是省城裡的大理論家，他雖然還在思想牢籠裡說話，但是還是支持我們的，在為我們製造輿論，讓他去說吧。」

在這期間，省軍區政委劉滿來找汪仁船談判，柯和貴、王旭元參加了。劉滿許諾省革委會即將成立，汪仁船到省革委當管農業的副主任。汪仁船提出：「《江南日報》發表了誣衊蓮河一司的大塊文章，我們必須在《江南日報》和省廣播電臺發表闢謠文章。我們只需利用省報、省電臺三至五天宣傳，就自動交出報社、電臺。至於省革委會副主任，我沒資格當，不用省軍區考慮了。」劉滿不答應蓮河一司要求，談判失敗。

半個月後，省城造反派多數派組織了兩萬武鬥隊來攻打佔據報社的蓮河一司。省城衛戍部隊以制止武鬥名義開來一個團，守住了報社、電臺大樓各要道。汪仁船召開蓮河一司兩百多人開會反擊，守住各要道。柯和貴、王旭元被派往排字間宣傳鼓動。整個紅旗大道人山人海，槍桿長矛林立，將紅旗大樓團協和包圍住。雙方對著用高聲喇叭宣傳了兩個多小時，天黑了，戰鬥開始了。槍聲和手榴彈聲大作。

制止武鬥的部隊帶頭打開通道，讓攻打的造反派武鬥隊打進樓去。樓上廝打聲震天。戰鬥了五個小時，天黑了，紅旗大樓失守，蓮河一司被打死五人，兩百多人受傷，柯和貴、王旭元也被打傷。蓮河一司的人被集中在一個大會議室裡，他們不呻吟，卻在叫喊著「還我汪仁船」，為汪仁船的失蹤哭泣。

凌晨，蓮河一司的人都被遣送到江邊，上了一艘輪渡船，來到對岸一個鋼鐵廠，見到了汪仁船。汪仁船手掌手臂包紮了紗布。眾人才歡騰起來。原來在攻打大樓時，鋼鐵廠工人造反派與攻打大樓的造反派談判，不要把蓮河一司的人交衛戍部隊，送到江邊，交給鋼鐵廠造反派。

在這次武鬥中，蓮河一司是輸家，但蓮河一司在省城的影響很大，不少大學生和知識份子看到了蓮河一司的傳單。

一九六八年四月，全國各省、市在激戰中相繼成立革委會。汪仁船就到各省考察文化大革命運動情況，一個月後回到蓮河鎮。

一天傍晚，高雲英通知柯和貴、王旭元到她家去，說汪仁船有要事與他倆談話。高雲英已和汪仁船結婚了，還生了一個男孩，半歲了。

柯和貴、王旭元來到汪仁船住房。汪仁船正抱著兒子，逗著玩，見兩人來了，把小孩給高雲英，坐下來談話。

汪仁船神色凝重，心事重重，注視了柯和貴、王旭元好一陣子，眼眶濕潤了。柯和貴感到汪仁船有重要話要說，蓮河一司有重大事件要發生了。

「你倆的正直善良、頑強好學精神給我留下了深刻的印象。」汪仁船開口了。他飽含感情，口陳肝膽：「蓮河民主革命即將失敗。我這次出外考察串連，想找到同盟者，結成陣線，在全國數省發動民主革命起義，推翻『黨天下』。可是，我沒有找到同盟者。那些大學生領袖們都在歡呼文化大革命的勝利，少數造反派頭頭鑽進革委會當官去了。有些具有民主思想的頭頭人士，反對我的武化革命主張，認為毛澤東是光緒，林彪是新軍袁世凱，康生、張春橋是康有為、梁啟超，文化大革命是維新變法，將會逐漸和平演變出民主政治。他們根本不認識毛澤東，不認識共產黨。毛澤東發動文化大革命運動根本不是搞維新變法，而是變『黨天下』為『家天下』。他利用造反派把老幹部整得絕對忠於他，來輔佐江青、毛遠新坐天下。林彪、周恩來、鄧小平又各懷鬼胎，自己想坐皇位。以後宮廷鬥爭的戲有著看的。毛澤東一死，勝利的是周恩來一夥，遭殃的是造反派和全國民眾。從這個意義上看，文化大革命也失敗了。當然，對付蓮河民主革命，他們會一致地進行屠殺。所以，蓮河革命即將失敗。我們搞的是民主革命，不是為了成就一人、一家或一黨的所謂帝王偉業，領導者不能為了自己而去讓朋友、戰友作無謂的犧牲，讓民眾流血。領導者應該審時度勢，該進則進，該退則退，一切從保護國民和戰友的利益出發。既然蓮河民主革命即將失敗，我們主要職責和任務就是使蓮河人不遭殺戮。所以，我決定暫時放棄武化革命主張，解散蓮河一司，讓我和幾個頭頭去坐牢、被殺頭，不能讓你們和蓮河人遭殃。我首先通知你倆，立即帶著你們的同學返校參加畢業分配。如果以後有人揭發批判你們，你們絕不要承認到蓮河來過，只承認在學校造反的事。萬一脫不了干係，就說受我的蒙蔽，批判我，不能說與我有什麼特別關係，千萬要善於保護自己。我相信世界民主潮流不會被共產黨所阻擋，獨裁制度終究是要被消滅的。也許十年、二十年後，中國會出現民主革命。你們會看到，我看不到了。我的功勞在於：在獨裁政權的黑夜長空上炸了一聲雷，劃了一道閃光，使你們這些人看到了一線光明。」

「我們決不會在失敗時離開你，願與你一起戰死，做黃花崗七十二烈士！」王旭元說。

「誓與蓮河革命共存亡！」柯和貴表示決心。

「你們以為我是在試探你們的忠心和勇氣嗎？把我當作秦始皇，劉邦、毛澤東那些政治陰謀家嗎？這就錯了。我說過『政治就是騙』，但我對你們說了，只能騙敵人，不能騙同事，不能騙同志，不能騙朋友，不能騙國民。我早就看到了你們的決心和勇氣。但是，靠信誓旦旦和匹夫之勇是成不了民主革命大業的。我主張武化革命，並不害怕死亡，流血，但是不能白白送死。現在的蓮河革命雖然與孫中山的黃花崗起義是一樣的性質，但是，時代不同呀。黃花崗七十二烈士震動全國、全世界，現在蓮河死了一萬人不會有震動效應。因為那時內亂外患一起來，西歐人和美國人在中國有租界，也有民主思想，有新聞言論自由，如《申報》，也有逃出國境的自由。而現在的中國是一個密不透風的大鐵桶，一點消息進來不了，也出去不了。你們做黃花崗七十二烈士有什麼意義呢？不如保存實力，隱蔽精幹，二十年後再幹。我誠心誠意地勸告你們，必須在明天早晨返校。如果你們不聽我的勸告，我就行使軍事委員會主任的職權，派兵把你們驅逐出境。」汪仁船說著，出門去了。

高雲英勸了柯和貴、王旭元一陣子。三人抱頭痛哭起來。柯和貴把家庭地址抄給了高雲英，說有空就到自己家去玩玩。高雲英從抽斗裡拿出兩本書和一張字紙，交給柯和貴，說是汪仁船相送的，希望柯和貴能在理論上有所建樹。柯和貴一看，一本是盧梭的《社會契約論》，一本是洛克的《政府論兩篇》，那字紙是張讀書目錄，上寫有《孫中山選集》、《道德經》、《墨子》等書目。

第二天一大早，高雲英催促柯和貴、王旭元帶北崗師範同學返校。

這時，北崗市革委會成立了，主任是軍分區司令員陸榮，第一副主任是市革委書記李華，洪峰當了第二副主任兼北崗師範革委會第一副主任。市內、校內時時發生毆打、抓捕事件。柯和貴、王旭元離開了蓮河，心情沉痛，沒心思去關心校內的事，只是一心一意讀書。

六月份，畢業分配了，柯和貴被分配到永安縣鳳凰中學教書。王旭元也回家鄉中學教書，可是，他後來又跑到蓮河去了。

七月，中共中央、國務院、中央軍委、中央文革由周恩來起草，聯名發了《7・3佈告》、《7・24佈告》，全國清理階級隊伍和一打三反運動開展起來了，軍隊對造反派進行鎮壓。

卻說蓮水縣革委會成立了，主任是人民部部長孫衛國，第一副主任是縣委書記文久福，其餘三個副主任是蓮水革聯的三巨頭：高中毛澤東思想紅衛兵高立雄，紅工總李百勝，赤色社員軍王忠誠。孫衛國召開了執行中央「兩個佈告」的革委會會議。會上把「蓮河一司」定為全縣最大的反革命集團，汪仁船是最大現行反革命份子，決定進行武裝鎮壓。特別是高立雄、李百勝、王忠誠對汪仁船恨得咬牙切齒：汪仁船不但收留他們的反對派人員，還直接威脅著他們的副主任地位。會上，孫衛國作了進軍「蓮河一司」的戰鬥部署：分三路進攻蓮河鎮，蓮水革聯武鬥隊一萬人打先鋒，地方軍隊和武警部隊一個村莊、一個村莊地佔領蓮河區，凡帶槍的一律打死，反革命大小頭目一律抓捕，對一般群眾實行擁軍愛民教育，建立「三結合」革委會。

孫衛國進攻蓮河鎮的部署很快被蓮河一司情報人員送到蓮河一司。汪仁船立即召開各機關負責人聯席會議。會上，汪仁船作了出外考察情況的彙報，談了文化大革命的形勢和自己的看法，他結論說：

「蓮河革命即將失敗，我們的戰略、戰術觀點也必須立即轉變，轉變為保護蓮河人的生命財產，減少犧牲，保存實力。所以我建議：第一，放下武器，總部負責人把武器交給孫衛國；第二，解散蓮河一司和蓮河政府，歡迎人民解放軍接管蓮河鎮；第三，燒毀文件，特別是各級花名冊；第四，刷寫毛主席語錄牌和『萬歲』之類的標語，顯示蓮河人是忠於毛主席，高舉毛澤東思想紅旗的；第五，總部主動逮捕反革命份子汪仁船交給軍管會；第六，把外地來蓮河的同志用帆船送到江對岸，讓他們逃生。只有作到這六條，才能達到我們戰略轉移目的。」

汪仁船講完，會場上一片痛哭聲。

「我不贊成汪仁船的意見。」李長友站起身來說，「大丈夫要有捨生取義的精神，我要作黃花崗七十二烈士，與共產黨決一死戰！」

「不成功，便成仁！」費宏志叫喊。

「誓死保衛蓮河民主革命成果！」

「不搞投降主義！」

……

一下子，會場一出現了同仇敵愾的氣氛。

汪仁船十分冷靜，讓大家議論了一番後，說：「大家冷靜地比較一下。如果打仗，打敗孫衛國，就會招致百萬敵軍打來，我們不能贏，只有死路一條。我們死了，沒有報紙、電臺報導蓮河事件，不但白送死，連影響意義也沒有，成不了黃花崗七十二烈士。並且，把八萬蓮河人的生命也賠進去了，我們忍心嗎？既然我們十分清楚地看到了這樣的下場，還要去當什麼英雄、烈士？那就是匹夫之勇。如果不打仗，我們中最多就是死汪仁船一個人，其餘的人只是坐牢，能活下去，以後重來，也避免了蓮河人遭到大屠殺，保存了民主革命種子。二十年後，現在二十歲的青年人就是有鬥爭經驗的四十歲的中年人了，對中國的民主革命貢獻才大。這不是什麼投降主義，而是長遠的戰略轉移。同志們，我像你們一樣想保衛蓮河民主革命成果，不願斷送我們創建的民主政府，但是，好的願望不能帶來好的結果，我們只有作無可奈何的戰略轉變。我請求大家讓我獨裁一次，就這樣決定。」

不管汪仁船怎麼講理勸說，會議以多數反對票否決了汪仁船提議。

汪仁船隻好服從決議，作出還擊戰鬥部署：避免與孫衛國部隊和武警部隊作戰，集中兵力打垮蓮水革聯武鬥隊。蓮河一司分兵三路：第一路由羅偉民和程雷帶領五千人，天黑前打垮蓮水革聯中路，然後分兵向南、向北攻打蓮水革聯的長江路和蓮河南岸路。第二路由柯愈昌、陳和平帶領五百人狙擊蓮河南岸蓮水革聯路。第三路由費宏志帶領五百人狙擊長江北岸蓮水革聯路。第二、三路堅持到第一路援軍到後作反攻。

汪仁船作了戰鬥部署後，又提出建議：打勝了，就派皮晨月、王旭元去找孫衛國談判——1. 蓮河一司願停止戰鬥，上交武器，服從縣革委會領導，接受軍管；2. 縣革委會不能宣佈蓮河一司是反革命集團，不能武裝進攻蓮河鎮；3.維持蓮河地區幹部選舉制和生產秩序；4.對蓮河一司領導人，除制裁汪仁船一人外，其他成員不能逮捕，只能交群眾批鬥教育。

經過爭論，以多數贊成票通過了這個提議。

戰鬥開始了，蓮水革聯中路軍由高立雄率領，進軍迅速，很快打到了蓮河中部青川湖尾的山谷裡，卻遭到了羅偉民、程雷軍隊的伏擊。戰鬥一個多小時，高立雄被俘，高部全被繳槍投降。羅偉民、程雷只扣留高立雄一人押往總部，其餘的全部釋放了。羅偉民、程雷分兵向北向南進攻，將蓮水革聯全部驅逐出蓮河鎮地界。蓮河一司部隊並不去攻打孫衛國部隊，任孫衛國去佔領村莊進行擁軍愛民活動，由村民們自己選擇前途。

卻說高立雄被押到蓮河一司總部，到晚上被提去審問。高立雄見到總部大門有全副武裝的兵站崗，到辦公室裡，桌上坐有三個人：汪仁船、柯愈昌、費宏志。高立雄被嚇得兩腳發抖，心想：「這下子必死無疑了，沒想到落到死對頭柯愈昌、費宏志手裡。」

原來，高立雄與柯愈昌、費宏志都是蓮水高中同學，同受工作組的壓制，同被王旭元發動了起來造反，同任高中毛澤東思想紅衛兵的負責人。在「三結合」時分裂了，高立雄是多數派，曾經親手毒打過柯愈昌、費宏志，揚言柯愈昌、費宏志反對他就要被殺死。柯愈昌、費宏志就帶了毛澤東思想紅衛兵反對派到了蓮河一司參加革命。

「要想活命，跪下！低頭認罪！」汪仁船喝道。

高立雄像是遭到一個霹雷，撲通一聲跪下了。

「交給你倆處理這只沒有脊樑骨的癩皮狗！」汪仁船厭惡求官求生的軟骨頭，走了。

「老戰友，起來，坐著說話。」柯愈昌向前給高立雄鬆了綁，給了位子。

地說。

「你怎麼變成這副狼狽相？昔日的英雄全沒了，可見與走資派在一起就沒骨頭了。」費宏志鄙夷

高立雄坐下，雙腳比齊，兩掌抓著膝蓋，渾身發抖。

「高立雄，你為了去爭當那個副主任，認賊作父，投靠走資派，反友為敵，殺害戰友。還幾次帶兵來屠殺蓮河人。你被槍斃三次也贖不了你的罪！」費宏志說。

高立雄的夢想被人說破了，低頭不語。

「老戰友，不要發官迷了，不要被走資派利用了。你要知道，宋江的下場並不比方臘好。文化大革命的結局是方臘、宋江都被殺死。信不信由你，我們走著瞧！」柯愈昌說。

高立雄聽到「我們走著瞧」，知道兩人不會殺自己，心裡輕鬆了，就抬起頭說：「只要老戰友放我一條生路，我決不會再做對不起你倆和蓮河人的事。」

「幾十萬正規軍爭著圍剿蓮河，我們並不在乎加上你的一群烏合之眾。」費宏志說。

「放你回去，是汪仁船同志的意思。汪仁船同志是人大慈大悲的人，不准我們亂打亂殺。」柯愈昌說，「你繼續回去當你的副主任，繼續帶兵來作戰。對於你被俘被審的事，我們替你保密，免得你被走資派當作叛徒、自首份子處決了。我們要看到走資派給你加上你想不到的罪名抓你去坐牢。」

「這是通行證和兩元錢，你快滾吧！」費宏志把證件和錢丟給高立雄。

高立雄感到十分意外，接過證件和錢，向兩人打躬點頭，轉身向門外走。他看到門外場地上有幾個被毆打的同學持槍在巡邏，不敢走了。

「你害怕了嗎？你來時，他們不是看到你了嗎？有哪個向前揍你？告訴你，我們受過汪仁船同志的教育，不會像你們那樣自私，記仇，好鬥。」柯愈昌說，「我送你過蓮河大橋。」

高立雄連夜逃回縣革委會，沒說受審投降一節，只說被俘後，用毛澤東思想教育了押送他的兩個蓮河士兵，被中途放了。高立雄繼續當副主任。但他畢竟是學生，良心未泯滅，記著柯愈昌、費宏志的話，從此藉故不帶兵攻打蓮河一司了。在蓮河一司被剿滅後，高立雄還設法保護過王旭元、柯愈昌、費宏志等人。到「四人幫」垮臺後，他被判了五年徒刑。出獄後，找到了王旭元，柯和貴等人，全盤接受了汪仁船民主革命觀點。

卻說孫衛國帶了兩個營和五百名武警戰士，一個村莊、一個村莊地佔領，親自帶一個排駐紮在馬家垸。孫衛國聽到報告，說蓮水革聯很快被打垮了，就叫罵了一陣，像沒事似的，仍按原部署進行。

孫衛國把一排人分成兩個士兵一組，分別住進社員家中，進行擁軍愛民和毛澤東思想教育。他給每個社員發了一本《毛主席語錄》和每戶發了一套《毛澤東選集》四卷。戰士們也幫社員挑水掃地，一邊組織活學活用毛主席著作活動，進行「早請示，晚彙報」。兩三天時間，馬家垸變成了「紅海洋」，牆壁上刷上了紅色毛主席語錄和「萬歲」、「萬壽無疆」之類的紅色標語，村口豎起了一座高大的白色毛主席揮手的塑像。

第四天，孫衛國把議政小組組長馬先福、隊長馬國友、會計馬先鋒、保管馬國家逮捕了，關押在倉庫小房裡。晚上，孫衛國在稻場上召開全隊社員大會，成立馬家垸革命領導小組和群眾專政隊。孫衛國作了長篇報告。談了國內外、省內外、縣內外的大好形勢，批判汪仁船反革命言論，批判了馬先福等反革命活動，批判了田地到戶的資本主義復辟，指出建立「三結合」新生紅色政權的重要性，教育馬家垸群眾再不要受蒙蔽了，再不要吃二遍苦、受二茬罪了，要在解放軍的管制和領導下，開展「打擊反革命份子運動」。孫衛國講完後，排長吳友民宣佈了馬家垸軍管小組、革命領導小名單，要社員們舉手錶決通過，鼓掌歡迎。吳友民接連喊了幾次舉手，全場社員沒一個人舉手。這時，被提名的社員表態，不通過群眾投票選舉，他們就不上任。孫衛國只好同意投票選舉。吳友民把候選名單寫在黑板上。社員們投票，孫衛國把收來的選票一看，得票最多的不是黑板上的名字，而是被關押在倉庫裡的馬先福四個人。孫衛國火了，待要發作，文書呂盛文小聲地說了個法子，才沒發火。吳友民、呂盛文說統票的結果是黑板上的人被通過了。在社員中，也有人在暗中統票，與黑板上統計數不一樣。

「黑板上統票是假的，要有社員代表驗票。」有人叫喊。

「要有社員代表統票。」眾人發喊。

「胡鬧什嗎？」孫衛國忍不住了，喝著，「你們對黨和人民解放軍也不信了？給我把鬧事的反革命份子抓起來！」

全場肅靜了。

「是我鬧事。」鄭瘋子婆婆站起身說，「你不相信群眾，搞騙人選舉，群眾就不相信你。」

「這是典型的汪仁船爪牙，現行反革命份子，給我抓起來！」孫衛國用手槍指著鄭婆婆。

「你開槍吧。老娘活了六十二歲了，死了兩次，還怕死嗎？」鄭婆婆發瘋了，叫喊，「我就是喜歡汪仁船，就是老反革命份子！」

孫衛國見沒人上前抓緊人，自己衝上去，和鄭婆婆扭在一起。吳友民、呂盛文和幾個社員急忙勸解。幾個社員把鄭婆婆拉開，推到倉庫大門前。

那鄭婆婆一個勁地叫：「說好不算好，做出龍現爪。哪個壞，哪個好，群眾心中有比較。孫衛國就是壞，汪仁船就是好。」

卻說這鄭婆婆，是個老共產黨員，省、市勞模，為革命過了兩次生死關。第一次是在解放渡江作戰時，師長陳猛駐紮在馬家垸，鄭婆婆是婦女擔架隊隊長。一天中午，在太屋場上，陳猛拿個望遠鏡，觀察對江敵情。突然一顆流彈落在陳猛身邊，陳猛臥倒，站在旁邊的鄭婆婆一下子撲在陳猛身上，保護了陳猛，自己腰部中彈片，險些死了。這次，她成了共產黨員，省勞模。第二次是在三年災害時，鄭婆婆險些被餓死。她丈夫被餓死了，大兒子在治山治水時掉進蓮河淹死了，小兒子和汪仁船是同學，在江南大學讀書，沒被餓死。她得到了當上省軍區司令員陳猛的幫助，沒有被餓死。鄭婆婆眼看著汪仁船的政策解決了農民的吃飯、穿衣問題，當然相信汪仁船了。

鄭婆婆與孫衛國這一鬧，把大會給鬧亂了，社員們與戰士們辯論起來。

「小夥子，你們給我們挑水掃地就算是愛民嗎？不！這是收買民心的小動作。真正愛民，就是要保護人民的利益，讓人民有飯吃。」一個社員對一個戰士說。

「我們這裡才解決了農民的吃飯問題，走資派那種搞法讓農民吃不飽、穿不暖，你們要講實事求是呀。」

「你們都是農民子弟，想想你們的家庭，在集體『三基本』中，肚皮子也被走資派給管住了。你們寫信把我們這裡的情況告訴父母和鄉親父老，他們一定會說蓮河一司好。」

……

社員們七嘴八舌，戰士們漸漸無詞對答了。

這時，皮晨月、王旭元來了，找孫衛國談判。孫衛國了解到了皮晨月、王旭元兩人的身份後，立即把兩人抓起來了，與馬先福等人關在一起。

孫衛國召開全體官兵會議，說：「馬家垸人受汪仁船的毒害太深，馬家垸成了反革命窩了，不槍斃幾個反革命份子頭目，革命工作無法開展。」孫衛國提出槍斃人的名單：皮晨月、鄭婆婆、馬先福、馬國友、馬國家，要呂盛文立即召開宣判大會，吳友民執行槍決，副排長梅兵維護秩序。

吳友民說：「部長，我們是人民子弟兵，不能殺人民。比如鄭婆婆，雖然說了反動話，但是是老黨員，老模範，只能進行教育，不能槍斃。」吳友民住在鄭婆婆家裡，深深受鄭婆婆影響，想起家鄉三年災害時畝產三萬六千斤的胡吹，自己母親餓死，就內心贊同馬家垸的搞法。

「你不但沒有轉化那個瘋子婆，反而被她轉化了。她哪裡是什麼老黨員，分明是老反革命份子，不殺不足以平民憤！」孫衛國批評吳友民。

「部長，一下子槍斃那多人，事情太重大了。我們是不是先撤軍回去，請示軍分區，再作打算。」呂盛文說。

「這是戰時，槍斃幾個敵人，不用請示。撤軍回去，那不是失敗了嗎？不行！你們服從命令，立即開宣判大會。」孫衛國態度堅決。

宣判大會開始了，六名罪犯被押到會場。呂盛文作了簡單宣判。

呂盛文宣判聲音剛落，會場上有人發喊：「社員們，衝呀，抓住殺人魔鬼孫衛國呀！」憤怒的社員蜂擁向前，與戰士們扭打起來。孫衛國還沒作出反應，被幾隻大手按倒在地。

「不准向社員開槍！」吳友民發喊。

「不准毆打解放軍！」王旭元發喊。

一陣混亂後，解放軍戰士的槍被收繳了。社員們幾個圍一個，把戰士們圍住。孫衛國、吳友民、呂盛文、梅兵被押到倉庫裡。

「反革命！徹底反革命！」孫衛國嘶叫。

「你才是反革命份子！你殺起人民來了。老娘今天一命拼一命，與你拼了。」鄭婆婆叫喊著，衝上去抓打孫衛國。

王旭元等人把鄭婆婆勸住。

「孫部長，我們還是坐下來談判吧。」王旭元對孫衛國說。

「先把槍還給我們，再談。」孫衛國說。

「不行！」馬國友說，「我們相信過你，你手中有槍，就不講信用，亂殺無辜。先談好，再交槍。」

「你們先說。」孫衛國緩和下來了。

「蓮河人只有兩條要求：第一，不能把蓮河一司打成反革命集團，不能亂殺無辜；第二，維持蓮河鎮現有的幹部選舉制度和土地制度。孫部長，你答應了這兩條，我們歡迎解放軍接管蓮河鎮，收繳蓮河一司槍械，解散蓮河一司和蓮河政府，批鬥、逮捕蓮河一司總部負責人。」皮晨月說。

「如果我不答應呢？」孫衛國語氣生硬地反問。

「我們就誓死反抗。你們的軍隊被我們分割包圍了。我們總是一死，也要你陪伴去死！」馬先福發狠地說。

孫衛國聽了這話，心中一驚。他知道蓮河人都像那鄭瘋子一樣，被逼急了，就不怕死，亂來。現在自己又是個階下囚，生命隨時難保。他頓了一下，說：「對於你們的兩條，我沒有那麼大的權力答覆，要請求軍分區。我只能答應你們：我撤軍，去請示軍分區司令員。」

「你有權處理蓮水縣內的事，你不應把問題上交。上交了顯得你無能，處理了，才表現你的能力，表現你的功勞。」王旭元說。

「你把我槍斃了，我也不能答覆。我已經作讓步了。我再不會加害蓮河人民了。」孫衛國又強硬起來。

「部長已經把話說到頭了，我看暫且這樣吧。」呂盛文說。

「什麼時候撤軍？」皮晨月問。

「我馬上下命令撤。」孫衛國回答說。

「好，暫且就這樣決定吧。」皮晨月說。

吳友民立即集合戰士，孫衛國向各部下了撤退命令。馬國友把槍支交還給吳友民、梅兵。

孫衛國在蓮河威風掃地，快快不樂地帶著那個排回城去了。

孫衛國的部隊全部撤回去了，蓮河人一片歡呼勝利聲。

汪仁船急忙召開聯席會議，他說：「孫衛國肯定要去請示軍分區司令陸榮。陸榮絕不會答應我們的兩條，要統兵前來攻打。但是，陸榮畢竟是地方長官，與地方有千絲萬縷的關係。只要我們不與陸榮作戰，主動解散蓮河一司和政權，讓陸榮長驅直入佔領蓮河，陸榮就立了功，不會多殺人。如果我們與陸榮作戰，陸榮失敗了，就要向大軍區司令員陳猛上報蓮河一司問題，那就不得了。陳猛是個殺人不眨眼的魔王，他會統野戰軍前來，蓮河人就會遭到大屠殺。同志們，這是挽救蓮河人生命財產的最後一次機會，我希望通過我的提案。」

汪仁船再次提出提案，又再次遭到否決。

陸榮果然統率一萬五千人馬進攻蓮河了。汪仁船採取圍魏救趙的戰術，避開陸榮主力，佔領蓮水縣城，又派兵去佯攻北崗市，迫使陸榮撤兵。陸榮也果然去請示大軍區司令員陳猛。陳猛聽了，大發雷霆之怒，調動十萬野戰部隊，來圍剿蓮河人。

欲知戰事如何，且聽下文分解。

第三十四回　善和惡邪惡虐慈善　血與火魔火燥熱血

　　卻說陸榮處理不了蓮河一司問題，就帶著孫衛國去向省革委主任、軍區司令員陳猛彙報和請示。

　　陳猛聽了，一怒一喜，怒的是一個右派大學生膽敢拿槍桿子破壞老帥、老將們打下的天下，喜的是他有藉口殺人見血了，過一次打仗癮了。陳猛嘶嚎起來：

「他媽的，老子頭髮等白了，真想打一仗。蓮河的反革命份子，老子殺過一次，沒殺絕，又繁殖起來了。這次，要把那個狗入的汪仁船碎屍萬段，把蓮河的反革命份子徹底、乾淨消滅掉，老人、小孩也殺，不留種！」

　　孫衛國說起陳猛的救命恩人鄭婆婆。陳猛說：「他媽的，那個老騷貨五九年來找過我，我叫警衛員給了她二十元錢和二十斤糧票，使她沒餓死。這事還見報紙了。她現在不感激黨，還反黨，共產黨員不講私情，殺無赦！」

　　陸榮不忍心在他的管轄區搞大屠殺，就提出對普通老百姓搞擁軍愛民活動的主張。陳猛說；「擁軍愛民對反革命份子不能搞。孫猴子不是搞過，有用嗎？蓮河全是反革命份子，只能殺！殺！蓮河一共只七、八萬人吧，死絕了，在中國也只是一小撮。蓮河那地方土地肥沃，有人去住，不會荒蕪。」

　　陳猛制定了作戰方案：自己帶十萬大軍地毯式地掩殺過去，陸榮帶地方軍把蓮河封鎖住，不讓反革命份子跑掉，孫衛國帶員警武隊和蓮水革聯武鬥隊打掃戰場，捕殺漏網的反革命份子。陳猛還提出授獎制度：殺一個反革命份子記三等軍功，殺兩個記二等軍功，殺三個以上記一等軍功，殺十個記特等軍功，捉到汪仁船和割下汪仁船的頭記特等軍功，割下汪仁船一塊肉記一等軍功。

　　卻說這陳猛，湖南人，中將軍銜，農民出身，不識字；身軀碩大，蠻力千斤，睛暴凶光，滿口髒話，令人望而生畏。他一生只有一個思想：忠於毛主席。他一生有兩個嗜好：一是喜愛大肆殺人，血肉橫飛；二是喜愛大姑娘赤身裸體，被他弄得捲曲呻吟。他一生只有一怕：怕日本鬼子。他的軍隊與日本兵遭遇，沒想到日本鬼子比他還不怕死，打敗了他，打傷了他，險些被打死。他在公開場合下說：「老子是抗日英雄。」他在私下對家人和戰友說：「日本鬼子比老子厲害，老子怕他。」陳猛十六歲是為害鄉里的兇猛歹徒，十八歲參加農民運動，當了武裝隊長，搶富人，殺紳士，奸小媳，淫姨太，是毛澤東所歌頌過的痞子。後來參加毛澤東的秋收起義，跟著毛澤東上井岡山，過了二萬五，打內戰，戰朝鮮，是毛澤東所稱的：革命的許褚。這人統軍到蓮河，蓮河人能不遭到劫難嗎？

卻說蓮河一司情報人員及時地把陳猛的講話、作戰部署、個人簡況送到了蓮河一司總部。汪仁船立即召開負責人聯席會議，討論對策。

汪仁船說：「同志們，陳猛是個殺人魔鬼，談判的機會沒有了，蓮河一司也不存在了。但是，蓮河人要存在，蓮河一司精神要存在。所以我們的對策有三：上策，不作任何抵抗，解散蓮河一司和蓮河政府，讓陳猛找不到敵軍，讓惡虎找不到嘶咬對象，用和平消磨好戰者的銳氣。即使陳猛要殺人，也能保住絕大多數蓮河人的生命。中策，抗戰。抗戰的目的是將蓮河民眾轉移出蓮河地區，不讓民眾遭到大量死亡。下策，與陳猛決一死戰。有兩種壞結果：一是打敗了陳猛，會招惹更多的陳猛來剿殺蓮河人；二是我們失敗，武裝力量上山的游擊，讓全體民眾任陳猛屠殺。

「同志們，一說到打仗，你們首先稱讚的是孫武、孫臏、諸葛亮、徐茂公那些軍事家，想到的是以少勝多的戰役。可是，那是為皇帝爭天下呀，死的是成千上萬的民眾呀。有句俗話說：『一將功成白骨堆。』可見死人之多。毛澤東上井岡山，就是讓湖、鄂、贛百萬民眾為他去死。他打不贏了，就統殘部逃亡二萬五千里，丟下根據地民眾讓敵軍屠殺。毛澤東在逃亡時，又死了多少民眾。到了陝甘寧，毛澤東打不贏日本兵，就逃離延安，讓根據地的民眾被日本兵掃蕩。在保衛延安戰爭中，毛澤東率軍東藏西躲，把延安民眾讓胡宗南反覆屠殺。毛澤東的所謂游擊戰、運動戰，就是搞恐怖活動，是保存自己和武裝部隊，讓民眾去送死。毛澤東為了討好史達林，支持入侵韓國的金日成，讓幾十萬中國青年死在朝鮮戰場上。毛澤東坐了天下，成了偉大的天才軍事家，可是，他是以死去一億多中國民眾為代價的。其心之兇殘可見了！中國唯有孫中山打仗，是為民眾利益而戰，為了避免民眾遭到屠殺，寧願把總統讓給袁世凱。我們蓮河民主革命是學孫中山，不是學毛澤東。我們是為民眾的利益而革命。這種民主革命，不管是選擇武化革命形式，還是選擇和平抗議形式，都要從民眾利益出發，以犧牲最少的生命來換取最大的民眾利益，而不是以犧牲廣大民眾生命來換取勝利。所以，我們決不可去犧牲民眾生命來保存武裝力量，去進行什麼游擊戰、運動戰。現在這個問題嚴峻地擺在我們面前，我們是學孫中山為了保護蓮河民眾的生命財產呢？還是學毛澤東去犧牲蓮河民眾的生命財產成就自己的英雄業績呢？現在，大家來討論表決。」

與會者並沒有為陳猛的來勢兇猛所嚇倒，卻為汪仁船的披肝瀝膽之言所感動。在討論表決中，多數票贊成了中策。

汪仁船就作出了以轉移蓮河民眾為主要任務的作戰方案：李長友率兩千人守住蓮河鎮，坐鎮指揮；同時抵抗從蓮河上來的敵人；羅偉民、柯愈昌各領三千人分兩路北上出境外，從背後游擊和騷擾陳猛軍隊，減緩敵軍前進速度；皮晨月、程雷、費巨集志帶領機關負責人組織民眾向溪州方向大轉移，告訴民眾遠逃，過三個月後返回蓮河鎮。汪仁船、王旭元各帶一千五百人，在陳猛軍前布迷魂陣，掩護民眾轉移。

卻說陳猛率十萬大軍，擺開三十里長蛇陣，橫掃蓮河而來。在離蓮河地十里遠時就開始殺人掃蕩。羅偉民、柯愈昌一時集中，一時分開，不斷襲擊陳猛軍隊，這裡消滅一個連，那裡消滅一個營。汪仁船、王旭元的部隊在陳猛軍前十來里佈陣運動，有時集中力量消滅一個團，又迅速遠去。陳猛氣得暴跳如雷，大叫大嚷：「他媽的，游擊戰是老子們發明運用的，被汪仁船那傢夥學去了。」陳猛命令部隊不要怕傷亡，向前推進。但進軍速度緩慢下來。

卻說皮晨月帶了第一批民眾二萬三千人向溪州方向轉移，在龍珠坡受到陸榮手下嚴正團阻攔。汪仁船和王旭元的北軍從前後去夾擊嚴正，戰鬥了三個小時，俘獲嚴正團長和三百多名官兵，使第一批民眾轉移出去了。

陳猛得知汪仁船俘獲了嚴正，在汪佑村一帶掩護大批反革命份子出逃，就急忙派一個先遣團去追殺，自率大軍殺奔汪佑村。汪仁船一邊派人通知程雷帶的第二批民眾團向陂州方向轉移，命令羅偉民、柯愈昌掩護；一邊與王旭元伏擊陳猛的先遣團，吸引了陳猛大軍。陳猛的先遣團很快被擊潰了。汪仁船和王旭元守住龍頭山和龍珠坡。

卻說嚴正團長就是駐北崗師範的嚴團長，與王旭元很熟，被俘後，得到王旭元的保護和安慰。在王旭元的安排下，汪仁船與嚴正進行談話。

汪仁船說：「嚴團長，委屈你了。現在你帶著你的隊伍回去吧。我托你帶封信給陳猛。」

「嚴團長，為了使陳猛少殺人，你就做一回魯肅，從中調解一下。」王旭元說。

嚴正接過汪仁船的信，看了起來：

陳將軍：你是人，別人也是人，你有一條命，別人也有一條命。人的生命都一樣貴重。你不應該把蓮河手無寸鐵的無辜老百姓當豬一樣宰殺。我現在跟你談兩條：一、你率軍到蓮河來，如果是為了剿滅蓮河一司反革命武裝，不殺無辜，不燒房屋，讓蓮河老百姓活下去，同時減少你的戰士傷亡，那麼，我就解散蓮河一司和蓮河武裝，我個人送上門來讓你千刀萬剮解恨。二、如果你是來蓮河過打仗癮，滿足你的殺人獸性慾望，繼續屠殺老百姓，讓你的官兵流血，那麼，我將命令蓮河武裝，與你決一雌雄。

鹿死誰手，尚未能定。也許你的老命會丟在蓮河，你一生英名、官位、幸福就全沒了。為人為己，你必須三思而行。如果你選擇了第一條，你就下道命令：「不殺民眾和俘虜，不燒房屋和樹木，野戰軍按兵不動，陸榮率軍收繳蓮河武裝器械。」我看到了你的命令和行動後，就自縛前來司令部送死。如果你不相信我的誠意，可讓嚴團長來龍頭山押送我。

祝您健康！

你的敵人汪仁船

嚴正看了，很受感動，說：「汪仁船同志，你願為蓮河人而犧牲你一人，這是無私的善良舉動。我也不願看到人民遭殃，不願看到士兵們流血犧牲。為了表達我的誠意，我就留在山上，也給陳司令寫封信，派廖漢營長送去。這樣，陳司令會更相信些。」嚴正說完，就寫了一封信。嚴正的信寫道：

敬愛的陳司令員：

我雖然被俘，但並未屈服投降，在汪仁船部隊裡宣傳毛澤東思想。汪仁船和他的部下願意投降了，汪仁船寫給你的信不是謊言，是真話。

我想，蓮河之罪在汪仁船一人，蓮河人民群眾是受其蒙蔽，應該進行思想教育，不應誅殺。人民解放軍是為人民謀利益的，司令員一直是遵照這個宗旨與敵作戰的。我相信司令員會接受蓮河一司的投降。我在他們這邊等待司令員的命令，隨時押送汪仁船來。今特派廖漢營長送來信件，請司令員裁決。

祝司令員福體安康！為人民再立新功！

部屬嚴正呈上

卻說陳猛率大軍向汪佑村掩殺過來，所到這處，槍炮齊鳴，烈焰騰空，人畜無一生存，房屋無一存在，一片血腥，一片焦土。在接近汪佑村十四、五里地方，遭到汪仁船部隊阻擊，只得駐紮下來。這時，廖漢帶著兩個士兵趕到了司令部，向陳猛呈送上兩封信件。陳猛叫隨軍秘書念讀。

陳猛一聽完，把信件撕得粉碎，用手杖敲打廖漢的腦門，吼道：「他媽的，你們把汪仁船吹上了天，原來是一隻不經打的癩皮狗！剛一開戰，就想投降，掃興！嚴正那小子跟著汪仁船說話，是投敵叛變份子，與反革命份子同罪。老子不准他們投降，要統統地槍斃！」陳猛咆哮了一陣，對身邊的警衛員王大力命令道：「這三個投降份子，放回去一個報信，叫汪仁船來打仗，槍斃兩個。」

廖漢一聽，立即向陳猛撲去。陳猛力大，用手杖頂住廖漢胸脯，讓王大力和警衛員把兩人捆起來。放走一個。陳猛從衛兵手里拉過輕機槍，向廖漢兩人身上一陣亂射，把廖漢兩人的身體打成了蜂窩，命令王大力把屍體懸起來示眾，這才滿意地獰笑了。

嚴正聽到回來的衛兵來報，哭喊起來：「小廖，是我害了你！陳猛老賊，老子要親手斃了你！」

嚴正的官兵聽了，一齊喊起來：「團長，回去也是死，戰也是死，不如與蓮河人一起與老賊決一死戰！」

「汪仁船同志，士氣起來了，可以打一仗。」嚴正說，「陳猛有勇無謀，我們能打敗他。」

「打死了一個陳魔頭，會來十個張魔頭、李魔頭，蓮河人受不了這大屠殺。」汪仁船說。

「軍人的天職是血戰沙場，不管是勝是敗，應英勇就義。」嚴正慷慨激昂。

「我不贊同在看不到最後勝利的情況下，讓大批士兵的血去塗紅一個英雄的名字。」

「你何必當初搞武裝呢？」嚴正詰問。

「我希望看到軍閥混戰，各地起義風起雲湧，再用武裝奪取政權，成就永久的民主革命事業。沒想到，文化大革命就此收場了，國家軍隊未亂，外省無人回應我們，蓮河革命必然失敗。在這種情況下，我不能號召我們的人去作烈士，白白犧牲。」汪仁船一反英雄史觀，說出一番話來。

「你這是婦人之仁！」嚴正不能接受汪仁船的觀點。

「嚴兄，婦人之仁畢竟是善，大丈夫之毒畢竟是惡，我願作婦人，作宋襄公，不願作秦始皇、毛澤東。」汪仁船觀點鮮明。

「唉，你總有一些奇怪的觀點。好吧，我聽你的。」嚴正無奈地說。

汪仁船作出了安排：在陳猛大軍沒有合圍前，嚴正帶主力向溪州突圍逃跑，王旭元帶五百人向龍珠坡到蓮河鎮與李長友匯合，汪仁船自帶五百人攻擊陳猛司令部，製造混亂，掩護他們逃跑。逃出的人全部疏散，自尋出路，不要集結。

嚴正自願擔任掩護任務，要汪仁船逃跑。

汪仁船說：「我不死，蓮河一司就拼死抗戰，陳猛就不停地殺人。我必須去死。王旭元要一路上宣傳我已死了，蓮河人不再抗戰。」

汪仁船說著，給李長友寫了封信，要李長友完成民眾轉移後，立即解散蓮河一司，命令蓮河一司人員各求生路。汪仁船又給高雲英寫了一封家信。王旭元將信收好。

嚴正堅決要留下來打陳猛，命令團政委王勝帶士兵逃跑。嚴正寫了兩封信，一封給家人，一封寫給守蓮河大橋的趙猛營長、傳有指導員，要他們放王旭元、高雲英過橋。兩信給了王旭元。汪仁船佈置完畢，與嚴正率五百人，分兩路，突襲陳猛司令部。王勝、王旭元各帶隊走了。

卻說陳猛正在調兵遣將圍攻汪佑村、龍頭山、龍珠坡，沒想到汪仁船膽敢直插司令部，在司令部週邊發生激戰。陳猛命令各部前來求援。等各大部隊向司令部移動時，汪仁船、嚴正的部隊又退回到龍頭山上了，在龍頭山上吶喊，叫罵，：「活捉殺人魔陳猛！陳猛必死無疑！」

陳猛氣得又跳又喊，命令炮兵：「給我把山炸平！」

汪仁船指揮山上的人進入山洞掩蔽。

山上草木著火，土石紛飛。大炮一直轟到夜晚。陳猛的大軍借著炮火把龍頭山團團圍住。

汪仁船見炮火停了，只留下七人了，要嚴正帶所有人向晴川湖突圍逃跑。嚴正帶人下山。陳猛軍不敢貿然在黑夜攻山。汪仁船七人坐在山頂上，時時鳴槍，弄得陳猛一夜睡不好覺。

天亮了，陳猛的大軍攻山了，先是火炮轟炸，再是拉網般向山頭圍攻。山上沒有反抗，一片死寂。在毫無遮掩的山頂的一塊平地上，躺著八具屍體，都是自殺身亡。攻上山的軍隊挨個搜查山洞，無一人一槍。陳猛命令把所有敵人屍體拖到汪佑村稻場上。稻場上鋪滿了屍體。

「他媽的，敵人的主力鑽地了嗎？」陳猛叫罵。他命令：「把汪仁船、嚴正的屍體給老子找出來。」

官兵們找不到嚴正屍體，不認識汪仁船。

這時，有人從汪佑村養豬場窯洞裡捉到了三個老人，押到陳猛面前。這三個老人都六十多歲了，是汪義德、汪義來、鄭婆婆。汪仁船不要他們上山，他們就躲進窯洞裡。陳猛不認識鄭婆婆了。

「只要你們認出汪仁船屍體，老子就不槍斃你們。」陳猛喝道。

三個老人怒而不動。

「老人家，陳司令是個直爽人，說話算數。」陳猛秘書說，「我們的目標是打擊反革命狂人汪仁船。只要汪仁船死了，我們就不打仗了。你們辨認吧。」

「我能埋葬汪仁船嗎？」鄭婆婆問。鄭婆婆認識陳猛，但不願相認。

「可以。」秘書說。

「真的？」鄭婆婆又問。

「真的。」秘書又答。

那鄭婆婆一下子撲到汪仁船屍體上，痛哭起來。汪義德、汪義來也圍上去哭泣起來。

「他媽的，徹底的反革命份子，就地正法！用刺刀！」陳猛用手杖指著三個老人，命令道。

王大力指揮警衛兵，每四人殺一個老人。四把刺刀同時刺向一個老人的胸背處，又同時舉起，兩個老人背朝天，鄭婆婆胸朝天。穿過了身體的刺刀尖在陽光下，閃著紅光，白光。

三個老人發喊：「打倒陳猛！打倒毛主席！汪仁船萬歲！！」

「他媽的，把汪仁船的膽挖出來，我看有多大？」陳猛喝令。

王大力抽出匕首，剖開汪仁船胸膛，掏出膽來，左手大拇指和食指撚著，高高舉起，像個藍色的鵪鶉蛋。

「也只那個卵大。」陳猛嘲笑著。他又命令：「把汪仁船的屍體剁成八塊，首級懸在蓮河鎮，其他部分懸在各路口示眾，看誰敢搞反革命活動？」

八個衛兵向前，很快解剖了汪仁船的屍體。

陳猛命令休整一天，再去攻打蓮河鎮。

卻說王勝帶隊奔向溪州地界，將人員遣散，各自逃命。王旭元帶五百人來到蓮河鎮見到李長友，遞交了信件。李長友看後，淚水雙流，後悔當初反對汪仁船的提議。李長友要調動人馬去救汪仁船，被王旭元勸住，王旭元說：「按汪仁船同志說的去辦，趕快轉移，留下空城，再不能犯錯誤了。」李長友召集負責人開會，報告了汪仁船的身亡的消息，傳達了汪仁船臨終前指示。一面派人去通知羅偉民、柯愈昌接應，一面命令負責人組織全城民眾轉移。蓮河人聽說汪仁船死了，哭聲震天，自覺地為汪仁船戴黑紗默哀。很快，蓮河鎮民眾向陂州方向轉移了。

卻說陳猛大軍休整一天，第二天吃過早飯，向蓮河鎮殺來。陳猛先命令炮兵向蓮河鎮濫炸，蓮河鎮成一片火海。陳猛再命令大軍從四面八方向蓮河包抄。大軍進了蓮河鎮，卻是一座空城，大火中，只有家畜家禽在掙扎，逃竄。軍人尋找動物刺殺，挨家挨戶搜查。有一個班在曹樹青麵館背後山洞裡抓到了五個活人。

原來，在蓮河一司動員大轉移時，曹樹青愛人何蓮不願轉移。她說：「電影上都說人民解放軍紀律嚴明，唱《三大紀律、八項注意》歌，不拿群眾一針一線，不虐待俘虜，不調戲婦女。李長友那些人把人民子弟兵宣傳得太壞了，要不得。曹樹青好歹也是原蓮河區副書記，又不是蓮河一司的領導人，無奈在蓮河一司領導下生活。只要我們把這些向解放軍說清楚，歡迎解放蓮河，會殺我們嗎？如果我們再跟著蓮河一司跑，才真正成了反革命份子。老曹，我們不轉移。」曹樹青同意了愛人的觀點。何蓮又挽留了鄰住郭亮一家三口，假稱是曹樹青的兒子、兒媳、孫子。在陳猛放炮時，五個人躲在麵館後面的黃岩坡洞裡。解放軍進城搜人時，五個人主動出洞，鼓掌叫喊：「歡迎解放軍！」

曹樹青等到五人被押到蓮河區委大院裡。這時，陸陸續續地被押來二十多個人。區大院被炸毀了，吐著火舌的木頭在嗞嗞作響，滿是磚頭瓦礫。

中午，陳猛拄著手杖進院了，由於城空沒有仗打，他一臉怒色。陳猛看到院中站著一隊蓮河人，用手杖指著命令道：「他媽的，把這一小撮反革命槍斃掉！」

「司令，有個叫曹樹青的，是原區委副書記，與汪仁船沒牽連，怎麼處理？」一個軍官請示。

「誰說沒牽連？」陳猛怒問。

「我說沒牽連。」何蓮搶著說，「我老公是革命老幹部，我兒子、兒媳、孫子都受蓮河一司迫害。我們一家人不願逃跑，歡迎解放軍進城。」

「你他媽的，你們為什麼不與汪仁船作鬥爭？為什麼在反革命黑窩裡還生活下來了？是典型的反革命份子，又是革命的叛徒，統統槍斃！一個反革命種子也不留！」陳猛揮著手杖狂喊。

「陳猛，你這殺人魔頭，沒有好下場的！」曹樹青叫罵起來，接著高呼：「汪仁船萬歲！」

排槍響起，院中二十多人男女老少倒下，那半歲男孩沒被打死，哇哇地哭。一個英勇的士兵衝上去，補了一刺刀，小男孩沒聲音了。

陳猛欣賞這幕好戲，得意地笑了，滿足地走了。

陳猛在蓮河地區共作戰九天九夜，使蓮河這個反革命基地沒一座完整的房子，沒一個活著的動物。蓮河共有八萬四千多人口，出逃七萬三千多人，其餘無一倖存者。陳猛在撤軍時，召開團長以上幹部大會，說鎮壓蓮河一司反革命武裝是軍事秘密，不准記者報導出去，誰洩密，就槍斃誰。

在陳猛撤軍的前一個小時，有人來報：「汪佑村的汪仁船屍體是假的，是那個鄭瘋子婆搞了鬼。現在，有一支部隊抓到了真汪仁船，在大院外等候。」

「他媽的，快帶進來，老子要將那小子碎屍萬段。」陳猛叫嚷。

三十多個軍人押著被綁著的汪仁船進來了。陳猛揮著手杖正要大聲下命令，沒想到一陣子彈射來，把陳猛打了個稀爛。警衛隊隊長王大力也被打死了。院內槍聲大作，幹部們立即抱頭鼠竄。

「戰友們，你們不用跑，我是嚴正。我不忍心看到陳猛屠殺老百姓，才走了這條絕路。我嚴正先死給你們看。」嚴正高喊著，用手槍對準自己的太陽穴打了一槍。

嚴正死了，餘下的一百多軍人向蓮河大橋衝去，奪橋而逃。

原來，嚴正帶人下山時，摸黑向晴川湖突圍逃跑，跑進龍尾山，只剩下一百多人了。嚴正對餘下的戰士說：「人民子弟兵為人民，怎麼能屠殺無辜的人民？現在，陳猛屠殺人民，就不是人民解放軍的司令員了，變成了日本鬼子的司令員了。我們身為人民解放軍戰士，應該為民除害，殺死陳猛。」眾士兵一齊叫喊：「服從嚴團長指揮，為民除害！」嚴正就說出了殺死陳猛的計策。他把一百多人中有解放軍服裝的三十多人留下，編為一個排，說自己明著指揮會被人認出來，只能當個士兵，暗中指揮。他指定一個連長指揮。一個士兵長得有些像汪仁船，就自報冒充汪仁船。於是，就發生了上面出現的一幕。

陳猛死了，屍體被運去了，大軍撤退了。陸榮命令孫衛國招回外逃蓮河人，恢復蓮河鎮的生產和生活。陸榮派人抬回了嚴正的屍體，交給嚴家人處理。

陳猛的屍體被運到了北京，中央發佈訃告：「中共中央委員、江南軍區司令員陳猛同志，不幸於一九六八年九月十四日上午十點二十分因病治療無效而逝世。享年六十五歲。陳猛同志一生忠於偉大領袖毛主席，是偉大的忠誠的共產主義戰士，功勳卓著的將軍。他的死，是我黨我軍的重大損失。」

卻說王旭元，那夜並沒有隨李長友的大隊民眾轉移，而是帶著高雲英母子過蓮河大橋逃跑了。

欲知王旭元、高雲英逃往何處，且聽下回分解。

第三十五回　避亂女傷悼懷詩詞　革命媽敘功招羞恨

卻說王旭元見到李長友，幫李長友定下民眾轉移事宜後，就到了高雲英住房，遞交了汪仁船的信。高雲英看那信，有兩段短文：

「雲英：我即遇難，原諒我拋下你和小孩。你立即隨王旭元去柯和貴家避難。以後您必定遭到批鬥。為了您和兒子活下去，您一定要主動批判我，說我蒙蔽了您，挾持了您。——愛您的汪仁船親筆。」

「和貴：小高逃到你處，我相信你會收留孤兒寡母。汪仁船親筆。」

在那信的背面有一首詞。

高雲英一邊哭，一邊收拾簡單東西，包成一包。王旭元提著包裹，高雲英抱著兒子，一起向蓮河大橋走去。在橋頭守軍中，王旭元找到趙猛營長和傅有指導員，呈上了嚴團長的信。趙營長和傅指導員原來是認識王旭元的，見了嚴團長的信，就護送王旭元、高雲英過了橋。王旭元、高雲英急步直達北崗市軍分區，找到嚴團長家，轉交了書信。兩人又在天亮前趕到江邊，輪渡過江，到了客運站，上了去永安縣的客車。王旭元對高雲英說，為了不引人注意，他就不去柯和貴家了，等事件平息後，他再去探望高雲英母子。他把自己的一首詩給了高雲英。

卻說柯和貴參加了畢業分配，在永安縣鳳凰中學教語文。那時學校邊搞運動邊上課。一天中午，柯和貴見哥哥柯和仁步行六十多里找他，知道有很重要的事。

柯和仁神秘兮兮地說：「你有個同學叫高雲英，抱個半歲男孩來家裡找你。」

柯和貴清楚蓮河一司出大問題，心裡一陣辛酸。他立即向學校革委會主任請假，說母親病了，要回去一下。柯和貴和柯和仁又步行六十里，天黑了好一陣後，回到家裡。

柯和貴一進堂屋，在一盞冒著黑煙的柴油燈下，高雲英在搖籃邊，頭伏在搖籃上，眼睛注視著搖籃裡的兒子，搖著籃子。

「高雲英。」柯和貴驚喜地叫。

「柯和貴。」高雲英抬頭，也驚喜地叫。兩人對視著。

高雲英比柯和貴小一歲，個子比柯和貴高半個頭，是個男子漢身軀：雙臂圓滾，兩腿粗長；眉毛淡遠，眼睛眯縫；原來白胖圓鼓的腮子扁平了，露出了黝黑的麻斑；原來善良微笑的面孔罩上了愁雲。她，穿著白底小紅點襯衫，淺綠色的的確良褲子，白襪，黑鞋，裝滿乳汁的兩奶鼓得又圓又高，將胸前襯衫衣逢脹開一個大洞口。高雲英是蓮水高中畢業學生，與費宏志、柯愈昌等人到蓮河一司跟汪仁船鬧民主革命，與大她十歲的汪仁船結婚了。有人問她為什麼不與一個年齡相仿的男人結婚，她溫和地回答：「汪仁船在為中國人創造一個沒有野蠻、貧困的文明富裕社會，我不與這樣的大善人結婚難道去與一個製造野蠻、貧困的大惡人的書記結婚嗎？」

柯和貴凝視了高雲英一會兒，說：「你帶著小孩子來，肯定發生了大事件。」

高雲英點點頭，兩行淚珠滾滾而下。

柯和貴知道高雲英有許多秘密活要說，凝著母親、哥哥在場。他叫母親、哥哥去睡，把搖籃端進裡房，把油燈掛在裡房牆上，兩人各坐一把小椅。高雲英敘述起來。

高雲英在敘述事件過程中，時而憤慨聲討，時而銜恨控訴，時而淒切抽泣，時而痛心描繪，時而熱情歌頌，時而激昂抒情……柯和貴的情緒隨著高雲英的情緒變化波動。

千言萬語，長夜嫌短。說話人和聽話人只感到一盞茶的時間，一夜卻過去了。那天蓋上的亮瓦白了，白光越來越強，擴充開去，油燈漸漸把淡黃的光聚斂起來，成了一個小黃點。

「和貴，這裡有汪仁船和王旭元的詩詞，交給你。」高雲英從罩掏出折疊得很緊的小方紙塊，給了柯和貴。

柯和貴小心翼翼地展開紙片，用手掌撫平。那張字紙，一面是短信，一面是一首詞。柯和貴讀了信，又去讀詞：

滿江紅

挽巴河革命

王仁舟 1968.8.18

柯美淮校正音韻 1990. 6.4

悲憤湧起，望巴河、沙黃流折。長江落、秦汙明泥，渾了水月。山寨匪霸與馬列，政治運動良知絕。一人獨，耄耋昏庸眼，仍揮鐵。

自由辯，乘文革，啟民智，民運烈。竊國賊恐懼，陰兵侵伐。痛看魔刀屠老少，驚聽炮火焚民宅。怎忍心、人血染殘夢？腸千結！

注：1. 滿江紅，詞牌名，唐人原名《上江虹》，又名《念良遊》、《傷春曲》，黃鐘宮。仄韻格，93字，上片四仄韻，下片五仄韻。宜用入聲韻，讀之聲情激越。亦有酌增襯字者。姜夔改作平韻，情調具變。2. 秦汙明泥：秦朝的刑罰和明朝的酷刑。3. 腸千結：辛棄疾《滿江紅》裡的句子。

柯和貴看王旭元的詩：

我終於看清了

在戰蔣匪、抗美帝的

腥風血雨、硝煙滾滾的年代，

我降生在這塊黃土地上；
在鬥「五類」、鬥天地的
其樂無窮、紅旗飄飄的年代，
我成長在這塊黃土地上。

在這塊黃土地上，
我只能聽一種聲音：
實行無產階級專政，
沒有中國共產黨就沒有新中國，
西方民主不適應中國，
打倒美帝國。

在這塊黃土地上，
我只能看一種書報：
「放之四海而皆準」的馬列《全集》，
「戰無不勝」的《毛澤東選集》，
「橫掃一切牛鬼蛇神」的《紅旗》雜誌，
「水稻畝產十三萬斤」的《人民日報》。

於是——
我腆著裝滿樹皮草根的大肚子，
揮著骨瘦如柴的雙臂，
大呼：「中國共產黨萬歲！」
我裹著祖父留下來的破短襖，
跳著凍得紅腫的光腳丫，
高唱：「社會主義好！」
於是——
啊——
是偉大的黨，我的「爹娘」，
培養了我中國農奴的優秀品質：
任勞任怨，忍氣吞聲；
艱苦奮鬥，樂於貧困；
怕官怕亂，聽天由命；
甘受宰割，麻木不仁；
……

啊——
是偉大的黨，我的「爹娘」，
賦予了我中國奴才的崇高精神：
忠於皇黨，服務官紳；
崇拜權力，阿諛逢迎；
為虎作倀，肆虐階級敵人；
……

可是，我讀書識理了：
我能看通各種書報，
我能辨別各種聲音；
我偷聽了敵臺，
我偷看了《社會契約論》；
我知道了自由競爭，
我懂得了民主平等；
……

可是，我獨立思考了：
「放之四海而皆准的真理」，

為什麼要靠刺刀槍炮才「准」？
「戰無不勝的毛澤東思想」，
為什麼要靠腳鐐手銬才「勝」？
人民在死亡線上掙扎的美國大地，
為什麼中國人不斷地往那裡奔？
人民在鐵蹄下呻吟的西方世界，
為什麼民主自由、繁榮昌盛？
……

我終於看清了
毛澤東思想的本質：
混合了馬列鬥爭、專政和中國帝王的殺戮暴政，
吹噓成「理論與實踐相結合」的天才；
總結了劉邦、朱洪武的起義經驗，
吹棒為「農村包圍城市」的革命典範；
破壞了孫中山的三民主義，
鼓噪著反對蔣介石獨裁；
匍匐在史達林腳下做兒皇帝，
宣佈「中國人民從此站了起來」。

土改肅反、三面紅旗、反右派，
是扼殺民主，實行一黨獨裁；
反高饒集團、鬥彭德懷，
是清除反對派，實行一人獨裁，
挑起學生民眾鬥走資派，
啟用走資派殺學生民眾，
是為了忠於毛氏一族，
實行一家獨裁。

我終於看清了
中國共產黨的真面目：
自己全盤照搬猶太人、俄國人的主義，
卻誣衊別人搞全盤西化；
自己徹底踐踏聖賢之道，
卻誣衊別人丟了中國傳統文化；
自己做了俄奴，蹂躪共和，
卻誣衊別人崇洋媚外、不愛國家；
自己強姦民意，獨斷專橫，
卻誣衊別人破壞安定團結的一統天下；

自己製造了三年大饑荒，
卻高唱：「社員是公社藤上最甜的瓜；
自己是壓迫剝削人民的貪官酷吏，
卻把「為人民服務」的匾額懸掛。

啊，我終於明白：
在這塊黃土地上，
為什麼只准有一種說謊的聲音？
因為獨裁者最害怕民主的理論；
為什麼只准有一種騙人的書報？
因為魔鬼最害怕慈善的經文。

啊，我終於明白了：
孫文主義才合乎世界民主潮流，
毛澤東思想只屬於中國帝王傳統；
蓮河革命是辛亥革命的繼續，
文化大革命是對歷史的反動：
有了中國共產黨的核心領導，
官吏就兇悍腐敗，

人民就愚昧貧窮；
沒有中國共產黨的核心領導，
民主法制就健全，
市場經濟就興隆。

柯和貴開始默讀著，漸漸地，喉嚨呼呼，嘴裡喃喃，不覺朗誦出聲。他時而物傷其類，不堪回首；時而攘臂瞑目，疾首蹙額；時而沉痛追悼，崇敬英烈；時而切齒飲恨，纏綿悱惻；時而陰鬱幽憂，椎心泣血……

「柯和貴，你不要太激動了，要保重，要謹慎。」高雲英已痛定思痛，思緒不亂了。她來這裡避難，只有柯和貴平安無事，她母子才能安全。眼前的柯和貴如此情緒瞬息萬變，她深感不安，不能不提醒柯和貴。

「和貴呀，吃早飯。」這時，母親把房門打開一條縫，伸進頭來，小聲喊。

柯和貴用袖子擦乾眼淚，與高雲英一起吃早飯。吃過早飯，柯和貴、高雲英由於一夜沒睡，很疲乏，高雲英去裡房睡了，柯和貴在堂屋裡母親床上睡了。

柯和貴一覺醒來，頭腦冷清了，想到高雲英長期閑住下來，將會受盤查，有危險，應該有點事幹。柯和貴想來想去，反覆比較，還是在南柯村比較安全，做社員是不行的，只有去南柯小學教民辦。柯和貴把想法告訴了高雲英，高雲英同意了。柯和貴就去縣裡找孔紅衛，說他師範的唐老師病逝了，愛人陶英找到他，想找點事做，請孔紅衛幫忙。柯和貴又建議，以縣革委會名義寫個條子給南湖公社革委副主任柯和丁，說陶英是縣革委下調的幹部，到南柯小學做民辦教師，由柯和丁安排。孔紅衛照柯和貴的意思寫了條子，蓋上了公章。孔紅衛笑著說：「這陶英肯定不是非常女人，祝老兄幸福。」柯和貴被說得滿面通紅，又不能解釋。柯和貴拿了孔紅衛字條，找到柯和丁，要柯和丁把陶英的戶口糧油關係和教民辦的事辦好。柯和丁與柯和貴的關係好，又見到縣革委會那麼信任他，受寵若驚，很快按照柯和貴說的意思辦了。第二天，高雲英到南柯小學上班了。柯和貴對母親、哥哥也說陶英是下調幹部。

柯和貴辦好了高雲英的事後，仍不放心，怕有突發事件，自己又不在家，需有人出主意幫忙，就去找柯和義。他對柯和義說了真話。柯和義原來聽柯和貴講過汪仁船搞民主革命的事，並且讚頌說：「汪仁船搞的才是救國救民的正道。」聽了高雲英的遭遇後，很表同情，願意關照高雲英的安全。

柯和貴回到鳳凰中學，忍忿窒欲，不露聲色，努力工作。

一天上午，柯和貴接到鳳凰區革委會《通知》，抽調他到區「一打三反」辦公室專案組工作。柯和貴上任了，任專案組副組長，正組長由區人民武裝部部長、革委會主任吳平山兼任。吳平山找柯和貴談話，原專案組副組長李信群上調了，是他提名柯和貴來區裡工作，說他工作很忙，專案組工作，主要由柯和貴抓，重大事件向他彙報。吳平山鼓勵柯和貴好好幹，抓出轟動案件來，將來就像李信群一樣，到黨政機關來。柯和貴對吳平山的話連連點頭，其實，心裡清楚，這是孔紅衛重用自己，安插親信。

柯和貴先閱讀文件和案卷。中央正式文件有三個，還有轉發各省、市大型反革命集團的批示文件，如：北京「五一六」、湖北「決北揚」、江南「蓮河一司」，等等。永安縣革委批示的反革命集團有飛燕區「救國軍」、牛湖區「越六盤」、鳳凰區「復國軍」。根據文件和材料，打擊和清理的敵人有二十三種。主要政策是：相信群眾，不搞逼供信，坦白從寬，抗拒從嚴，批鬥放鬆，定性卡關，「穩、准、狠」地打擊一切階級敵人。立案程式是：群眾揭發舉報，專案組調查落實，上報上級專案組審批，一般敵人交群眾專政隊抓獲、批鬥、處理，重大事件上交公安立案處理。

柯和貴在閱讀和整理鳳凰區原有案卷中，統計出有八十四個案件，重大案件三個：紫金山大隊「國民黨地下復國軍」，用小刀刺穿偉大領袖毛主席肖像的歷史和現行反革命份子李振舉，書寫「打倒毛主席」反動標語的現行反革命份子鄒美日。區群眾專政隊抓捕了二百七十五人，被打死的有五人，畏罪自殺的有八人。柯和貴認識到自己工作的重要性，弄不好，在他筆下不知有多少人要死亡和受管制。

原專案組共有三個人，專案組副組長是李信群。李信群就是本書第十八回所記的那個用辯證法把尹苦海打成右傾機會主義的李得紅的秘書，後在「反五風」時遭到尹苦海反擊記了處分，撤了職務，下到鳳凰中學當教師。李信群得到吳平山的信任，調到區「一打三反」專案組，工作了兩個月，使鳳凰區「一打三反」運動成績卓著，成了全縣好典型，上調到縣任「一打三反」運動辦公室副主任。組員王成大和尹長春。王成大，是祥吉公社學校管校代表，到專案組工作後，升為鳳凰中學管校代表。尹長春，是小學畢業生，原來是大畈大隊團支書。還有一個額外的人，是李信群戲稱為顧問的鳳凰區革命老媽媽趙來鳳。

趙來鳳就是本書第二回、第七回所敘述的尹苦海前妻，永安縣第一批土改根子、共產黨員、省勞模。她與尹苦海重婚未成後，配了鳳凰區大烈士陳新國的兒子陳世家。陳世家是個老實忠厚的農民，因父親的恩澤，當了鳳凰區黨委組織委員，後又調紅石區當區委副書記。陳世家前妻死了，生個兒子叫陳繼烈，隨父到紅石中學讀書，與柯和貴同學。趙來鳳配了陳世家，樹大根深，由原區婦聯主任升為區委副書記。後因男女作風腐化，退下來了，掛了個區政協副主席的閒職。趙來鳳職閒人不閑，尤其熱衷於搞階級鬥爭；不管哪裡鬥爭階級敵人，她都要趕去參加，用爪子抓破敵人的臉，哭著控訴階級敵人罪行，喊革命口號。文化大革命來了，趙來鳳高興得亂跑亂跳，屁股甩出浪花來。她先支持鳳凰高中保皇派紅衛兵的革命行動，每場批鬥教師會必到，增加了批鬥大會的恐怖氣氛。她還經常自己到學校作憶苦思甜報告。保皇派紅衛兵稱趙來鳳是革命的老媽媽。後來造反派勝利了，趙來鳳又支持鳳凰高中造反派紅旗公社的革命行動，批鬥走資派時每場大會必到。趙來鳳還主動揭發了原區委書記石英的罪行，揭發支「左」錯了的武裝部部長吳平山有男女作風問題。趙來鳳還自覺在家鄉紫金山大隊組織了農民造反派「紅色農民救國軍」，自任第一號服務員，當了區「紅色農民軍」的顧問。區革委會成立了，吳平山任了主任，趙來鳳以老革命、造反派代表雙重身份入了革委會。吳平山不讓她當主職，只給了顧問。「一打三反」運動來了，趙來鳳向吳平山請求到「一打三反」專案組當組長。吳平山婉言謝絕了，說：「革命老媽媽為革命操勞了一輩子，現在老了，不能再辛苦了。」趙來鳳又找來李信群。李信群笑著說：「革命老媽媽是區革委會顧問，當然也是專案組的顧問。」趙來鳳來勁了，每天到專案組來上班。她揭發了紫金山大隊反革命份子鄒美日書寫反動標語案，揭發了紫金山大隊「國民黨地下復國軍」案。這兩個案件都被李信群立為重大案件，使鳳凰區「一打三反」工作成績得到縣軍管會和縣革委的表揚，李信群因此而立功上調，吳平山因此而有階級鬥爭功績，得到縣裡表彰。趙來鳳卻仍然是顧問，只落了個「與人鬥，其樂無窮」。

現在柯和貴來主管專案組了，感到人手不夠，就向吳平山寫了個報告，調鳳凰中學教師胡華、紅旗公社負責人方巨惠、張志成來專案組工作，吳平山批准了。柯和貴還口頭對吳平山說：「革命老媽媽每天到專案組說個不停，工作不好開展，請主任免去趙來鳳專案組顧問的職務。」吳平山笑著說：「你不孝順革命老媽媽嗎?她是我也惹不起的老祖宗。她並不是專案組成員，顧問的頭銜是李信群開玩笑說的，你自己去處理吧。」

柯和貴打聽到趙來鳳到一個大隊去參加批鬥大會去了，就召開了第一次專案組成員會議。會上，柯和貴強調的是：「穩、准」，卡關。柯和貴最後說：「不穩，不准，不重論據，勢必製造冤案，不但冤枉了人，而且使信任我們的領導吳平山同志挨批評。」

吳平山開始聽柯和貴強調的與李信群強調的不一樣，擔心運動搞不上去。他聽到柯和貴說的最後一句話，心裡舒服了，認為柯和貴在感激自己，忠於自己。

柯和貴對組員工作作了具體安排：尹長春留坐辦公室，收集群眾舉報，柯和貴、方巨惠去調查李振舉案，胡華、張志成去調查鄒美日案。兩案弄清後，再集中力量查處「紫金山國民黨地下復國軍」大案。調查小組工作了一個星期，兩個案件基本清楚了。柯和貴、方巨惠、尹長春來審訊當事人，胡華、張志成去調查「復國軍」大案。

一日上午，柯和貴、方巨惠、尹長春清理鄒美日材料，準備審訊鄒美日後結案。趙來鳳來了。

趙來鳳五十多歲了，花白的頭髮還搽上很重的油，梳得光溜溜的；兩腮下垂的臉皮深溝填滿了香粉，短粗的脖子一圈白粉，發出一股濃濃的香味；矮胖的身子裹著二十多歲的婦女的紅綠花褲，露出條條溝溝。

「呸！老怪物！」柯和貴心裡在罵。

趙來鳳一進門，就大大咧咧地坐在柯和貴對面的條凳上，絮絮不止地對柯和貴宣揚自己的革命光榮史，教育柯和貴要繼承革命的優良傳統，要艱苦奮鬥，不驕不躁，為革命立功。柯和貴不理不睬，一心一意地寫提審提綱。當趙來鳳逼著要柯和貴回話時，柯和貴牛頭不對馬嘴地隨便答一句。柯和貴寫完提綱，叫尹長春、方巨惠把鄒美日帶來。

柯和貴伸了一個懶腰，見趙來鳳還在不知羞恥地胡說八道，就不冷不熱地說：「表嫂，你的光榮革命史我早就清楚了，我表兄尹苦海給我講了好多。」

趙來鳳聽了這話，頓時啞了。過了一會，她問：「你是南柯人？你母親是李表嬸？」

「嗯。」柯和貴應了一聲，盯著那老女人的表情變化。

「尹懷德那不要臉的老流氓，老娘把他當作一條癩皮狗。」趙來鳳的心被柯和貴輕輕插進一把小刀，由痛苦而氣急敗壞地罵起來。

「哎呀，我那表兄不識好歹，放著一個女省勞模不要，偏去與一個地主婆結婚，還說是黨的婚姻自由政策好。」柯和貴惡作劇似地把插進趙來鳳心窩裡的小刀把撚轉了一下。

趙來鳳一陣羞愧後，憤怒地叫罵：「什麼狗屄的婚姻自由好呀，純粹是給尹懷德那老流氓當遮羞布，讓趙月英那騷屄婆好偷漢子。我是明媒正娶的的堂客，被那老流氓騙了。那年在祖宗堂險些……」趙來鳳立即刹住話頭，不願說出在尹家堂前卷篾席的醜事。她話頭一轉，又罵：「尹懷德那牛皮客最沒良心，他叔父尹安定是個好人，把他當親兒子，也對我很好，他為了入趙月英那騷屄，就把尹安定拉去槍斃了。那老流氓沒得好死的！老娘總有一天要去整死那對狗男女，出那口惡氣。」

「你叫陳繼烈替你寫個狀子去告尹苦海呀。」柯和貴又添話頭。

「這樣的事怎好跟兒子說呢？」趙來鳳說。

「我願幫你寫狀子，你肯告尹苦海嗎？」柯和貴饒有興趣。

「那你寫，告垮了尹苦海，我請客。」趙來鳳來勁了。

柯和貴真的寫了，一會兒就寫了一頁紙。柯和貴叫趙來鳳在簽字的地方簽了名，按了手印。柯和貴說過幾天送材料去縣裡時，替她交上去。柯和貴把寫好的狀子收好，對趙來鳳說：

「表嫂，今日的私房話就說這些，鄒美日就要被帶來審問了，你出去一下。」

「審鄒美日嗎？我對那反動猴崽子熟得很，他寫的反動標語是我發現的，揭發的。」趙來鳳一聽到鬥階級敵人，正對上了她老狼舔血的本行，不但不走，反而將身子坐得更穩了，把剛才那羞惱拋到九霄雲外，用舌頭舔了舔枯燥的嘴唇，把話題扯到遠遠的。趙來鳳說她在萬惡的舊社會不能讀書，是個文盲，是革命使她進了幹部掃盲班。她聰明，學了一年，認得三百六十個字，所以，他能認出鄒美日寫的反動標語。她神乎其神地誇她熟悉鄒美日祖孫三代的反動性，祖父是地主，父親是漏劃的破爛地主，母親勾搭了土改主席才被劃成貧農，鄒美日是天生的反動猴崽。她說自己為革命日夜操勞，經常扒在窗下偷聽階級敵人的反動言論，一站就是一個通宵；經常跟蹤階級敵人，一跟就是幾十里。她說自己頭腦時刻緊繃階級鬥爭這根弦，鄒美日上午寫在拉屎坑牆上的反動標語，下午就被她發現了。她說……

「革命媽，我知道鄒美日的反動標語是你發現揭發的。現在要審鄒美日，你是當事人，要迴避一下。等審完了，你再來。」柯和貴見她七扯八拉沒完沒了，打斷她的話說。

「迴避什嗎？群眾專政，我革命的老媽媽還不能參加嗎？我還是專案組顧問哩，李信群組長一直請我參加。」趙業鳳從來沒聽到這樣的話，不滿地反問。她直覺到眼前這柯組長不像是革命者，恨不得用爪子去抓破他的黃臉皮。但她不敢，柯和貴知道了她的底細。

「好吧，你坐在這裡旁聽。審問時，你不能插科打諢，要忍住不說，不能影響審訊。」柯和貴對這種厚顏無恥、有理說不清的革命潑婦無可奈何，眼看鄒美日走到辦公室門口了，就讓步地說。

鄒美日被押進門了，站在趙來鳳那邊的桌角旁。他是一個十一歲的三年級小學生，被反綁著雙手，光著腳丫，腳踝被打爛了，紅腫腐爛，歪著身子，渾身戰抖；衣服已被撕得破碎，片片破布豎著，卷著，一塊塊帶傷的肉裸露出來。他瘦骨嶙嶙，頭髮又亂又長，蒼白的臉佈滿烏紫色，沒精打采的眼睛發出恐懼可憐的光。

柯和貴看了這情景，心裡顫慄起來。但他穩住自己，審問起來。一般性問答程式完成了，就問到了鄒美日寫反動標語的事。鄒美日驚恐的目光斜瞟了趙來鳳一下。柯和貴注意到這個細節。

「鄒美日，我們是重證據，不輕信一兩個人的口供。你是個小學生，毛主席教導學生做誠實的人。你不能說假話，要說真話。我們不打你。你把你寫標語的經過詳細說出來。」柯和貴說。

鄒美日聽到柯和貴說不打他，就斷斷續續地講起來了。

一天吃了晚飯，鄒美日上廁所拉屎。他的上衣口袋有一個白粉筆頭，就掏出來，邊拉屎邊在牆上寫字。鄒美日在學校裡習慣於寫兩條標語：打倒劉少奇，毛主席萬歲。由於土磚牆不平，有一個土窟窿，兩條標語就一上一下地歪斜著，成了一個「入」字形，「毛」字在「倒」字下後面，上下斜讀可讀成「打倒毛主席萬歲」，「萬歲」兩字又在劉少奇下面，上下讀可讀成「劉少奇萬歲」。

鄒美日敘述完過程後，哭著聲明說：「我不是有意寫的，我是忠於毛主席的。」

「你這反動猴崽子，今日還敢翻案了，不認罪了！你這麼小就反動，長大了還不殺我這老革命了嗎？老娘今日掐死你，讓反動派斷子絕孫！」趙來鳳聽了鄒美日後面的話，火冒燎急，叫罵著撲過去，掐住鄒美日的瘦長脖子。在趙來鳳的眼裡，鄒美日根本不是人，是只任她嘶咬的蒸熟的盤子裡的小公雞。

「鬆開手！」柯和貴見狀，一躍而起，撕去了斯文的面孔，盡力猛喝一聲，右掌「啪」地擊在桌面。

趙來鳳突然聽到有人吆喝她，驚嚇地鬆開手。鄒美日倒在地上，方巨惠去扶他。

「我警告你，現在是審訊，不是開批鬥會，你搞亂審訊，破壞革命工作，是反革命行為。」柯和貴仍然怒不可遏，指著趙來鳳吼。

「柯組長，我是被反動派氣死了。」趙來鳳看到柯和貴要殺人的樣子，被弄糊塗了，怕像文化大革命那樣站錯了隊，氣焰消了，小聲說。

「你坐到我這條凳子來。」柯和貴也冷靜下來了，不敢對趙來鳳太過份了，就說。

趙來鳳轉過桌角，與柯和貴一起坐在一條長木凳上，面對鄒美日。

「尹長春，給鄒美日鬆綁，讓他坐下來說話。」柯和貴命令說，擺出威風來。

鄒美日坐了下來，見到了剛才一幕，心中沒了恐懼。

「鄒美日，你剛才說你不是有意寫的，那以前你為什麼承認是有意寫反動標語？」

「我不那樣說，革命老媽媽就揪我的腮幫，腮幫被揪腫了。李組長又叫人打我，腳骨被打斷了。」

「你這猴崽子，你那反動標語是老娘親眼看到的，李組長還拍了照片，鐵證如山，你想翻案，翻得了嗎？」趙來風本性又發作了，站起來要去揪鄒美日。

「坐下。」柯和貴按下趙來鳳，說，「他沒有翻案，只是說明情況。」

「他一家三代都反動，他能不反動嗎？他是有意寫的。柯組長，你不要被他那可憐相迷惑了。對敵鬥爭要狠。」趙來鳳教育起柯和貴來。

「你說的是這兩張照片嗎？」柯和貴從材料裡抽出兩張黑白相片，問趙來鳳。

「是的，這是李組長親自拍的，那時……」趙來鳳又要扯起許多話來。

「我知道。」柯和貴連忙截住趙來鳳的話頭，說，「你現在在這照片上寫上一句話：『和我看到的一模一樣』，簽名按手印，這材料就真實了。」

趙來鳳說自己寫不出那幾個字。柯和貴就教一個，讓趙來鳳寫一個。趙來鳳寫了，柯和貴又對鄒美日說：「你寫的是這個樣子嗎？鄒美日。」鄒美日看了照片，點了點頭。柯和貴又讓鄒美日在照片上寫：「這是我寫的標語。」鄒美日寫了。鄒美日又在審訊記錄上簽了名，按了手印。

「我去找吳主任了結鄒美日的案子，你們等著。」柯和貴說。他說著拿起材料出門去了。

過了一個多小時，柯和貴回來了，宣讀了對鄒美日的結論：「經查實，鄒美日在自家廁所寫了兩條標語：『打倒劉少奇，毛主席萬歲』。由於牆壁有孔洞，不平，字寫歪了，被人誤讀為反動標語。據此，專案組確定：鄒美日無罪釋放，回校上學。鳳凰區專案組組長：吳平山，副組長柯和貴。」柯和貴讀完後，對鄒美日說：「鄒美日，你要好好讀書，做毛主席的好學生。材料退給你。」

鄒美日接過材料，在桌邊磕頭。柯和貴制止了他，叫他快回去。

「站住！」趙來鳳站起身，喝著，「不能走，和我一起去見吳主任。」

「給我坐下！」柯和貴一步跨到趙來鳳面前，命令道。

趙來鳳發瘋了，手指點敲著柯和貴狂吼：「你包庇反革命份子，老娘要告你！」

柯和貴無名業火從腳底升起，順手抓住趙來鳳的手腕，向前一推，喝道：「坐下，不准亂說亂動！」

「好你個柯和貴，我好不容易抓到一個現行反革命份子，你一下就把他放了，我白費力了，沒功勞了……」趙來鳳號啕大哭，屁股坐在地上，放潑起來。

「你不要亂吼！再吼，我就把你這個反革命份子抓起來，送進牢裡。」柯和貴站在趙來鳳面前威風凜凜，十分嚴厲。

「我是土改根子，省勞模，共產黨員，革命老媽媽，專抓反革命份子的，你憑什麼說我是反革命份子！」趙來鳳不哭了，她要自保，爭辯著說。

「我告訴你，你才是真正的現行反革命份子！你剛才當著我的面說了三條反革命言論：第一條，你說『尹苦海是老流氓』。尹苦海是土根子，全國勞模，區委書記，你攻擊他，就是攻擊黨的領導，憑這條，我就能定你反革命的罪。第二條，你說『叔父尹安定是個好人』。尹安定是被人民政府鎮壓的大惡霸，你為大惡霸鳴冤叫屈，翻清匪反霸、土地改革的案，憑這一條，你應該被判刑十年。第三條，你說『什麼狗屄的婚姻自由政策呀，純粹是給尹懷德那老流氓當遮布』。婚姻政策是毛主席、周總理親自制定的，你在攻擊黨的政策，辱罵毛主席、周總理。憑這條，你應該槍斃。這三條是你剛才說的吧，我記錄下來了，你在上面簽了字，按了手印，想翻案也翻不了。」柯和貴一條一條地歷數趙來鳳的反革命罪狀，把剛才為趙來鳳寫的告尹苦海的狀子提起來，向趙來鳳揚揚了。他接著嚴肅地說：「你說你是土改根子、省勞模、共產黨員、革命老媽媽，你這名譽和資格能與劉少奇相比嗎？劉少奇是跟著毛主席幹革命的，當了國家主席和黨的副主席，造反派也敢把他拉下馬。你算個什麼東西？有臉子在這裡胡吹嗎？

我立即把你抓起來，你信不信？」

趙來鳳聽著，那面皮由明而暗，由白而青，身子顫抖起來，癱軟下去。柯和貴用眼神示意方巨惠把趙來鳳扶住。方巨惠連忙從背後攙住趙來鳳。

「今日，我看你是我表嫂，又五十多歲了，受不起那個罪，放你一馬，讓你自覺去反省自己的反革命罪行。」柯和貴很有人情味地說。

趙來鳳本是只又惡又愚、又瘋狂又可憐的母狗，既會咬人，又會搖尾巴，既會吠，又會夾尾巴。她在咬鄒美日、吠柯和貴時，被柯和貴一悶棍打在天靈蓋上，傷痛之極，收起了兇惡相；現在看見柯和貴收起了棍子，丟給她一根骨頭，就搖尾巴乞憐起來，眼眶裡滾出兩串大滴淚珠，滾到下巴，將那香粉胭漕出兩條小溪來。她說：「表弟，我知錯了，謝謝你放我走。」趙來鳳這種人就是這樣簡單得令人難以置信。在那個人人相危、隨時有旦夕之禍的年代，人的性格瞬息萬變，不斷地扭曲搖擺，這是現在的青年人難以置信的。

趙來鳳站起身，走到門邊。

「站住！」柯和貴又喝道。柯和貴擔心那女人捲土重來，就又使打草驚蛇之計，嚇唬她說：「你聽著，記住，我替你寫的告尹苦海的狀子，是準備去告你的，上面有你的反動言論，我會保存得好好的。今日我包庇你，是講人情，是違反黨的階級鬥爭原則的，你不能對任何人講。今後，你如果在外面亂說亂動，在我面前放潑，我隨時去告你，讓你去坐牢。快滾！」

趙來鳳不敢吭聲，點著頭，又羞又恨地走了。

欲知後來趙來鳳是不是糾纏柯和貴，且聽下文分解。

第三十六回　落陷阱王成大翻供　識時務柯和貴辭職

卻說趙來鳳走了，真的從此以後，不敢再來找柯和貴囉嗦了，見到柯和貴就彎路走。柯和貴也不再去干涉趙來鳳在別人面前胡來，因為他知道，這個社會像趙來鳳這樣的人太多了，他管不了那麼多，只落得自己清閒無事。

過了兩天，柯和貴來處理李振舉老師的案子。

李信群所寫的綜合材料中說：「李振舉，男，現年五十六歲，家庭富裕中農，鳳凰區祥吉中學語文教師，鳳凰區白山公社李淘大隊人。一九四六年在縣國民中學讀書時，加入國民黨三青團，一九四七年到牛湖洞區國民政府工作，作三青團區隊副。一九六八年九月八日用小刀子刺穿毛主席肖像，犯下了反革命罪行。結論：重案，雙料貨——歷史反革命份子和現行反革命份子。態度頑固。群眾批鬥後，上交公安機關逮捕。」

在《綜合材料》後附有證明材料和物證。

柯和貴和方巨惠調查的材料與原材料有四處不同：一、李振舉在牛湖洞工作中任的是三青團分隊副、不是區隊副。柯和貴詢問原證明人，為什麼原來說的是分隊副，現在說他是區隊副。證明人說他一直說是分隊副，李信群要他寫成區隊副，說區隊副和分隊副都是歷史反革命份子。在原審訊記錄中，李振舉把李信群記錄的「區隊副」改為「分隊副」。根據「一打三反」和清理階級隊伍政策界限規定：凡國民黨三青團分隊正隊長以上幹部屬歷史反革命份子，三青團分隊長以下幹部屬人民內部矛盾。區隊副比分隊副大一級，是分隊長以上幹部。二、關於李振舉刺穿毛主席肖像的時間，李信群材料中沒有旁證材料。柯和貴調查中有祥吉中學校長和兩位教師的旁證材料。旁證材料說，九月七日下午五點，李振舉從牆上揭下陳舊的毛主席肖像，換貼新買的肖像，把舊肖像交給校長鄒群。鄒群不敢收，叫他交給管校代表王成大。當時王成大回家了。九月八日中午，王成大返校，李振舉當眾把肖像交給王成大。王成大收下了，觀看了一會，沒有說肖像被小刀刺穿的話。柯和貴問當時和李信群一起調查的尹長春，為什麼沒有鄒群等人的旁證材料。尹長春說，鄒群三人說了這個情況，李信群沒要三人寫材料，過後說鄒群三人立場反動，包庇李振舉。三、關於李振舉七日下午五點向鄒群校長交肖像一節，在李信群審問李振舉記錄中沒有這一細節，而柯和貴、方巨惠審訊記錄中有這一細節。柯和貴問李振舉為什麼當時不向李信群交待這一細節。李振舉說交待了，李組長沒作記錄。四、王成大的主證材料所述的時間與柯和貴、方巨惠調查的材料不符。王成大主證材料說：「我九月七日下午二點從李振舉宿舍窗戶看到李振舉用小刀刺穿插毛主席肖像，當時沒作聲，就回家了。九月八日上午返校，收到李振舉交來的肖像，出於對毛主席的忠心，對階級敵人的仇恨，就把肖像交給區專案組了。」柯和貴、方巨惠調查的三份材料都說，王成大九月七日上午回家了，上午九點他在鋤自留地，下午兩點至六點給自留地上肥料，晚上與人聊天，直到九日上午返校。九月十日下午，李振舉被區群眾專隊抓來，幾次審問、批鬥、毒打都不承認用小刀子刺穿毛主席肖像。李振舉自殺未遂，但仍不承認犯罪。

柯和貴把那張肖像從材料中抽取出來，與方巨惠一起仔細觀察。那肖像是乳白的，長約一尺，寬約六寸。由於陳舊，面部一些顏料脫落，有大小不等、形狀不一的白斑點；多處皺裂，前額左處有一個不規則形的孔洞，王成大說這個孔洞是李振舉刀刺穿的。李振舉說是從牆上揭下時弄破的。

柯和貴、方巨惠決定直接調查王成大。

對於王成大，柯和貴、方巨惠都認識，是最近調進鳳凰中學的管校代表。在這次調查李振舉問題時，又連帶著弄清了王成大的一些情況。王成大，五十四歲，下中農，一九四八年當過保丁，在清匪反霸時，積極參加追捕保鄒宗英的人，立了功，入了黨，調到祥吉鄉任過貧協主任，直到祥吉公社成立後。王成大因為強姦公社廣播員被降職到祥吉大隊當貧協主任。今年八月下旬，作為公社貧下中農宣傳隊隊長進駐祥吉中學。王成大惡習不改，去誘姦李振舉班的大齡女生，被李振舉老師勸止了。王成大對李振舉結下了仇恨，要整死李振舉。王成大就與李信群一起製造了李振舉用小刀刺穿毛主席肖像的冤案。

「如何使王成大說出真話來呢？」柯和貴想著。他想了好一陣子，心中有了個誘使王成大說真話的計策。柯和貴想好了，就叫方巨惠去把王成大找來。

王成大來了。這人給人的第一印象是：四肢冒著牛氣，面孔帶著稚氣，還沒有完成從猿到人的進化過程，看不出有人的倫常，只有野獸的本能，只知尋覓獵物，追逐異性。

「李振舉呢？我早就要揪鬥那傢夥了。」王成大一進門，也不與人打招呼，嚎嘶著，目光在搜巡著要發洩兇猛獸慾的弱小動物。

柯和貴雖然年輕，早就有了與這種兇猛野獸作鬥爭的經驗，今日又早有預謀，更是成竹在胸。他一心一意地在寫字，沒抬頭，沒理睬，故意引發王成大。

「小柯，你不是叫我來鬥爭李振舉嗎？怎麼沒響動？」王成大心急了，沖著問。

「不是，是叫你來交待自己的問題！」柯和貴仍沒抬頭，輕輕地彈出一丸石子。

「我有什麼問題要交待？」王成大吃了一驚，收起兇猛。

「你有被判刑的問題。」柯和貴突然抬頭，犀利的目光直刺王成大暴突的眼珠，一字一頓地說。字字如彈丸，打到王成大七孔八竅中，逼王成大掉到陷阱中去。

「啊——」王成大被弄昏了，身子落下去，一屁股坐在柯和貴對面的長木凳上。

「你的問題，我心裡清楚。」柯和貴在慢慢收攏鎖老虎的夾子，慢條斯理地說，「昨日有個家長帶個大齡女學生找我，告你的狀，還說李振舉清楚。」

王成大厚墩墩的腮肉在成塊地抽動，目光呆直。

「你知道吧，猥褻女生，判三至五年徒刑，強姦女生判五到七年徒刑。這是個大案子，我要立案調查。但又要謹慎辦案，重證據，不能輕信口供。」柯和貴認真地說，「我提審了李振舉，他說：『王代表雖然害我，但我不能以惡報惡害他。王代表沒有姦淫女生。我不積陽德，也要憑良心積陰德。』你知道，李振舉這樣的階級敵人能相信嗎？他在專門包庇壞人壞事。我決定把這個案子查清楚，要一箭雙雕，既處理你，又處理李振舉，做點功績讓黨看看。」

「我要見李老師。」王成大看到有逃脫的希望，脫口而出，喊出「李老師」的名字。這是動物避凶趨利的本能表現。

「你與李振舉都在審查中，不能見面。」柯和貴故作正經地拒絕了王成大的要求。他說：「現在，你交待自己的問題也可以，揭發李振舉的問題也可以。但是，有一條：必須說真話。既不能與李振舉互相包庇，又不能與李振舉互相誣陷。不然的話，你倆都去坐牢。」

「柯組長，我對不起李老師，我誣陷了他，我根本沒有看到他用小刀刺穿毛主席的肖像。」王成大哭了，哭聲像狼嘶。

「你從九月七日講起。」柯和貴說，「小方，你作好筆錄。」

王成大講起來了，講的情況與李振舉的交待和旁證材料相吻合了。

「那你為什麼以前要誣陷李振舉？」柯和貴問。

「那是李信群教我的。」王成大說，「九月十日上午，李信群去祥吉中學調查李振舉的歷史問題。調查了李振舉後，他到我房裡，說李振舉是歷史反革命份子，問我最近他有什麼反革命活動沒有。我就把李振舉交來的那些肖像給李信群看。李信群看了，把肖像收起來，叫我跟他一起來到區專案組。李信群指著那個孔洞說：『這好像是階級敵人李振舉用小刀子刺穿的。』我看了看說：『好像是。』李信群說：『你是貧下中農代表，階級覺悟很高，你會像革命老媽媽那樣日夜跟蹤觀察階級敵人的破壞活動，看到了李振舉用小刀子刺穿了肖像。你在為革命立新功，我要向吳主任報告，把你調到區專案組，再調到區貧宣隊去管理鳳凰高中。』我聽了李信群的話，一時鬼迷心竅，就跟著他編造了那段誣陷李老師的話，在李信群寫的那主證材料上按了手印。我不是人，對不起李老師，李老師是個大好人。」王成大打了自己的胸脯兩拳。

「你這次說的話翻以前的口供，以後，你又會翻這次說的話，你這人不可信。」柯和貴又拉動一下鐵夾。

「我以前說的是假話，應該翻，這一次說的是真話，絕不會翻。我不能欺騙黨組織，不能陷害李老師。柯組長，你相信我吧。」王成大說。

方巨惠把記錄整理好，念給王成大聽，王成大聽了，在記錄上簽字按手印。方巨惠又替王成大寫了證明材料，讓王成大也簽名按手印。

「王代表，你五十多了，坐黑牢是受不了的。你已經做錯了事，以後要改正，要忍耐性子。你的問題我暫且放著不立案。如果李振舉不是反革命份子，是人民內部的人，我才相信他，也會放他回校教書。到那時你再去找人，讓他幫你處理。如果李振舉是反革命份子，組織上不會相信他說的包庇你的話，你的案子就要立了。現在你回去好好想想。」柯和貴在王成大的老虎喉嚨裡卡上一枚鋼針。

王成大千謝萬謝地走了。

「柯老師，我真佩服你！你不但正直善良，辦案能力強，而且有勇有謀，鳳凰區兩個不可一世的人都被你制服了。」方巨惠說。

「為人就是要有正義感，為官就是要廉潔公正，對惡人不能僅靠勇氣，還要有謀略，才能以正壓邪。巨惠，你以後如果做官，會這樣嗎？」柯和貴說。

「我一定牢記柯老師的話。」方巨惠說。

柯和貴寫了李振舉案件結論：冤案，無罪釋放。他去找吳平山批准了。

下午，柯和貴把李振舉找來，宣讀了結論，把結論書和檔案材料退給李振舉。李振舉感激涕零，一下子跪到柯和貴面前。柯和貴慌忙扶起。柯和貴向李振舉說了王成大的事，叫李振舉不要記仇，主動找王成大處理王成大的事。柯和貴又說：「李老師，說不一定以後又會有人查你的案子，你可要把這次結論書和王成大的證明材料保存好。人心險惡，你要小心呀。」

還在柯和貴不斷平反冤案、釋放犯人的時候，全國「一打三反」和清理階級隊伍運動越來越深入廣泛了。永安縣軍管會、革委會每半月到各區、社檢查一次運動開展情況，每月根據案件的多少和大少評比一次，使運動如火如荼。反革命組織和階級敵人越來越多，處處充滿喊殺聲，時時傳出打死人和自殺的消息。由於有軍管會、革委會的統一領導，階級敵人找不到派性掩護所了，一抓一個准，一個也漏網不了。「一打一反」和清理階級隊伍從 1968 年 7 月持續到 1971 年 9 月林彪事件後，是文化大革命中有統一領導、統一組織的最殘酷、最恐怖、受害面積最大、時間最長的對民眾和一些造反派組織加以迫害的運動。

鳳凰區運動在接連三次評比中都是全縣最落後的，吳平山受到了縣人民武裝部部長、軍管會主任、縣革委會主任郭新民的點名批評。柯和貴膽大包天，竟敢在郭新民面前為吳平山辯護，主動承擔責任，還敢與批評他的縣專案辦公室主任李信群爭吵，指責李信群在鳳凰區搞逼供信，搞假材料。

連續三次都落後，吳平山心裡不是滋味，有些責怪柯和貴了。但他冷靜一想，又能容忍柯和貴。柯和貴與李信群、陳繼烈相比，性格直爽，有膽略，有勇氣，能說會道，更重要的一條是：沒有野心，不搞陰謀，講義氣，敢承擔責任，忠於自己，與柯和貴在一起，有安全感，不擔心權力受到篡奪。所以吳平山批准了柯和貴對鄒美日、李振舉的處理方案，對柯和貴打擊趙來鳳裝聾作啞。吳平山認為，運動中的主要政績在抓重大案件，鳳凰區只要把「紫金山國民黨地下復國軍」案件搞大搞深，就行了。這個重大案件是吳平山親自指揮李信群、趙來鳳抓出來的，是吳平山的政治賭注。吳平山在縣裡受到批評後，很平靜地對柯和貴說：「我們的落後是暫時的，用不著口頭去爭，要用實際行動去爭。你要儘快把『紫金山國民黨地下復國軍』這個案子搞徹底，早日結案，就在全縣轟動了，鳳凰區運動就由落後轉變為先進了。」

柯和貴並不完全是吳平山所了解的那種人，並不忠於吳平山。他為吳平山承擔風險，是因為吳平山多次同意他釋放被冤枉的人；他要保護吳平山，是因為認為吳平山還有點人性，不能讓沒一點良心的人來接替吳平山。他聽到吳平山要把「紫金山國民黨地下復國軍」搞徹底的話時，揣摩到吳平山是要抓重大案件去立大功、受大賞的政治意圖。柯和貴心中暗忖：「我當然會把那個大案搞個水落石出，事實怎樣就怎樣。我決不會為你吳平山升官去製造冤案害人。」

柯和貴已經派了胡華、張志強到紫金山調查去了，現在吳平山一催，他與方巨惠、尹長春都去紫金山調查。專案組全體人員努力工作了十來天，把「紫金山國民黨地下復國軍」大案弄清楚了。

「紫金山國民黨地下復國軍」的名稱是李信群把「紫金山紅色農民救國軍」隨意改變而成的。「紫金山紅色農民救國軍」是鳳凰中學紅旗公社支持革命老媽媽趙來鳳成立的一個農民造反組織，趙來鳳是第一號服務員。趙來鳳帶著「救國軍」去揪鬥過區委書記石英和區人武部部長吳平山。在「三結合」時，鳳凰中學紅旗公社分成了兩個對立派，趙來鳳掛錯了鉤，把「救國軍」掛到少數派那邊去了。趙來鳳發現掛錯了鉤，就退出了「救國軍」，跑去支持紅旗公社多數派。「救國軍」沒了頭子，也就自動解散了，停止了活動。區「一打三反」專案組成立了，趙來鳳就每日找李信群揭發階級敵人。趙來鳳在談到「救國軍」一時，說「救國軍」內有許多階級敵人，但不敢說「救國軍」是反革命組織，怕連累到自己。李信群正要在鳳凰區抓一個反革命集團組織，聽了趙來鳳一說，他那有準備的頭腦立即就出現了「紫金山紅色農民救國軍」變為「紫金山國民黨地下復國軍」的幻覺。李信群心想：要搞出這個反革命集團，趙來鳳是關鍵人物。李信群決定利用趙來鳳，對趙來鳳說：「革命老媽媽，你是專案組的顧問，我要告訴你，你的『紫金山紅色農民救國軍』實際上是『紫金山國民黨地下復國軍』。敵人利用你的革命名聲，在暗地與臺灣的國民黨聯絡，妄圖復辟國民黨反動政權，那時你的人頭就落地了。你還蒙在鼓裡呀。你要趕快揭發那個反革命集團。為革命立新功。」趙來鳳一聽傻了眼，吃了一驚，有點驚恐，說；「我曾經當了第一號服務員哩。」李信群說；「你是革命老媽媽，只是無意中受階級敵人的利用和蒙蔽。你的階級鬥爭覺悟高，早就退出了那個反革命組織，沒什麼問題。誰不知道老媽媽為了階級鬥爭日夜奔忙呢？你只要辛苦一點去跟蹤敵人，偵察敵人，敵人的反革命活動逃得過革命老媽媽的金睛火眼嗎？我這裡已經把『紫金山國民黨地下復國軍』立案了，揭發材料就全靠革命老媽媽了。」那趙來鳳本是一個無風起浪、尋釁滋事的人，經李信群這般教唆，便如虎添翼。一個是有知識有智慧的陰謀家，一個是專嗜人血的母老虎，兩人一合拍，有什麼壞事不能幹出來呢？兩人密謀和活動了四五天，「紫金山國民黨地下復國軍」的組織形式就出來了：總司令，副總司令，政委，參謀長，情報員，聯絡員，發報員……一下子就扯出三十七人，以四、五十歲的為主，也有六、七十歲的，十二、三歲的。吳平山聽到李信群彙報，很高興，指示李信群加緊時間搞，授予李信群調動專案組、群眾專政隊的人事權。李信群把紫金山大隊民兵連長陳有武調到區群眾專政隊當副隊長，協助趙來鳳抓人。被抓來的人每人要交待出三個人：上頭來發展成員的一人，自己向下發展成員的兩人。

首犯，鄒新才，總司令，男，五十二歲，富農份子，其堂兄是鄒新英，原永安縣國民黨中隊隊長，四九年隨蔣匪兵到臺灣。鄒新才是趙來鳳在鄒家做二姨太時的堂侄，年輕時，與趙來鳳有風流韻事。趙來鳳當「紫金山紅色農民救國軍」第一號服務員時，對鄒新才說，入了「救國軍」，可以摘掉富農份子的帽子。他就成了「紅色農民救國軍」唯一的五類份子。現在，鄒新才卻成了「紫金山國民黨地下復國軍」的總司令，經常與在臺灣的堂兄鄒新英通過發報機進行聯絡，接受國民黨指令，組織反革命集團，進行反革命活動。鄒新才開始時不承認搞反革命活動，他的愛人陳香茹和獨生女鄒小梅就被抓去拷問。鄒新才在酷刑下提出一個要求，只要釋放他的愛人和女兒，他就坦白交待。李信群就放了陳香茹和鄒小梅。鄒新才就承認了自己搞反革命活動，說「復國軍」是一九四九年鄒新英臨走前成立的，共有五人，三個人都已死了，還剩他和趙來鳳。他指示趙來鳳假裝革命，打入共產黨內部，收集情報。李信群認為鄒新才承認了組織「復國軍」這是主證，反革命集團案成立了。但是，說趙來鳳是主要成員，這是偽證。同時，還沒有旁證。李信群就重新抓了陳香茹和鄒小梅，陳香茹受刑後畏罪自殺，十四歲的鄒小梅被拷打致死。

首犯陳守文，政委（注：國民黨的軍隊編制沒有政委），男，五十三歲，富裕中農，右派份子，紫金山小學民辦教師，沒有加入「紅色農民救國軍」，但為「救國軍」寫過標語和文件。「救國軍」被解散後，沒介入運動。陳守文在年輕時是個美男子，土改時當過鄉政府文化輔導員。趙來鳳出席省勞模會時被尹苦海拋棄後，就去追求陳守文。陳守文卻不娶趙來鳳，去與一個叫王生娣的寡婦成婚，生了一個女兒，叫陳春花，現年十五歲，讀小學六年級。陳春花有個收音機，被趙來鳳說成是發報機，說陳春花是「復國軍」聯絡員，用發報機與臺灣聯繫。陳春花交待不出與臺灣聯繫的事實和內容，在受刑時，被趙來鳳掐死。王生娣被抓去拷打後，打斷了右腳，後來釋放了。陳守文十分頑固，至死不承認有「國民黨地下復國軍」，他說：「如果有，趙來風就是首犯。」

首犯陳有漢，男，貧農，四十六歲，是陳守文房叔。在清匪反霸時隨大群人趕到紅石區南柯村參加了營救鄒宗英活動，腿肚被剿匪小分隊子彈打穿。他是第一批加入「紅色農民救國軍」的。在趙來鳳退出「救國軍」時，他罵趙來鳳是白骨精，是叛徒。他在受刑時交待說，上級來發展的人是趙來鳳，他發展的下級有陳有武、陳繼烈。趙來鳳、陳有武就給他受重刑。陳有漢大叫：「老子就是總司令，老子就是要殺絕你們這些惡狼。」陳有漢只要有一口氣，就高唱：「打不盡豺狼決不下戰場……」

……

柯和貴根據已掌握的材料，寫了一個結論：「所謂『紫金山國民黨地下復國軍』，純屬子虛烏有，是李信群、趙來鳳憑幻覺胡編亂造的打擊造反派的一個大冤案，整個材料只有趙來鳳無中生有、捕風捉影的口頭揭發證明，沒有主證和旁證。搜集來的所謂作案工具，都是農具、炊具、獵具，不是什麼反革命武裝的武器。所謂發報機只是一個簡易的收音機，沒有發報功能，怎能與臺灣聯繫？鑒如以上所述，專案組作出處理方案：一、『立即全部釋放在押的被冤枉人員，為已屈死的冤魂平反昭雪。二、追究製造冤案的李信群、趙來鳳的刑事責任。』」

柯和貴還吩咐方巨惠、張志強把重要材料和結論各抄三份，上交一份，兩份私存。柯和貴說；「這個大冤案可能一下子翻不過來，留下重要材料可以在一定時候為平反冤案提供有力證據。」方巨惠、張志強就照辦了。

吳平山看了柯和貴遞交來的綜合材料報告和結論，勃然大怒，將報告撕得粉碎。吳平山立即招來趙來鳳商量撤掉柯和貴的職務，讓陳繼烈頂替。趙來鳳感激得跪在地上拜天拜地。吳平山寫了改換專案組人員的申請報告呈送縣革委會，叫趙來鳳找郭新民告柯和貴的狀。沒過兩天，吳平山的申請報告被退回了。吳平山心裡清楚，是孔紅衛在保護柯和貴。吳平山進退兩難。

柯和貴得到了孔紅衛的通氣，知道吳平山要撤掉自己，也一時進退兩難。他決定回家跟柯和義、高雲英商量。

柯和貴回到家裡，向柯和義、高雲英詳細敘述了情況。

柯和義說：「老弟，立即主動辭職，金蟬脫殼。」

柯和貴說：「我想把紫金山被冤枉的人釋放了再辭職。」

柯和義說：「紫金山那些受冤枉的人是吳平山、李信群升官的墊腳磚，吳平山能容忍你放鄒美日、李振舉，決不會容忍你為『復國軍』翻案。你能鬥敗趙來鳳、王成大，卻鬥不過吳平山、李信群。」

柯和貴說；「我打算去找孔紅衛支持，堅決平反『復國軍』。」

「孔紅衛可以支援你與吳平山、李信群作鬥爭，但不會、也無能力支援你去與郭新民作鬥爭，去與整個運動作鬥爭，去與整個中國共產黨作鬥爭。你為『復國軍』翻案，就是站到整個『一打三反』的對立面。鬥爭到一定的時候，孔紅衛不會舍官保你，而會舍你保官。」柯和義分析得十分透徹。

高雲英接著說：「和義哥分析得很正確。這個運動是毛澤東、周總理發動和領導的，是全國性的。全國在抓反革命組織和反革命份子，你卻一個勁地去翻案平反，這不是破壞『一打三反』運動嗎？蓮河一司的人就是不聽汪仁船的建議，才招致大屠殺。你現在孤身一人去面對強悍的漫山遍野的吳平山、李信群、趙來鳳，能不被他們踏成肉泥嗎？既然知道不能取勝，就應立即抽身出來，以待來日。」

「小高說得多有水準。你在那個專案組裡是抱虎枕蛟，危如朝露，弄得不好，不但你自身不保，還要危及家人、親戚和小高母子。」柯和義說，「老弟，你既然不願為虎作倀，也就不要『身後有餘忘縮手』。趁著你還沒與吳平山發生正面衝突的時候，主動辭職吧，落得個皆大歡喜。吳平山也不會去摸你這根刺，你也就落得個平安無事。」

高雲英說；「和貴，就這樣，明天去辭職，不能拖。」

柯和貴點頭同意了。正在吳平山思考如何整垮柯和貴而又一時無好方法時，柯和貴主動辭職了。吳平山十分高興，立即批准，還假惺惺地對柯和貴表示惋惜，說了一些私人感情的話，贈送了柯和貴一本日記本作留念，親自為柯和貴餞行。

柯和貴返校了。胡華、方巨惠、張志成也跟著返校了。

吳平山立即任命陳繼烈接替柯和貴的工作。

欲知陳繼烈有何作為，且聽下回分解。

第三十七回　入官道陳繼烈施才　變心態趙來鳳鬥屍

卻說陳繼烈上任了區專案組副組長之職，向吳平山保證，在一個月內摘掉鳳凰區運動落後的帽子。

陳繼烈是本書在第二十四回敘述過的柯和貴初中同學。他初中畢業後，沒考上高中，被繼母趙來鳳安排到鳳凰區當通訊員。俗話說：虎毒不食兒。趙來鳳沒有親生兒女，說：「革命要後繼有人。」她就把陳繼烈當親生兒子，精心教養。陳繼烈不負母望，像趙來鳳一樣階級立場堅定，鬥爭性強，忠於黨組織第一把手，加上他政治背景好，很快入了黨。陳繼烈有文化，比趙來鳳強，在鬥爭中懂謀略，有野心。在文化大革命第二階段時，區委為了控制鳳凰中學的文化大革命，把陳繼烈調到鳳凰中學當團委書記、保皇紅衛兵總司令，配合區工作組工作。誰知天不如人意，後來陳繼烈遭到鳳凰中學造反派紅旗公社的批鬥。幸虧陳繼烈是大烈士的孫子，又是已經倒戈到造反派那邊去了的革命老媽媽趙來鳳的兒子，才沒吃大虧。可是，陳繼烈在趙來鳳的教育下，走錯了一棋，反戈一擊，揭發批鬥提撥過他的區委書記石英和支「左」錯了的區武裝部部長吳平山，使他進不了校革委會。在李信群上調時，趙來鳳看到區專案組副組長這個職務能在對敵鬥爭中立功升官，就去求吳平山提撥陳繼烈。吳平山擔心陳繼烈入專案組，與趙來鳳配合，會架空自己，就有些猶豫不決。這時，縣革委來了文件，點名要柯和貴任區專案組副組長，吳平山就樂意地按上級指示辦事了，趙來鳳也沒奈何。今日為了對付柯和貴，為了抓大案立功，吳平山又與趙來鳳聯合了，排除了柯和貴，重用了陳繼烈。

陳繼烈開始工作了。他第一步是成立新班子，另組了三個信得過的人，加上原來的尹長春。陳繼烈先派三個心腹，秘密調查了與柯和貴一起辦案的關係密切的人和柯和貴辦案情況，再召開全區大隊專案組、群眾專政隊全體人員大會，讓吳平山作了形勢動員報告。陳繼烈講了話，批判了「一打三反」運動中區專案組的右傾思想，對下一段運動作了具體部署。大會在結束時，當場抓捕了包庇反革命份子的混進專案組、群眾專政隊來的階級敵人十七人，其中有區專案組人員尹長春。會後，立即派群眾專政隊去抓柯和貴釋放了的反革命份子九人。其中有兩個沒抓到：一個是鄒美日，聞風逃跑了；一個是李振舉，聞風畏罪自殺了。陳繼烈把被柯和貴平反的案子重新建立起來。鳳凰區死氣沉沉的「一打三反」運動蓬勃發展起來，每個大隊都挖出了一、兩個反革命組織，階級敵人像穀雨時節的蚯蚓一樣爬出來了，無地不有。

正在陳繼烈得意忘形的時候，柯和貴、方巨惠、張志成卻衝擊陳繼烈，要他釋放尹長春等十七名無辜的辦案人員。陳繼烈指揮區群眾專政隊去抓柯和貴三人，被鳳凰中學紅旗公社人員包圍，反而把鐵杆保皇派頭目陳繼烈揪去批鬥。吳平山急忙進行調解，雙方都放了人。吳平山指示陳繼烈不要去糾纏柯和貴等人，一心去辦案。

陳繼烈就組織人員全力去辦大案「紫金山國民黨地下復國軍」。不到十來天，就了結了案子。首犯三名被法院判為死刑，主犯三十五名，被判死緩三名，勞改二十二名。成員一百五十七人，三十三人被打死，一百二十四人交大隊批鬥、管制、勞動。陳繼烈不到兩個月，不但摘掉了鳳凰區運動的落後帽子，還成了全縣運動的先進典型。陳繼烈又別出心裁，在區大院舉辦了「一打三反」運動泥塑展覽館，全縣都派人來參觀學習。吳平山、陳繼烈在「一打三反」和清理階級隊伍運動中立了大功，一年後，兩人都晉升了。

卻說革命老媽媽趙來鳳，自從受到柯和貴的羞辱和恐嚇後，三天三夜不出門，也不梳洗，一個月不上鳳凰街遊蕩，不去參加批鬥會，更不敢到專案組去彙報敵情了。趙來鳳不能與李信群、陳繼烈相比。李信群、陳繼烈是有知識、聰明陰險的有野心的政治陰謀家，兩人的惡性難移。而趙來鳳本是一個愚昧的女人，現在又多五十歲了，到了性情漸處沉靜、惡性逐步收斂的年齡，受了打擊後，思想容易轉變。如果這時有人去化解她，有良好的社會風氣去薰陶她，她那被柯和貴壓緊了的盛滿濃縮的汙汁毒氣的心靈洞穴的蓋子，就不會自動啟開，汙汁毒氣在體內自行消化，通過糞尿排泄到糞坑裡去，通過毛孔微微地蒸發出來。她會改惡從善，在羞愧自責中平靜地度過晚年。但是，如果李信群、陳繼烈之流去捅開那個蓋子，她那汙汁毒氣，就會像瓦斯爆炸一樣一咕嚕釋放出來，毒害周圍的人，直到她壽終正寢時停止。

趙來鳳，小時就被父母嬌生慣養，年輕時是鳳凰街的「豆腐西施」，成日與街痞廝混，養成好吃懶做、賣俏尋樂、放縱橫行的壞品質。後來嫁給尹苦海，正如她自己所說嫁了一個流氓賭棍，使她的惡性得到發展。在這時的趙來鳳，還只是個喪門星，不守婦道的女人，危害的只是家人和自己，對周圍和社會危害不大。當別人指責她時，她還有羞愧感，感到自己不對。到了共產黨坐天下了，工作隊向她灌輸鬥爭、專政理論，教她製造紅色恐怖，把她的惡劣的品質合情合理化了，這等於給她的劣根性鬆土、灌溉、上肥，使她迅速長成了一株毒花。共產黨的政客們不斷地用毛澤東思想的階級鬥爭、無產階級專政理論來武裝趙來鳳思想，使她蒙在良心上的灰塵結成污垢，越來越厚實，窒息著天良，做人的道義和倫常被拋棄了：人性，是資產階級的；天理良心，是孔孟之道；禮教，是封建主義；鬼神報應，是唯心的迷信……她的思想就退化（注：共產黨說是淨化，思想轉變和飛躍）到原始人的單純的自然屬性的一面——獸性：嘶咬，吮血，交配，怕兇猛，攻弱小。她的頭腦裡只有鬥爭、專政這根神經在瘋狂地彈動，其餘神經都萎縮了。她的瘋狂性和不正常的心理狀態，是正常人所匪夷所思的，她表現出的特異言行，也是正常人所不敢想像的。

就這樣，趙來鳳年年、月月、天天、時時都綁著階級鬥爭這根弦，像一隻機警的母狼犬，尋找階級敵人嘶咬，滿足自己「與人鬥，其樂無窮」的欲望。用什麼標準來判斷她所要咬的人是階級敵人呢？清匪反霸時，凡地方名人和在國民黨政府工作過的人，不是霸就是匪，她專咬那些人。土改時，有個經濟標準，她就專咬日子過得好的人。反右時，有個文化標準，她就專咬老師一類的人。一大二公了，經濟和文化標準沒了，毛主席又教給她一個「三反」標準，具體到人，這個標準太大太空了，趙來鳳就活學活用，凡是與自己不和的人和向黨員提意見的人她就當作「三反份子」咬。趙來鳳，一咬一個准，咬一個，黨組織就批准一個為階級敵人。只是到亂哄哄的文化大革命，派性林立，趙來鳳有些咬昏了頭，東咬一口，西咬一口，被那天不怕、地不怕的造反派紅衛兵打了幾悶棍。現在，又恢復了黨的一元化領導了，她又一咬一個准。她萬萬沒想到被柯和貴那小子一悶棍打在天靈蓋上，頭疼得抬不起來，不敢出狗洞了。

可悲的是，生活在趙來鳳周圍的人，卻反而受趙來鳳的影響，也都快非人化了。他們由討厭趙來鳳，到害怕趙來鳳，到服從趙來鳳，到習慣趙來鳳，到羡慕趙來鳳。婦女們看到趙來鳳生活得如此風光，令男人也害怕，把趙來鳳當心中的巾幗英雄，以自己能與趙來鳳扯上關係為光榮。男人們看到趙來鳳如此瀟灑，有權有勢，自愧鬚眉不如娥眉，唯趙來鳳馬首是瞻。五類份子看來趙來鳳勢不可擋，不由得畢恭畢敬，屈膝討好：「革命老媽媽，放過我吧，我願跟著你去殺人立功贖罪。」

現在，被關在家裡悶了兩個月的趙來鳳，看到主任吳平山撤了柯和貴的職，提撥兒子當了專案組的官，認為自己是千真萬確的，柯和貴那小子有反革命思想。她狂奔出狗洞了。趙來鳳那空虛了兩個多月的肚腸又饑又渴，急待填充，使佔有慾特別強；她那積蓄了兩個多月的抓咬能量，又強又大，急待釋放，使攻擊慾十分旺盛。趙來鳳梳洗打扮了起來，在屋裡來回跳躍，觀賞著牆上掛滿的獎狀：勞動模範、革命積極份子、黨員模範、活學活用毛主席著作積極份子、劉胡蘭式英雄……她高唱：「大刀向鬼子們的頭上砍去，殺，殺，殺——」趙來鳳匆匆地搬動著一雙小腳，有力地擺動著雙臂，前屋後巷地嚎叫：「階級敵人，老娘要剝你的皮，抽你的筋，吃你的肉，喝你的血！」她飛快地一口氣跑了二十多里，來到區群眾專政隊，大罵陳有武是豬頭，對敵人心太軟。她衝進牢房，把這個敵人的臉抓幾爪，把那個敵人的肩膀咬兩口。她不知疲勞地跟著專政隊的小夥子一起跑去捉敵人，打敵人；她不分晝夜地跟蹤，探聽敵人。這些小打小鬧，不能滿足她的慾望，她需要一次大渲泄，她終於找到機會了。

一天大早，趙來鳳風風火火地跑到區群眾專政隊，要隊長陳有武帶一個班隊員乘拖拉機趕到紫金山陳家祖宗堂，召開對敵鬥爭大會。

趙來鳳帶著陳有武等十二個全副武裝的專政隊員，乘拖拉機來到陳家祖宗堂太屋場。屋場上已在圍著一圈人，人圈中的地上躺著三具屍體，是被槍斃的「國民黨地下復國軍」三個首犯：陳新才，陳守文，陳有漢。大隊民兵把屍體從刑場上拖到陳家太屋場就走了。陳家族人沒敢出面掩埋屍體。陳有武來了，幾個老人圍著陳有武，叫陳有武說句話，讓人把屍體埋掉。陳有武不敢說話，用眼睛乜斜著趙來鳳。

趙來鳳繞著屍體踱步，獰笑著欣賞那血糊糊的彈洞，嘴唇咂咂作響：「應該打穿那傢夥的心窩。」「應該把這傢夥的胯襠補一槍。」

眾人默默地看著趙來鳳的動作，側耳細辨趙來鳳嘴裡吐出的每一個音符。

突然，趙來鳳舉起雙臂，像狼犬舉起兩隻前爪，嘶叫起來：「這三個萬惡的敵人，我們能讓他們入土為安嗎？不能！革命人民不答應，一千個不答應，一萬個不答應！我們要鬥爭死鬼，讓反動份子死無全屍，魂不附體！」

接著，趙來鳳命令陳有武把全大隊社員集合到太屋場來，命令一個地主份子背來一張大方桌。一會兒，全體社員都來了。趙來鳳跳上桌子，出乎人意料地命令五類份子站在桌子右側，群眾專政隊人員站在桌子左側。趙來鳳指著五類份子群體喝道：

「老娘今日要看看你們改造好了沒有，若是對這三個惡鬼鬥得狠，就是改造好了，能摘帽子。若是對這三個惡鬼下不得手，就是沒改造好，就與這三個惡鬼同樣下場。」

趙來鳳站直身子，先憑她破碎的記憶胡背了兩條「最高指示」（注：毛澤東語錄）：「階級鬥爭，一抓就靈。」「階級鬥爭，把敵人千刀萬剮，抽筋剮皮！」

趙來鳳讀完「最高指示」，就唱起革命歌曲來：「黑老鴉鴉，白老鴉，天上叫呱呱呀，地上吹喇叭呀，——殺！殺！殺！雄糾糾，氣昂昂，打倒美國野心狼，——殺！殺！殺！我是一個兵，消滅蔣匪兵，打倒地主反動派，殺死反革命，——殺！殺！殺！想起往日苦，窮人血淚仇呀，萬惡呀地主呀黑心腸呀，吃盡了窮人的血和肉呀，——殺！殺！殺！社會主義好，社會主義好，社會主義國家，人民地位高。反動派，被打倒，帝國主義夾著尾巴逃跑了，全國人民大團結，要把那階級敵人消滅乾淨，消滅乾淨！——殺！殺！殺！」

趙來鳳一個勁地唱，拼命地揮著拳頭，小腳把桌子蹬得嘎嘎直響。她唱得沒有節奏，經常變調；她唱不完一個完整的歌詞，經常憑自己的經驗和感覺改動歌詞；她只蒙朧地感到這些革命戰鬥歌曲合她的口味，都是歌頌鬥爭、殺人的，所以她滿有把握地在每段的歌詞後面加上「殺！殺！殺！」。她的嗓聲嘶啞，像狗吠，像牛哞，像驢叫，像猿啼，更多的像老狼幹嚎，使人肉麻，膽顫。她唱得那麼鬥志昂揚，那麼認真嚴肅，使在場的婦女們十份仰慕。

趙來鳳唱完歌，喘了兩口氣，揚起雙臂大聲宣佈：「鬥爭死鬼大會開始！」

趙來鳳從一個專政隊隊員手裡接過一支紅纓長槍，指著右側的一個五類份子命令道：「從你開始，按順序一個接著一個，學著我，向那每個惡鬼屍體戳一槍。戳的是革命的，戳得最有力的是最革命的，不戳的是不革命的，戳得沒力的是假革命的，戳完了站在左邊去。專政隊的人監視著。」

趙來鳳說完，扶槍下桌，緊握革命的紅纓槍，走到屍體旁。

那三具屍體衣服破爛不堪，一塊塊無血的帶著幹血跡的白肉裸露著，眼睛或半睜，或閉緊，死死的，直直的，沒一點可怕地方，沒半點顯英靈的地方，沒絲毫的鬼神陰氣。

趙來鳳來到陳新才屍體旁，眼光在屍體上遊移了一遍，停在胯襠上。那胯襠的布破了，生殖器半露半隱。趙來鳳用槍尖把那破布挑開，讓生殖器全露出來。這生殖器曾被她撫摸過，使用過。後來，陳新才結婚了，不理睬她了，那生殖器永遠不屬於她了。趙來鳳心頭生起仇恨，瞪著那生殖器，大喊聲聲：

「殺！殺！殺！」生殖器被捅破了，流出來的不是鮮紅的血，而是乳白的漿汁。

趙來鳳按順序，給陳有漢的肚子戳了一槍，就走到陳守文屍體旁。對陳守文這具肉體，她曾經追求過，那是多美好的一具肉體，但她沒有得到。她早就想挖出那具肉體的心，看長得是黑的還是紅的，為什麼對她那麼狠。今天，她來到這個沒有生命的肉體旁，用槍向那心窩裡鬥連戳兩下，沒有血流出來，只是兩個血色的孔洞。趙來鳳戳完了，累了，就坐在桌邊，把槍交給她點名的那個五類份子，勝利地微笑著，觀賞別人戳屍。

五類份子按順序，一個接一個地戳屍，都站到左邊去了。

趙來鳳感到戳屍比不上鬥活物刺激。她想了一陣子，突然大喊：「王生娣那婊子怎麼沒來開會？肯定躲在家裡搞反革命，去給老娘捉來！」

一會兒，王生娣被押到桌旁。趙來鳳站在桌子上，居高臨下。這時，桌上與桌下兩個老女人形成鮮明對比：

桌上的趙來鳳，雖然五十多歲，卻正是毛澤東所讚賞的「颯爽英姿五尺槍」的三十出頭的巾幗英雄。她兩塊顴骨撐不住肥厚的兩團腮肉，垮到短短的下巴，成了兩個肉輪；眼小鼻淺，粗腰大臀；花白頭髮整齊垂肩，油亮閃光；紅緞棉襖，外罩嗶嘰藍褂；綠緞棉褲，外套藍色長褲；白色長統襪子，黑底紅花三寸棉鞋。她沒有呂雉之貌之才，卻有呂雉之威之毒。

桌下王生娣，雖然小趙來鳳兩歲，那正是俗話所說的「未老先衰」的七十多歲的顫巍巍的老婆子。她頭髮全白，蓬亂沉結；眉骨高，眼窩深，臉頰削，下巴尖，耳朵平，脖子細，胸部癟塌，屁股尖瘦；特別是那雙手，像乾枯竹扒，前臂皮松骨裸，關節凸起，肉筋暴出，不見掌肉。那乾瘦的身軀如俗話所形容的「用針挑不出四兩肉」。那衣著更惹人見憐：破舊的黑布夾襖，袖子斷裂，布鈕扣只有兩顆；灰色單褲，腰繫草繩，褲腿破了幾個大洞，現出烏紫血斑，青黛腫塊；沒穿襪子，拖著斷了後跟的半截布鞋。王生娣好像是一個豎在地頭上的草木人。表明她是個活人的只有三處：眼珠在轉動，鼻子在出氣，顫抖的身子向被打折了的右腳那邊斜著。令人奇怪的是，就是這個三分像人、七分像鬼的王生娣奪了巾幗英雄趙來鳳的愛。不過我們把時間回溯到二十年前，就會發現王生娣比趙來鳳有很大優勢：從身材上看，王生娣苗條俏麗；從面孔上看，王生娣是鵝蛋臉；從性格上看，王生娣溫和淑靜；從心地上看，王生娣賢慧善良。作為一個知識份子的陳守文來選妻，當然不會選擇河東吼趙來鳳，只會選擇清秀文靜的王生娣。

現在，站在趙來鳳腳下的王生娣，不僅外貌發生了巨大變化，而且思想性格也像趙來鳳一樣變得純淨單一。所不同的是，趙來鳳的純淨單一是被惡勢力的引誘而自願地向惡性方向發展到極端境地，而王生娣的純淨單一是被惡勢力的威逼而被迫地退到一個絕境。王生娣已失去了兩個丈夫，頭一個去南柯村營救鄒宗英被剿匪隊的子彈打死，第二個就是她身旁的陳守文的屍體。她唯一的女人兒被趙來鳳掐死了。她無所求，無所思，不知痛，不知愛，不知哭，不知笑，只知道活著是負累，是惡夢，死了才乾淨，才被解脫。一個人到了這步境地，是無所畏懼的，是視死如歸的，對活著人是很危險的。要想活得好的人，最好不要去惹惱這種窮途末路的人。否則，她會由軟弱而強暴起來，由死氣沉沉而瘋狂搏擊，與她的對手同歸於盡。

站在桌上的趙來鳳只知一個勁地尋求刺激和快樂，她高傲地俯視著醜陋無比的王生娣，先是嗤笑、奚落王生娣那人不人、鬼不鬼的模樣，說得眾人哄笑起來。趙來鳳向下喝道：「婊子，你為什麼不來開會？」

王生娣歪站著，一動也不動，兩眼死盯著桌邊那雙黑面紅花鞋尖。

「婊子，你敢不回答我？」趙來鳳怒罵起來，「老娘要你叼著陳守文的雞巴去死！」

王生娣像一具豎著的死屍，毫無反應。

「把你那鬼臉殼抬起來！」趙來鳳伸出一隻腳尖去蹺王生娣的下巴。

「哎喲——痛死人呀——救命呀——」驟然間，趙來鳳的怒吼變成了哀號，肥實的身軀重重地仰跌在桌面上，向桌邊下滑，衣襖向上翻卷，兩手亂劃，一隻腳亂彈，一隻腳沒入到王生娣懷裡，就像一隻花鴨婆被狗咬住，提起一隻腿，拼命掙扎、哀鳴。

那王生娣彎著腰，頭壓在趙來鳳的右腳上，雙手緊抓那右腳，蓬亂的頭髮在晃動，一滴一滴的鮮紅的血從她的下巴滴到地上，就像一隻餓狗在專心致致地狠嘶一隻肥鴨。

這突如其來的事件，把眾人嚇呆了，一時驚慌失措。

「快打死瘋子婆！快槍斃那反動派！快救我！」趙來鳳忍痛發出命令。

陳有武被驚醒了，上前抱住王生娣。但王生娣死咬住不放。趙來鳳一個勁地嚎啕。又上去了四、五個專政隊的人，把王生娣按的按，拉的拉，攀手指，鬆手臂，終於把王生娣弄開了。王生娣被專政隊擒住，滿口鮮血，不吭聲，亂髮罩住了臉，從亂髮中露出兩條可怕的綠光，直射趙來鳳。趙來鳳右腳流血，幾個婦女上前，為趙來鳳敷塵土止血，包紮布片。

趙來鳳呻吟著坐起身，看到眼前亂成一片，就忍住呻吟，「嘿嘿」乾咳兩聲，用手理順頭髮，拉直衣服，正襟危坐在桌沿上，擺出在戰場上臨危不懼的首長架式，高喊：「不要被那反革命瘋婆子搗亂了，繼續開鬥爭大會！」

全場鴉雀無聲了，在等候趙來鳳的命令。

趙來鳳指著三個五類份子命令道：「你，你，你，把那反革命瘋子捆起來，讓她的嘴巴叼住陳守文的雞巴，讓他們到陰司地府去狗公入狗婆！」

專政隊人員用槍指著那三個五類份子。三個五類份子把王生娣捆起來，打暈，用竹筷把王生娣的嘴巴撬開，用散蔴把王生娣的脖子、嘴巴與陳守文的生殖器、胯子綁在一起。

「哈哈哈。」趙來鳳不知疼痛了，狂笑起來。她在陽光下，在眾目睽睽下，手握長槍，向王生娣背心連刺三槍。趙來鳳看到王生娣背心處向上噴射出鮮血，有一尺多高；那血柱慢慢地矮下去，最後只冒出血泡了。趙來鳳忍痛地笑著。這不是剛才戳屍那般趣味了，這是活人，那血是活血。這才夠刺激，這才是真正的「與人鬥，其樂無窮」的享受。

那王生娣死了，一了百了，但是，她自始至終沒哼一聲。

「你喝了老娘的血，老娘也要喝你的血！」趙來鳳快樂得發瘋了，猛撲在王生娣背上，吮吸那熱血。她抬起頭，滿口紅，吐出紅舌頭，在嘴唇上卷舔，津津有味地咂著響聲。

「把這些反動派的屍體丟到山溝裡去餵狼！」趙來鳳命令道。

專政隊用槍押著十幾個五類份子，把屍體拖到紫金山上，拋到荒野中。

趙來鳳鬥屍殺人的事蹟很快在鳳凰區傳開了。趙來鳳被各單位請去作活學活用毛主席著作報告。趙來鳳在報告中有段話：

「當敵人王生娣向我猛撲過來時，我想起了毛主席的教導：『階級鬥爭是你死我活的』，『無數革命先烈為著我們的革命事業拋頭顱，灑熱血』。我心中升起了毛澤東思想這顆紅太陽，想起了劉胡蘭，黃繼光，不知疼痛，站起身，鼓起勇氣，下定決心，為革命事業英勇犧牲，向瘋狂的反革命份子王生娣進行了激烈的階級鬥爭，把反革命份子殺死了。」

這報告是陳繼烈寫的稿子。

柯和貴聽了這報告，去偽存真，心裡不安起來。他想：「如果人們都去學趙來鳳鬥屍、殺人，那要死多少人呀！對這種慘無人道的行為，必須制止！」

柯和貴約方巨惠、張志成一起去紫金山大隊調查。方巨惠是紫金山大隊的人，很快查清了事實真相。柯和貴返校後，寫了一個報告，敘述了事情經過，要求黨組織嚴懲違法鬥屍、殺人犯趙來鳳。柯和貴把《報告》送給吳平山。吳平山看了《報告》後，推諉說：「這是案件，應專案組處理。」吳平山派人去叫來陳繼烈。柯和貴與陳繼烈激烈地爭辯起來。

柯和貴說：「對反革命份子的屍體，應實行革命的人道主義而埋葬，趙來鳳去戳屍鬥屍，是反革命的殘忍行為，是違法亂紀的行為，應該受到黨紀國法的嚴懲，更不應該去宣傳提倡。」

陳繼烈說：「對屍體的處理，世界上有許多種，有火化，水葬，鳥葬，有的還把屍體捐獻給醫院去剖解實驗。紫金山革命群眾懷著對敵人的無產階級仇恨而鬥屍，進行一次階級鬥爭的教育，比以上幾種對屍體的處理具有革命意義。我們不能用人道主義去取替階級、階級鬥爭。毛主席說：『階級鬥爭是你死我活的殘酷鬥爭。』我們更不能因為殘忍而去為階級敵人翻案，打擊群眾的階級鬥爭的積極性。」

柯和貴說：「我們現在已處在革委會統一領導下的安定時候，不是戰爭和武鬥時期，對一個敵人的生命處理，應該有法律程式，不能讓某個所謂的革命者去任意殺死一個已經接受管制的階級敵人。對於趙來鳳這種任意殺死王生娣的行為，應該受到法律制裁，更不能允許一個殺人犯冒充活學活用毛主席著作積極份子，到處宣揚自己非法殺人的英雄事蹟。」

陳繼烈說：「毛主席提倡『群眾專政』，就是把對階級敵人生命的生殺予奪大權交給了人民群眾。群眾專政隊有權處死正在犯罪的階級敵人。紫金山人民群眾和區人民群眾專政隊殺死的是正在侵犯革命的階級敵人王生娣，不是人民王生娣。如果我們站在階級敵人的立場上，就會罵人民群眾運動『糟得很』；如果我們站在人民群眾的立場上，就會讚揚殺死王生娣的革命行動『好得很』。」

很顯然，用毛澤東思想作為標準來衡量柯、陳兩人的爭論，陳繼烈理直氣壯，柯和貴理屈詞窮。因為陳繼烈所運用的是階級鬥爭、無產階級專政的理論，是紅色的有威懾力量的毛澤東思想的基本的核心的理論；而柯和貴所運用的是革命人道主義和法律武器，是蒼白的無力的毛澤東的片言隻語。

陳、柯兩人爭論到最後爭吵賭狠起來。陳繼烈說柯和貴與王生娣是一丘之貉，總有一日會露出反革命的狐狸尾巴。柯和貴說陳繼烈是有其母必有其子，總有一天會把趙來鳳繩之以法、把陳繼烈的偽裝揭穿。柯和貴揚言要把趙來鳳鬥屍殺人案件上告到縣、省，直到中央。

在柯、陳兩人爭論時，吳平山靜靜地聽著，內心上是贊成陳繼烈的觀點的，但又想到鬥屍、私自殺人，這又有說不清理由的不對勁。吳平山認為柯和貴的勇氣和說法有利於遏制瘋狂的趙來鳳和野心勃勃的陳繼烈威脅自己的權力和地位，同時提醒了自己，在自己管轄範圍內發生鬥屍、私自殺人事件，這是不祥現象，如果讓其蔓延開來，事情就嚴重了，說不一定真的有人上告到中央，上頭怪罪下來，挨批評受處分的是自己，陳繼烈則會推得一乾二淨，反而會向自己殺回馬槍。吳平山這樣一想，就沒有插話，等到陳、柯兩人爭得要打架了，才出面勸解。他說：「鬥屍，私自殺人這事有些過分了，不能提倡，不能宣傳，要制止，在鳳凰區再不能發生類似事件。柯和貴把事情說得那麼嚴重也過分了。群眾運動起來了，革命積極性高漲了，難免有過火的革命行動。毛主席說：『不過正不能矯枉。』我們不能因此去處分群眾，向群眾潑冷水，打擊群眾的革命積極性。我看這樣處理：陳組長去紫金山調查一下，看是不是有階級敵人在故意製造事件破壞『一打三反』運動。如果有，就立案處理；如果沒有，就教育教育群眾，今後不要搞這種事了。柯和貴同志對專案組工作提出不同意見，這是主動對革命工作的關心和支援，陳組長認為不能採納也就算了，但不能對不同意見的同志扣帽子，兼聽則明嘛。」

吳平山勸柯和貴回校，讓專案組去作處理。

大約過了半個月，紫金山鬥屍、私自殺人案有了處理：十一個故意製造事件的五類份子被區群眾專政抓來，三個被押送縣公安局逮捕，並被判刑。趙來鳳受到階級敵人的蒙蔽和利用，對五類份子鬥屍、私自殺死王生娣制止不力，作了自我批評。趙來鳳再不敢去演講那段表現革命英雄主義的事蹟了。從此，鳳凰區再也沒發生過類似事件了。柯和貴也只好作罷。

對於趙來鳳鬥屍事件，柯和貴憤慨賦詩一首：

趙來鳳，一個老婦人，
憑智慧，無知無識；
論搏鬥，手無縛雞之力。
卻為何咳嗽一聲，眾人都洗耳恭聽？
卻為何手指一動，好漢們跳躍頭暈？

趙來鳳，一個老婦人，
本應瘋狂已過、老年回善，
為何至死無悔、仇視同類？
為何廝殺為樂、怒鬥屍體？
趙來鳳不是人嗎？不是。
趙來鳳天生是惡人嗎？不是。
趙來鳳是什嗎？
是寄生在專制政體內的蛔蟲，
是生活在千年惡習中的奴婢；
是惡習把她薰染成虎狼，
是專制政體給了她無限威脅力量。

又過了幾個月，為鬥爭一個文化老人的事，柯和貴又與陳繼烈、趙來鳳發生了正面衝突。

欲知後事如何，且聽下回分解。

第三十八回 李衡權無辜遭人禍 柯和貴有幸聞天道

卻說柯和貴為制止惡性鬥屍、私自殺人事件作了一陣努力，就又安心地去教書、讀書了。

冬天的一個上午，雪過天晴，柯和貴端了把小椅，靠坐在牆邊曬太陽，看書。突然，從山坡下學校大禮堂傳來一陣陣呼喊聲。柯和貴把書卷成筒子，握著，沿著沙子路向大禮堂走去。

禮堂裡擠滿了人，進不去，柯和貴就站在大門口看。原來在批鬥八十多歲高齡老人李衡權老先生。

李衡權是永安縣最高級的知識份子，住在鳳凰山下李山下村行醫，與世無爭，與人有益。柯和貴小時候就聽過李衡權先生不少行善的傳奇故事。

李衡權四十二歲時來到李下村定居，正是北伐戰爭武昌戰役結束時。他隻身一人，穿著一件黑細布長衫，挎著一個藍色粗布包袱，挾著一床半舊棉被，徑直走到一棟絕了戶的破舊房屋大門裡。他放下東西，站在石門檻上，當著前來圍觀的村民嘆道：「哎——沒想到我家成了這個樣子！」

這是一棟上下兩重的連三間青磚瓦房，後重完全倒塌，木料被人拿去，剩下殘牆斷避和幾堆瓦礫，滿地蒿草。前重基本完整，方石柱門框，門楣上有塊石匾，「積善之家」四個石刻大字還清晰。前後簷口有些青瓦掉落，露出腐黑色椽頭；地上很潮濕，地溝被堵塞了，長了些缺陽光雨露的絨草；蜘蛛網牽來拉去。李山下人不清楚這屋的主人是什麼樣子，只聽老人傳說屋主人遷出去有三代了。後來，又傳說屋裡出了狐狸仙，沒人敢來住。現在來了個中年人，說是這屋的主人，叫李衡權。他當晚找了扇門板在房門檻上支起一張床，住下來。過兩天，李衡權請人修整了前重，疏通了水溝，在牆上刷了石灰水，使房子乾淨，清爽。有人問他是從哪裡來，他說來路自明，去路茫然。再問，他搖頭嘆息，不答。若說他不是鳳凰山的人，他滿口鳳凰山土話，對鳳凰山地理人情比當地人還熟。若說他是鳳凰山的人，當地李氏家譜找不到他的姓名、生辰八字。

李衡權一住下來，就給人看病。他只開藥單，不開藥鋪。他一般不收藥單費，病好了，就量人收些柴米之類。但對富裕病人，他要收藥單費，收多收少也不一。他生活很清貧，經常把藥單費分發給貧苦人。他醫術很高，經他看過病的人沒有不好轉的。人們知道他是個有知識、行善事的人，也就不介意他的身世。

李衡權不大出門，也不過問地方上的事。但是有幾回，他的行為出人意料，使人驚訝，至今傳說不絕。

一年秋天，一隊日本兵突然闖進李山下村，人們來不及逃避，嚇得鬼哭狼嚎。日本兵嘰嘰喳喳，準備放火殺人。李衡權出現了。他走到一個日本太君面前，也嘰喳了一陣。那日本太君尖叫兩聲，把手一揮，整隊撤走了。

日本投降後的一個夏天，一個國民黨高級將領，帶著幾個衛兵徒步來到李山下村，走到李衡權大門口。這時，李衡權正在給人看病。那將領一個立正，行了個軍禮，想進門。李衡權揮手一搖，那將領在門檻外站住了。李衡權看完病，等病人走後，就看起藥書來，不理睬那將領。那將領足足站了半個時辰，只好流著眼淚走了。

解放軍渡江後那年初夏，一輛軍用吉普車顛簸到李山下屋場停下，車上下來三個人，一個四十多歲的將軍模樣的人進了李衡權堂屋站著，對坐著沒動的李衡權說話。李衡權默不作聲，聽了一陣子，很不耐煩地端著旱煙袋出門，向鳳凰山走去。那將軍望著李衡權的背影好大一會兒，悻悻地上車走了。

三年災害時，縣裡有人定時給李衡權送糧油，說是中央給他的特殊津貼。

李山下村有人說，半夜裡聽李衡權對著滿天星斗大哭；有個砍柴的人說，李衡權坐在鳳凰泉水洞邊痛哭。

……

李衡權成了當地人一個「謎」。誰知這個「謎」給他耄耋之年帶來一劫。

這天，李衡權坐在自家大門牆下曬太陽。看看太陽頂當了，他感到全身暖呼呼的，手腳能放開了，想到沒有煤油了，要上街一趟。他起身進屋，取出夾在藥書裡的半斤煤油票和伍角錢，放進長衫斜袋裡，穿了半統靴，拄根竹杖，提個油瓶，向鳳凰街走去。

鳳凰街牆壁上貼滿標語、大字報，紅色的，白色的，一層壓一層，有的有一寸多厚。紙厚了，就粘不住牆，有的像卷席一樣一頭剝落，掉到地上。滿街鬧哄哄的，買東西的少，寫標語的多，談話的少，叫罵的多。常常有一列列隊伍遊動，押著被綁著的階級敵人，抬著大型的毛主席肖像，舉著紅色的《毛主席語錄》，唱著戰鬥歌曲，呼著「打倒」、「萬歲」的口號。街道上一塌糊塗，街面上，一個坑接著一個坑的污泥雪水，車子行過，泥漿向兩邊飛濺，沾到破門爛牆上。

李衡權沿著街邊，摸著牆壁，揀著下腳的地方，小心翼翼地走。約莫走了三里路，來到鳳凰中學校門口。過了校門口，就是區供銷社。那時買賣東西只供銷社一家，別無分店。李衡權感到靴子沉甸甸的，知道靴底粘的泥雪厚了，就在校門口石板上立住，跺了跺腳，彎腰用竹杖戳了戳靴底。泥雪落了，兩腳輕鬆了。他直起腰，向校內場地上望了一眼，往前走。

李衡權只因這一站一望，給自己招來一場大禍。也該李衡權倒楣，早不來，晚不來，偏偏在趙來鳳、陳繼烈到學校來查案時來到這校門口。這真是：人一背時，烏龜也打蹄。

李衡權離校門不到一丈遠，身後有人喝道：「站住！」

李衡權還不知道發生了什麼事，就被人拉倒在地上，兩臂被人拽住，腳不點地地被拖著走。李衡權被拖進學校大禮堂，坐在地上，喘著白沫。

李衡權抬眼一瞧，正牆上掛著毛澤東肖像，像下面有幾行整整齊齊的紅色大字：

無限忠於最最最敬愛的偉大領袖、偉大導師、偉大統帥、偉大舵手毛主席！！！

無限忠於戰無不勝的毛澤東思想！！！

無限忠於無比正確的毛主席革命路線！！！

敬祝最最敬愛的偉大領袖、偉大導師、偉大統帥、偉大舵手毛主席萬壽無疆！萬壽無疆！！！

敬祝最最親愛的毛主席最親密的戰友林副主席身體健康！永遠健康！！！

李衡權眼眸露出了蔑視的眼光，心中在說：「好凶的小子！」

很快地，大禮堂內外擠滿了人。

「你這只老狐狸，混過了一關又一關，躲過了一個運動又一個運動，這次清理階級隊伍運動，你休想溜掉！我們早就清楚了你骯髒的歷史。你跟著資產階級革命家孫中山鬼混過，幫著蔣介石作惡多端。你是我黨的死敵，是人民的罪人，是最大的歷史反革命份子，是反動的舊官吏。今天，你要老老實實向毛主席請罪，交待反革命罪行！」

李衡權睨了一眼說話人，是陳新國的孫子陳繼烈。

「向毛主席請罪！」兩個群眾專政隊隊員抓住李衡權蒼白的頭髮，按著李衡權的腦袋，對著毛澤東肖像，向地上磕了三個響頭。

有人高呼口號，眾人跟著呼：「打倒老狐狸李衡權！打倒歷史反革命份子李衡權！打倒舊官吏李衡權！打倒黨的死敵李衡權！李衡權有罪！罪該萬死！！」

「李衡權，老娘早就警惕著你了。你一到校門口，老娘就發現了，叫人把你抓來。」趙來鳳大聲炫耀著自己的本領。旋即，她批鬥起來：「老娘恨死你這個大壞蛋，我被你氣死了。老娘一家三代給地主打長工，我公公死了，我父親死了，我母親死了，都是給地主幹活累死的，都是李衡權這些反動派造的孽！」

「打倒地主階級代理人李衡權！」口號聲又起。

趙來鳳聽到自己的發言得到擁護，瘋狂起來，裝著哭喪的嗓子，抓住李衡權的衣領，左手一邊打，右手一邊抓，嘴裡嘶叫。傾刻間，李衡權衣服破碎，蓬頭散髮，滿臉紅色爪印，額頭青腫，嘴角流血。

陳繼烈大概怕母親又鬧出人命來，把趙來鳳拉到自己身後。

柯和貴看到這場景，心中連連叫苦：「碰上了這對惡煞神，老人完了。」

柯和貴急著，急中生智，急忙跑到郵局，拿起話筒，叫著孔紅衛的名字，故意大聲說，讓郵局革命領導小組組長鄒擁軍聽見。柯和貴打完電話，拉著鄒擁軍一起急匆匆地跑到學校大禮堂。

「請讓開些，請讓開些，我有重要指示要傳達。」柯和貴用雙手撥開人群，擠進會場。

聽到有重要指示要傳達，眾人慌忙讓開，肅然靜聽。

柯和貴走到毛澤東肖像前，鞠躬三次，祝願三遍。他轉身對大家說：

「革命戰友們，縣紅旗公社總部第一號服務員、縣革委會副主任孔紅衛同志有重要電話指示，我原原本本地傳達：一、鑒於鳳凰區發生紫金山大隊鬥屍、私自殺人事件，今後，鳳凰區要批鬥人，必須先寫報告呈上縣革委會主管運動的負責人審批，誰要是隨意批鬥人，造成惡劣影響，誰就是現行反革命份子；二、李衡權是毛主席、周總理在民主人士中的朋友，又沒有介入政治運動，年事已高，不能批鬥。如果李衡權因無辜批鬥傷亡，追究批鬥人的責任；三、要注意階級鬥爭的新動向。鳳凰中學紅旗公社戰友們，要提高警惕。這三條指示，由柯武丁同志傳達，立即執行。」

「你已經不是負責人了，孔紅衛同志怎麼會向你作電話指示？又怎麼會要你傳達？」陳繼烈惱怒了，質問柯和貴。

「陳繼烈，我明白告訴你，文化大革命初期，是我來到永安縣高中點燃革命造反大火，『紅旗公社』這個光榮的名稱是我給命名的。我那時的名字叫柯武丁。你聽說了嗎？你那時在幹什嗎？你在鳳凰中學做保皇派的頭目，做鐵杆保皇份子，在鎮壓造反派。現在你投機革命，撈了個區專案組副組長，竟敢倡狂起來，與你那瘋狂的鬥屍、私自殺人的罪犯老媽趙來鳳一起，轉移『一打三反』運動的鬥爭大向，包庇犯罪分子趙來鳳，這就是階級鬥爭的新動向。我作為革命造反派一名戰士，看到你與趙來鳳在胡作非為地損害革命事業，有責任主動向上級請示，主動傳達上級指示。孔紅衛的三條指示，有鄒擁軍同志作證，你敢懷疑嗎？」柯和貴迎頭痛擊陳繼烈。

「我作證，孔紅衛同志的三點指示是事實。」鄒擁軍向眾人說。

「擁護孔紅衛同志！擁護柯和貴老師！」張志成帶頭舉手呼口號。眾人高呼。

永安縣有誰不知孔紅衛的大名和厲害，又有誰不知文化大革命初有個大名鼎鼎的造反派學生領袖柯武丁。

這時，趙來鳳溜走了。陳繼烈進退維谷。

「李衡權，你立即回去，不要賴在這裡了。」柯和貴當眾對李衡權說。柯和貴的目的是救李衡權，見陳繼烈沒氣焰了，趙來鳳溜了，不願節外生枝，趁機叫李衡權走。

李衡權挪了挪身子，爬不起來。

「這兩個同學把李衡權架回去。」柯和貴指著方巨惠和另一個同學說。

方巨惠兩人扶起李衡權就走。柯和貴也跟著走。出了校門。三人背一背，抬一抬，弄了近一個小時，才到李衡權的家。柯和貴打發兩個同學走了，叫鄰居打來熱水，親自給李衡權洗抹了一遍。柯和貴脫去老人骯髒的外衣，把老人抱上床，蓋上被子。他又倒了一碗開水，扶著老人的頭，餵著老人喝了。

李衡權只是瞧了瞧柯和貴，沒作聲，用手指了指大門，示意柯和貴走開。

柯和貴打量著李衡權住房。房內陳設十分簡陋整潔。一張木板床，被褥陳舊，清潔。木板床靠著牆，牆縫打了三根樁，木樁上橫上兩根木條，放上一塊長三尺、寬五寸的刨光了的木板，板上豎放十幾本藥書。床頭旁有一張沒有抽屜的高腳長方桌，桌上有盞帶罩煤油燈，一個敞口罐瓶，瓶裡插著一支又粗又黑的鋼筆和一大一小兩支毛筆。看來，李衡權是坐在或躺在床頭看書寫字的。木床尾有個支架，架上一個衣箱。

柯和貴來到堂屋。堂屋北角壘了個兩孔土磚灶，一個孔放小鐵罐，一個孔放個破了小半邊的耳鍋；離灶兩尺遠，懸空堆著乾柴片，柴片整齊；灶的右邊有個小水缸，有木蓋；木蓋上放個小木桶，桶內有木水瓢。堂屋中間有張小方桌，三把松條彎編的小木椅。南邊屋角有個小食櫃，打開櫃門，有上下兩層，上層放油鹽醬醋，下層有碗盞：一碗，一筷，一調羹，一飯勺，大、小瓦缽各一個。食櫃旁有臉盆架，一個木臉盆，橫杠上搭著一長、一短兩條毛巾。

整個屋裡沒有對聯、壁畫，沒有肖像、神位。

「陋室，獨身隱士生活。」柯和貴心裡在說。

柯和貴出了大門，隨手關了門，回到學校。他坐了一會兒，心中不安起來：「胡編了孔紅衛三點電話指示，如果陳繼烈去查，那就麻煩了。」柯和貴連忙出校門，借了個自行車，一口氣跑了八十里，找到孔紅衛。他向孔紅衛講述了批鬥李衡權的事，說了借孔紅衛大名發了三點電話指示，目的是為了救老人，也為了表明孔紅衛的正確，提高孔紅衛的威望。孔紅衛聽了，贊同柯和貴的作法。

從這以後，鳳凰街的人知道柯和貴很有來頭，還傳說柯和貴與毛主席、周總理有關係，對他很敬畏。柯和貴獲得了工作和讀書的安定環境。

柯和貴在教讀之餘，經常裝著散步的樣子到李衡權處走動，順便幫老人買些日用品。開始時，李衡權對柯和貴無動於衷，很少談話。漸漸地，說些無關緊要的話。日子久了，李衡權觀察到，柯和貴本性憨厚善良，聰明好學，談吐不凡；幫人出自良心，並無所求，也並非想別人圖報。柯和貴這些思想品質正合了李衡權自己的本性。李衡權想到自己，孑然一生，已是垂暮之人；滿腹積蓄，無處傾瀉，與柯和貴來個「忘年交」又何嘗不可呢？

學校放寒假了。柯和貴在回家這天起得特別早。他起身打開房們，一陣寒氣襲來，不禁打了個寒噤。原來，昨夜大凍，臉盆的水結冰了，毛巾僵直。他洗個冰水臉，擰了包袱，鎖上門，走出校門。街面上的污泥濁水都凝成硬棒棒的冰，走起路來很便利。柯和貴緊了緊上衣，拽開大步，腳下吱吱作響。隨著步伐的節奏，他哼起陸遊的《卜算子・詠梅》詞曲來：

驛外斷橋邊，寂寞開無主。已是黃昏獨自愁，更著風和雨。
無意苦爭春，一任群芳妒。零落成泥碾作塵，只有香如故。

街上沒有行人，靜靜的。柯和貴高聲歌唱，很快到了李下山村。

莫道君行早，更有早行人。柯和貴遠遠看到李衡權身影，漸漸地，那身影清晰起來。李衡權蹲在家門外一個土墩上，頭戴黑色棉線縫結的福神帽，穿著那件舊黑長衫，兩手籠在袖裡，迎風昂首，遠眺晨曦，鼻涕水向下滴，胸襟濕了一片，他也懶得用手去揑鼻涕，像冰地裡一尊活佛。

柯和貴停止歌唱，走向前招呼：「老先生，你好早呀。放假了，我回家去。」

「那好。」李衡權站起來，說，「今日有空，進屋坐坐。」

柯和貴進了屋，把包袱放在小桌上，拉了把小木椅坐下。

「今早，你就在我這裡吃碗麵條，吃飽了，暖和些了，再走路。」李衡權是從不待客的，這是給柯和貴的殊榮。

「好，我生火。」柯和貴很高興，說著，搓了搓手，拿柴片，放進灶裡，點著火，向罐裡舀了水。

李衡權也拉了把椅子，與柯和貴並排坐在灶前，從腰裡掏出竹根煙袋和煙絲，用一根柴火點著，吸起來。灶火映紅了這一老一少臉龐，熱氣撲在身上。

「老先生，你寫過文章嗎？」柯和貴有意把話引入自己感興趣的話題。

「四十年沒寫了，但心裡有。」李衡權說。他問起柯和貴讀了些什麼書。

柯和貴就簡述自己讀過的書目，還扼要地說了些體會。

李衡權聽著，又驚又喜，沒想到這年輕人，還讀了不少哲學、倫理學的禁書，打定主意與柯和貴聊聊讀書的事。他問：「作過讀書筆記嗎？」

「不敢。」柯和貴說，「我只在書的扉頁上寫了些提要，還文不對題地寫幾句批判文。」

「嗯，還機靈。」李衡權點點頭。

「我少不更事，閱歷淺，讀了一大堆，頭腦昏昏的，很零亂，綜合不出條理來。」

「這是有個過程的。讀得多了，聯繫世事多了，書就會越讀越薄，讀出精髓來，會自然形成自己的有條理的學問。」李衡權說。

「有人說宇宙有神，有人說宇宙無神。對奧妙的宇宙，誰說得清楚呢？你說呢？」柯和貴提出了胸中疑問。

「這確實是個艱深有趣的問題。」李衡權說。柯和貴的提問正合了李衡權的口味，他就說起來了：「人類的認識是有限的，卻總是想擴大認識範圍。有一個時期，人們都用牛頓的萬有引力來解釋世界。結果發現在微觀世界裡用牛頓力學說不清楚，於是，就有愛因斯坦的相對論出現。宇宙無窮無盡，地球只是其中的一粒沙子，被局限在地球上的人類就更渺小了。宇宙無始無終，地球存在的時間只是其間的一瞬間，生活在地球的人類存在時間就更短了，人類怎麼能窮盡宇宙的奧秘呢？壽命只有七、八十年的某一個人，不管他有多麼偉大的天才，也不能發現什麼宇宙的根本規律、絕對真理，只能提出一些假設、推理，在一定時空內有其正確性。每個人都有其經歷、經驗的局限，也就有不同的認識觀點，也就有正確的和錯誤的。人類的智慧就在於不斷地總結各種不同的認識觀點，以利於人的言行和人類歷史發展。現在有些人宣佈自己發現了宇宙根本規律、『放之四海而皆準的唯一真理』、『戰無不勝』的思想，不允許別人的不同觀點存在，甚至不允許別人獨立思考，妄圖用他們的思想對人進行洗腦，去統治全人類的思想。人們的這種荒謬的想法和狂妄的思想，必然要遭到絕大多數知識人的反對和抵制，他們也必然要用槍炮監獄來鎮壓異議人士，來消滅言論自由、思想自由。這恰好說明瞭兩點：第一，那些人的思想認識是不合天道人倫的，他們的思維方式是最野蠻最落後的禽獸單一的思維方式，根本不是正常人的思維方式。第二，那些人把思想理論與權力緊綁在一起，有權的正確，權力大的絕對正確。這說明他們根本不是什麼哲學家、理論家，不能入學者流；而是最野蠻、最落後的政治陰謀家，是兇惡的帝王。最終，那些人與連同他們的所謂『唯一真理』、『戰無不勝的思想』會被人類拋棄到歷史的垃圾堆裡去。」

李衡權說得激憤起來，不斷地吸煙，吐煙。他那被塵封了四十多年的話匣子終於打開了，那話匣裡的話就像噴出的山泉，破堅土，沖岩石，奔騰而下。

柯和貴屏息聆聽。

「天是什嗎？有人說宇宙有神，精神第一，物質第二；又有人說宇宙無神，物質第一，精神第二；還有人說精神與物質不分先後，渾然一體。有個叫赫胥黎的人，說這些是人所『不可知』的，不要去枉費心機地研究這些命題。但是，人的求知欲驅使著人要去猜測、推理『天是什麼』。到現在，對『天是什麼』這個問題，仍然是公說公有理，婆說婆有理，各持一端，出現了許多學派。我看人類很難回答『天是什麼』。

「天道又是什麼呢？說法也莫衷一是。主要有兩種說法：第一種說法，認為宇宙充滿絕對的對立、矛盾、鬥爭，統一，並說宇宙是有中心的，中心是強大的，統治著弱小的周圍事物。比如太陽系以太陽為中心，原子以原子核為中心。第二種說法，認為宇宙是一個相協調的整體，相協調的大系統；大系統下有小系統；對立、矛盾、鬥爭是不協調的、短暫的病症現象，是局部現象，不是絕對的整體現象。即使在運動中，事物也是相協調地運動。對整體來說，有生有死，新陳代謝，食物鏈都是協調現象，不是矛盾、鬥爭現象。兩手相對，是對稱，便於協調的動作，不是對立，便於鬥爭。星星座落有致，陰陽交替有序，萬物相配有數，人體結構精巧，都是大自然巧妙協調的結果。一切自然的，都是和諧的，相協調的。人們之所以感覺到宇宙中有矛盾、鬥爭現象，其原因是兩方面：一方面是人的有限的片面的認識上的錯覺，另一方面在局部的短暫的範圍內，的確有矛盾、鬥爭現象存在，比如：貓與老鼠。這種說法還說宇宙無中心，引力的大小不能說明大制小、強凌弱，只能說明大小、強弱互相制衡而協調存在。太陽不能離開九顆行星而單獨存在。所謂中心論，也是人的認識受到局限的結果，或者是人為了便於說明認識而臨時借用的概念，是人的臆造。

「對『天道是什麼』有了以上兩種截然相反的說法。如果這兩種說法來解釋和改造人類社會，就產生了兩種截然相反的社會思想和社會制度。持第一種說法的人認為，人類應該用帝王思想的『唯一的真理』作人類的『指導思想』，臣民不應該有自己的言論自由，以求國家統一、社會安定；人類應該有『領導核心』，最好的制度是『君主獨裁制』。這種思想的典型代表在西方有霍布斯，在中國有荀子、董仲舒。中國的墨子把這種思想斥為『暴王所作』。持第二說法的人認為，每個人都有天賦權利，皇帝是人，乞丐也是人，不能因社會地位不同而使人的天賦權利有大有小，甚至有無。能保證人人有天賦權利不可侵犯的制度是民主法治，實行民主法治才能使社會長治久安。這種思想的典型代表在西方有洛克、盧梭，在中國有老子、孫中山。《道德經》的論述完整。外國的席勒讚揚洛克『是骨子裡有精華，可以持續幾世紀』。

「我認為，第一種說法是『逆天道』、背人倫的，第二種說法是『合天道』，順民意的。

「為什麼會出現這兩種截然相反的說法呢？這是因為人的社會性有善有惡。霍布斯、荀子是性惡論者，洛克、老子是性善論者。

「對於具體人的善性與惡性的行成，也有很多說法。有說性本善的，有說性本惡的，有說性本無善無惡的，有說善惡性是先天的，有說善惡性是後天的，有說善惡性『生一半，教一半』。孔子很謹慎，只說『性相近，習相遠』，不直言先天的善惡。他認為：『不知生，焉知死』。對『生』，人幼稚無知；對死，死後不能向活人表達思想，對看不見、摸不著的鬼神只能『敬而遠之』。這說明孔子對先天的性善惡論不作妄想推斷，很重視人能體驗到的後天，重視後天教育。孔子的許多信徒就重視後天教育，寫了不少『家訓』之類的書。但是，有人偏偏要去探討那神秘的先天的性的善惡之『謎』，於是出現各類宗教。有說上帝造人、人有『原罪』的，有說靈魂不滅、輪迴報應的，有想像有天堂、地獄、神鬼的，等等，五花八門，使人難辨正誤。中國有句古話：『生一半，教一半』。這種說法把先天和後天給合起來了，認為性的善惡既有先天『生』的因素，又有後天『教』的因素。對先天的『生一半』，有人解釋說：人稟天之氣，氣有正有邪，稟正氣者為善性，稟邪氣者為惡性，稟正邪相交之氣者為不善不惡的中性。我看這種說法頗有道理，把遺傳學、優生學、環境影響學、胎教學揉合起來了。這就應證了中國幾句俗話：『有其父必有其子』，『揀針揀鼻孔，揀親揀娘種』，『一娘生九子，九子九個樣』，『龍生龍，鳳生鳳，老鼠的兒子打地洞』。對那後天的『教一半』，當然也很重視，也有幾句俗話來印證：『孟母三遷』、『千金買鄰』、『跟著好人學好人、跟著麻雀學飛禽』、『子不教，父之過，教不嚴，師之惰』、『玉不琢不成器、人不學不知義』、『養子不讀書，等於養隻豬』、『教是明君，不教是昏君』、『不打黃荊不成人』、『不要規矩，不成方圓』、『疼肉是敗肉』、『嬌生慣養終是孽』等等。

「人總是有欲望的，欲望隨之膨脹。善人的欲望有利於人類，奉獻於社會。善欲膨脹得越大，人類得益越大，人們和睦、友好的程度越高，人類社會就越協調和平發展。惡人的慾望有害於人類，破壞社會。惡慾膨脹得越大，人類受害越大，人們相仇視嫉妒的程度越高，人類社會就在仇恨鬥爭中敗退。大惡者莫過於帝王，煽動仇恨，挑起戰爭，重用酷吏，發明酷刑，金口玉言，坑害聖賢，為所欲為，無惡不作。孫中山先生為打倒皇帝，剷除獨裁奮鬥終生。我相信，人類社會在發展中，『正』總是要戰勝『邪』，『善』總是戰勝『惡』，合乎天道地協調發展。」

李衡權的話一瀉千里。他突然剎住話頭，看看鐵罐蓋上蒸汽騰騰，站起來，去拿麵條，放進罐裡。

「老先生，我不吃了，繼續講吧。」柯和貴聽得正入迷，突然聽不到了，就央求著說。

「好了，意在未言之中。」李衡權說，「你吃了麵條就走吧。」

麵條一滾開就熟了。

因為只有一碗一筷，李衡權讓柯和貴先吃。

「我剛才說得很零亂，你能清理出頭緒嗎？」李衡權問。

「你說得很有條理，一個觀點，五個方面。我回去整理出來。」柯和貴說。

「這小子悟性高，記憶力強。」李衡權心裡在讚揚柯和貴。他說：「你不要去整理我的觀點，你應有自己的獨立思考。各人有各人的看法呀。」

「『心有靈犀一點通』的事也是有的。」柯和貴笑著說。

柯和貴吃完了熱麵條，身上暖和多了。在李衡權的催促下，他走了。

在這之前，柯和貴所公開閱讀和秘密偷讀的哲學、社會學書所得來的觀點，窄明窄暗，像一團亂蔴；又像那十八路來歷不明的軍隊在黑夜裡一齊來偷襲軍營一樣，火把點點，殺聲四起，既昏暗，又混亂。李衡權的話像一輪皓月，驅散了昏暗，像一把木梳，理順了亂髮。他沒聽李衡權的勸告，一回到家，就把李衡權的話整理出來，藏好。

柯和貴對李衡權更是敬如導師，李衡權也是把柯和貴看作知己。

到了第二年清明節期間，李衡權在臨終前把自己一件珍藏傳給了柯和貴。

欲知李衡權的珍藏為何物，且聽下回分解。

第三十九回　老先生痛哭鳳凰山　後生家驚聽國共史

卻說第二年清明節這天，風和日麗，路面乾爽。李衡權睡了一個午覺，起來洗抹了，出門向鳳凰山走去。他停停頓頓，爬上半山腰，來到鳳凰瀑布前。

天工造物，無奇不有。這鳳凰瀑布，是世上罕有一景。

不知是那位巨神從高空中揮起神斧，從鳳凰山肩上劈下來，砍出一面五十多丈高的峭壁，又用神斧削剝了幾下，使壁面平滑如鏡。這壁面上，以苔蘚綠茵作了底色，從壁巔到壁底，藤蘿花條，直垂橫張，紅紅綠綠，紫紫藍藍，像張畫簾。壁底有個半圓洞口，洞中汩汩地湧出一股泉水。洞口水潭，清澈見底，看似很淺，用竹竿一探，有一丈來深。潭兩旁有臥石，如虎頭，如馬腰，如龜背，如牛臀……穿過水潭，水面拓寬變淺，只到腳肚，冰涼寒骨。容積增大，光線卻暗淡。走過一個尖頂門，石洞豁然開朗，光天化日。原來在石洞上方有個大石縫，透下一片日光來。這是一個大溶洞，洞底坎坎坷坷，坑坑窪窪，洞頂拱拱彎彎，壁面成合抱形。洞中天生石乳，不是神工鬼斧的大砍猛斫，而是雕刻家般的精雕細刻：有頂天立地的觀音佛像，有小如拳頭的眾多羅漢，有龍蛇龜鱉，有虎狼兔羊，有老鷹水鳥，有石桌石凳……千姿百態，惟妙惟肖。再進，有一個半人高的洞口，漆黑深幽，似有妖風妖雨，無人敢入。

泉水出了洞口，在洞外平地上衝出一條溪溝。這塊平地約有五、六畝大，被溪溝分成兩塊。溪溝兩旁，苞茅掩遮，刺條蒙蓬，灌木叢生，喬木挺拔，高高矮矮，鬱鬱蔥蔥。聽得見溪水淙淙作響，看不見溪溝形狀。溪水流出十多丈遠，流到一垛懸崖上，陡然下飛，成了瀑布。這垛崖壁，是張豎立著的巨大弓形，上沿是鋸齒般岩石，有七、八丈寬，向前聳；中間部分拱彎進去。那溪水順凹凸不平岩石的分開，隆隆跌落下去。那瀑布像褶皺的銀幕，掛在弓形洞外，薄的如透明輕紗，厚的如捲簾素柱。那飄飛出的水珠，如冰雹雪籽，如滂沱大雨，如毛毛細雨，如濛濛霧露。瀑布底部，如噴泉上湧，如雪浪滾滾，如落盤跳珠，如蒸汽騰騰。那發出的聲音，似弦琴竹笛奏好曲，如銅鑼牛鼓敲喜音。

這鳳凰瀑布還有更神奇的一件，在泉水潭裡，游棲著一種小魚，長約兩寸，重約半兩，圓筒身子，白肚褐背，剖開頭脊，腦殼內有一粒小圓沙，脊骨從腦殼伸出，到背心處就沒了，別無旁刺，屬半脊椎動物。魚肉香奇味美。這小魚不出洞口，在溪溝和瀑水找不到。當地人說是神魚，是神龍的兵，不准人撈捕。

山是鳳凰山，洞是神仙洞，石是怪石，水是甘泉，瀑布是天幔，魚是神魚，這山水真是神奇玄妙了！這就難怪當地各姓各族為爭山權、爭風水地而械鬥、訴訟不斷了。到現在，鳳凰山所有權歸公社了。在治山治水、大煉鋼鐵時，鳳凰公社有位書記要做破除迷信的英雄，帶人馬上山，一把火燒了鳳凰山，兩炮炸大洞口，幾網捕撈了小魚，千錘敲打瀑布崖壁。這位書記還沒把這山這水整治掉，就腦殼劇痛，百醫不治。害得書記的老母、老婆上山祭神，長跪謝罪。說也怪，那書記的頭疼好了，但是留下了個經常發作的偏頭痛。這一下，嚇退了治山治水、大煉鋼鐵的英雄們，誰也不敢再去鳳凰瀑布治山治水了。過了幾年，那山景又恢復了，神魚又成群了。荻田中學教師周瑞生有詠溪水五言詩一首：

遠來雲漢間，百折仍潺潺。出峽頓滔滔，入海憑巨瀾。

李衡權觀賞了一回山景，在泉水洞口一塊平石上坐下。他用手撥弄著潭水，瞧那在水裡穿游的小魚，心平神定，十分舒暢。他向洞外四周觀望，眼光落在洞口東邊的一個石窩裡。窩裡長滿又肥又長的芭茅，是一抔好土。他用目光丈量了一下，石窩約長兩丈，寬一丈，窩口有一尺來寬，連著平地。他自言自語地說：「我這幾尺肉身，就葬在這石窩裡肥草吧！」

李衡權放眼遠眺，正前方是南邊。幕阜山山脈蜿蜒過來，紫金山和祥吉山對峙，夾一條壟畈。壟畈中一條溪水向北而來，與西邊來的溪水在鳳凰街南側交匯，合成一條小河——雙溪河，向東南流入貴河。貴河像條白練，拉到長江。壟畈中，新翻的稻田泛著淡黃的水光；山地裡，油菜花黃，麥苗青壯；

近山翠綠，遠山青黛。這時，山腳下炊煙四起，乳白一片，漫上山腰，綴成一朵朵白雲；山谷裡，也有縷縷炊煙，升上山巔。從這炊煙的多少厚薄，就可以看出，人類很會選擇生息之地：肥沃寬敞的平地，人煙稠密；貧瘠狹窄的山地，住戶稀疏；兩溪交匯的寬闊地帶，便有了鳳凰集鎮。

「多好的山河！多有靈性的人類！」李衡權讚嘆著。

這鳳凰街的命名是有來歷的。據傳，在乾隆王下江南時，路過雙溪街烏鴉山山下的牛鼻坡時，停輦讓一個愛妃撒了泡尿。過後，當地的官吏說「皇妃的瓊漿玉液」灑在這塊土地上，是件千年大喜事，好兆頭，會給當地人帶來無限的幸福。官吏只可惜不能把那泡尿接下來，大家當甘露分享。官吏們在愛妃撒尿的地方建了個亭子，做了座廟，集當地文人學士作文賦詩，立牌豎碑。官吏們因此搜刮了一批民財，拿出一部分去買通了一個太監，讓那撒尿的愛妃去奏請乾隆皇帝的御筆。乾隆皇帝聽奏後，一時龍顏大悅，御筆一揮，寫了「鳳凰亭」三個大字，製成匾額，派太監送到雙溪鎮，掛在亭上。這正是一件值得慶祝的盛大喜事。接匾迎官，盛待送禮，阿諛攀附，爭寵賜恩，鑼鼓喧天，鞭爆煙騰，玩龍弄獅，唱戲趕集，熱鬧了一個多月。於是，雙溪街十幾個地方換了名稱：雙溪街改為鳳凰街，烏鴉山改為鳳凰山，牛鼻坡改為美女獻羞坡。那亭子當然是鳳凰亭，那廟當然是鳳凰廟。官吏因此不但發了財，還升了官。誰知天怒不罰官卻懲民，鳳凰鎮接連兩年鬧饑荒。現在那乾隆禦賜的「鳳凰亭」匾額的大字被紅衛兵破「四舊」時刮掉，寫上了「興無滅資」。亭柱上的對聯被刷掉，寫上了「中華兒子多奇志，不愛紅妝愛武裝」。石刻「鳳凰廟」三個字被鑿平，塗上白漆，寫上了一個大「忠」字。廟門的字被刮去，寫上「聽毛主席話，跟共產黨走」的對聯。亭中石碑被抬去鋪路，廟中貴妃神像被砸爛，擺上毛主席石膏像。改名稱的風潮又卷起了：鳳凰亭改為奇志亭，鳳凰街改為紅旗街，鳳凰山改為紅衛山……不過文化大革命後又恢復了原名，所以本書仍然使用原名。

這故事被一句俗話言中了：「一朝天子一朝臣，朝朝天子有能人。」乾隆時代的官吏們確實是很有政治才能的，見微知著，因時造勢。毛澤東時代的革命幹部和積極份子當然比乾隆時代的官吏的政治才能高出百倍，對上級是順風耳，對毛主席是千里眼，在鳳凰鎮不知造出多少個「鳳凰亭」事件。

「荒唐！荒唐！」李衡權忿忿自語，連連搖頭。

李衡權站起身來，面向西北方。太陽正落在兩峰之間，那陽光分射在重重疊嶂上，一片片紅光，一片片陰影。他的目光越過千崖萬壑，在想像著群山的那一邊。過了這群山，就是汀泗橋、賀勝橋。長沙在南，武昌在北。在那裡，他曾經與同志一起謀劃過，與戰友一起吶喊過，奔跑過，衝鋒過。他習慣地摸著右腿和左肩上的傷疤，不禁哼起了《北伐國民革命歌》：

「打倒列強，打倒列強，除軍閥，除軍閥。努力國民革命，努力國民革命，齊奮鬥，齊奮鬥！」

「哎，往事流逝，前功盡棄！」李衡權仰天長嘆。

這時，鳳凰中學的高音喇叭響起，唱起了《毛主席語錄》歌：「革命不是請客吃飯……革命是暴動……」接著是高呼口號：「把隱藏的階級敵人揪出來！」「階級鬥爭，一抓就靈！」「對資產階級實行全面專政！」「毛主席萬歲！萬歲！！萬萬歲！！！」

「子系中山狼，得志更倡狂。」李衡權悲憤吟誦古詩。

漸漸地，西邊山影越來越長，從鳳凰山腳下爬上來，覆蓋了整個鳳凰山。太陽下山了。

李衡權又坐下來，望著天空，望著河山，一切是那樣渾然一體，自然和諧。他想著這大好河山，幾千年來，被帝王當作私產進行爭奪，弄得支離破碎，狼煙四起，血流成河，屍體遍野；他想著幾千年帝制殘酷獨裁，貪官汙吏、地痞流氓橫行，荼毒生靈，餓孚塞路；他想著為了消滅帝王獨裁、實行民主政治，跟著孫中山冒險奔波，艱苦奮鬥，鬧起辛亥革命，舉行北伐戰爭；他想著那帝王獨裁在二十世紀，以新的外裝出現，捲土重來，肆虐大好河山；他想著中國民眾竟不知自己處在水深火熱之中，麻木不仁，大興「三忠於」；他想著自己壯志未酬，即將了卻殘生；他想著像柯和貴這樣的青年了了無幾，難以與新的帝王獨裁者鬥爭……

「天啊，暴君獨裁，何日能除？我同胞相殘，何日能休？天下蒼生，何日能安？」老人情不自禁地哀號起來。

「嗚——呼——」老人在哭天。

「嗚——呼——」老人在哭地。

「嗚——呼——」老人在哭人。

這真是一個可以自由吞吐的安全地方。老人號啕悲鳴，回腸九轉，涕淚縱橫，其聲淒淒，其氣吁吁。老人要讓那儲藏的涕淚大瀉大流，溶化胸中的瘀結；老人要讓那積蓄的悲憤大呼大喘，疏通喉管裡的梗塞。

老人痛哭了好一陣，感到胸口有一股血腥氣向喉嚨竄動，一口腥痰湧到舌根處。他用力吐了兩下，濃痰摻著血絲，落到身旁草地上。他感到一陣頭暈目眩，閉上眼睛，靜了一會。他彎腰，左手支在石頭上，右掌舀著泉水，澆潑在發熱的額上；又雙手捧起泉水，放進口裡，鼓漱幾口，飲了幾口，精神清爽了些。

他站起來，趁著山路還能辨清，蹣跚下山。他挨到家裡時，天黑下來了。他沒有弄飯燒水，不吃不洗，和衣上床昏睡。

這一夜，李衡權發起高燒，迷迷糊糊。第二天早上起不來了。八十六歲的老人，經受不住心靈巨傷的復發，病情日重似一日。村裡人自覺輪班來服侍他。他不吃飯食，只喝些白開水。他知道自己再也起不來了，只盼著柯和貴前來，把那珍藏的東西傳給柯和貴，了卻心上的一個牽掛。

柯和貴果然來了。他站在床邊，凝視李衡權：白髮白胡散亂，臉上黝斑叢生，兩腮塌餓，目光混濁，喉鼻呼呼，氣息不勻。柯和貴拿起老人腕脈一診，三寸弱得無力，一寸時而急跳，知是死症。柯和貴潸然淚下。

「你們都回去，讓柯老師給我看病。」老人對圍在屋裡的人說。

眾人走了。

「四十多年來，我一直離群索居，只給人看病，不與人談心。只是近年來與你有些特殊來往。我即將離開人間，世人再奈何我不得了。你在這世上還有幾十年光景，我有一件東西交給你，還有些話交待於你。」老人說著，極力想抬起頭。

柯和貴連忙扶起老人。

「我的枕頭裡有本藥書，夾有兩樣東西，你拿去，但要秘藏，以防給你帶來不測。也許二十年後，那東西對你研究學問有所幫助。」老人說著，伸手去拿枕頭。

柯和貴幫著抽出枕頭，打開縫線，在蕎麥殼中有個小布袋，用線與枕頭套連縫著。打開小布包，有本木版藥書，書頁是折疊式的。柯和貴取出書，放進自己的內衣袋裡。他又將枕頭復原放著。柯和貴又用一些舊衣服塞在老人背部，讓老人靠穩床頭半躺著。柯和貴餵老人幾口白開水。

「和貴，你眼神多次告訴我，想知道我的身世。」老人微笑著，「其實任何人的一生都沒有什麼神秘，都是平平淡淡的，都是一場夢幻。只是有人有時迫於境況，不得不向周圍人隱瞞一些情況，才使周圍人感到神秘好奇。」

李衡權老人款款敘述起身世來。

李衡權原來叫王超群，永安縣牛湖區人。王超群有個同鄉、同學、同志叫李衡權，就是李山下這棟老屋的後代。李衡權在外地出生，只是聽父親說過祖籍是永安縣鳳凰山李山下村人。在北伐軍攻打賀勝橋後，李衡權和王超群一起到家鄉永安縣，先到王超群的家牛湖區，又找到鳳凰山李山下村李衡權的這棟老屋。在北伐軍攻打武昌時，李衡權犧牲了。北伐後，王超群在國民中央政府工作。後來，國民黨內出現了蔣、汪、胡不團結，國共兩黨分裂，陳獨秀被史達林撤了總書記之職，南昌、廣州、湖南共產黨暴動。王超群預見到國民黨會敗給有強大近鄰史達林支持的中國共產黨，三民主義要失敗了。他惋惜孫中山先生逝世太早，就辭職回鄉了。王超群妻子兒女在戰爭中失散，回到牛湖區，父母早已去世，已無家可歸。於是，他就以李衡權的名字到了山下村隱居下來。

王超群認識李衡權是在日本留學時。王超群二十二歲留學日本，與李衡權同班。兩人一交談，原來是同鄉，就格外親切。次年，孫中山被袁世凱通輯，流亡到日本，組建中華革命黨。王超群、李衡權去了。孫中山的黨綱中有一條：忠於黨魁，按手印宣誓。這一條遭到黃興等人的反對。孫中山作了解釋，講了「知難行易」的觀點。孫中山總結了辛亥革命失敗的原因在於：同盟會中高層人員覺悟太低，不理解三民主義；組織渙散，各自為政，沒有統一的領袖。他說國民革命不是為了黨員做官發財，更不是為了某人做皇帝，訂這一條，不是三民主義基本理論，是為了孫中山在有限之年早日剷除帝制，實現法治。王超群、李衡權認為孫中山說得有道理。就都按了手印宣誓，入了中華革命黨。從此，兩人跟著孫中山革命，李衡權從事軍事工作，王超群從事宣傳工作。

在駁斥康有為、梁啟超攻擊革命派、主張君主立憲制時，汪精衛的文章起了主要作用，王超群的文章也起了很有影響的作用。王超群文章說：幾千年的中國君主獨裁制度和帝王思想文化既野蠻腐朽，又根深蒂固，溫和改革主義是奈何不得的，只要有「君主」，「立憲」就是空的，無用的。只有用民主革命方式，才能摧毀它，蕩滌它。英國革命是議會軍與查理一世衛軍進行戰爭，取得西北林勝利，才有了《權利法案》的君主立憲制；美國通過獨立戰爭才立法建國；法國革命通過幾次戰爭，才有了《人權宣言》和第二共和國；德國革命也是學生、工人起義軍打敗了國王軍隊，才召開國會，制法立國。所以，中國要建立民主法治國家，也只能通過國民革命形式。

孫中山對王超群很賞識，讓他參加了《孫越宣言》的起草工作。《孫越宣言》是一個純外交文件，並未涉及到「容共」。王超群支持聯俄，因為孫中山革命得不到英、美、日的承認和經濟、軍事援助，急待外援；蘇俄也急於打開外交孤立局面，支持孫中山革命，各得其利，何樂而不為？但是，對於「容共」，王超群和張繼等國民黨員的主張與孫中山不一樣，堅決反對。當時的所謂中國共產黨並不是一個獨立的黨，而是蘇共操縱的共產國際遠東支部，人事權、決策權都在列寧、史達林手裡。如果讓這樣的俄共奴才組織在中國獨立活動，是發展壯大不起來的。如果「容共」，允許共產黨以個人名義加入國民黨，具有雙重黨籍，那個人是國民黨是假，是共產黨是真。利用國民革命和孫中山的名聲，加上蘇共的支持和宣傳，就會在國民黨內臟裡成長、壯大，勢必取國民黨而代之，使中國成為蘇俄的殖民地。這是史達林插進國民黨心臟的一把刀子，就不是純外交問題了，而是干涉內政了。但是孫中山聽不進反對派意見，很自負，堅持了「容共」政策。儘管孫中山反覆說明馬列主義不為中國所取，「聯俄容共、扶助工農」只是三大政策，不是三民主義。但是，在孫中山死後，史達林就撤銷了搞真正「國共合作」的陳獨秀總書記的職務，號召和支持已經壯大起來的中國共產黨搞武裝暴動，推翻國民政府。在理論上，把孫中山的「三大政策」歪曲為「新三民主義」，蠱惑國民。國民黨內也因此發生了「左」、「右」派分裂，削弱了力量。歷史證明，孫中山的「容共」是歷史性的大錯誤。

王超群對孫中山犯此種大錯誤，痛惜終生。

王超群對汪精衛和蔣介石很熟悉，很了解。汪精衛在南京與日本議和後，派人去找王超群，邀請他入政，王新群拒絕了。他看清了世界和中國局勢對汪精衛不利。但是，王超群敬佩汪精衛的膽略和犧牲精神。汪精衛在「九．一八」事件時，力主抗日，阻止日軍入關。蔣介石不採納汪精衛意見，使張學良軍退出了東北，入關剿共。汪精衛看到日軍勢不可擋，南京失陷，國民遭到殺戮，民主遭到塗炭，決定冒天下之大不韙，置個人政治生命和名聲於不顧，去與日本議和，提出不失國格、人格的議和八條，制止日軍屠殺，保證國民政府獨立，保證三民主義實施，恢復國民經濟建設，一致抗蘇剿共。王超群並不認為汪精衛是大漢奸，賣國賊。王超群認為，如果蔣介石與汪精衛一樣，在「九．一八」事件後與日本在東北開戰，雖敗猶榮，減緩了日軍入關速度，爭得了東北軍信任，得到了全國人民擁護，贏得了剿共時間，避免了「西安事件」。如果蔣介石在太原、徐州戰役失敗後，與日本議和，保護了國人生命和國民經濟，保存了國民軍精銳部隊，國難就不那麼深重，中國共產黨就無法得勢，待到世界局勢一變，學做第二個緬甸吳奈溫是能成功的。但是，蔣介石是偉大軍事家，不是偉大政治家，沒有劉備的審時度勢的韜光養晦謀策，沒有秦檜敢殺岳飛被國人和歷史罵為大奸賊的偉大政治家的眼光和膽識，更沒有日本天皇裕仁的胸懷和氣魄（為保百萬日本兵生命和日本本土，不號召日本兵拼死戰場，卻宣佈無條件投降）。蔣介石卻要去撈取戰死沙場而亡國殃民的文天祥式的民族英雄美名，要去做犧牲百萬國民官兵和斷送千萬老百姓生命的反法西斯偉大領袖。最後，汪精衛成了大漢奸，蔣介石也成大賣國賊，退出大陸，龜縮臺灣。

王超群在廣州國民革命政府工作，兼任黃埔軍校教官，主要是宣講三民主義，得到國共兩黨要人和學生的敬重。他對陳獨秀、李大釗、張國燾、毛澤東、周恩來很了解。王超群退隱後，與被解職的陳獨秀暗中來往，十分敬佩和同情陳獨秀，贊同陳獨秀對史達林領袖獨裁和毛澤東山上的馬列主義的抨擊。他認為陳獨秀與孫中山一樣抱定了民主建國的宗旨，革命不是為了一黨獨裁和個人升官發財。只不過兩人所主張的革命方法不一樣。他認為孫中山逝世和陳獨秀被史達林撤職都是中國民主革命的巨大損失。他聽到了毛澤東擊敗張國燾而掌握了中國共產黨黨政軍大權後，認為巨星一個個殞落，凶星當空，中國的袁世凱第二將登基。這個袁世凱第二登基有史達林的扶植，就不會像袁世凱那樣短暫，中國的獨裁專制黑夜又漫長了。

王超群老人回憶到這裡，嘆息著說：「孫中山一生犯了的兩個策略錯誤，第一個『忠於黨魁』，被毛澤東利用了；第二個『容共』，被史達林和毛澤東利用了。但是儘管如此，孫中山仍是中國歷史上前無古人，後無來者的偉大民主革命領袖。

柯和貴聽得天昏地暗。這是他從中國共產黨所編的歷史教科書和歷史資料中見所未見、聞所未聞的歷史事實。這使他醒悟過來：中國共產黨不但在現行政策上騙人，而且在歷史記載上說謊。他原來所得的歷史資訊全是假的。幸虧現在還殘存著王超群這樣的老人，不然那歷史真相就永遠不能大白於天下。他由此推測到中國五千年帝王史所記的歷史事實的虛假。這把柯和貴又引入到知識的另一個領域裡去了，使柯和貴對歷史的認識和評價發生了翻天覆地的變化。

「和貴，對你本人，我還要說幾句話。你為人正直善良，在這齷齪的世界裡，是難以立身的。你一方面要保持善良本性，絕不可因環境變化而動性為惡；另一方面，你要學會自保，不受惡勢力侵害。你敏而好學，將來在做學問上應有成就。但是，你必須學會獨立思考，不可食古不化，不可受所謂偉大主義的羅羈。」王超群氣喘吁吁地說。他讓柯和貴餵了兩口水，又說：「人從無中來，必到無中去。我一生為善，莫作惡，又年過八旬，可以安然地去了。我死後，有人會把我埋到我指定的地方去，你不要來送葬，更不要對人講與我有什麼來往和我往日的事。現在，你立即回去，不要再來了。」

柯和貴禁不住撲在老人身上哭起來。

「你快走！」老人用無力的手推著柯和貴。

柯和貴嗚嗚咽咽地哭著，走了。

過了三天，柯和貴聽說李衡權老人要出殯了，還是不由自主地來了。

李山下村屋場上集合了不少人，還有人從四面八方來，哭聲震天。到了未時，八腳抬著棺木上山走，後面跟著很長的送葬人群。這時，陳有武帶著荷槍的群眾專政隊跑來，在棺木後擋住送葬人群，驅散人群。

柯和貴站在遠處，望著那棺木上山去，淚水漣漣。

十五年後，柯和貴來到李衡權墓地。這墓地就在泉水洞東側石窩裡，墓前有塊高石碑，上書：「故祖李公諱衡權大人之墓」。右旁寫有李衡權歿庚，卻無生庚和生平簡歷。左旁寫著：「鳳凰山山下村李族裔立」。在泉水洞前平地上有間土磚瓦房，門楣有塊石匾，上書：「李衡權廟」。正堂裡供著李衡權石像。前來進香求福消災的人絡繹不絕，香爐插滿香燭，爆竹聲不斷，煙霧纏繞山腰。

「唉，老人成神了。」柯和貴感嘆不已。他也在廟裡買了香紙燭，放了一掛鞭炮，在墳前行了三跪九叩大禮。

卻說柯和貴為李衡權送葬後，回到學校自己的房裡。人的好奇心使他去翻看老人傳下來的藥書。當他拿起藥書時，想到老人遺言：「要秘藏，以防給你帶來不利。也許二十年後對你研究學問有所幫助。」他又把藥書包好，決定二十年後再看。

柯和貴看到自己所尊重的師長、戰友一個個相繼離開自己，免不了有形單影隻之感，寂寞悲愴、沉默寡言起來。

李衡權是柯和貴終生緬懷的老前輩，柯和貴有悼念李衡權的一首挽歌云：

挽李衡權老先生

自幼學儒，儒家惡理難汙嬰兒心。留洋日本，世界民權正合自然性。結伴孫文，立志掃除千年帝王制。揮師北伐，理想創建萬世民主業。

豈料到，國共分裂，同室操戈，葬送了中華大地一場壯烈。原來是，帝位誘人，骨肉相殘，枉費了善良文人滿腔熱血。

洞察時局，痛心疾首；展望未來，前途難測。人生本是保命養生，怎能為功名作犧牲？開始只想到救出眾生，又怎能為個人權力去戰爭？決不與濁流合汙，誓不與惡徒共命運。參透人事，丟棄槍炮；仰天長嘆，不如隱遁；作個陶淵明，了卻殘生。

只是哭不了眾生苦難，放不下民主大業。罷罷罷，且把夙願傳給後人。心戚戚，淚汪汪，靈魂潔來還潔去，讓一抔黃土掩埋這五尺肉身。

注：「潔本潔來還潔去」，《紅樓夢》的句子。

又，**集錦詩**一首曰：

世態人情經歷盡（關漢卿），此身漂泊苦東西（杜甫）
紅塵望斷長安陌（韋莊），茂陵劉郎秋風客（李賀）。
曲埋萬丈虹霓志（白朴），知音盡說陶潛是（白樸）。
一片冰心在玉壺（王昌齡），安得壯士挽天河（杜甫）。

注：1.「茂陵劉郎秋風客」：葬在茂陵的不可一世的漢武帝劉郎，也只是短命的秋風客，不可能萬壽無疆。2.曲埋萬丈虹霓志：拿酒麴埋掉功名壯志。

又，汪元亨詞曰：

醉太平

憎蒼蠅競血，惡黑蟻爭穴。急流中勇退是豪傑，不因循苟且。
嘆烏衣一旦非王謝，怕青山兩岸分吳越，厭紅塵萬丈混龍蛇。

老先生去也！

注：1.醉太平，詞牌名，又名《凌波曲》、《四字令》。正宮，平韻格，雙調小令，38字，前後片各四平韻。第一、二句第三字，第四句第一、四字例用去聲，方能將調激起。結句為上一、下四句式。
2.「嘆烏衣一旦非王謝」句，比喻人世滄桑，感嘆盛衰無常。

欲知後事如何，且聽下文分解。

第四十回　柯和貴懷善薦賢才　方巨惠哀聲悲前途

卻說柯和貴為李衡權送葬後的第二年春，鳳凰教育組新調來了一位組長，叫伍光華，是柯和貴初中時的入團介紹人。原區革委會吳平山上調了，陳繼烈也因在「一打三反」中功勳卓著，上調到紅石區南湖公任社黨委第一書記。新調來了一位管文教的區委副書記邢忠恕，是紅石區石頭街人。六月份，柯和貴被抽調到區招生工作小組工作，邢忠恕任組長，伍光華任副組長，柯和貴任材料員。柯和貴又推薦鳳凰區李山下小學校長胡華來幫忙搞材料。

這是文化大革命以來第二次招生上山下鄉知識青年和回鄉知識青年。招生方法是廢除考試制，實行黨組織推薦制。推薦過程是：先由生產隊或農場、牧場等基礎幹部和貧下中農評議，大隊政審，公社審核，區進行綜合核准推薦，縣招辦復查，推薦到各大中院校。招生對象標準：出身好，社會關係好，思想表現好。招生方法：縣招辦把招生指標分配到各區，各區把關。這樣，推薦大權在區黨委和區招生工作小組。材料員的材料整理得好不好是很關鍵的。材料員寫材料也很難定，要根據區黨委領導口袋裡裝的黑名單重點寫。那名單被排了順序，排在前頭的學校就好，小學生也可以讀清華大學，排在招生指標數位外的就是陪伴的，不被推薦。

柯和貴對全區知識青年進行統計，上山下鄉的共六十七人，回鄉的共二百八十五人。縣招辦分配給鳳凰區的招生指標數二十六人，其中上山下鄉的十四人，回鄉的十二人。邢忠恕統計區黨委領導同志口袋裡的重點名單十五人，伍光華提出的名單二人。邢忠恕為提高柯和貴的積極性給了一個名單。這樣，只剩下八人來競選了。邢忠恕、伍光華、柯和貴三人又把名單作了排列，要柯和貴按順序有輕重地寫材料。邢忠恕說：「內部名單和名單順序是黨的絕密文件，不能向外洩露。否則，會受到嚴厲處分。」

柯和貴對事先確定重點名單心裡很不滿意，認為這是嚴重的「走後門」歪風。他提出了兩個問題：

一、重點名單中的上山下鄉知青在縣以上招辦中通不過怎麼辦？二、重點名單在基層評議不能過關怎麼辦？

邢忠恕說：「重點名單是黨委決定的，是黨組織一項原則和紀律，不能違反。上山下鄉知青名額在那八個中點五個，只給回鄉知青三個。在基層評議時，材料要設法引導幹部和貧下中農代表評議，個別實在表現不好的，上報區黨委去作調整。」柯和貴和胡華就分頭去組織材料了。

柯和貴心目中的那個重點名單是紫金山大隊方巨惠，被排在第五名。方巨惠已高中畢業回家。他在鳳凰高中時，被老師和同學稱為「數學神童」，與柯和貴一起在專案組工作時，表現出誠實善良，公正無私，有獨立思考精神，很受柯和貴賞識。柯和貴暗下決心，要把方巨惠推薦到一所好大學去。

柯和貴首先要去的地方是紫金山大隊和區紫金山林場。

正是三伏的晴天，沒一絲風，天地間充滿耀眼的白光，路邊的草和山上的樹也是光亮一片。柯和貴走在路上，頭戴草帽，不敢舉目去看太陽的方位，只感到白光越來越垂直射下來，頭皮灼痛。他走了二十多里，來到紫金山地面，已是中午一點多，是一天最熱的時候。柯和貴想找人打聽方巨惠所在的七生產隊的隊長和貧協組長的家。人們大都收工回去了，只在一個高坎下的水田裡，有個人在彎腰踩著作綠肥的青草。柯和貴就彎走了一段田塍路，來到那人的田塍頭上。

「同志，請問七小隊貧協組長和隊長叫什麼名字？」柯和貴對著那人喊。

那人抬起頭來，卻是方巨惠。方巨惠身材不高，個子敦壯，圓臉，眼睛機靈。他只穿件紅背心，藍短褲，戴頂舊草帽，皮膚被曬得黝黑光亮，兩腳不停地在交替動作。一坵田的青草還剩下簸箕大一塊。

「柯老師，你來了。」方巨惠抬起頭，微笑著說。他用手掌把流到眼眶的汗水抹下一把，甩掉，又說：「你到那棵樹下涼涼，我把這點草踩完，帶你去。」

「別人都收工了，你自己一個人在幹活？」柯和貴問。

「這坵田本是兩個人的活，那個五十多歲的老人有哮喘病，我怕他中暑，叫他先回去了。老人勞累一生，多可憐呀。我只二十多歲，多做點，身體受得了。」方巨惠一邊說，一邊踩草。

「工分怎麼記呢？」

「二二添作五唄。」方巨惠隨意回答。

柯和貴瞧著方巨惠，心裡讚嘆著：「多善良的好青年呀！」柯和貴彎下身子，用手去試田裡的水，少說也有四十一、二度。他又發現那田水灑了石灰，泥鰍、黃鱔都被熱毒死了。他就喝道：「巨惠，快上來，回家，會中暑的。」

「快完了，忍一下就過去了。」方巨惠加快了腳步，水裡發出「哧嚓哧嚓」的響聲。

柯和貴站在田塍上沒走，心中在聯想：「這是最原始的勞動方式，把方巨惠這樣的好知青當作奴隸勞動力來使用，多可惜呀！如果讓他去讀書，搞科學技術，說不定能發明一種機械來，代替這原始的勞動。」

方巨惠踩完了青草，上了田塍，那兩條泥腳肚有一塊塊被熱毒水浸腐的紅色破傷口，那傷口流出了熱毒水，在轉紅，轉紫，流出血來。

「這是怎麼搞的啦？」柯和貴指著那傷口問。

「原來就破了皮，經熱石灰水一漫泡，就成了這個樣子。」方巨惠若無其事地說。

方巨惠到水溝裡洗了腳，光著腳板，走在滾燙的路面上。柯和貴跟在後面。

「柯老師，先到我家去吃飯呀。」方巨惠說。

「這次不行，下次再到你家吃飯。」柯和貴說。柯和貴向方巨惠說了是來搞他的招生政審材料的，擔心到他家吃飯，引起別人的猜疑。

方巨惠也就不勉強了，給柯和貴指點了貧協組長鄒定國的家。

鄒定國一見到柯和貴，十分熱情，一把拉住柯和貴，按坐在堂屋吊扇下，要女兒拉快吊扇，給柯和貴送涼，這吊扇是用篾條圍成圓形，中間裝上蔴袋布片，懸掛在樓敨上，一根蔴繩牽著，一拉一放，就有一股股涼風。鄒定國的老婆端來了泉水，給柯和貴喝。

「柯老師，得你的恩，托你的福，美日脫了災難，現在當大隊團支書了。」鄒定國說。

這鄒定國是鄒美日的父親。鄒美日被柯和貴放回家，後來聽說陳繼烈和趙來鳳又來抓鄒美日，鄒定國就帶著鄒美日跑到外省一個親戚家躲了一年多，風頭過後才回來。鄒美日的大姑父邢忠恕調到鳳凰區，鄒美日的命運才轉好，入團，入黨，當上大隊團支書。

不一會，鄒定國老婆端來了麵條煮雞蛋。柯和貴肚子實在餓了，也不客氣，吃個大飽。柯和貴對鄒定國說自己是來搞招生工作的，重點調查方巨惠和林場知青的情況，要鄒定國去叫隊長、會計和兩名貧下中農代表來評議方巨惠。鄒定國出去了一會，叫來了四個人，一一介紹給柯和貴，與柯和貴一一握手。來人都讚頌柯和貴救了紫金山人，做了善事。

柯和貴拿出紙筆，把方巨惠的材料分為四部分，一一查問。在第一部分「家庭成份」，柯和貴只寫「中農」，沒寫「富裕中農」。在第二部分「社會關係」，柯和貴寫了方巨惠的癱瘓在家、沒有是非的大舅父，沒寫因「紫金山國民黨地下復國軍案」被判刑的二舅父。在第三部分「家庭關係」，柯和貴聽說方巨惠的祖父是烈士，就要會計寫了分詳細材料。在第四部分「政治表現」，眾人都是讚揚方巨惠表現很好，其中有兩個突出事蹟：一個是，一家失火，方巨惠第一個衝進大屋裡，救出了周歲小男孩，又爬上屋頂潑水，燒傷了腳。第二個是，發洪水時，方巨惠跳進閘門堵水。但在對敵鬥爭沒有材料，柯和貴就引導著提出問題。有人說方巨惠與趙來鳳作過鬥爭。柯和貴微笑著搖搖頭。鄒定國心領神會，說了方巨惠與地主份子鄒定財作鬥爭的事蹟。柯和貴心裡知道這個材料作了假，但他寫下來了。柯和貴把材料一份一份讀給眾人聽，讓眾人按了手印，還加蓋了公章。

眾人散去了。柯和貴叫來了方巨惠，讓他看材料，以便他填表和在政審時好應答。

方巨惠看了材料後，說：「柯老師，你別為我瞎忙了，我升學沒希望的，哎！」

「為什嗎？」柯和貴感到其中有蹊蹺，問。

「我頂撞了趙來鳳。現在大隊支書隊陳承烈是趙來鳳的堂侄，陳繼烈的堂兄，不會批准我升學的。我的前途沒了。」方巨惠低聲說著，十分悲觀，聲音嗚咽，眼眶濕潤。

「大隊長與你家關係怎樣？」柯和貴感到方巨惠和自己升學時一樣，遇到了大隊政審難關的問題，就自然想到了李金元校長拐彎解決自己政審的方法。

「大隊長是我遠房表叔鄒定強，但他老了，勢力小，吃不住陳承烈的硬。」方巨惠說。

「你不要自暴自棄，這次升不了學，還有下次。你要抽空努力讀書，知識總會有用的。」柯和貴鼓勵著說。他不願把解決大隊政審的方法告訴方巨惠。

方巨惠走了。柯和貴知道公社正在開大隊支書大會，就急忙收好資料，趕往大隊部。柯和貴找到鄒美日，叫來了鄒定強，說明了情況。鄒定強就在方巨惠政審表格上簽了「同意升學」，在材料上簽了「情況屬實」，加蓋大隊公章。

晚上，柯和貴又調查了一個回鄉知青的情況，就回到鄒美日家過夜。

第二天吃過早飯，柯和貴在鄒美日的帶引下去紫金山林場，找上山下鄉知青座談，找林場幹部評議。

欲知柯和貴在林場工作情況怎樣，且聽下回分解。

第四十一回　邱雲海吟詩銜憤懣　眾知青演曲訴衷情

卻說柯和貴跟著鄒美日一起去紫金山。一路上，鄒美日介紹著知青情況。這鄒美日瘦條，個子高，腿長，在平地走路很快，上山路就慢下來了。

兩人繞著一條壟畈向山裡走。壟畈越來越窄了，田地越來越高了，到了壟尾只剩下一塊尖三角田。在尖三角田的右旁有一條很深的溪溝，溝底響著溪水。在三角田左旁，路斷了，是堵聳入雲天的峭壁。峭壁中卻裂開一條上寬下窄的石縫，像利斧劈開的柴片口子。在石縫的半中腰，有一塊長方形石樑橫架在兩邊，好像隨時要落下來一樣。柯和貴被嚇得不由自主地拉住鄒美日向後退。鄒美日笑著說：「那是天橋，落不下來的。我們從這裡登天梯，再過天橋去林場。」柯和貴順著鄒美日指的天梯看去，就在腳下有一條百級石梯斜躺在崖牆上，須仰視才能看到天梯的末梢。

兩人蹬石梯，累得大汗淋漓。上完石梯，是一條人造青石板路，三尺來寬，五、六丈長，要是稍不小心，就會跌到崖下，粉身碎骨了。柯和貴躡手躡腳地走在路裡旁，雙手輪換抓著石壁上的灌木枝，一腳踏實了，才敢邁第二腳。鄒美日卻悠閒地走在前面，在天橋邊等著柯和貴。

所謂天橋，是天然形成的一塊厚厚的長石頭，一丈多長，兩尺多寬，橋面光滑，兩邊有粗大黑皮山藤作護欄。這山藤護欄只能壯膽，不能扶持，稍有疏忽去抓山藤，腳下打滑，就掉到萬丈深淵中去了。深淵黑乎乎的，淵底有流水聲。鄒美日幾步就跨過橋去了。他站在橋的那頭轉身對柯和貴說：「老師，不要扶山藤，不要向下望，平看前面走。」柯和貴過了石橋，感慨萬分地說：「真是『一夫當關，萬夫莫開』的險要地形。」

過了石橋，豁然開闊，是個菱形盆地。兩邊坡緩，坡上青茅綠蔓，像兩個巨浪間的碧水流向谷底，成了一盆翡翠。坡上的路是沙石路，稍寬，雖然陡峭，但能拽開大步子走。走到盆地那頭，有座小山包，是個圓臺形。圓臺背靠絕壁，像把圓椅。椅面上有一棟茅蓋石屋。與這石屋相對的東、西兩邊山頸上有茅蓋木屋，一條長約三里的盤山小徑把這三處房屋牽連起來。一條十幾丈高的瀑水從絕壁上掛下來，落在圓椅後方，分三條溪水流向三處茅舍。

「真是個好住處！」柯和貴嘖嘖讚美。

「東、西山頸的茅屋住著林場幹部職工，石屋住著知青。這石屋原來是座寺廟，叫華蓋寺。治山治水時，寺廟被拆毀了，和尚下了山。知青們到林場後，不願與幹部住在一起，就在這舊廟址砌牆蓋茅造住房。老師，你先到哪裡去？」

柯和貴聽了鄒美日介紹，就說：「先去看看知青們吧。」

兩人拐過山谷一角，來到圓頂平地上。這塊圓頂平地約有十三、四畝，是一座寺廟舊址。北邊是絕壁，瀑布拉天扯地。瀑布左旁有一片毛竹林，林中有石桌、石凳。右旁有兩棵五合抱大的古樟樹，樹下有高低五座石塔，有長滿苔蘚的石碑，石塔、石碑的字跡模糊難辨。在絕壁上有四個顯眼的紅色大字：青峰埂下。在樟樹的一根粗枝上刮出一塊長方形的樹肉，上書四個紅色大字：鴻蒙太虛。這些紅漆字顯然是知青們寫的，不是古跡。

有的建築，基礎隱約可見，是個建築群。現在新建的那棟石牆茅蓋屋只占了一角。石屋牆壁的下半是舊的殘牆斷壁，上半是重新修被修建壘砌的。大門石柱、門框也是原有的，門匾上有三個蒼勁有力的墨濃筆飽的繁體大字：華蓋寺。石柱上有新寫的黑漆字對聯：無才可去補蒼天，枉入紅塵若許年。

柯和貴身處在這崇山峻嶺之中，滿目枯藤老樹，蒿萊苔菇；仰望高聳入雲的陡壁青石，平視那飛流直下的瀑水，追蹤這古代廢墟，感傷這孤零山屋……這裡與世隔絕，僅靠那天門天橋與外界幽通，實在是夢中的太虛幻境，青峰埂下。悠然間，柯和貴那北崗師範造反、蓮河地區鬧革命的激情散去了，那緬懷孫勇、汪仁船、李衡權的悲傷化去了，那厭惡尹苦海、洪峰、陳繼烈、趙來鳳的情緒消去了，……

頓覺心情平靜空虛，油然而生逃避紅塵、遁入空門的念頭。他深深地同情生活在這裡的知青們，理解他們「無才可去補蒼天」的悲哀感情。

柯和貴進入寺門，來到屋裡。這屋內是木石框架結構，長約十丈，寬兩丈餘。四周石牆，泥筋封固，內外用粗木樁竪撐，山藤結牢。當中豎起八根木柱，支起頂架，屋頂用橫木牽攤牆頭。前簷椽密桷緊，蓋上石片碎瓦，後簷椽疏桷稀，全蓋樹皮，上面加蓋一層厚厚苞茅，用山藤網緊天蓋。進大門，是廳堂，又是佛堂，用竹編泥抹矮牆與後屋隔開，左旁留有耳門。堂中壘有石墩，上放一尊彌勒佛像，破損處用沙石補上，顯然是從廢墟中找到搬來的。佛像兩旁有幅紅紙對聯：大肚能容天下難容之事，慈顏常笑世上可笑之人。堂內再沒其他佛像了，更沒有持刀拿戟的凶神。這倒使人只有莊嚴肅穆、輕鬆愉悅的心情，沒有陰森驚駭、重壓深抑的感覺。進耳門，入內屋。當中一條走道，兩旁是廂房。廂房間牆都用木條、毛竹編成粘固，兩兩相對，共有二十間，有單人間和雙人間，有一間活動廳。過走道，出後門，有一個簡陋的大棚，分出廚房，餐廳，都是石牆，廚房蓋石片碎瓦，餐廳蓋苞茅。廁所在大棚左邊下坡，坡上有一片菜園地，一條水溝流入。

「不愧是城市知識青年，住房外牆堅固，能防野獸，內室設計像大學生宿舍，外場佈置像天然公園。」柯和貴看後，連連誇讚。他問鄒美日：「怎麼沒人呢？」

「都去勞動了，中午要回的。」鄒美日說。

「你與他們熟嗎？」

「很熟。那年我還在這裡躲了三個月。老師，你在這佛堂休息一下，我上山去叫他們。」

「不要去打擾他們，我們等等吧。」柯和貴說。

這時，從房裡傳出來咳嗽聲。鄒美日走過去，又出來，對柯和貴說：「邱雲海感冒了，沒上山，你去跟他談談。他胸懷很開朗的。」

柯和貴跟隨著鄒美日進了邱雲海的房。邱雲海已起床，梳洗完了，他看到柯和貴，滿面笑容，伸出雙手來握住柯和貴的手。

柯和貴看那邱雲海，二十出頭，黑背心，黑短褲，個高，腰細，肩寬，臂長，背微駝；皮膚茶色，有光澤；前額禿；黑髮右順；眼窩深，目光犀利；面瘦，下巴圓渾；鼻隆，嘴巴大而方；文雅，直爽；雙手粗糙有力，渾身透出一股英俊的氣質。

邱雲海看那柯和貴，二十四、五歲，白褂藍褲，頭髮薄軟，額寬明淨，目光溫和而有睿智，面白清瘦，鼻高唇薄，雙手軟和有勁，顯出老練持重的教授風度。

兩人寒暄了一陣。邱雲海要柯和貴坐在高背椅上，自己與鄒美日坐在小木凳上。兩人說話很投機，很快消除了各自的戒心，暢談起來。

邱雲海的父親是作家，黑幫份子，住在「五‧七幹校」裡。他是省城井岡山中學學生，受父親影響，受好文學。一九六八年十二月，毛主席號召：「知識青年到農村去，農村是個廣闊天地，到那裡去，大有作為。」一九六九年五月，邱雲海像所有城市知青一樣，積極回應偉大領袖號召，懷著滿腔熱情，在鑼鼓歡送中，又在爆竹迎接聲中，來到永安縣鳳凰區紫金山公社。與邱雲海同來的共有三十二人，分別住在貧下中農家裡。開始時，邱雲海對農村的山水、人情都很新鮮，很喜愛。他認為農村山美水好，空氣新鮮；農民吃苦耐勞、純樸厚道，在極端貧困中默默地為社會作貢獻；認為城裡人四體不勤，五穀不分，靠農民養著；他作為一個城裡人，深感內疚。日漸，繁重單調的農活使他厭煩了，廉價的工分值使他不滿了。他對農民的感情也發生了變化，看到了農民的另一面，貧困愚昧，粗魯無知，自私狹隘，渙散懦弱，保守頑固，沒有創造力，對命運不知抗爭，只等人來拯救。他同情農民，又討厭農民。他對農村幹部很反感：蠻橫粗暴，隨意毆打社員，克扣工分，不發糧油，恣意強姦婦女，鬥爭五類份子取樂開心，活像奴隸主的走狗奴才。特別令他惱怒的是革命老媽媽趙來鳳。趙來鳳每天不勞動，梳洗打扮，身子越來越矮胖，白天叫罵，晚上竊聽跟蹤。她動不動把紫金山知青集合起來，用粗俗的不通順的夾著嚴重土語的普通話絮叨自己的光榮革命歷史，自誇她的革命精神，貓哭老鼠似的憶苦思甜。更令人憎惡的是，她還要知青們一一表態，定時接受她的再教育。邱雲海看不到「農村是個廣闊天地，到那裡去，大有作為」，他看到的卻是：原始勞動方式，落後的生產力，奴隸社會的管理模式，混沌的精神狀態，沒有一點現代文明的氣息。後來，在知識青年中發生了兩個事件：第一件，趙來鳳自吹光榮革命史後，要吳銀寶談談如何學習她的革命精神來搞革命。吳銀寶諷刺趙來鳳說：「你的個人歷史是做二姨太的歷史，現在仍在做二姨太，沒一點革命的影子，我們怎能學習你？」兩人吵起來了，打起來了。區群眾專政隊抓捕了吳銀寶。第二件與第一件同時，住在汀湖大隊的知青趙雪花被區群眾專政隊隊長陳有武強暴了。兩個事件激起了知青們的憤怒。邱雲海、董宜彬、黃豐盛為首，把紫金山公社知青集中組織起來，自衛反抗，到區裡要求釋放吳銀寶，嚴懲陳有武。知青們又派人上省城告狀。後來，縣革委會主任、武裝部部長郭新民親自出面釋放了吳銀寶，撤了陳有武區群眾專政隊隊長職務，允許知青們集體生活。紫金山公社三十二個知青就到社屬紫金山林場聚住了。

「我們辭別了你鬥我殺的鬧哄哄的塵世，來到這『茫茫大地真乾淨』的鴻蒙大地，自由自在地消磨時光，多有趣呀！」邱雲海的話充滿虛無浪漫，語氣中含著辛酸和悲嘆。

「你們就甘心情願地讓青春埋葬在這荒山老林裡嗎？」柯和貴問。

「我們不能自主命運，聽天由命。但在這裡，比去生產隊吃二遍苦、受二茬罪強。」

「你對我和鄒美日說這種反動言論，不害怕我去告發你嗎？你知道我是來幹什麼的？」

「鄒美日跟我講了，你是來搞招生工作的。上大學，人人都想去，也不是人人都能去。我思想反動，就讓別人去吧。」邱雲海笑著說，「柯老師，我看你也不革命。你包庇過了現行反革命份子鄒美日，你侮辱過革命媽媽趙來鳳，我也窩藏過鄒美日，吳銀寶罵過革命媽媽趙來鳳，我們彼此彼此。」

「這真是『好事不出屋，惡事傳千里』，我的個人資料被你掌握了不少，不推薦你上大學，你可要去告我。我可不願與你鬥個你死我活。」柯和貴幽默地說。

「柯老師，我要去做中飯了，大部隊快要回了。」邱雲海看了看桌上鬧鐘說，「我這裡的書你可以隨便翻看。」

柯和貴看那桌上的一排書本，一套《毛澤東選集》，一本《毛主席語錄》，一本《中共中央文件彙編》，一套《普列漢諾夫論藝術》，一本《青春之歌》，兩本魯訊的《吶喊》和《兩地書》，一本《紅樓夢》，一本《雪萊詩集》，一本《復活》，還有一些日記本。柯和貴抽出《紅樓夢》和《雪萊詩集》，書角被揉爛了。柯和貴翻開扉頁，上寫：「大毒草，供批判用。」柯和貴會心地一笑，心想「同病相連。」柯和貴放回書，翻看放在桌角的一個本子，有一首長詩，墨蹟新鮮。柯和貴看起來：

為了消滅「三大差別」，我上山下鄉了

為了消滅「三大差別」，
我上山下鄉了，
從城市來到農村。

城市——
那成排的高樓大廈，
那熱鬧的街道商場，
……
農村——

這稀落的土屋茅舍，
這偏僻的山村荒野，
……

相比這下，
實在存在差別，
實在令人不滿，
應該消滅，消滅！

把土屋茅舍變成高樓大廈，
把山村荒野變成街道商場，
這多麼困難，多麼費神。
要消滅城鄉差別，
我有最省力、最容易的法子：
把市民趕到農村去，
讓高樓大廈變成土屋，
讓街道商場變成荒野，
……

為了消滅「三大差別」，
我上山下鄉了，
從知青工人變成農民。

工業——
機器轟鳴，煙囪林立，
工人團結，喜歡罷工，
……

農業——
土地種子，木犁竹鋤，
農民渙散，任怨呆傻，
……

相比之下，
實在存在差別，
實在令人不滿，
應該消滅，消滅！
把木犁變成機器，

把農民變成知青工人
……
這多麼困難，多麼費神。
我有最省力、最容易的法子：
把知青工人趕到農村去，
讓機器生銹，
讓知青工人去鋤鋤挖挖，
……
為了消滅「三大差別」，
我上山下鄉了，
從學者變成大老粗。
知識份子——
寫寫畫畫，不能生產糧油，
沉思默想，思想不能淨化
……
大老粗——
一犁一耙，生金生銀，

粗野叫罵，直率單純，
……
實在存在差別，
實在令人不滿，
應該消滅，消滅！
讓背重犁的去撚輕筆，
讓粗野直率的去文質彬彬，
……
這多麼困難，多麼費神。
要消滅體腦差別，
我有最省力、最容易的法子：
把學者趕進「五・七幹校」，
接受貧下中農再教育，
讓大家都粗野單純，
讓大家都凌辱斯文，
……
啊——

我理解了：
要消滅「三大差別」，
不能讓下層往上升，
只能把上層翻轉身；
消滅城市，
消滅工業，
消滅知識，
倒退到原始的鴻荒，
那裡才最無差別。

啊——
我理解了：
要維護領袖的偉大，
大家統統跪下：
學術權威要打倒，
知青工人到鄉下；
頭腦要清洗，
思想要淨化；
俯首跟著走，

貼耳聽著話；
知識越多越反動，
貧困愚昧革命化。
這就是「放之四海而皆準的真理」，
這就是永垂不朽的「家天下」！

柯和貴讀著，一陣共鳴，一陣激情，情不自禁地揮筆添加了最後一段，又吟誦兩遍，才滿意地合上本子。

這時，山上傳來了歌聲，笑聲。須臾，外場有雜亂的腳步聲，說話聲。知青們回家了。柯和貴打個呵欠，伸了個懶腰，信步走到大門外。知青們看到柯和貴，目光裡充滿警覺和敵意。

柯和貴轉身走向廚房，對邱雲海說：「小邱，知青們對我有戒心，你要作解釋。」

「好，我去找幾個人來。」邱雲海答應著，出去了。

一會兒，邱雲海帶來一男一女，男的叫董宜彬，女的叫吳銀寶。董宜彬，方臉，黑皮，腰圓膀闊，中等身材。吳銀寶，臉團，面白，四肢粗壯，像個女將軍。男的緊口，女的多話。

「你就是柯和貴老師呀，與我想像不一樣。」吳銀寶大笑著，伸出手來握。

「你把我想像成什麼樣子呢？」柯和貴握著吳銀寶的手，笑著問。

「像包公。沒想到卻是個文弱書生。」吳銀寶哈哈大笑。

「短小精悍，有氣魄，有智慧就行了」董宜彬握住柯和貴的手，認真地說。

「過獎了。」柯和貴笑著說，「中國傳說中的歷史人物都臉譜化了，如神如妖。其實歷史上的真實包公也是個白面書生。」

他們說了一陣話後，知青們到瀑布洗沐一陣，就開飯了。中飯吃的是綠豆大米飯，兩菜一湯：一缽野山蘑菇，一缽蕨季禾，一盆野兔肉湯。知青們每人用小碗盛了湯，用飯盆盛了飯菜，端到竹林裡去吃。柯和貴和鄒美日也端著碗盆到竹林去吃。邱雲海、吳銀寶向知青介紹了柯和貴，說明了柯和貴是來搞招生工作的。知青們對柯和貴消除了戒心，與柯和貴閒聊起來。

柯和貴問到他們的組織情況時，知青們說他們中有十六個團員，但沒有團組織，上級要團幹去開會，就臨時派個冒充團支書或別的幹部去開會。

「我們這裡沒有團幹部，卻有四個黨。」黃豐盛笑著說。

「哪四個人是黨員？」柯和貴警覺起來，問。

「不是有四個共產黨員，是有四個黨組織。」趙雪花笑著糾正。

「啊。我聽走耳了。」柯和貴笑著說，「請問哪四個黨？」

「自由黨呀，民主黨呀，公民黨呀，民生黨呀。」吳銀寶一口氣說出來，說時，笑得噴飯。

「輪流執政，半年一選。自由投票選出總統、首相、內務部長。」黃豐盛說。

「你們的負責人名稱兼有兩種制度呀，總統制不設首相，內閣制不設總統。」柯和貴饒有興趣。

「只不過是個名稱而已，沒什麼意義的。」董宜彬說。

「這屆是哪個黨執政？總統是誰？」柯和貴問。

「共同執政。總統董宜彬，首相是我，內務部長邱雲海，文化部長黃豐盛。」吳銀寶說。

「在政審材料上簽名的應該是總統董宜彬了。」柯和貴半真半假地笑著說。

「是的。」邱雲海說，「老師是在搞工作哩。」

邊說邊吃，很快吃完了。洗了碗筷。柯和貴回到邱雲海住房。邱雲海、董宜彬、黃豐盛、吳銀寶陪著說話，他們決定下午不上山了，把柯和貴的工作搞完，晚上開個聯歡晚會，快樂一陣。

午睡後，柯和貴和知青們來到竹林裡開會。會上柯和貴照本宣科地讀了中央、省、縣招生文件，講了鳳凰區招生工作組織和部署情況。柯和貴擔心招生工作給知青們帶來不友好的紛爭和其他不必要的麻煩，就玩弄了一點權謀，要知青們先各人自評，再分組評議提名，將被提名人帶到林場領導政審，由區裡確定推薦名字，沒說出區裡的分配名額。誰知知青們硬要柯和貴說出在他們中有多少名額，再推選出多少人，評議多少人，免得搞人人過關，浪費時間和精力。柯和貴只好硬著頭皮在三十六人中選出十人，至於能錄取多少，他作不了主。知青們就一致同意無記名投投票，按得票多少排出十人。十人很快被選出來了，進行了評議。柯和貴說力爭尊重民意，如果名額順序發生變化，他立即親自來古廟向大家作說明。知青們很理解柯和貴的苦處，互相間沒有發生紛爭，維持友好和睦的氣氛。

吃過晚飯，洗過澡，夜幕降臨了。這日是陰曆十三日，掛在山峰上的月亮，雖不很圓，卻也又大又亮。柔和的月光灑滿山谷，乳白色的夜霧升起，山谷如明燈高照，雲霧騰騰的天宮瑤池一般。知青們都來到場地，面對峭壁瀑布而坐，前面空出一片地方。邱雲海、董宜彬、鄒美日坐在柯和貴身邊。在竹林裡，有七、八個知青。

報幕人吳銀寶走出場地，向眾人一鞠躬，說：「第一個節目，樂器合奏：《夕照古寺》、《老林晨露》、《深谷洪流》，作者黃豐盛，指揮黃豐盛。」

只見黃豐盛從竹林裡走出來，身披黑色長衫，手執一截青色水竹竿，向眾人深深一鞠躬；轉身，站在一個石凳上，面向竹林暗處，揚起雙臂，揮動竹竿，竹林裡響起了樂器聲來。那樂器聲隨著黃豐盛的竹竿一上一下，一左一右，一重一輕，一伸一縮，有嗵嗵聲，咚咚聲，當當聲，叮叮聲，噓噓聲，嗞嗞聲……柯和貴沒有看見知青們帶什麼樂器進竹林裡去，很是好奇。聽邱雲海介紹，那樂器是石頭，磚塊，瓦片，竹筒，碗盤，樹葉，粗藤，山草……那些原始樂器，一旦被現代文明人利用起來，就奏出了表達各種思想感情的曲調來。

柯和貴傾心品賞。那《夕照古寺》，起初明快，漸次低沉，顫音如注，飽含辛酸，傾訴遭遇，令人淒涼悲苦，飲泣吞聲。那《老林晨露》，音發幽谷，柔和婉轉，漸至飄逸輕盈，朦朧開闊，清音叢升，令人心曠神怡，登空欲仙。那《深谷洪流》，先是慢音碎響，如高山流水，叮叮噹當，旋即瀑布擊石，嘩嘩啦啦，驟而濁流彙聚，拍壁沖岩，唬唬轟轟，眾樂共鳴。旋律激越，尾聲徜徉，漫無邊際，令人慷慨激昂，奮然上進。

柯和貴聽得如癡如醉，搖頭踏腳。

「柯老師，聽出味道了吧。」邱雲海說，「黃豐盛是音樂世家的子弟。」

「實在了不起，實在了不起！」柯和貴連聲稱頌。

第二個節目是獨唱舞蹈：《蝶戀花・贈李淑一同志》，用的是李劫夫的曲子。獨唱者吳銀寶，舞蹈者趙雪花。那趙雪花來到場中，一身古裝，學著古代婦女，輕撚衣裙，向眾人道了個萬福，站定。她，一套連衣素裙，烏髮高髻，劉海遮額，長髮披肩，瓜子臉，柳葉眉，膚膩嫩白，唇紅齒皓，腰細胸高，亭亭玉立，真是月下嫦娥，瑤池仙姑。隨著樂聲奏起，歌聲唱出，她翩翩起舞，體態輕盈，姿態多變，連連亮出絕技。

眾人喝彩，柯和貴暗中叫絕。

第三個節目，各人自演。有相聲，有兩人舞，有快板，有朗誦，有口技……邱雲海朗誦了新作《為了消滅「三大差別」，我上山下鄉》，鄒美日計講了個老虎用尾巴伸進狗洞釣狗的小故事，柯和貴在眾人邀請下唱了陸遊的《卜算子・詠梅》。

最後一個節目，是集體舞《青春之歌》，上演舞蹈的有八個知青，領唱董宜彬、趙雪花，指揮黃豐盛。《青春之歌》的詞曲是知青們集體創作，抒發了知青們的喜怒哀樂的各種變化起伏的情緒。今將曲詞抄錄如下：

〔曲一〕（合唱）：被逼出那繁華錦簇的鬧市，放逐到這原始鴻蒙太荒，和鳥共鳴。寒露冷卻了青春的熱情，清泉蕩滌了人間的浮滓。我們不拜偶像，我們不呼「萬歲」，我們不求功名，我們不作鬥爭。死寂寂，你剛坐禪，我又來陪，到頭來，看那天地茫茫真乾淨！

〔曲二〕（合唱）：無名氏教我們訓獸為畜，有巢氏教我們砍茅築巢；燧人氏教我們鑽木取火，伏羲氏教我們織網結牢；女媧氏教我們搓麻縫衣，神農氏教我們種菜栽桃。太荒兮，有我們這批精靈；太虛兮，有我們這批大傻。

〔曲三〕（女唱）：拉起藤葛作琴，吹起綠葉當笙，聲瑟瑟，音咽咽。奴非仙非尼，不願升天，不願遁空門。這縱然是世外寂寞林，避開了腥風血雨，除卻了塵世煩惱；卻終是眼睜睜、把骨肉全拋，蕩悠悠、將紅顏芳魂消耗。娘呀，女兒不孝！

〔曲四〕（男唱）：明月是燈光，草坪作舞場。我們狂歌，我們狂舞。狂歌一吸一呼，吸進了自然精華，呼出了人間骯髒。狂舞一跳一蹦，跳脫了伊的乳罩，那是君子的假面具；蹦落了我的褲衩，這是權威的遮羞布。我們有歡樂，我們有悲傷。

〔曲五〕（女唱）：敲響碗盆作鑼，打擊石頭當鼓，聲哄哄，音咚咚。奴有情有欲，願作金瓶梅，願作玉釵黛。那縱然是木石風流事，挨了剜心挖肝，落得個枉自嗟呀，卻終是甜蜜蜜、把愛夫情郎擁抱，喜滋滋、將芳魂花魄顫悠。郎呀，奴心已槁！

〔曲六〕（男唱）：青山作佈景，瀑水當音響。我們狂歌，我們狂舞。狂歌一吸一呼，吸進了自由思想，呼出了仁義毒瘴。狂舞一跳一蹦，跳脫了伊的乳罩，那是少女的韶華；蹦落了我的褲衩，那是男兒的自尊。我們要青春，我們要理想。

〔曲七〕（合唱）炎帝教我們選舉首領，蚩尤教我們定居平原，楊朱教我們「貴身」「為我」，老、莊教我們「自正」「逍遙」，鮑、黃教我們「無君」理論，孫、黃教我們爭取民權。太荒兮，有我們這批精靈；太虛兮，有我們這批大傻。

〔曲八〕（合唱）：離開這原始鴻蒙太荒，奔向那繁華錦簇鬧市。戴著精靈，披著芬芳。烈日蒸起了青春的熱情，暴雨泛起了人間的浮滓。我們不拜偶像，我們不呼「萬歲」，我們要爭人權，我們要作鬥爭。亂哄哄，你已唱罷，我應登場。到頭來，看誰為他人作嫁衣裳？

注：1.楊朱，楊子。「老、莊」，老子和莊子。「鮑、黃」，鮑敬言和黃宗義，兩人都主張「無君論」。「孫、黃」，孫文和黃興。2.「為他人作嫁衣裳」，《紅樓夢》的句子。

這「曲」，這「詞」，有無可奈何的訴說，有悲悲戚戚的抽泣，是青春的火焰在燃燒，是力量的驚濤在爆發，使得柯和貴時而涕淚泗流，時而心潮澎湃。

晚會散了，但柯和貴被激起的情緒沒有散；夜靜了，但柯和貴被掀起的思潮沒靜。柯和貴，原來以為只有汪仁船和蓮河革命的同志才無思想禁區，才能獨立思考。現在，看到了廣大在城裡兩派對立、互相撕殺的紅衛兵，一旦成為上山下鄉的知識青年，就成了「同是天涯淪落人」，肉體都遭到惡劣環境的折磨，思想受到大自然的啟蒙。猛醒悟，他們也是個自然人，衝破了思想牢籠，冷卻了愚忠狂熱，也無拘無束地獨立思想起來。這種獨立思想的結果，將會形成一股合乎人性道義的思想潮流，像山洪般卷走沉渣污水，流向大海，與世界民主潮流匯合，造出一片新中國大地來。這真合了汪仁船所料的「二十多年後，中國將會有民主革命」的預言。

柯和貴雖然一夜沒睡好，天蒙亮時還是起床了。他叫醒鄒美日，告別邱雲海等人，就到林場部與場領導商討招生工作。柯和貴尊重知青們的意願，說服了林場——黨支部書記，在原材料上簽名蓋章。

招生調查、政審工作完了，到了區招生小組核准推薦階段。

在重審推薦名單順序時，柯和貴說：「在上山下鄉十四人中，省、市大小城市只有五名，縣城的有九名，我擔心在縣招生會上會受到省、市領導的批評，要返工重來。我們是否增加省、市知青的名額？」

邢忠恕同意柯和貴的意見，根據政審材料，把區委內定的十七個名額中刪除四名。柯和貴很快就把刪除名字和填補名字寫出來了。

邢忠恕把重新確定的名單一看，沒有區委書記劉堂昱指定的李小紅，就問柯和貴這是什麼原因。

柯長貴說：「李小紅名義上在祥吉大隊插隊四年，實際上共計只在生產隊來過兩次：下來時來過一次，這次招生時來過一次。前後總時間不到一個月。基層幹部和貧下中農不肯評議推薦。」

邢忠恕只好拿著名單去找劉堂昱書記批准。劉堂昱要邢忠恕親自到祥吉大隊去為李小紅寫材料。邢忠恕就帶柯和貴、胡華一起去了，不僅評議政審材料沒搞成，反而有的知青和貧下中農代表要去告區招生工作人員的狀。劉堂昱只好作罷。

邢忠恕和柯和貴、胡華去縣招辦開會，遞送招生名單和材料。柯和貴對邢忠恕說：「李小紅沒推薦上去，我們肯定要遭到宣傳部長縣招辦領導小組常務副組長李信群的批評。邢書記不要做聲，我去承擔責任，對付李信群。」邢忠恕聽了，很感激柯和貴。邢、柯兩人都清楚李小紅的內幕：她是原鳳凰區黨委書記李得紅的女兒，李得紅被尹苦海將了一軍，在黨內記了處分，調到市任工會主席，現在又上調到省公安廳任處長。在招生中，李得紅打電話給他的親信李信群把女兒推薦上來。李信群就把李小紅的事託付給劉堂昱。現在，李小紅沒有推薦上去，李信群就會發火，挑鳳凰區招生工作的毛病，進行批評。所以，柯和貴就作了這個思想準備。

果然不出柯和貴所料，李信群聽到柯和貴彙報的名單後，在有省、市招人工作人員在場的全縣招生工作人員大會上，大發脾氣，批評鳳凰區招生工作存在嚴重問題，還無中生有，說有人告狀說柯和貴「開後門」，要邢忠恕立即停止柯和貴的工作，招生工作重新返工。

柯和貴是了解李信群其人的，但沒料到李信群竟如此倡狂。柯和貴在一陣情緒衝動中，站起來反駁李信群說：「李部長，我一直尊重你是個有大學文憑的理論水準很高的幹部。今日所見，你卻是如此無知蠻橫。毛主席說：『沒有調查研究，就沒有發言權。』你仔細審閱過鳳凰區的政審材料嗎？你下去調查過鳳凰區的招生工作嗎？沒有！你只憑招生名單上沒有李小紅，在不到一分鐘內就橫加指責鳳凰招生工作。你為什麼如此大發肝火呢？原因不是柯和貴『走後門』，而是你想搞『走後門』，把李小紅弄進來。你知道我們為了幫你把李小紅推薦上來做了基層多少工作嗎？要說我的工作有問題，就是幫你『走後門』為李小紅跑了路。你要撤我的職，我只是協從犯錯誤，你是首犯，你要先離職！」

接著，柯和貴當眾揭發了李小紅和李信群關係、李小紅的插隊和基層不肯評議情況。會場一下子嘰嘰喳喳。氣得李信群如坐針氈。另一個招生副組長孔紅衛出面圓場，才使會議維持下去。會議審核的結果，鳳凰區招生名額比例適中，其他區招生名額比例失調，要重來。邢忠恕開始捏著一把汗，後來鬆下了一口氣，與胡華一起回區裡彙報去了，留下柯和貴做掃尾工作。

柯和貴留下後，與牛湖區招生材料負責人邢百煉住在一起，聽到邢百煉講了張志成招生案件。

欲知張志成案件如何，且聽下回分解。

第四十二回 老書記真人難露相 小夫子年少不更事

卻說柯和貴與牛湖區招生材料負責人邢百煉住在一起，談起了張志成招生案件。

邢百煉是柯和貴初中時的同班同學，在文化大革命是逍遙派，高中畢業後，由於取消了高考，就回鄉教民辦，後轉為公立教師，調到牛湖區中學教書。邢百煉比柯和貴機靈乖巧得多，到社會生活後，更加圓滑世故，更能適應環境生存。招生工作一開始，邢百煉就被抽調到區招生小組搞材料，他又把自己初中時的學生張志成要去做助手。張志成是牛山區東湖村人，初中畢業後，因外婆家在鳳凰區，就到鳳凰高中讀書，後與柯和貴一起搞專案工作，遭陳繼烈迫害後又回到東湖村當民辦教師，轉正為公立教師。邢百煉把材料、政審、主體發言等大事都交給張志成，自己落得個自由快活和相機而動的餘地。

牛湖區區招生小組組長是主管文教衛的副書記邱遠乾。邱遠乾在反右運動有功，從南湖小學校長一下上升為縣宣傳部副部長，後因與軍人之妻通姦被告發，在解放書記記關懷下，沒被判刑，只記了個黨內警告處分，降職到牛湖區當副書記。邱遠乾知識雖不高，但在眾多的文盲半文盲的工農革命幹部中鶴立雞群，大有革命理論家的派頭。

第一次區招生工作會議由邢百煉主持，張志成傳達了中央、省、市、縣文件後，邱遠乾作報告。

「請邱書記作指示。」邢百煉拖長聲音說。

會場上響起了熱烈掌聲。

張志成並不了解邱遠乾。在這之前，張志成聽到不少頌揚邱書記的話：什麼「堂堂一表」呀，什麼「講話言簡意賅、扣人心弦」呀，什麼「辦事深謀遠慮、當機立斷」呀，什麼「省十大理論家、市三個半才子之一」呀……張志成感到不堪入耳，渾身肉麻，心想：「這無非是一些人的吹捧罷了。」

今日，張志成有機會觀察邱書記了。張志成看那坐在講臺上的邱書記，雖然五十多了，但看上去只有四十剛出頭：身材魁梧，烏黑的頭髮後順，理成個毛澤東式髮型；前額泛著油光，面孔白淨，五官端正；最惹人的還是那漆黑的眼珠，閃著無限奧妙洞察一切的光。他一身穿著打扮別出心裁：潔白的絲綢襯衫，鈕子扣得很整齊，袖子挽到肘上，露出圓滾雪白的前臂；淺藍色的確良褲子，褲腳卷到膝上，裸著一截白晰的小腿；穿一雙棕色絲襪，套上嶄新乾淨的草鞋；一條白帶新草帽掛在肩後。這番裝束，使人想起偉大領袖毛主席從田間裡來，又馬上要到田間裡去的那幅畫像。

「嘿，果然堂堂一表。」張志成心裡在讚賞。他連忙在記錄本上寫：邱書記指示。

邱書記把右腿架在左膝上，顫悠著，動作很文雅地伸出白肥的手，接過邢百煉遞過來的旅行茶杯，輕擰蓋子，斯文地吹了吹茶葉，喫了兩口茶水，放下茶杯。眼視聽眾，不看講稿，微微啟開雙唇，侃侃而談：

「同志們，招生工作是選拔人才的工作，是關係到黨和國家命運前途的工作，我們的責任重大。所以我要對招生工作人員提出幾個具體要求：第一、要堅決糾正『走後門』的不正之風；第二、不能接待被招生對象的禮物，嚴禁到招生對象家吃喝；第三、要實事求是地調查、政審，不能弄虛作假；第四、要搞招生唯賢，不准搞招生唯親。」

邱書記停了一下，喫上兩口茶水，又說：

「去年，我區招生工作出現了招生唯親的問題，但我們發現早，糾正快，沒有造成惡劣影響。今年，區招生人員增加了張志成同志，他是個正直無私的嚴肅認真的小夫子，又有經驗豐富的邢老師，我相信，招生工作一定會比去年搞得好，會為黨為國選出真正優秀的人才。我的話完了。」

一陣熱烈的掌聲。

張志在沙沙地記錄著，記下了邱書記的每一句話。他感到邱書記的講話像鐵錘敲在鋼釺上，一下一聲，響聲重，力量大，句句有用。在聽膩了一國際二國內的冗長的公式般的報告的日子裡，能聽到這樣短小精悍的講話，真是一種享受。張志成在暗暗稱頌：「果然言簡意賅！」

張志成不覺抬起頭，用敬佩的目光向邱書記望去，正碰上邱書記那漆黑的眼珠投來的目光。四條目光相接，張志成這個倔強自負的年輕人拘束地低下頭來。

散會了，邱書記親切地拍著張志成的肩膀說：「小夥子，配合邢老師好好地幹，幹出成績來。」張志成感覺邱書記十分平易近人，很受感動，心裡在向邱書記保證：「放心吧，我一定要正直無私，絕不會像蔣中謀那樣自私，不會辜負黨的期望。」

張志成心裡清楚邱書記所說的去年出現的「招生唯親」，是指招生人員蔣中謀的錯誤行為。蔣中謀是張志成初中同學，成績好，為人也正直公道，沒想到掌握了一點招生權力就變質了，利用職務之便，把條件不夠的侄兒強行推薦上去排擠了優秀知青，被人告發了。邱書記秉公辦事，撤了蔣中謀的職，下放到生產隊勞改，半年後才回到東湖小學教書。

「嘿，卑鄙！哎，可惜！」張志成痛恨「走後門」，也就痛恨搞「走後門」的蔣中謀；又為蔣中謀因一念之差犯錯誤而惋惜。

根據邱書記的指示，邢百煉、張志成要到東湖大隊蹲點，抓出個典型來。當天下午，邢百煉、張志成就冒著烈日去東湖大隊。一路上，兩人說說笑笑。老邢說的儘是些笑話、小幽默。張志成一提到招生工作，老邢就滿不在乎地把話題叉開，去說他的笑話。張志成感到眼前的老邢與他初中時的邢老師判若兩人。那時的邢老師活潑，但講課很嚴肅，批改作業認真；而現在的老邢把嚴肅認真的招生工作也當作笑話來說，大有玩世不恭的態度。張志成不覺為邢老師擔憂起來，為招生工作擔憂起來。不過，這也有一個好處，兩人之間沒了鴻溝，張志成感到無拘無束了。

兩人來到東湖大隊外場，碰上了張志成的遠房表侄蔣中猛。蔣中猛是回鄉知識青年，看見了張志成，就喊「表叔」，掏出兩支煙，一支遞給張志成，一支遞給邢百煉。張志成不會抽煙，謝絕了。邢百煉是個煙囪，接著煙，就著蔣中猛劃燃的火柴點著。

「小夥子，夠出口條件了吧？」邢百煉伸出三個指頭，笑著問蔣中兒猛。

「什麼條件？」蔣中猛愣著，問。但他很快領悟過來了，笑著回答：「夠，夠，三個基本條件都夠。能不能出口，這就要邢老師和表叔關照了。」

「讓我們秤一秤後再說吧。」邢百煉說笑著，向大隊部走去。

東湖大隊負責知青工作的是團支書兼民兵連長潘要武。潘要武與張志成年齡相仿，二十三、四歲，個子不高，背闊腰圓，小學畢業。潘要武接待了邢百煉和張志成，派人去通知全大隊知青來開會。

知青們到齊了，潘要武主持召開招生工作會，講了一個很長的亂七八糟的開場白。張志成傳達了上級文件精神，講了招生物件的三個基本條件和一些原則。邢百煉只插了幾句話。會後，邢百煉和張志成到各生產隊普查知青情況，調查了兩天兩夜，掌握的情況很詳細，訂成冊子的材料一大堆。

第四天下午，潘要武主持召開了預選名單招生工作會，與會者五人：潘要武，婦女主任，貧協主任，邢百煉，張志成。區裡給東湖大隊錄取的名額一人，預選兩人。張志成把調查的材料放在桌子，準備憑材料提出兩個預選名單。

「潘大炮，你把大隊黨支部的意見先說一下。」邢百煉叫潘要武提名單。

「根據大隊黨支部決定，預選潘貴生、蔣中猛兩人，潘貴生第一名，蔣中猛第二名。」潘要武把潘貴生瞎吹了一通，又夾七夾八地說了許多「入他娘」、「雞巴毛」之類的話。

這個預選名單出乎張志成意料之外。張志成從調查材料得出的預選名單是潘民國、蔣霞。特別是潘民國，在學校時成績優秀，在生產隊與社員同工同勞，還進行了科學實驗，設計出腳踏打穀機，試製成功了，是一項了不起的發明。而潘貴生，群眾反映很壞，在學校不讀書，在生產隊好逸惡勞，平時吊兒浪當，打架罵人，做賊為盜。張志成對潘要武提的名單憤懣不平，想起邱書記的講話，一種「為黨為人民選出真正優秀人才」的高度責任感在內心衝動著，拿出潘民國的材料，語氣有些急促地說：

「沒有調查，就沒有發言權。離開調查材料，單憑摸腦殼，就違背了招生原則和邱書記的指示。邢老師和我辛苦調查了兩天兩夜，認為潘民國、蔣霞比較好，特別是潘民國表現很突出。至於潘貴生，也是東湖大隊的名人，我不作評論，大家心裡都清楚是什麼樣的名人。」

張志成說著，拿起潘民國的檔案念起來。

「入他娘的！念個屁！」潘要武發火了，斬斷張志成念材料，罵了起來。他質問張志成：「入他娘的！是你說了算，還是大隊黨支部說了算？你還要不要黨的一元化領導？」

張志成被潘要武這種無理粗野的言行激怒了，毫不相讓地反駁：「你潘要武跟老子說話時嘴巴放乾淨些，凡是罵別人的髒話都拿回去罵自己。我不是在辦私事，是在為黨搞招生工作。大隊黨支部是黨的一級領導，錯誤的決定不能代表黨的領導。誰也不能說了算，事實和真理才說了算。」

兩個青年人爭吵起來了，吵得拍桌推椅，要打起來。這時，沒說話的邢百煉才站起來，要兩個人坐下。潘要武、張志成都坐下了，各自抑制著情緒，聽邢老師說話。

邢百煉詼諧地說：「我們都是一個欄子裡的，都是為黨辦事，不要相角觸了。」邢百煉接著插科打渾了一陣，讓氣氛緩和下來，他才說到預選名單的事：「小潘，你是這裡的飼養員，對東湖大隊的豬仔滾瓜爛熟。張志成也掌握了不少材料。你們黨支部的決定，我和小張不反對，可不能違反招生原則呀。要憑材料說話呀。你剛才說的潘貴生的材料太籠統了，沒有說服力，上報到區、縣會退回來，你大隊的指標就被別人占去了。潘貴生的材料要充實，要有較突出的表現，譬如：為革命臨危不懼，為集體毫不利己，對階級敵人鬥爭性強，等等。沒有這些突出表現，潘貴生就不能推薦。」

「這個……」潘要武真的摸起腦殼來。

「潘連長，有人找你。」這時，門外有人喊。

潘要武出去了。過了一個多小時才回來。潘要武笑著說：「什麼雞巴的事都來找我，漁場要去解決糾紛。」潘要武說著，掏出一個本子，翻開，說出了潘貴生幾個突出表現：「一、在前年防汛中，湖堤被沖了，潘貴生第一個跳下去堵缺口；二、去年買抽水泵，生產隊的錢不夠。潘貴生把家裡的肉豬賣了，把錢支援隊裡，還與母親吵一架。三、前年夏天，地主份子潘龍善提著農藥陰謀去毒死隊的耕牛，被潘貴生發現了，與潘龍善搏鬥，打殘了潘龍善，救出了耕牛，維護了集體利益。潘貴生的英雄事蹟還有……」

「好了，好了，有了這三條就行了，口說無憑，要有貧下中農的證明材料。」邢百煉說。他用眼神示意了張志成不要說話。

張志成聽了潘要武的話，很氣憤，這完全是憑空胡編出來的，與事實恰好相反：一、潘貴生看到堤壩要垮了，拔腿就跑，跑到離缺口十幾丈遠的地方，由於慌張，跌進水裡，被地主份子潘龍善救出水。二、五十多歲的潘龍善背著噴霧器，提著農藥去給中稻殺蟲，路上碰著潘貴生。潘貴生強迫潘龍善去給他的自留地的蔬菜打農藥。潘龍善害怕公藥私用，會挨批鬥，就請求潘貴生去給隊長打個招呼。潘貴生就把潘龍善毒打一頓，打折了腿，向隊長誣告潘龍善拿了農藥去毒害耕牛。這件事已被隊長查明。三、前年端午節，潘貴生家私殺豬賣肉，被公社食品人員發現了，沒收了錢。後來隊長和潘要武出面向食品站求情，收回了部分錢，借用五十元錢為隊裡買水泵，年底時還給了潘貴生家。今日，潘貴生的劣跡反而變成了英雄事蹟，張志成怎不憤慨呢？張志成不理會邢百煉的暗示，理直氣壯地指責潘要武說：「你在顛倒黑白，群眾反映的情況是……」

「入你娘的十八代！你滿口群眾，群眾，不要黨的領導了！」潘要武叫罵起來。

「沒有群眾的證明材料，我絕對不把你的假話當證明材料。絕不會推薦潘貴生。」張志成不讓人。

「潘貴生一定要作為第一名推薦，不推薦，老子就砸爛你的狗頭！」潘要武蠻橫起來。

「我肯定把潘民國作為第一名推薦。」張志成針鋒相對。

「你倆不要爭了，潘民國、潘貴生都推薦。如果潘貴生如潘要武所說的那樣就作為第一名，如果沒有生產隊和貧下中農的證明材料，就作為第二名。」邢百煉說。

「大隊黨支部的決定不能改，蔣中猛也推薦上去。」潘要武說。

「邱書記說：不能『招生唯親』。蔣中猛雖然是我的遠房表侄，但是他表現不突出，就應落選，不用推薦。」張志成表現出大公無私。

「好啦，不用爭。預選名額多一個不要緊，中途有人落選，就補上去。」邢百煉說。

「蔣中猛就作為第三名，當個候選人。」潘要武補充說。

張志成堅決反對蔣中猛當候選人名額，但多數人同意了，只好服從，保留個人意見。

下午五點多，會議才結束。這時，門外走進一個國家幹部模樣的中年人，笑著向邢百煉、張志成打招呼，遞名牌香煙。張志成不接煙，邢百煉接著就抽。

「這是潘貴生父親，縣供銷社副主任。」潘要武作介紹。

「我為公事路過家門，聽說邢老師在這裡，就順便請大家到家裡吃餐便飯。」潘貴生父親笑著說，「請邢老師和張老師賞臉。」

張志成想起邱書記的話：「嚴禁到招生對象家吃喝。」很不高興地說：「老潘同志，謝謝你，我們不能去，改日再來吧。」

「張老師，你還不了解我，我也是共產黨員，國家幹部，是有覺悟的，不會『走後門』。我不是為貴生升學的事來，是尊師重教。邢老師是當地有名望的讀書人，人人尊重他，我與我也是老朋友了，隨便上門玩玩，不礙事的，請不要誤會。」潘貴生父親說。

「算了吧，不願去就不去。邢老師，我們走。」潘要武不耐煩了。

「好，好，好。小張還要寫綜合材料，他留下辛苦一點吧，我去應酬一下。」邢百煉說。

眾人去了。張志成望著邢百煉的背影，心裡在不滿地想：「邢老師太不像話了，對重大原則問題都漫不經心，嘻嘻哈哈。我真擔心他會落到蔣中謀那樣的下場。等他回來，我要嚴肅提醒他。」

直到半夜，邢百煉才回到大隊部睡覺。在燈光下，還在工作的張志成看到邢百煉陷凹的兩頰滲出了兩片不大的血色。

「邢老師，我請你解釋兩個問題。」張志成沒等邢百煉坐下，就說。

邢百煉看到張志成那一本正經的神態，大笑著說：「哈哈哈，好好好。志成，我肚裡裝滿了熱酒，在冒火發汗哩。你再從外面給我加火添熱，我就會被燙死呀。我知道你要我解釋什麼問題，你不用說出來啦，就悶在自己肚裡，讓那些問題爛掉，變成大便排出去。」邢百煉說著，從褲袋裡掏出一個大紙團，丟給張志成，又說：「這是潘貴生的證明材料，人家搞好了，用不著我倆去費心費力了。我喝醉了，要睡了。」邢百煉兩腳晃扭著，向內房走去。

張志成打開那紙團，展開，撫平，是潘貴生那三個英雄事蹟的證明材料，上面有群眾按的手印，有貧協組長、生產隊長的私章印，有大隊黨支部的公章和支書的簽名。張志成不相信這是真實的，就向著內房喊：「邢老師，我懷疑這裡面有鬼。」

「志成呀，不要那麼想，要相信黨，相信群眾。社會與學校不一樣，你不要太夫子氣了，要機靈。」邢百煉沒有笑，很嚴肅地說。

張志成再問，邢百煉就呼嚕起來。

張志成真是夫子氣十足，想不通，呆坐著，眼前浮現出邱書記那兩顆漆黑的眼珠發出的洞察一切的光……他說：「好吧，在東湖大隊說不清楚，等到區招生工作會，我就如實地把問題擺出來，讓邱書記秉公處理。」

邢百煉和張志成離開了東湖大隊，又去別的大隊工作。兩人忙了半個月，把各大隊確定的預選名單和政審材料帶回區招生小組。

邱書記主持召開了預選名單篩選會。他還是那樣偉岸，那番裝束，那樣安祥地喫著茶水，聽著各大隊招生工作彙報，有時記錄著。

東湖大隊潘要武最後發言。他沒有髒話了，先很客氣地頌揚了邢百煉、張志成的工作如何深入細緻，然後彙報了潘貴生、潘民國、蔣中猛的預選名單順序，重點講了潘貴生的英雄事蹟。

「東湖大隊怎麼報了三人預選名字？」邱書記抬頭，盯著潘要武，嚴肅地問。

「蔣中猛嘛……他是候選人。」潘要武故意含糊其詞，目示張志成。

「搞什麼候選人？另搞一套，快收回去。」邱書記臉上起了陰雲，擺出威嚴。

「好，好，好。小潘，快收回去。」邢百煉笑著說。

「我們收回去。」潘要武笑著。

「小張，我看你好像有話要說。」邱書記真是洞察一切，看到了張志成雙唇在儒動。

「是的。」張志成很激動。

「小張，會議安排得很緊，很周密，你不要節外生枝，有話會後再找後書記談心。」邢百煉連忙嚴肅地插話，用手指暗中扯張志成衣服，不讓說話。

「老邢，不要剝奪別人的發言權。小張，有話會上說，不要會後亂說。」邱書記說。

「好。」張志成很感激邱書記。他也注意到邢百煉有難言之隱的神情，心裡決定不把吃喝的事公開抖出來。張志成簡介了東湖大隊知青概貌和調查情況，重點談了潘民國的突出表現和發明創造，說明了潘貴生三個材料不是邢百煉和他調查出來的，而是潘要武在大隊辦公室摸腦殼想出來的。張志在最後說：「我個人認為，潘民國應重點推薦。」

邱書記一聽，逼視著潘要武，聲色俱厲地批評說：「我反覆強調要實事求是。你潘要武怎麼不相信招生工作人員的調查而在辦公室裡想出了材料呢？」

「我……我早就掌握了潘貴生的材料。東湖大隊有哪個知青我不熟悉？」潘要武說。

「算了吧。我和張志成同志有同感。東湖大隊名單暫時放一下，明天老邢和小張再去東湖大隊復查，如果潘貴生材料有鬼，我要嚴肅處理。」邱書記果斷地說。

「嘿，果然處事當機立斷！」張志成十分敬佩邱書記。他抬起頭來，微笑了。這是勝利的喜悅。

第二天吃了早飯，張志成到邢百煉房裡去催促著快去東湖大隊復查。這時，區裡來人通知要開全體招生工作人員緊急會議。

「還開什麼會呢？」張志成問邢百煉。

「我也不清楚。」邢百煉沒有笑，聲音有些悲哀。

「莫非是……」張志成望了邢百煉一眼，把要說的話咽下去。他想：「莫非是那吃喝的事被人告到邱書記那裡去了嗎？如果真的要整邢老師，我可要找邱書記為邢老師作解釋。邢老師只是個參與者，作個自我批評就行了。」

張志成憐憫地望著邢老師那陷凹的臉頰，悶悶不樂地走進會議室。

會議室坐不是邱書記，而是區人武部部長、區革委會副主任兼招生領導小組副組長孫志剛。孫志剛是個轉業軍人，有立場堅定、鬥爭性強的美名。這時的孫志剛烏著臉，抓著一個紅絡茶杯，一口一口地猛喝茶水，講臺上有個棕色信封。

張志成看到首席領導人更換了，更為邢老師捏著一把汗。邢百煉好像對孫志剛不屑一顧，和別人說笑，只是看張志成時閃著悲哀的目光。

「現在開會，邱書記有急事要去辦，不能來參加開會。」孫志剛鐵著臉，從信封裡抽出一封信來，說；「潘要武，你先把這封信當眾讀一下。」

潘要武雄糾糾地走到孫志剛身旁，拿起信大聲讀起來：

「憤怒揭發區招生工作員張志成『招生唯親』的罪行！」

這真是晴天霹靂，張志成一下子被震得頭暈目眩，腦門熱血上湧，兩耳嗡嗡，只模糊地聽到潘要武憤怒的聲音在斷斷續續：

「……張志成一到東湖大隊，就與他的表侄蔣中猛見面，接受蔣中猛的名牌香煙，……與蔣中猛嘀咕咕，……搞什麼候選名單的鬼把戲……企圖把姑父是惡霸份子的蔣中猛塞進社會主義的大學，……張志成為了達到這個卑鄙的目的，不惜拋開黨的領導，搞個人獨裁，打擊和誣陷共產黨員、革命幹部的子弟、優秀青年潘貴生和潘民國，……我們雖然只有兩個人，但是，我們身後有黨的領導，有廣大知識青年的支持，有貧下中農撐腰，為了正義，我倆不畏懼手中有招生大權的張志成的迫害，……我們憤怒控訴張志成的罪行，強烈要求區黨委對張志成這個革命幹部中的敗類繩之以法。

揭發人：東湖大隊知識青年潘貴生、潘民國」

潘要武吼完了，孫志剛接著吼：「我代表區黨委宣佈：張志成停職反省，交東湖大隊監管，勞動改造！」

「嘿——」張志成從鼻孔裡噴出了嗤聲。他清醒過來了，兩眼狠狠地盯著潘要武、孫志剛，感到正義與罪惡、白與黑被這些傢夥顛倒了。他要用熾熱的語言，用真理的光輝來驅散這彌天大謊。他提高嗓門怒喊：「等等，我要申辯……」

「他媽的！，不准這傢夥放毒，押走！」孫志剛粗魯地命令。

「入他娘的！老子早就想揍你了！」潘要武一步跨過去，伸出左手，揪住張志成的衣領，右手握拳，向張志成腹部打去，又一腳，左手一掌，把張志成拋出好遠。

「不准打人！」邢百煉忍不住了。上前攔住潘要武，厲聲喝道。他招呼潘要武帶來的兩個民兵把張志成帶走，反覆叮囑「不准打人」。

「我要見邱書記！」被推出大門的張志成叫喊。

張志成被押著往東湖大隊走。在路上，潘貴生、潘民國說說笑笑地迎面走來。

潘貴生看到了張志成，左手插在褲袋裡，用右手指敲著張志成的前額怒吼：「入你娘的王八蛋！你算老幾？你知道老子是誰嗎？明白地告訴你，老子是邱書記的內侄，邱書記是老子的姑父！我姑父相信你，給了你一丁點招生材料權。入你娘的，你就有眼無珠，狗咬呂洞賓了！老子今天不是為了要去上大學，就把你的骨頭拆散開來，看你還神氣什嗎？」

「算了，算了。」潘民國勸住潘貴生。他又對張志成說：「你這個人作得也太過份，你只管去推薦你的表侄蔣中猛，為什麼要誣陷貴生和我呢？我們跟你前世無仇，今世無冤呀。你真是辱沒了斯文！」

張志成想辯解，但潘民國拉著潘貴生走了。

「嘿，蔣中謀呀，我倆都被人利用了，被冤枉了！」張志成向前額痛擊一掌，無限悔恨地叫苦起來。

這時，在張志成的眼前，邱遠乾那漆黑的深邃的眼珠閃出陰森可怕的綠色的鬼火般的兩個點。

此時的張志成，還只認識到眼前的邱遠乾、潘要武、孫志剛把正義與罪惡、白與黑顛倒了，卻還沒有、也不敢追溯上到他們的偉大領袖毛澤東也是一丘之貉。

邢百煉回憶到這裡，深深地嘆惜起來：「哎——，張志成、蔣中謀是多麼好的青年知識份子啊！卻一個個被陷害了。」

「你不能設法把張志成營救出來嗎？」柯和貴問。

「不需要吧。去年蔣中謀勞改兩個月就返校教書了，估計張志成在九月份要回校吧。」邢百煉說。

「你怎麼事先不提醒張志成呢？」柯和貴埋怨著問。

「我害怕呀。社會險惡，人心不古。我曾經被我的一個學生誣陷過。如果我事先向張志成揭露了邱遠乾的陰謀，張志成少不更事，積極求功，向邱遠乾奏我一本，我不就比張志成的下場更慘了嗎？我已經幾次暗示了張志成，他只迷信邱遠乾，覺察不出我的好意。我問心無愧。」邢百煉辯解著。

「你應該永遠內疚。在你的手下，接連有兩個正直的青年知識份子被栽害。」柯和貴批評說，「你太自私了，一心只保全自己，疑心多端，又沒勇氣與同事交心，沒有正義感去營救受害者。」

「好你個柯和貴，你了不起，是俠客，好漢！我是自身難保，還有力氣去救別人嗎？」邢百煉叫起屈來。他又說：「柯和貴，我正告你，你是打不平天下的！你那性子是吃虧上當的性子，張志成就是受了你的影響才吃虧的。你得罪權貴太多，吃大虧的時候在等著你哩！」

「我雖然打不平天下，但在我的腳下，要把路面上的尖石頭踩平；讓埋尖石頭去害人的惡人少點歡笑，讓過路的善人少點痛哭。我雖吃虧而無憾！」柯和貴正氣凜然地說。

邢百煉不答理柯和貴，睡去了。柯和貴也上床睡了。縣招生工作完成了，鳳凰區的知青按照柯和貴整理材料的順序被錄取了：方巨惠、董宜彬到江南大學政法系，黃豐盛到中國民族音樂學院，邱雲海到人民大學黨史系，其餘知青不一一敘述了。

柯和貴搞完了招生工作，被伍光華組長推薦到縣裡去寫縣誌，使柯和貴又有時間鬧出事來。

欲知柯和貴又鬧出什麼事件，且聽下回分解。

第四十三回　周將軍保英雄本色　柯布衣弘書生正氣

卻說柯和貴被抽調到撰寫縣誌班子裡工作，這正合了自己的興趣，就一心一意地調查和撰寫永安縣歷史，不去關心那現實的階級鬥爭。柯和貴的日子過得很快，一晃就兩個年頭。

這年冬天，永安縣縣委決定圍墾貴河下游的萬傾洪荒湖為良田，集中了全縣五十多萬勞動大軍在水利工地上，學校停課，師生們都去參加勞動。

洪荒湖橫亙百里，是永安縣最大的湖泊。貴河上游已被截住成了水庫，中游兩岸都被圍墾了，貴河兇猛的洪水只有到這洪荒湖才能得到蓄洪，水勢平緩下來。現在，「敢教日月換新天」的英雄們，卻要在這洪荒湖表出出「與天鬥，與地鬥，與人鬥」的英雄氣概了。

一天，柯和貴為了寫好大烈士陳新國事蹟，要去洪荒湖工地查訪一位老赤衛隊員。天一濛亮，柯和貴就向洪荒湖工地走去。一路上，村莊寂靜，雞犬之聲不聞，更沒有人聲。真是：「千村薜藶人遺矢，萬戶切蕭疏鬼唱歌。」柯和貴走上貴河堤岸時，天大亮了。寬闊的洪荒明朗起來：枯黃的湖草蒙著白霜，結冰的湖水泛著祟光，被兩條長堤夾住的貴河，河床很窄，河水下落，像一條被枷住的青龍，靜靜蜷縮著身子。

柯和貴沿著老堤走了五、六里路，來到了洪荒湖水利工地。在柯和貴眼前，一派壯闊的熱火朝天的勞動戰鬥場面出現了，與那沉寂蒼涼的自然景象形成反襯。正在建築的黃土堤坎像一條黃龍，與貴河那條青龍相隨而行。堤上，在晨風中招展的紅旗望不到頭；堤內，一片刨去了湖草的新挖的黃土坑窪在伸展；遠處，人們像螞蟻一樣在堤上堤下爬動；近處，看得清人們在揚鍬，揮鋤，挑擔，打夯；聽到見喇叭聲，吆喝聲，爭吵聲，老人的呻吟聲，小孩的啼哭聲，「喲吙吙」的起哄聲，「嘿喲嘿喲」的打硪聲……這真是：「天連五嶺銀鋤落，地動三河鐵臂搖。」

柯和貴走上新堤。堤上人很擁擠，不能放開步子走，要小心地給勞動的人讓路。柯和貴知道水利工地的勞動大軍是按軍事編制組織起來的，縣為指揮部，區為團，社為營，大隊為連，小隊為排，下分班組。新堤上有一條條隆起的新土壩，像斜搭在堤上的一條條長形高粱糕，丘壑分明；堤下湖坪上有一條條被挖出的長方形土坑。勞動者各自在自己的壩上和坑裡來回，時常為分界線爭吵打架。收方員在忙著拉皮尺量土方。

柯和貴打算先去看愛人李秀雲。他停停頓頓地走了二十餘里，來到南柯大隊堤段。柯和貴一眼看見自己剛滿周歲的兒子良文。良文坐在一個土坑裡留著量土方的圓土墩上。柯和貴急忙跑過去。良文看見爸爸，哭著揚起小手。柯和貴一下子又抱起良文，端詳著：良文頭髮濕濕的，胖臉紅紅的，滿是凍皺；涕淚流到下巴，糊到嘴巴兩邊，結成了涕殼；小手儘是黃泥，手背生了凍瘡；褲子全濕，屁股紅腫；那塊放在土墩上墊坐的棉墊，濕透了，冰冷的，能捏出水來。柯和貴這個堅強不屈的硬漢子鼻子一酸，像孩子一樣哽咽地哭了。

「李秀雲，過來！」柯和貴發怒了，大叫。

李秀雲在挑土，不理柯和貴。她昨夜突擊時沒完成任務，今天要把土方補上去，不然，要扣工分，挨批鬥，還會使全排落後，大家不能回家過春節。

柯和貴又叫。排長柯善柱對著柯和貴喝道：「你不看勢頭嗎？秀雲完不成任務就慘了，你去幫她挑幾擔土，不就行了嗎？只管瞎喊。」

柯和貴不理睬柯善柱，又叫：「你不要挑土了，再挑，孩子就死了！」

「革命是會有犧牲的。」柯善柱說。

「你去死，死了是條狗！老子的兒子不能死！」柯和貴向柯善柱怒吼。

「和貴今天怎麼啦？誰得罪了他呀？」

「一個斯文人罵那難聽的話，失了身份。」

「這是不知道我們勞動的苦呀。」

「李秀雲，你去吧，不要讓和貴鬧事。」

……

人們七嘴八舌地說。

李秀雲放下擔子，走過來，沒好氣地說：「你發什麼神經呀？」

「我叫你不要去挑土，回去帶小孩子。」柯和貴命令似地說。

「你有那大本事不讓我挑土嗎？」李秀雲哭了。

「別哭了，回工棚裡去再商量。」柯和貴看到李秀雲那個勞苦傷心的樣子，很是疼愛。

李秀雲走在前頭，柯和貴抱著良文跟著，來到工棚。棚門很低，要彎腰進去。棚裡一排統鋪，木架上鋪著水竹竿，一排又尖又硬的竹竿頭伸出墊棉被，一不小心，就會刺傷人。柯和貴放下良文，良文向床邊走去，面孔剛好對著床邊竹尖。柯和貴連忙去拉開良文。

「好險呀，一下子就會把眼睛戳瞎。」柯和貴說。

「你這麼小心行嗎?你一走，良文還不是住在這棚裡。」李秀雲說。

「那些蠢人，怎麼不把竹尖砍平？」柯和貴怨恨地說。

「人家是有任務的，哪有時間去幹不記工分的活？」李秀雲說。

「幹部應該管管呀。」

「幹部只管土方進度和標工數位，死人的事可管不著。」李秀雲說，「獨山塊連一個婦女用棉襖卷著三個月的兒子，坐船來工地，上岸時發現棉襖裡沒有兒子，就哭喊著要去找兒子。划船的說，聽到水裡『咚』的一聲響，可能小孩落到貴河裡去了。隊長把那個女人喝罵了一頓，人們譏笑了一陣，那個婦女照常來工地挑土。」

「無情！殘忍！」柯和貴叫道。

「比這更慘的事還有哩。」李秀雲說，「沙河團夜裡發大火，燒死一百多個男女。指揮部命令不准哭鬧，不准把屍體運回去，不聲不響地就地埋了屍體，給每個死者家屬減了二十個標工，死了的五類份子不減標工。在這工地的人，把生死看淡了，不把命當一回事了。」

「悲慘！慘無人道！」柯和貴悲憤地叫喊。

「爸爸，我餓了。」良文喊著。

「還吵餓嗎？餓死算了！」李秀雲用手指揪了良文腮幫，咒道。

「你做得起火了，可不能把火發在孩子身上。」柯和貴批評李秀雲說。他抱起良文，很心疼地吻著。良文大聲哭起來。

「不是你沒能耐，我來做苦工嗎？」李秀雲吵起來了。

「秀雲，你可不能這麼說。」柯和義走進工棚接住話頭說，「工地上少說有二十萬個婦女，你怎麼能責怪和貴呢？」

「那些做官的老婆又不來做，有的花錢買了標工也不來做。」李秀雲說。

「你當時就不該配教師呀，配個大隊支書記就好了。但大隊支書也沒工資呀。」柯和義笑著說。

「我知道是這個樣子，還不如配個生產隊長。」李秀雲說。

「和義哥，我說這裡是大勞改場，比築長城、開運河還殘暴一百倍。」柯和貴沒去理會李秀雲，心裡惦著大問題，忿忿地說。

「你一來工地就亂喊反動話，想把你的國家教師的飯碗砸了嗎?又沒有要你來做，你就少管閒事了。」柯和義教訓柯和貴說。

「可是我的家屬在做苦工呀，那些可憐的農民在服苦役呀。」柯和貴說。

「你有本事就不要我和孩子在這裡受苦了，管別人的屁事幹什嗎？」李秀雲又吵起來。

「好吧，你馬上抱著小孩回家去，這裡的事，由我來擺平。」柯和貴說。

「弟媳，你不要聽他瞎說瞎鬧，弄不好鬧得一家人不安寧的。為人妻，要做個賢內助。你就在工地辛苦些，讓良文回去給嬸娘帶。」柯和義怕柯和貴出事，勸起李秀雲來。在柯和義心裡，李秀雲是個起內亂的不賢德的女人，又自以為是，愚不可教，還不及石小春。石小春愚蠢，但忠厚老實，不煩人，不添加丈夫的火氣。他真想不通，柯和貴這樣一個聰明的人怎麼不選高雲英而去愛李秀雲，他真擔心嫉惡如仇、情緒愛衝動的柯和貴沒一個賢內助的勸慰，會招來怎樣大的禍難。

「和義，要吃早飯了，快來結算土方。」排長柯善柱在喊。

「你倆不要在這工土上吵了。和貴，你去幹你的工作，不要管這裡的事。」柯和義交待著，出工棚去了。柯和義是排裡的收方員，要及時結出土方、計算進度。

柯和義走了，柯和貴對李秀雲說，要想法子讓她脫離生產隊，不能被「三基本」困死。李秀雲說只要她不背「三基本」、不上工地，少吃少穿都心甘情願。

柯和貴夫妻倆正商量著，工地上傳來了喝彩聲：

「好樣的!再加一鍬!」

「加油呀，加油呀!」

……

柯和貴不知發生了什麼事，就鑽出工棚，來到工地上。

工地上，七排的人都圍站著，看著大塊頭柯東山挑土。柯東山用兩支毛竹扁擔疊著，一頭一隻鐵絲大筦，帶草的大土塊在筦上碼得很高，一擔有三百多斤，挑著上高堤。眾人鼓動喝彩。

柯和貴問了情由。原來，柯東山每天叫著吃不飽肚子。排長就說：「多勞多得。薛仁貴一人幹三十六人的活，就吃三十六的飯。你能一人幹兩人的活，就吃兩人的飯。」記工員也打趣地說：「今天早晨，只要柯東山能加挑每擔三百斤的土十擔，就嘉獎一斤米的飯。」柯東山在眾人的慫恿下就挑起土來。

「……四擔……五擔……六擔……」人們叫喊著。

柯東山挑到第七擔土時，上堤的腳步不穩重，一點一點地向上挪，到了最陡最滑地方，左腳一滑，連人帶筦滾下堤來，在一堆亂土塊上躺下。

柯和貴連忙上前，看到柯東山嘴裡冒白沫，手抓住腰部，知道柯東山扭傷了腰，太累了。柯和貴就喊人來抬柯東山。

「不能動他，一動就有生命危險。讓他歇一盞茶的工夫，我再給他推拿。」族中推拿高手柯慶如說。

柯和貴離開柯東山，來到柯慶如身旁蹲著。

「那一斤米的飯還給不給？」有人笑著問記工員。

「給他也吃不下了。」記工員笑著說。

「下次給。」有人提議說。

「他輸了，排長不會給的。」記工員說。

「他挑了六擔，應該給六兩，至少也要給半斤。」有人爭辯。

……

大家正說笑著，從堤壩東邊走來了五個人。大家立即像老鼠見了貓一樣不作聲了，拿起勞動工具幹活了。

「起來，懶蟲！誰叫你躺在土坑上睡懶覺的？」

柯和貴抬頭一看，是南湖公社書記陳繼烈，一邊叫罵，一邊踢打柯東山。記工員和在場的人都不敢上前作解釋。柯和貴要起身上前，被柯慶如一手按住，小聲喝道：「不能上前！今天的人物不好惹。」

柯和貴看那五個人：一個是紅石區黨委書記劉耀武，一個是周雷霆將軍，站在周雷霆將軍身旁的兩個青年，穿軍服的大概是警衛員，穿便服的大概是小車司機。柯慶如說的「不好惹」的人物是周雷霆將軍。

周雷霆將軍是「長征式」將軍，比解放書記厲害百倍。他是個軍功顯赫、具有傳奇色彩的大英雄。傳說，周雷霆是大渡河十八勇士之一，得了毛主席頒發的免死牌，就是說，周將軍不管犯有多大的罪，自己都沒有死罪。周將軍在朝鮮戰場上是軍長，美國佬聽到他的名字嚇得發抖，不戰而退。周將軍本來是某大軍區副司令員，應該上調到中央去的，但他太愛玩了，不願到中央去受約束。周將軍一個月要玩四、五個女人。他說：「玩女人，不要只講漂亮，要講味道，講營養。以漂亮的少女為主，老的醜的也要。這樣多樣化，對身體有好處。」周將軍有一個怪癖，喜歡吮吸少女的淫水，撕咬女人的陰蒂，被他咬傷的女人有一百多個。周將軍還有一個怪脾氣，他玩女人時，有人去打擾，就不瞧那人是誰，隨手一槍，把那人擊斃，被他打死的有十幾人。周將軍這些傳奇故事，在被周將軍解放了的革命幹群中有聲有色地傳播著，講者眉飛色舞，聽者津津有味，感到這是多令人仰慕的革命老英雄，這是多麼令人傾慕的神仙生活啊！

但是，周雷霆將軍也有不愉快的事，也有令他害怕的人。周將軍自己說，他怕三種人。第一種人是老帥們，但他不恨他們；第二種是亡命的青年農民，這群傢夥又蠢又不要命，他恨他們；第三種是學生造反派，這群傢夥不怕權威，迫害老幹部時還講一番道理，使人死有餘辜，他最恨他們。這三怕都是他親身經歷過的。

據說，一九五八年夏，有人把周雷霆將軍強姦女學生、咬女人陰蒂、用手槍打死人的事蹟上告到周恩來總理那裡。周總理聽了，微笑了一下，就給周雷霆的老上級——一個老帥掛電話，說：「你的小周玩心太大了，愛遲到早退，我把他的材料批轉給你，你要批評他。我建議，他再不能在軍內、政內任職務了，只給他個名譽頭銜，讓他過清貧生活。」那位老帥就把周雷霆叫去了，傳達了周總理的指示。周雷霆聽後火了，罵起人來，說是陳猛那傢夥忌妒他的軍銜，告他的刁狀！憑個「遲到早退」就罷他的官，他想不通。那老帥也火了，罵道：「他媽的，你這小子不識好歹！你奸了那麼多女人，咬了女人的肉，還打死了人，是犯了死罪。總理關心你，把這些罪行當作『遲到早退』來原諒你。你他媽的，你還有個鳥氣不服的？你快給老子安分守己些，不然老子撤你的軍銜！」周雷霆還是想不通，就發問：「我冒死三次打下天下，玩幾個女人、槍斃幾個敵人，算什嗎？主席不也玩女人嗎？」老帥聽了愚蠢的周小子扯到主席身上去了，大怒，罵道：「你這猴頭算個屌？能與主席比嗎？皇帝也有三宮六院。主席那麼偉大，也只能讓組織上安排女服務員。主席玩得很文明，像你一樣胡來嗎？沒有主席，我們這些人能有今天嗎？主席玩是為了健康，主席的健康是全黨、全軍、全國人民的願望和幸福。你這猴頭，今後再敢扯到主席身上，老子就斃了你！你快快給老子滾回去！」周雷霆就滾回來了。他給他的部下黃土市委書記解放打了個電話，住到黃土市花湖中一座小山包的別墅中。周將軍是打打殺殺的人，如何閒居得住，經常要省委、市委給他掛名譽頭銜，有個名目出去遊蕩，玩女人。

一九五九年春，永安縣在貴河上游築壩建水庫，周雷霆向解放要了個名譽指揮長，到水利工地途中閒逛。在水利工地四里遠的山坡，有所高中學校。周雷霆要司機把小車開到高中學校內，視察學校工作。他站在操場上，走廊上，色迷迷地看看女生走路、做操、吃飯、上廁所。警衛很忠於首長，出主意說：「每星期六下午用小車送女生回家。」周雷霆很高興。這樣，每個星期六下午，就有一個女生上周雷霆小車。司機把小車開到偏僻地方，讓周將軍去玩女生。在周將軍所玩的女生中，有個叫郭杜鵑的最得寵幸。後來，郭杜鵑懷孕了，周雷霆讓醫生給打了胎，郭杜鵑卻因此失學了。郭杜鵑父母知道了底細，感到奇恥大辱，但不敢反抗，只好不讓女兒出門。可是周雷霆不管這些，不把一家農民放在眼裡，公然把小車開到郭家，逼郭杜鵑上小車。這可不是郭杜鵑一家的事，而是整個郭家壟家族的奇恥大辱。郭家壟村有四百多戶，是個封建閉塞的山村，歷史上專門出強盜好漢，村裡有不少老紅軍戰士、赤衛隊員、游擊隊員，還出了個在福建省某軍分區當司令員的少將。周雷霆的行為激起了全村人的憤怒，就組織了以郭杜鵑的二十三歲哥哥為首的十八人敢死隊，準備燒毀周雷霆小車，把周雷霆和他的警衛員、司機拖到山谷裡活埋掉。可是，人心不古，在敢死隊中出了個想做官的叛徒，向周雷霆告了密。周雷霆不信，心想：「哪裡有比我還不怕死的？哪有敢反共產黨和人民解放軍的？我敢造國民黨的反，是因為有毛主席的宣傳和領導，難道郭家壟出了毛主席不成嗎？」周雷霆雖然不相信，但沒有原來那樣不怕死了，他把自己的手槍上了五發子彈，要警衛員的手槍也上五發子彈，命令司機放靈活些，照常去郭家壟。

周雷霆的小車從公路轉入機耕路，顛簸到村口。突然，五、六個吐著火舌的玻璃瓶向小車擲來，打得車子玻璃乒乓乒乓地響，沒打進車內，滾到地上，起了火。隨之，從屋巷裡衝出一群手持木棍大刀的青年。司機靈活地一踏油門，小車向前一衝，拐個急彎，撞倒兩個青年，轉回奔去。那些青年窮追不捨。周雷霆開了五槍，擱倒三個。警衛員也開了五槍，擱倒兩個。那夥青年分成兩隊，從田埂上左右衝來。距離越拉越近了。周雷霆害怕了：「沒想到這裡真的有不怕子彈、不要命的傢夥，與這群傢夥拼命不值得。老子這次完了，這是吃了雞巴虧！」車尾挨了一棍，周雷霆更害怕了。正在這千鈞一髮中，車子突然一平穩，加了速度，跑上了公路，甩脫了追趕者，回到了水利工地。周雷霆立即打電話，命令縣公安局派武警隊到郭家龍抓反革命份子。十八個青年死了五個，十三個被判刑，兩個被判死刑。郭杜鵑和父母也被判了刑。那個想當官的告密者在追趕中衝在最前頭，想搭上小車，保周將軍一起跑，可是周將軍的子彈不認人，被打死了，家庭也成了反屬。郭家龍的老紅軍戰士不服，就去福建找郭將軍。郭將軍和周將軍是一丘之貉，軍銜還低一級，怎會去為已經變成了反革命份子的鄉親伸冤而去喪失無產階級立場呢？

周雷霆這次脫險了，也雪了恨，但他確實受了驚嚇，知道愚蠢的農民中有不怕死的傢夥，再不敢到村莊裡去了。

在文化大革命中，周將軍本不是當權派，不介入就行了。可是，他聽那喊得震天響的「革命無罪，造反有理」的口號聲，心裡就發癢，想趁學校混亂時去玩那些右派女學生。他向市委要求參加工作組，市委沒答應。後來，軍隊支「左」，他是將軍，就命令黃土市軍分區司令給他一個支「左」部隊巡視員的頭銜，進了市護士學校。護士學校儘是女生，個個成熟，個個誘人，周將軍喜躍忭舞。周雷霆整天找這個女生講革命戰爭故事，找那個女生談打倒美國佬，為這個女生解脫，向那個女生許諾，頻頻得手，每天樂陶陶、美滋滋的，過得忙碌快活。「入他娘的，老子老死在這鮮嫩肉窟窿裡就成仙了。」周將軍心想。

可是，極樂生悲，周將軍碰上了釘子。護士學校有個女生叫蔡春梅，綽號「玉觀音」，冰肌玉骨，玲瓏剔透，美處不可勝數。她是造反派小頭目，在支「左」時受壓制。周將軍對蔡春梅早就垂涎三尺了。他在一個炎熱的中午，找蔡春梅談話，表示要保護她，畢業後分配到市一醫院。蔡春梅是潔身自好、堅貞不屈的女性，不為所動，只是隨便應答。周將軍看那就在眼前的蔡春梅，越看越喜，體內慾火越燒越旺，打熬不住，伸出雙掌，像捧一塊白玉一樣，把蔡春梅捧到自己的大腿上，按著。蔡春梅拗不過周將軍的力氣，就撅起櫻桃小口，在與周將軍接吻中，咬破了周雷霆的嘴唇。在周雷霆痛得嗷嗷大叫時，跑了。周雷霆在罵：「媽的屄，美女蛇！」蔡春梅跑出了周雷霆的房，在外面叫罵：「老流氓，色狼！」她跑進教室，不顧生命，寫了一條標語和一張大字報：「打倒流氓走資派周雷霆！」「揭露周雷霆的流氓行為！」很清楚，在軍隊支「左」期間，那大標語、大字報都是反革命言論。蔡春梅被逮捕了。可是，沒過兩個月，發生了武漢「七・二零」事件，造反派被翻過身來，揪鬥軍內一小撮走資派，批判帶槍的劉鄧路線。護士學校造反派救出了蔡春梅，選舉蔡春梅為總頭目。蔡春梅帶領造反派把撤退了的周雷霆揪到護士學校，批鬥，遊行，監管勞動。周雷霆每天干十個小時重活，晚上寫認罪書。一直好逸惡勞、養尊處優的周將軍，哪裡禁得起這種折磨？不上半個月，一身肥膘掉了，骨瘦如柴；旺盛的性慾沒了，聞性噁心。周雷霆過了大半年苦難生活，在軍管會成立時才被解放，回到別墅養病。

從這以後，周雷霆聞到學生造反派，就不寒而慄，咬牙切齒。

這次在洪荒湖水利工地，周雷霆的官銜仍是名譽指揮長，到工地來玩女人。他學聰明了，自己不去找女人，命令基層幹部去找。陳繼烈為周雷霆找女人屢次立功。一次，劉耀武為周雷霆找了個寡婦，沒滿足周雷霆的性慾，周雷霆就揪住劉耀武的耳朵，拉到烈日下，像老師要學生那樣罰站，誰也不敢勸解。今天，周雷霆又帶著劉耀武、陳繼烈和警衛員、司機一起逛到水利工地。

柯和貴看那周雷霆，是個彪形大漢，使高個子劉耀武顯得瘦小。六十多歲的老頭了，看上去只四十出頭；滿頭硬刺的發茬，三條深深的額皺，臉肉厚白，肚子腆起，雙臂如桶，兩腿似柱；身上的裝束是刻意仿照毛澤東從田間回來的那幅流行的畫像模樣，農民型的打扮，貴族型的肌膚，不倫不類。

周雷霆觀賞著陳繼烈踢打柯東山。柯東山在地上打滾，站不起身來。周雷霆看得興奮起來，走上前，一掌推開陳繼烈，喝道：「讓開！讓老子玩玩。」

陳繼烈向一旁趔趄，一腳插進鬆土，才穩住身子，向周雷霆強打笑臉。

周雷霆俯視柯東山，獰笑著，喝道：「你這傢夥，是個亡命之徒，不幹活，賴在地上死睡。老子讓你去死！」

周雷霆伸出雙臂，一手抓住柯東山右腿，一手抓住柯東山左肩，用力一提，屈肘一伸，舉過頭頂，旋轉一周，「嘿——」的一聲，猛向前拋去，將柯東山甩出一丈多遠，落在一個土墩上，震動一下，滾到土坑邊，頭向下，腳朝天，不動彈了。

「怎麼樣？老子沒老吧？」周將軍笑著問劉耀武。

「將軍真神力，不減當年英雄本色！」劉耀武翹起大拇指誇讚，鼓起掌來。

眾人鼓掌。

警衛員連忙向周將軍遞過一條白毛巾。周將軍擦了擦手，將毛巾甩掉，走上堤去了。

工地上人們議論起來：

「柯東山少說有一百三、四十斤，周將軍輕輕提起，甩出一丈多遠，真有英雄功夫！」

「聽說周將軍是二十八宿中狼星下凡，孫悟空也讓他三分。」

「周將軍在過大渡河時，一個人端著帶刺刀的槍，一口氣連挑一百多個敵人。」

……

「東山呀，我的好侄兒，你死得好苦呀！」柯和義伏在柯東山身上，大哭起來。

這一哭，驚醒了眾人，圍上前去。

柯和貴蹲下身子，用手指去試柯東山的鼻孔，沒氣息了。

「圍著幹什麼，還不去勞動？」柯和丁站在堤頂上喝道。

「柯主任，柯東山死了。」有人說。

「死就死了嘛。死人的事是經常發生的。這大工程能不犧牲人嗎？」柯和丁說。

「你下來？」柯和貴鐵青著臉，叫柯和丁。

柯和丁走下堤來。

「死了人，你還說得那樣輕飄飄的？那年，你被李得紅活埋時，也這樣輕鬆嗎？」柯和貴逼視著柯和丁問。

「老弟，不要說得那麼難聽嘛。」柯和丁搔了搔癩頭，說。他問清了柯東山死的經過，罵道：「入他娘的周雷霆，太過份了。哎，這有什麼辦法呢？派幾個人送回去安葬吧。」

「安葬？」柯和貴反問著，說，「先算賬，再安葬。」

「算什麼賬呀？」柯和丁問。

「找周雷霆算人命賬！人命關天，不能便宜那狗東西。」柯和貴憤怒地喊。

「把周雷霆揪出來遊鬥！」柯法善叫喊。

「抱著死人頭，好打官司。至少要周雷霆出安葬費！」柯慶如說。

「還有撫恤金。」有人說。

……

「周雷霆打死一個人像撚死一隻螞蟻，誰敢追查？我們去摸他的老虎屁股，又要賠上幾條人命，算了吧。只算柯東山倒楣，可憐！」柯和丁說。

「現在時代不同了，能造走資派的反，這個官司一定能打贏。」柯和貴說。

「和丁主任，還是你帶頭，造反吧。」柯法善說。

「我現在身份不同了，再不能像個毛猴子了。」柯和丁說。

「你當副主任了，坐天下了，是不是？」柯和貴諷刺道，「我告訴你，你不與人民群眾站在一邊，去投靠走資派，你的官位就坐不穩。走資派不會容忍你與他們分權。」

「對不起，老弟，我還要去分土方。」柯和丁見勢頭不對，說著，走了。

「鄉親們，我帶你們去為柯東山找周雷霆算人命賬！」柯和貴大聲號召。

「柯東山不能白死！」

「南柯人不能任人宰殺！」

「聽柯和貴指揮！」

……

群情激昂。

柯和貴帶著眾人回到工棚，成立了五人領導小組，五十人揪鬥周雷霆敢死隊，派三人去偵察周雷霆在哪裡。柯和貴寫了幾條大標語：「走資派還在走！」「打倒流氓走資派周雷霆！」「周雷霆償命！」「向周雷霆討還血債！」柯和貴告誡大家說：「千萬不能亂打人，亂砸東西，一切行動聽指揮。如果周雷霆敢向我們開槍，就把他和他的合夥人捆起來，押到南柯村關起來，再來談判。如果周雷霆不敢開槍，就抓住談判，要回柯東山的安葬費、撫恤金，再批鬥，交司法部門處理。」

「把柯和丁、柯鐵牛等幹部、黨員都找來，全村人都去，不去的整家規，逐出族門，不能姓柯。」柯珍穩說。

「這個建議好。」柯和貴說。

柯鐵牛、柯國慶等人早就官復原職，但不敢像以前那樣倡狂了，聽到要整家規，也參加揪鬥周雷霆，只有柯和丁一人溜了。

去偵察的人回來報告說，周雷霆和劉耀武、陳繼烈等人在紅石團廣播室裡。柯和貴立即派敢死隊秘密去包圍紅石團廣播室，他帶大隊人馬遊行前來。

柯和貴走在前頭，柯法善、柯慶如、柯表穩等人護著柯和貴，領著八百多南柯村男女民工向紅石團廣播室遊行而去。遊行隊伍抬著柯東山屍體，一路演說宣傳，所到之處，民工們都紛紛加入，隊伍越來越多，到了紅石團廣播室，有十萬之眾。

「你們這是幹什嗎?想搞反革命嗎」劉耀武左手叉腰，右手指著柯和貴，擺出昔日的威風，喝道。

「睜開你的狗眼看一看。」柯和貴指著身後柯東山屍體怒吼。

「文化大革命過去了，你們還這樣鬧，真是現行反革命行為！」陳繼烈接著指責。

「殺人償命！我們找周雷霆算人命賬！你們閃開！」柯和貴喝道。

「當時我在場，周將軍是鬧著玩的，無意把人摔死了。這一切包在我身上。」劉耀武拍著胸脯說，「你們快回去，老子要抓現行反革命份子了！」

「你這狗頭，能包什嗎?只能包周雷霆玩女人。還有你陳繼烈，年紀輕輕做皮條客，當斷了脊樑骨的癩皮狗。周狗爬灰，你們守門，你像個人樣子嗎?你們敢擋人民的路，就先砸爛你們的狗頭，再打你們的主子。」柯和貴毫無溫良謙讓的斯文，句句字字冒火星。

「把這兩隻狗捆起來！」柯法善叫喊！

「發生什麼事？」警衛員和司機從棚裡衝出來。

「他們要抓周將軍。」陳繼烈說著，退到警衛員身後，溜進工棚去了。

「好大的狗膽子，敢來打擾周將軍休息。哪個王八蛋上前，老子一槍斃了他。」警衛員掏出手槍向天鳴了一槍。

「把這條惡狗的槍繳掉！」柯和貴命令道。

柯慶如一個箭步向前，沒等警衛員反應過來，就把他的雙手逆轉，打落手槍。按在地上，給捆起來了。柯法善撿起手槍。柯珍穩帶人把司機和劉耀武也捆了。

柯和貴帶敢死隊衝進工棚，不見了周雷霆，只有年輕女播音員坐在床頭，哭著穿衣服。柯和貴一看到工棚竹編泥抹牆打開了個大窟窿，知道陳繼烈護著周雷霆逃跑了。棚外人山人海，周雷霆混進人堆就難找了。柯和貴立即派敢死隊到各個路口去攔截抓人。

柯和貴登上棚外一個土臺上。這土台是供領導講話用的。柯和貴指使柯珍穩等人押著劉耀武、警衛員、司機在柯東山屍體旁，叫柯法善把廣播搬到土臺上。柯和貴向著幾十萬民工講述周雷霆打死柯東山的經過，歷數周雷霆的劣跡。民工們憤怒了，發出排山倒海的怒吼聲。柯法善領著民工呼口號。

中國的農民是很好玩的。平時，他們把自己十分害怕的權貴和強盜當作英雄崇拜，但一旦有個人敢出頭，反對權貴和強盜頭子，他們又把那個敢出頭的人捧為大英雄來崇拜，跟著新的英雄去打殺。如果引導得不好，就成了暴民運動，如義和團，井岡山革命；如果引導得好，他們會鬧出新天地，如蓮河革命。現在，站在土臺上的矮小的柯和貴，已成了幾十萬民工所崇拜的大英雄、大救星，幾十萬條敬畏的目光都集到柯和貴身上。這時，要是有誰敢說柯和貴半個「不」字，敢動柯和貴一根毫毛，民工們會把那個「誰」踩成肉餅，撕成碎片。要是柯和貴一聲令下，幾十萬民工就會幹出驚天動地的大事件。這種情景比編造的《列寧在一九一八》真實壯觀多了！但是，柯和貴沒有像列寧那樣號召民眾「向前，殺人！殺人，向前！」讓民眾的肉體和鮮血去成就自己的偉大，而是十分冷靜地同情、愛護民眾，把民眾憤怒情緒引向保護民眾利益的和平抗議中去。

正在民工們怒潮洶湧的時候，指揮部的領導們趕來了，有指揮長、市委書記解放，副指揮長市革委會副主任洪峰，縣委書記吳平山，縣革委副主任孔紅衛。

「解書記，就是土臺上的那個柯和貴鬧事。」劉耀武見主子來了，大聲告狀。

「到底是怎麼回事？」解放問柯和貴。他並不認識柯和貴。

「你去問那條在吠的狗。」柯和貴指著劉耀武說。

「你說！」解放俯身逼視劉耀武。

「事情是……」劉耀武結巴起來。

柯法善在柯和貴眼神示意下，高呼口號：「打倒流氓走資歷周雷霆！周雷霆償還人命運！革命無罪，造反有理！」萬眾齊呼，怒聲倒海翻江。

解放是見過大事件的人，知道此時眾怒難犯，弄不好就釀成不可收拾的局面。解放要吳平山講話平息事件。吳平山講得牛頭不對馬嘴，被台下怒吼聲壓住。

這時，兩支全副武裝的軍隊和武警隊從西邊河堤上跑步過來，到了萬人外面進不來，就鳴槍示威。柯和貴連忙奪過吳平山擴音器高呼：「人民擁護解放軍，解放軍愛護人民！」萬眾齊呼。

「把軍隊的槍繳掉！」人群在有人高喊。

柯和貴看到群眾與部隊推搡起來，就在話筒中大聲講話：「民工們，不要與部隊衝突。戰士們，你們的父母兄弟都是工人、農民，你們的槍口不能對準兄弟姐妹。現在有一個罪大惡極的人民的敵人，叫周雷霆。」柯和貴歷數周雷霆罪行，簡述周雷霆打死柯東山、在廣播室強姦青年女人和劉耀武、陳繼烈的醜聞。柯和貴說：「戰士們，周雷霆是這樣一個罪惡累累的流氓走資派，你們能保護他嗎？人民向周雷霆討還血債，你們能反對人民嗎？你們應該站在人民這一邊，到縣人民部去揪出周雷霆，交給人民審判！」

萬眾高呼：「打倒周雷霆！討還血債！」

軍隊向後退了，向縣城方向撤走。

在柯和貴說話的時候，解放等人在商量平息事件的方案。

「周雷霆真是個老混蛋，闖出這大禍來。」解放說，「洪峰同志，孔紅衛同志，你倆認識柯和貴，去勸解他，先解散群眾，再來商量解決辦法。」

「解書記，柯和貴很有頭腦。我們不先答覆他的條件，不會解散群眾。」洪峰說。

「哪要鬧到什麼程度呀？」解放又問。

「柯和貴膽子大得很，不答覆條件，他敢鬧到毛主席那兒去。」孔紅衛說。

「好吧，你倆出面與他談條件。」解放表態了。

孔紅衛、洪峰走到柯和貴身旁。孔紅衛向柯和貴介紹洪峰。

「恭喜高升囉，閒話以後再說，你先說吧。」柯和貴對洪峰說。

「你還是那股九牛拉不轉的強勁。」洪峰笑著說，「和貴呀，事情到了這一步，總要有個了結吧。我看你把民工解散，再與指揮部談判。」

「不行！」柯和貴斷然拒絕。他說：「你們不是每天喊為人民服務嗎？有什麼話不能與民工公開說明呢？我們就在這土臺上對著民工們談判吧。」

「你帶民工造反有什麼目的？」孔紅衛問。

「第一條，立即抓捕周雷霆，在這裡公審。」柯和貴說。

「這一條應由司法部門按程式解決。」洪峰說。

「周雷霆強姦了那麼多婦女，槍殺了那麼多無辜群眾，有哪個司法部門過問過？你們怕周雷霆，人民不怕他，今天一定要抓捕他，要法院當眾繩之以法。」

「公審周雷霆！為死難者報仇！」柯法善高呼。

萬眾齊呼。

「周將軍是為革命立過特大軍功的，毛主席給他發了免死牌，他的問題只有上報中央才能解決。」解放說。

「毛主席不會給這種混蛋發什麼免死牌，這是對毛主席的誣衊！」柯和貴很機智地繞過了毛主席這一關。他接著說：「如果立軍功就可以無法無天地屠殺平頭百姓，強姦良家婦女，那麼，他不是為人民謀幸福立功，而是為人民製造災難立功，他不是人民的功臣，而是人民的罪犯，人民就要打倒他！」

「講得好！」台下有人喝彩。

「支持柯和貴！」萬人叫喊。

「好吧，這一條我們馬上研究解決方案。」洪峰說。

「第二條，給柯東山家屬一千元安葬費和撫恤金（注：那時的一千元要相當於九十年代的十萬元，社員每天勞動日只有一角錢），立即交來，不能經過中間轉交。」

「這一條馬上兌現。」解放說。他立即指示吳平山去辦。

「第三條，指揮部要派副指揮長級幹部參加柯東山葬禮。」

「可以。」解放答覆了，派孔紅衛參加。

「第四條，凡六十歲以上老人和有三歲以下嬰兒的母親，立即放回家參加生產隊勞動，不能留在工地上。」

「可以。」

「第五條，任何幹部、糾察隊不准毆打民工。」

「可以。」

「民工們，現在請解放書記逐一向你們答覆。」柯和貴說。

解放接過話筒，逐條表態。吳平山揚著手中的一千元錢，交給柯和貴。柯和貴交給柯慶如保管。

「民工們，大家聽到解放書記的答覆了，我們要支持解放書記的工作。」柯和貴說著，高呼：「支持解放書記的工作。」

萬眾高呼：「支持解放書記的工作。」

柯和貴宣佈暫停集會遊行。

孔紅衛跟著柯和貴，隨著南柯人回到南柯連工棚。柯鐵牛安排了十個勞力抬著柯東山屍體回家，讓六十歲以上老人和有三歲以下嬰兒的母親回家。

有詩云：

誰說「秀才造反三年不成」，有道是「頭顱伸去血斑斑」。
翻閱歷代農民起義文字，哪一次領導者不是秀才？
回顧近代現代革命運動，哪一聲不是秀才首先吶喊？
且看今日周、柯之戰，好像「困煞中原一布衣」。
周雷霆雄壯威武，卻只敢用權勢欺侮愚凡；
柯和貴體弱斯文，偏能夠為命案伸張正氣。
原來是人心向善，官逼太急那民眾就造反。

注：1.「秀才造反三年不成」，俗語。2.「頭顱伸去血斑斑」鄧拓詩句。3.「困煞中原一布衣」：馬致遠詞句。

柯和貴、李秀雲、孔紅衛輪流抱著良文步行到縣城，孔紅衛叫了輛吉普車，三人上車到南柯村。

欲知後事如何，且聽下回分解。

第四十四回　三文士議論大局勢　小倆口隱居小山村

卻說柯和貴、孔紅衛、李秀雲等人到南柯村，先安慰了柯東山家屬，再回到柯和貴家敘談。兩個人剛坐下喝水，洪峰被人指引著來了。柯和貴連忙迎接，握手，讓座。

「大駕光臨，蓬蓽生輝。」柯和貴打趣著說。

柯和貴詢問洪峰為何到了黃土市。洪峰說，省革委會副主任朱邦國認為黃土市造反勢力太弱，就調他到黃土市革委會。洪峰說他早就想來看望柯和貴，談個痛快。

「今天我們在一起說話，就不要有什麼領導與被領導區別了。不然，我就不作聲。」柯和貴半開玩笑半認真地說。

「爽快！我們是同學、戰友。」洪峰說，「和貴，你不計較我倆在師範時的分歧吧？」

「你計較嗎？」柯和貴反問。

「哎，那真是一場惡作劇的遊戲，白死了那麼多戰友。我至今想起孫勇、余榮，心裡發忧，後悔。」洪峰悲愴地說，「自從林彪事件後，周恩來、鄧小平主持中央工作，團結走資派，把矛頭時時處處對準造反派。造反派再不能內訌了，要團結對敵。」

「你說的團結，是指你們入閣的頭頭吧，跟我們這些在野的布衣沒關係。我是不在其位，不謀其利喲。」柯和貴詼諧地說。

「可是，你今天為什麼還要帶領民工造反呢？為什麼喊打倒走資派呢？」洪峰反詰。

「這種事跟你們搞權力鬥爭的性質不一樣。」柯和貴說。

「那可不見得。」孔紅衛說，「要不是造反派還掌握有部分權力來打破了走資派的一統天下，你柯和貴就不敢鬧，也鬧不成。」

「有些道理。」柯和貴點頭，認賬。

「和貴，我問你一個問題。從利國利民上講，是打天下的老師、老將們坐天下好，還是新起來的學生領袖坐天下好？」洪峰認真地說。

「軍人打天下，又坐天下，是人民和國家的災難。武人心腸黑硬，以強力制人，視生命如草芥。他們只知殘暴專橫，不懂經濟建設；只知居功貪婪，不顧國計民生，怎麼能強國富民呢？毛主席雖是師範畢業，但後來的生涯是個軍事家，所以重武輕文，使十七年來的黨天下成了軍人天下，國難民禍接踵而至。文人治國，是歷代帝王所主張的，但文人只忠於那個『家天下』，也好不到哪裡去。今日世界形勢不同於中國歷代帝王時代，中國也有過孫中山民主革命的影響，文人治國就比軍人坐天下有利於中國獨裁制度向民主制度轉型。軍人愚蠻，不懂民主，只講武力英雄主義，與民主無緣；文人有知識，心地善軟，容易與世界民主潮流溝通。相比之下，學生領袖治國比軍人坐天下有利於國計民生。」柯和貴說。

洪峰不住地點頭。他很了解柯和貴，雖然書呆氣重，但分析形勢和談理論還是很有一套的。

「你的話有很大矛盾。」孔紅衛說，「你說毛主席也屬軍人這列，與老師、老將是一夥的。可是，毛主席發動文化大革命打擊老師、老將，啟用學生領袖，說明毛主席不贊成軍人坐天下，造成文人治國呀。不過，令我想不通的是，毛主席為什麼又要啟用老師、老將與學生領袖搞什麼『三結合』政權，現在又搞反擊右傾翻案風。是不是老昏了頭？」

「我也曾一直被這些自相矛盾的怪現象困擾著。王旭元的一首小詩使我恍然大悟。那詩中有這麼幾句：『原來歷史軌跡如此清晰：從大亂天下，到大治天下；從大治天下，到一黨天下；從一黨天下，到一人天下；從一人天下，到一家天下。』仔細一想，王旭元這首小詩把毛主席發動文化大革命的天機道破了。老帥、老將那頭蹺起來，他就按壓一下；造反派這頭蹺起來了，就又去按壓一下，讓兩頭蹺著軸心打蹺。軸心就是毛主席。現在軸心老化了，要換新軸心。新軸心是江青、毛遠新，是『家天下』，而不是劉少奇、林彪。劉少奇、林彪在毛主席心目中只是蹺板一頭的一股政治勢力。如果誰不服毛主席的家天下，誰就從蹺板上跌下來。」

「我不贊成你的說法。把一個偉人貶得太低了，把大事件說得太簡單了。」孔紅衛說。

「什麼偉人？偉人也是人，不是神。毛主席是人，是中國人，必然受著幾千年中國帝王思想和史達林主義的影響。史達林原來不是被吹得很偉大、很神秘嗎？被赫魯雪夫一下子捅破了底，原來是個白癡、惡棍。林彪不也被吹得很高嗎？現在卻成了一個政治上的跳樑小丑。再說，許多大事件看起來複雜紛繁，其核心部分一旦被挑出來，是十分簡明單純的。俗話說：說破了就一錢不值。自然科學是這樣，社會科學也是這樣。」柯和貴說。

「說得有道理。」洪峰說，「毛主席的確是在玩帝王權術。他定劉少奇為接班人，利用劉少奇的忠心來實現家天下。他發現劉少奇只搞黨天下，就廢了劉少奇，利用林彪。他又發現林彪只搞黨天下，又廢了林彪，啟用挨了打的鄧小平。誰知鄧小平又不輔佐江青、毛遠新，就搞反擊右傾翻案風，打倒鄧小平。他啟用學生領袖，想為江青、毛遠新培植新的政治勢力，與搞黨天下的老幹部抗衡，但又擔心鬥不過老幹部，又籠絡一部分老幹部，搞大雜燴『三結合』政權。只有王旭元的那個觀點才能解釋出文化大革命中錯綜複雜的政治怪現象。」洪峰說。

「說得好，洪峰，你總算沒有官迷心竅。」柯和貴說。

「何止我一個人這樣認識。」洪峰說，「湖北省革委會副主任張立國在《湖北日報》上發表了一篇文章，告誡造反派頭頭，不能學走資派，要為人民利益潔身勤政。他說，和人民群眾連在一起，不謀個人特權，才是造反派的政治資本。如果拋棄這個資本，造反派就一文不值，必然失敗。我看那文章的空白處有難言之隱，就去拜訪張立國。我倆一致認為，林彪利用鍾馗打鬼，造反派也應這樣。一旦打倒了鬼，政權在握，政局穩定，就要改變現行政治制度，大開國門，與世界民主潮流匯合，走上政治民主、經濟繁榮的道路。現在鄧小平和老帥、老將們把許多造反派組織打成反革命組織。我們要利用反擊右傾翻案風，把廣大造反派和人民群眾團結起來，徹底打倒黨天下的頑固份子。」

「只可惜，你們很快沒鍾馗可『借』了。毛主席很可能一病不起。毛主席一死，你們是鬥不過軍權在握的老帥、老將的。」柯和貴說。

「那可不見得。」洪峰說，「軍隊中有陳錫聯、汪東興、孫玉國可用，還有造反派掌握的民兵力量。造反派在政治上更佔優勢。」

「陳錫聯、汪東興本來就是老帥、老將，關鍵時刻不會支持造反派。孫玉國、毛遠新不穩重，民兵是烏合之眾。中國的政治勢力是隨軍事勢力而變動的。誰用軍隊打勝了，政治優勢就屬於誰。」柯和貴說。

柯和貴勸洪峰、孔紅衛及早退出政壇，免遭橫禍。洪峰、孔紅衛表示要與「走資派」決一死戰。洪峰勸柯和貴出山，可以到市革委會工作。柯和貴卻表示要隱退到山村裡去教書，不問政治。

「你這種不敢面對現實的隱士思想，是禍國殃民。」洪峰批判說。

「我在學印度甘地，搞不合作主義，總比去同流合污好。」柯和貴說。

話已不投機了，洪峰、孔紅衛起身告辭。柯和貴送兩人上了車。

柯和貴轉回家後，和李秀雲商量跳出生產隊的事。

「你那兩個同學是做大官的嗎？」李秀雲問。

「是。一個在市革委會，一個在縣革委會，相當於古代的知府老爺、縣老太爺。」

「那麼大的官，他們的愛人可搭了福了，都坐供銷社吧。」李秀雲十分羡慕地說。在李秀雲眼裡，女人最快活、最光榮、最幸福的人是供銷社售貨員，不曬太陽，不淋雨水，有布匹，有香皂，有各種日用品，在買東西的人面前可以擺架。因為毛澤東時代做買賣的只有國營供銷社一家，別無分店，日用品緊缺。

「不是的，他們的愛人都是教師。」柯和貴說。

「當老師就差勁了，她們的長相肯定不行，進不了供銷社。」李秀雲彷彿得到了安慰，認為自己不比那兩個當教師的女人差。

「你說錯了。他們的愛人長相都好，有知識，看不起營業員，只願當老師。」柯和貴糾正著說。

「他們的愛人肯定不聰明，明擺著坐櫃檯比教書強。」李秀雲顯出鄙夷的神色說。

「是的，你說對了，他們的愛人都是書腐子，沒你聰明，也沒你長得好。」柯和貴看著眼前的女人傻得那麼認真可愛，就逗著她說。

「你犯不著說反話。我倆排在一起在路上走，別人肯定說我比你強得多。除非你當大官，我配你才沒吃虧。」李秀雲嚴肅認真地說。她可永遠不會說幽默話。

「我可不願當官呀，只好委屈你了。」柯和貴笑著說。

「還說不願當官哩，你可沒那個官相，你家沒那大風水。」李秀雲繼續挖苦。

「是的。我父親就怕去當官。我當大官的姑父要父親去當縣食鹽局局長，那在當時是個肥缺，我父親嚇得跑出外去躲了一年多才回家。地方上選我父親當保長，我父親又嚇得鑽進薯洞躲了十幾天。我母親對我說：『要是你父親去當官，你就是階級敵人的子弟，讀不成書，當不了老師了。』我學著父親，聽母親的教導，所以沒長官相，我家也沒當官的風水。」

李秀雲聽了沒作聲，她想起了自己當國民黨的官的舅父被槍斃了，當大隊支書的堂兄遭批鬥，心裡在說：「當官也難。」她看著眼前的柯和貴，雖然是個書腐子，不懂生活，不懂女人，但當官的同學服他。他膽子大得嚇人，別人都怕周將軍，他卻不怕。柯和貴站在工地土臺上得到萬眾擁護那情景，使李秀雲第一次為丈夫感到驕傲。洪峰、孔紅衛那些大官們都附著柯和貴說話，使她感到欣慰。她只是感覺不出柯和貴的聰明和本領在哪裡。她知道柯和貴是個好心腸的人，孝順母親和岳父母，尊重哥嫂，愛子侄，同情窮苦人。她直覺到那聰明、本領、好心腸對夫妻小家庭不利，使自己吃苦吃虧。李秀雲卻不同，堅定不移地追求自己的幸福、享受、虛榮，容不得別人來侵佔一分一厘。因此，她對柯和貴的好心腸是不能容忍的，不能不吵鬧。她要鬧得柯和貴把聰明、本領都交給她使用。李秀雲想了一陣子，說：「不管你當官不當官，你可得把心思用來關心我，不要去瞎管別人的事。」

「關心了別人，也會有利於自己呀。今天工地上一鬧，你不是能光明正大地抱著良文回家了嗎？」柯和貴說。

「良文滿了三歲，我不又要去工地嗎？」李秀雲說。

「現在我倆來商量個長久法子。」柯和貴說，「目前擺在我們家庭生活的路子有兩條。一條是我去當官。我可以馬上到縣革委或市革委去任職，但是我不願去，擔心在這個階級鬥爭時代時鬥不過別人，被弄進牢裡去了。我也可以憑伍光華組長的關係弄個中學主任或校長當，但你就要在生產隊苦上八年十年，等到有機會了，再帶你出去。另一條路子是憑我是個有名望的老師，到小學去教書，馬上把你的戶口轉到別的大隊去，不背『三基本』，住閒房。但是也有壞處，你只能吃黑市糧（注：那時沒有糧油市場，只有從勞動強的農戶那裡偷偷買糧油，弄不好買賣雙方要挨批鬥，叫黑市糧），少吃少穿，還有可能住獨屋。現在，你來選擇走哪條路子。」

「當官不能帶老婆去享福，還要老婆做苦工，這不行。我在生產隊一日也活不下去了。只要能跳出這個火坑，少吃少穿我情願。」李秀雲說。

「我把話說在前頭，這可是你選擇的路子呀。到大隊小學去，我帶的課肯定比高中多，名聲也沒那麼好、那麼大。你是清閒了，可不能閑得發慌，沒事找事跟我吵鬧。」柯和貴說。

「我幾時找你亂吵鬧了?總是你不好才跟你吵。只要不讓我背『三基本』、不上工地，我什麼苦都能吃，不會煩你。」李秀雲說。

「那我明天就去找接受戶口的大隊，向伍組長請求下大隊去。」柯和貴說。

「你去找胡華老師幫幫忙呀，他是個聰明人，又有能力。」李秀雲說。

「胡華沒這個能力，在高中教不了書，下到小學去了。他女兒初中畢業，想教民辦，跑斷了腿，也解決不了。」柯和貴說。

第二天一大早，柯和貴就到鳳凰區，找接受大隊。柯和貴接連找了三個大隊，說一樣的話：「我到你大隊來教書，只有一個小要求，愛人不背『三基本』，一家四口人吃基本口糧。」三個大隊支書都答應了。到哪個大隊好呢?柯和貴一時委決不下。胡華主張到李山下大隊，理由簡單而充分：「伍組長不會批准你到小學去，即使批准了，一年半載後又要上調到鳳凰高中。李秀雲在李山下定住，離鳳凰高中近，便於關照家庭。」李山下小學民辦教師李青松是柯和貴的崇拜者，很得柯和貴的信任，也主張柯和貴到李山下小學，說柯和貴與李衡權先生玩得好，很受李山下人尊重，會善待家屬的。李青松還出主意說：「柯老師，你的目的是不要師娘參加生產隊勞動，吃基本口糧，那你就乾脆到李山下小學陳嶽山分部去。陳嶽山分部只有兩個生產隊的學生，三十多人，一、二年級複式班，教學量不大。以後你走了，請教育組給師娘一個民師指標，接著教。這才是長久之計。」柯和貴採納了李青松的意見，在李青松引導下，到陳嶽山找到兩個小隊隊長和貧協組長說定了，到大隊開了戶口接受證明。

柯和貴辦好了李山下大隊接受手續後，就去教育組找伍光華組長。

伍光華一見到柯和貴，沒等柯和貴開口，就告訴柯和貴一個好消息：「你來得正好，你再不用去寫縣誌了。我請示了好幾次，區委已批准你任鳳凰高中教導主任。以後，我也可以向你交班了。」

「伍老師，感謝你的關照。我不能到高中當主任，要到李山下小學教分部。」柯和貴說。

「這就奇怪了。有人拉關係，請客送禮，想當那個主任。你沒跑一步路，沒費一個口舌，得到了主任職務不要。」伍光華感到奇怪。接著，他訓斥柯和貴說：「我正告你，我是你老師，又是你上級，收起你的清高架子，服從我的安排。我沒有壞心術。」

「伍老師，你真心為我好，我怎能會在你面前清高呢？我有苦衷。」柯和貴說。他接著要把李秀雲從生產隊裡解脫出來的想法說了。

伍光華聽了，表示理解和同情。他說：「你如果要把愛人從生產隊長期解脫出來，就要去當主任，一、兩年後當校長，就有資格帶家屬到學校做雜工。你現在沒個職務，恐怕你愛人還不能徹底脫離生產隊。你不能失去這個機會。」

「我愛人和兒子等不到那一、兩年後了，弄不好會死在水利工地上。你是知道的，工地上經常死孩子，經常有人患出血熱病死亡。」柯和貴很悲傷地說。他頓了一下，又說：「伍老師，你能不能給我愛人一個民師指標，我下去帶她教書，一年半載後，她穩定了，我也可以再回到高中了。」

「你也有低三下四求人的時候了。」伍光華笑著說。

「為了一家生存下去呀。」柯和貴說。

「我答應你。但你要去找邢書記寫個字條來。」伍光華說。

「那我去找邢書記說說試一試。」

「你找邢書記，只能說給我愛人一個民辦指標，不能說你自己到小學去。不然，他不會答應你的。」伍光華教導說，「這樣吧，我寫個便條給你，省你許多口舌。」

柯和貴十分感激地接了伍光華寫的便條，去找管教育的邢忠恕。邢忠恕講故鄉情，批准給柯和貴愛人一個民師指標，叫秘書給柯和貴辦了接受證。

柯和貴返回家裡，向李秀雲說了辦事的經過。

「你怎麼把母親的戶口也轉去呢？」李秀去看到接受證上四個人中有母親。

「母親跟著去，能帶小孩和做飯。你教書了，忙不過來的。」柯和貴說。柯和貴心裡還有句話沒說：「母親六十多歲了，我應盡盡孝心。」

「母親身體還健康，留在家裡能養活自己。我做家務事很俐落，母親幫不上忙的。」李秀雲說。李秀雲心裡也有話沒出來：「母親跟著，增加負擔，以後柯和仁不管了，要柯和貴一個人供養。同時，母親跟著，我活動不自由，增加煩惱。」

柯和貴不願把李秀雲往壞處想，就依了李秀雲，不轉母親戶口了。

柯和貴聽說柯鐵牛在家，還沒去水利工地，就去找他。柯鐵牛很爽快地給李秀雲母子三人辦了轉移戶口的手續。柯和貴又去找柯和丁。因為那時，農村戶籍管理很嚴格，休說農業戶口轉為城鎮戶口，就是從一個大隊轉到另一個大隊也很難，大隊卡，公社卡，區裡卡。柯和貴跟柯和丁談了李秀雲三人戶口遷移的事，把鳳凰區的接受證和南柯大隊開出的轉移手續都給了柯和丁，請柯和丁到社、區兩級辦理。

「為老弟辦事，我感到光榮。」柯和丁說，「只是你前天罵了陳繼烈、劉耀武，不知道他們會不會從中作梗？」

「老哥，你是公社革委第一副主任，區革委常委，這點小事有權力、有能力辦成，用不著去招惹陳繼烈、劉耀武。」柯和貴笑著說。話裡既有奉承，又有壓力。

「我想法子去辦成。」柯和丁說。

柯和貴回家裡。李秀雲說：「你應該跟著去的，要是柯和丁不盡力就麻煩了。」

「他會辦成的。他是在故意說辦事難，以表示他為我費心費力了。」柯和貴說。

隔了一天的上午，柯和丁才來到柯和貴的家，一進門就滿面笑容，把辦好的手續給柯和貴，說：「老弟，那兩個傢夥開始想阻攔，經過我反覆勸說，才同意了。我祝你一家人到新的地方幸福。以後需要我幫忙的，我一定效勞。」

「有勞老哥了。」柯和貴一邊審看手續，一邊說。

「和丁哥，你坐下休息，吃了飯再去忙。」李秀雲特別高興，端了椅子讓柯和丁坐。

「不啦。公社有客，我要去陪酒。」柯和丁說著，走了。

「這次被你猜對了，和丁果然辦成事了。」李秀雲笑著說。

「和丁根本沒有去找陳繼烈、劉耀武，他有權力辦成這件事。他心裡在罵我：快點送走這個瘟神。」柯和貴說。他又笑著對李秀雲說：「你今天笑了，我看，到了新地方不出一個月，你又會烏著臉與我吵鬧，因為今後的生活還是有困難、有麻煩的，這是社會問題，不是我個人的問題。你總是想得太狹隘了，把麻煩都歸罪於我。你要不斷從我身上拿點聰明去，把你那黑煤炭籠的心子照亮些，開朗些。」

「我就感覺不到你有多少聰明，自吹罷了。」李秀雲笑著頂撞。

手續辦好了，柯和貴去鳳凰區李山下小學陳嶽山分部把事情辦好，在李山下大隊叫了輛拖拉機把李秀去、女兒良敏、兒子良文和傢俱運到陳嶽山分部學校。陳嶽山兩個生產隊的隊長、貧協組長為柯和貴一家接風，請來了大隊支書李相旺、小學校長胡華和教師李青松。席間，李青松為柯和貴提出柴山、菜園地的事。兩個隊長立即表態，把東山南坡的柴山劃給柯和貴家砍柴，把學校門前的五分稻田給柯和貴耕種，作糧食補助，還給了五分地作菜園。支書李相旺說：「我們能請到柯老師來教書，是我們大隊的光榮。柯老師有什麼困難就直接找我解決。」兩個隊長提出一個要求：三、四年級學生不到本部去，留給柯老師教。三、四年級共有十五個學生，留下來就增加了一倍的教學量。柯和貴為了安穩一家人生活，答應了。胡華把陳嶽山分部的民辦教師陳和生上調到本部。

柯和貴一家安頓下來了。

陳嶽山共有上、中、下三個莊門，中門只五戶，與下門合為一個生產隊。分部學校在中門北頭中屋林山的東坡下，校舍是個土木結構的連三間，堂屋供學生活動，兩邊廂房是教室。在大門外有南、北兩間小橫房，供教師居住。柯和貴把南間作住房，北間作廚房，在堂屋用竹子編牆隔出一小間作辦公室。

陳嶽山學校三面是樹林，前面是壟畈，畈盡頭是一條公路，畈對面是東山。學校距上門和下門各有兩里遠，距最近的中門也有半里遠，這使學校顯得寂靜孤單。這校址原來是座廟宇，原址形跡還隱約可辨。人們說學校經常鬧鬼，到了傍晚，人們不敢從學校門前過，原來的教師也不敢在學校留宿。天黑了，微風一起，三面樹林響起沙沙聲，像妖怪吐氣聲，像魔鬼嘆息聲；有小鳥被蛇咬住的啾啾哀聲，野貓抓住老鼠的嘖嘖聲，還聽得見大山上野狼嗥叫聲；麂子哀鳴聲……一片陰森恐怖景象。只有公路傳來的汽車聲，上下莊門傳來的人們叫喊聲，才能減輕學校的恐懼氣氛。幸好，柯和貴不相信鬼神災異說。李秀雲也毫無根據地不怕鬼神，盲目大膽。所以兩人都心寧神定。但是，有兩種情況引起柯和貴的注意和擔憂：一是，一個晚上，豹子拖了下門一頭小黃牛到學校後山坡吃了；二是，有大蛇和毒蛇經常從視窗或狗洞爬到屋裡來，或遊到光溜溜的屋場乘涼。柯和貴經常警告盲目大膽的李秀雲，傍晚要記得關門窗，堵狗洞，出大門、上廁所要打手電筒。

柯和貴一定居下來，就同李秀雲商量安排工作和生活。一、二、三、四年級開兩個複式班，柯和貴承擔教學工作。李秀雲的主要任務是讀書，兼做飯洗衣。李秀雲本來只讀了小學三年級，但對外講是初中畢業生，李秀雲的小學老師胡華一人知底細。柯和貴在每天中午、晚上給李秀雲上課，先學拼音，再學語文、數學。柯和貴講了後，李秀雲自己練習，柯和貴定時批改。這樣，柯和貴就一天要工作十二、三個小時。但是，柯和貴求得了一家人團聚安寧，也就不在乎工作勞累。那李秀雲正如柯和貴所預料的那樣，安定了兩個月，心裡起毛了，不為一點小事，就找柯和貴吵鬧，比原來兩人不在一處時吵鬧還頻繁。

對文人避亂保命隱住生活，有詞曰：

四塊玉

閒適

關漢卿

南畝耕，東山臥，世態人情經歷多。閑將往事思量過，賢(的)是他。愚(的)是我。爭什嗎？

注：四塊玉，詞牌名，南呂宮，平韻、仄韻皆可。

欲知後事如何，且聽下回分解。

第四十五回 柯和貴拙文論色性 郭素青薄命歸太虛

卻說柯和貴看到一家人隱居在陳嶽山分部學校，妻子兒女從惡劣的社會環境中被解脫出來，心裡很欣慰，不怕自己勞累了。可是，李秀雲安定了兩個月後，心裡又起毛了，沒事找事地與柯和貴爭吵，使這個小家庭日日起風浪，把柯和貴弄得心神不寧，甚至想離婚，想自殺。

對於李秀雲的認識，當局者迷的柯和貴一時看不清楚，旁觀者清的柯和義一眼就看得一清二楚。柯和義甚至認為李秀雲不如石小春。石小春愚蠢忠厚，可教，不煩人。李秀雲卻自以為聰明漂亮，愚蠢頑固，不可教，必然生內亂，煩人。柯和義認為柯和貴在學問上，在社會鬥爭上是個強者，樂觀者，而在婚姻上是個弱者，可悲者。他為柯和貴沒有娶高雲英而娶李秀雲痛惜。柯和貴對愛情和婚姻的認識，直到「不惑之年」、有了四個孩子後，才有自己正確的看法。當然，他與李秀雲的夫妻生活是隱私，他奉守「家醜不可外揚」的信條，沒有向柯和義等人吐露，只是為了作者寫小說之用，以冒名頂替換的故事講給作者聽。同時，柯和貴用寫論文形式，寫出自己的愛情和婚姻觀點，表達內心的痛苦。下文就來敘述柯和貴的愛情和婚姻生活，先來看看柯和貴寫的《論愛情和婚姻》中的幾段文字。

「《禮記》曰：『色，食，性也。』這句話譯成現在的漢語是：男女生活和吃飽肚子是人和動物的兩個基本的自然屬性。只要是人，即使是偉人、聖賢都像其他的動物一樣，也要過性生活，也要吃飽肚子。人與動物的不同之一，性生活和吃飯受人的社會屬性的制約和規範。對人的性生活的制約和規範名曰『婚姻』。對於婚姻的認識和道德規範，不同的民族、不同的國家則有差異，寬嚴不一。

「儒家的婚姻觀。儒家的對男女婚姻限制得嚴，沒有愛情、自由婚姻、離婚等概念，只有『父母之命，媒妁之言』，嚴禁淫亂，特別歧視婦女。孔子有一個最大的缺點，歧視婦女。他說：『唯女人與小人難養也。』把婦女看得比小人更下賤。婦女不能出閨閣和洞房，到了堂屋是堂客。堂屋後用壁牆隔出過巷，供婦女行走，只差沒有像伊斯蘭教那樣要婦女蒙面行走了。婦女要『三從四德』、『從一而終』。二程、朱熹的理學對婦女要求得更是殘無人性，說『餓死事小，失節事大』。而夫權則大得無邊，丈夫可以用『一紙休書』把妻子趕走，買賣妻子，甚至暴打、宰殺妻子。男人事業無成，就責怪女人是禍水，男人調戲女人就罵女人是狐狸精，總是女人壞。民間有句俚語說得粗俗明白：『禁山不禁邊，禁屄不禁屌。』那麼儒家為什麼又主張『男大當婚，女大當嫁』呢？那是為了男人行孝道，子曰：『不孝有三，無後為大。』原來結婚是為了養子接代，不絕血脈香火，女人只不過是男人的生殖工具和泄慾器官。這是不是說儒家對男人的性生活和婚姻完全無限制呢？不是的。但這種對男人的限制可分兩個階段。第一階段是儒學的創始人孔子、孟子、荀子等人，對男人的性生活和婚姻的限制還是比較公道的。無論是君主、官吏、聖賢都要像老百姓一樣嚴格遵守性生活和婚姻的道德規範，反對君主荒淫，反對男人強姦、嫖娼，男人納妾要爭得正室的同意，不是為了過性生活，而是為了生子。第二階段從董仲舒至今，對男人的性生活和婚姻的限制就不公道了，分等級了。在性生活方面，皇帝可以三宮六院，官吏和富人、強人可以三房四妾，有錢可以嫖娼。在婚姻方面，不僅是為了孝道，而且是一種政治交易，主張門當戶對，用聯姻方法建起權力網路，勢力範圍，形成『一榮俱榮，一損俱損』的政治婚姻現象。這種性生活和婚姻道德規範，在後帝王時期的毛澤東時代亦然。在毛澤東時代，雖然口頭上、文件上一夫一妻制，取消妓院，有婚姻自由，但是婚姻連同戶籍一起被黨組織嚴密地監管著。結婚和離婚要過五關：階級關，生產隊證明同意，黨支部寫介紹信，公社常委批准，區黨委同意發結婚或離婚證，法院不受理離婚案。這樣，就復辟帝王婚姻制。毛澤東的性生活是不受約束的，並且以黨的領袖名義，不斷由黨組織選美供給少女。從中央高官到地方大隊支書、生產隊長，無不以黨的名義姦淫婦女，霸人妻女，婚姻制度也是一種政治交易，稱為『裙帶關係』。更為殘酷的還有一個階級關係，黨員幹部不能與『五類份子』階級通婚，限制『五類份子』結婚。在毛澤東時代，雖然沒有公開的妓院，但暗娼不斷，良家女人經常受到革命幹部的強暴。

「儒家的性生活和婚姻觀是違背天理人性、不平等、不自由、無愛情的。直接受害者是廣大婦女、平頭百姓和落魄文人，直接受益者是君主、官吏、假學道、偽君子、富人、強人。這種觀念必然受到廣大民眾，特別是少男少女的挑戰和反抗。具體表現出三種現象：禁慾主義、縱慾主義、追求愛情和婚姻自由。」

「禁慾主義。這裡不是指佛教的『戒淫』，是指儒家的禁止男女婚姻自由的道德觀念。這種反人性的禁慾主義道德觀主要是強迫婦女、平頭百姓和落魄文人接受，君主、官吏、強人和夫子們是不受其限制的。首當其衝的是婦女。婦女一生中不能與男人談話，以免『授受不清』。特別是寡婦，必須守寡，壓抑和消除性慾，如俗話所說：『寡婦門前是非多。』在肉體和精神上受到嚴重摧殘。其次受害者是下層文人。他們必須潔身自好，自覺壓抑性慾，聞男女性事而害羞，不敢有『淫』的念頭，連『嫂溺』也不敢『援之以手』，以免有『淫』之嫌。他們連夫妻性生活也羞澀不堪。他們不敢讀《金瓶梅》和《紅樓夢》等被禁的淫書，更不敢去嫖娼。他們才是真正的禁慾主義的受害者和實行者。

「縱禁主義。儒家婚姻道德觀的另一面是放縱君主、官吏、富人、強人和夫子們自己的性生活。皇帝要經常在全國選美，供自己淫樂，官吏可以三房四妾，允許妓院合法化，供官吏、富人、強人和夫子們淫樂。在史料中找不出不納妾的官吏和夫子。共產黨的幹部們不斷強姦、霸佔婦女、泡二奶。這些帝王、領袖、官吏、幹部、夫子、理學家們全是縱慾主義者，肆無忌憚地進行性佔有和性侵犯，純屬是反人性的、獸性的行為。

「從某種意義上講，中國的帝王史是一部剝奪婦女、老百姓、下層文人的天賦性權利和帝王、官吏、夫子們縱欲淫亂的歷史。」

「追求愛情和婚姻自由的道德觀念。這是對儒家反天理人性的婚姻道德觀的反抗和挑戰，是合乎天理人性的性道德觀念，是追求平等、自由、情愛的性道德觀念。追求者主要是還沒有被儒家婚姻道德觀薰陶的天真單純的少男少女們。少男少女們的這種追求當然會遭到君主、官吏、夫子們的無情打擊，造成數不盡的愛情悲劇，湧現出為愛情和婚姻自由而奮鬥犧牲的可歌可泣的事蹟。在文學創作上，出現一批又一批歌頌為愛情而戰鬥的小說、劇本，使愛情成為文學創作的永恆主題。一部《金瓶梅》暴露出了縱慾主義的罪惡，抨擊了儒家婚姻道德觀。一部《紅樓夢》歌頌純潔的愛情和少男少女們為愛情而反抗的悲憤下場。《紅樓夢》在中國第一次提出了明確的愛情概念——『意淫』，第一次區分了『意淫』與『肉淫』，既反對禁慾主義，又反對縱慾主義，主張『寶黛』的『木石姻緣』才是愛情的典範。對愛情和婚姻自由的追求，到辛亥革命發展為『解放婦女』，『主張女權』，在民國時使婚姻自由合法化。

「就某種意義上講，人類的歷史是一部從帝王將相、夫子們追求特權的縱慾主義的性滿足到廣大平民追求所有人的平等自由性滿足的歷史。」

「追求愛情和婚姻自由具有兩方面的意義：個體的自由和社會的約束。在個體方面，不論是男是女，都有自由、平等地追求愛情和婚姻的天賦權利，其他的人包括父母、兄弟和旁親、長者都不能橫加干涉。在社會方面，就較為複雜了，排開包辦婚姻、買賣婚姻之外，在追求愛情和婚姻自由上仍受社會約束，主要有四點：其一，允許個體的自由平等的競爭，即所謂『三角戀愛』，不允許使用強力、權力、財力侵犯別人的自由追求，即所謂『愛情是不能強迫、恫嚇、暴力、欺騙的，而應該是情投意合的、真摯貞潔的』，否則就產生性犯罪和性騷擾。其二，性愛是第一性的。雙方初次接觸，看的是外表，覺得可愛為好，覺得討厭為不好。即所謂『一見鍾情』。再次、三次接觸，就透過外表到心靈了，覺得情投意合為好，覺得互不相容為不好。賈寶玉開始時見了薛姐姐就忘了林妹妹，見了林妹妹就忘了薛姐姐，對兩人外表都感覺可愛，但進一步接觸，賈寶玉就覺得與林妹妹志同道合，與薛姐姐背道而馳，就選了林妹妹。對林妹妹就是愛情，對薛姐姐就是友情，親情。其三，經濟和地位。結婚是很現實的生活，面臨著衣食問題，如果衣食不成問題，那愛情和婚姻就能維持下去。如果不能吃飽穿暖，並且看不到吃飽穿暖的希望，那愛情就會消失，婚姻就會破裂。如果結婚後，雙方發揮知識專長和才華的條件更好，那愛情和婚姻就能維持下去。如果雙方或一方發揮知識專長和才華的條件失去了，那愛情和婚姻危機就到了。這就是一個社會經濟和地位問題，相愛的雙方必須考慮到，不能太天真浪漫、掉以輕心了。當然，過分強調社會和地位，甚至把社會經濟和地位放在第一性，那就沒有愛情，沒有幸福，甚至連滿意的性生活也沒有，勢必危及婚姻的存在。這是性交易，不叫愛情，是具有強烈的享受思想和虛榮心的人所幹的事，結婚是為了享受物質生活，是為了炫耀自己高貴。其四，對父母、兒女及其他親人的應盡義務。真摯的愛情和美滿的婚姻不應該以犧牲父母、兒女及其他親人的利益為代價，應該盡到贍養老人、養教兒女和幫忙其他親人的義務。在婚後，這種義務有時高過夫妻的愛情，有時作為紐帶維持婚姻生活。為了避免老人和小孩受到傷害，夫妻雙方需要承受一定的委屈和痛苦，付出一定的愛情代價。即使小孩非己所生，甚至是妻子偷情而生，也不能歧視小孩，小孩無罪呀。這才是合天理的高尚愛情，合人道的美滿婚姻。現在，有的青年男女擇偶，把對方有沒有父母或父母是否需贍養作為一個條件提出來；有的人結婚後，虐待老人和小孩，這是很不人道的、心腸硬毒的青年人；這種青年人不應該有愛情，更不應該結婚。有的人結婚後喜新厭舊，或毆妻虐子以求新歡，或拋開妻子老小與人私奔，或頻頻離婚而製造寡婦孤子，或殺夫害子以圖新婚……幹出種種傷天害理的事，還美其名曰追求愛情，追求婚姻自由。這類人的道德敗壞，無情無義，比妓女還鮮廉寡恥，也比嫖娼者心術還壞。被迫賣淫的妓女是為了養活家庭老小而為羞恥之事，嫖客是為了一時性快活而行之，並沒有損害別人。這樣說，並不是不允許離婚。離婚是件很痛苦的選擇，而不是像結婚那樣很快樂的選擇。離婚應該具備兩個基本條件：夫妻感情實在破裂，不離婚雙方都很痛苦；原有婚姻給家庭其他成員帶來傷害，不離婚，父母、子女就會有痛苦。只有利於這一方的快樂幸福而傷害另一方和父母子女的離婚是不道德的。」

以上所摘錄的對愛情和婚姻的文字，是柯和貴的婚姻生活的體驗和反思。柯和貴的婚姻雖然是自主的，但是在擇偶時，所遵循的是儒家的婚姻道德標準，使他失去了有愛情的婚姻機會，選擇了無愛情的婚姻。在結婚後，柯和貴又把對妻子、父母、兒女的感情和應盡的義務看得重於自己的婚姻生活，不願拋棄無愛情的婚姻，去接受有愛情的再婚生活。所以柯和貴是儒家婚姻道德的犧牲者，悲哀者，正如他自己所哀嘆的：「一生並無愛人。」

柯和貴本來有愛，並且有三次寶貴的機會，但他都沒有把握住。

第一個愛柯和貴的人是他的同學郭素青，在本書前第二十六、二十七回中有記述。郭素青是柯和貴師範時的同桌同學，貌美聰明，善良活潑。郭素青對柯和貴的認識是有一個過程的。她初次接觸柯和貴時，認為柯和貴是個瘦矮邋遢、不懂生活的小弟弟，值得同情關心。漸次，他發現柯和貴心地善良，智慧過人，學習成績優異，產生了敬佩和羨慕的感情。再漸次，她看到柯和貴有大智大勇，有分析和預測大事件的能力，有果斷處理大事件的本領，產生了敬仰的感情。至此，郭素青對柯和貴從外到內有了透徹的整體的認識：在個人生活上是個書呆子、糊塗蟲，在大是大非上是個明白者、聖賢人；對待親人朋友是只綿羊，對待惡勢力是只老虎。不知不覺地，郭素青在對柯和貴的深厚的感情基礎上和明確的認識上產生了愛情。這是發自內心的清醒的牢固的真摯的愛。郭素青就去打聽柯和貴的家庭情況，兄弟兩人，有個老母，家庭貧窮。郭素青想到自己無兄弟，只有姐妹兩人，也有一個老母，家庭經濟稍寬裕，這正好可以互相彌補。郭素青又想到柯和貴有很強的創造力，運用得當，將會創造出美滿的家庭和光明的前程。

在中國，男女相愛，是男方主動，女方被動，男方向女方求愛。即使女方心裡求之不得，也要扭怩一番，以示自尊自重。郭素青雖然性格開朗，大膽潑辣，但畢竟是一個中國少女，沒有勇氣主動向柯和貴表白愛情。相反，郭素青對柯和貴產生了愛情之後，與柯和貴的接觸拘束起來，不隨便了。

在柯和貴這方面，一直把郭素青當作大姐來尊重，當作聖潔的觀音菩薩來敬仰。與郭素青相比，柯和貴自慚形穢，根本不敢有男女之間的非分念頭，根本不會在那種十分純潔的同學、姐弟的感情中染上男女間的汙點。換一句說，根本不可能將同學、姐弟間的感情昇華為愛情。所以，要突破柯和貴所十分珍惜和恪守著的孝悌、義重如山的道德冰封，單憑柯和貴自身的力量是不可能的，必須有強大的外力衝擊，要有張愛清衝垮柯和義的心理防線那樣的勇氣。作為少女的郭素青哪能有作為少婦的張愛清那種勇氣呢？

郭素青忍著，等待著，看看快要畢業分配了，郭素青忍不住了，就壯著膽子試探。柯和貴對郭素青發出的資訊按正常的同學、姐弟感情理解，全被誤解了。郭素青採取反激法，故意當著柯和貴的面與向她求愛的喻剛強接近，想激起柯和貴的嫉妒。柯和貴卻不打聽，不詢問。郭素青知道柯和貴在男女愛情方面不敏感，是個大笨蛋，是戲臺下的真正梁山伯。郭素青決定更大膽一些，在畢業前弄個水落石出。

郭素青的機會來了，她收到了喻剛強一封態度明確的求愛信。

這是一個晴朗的夏日的夜晚。下自習後，郭素青約柯和貴去散步乘涼。柯和貴跟在郭素青後面走。兩人說笑著，走出學校北門，來到一片斜坡草坪上。郭素青站住了，把手中卷著的兩張報紙，遞給柯和貴一張，兩人展開報紙，墊坐在草坪上。

月亮升起了，紅撲撲的圓臉，清晰的眉目。月亮越升越高，那紅色由深而淺，由淺而淡，最後全白了，成了一輪皓月。皎潔的月光灑在曠野，輕紗般的夜霧在青黛上飄浮，靜謐，神聖。

郭素青穿著白底小花短袖衫，繫著素裙，白色涼鞋，白色絲襪，一雪臂肘，兩截白腿肚，那白皙的臉腮，在月光下像抹了一層雪花膏，整個身體真像一尊素潔晶瑩的玉觀音。郭素青的這番打扮，在一般男人眼裡，會產生「月下美人來」的感覺，而在柯和貴眼裡，是一位貞潔可敬的姐姐。

柯和貴穿的仍是老母親縫補的布紐扣白布掛，煮藍褲子，黑布鞋，沒穿襪子，一副青年農民相。只不過，在郭素青的訓練下養成了梳頭習慣，短髮右順，加上那張蒼白的面孔，表明人是個白面書生。柯和貴這副模樣，在一般女人眼裡，會產生「俗不可耐，令人噁心」的感覺，而在郭素青眼裡，卻是自己可敬的英雄，可愛的情人。

兩人向東方坐著，說著話。柯和貴時時把話題扯到社會、政治、文學上去，郭素青則把話題拉到家庭生活、將來工作上來。

聊了一陣後，郭素青從衣袋掏出一張折硬了的紙條，遞給柯和貴說：「你看看，蠻有意思的。」

柯和貴展開紙條，看起來。這是喻剛強寫給郭素青的情書。情書中，字跡工整，一絲不苟，語句朗朗爽口；激情火熱，情絲纏綿，傾吐了愛幕之情；抒發了喻剛強個人的無產階級雄心壯志，說明了實現革命理想的計畫和步驟，憧憬著兩人結合後的美滿幸福……柯和貴看著，有時讀出聲音來，有時為郭素青感到自豪，有時為喻剛強感到害臊，有時佩服喻剛強的大膽追求，有時暗罵喻剛強厚顏無恥。柯和貴第一次領略到共產黨英雄們的心靈上的又一領地的風光：紅色的後面是黑暗，大公無私後面是自私狹隘，慷慨激昂後面是貪婪佔有，鋼鐵意志後面是腐草爛柔，實事求是後面是虛情假意。「不能讓那傢夥猥褻了姐姐的聖潔。」柯和貴心裡激起一股憤恨。他又看那情書中的重要句段，內心的反感平息了：「我的反感是政治方面的，愛情應該超出政治範疇，喻剛強對姐姐的愛是真摯的，應該支持。」

郭素青目不轉睛地看著柯和貴，細察著他的每個表情變化。當柯和貴讀完信後，她就急著問：「我把這信給你看，你的第一感覺是什麼？」

「你這是把我當作可信賴的親弟弟，想讓我參考意見。」柯和貴自豪地說。

郭素青聽了這話，心裡一陣冰涼。

「無產階級革命家向資產階級小姐求愛，喻剛強需要多大勇氣，拋棄政治偏見啊！這說明姐姐的美貌和善良征服了革命英雄，是姐姐的榮幸！」

「還有呢？」郭素青盯著柯和貴，滿目慍色。她多麼希望柯和貴說出嫉妒、憤恨喻剛強的話啊！

柯和貴沒有去看郭素青一眼，仰望蒼茫太空，繼續說：「喻剛強不是一般的同學，政治條件好，有理論水準，前途遠大，不會去當可憐的中小學教師，將來……」

「將來會當大官，是嗎？」

「是的，最小是個縣委書記。」柯和貴用肯定的語氣預測。

「那我就做縣太太了，整天可以享受縣太爺恩賜的美餐、榮耀了。」

「是的，姐姐是幸福的，連我也會沾光。」柯和貴平心而論，毫無揶揄之意。

「你羨慕，是嗎？那你可以賄賂我，我保舉你在喻剛強手下當個奴才官。」

「姐姐不要諷刺我了，我沒那個天分和本領。我天生是個受官家折磨的苦役犯。只要姐姐幸福，我就欣慰了。」

「我是幸福了。我被喻剛強當作一束花拿去陪貴客，我規矩地守在空房裡登記禮單，我眼睜睜地看著喻書記去玩被他提拔起來的女幹部，眼巴巴地看著喻書記與人密謀整人害人，為了黨的形象和事業，為了喻書記的名聲和前途，我只能附和，只能失去人格，不能反抗，不能制止，受著良心的責備和精神的煎熬。這就是你說的姐姐的幸福！」

「不要說得那麼慘呀！喻剛強雖然與你的政治見解不同，但他對你的愛是真心實意的，不會背叛你。你可以制止他去害人的事，引導他做為人民辦事的清官。官，總得要人做呀。」

「清官只能出在『家天下』裡，『黨天下』不可能出清官。在『家天下』裡，清官忠於皇帝，整肅貪官悍吏，給皇帝添光，不會醜化皇室，得到皇帝的嘉獎，所以有清官。『黨天下』是一個政治群體的統治，每個官都代表黨的形象，黨腐敗了，每個官都腐敗，黨兇悍了，每個官都兇悍了，某個官想作清官，就是反黨分子，某個人想去反對貪官悍吏，就是醜化和損害黨的形象，這樣的政治制度能出某個清官嗎？你要喻剛強作清官，就等於不要他當官，他能辦得到嗎？他會因愛情去斷送自己的政治前途嗎？」

「如果從個人的現實生活來考慮，你應該……」

「我應該做喻書記的老婆，是嗎？」郭素青橫眉怒目了，截住柯和貴的話，責問，「你這個人今天怎麼這樣令人討厭？怎麼盡說假活？」

「我沒有說假話呀。我在這方面沒有經驗，沒有考慮過，是說錯了話。我沒想到刺傷了姐姐。」柯和貴辯解著，兩掌抱住低在膝蓋上的頭。他沒想到不僅沒有幫郭素青的忙，反而刺傷了郭素青，辜負了郭素青對自己的信任，心裡傷心起來，不做聲了。

「喲，我責備了你幾句，你倒氣惱起來了，不說話了。抬起頭來。」郭素青笑著說，用手抓住可和貴後腦的頭髮，向下一扯，使柯和貴抬起頭來。

「我刺傷了你，感到內疚。」柯和貴說。

郭素青看到柯和貴把錯誤、責任盡往自己身上套，一副乖模樣，實在令人可憐可愛，就說：「和貴，你已經長大了，應該考慮自己的婚姻生活了。」

「我沒有那種想法呀，不知道什麼時候才去想那種事。」

「現在就應該考慮，我班那麼多女生，錯過機會就晚了。」

「我聽說，同等學歷和地位的男女結婚，男方會失去獨立性的，所以，我班的女生都去找高學歷、高地位的男人。」

「胡說！這是夫權思想。男女權利平等了，怎能說是男人失去獨立性呢？我班有個女生對你有意思，我可以為你做媒。」郭素青旁敲側擊。

「不行呀，」柯和貴搖著頭，說，「我班女同學和我不是一個縣的，相隔幾百里，怎能生活在一起呢？」

「可以調到一起呀。」

「大家都服從黨的工作分配，我沒那大本領把對方調到永安縣。」

「如果對方有本領把你調到她的縣裡去呢？」

「那可不成。」柯和貴斷然否決，說，「我老母親守寡為我讀書，我離不開母親。」

「可以把你母親帶去呀。」

「我哥嫂供我讀書，我要照顧哥嫂。」

「照顧哥嫂無非是在經濟上，你每年可能寄些錢給他們。」

「我哥哥脾氣不好，嫂嫂又有心臟病，侄兒又頑皮，他們離不開我的關照。」

「愛情高於孝悌，美滿的婚姻離開父母兄弟也能盡孝悌。」郭素青在這方面的認識水準遠遠高於柯和貴。

「我把孝悌看得高於婚姻生活。如果不能盡孝悌，我寧可獨身。」

「柯和貴，你這個孔乙已，大傻，儒夫！我就等著看你獨身，看你婚姻生活的痛苦，看你結婚後不能盡孝悌的痛苦！」郭素青惱怒了，用手指敲著柯和貴額頭，情緒激昂，大聲說。

柯和貴感到莫明其妙，弄不清平素善解人意的可敬可佩的姐姐為什麼突如其來地大動肝火，對自己反目成仇，恨恨咧咧；同時，珠淚盈眶，悲悲戚戚，表現出一種其情可憐的樣子。柯和貴下意識地想伸手去抹乾那淚水，用軟語去撫慰那心靈，用嘴巴去親吻那痛楚的嫩腮。驀然間，一種理智的聲音在怒吼：「卑鄙！無恥！」他立即按壓住自己的衝動：「我怎能亂動手腳去猥褻她的高潔聖靈呢？」柯和貴愧恨自己再次說錯了話，呆呆地看著郭素青。

郭素青愣著，意識到自己剛才失態，用手帕擦了擦眼眶，深情地瞥了柯和貴一眼，莞爾一笑。

柯和貴的目光接觸到郭素青那投來的一瞥，眸子特別晶瑩，目光特別晶亮，亮度勝過月光千倍、萬倍，就像瞧照相機裡一閃的鎂光，燁燁震電，帶著柔情蜜意，折射到柯和貴的心靈深壑裡。柯和貴為之一震，又立即按住自己，有一座名叫道德的巍峨高山鎮壓住了一隻名叫情慾的小烏龜。但是，那鎂光般的一瞥，一直閃爍在柯和貴心靈深淵裡，直到他臨死前還發出一道幽光來，照著他走向來世。

「柯和貴，我感到有些涼了，回去吧！」郭素青輕聲說，站了起來。

「嗯。」柯和貴應聲蟲般和了一聲，起身，跟在後面。

畢業分配了，柯和貴和郭素青各自回到自己的縣裡教書。

在柯和貴隱退到陳嶽山分部的第二學期的五月，郭素青的妹子郭梅青到南柯村來找柯和柯和貴，說郭素青病重，要見柯和貴一面。柯和貴一聽到這個噩耗，不顧一切，回到陳嶽山學校，對李秀雲謊稱去整理縣誌幾天，把學生放了五六天假，借支了兩個月工資共六十幾元，跟著郭梅青，急忙趕到郭素青面前。

郭素青躺在病塌上，頭髮因化療脫光，血肉耗盡，只剩一張白皮包著骨骼，手腳如枯條敗枝；眼窩深陷，兩腮塌進；只有鼻翼扇動，瞳仁有光。那瞳仁裡的光見到柯和貴，異樣的明亮起來，手指在索索動作，喉頭呼呼作聲。

柯和貴見狀，撲通一下跪在床邊上，左手握住郭素青右手，右手摟住郭素青腰部，嘴唇吻住了郭素青的右腮，淚水泉湧。他聽到郭素青微弱的含糊不清的聲音：「和——貴——，我——盼——」

柯和貴吻緊那腮丞，小聲而清晰地說：「素青，我愛你！」

郭素青的喉頭咕嚕一聲，沒氣息了，那枯瘦的手指收攏，緊緊攥住柯和貴的手指，瞳仁由晶亮而朦朧，由朦朧而暗淡，成了兩個圓黑。她死了！

柯和貴肝腸寸裂，抱住郭素青，號啕大哭起來，似有同赴黃泉之慟。

在毛澤東時代，人死了不准做祭，只能開個簡單的追悼會，郭素青是閨女，靈柩不能入族中祖宗堂，就更簡單了。郭素青所在的學校給她開了追悼會，柯和貴不顧眾人反對，穿上白孝服，端了靈牌，在追悼會上插進了路祭，讀了自己的追悼詞。

柯和貴的追悼詞全文如下：

時維，乙卯年，夏仲月，癸卯日。烈日當空，火紅年代；天物萎惓，人生苦短。卯時不見光，是黎明前夜。

嗚呼！我的同學郭素青逝世了，我哭！我的姐姐郭素青逝世了，我哭！我的戰友郭素青逝世了，我哭！我的戀人郭素青逝世了，我哭！

蒼天有意，給了你靈魂；父母有情，給了你肉身。固然，人有生有死，但是，蒼天匆匆地收回的是善良，你過早地消逝的是青春。這怎能不讓我傷悲？

在我腦海裡，永遠活躍著你的身影：兩條小辮，跳動在肩背；潔淨的酒窩，儲藏著青春；晶瑩的眸子，忽閃著春光；淡薄的眉毛，給人欣慰；均勻的鼻翼，冒著生命的氣息；柔潤的雙唇，發出輕快的笑聲。你素裙舞春風，玉指彈和音。你是聖潔的觀音，你是善良的象徵；你是智慧的使者，你是貞愛的化身。

當污泥濁水向你潑來的時候，你「嘿嘿」笑兩聲，禪坐不動，運氣使功，保住聖潔，蕩滌汙穢。

當口誅筆伐向我圍剿的時候，你急急救應，痛吟古詩，化解矛盾，漫灑春雨，融化了喻剛強的冰心，使我免遭謗毀。

當我身處險境而不覺、情緒衝動而妄動的時候，你輕舒玉臂，為我驅雲撥霧；寥寥數語，啟迪我的蒙鈍，使我明白了事理，穩住了心神，消除了災難，贏得了虛榮。

當月亮升起的時候，你把我帶到生氣勃勃的田野。你向我送來秋波，我卻不懂得人間有這般純潔的愛情；你向我暗示情意，我卻不懂得男女間有這般奇特的姻緣。你憤恨了，我卻莫明其妙；你挑明了，我卻不敢衝破禮教的籬藩。你說出了至理名言：「婚姻不美滿，孝悌難兩全。」一切被你言中了：我那邊婚姻不幸，妻子不賢，老母哥嫂有怨，我痛苦難言。你這邊，煎熬在烈焰，消逝了華年。雖然這期間有社會的阻隔，但主要是我的過失，怨不得地和天。我是個懦夫，沒有勇氣去熱愛天仙，沒有膽略去跨越森嚴的道德界線；我是個大傻，沒有智力去把這現代的愛情曲與那古典的孝悌腔揉為一調，沒有智謀讓遠隔百里的兩家人來個大團圓。

今日，我慌忙趕到，跪在你身邊。我見到的不是昔日令我歡欣的天仙，而是令我痛心的骷髏：你圓渾的腿肚不見了，成了僵硬的木條；你玉筍般的手指不見了，成了萎枯的竹竿；你圓鼓的兩腮不見了，顴骨凸現；你烏黑的頭髮不見了，頭皮皺裂，……是肝火熬枯了你的膏脂，是思戀蒸乾了你的心田。你只有那鼻翼屏住了一口生氣，那是要向我傾吐最後一言；你只有那眼窩留存的晶瑩，那是要向我閃出最後一電。我吻著著你的臉腮，那能算悔過嗎？我說著「我愛你」，那能算補償嗎？你吐出最後一句：「我——盼——」，飽含了多少深情和辛酸！你閃出最後一束光亮，拍攝了多少戀情和恨怨。旋即，你閃電消逝，氣息全斷！你猛然將手指收攏，抓住我，死死地死死地攥緊，表示著你有許多掛牽；你眼皮不合攏，睜睜地睜睜地盯住我，表示著你有許多眷戀。

郭素青呀，你豐華正茂，正在創造人間的春天；你太年輕了，還沒有嘗遍人間的苦辣酸甜；你走得太快了，當然戀戀不捨！你走得太早了，當然心有不甘！

我愧恨，我悔恨，沒有抓住那千年一回的良宵，致使你魂歸遺憾，我心碎黑深淵！

我願望有不滅的鬼神，我希望有永存的靈魂。因為那樣，我能在夢裡與你重見，能在恍惚中與你聊天；能在陰間與你仙遊，能在來世和你見面。

郭素青，我的同學，我的姐姐，我的戰友，我的戀人，一切都過去了，好比南柯一夢，只有你的精神永垂不朽，只有你的影像永留在我心田！

柯和貴頓首泣血

柯和貴料理了郭素青的喪事，又陪著郭母住了一天一夜，聽著郭母和郭梅青對郭素青的回憶。

郭素青父親是個教師，五七年被劃成右派，後又複職教書，在文化大革命的「一打三反」運動中被逼自殺。郭素青母親出身於縣城工商業主家庭，國民中學畢業，一直在家務農。郭素青畢業後分配到區中學教語文，喻剛強也在區中學教政治。喻剛強不斷地向郭素青求婚，郭素青不理他，卻與柯和貴寫信明白地表明愛情，柯和貴也回了信，表白愛郭素青的心跡。兩人在努力調到一處，可是調動難於上青天。奇怪的是，兩人各收到一封信後，不斷地寫信，卻互相都收不到對方的來信。三年後，郭素青收到一封匿名信，說柯和貴結婚了。郭素青連忙給柯和貴寫了一封問罪信，卻收不到柯和貴的回信。

卻說喻剛強，教了一年書，就調到區革委會任副主任，又任區委副書記，他不斷地向郭素青求愛，派許多人去勸說，遭到郭素青不斷的拒絕。喻剛強惱怒了，把郭素青調到偏遠的一個湖汊小學教書。這時，喻剛強結婚了，喻夫人是個好鬥的共產黨員，硬說右派份子的女兒郭素青是隻狐狸精，勾引喻剛強，跟郭素青鬧個沒完沒了。郭素青身心受到沉重打擊，又與柯和貴完全失去了聯繫，內臟熱毒盛熾，患了肝病，聽到柯和貴結婚了，病情加重，惡化為肝癌，住進了醫院。郭素青在住院期間，弄清了她和柯和貴的信件都被郵局送到了喻剛強手裡。郭素青怨恨鬱結，呼天撞地，九個月後，病情不可救藥了。郭素青在病危中要妹妹去叫來柯和貴。在柯和貴這邊，兩年不見郭素青回信，誤以為同學各奔東西，隨著時間流逝，境況變遷，那天真浪漫的同學感情也就冷卻淡薄，所謂談情說愛也不過是曇花一現的浪漫主義。兩年後，柯和貴就與李秀雲結婚了。誰知郭素青如此癡情貞烈呢？柯和貴最悔恨的一點是，沒有聽高雲英的勸說，親自到郭素青家去一趟。

柯和貴悔恨不已，情感糾結不清，作詞一首：

蝶戀花

懷念郭素清

（那一年）臨危（時）我從容講述，你誦曹詩，兩個悲劇歇。

（那一夜）斜月淡淡（你）情簾揭，自卑身猥（我）不敢越。

（到頭來）筆下相思遺淚跡，萬重山雲，簡帖半明滅。

（落得個）牡丹亭前周為蝶，瀟湘館裡潔還潔。

注：1.蝶戀花，詞牌名，本名《鵲踏枝》，又名《鳳棲梧》、《黃金縷》、《明月生南浦》等。南呂宮，仄韻格，雙調，60字，上、下片各四仄韻。定格：2.牡丹亭前周為蝶：《牡丹亭》裡的柳夢梅到牡丹亭尋找夢中的杜麗娘不著，就像周莊在夢中變為蝴蝶那樣。3.瀟湘館裡潔還潔：《紅樓夢》裡的林黛玉住在，瀟湘館裡，吟唱《葬花詞》裡的句子：「潔本潔來還潔去」。

又**集錦詩**云：

春望逍遙出畫堂（張說），閒梅遮柳不勝芳（羅隱）。
願結靈姻愧短才（潘雍），心知不敢輒形相（曹唐）。
青鳥不傳雲外信（李璟），淚珠滴破胭脂臉（馮延巳）。
一叫一回一斷腸（李白），如今重說恨綿綿（張籍）。

柯和貴在郭素青家住了三天三夜後，給了郭母二十元錢，就回到了陳嶽山分部學校。柯和貴出門五天整，李秀雲在家裡嘔了一肚子氣，準備發洩到柯和貴身上。

欲知李秀雲怎樣嘔氣，且聽下文分解。

第四十六回　李秀雲惡語傷夫心　高雲英大膽吐隱情

卻說柯和貴為郭素青奔喪五天五夜，少吃少睡，神經緊繃，不知勞累，一回到家裡，突然鬆弛下來，頓感力盡筋疲，槁木死灰，眼中視朱成碧，頭腦天旋地轉，一下子慵懶癱軟在房中地上。女兒良敏、兒子良文蹲在爸爸身邊，嚇得啼哭起來。柯和貴勉強笑著對兒女說睡在地上舒服些。他叫良敏去舀了一碗冷水來喝了，叫兒女出去玩。

李秀雲看到柯和貴那副狼狽相，心中好氣，烏著臉，不理不睬，出了房門，做飯去了。

李秀雲聽柯和貴說去寫縣誌，可是回家問了嫂子石小春，知道有個青年女子叫去了。李秀雲倒不擔心柯和貴去玩女人，知道柯和貴是個書呆子、正經人，不會亂玩女人；也知道柯和貴那個鬼相沒有女人要他。只有她，走投無路，倒了八輩子霉，嫁給了柯和貴。她只擔心柯和貴心裡善軟，把錢給了石小春或那個寡婦高雲英。她要好好審問柯和貴。柯和貴走了，李秀雲又連連碰上晦氣事。頭一樁，她去山坡上砍柴，柴林裡有一條大烏蛇，嚇得她半死，做了一夜惡夢。要是柯和貴在家，用不著她去砍柴了，這不是柯和貴的過錯嗎？她咒罵柯和貴出門不得好死。第二樁，良文在田塍上玩，跌進了水田，她慌忙跑去拉良文，也跌進水田，弄了一身泥水。要是柯和貴在家，她用不著去拉良文了，這不是柯和貴的過錯嗎？她罵柯和貴過河落河，過山落山，不得好死。第三樁，柯和貴走後第三天，教育組組織全區大檢查「反擊右傾翻案妖風」的宣傳情況，柯和貴在學校牆上和上、下門辦的宣傳欄，寫的大標語，被風雨打濕，吹落了好些。檢查組的人批評李秀雲說：「柯老師不在家了，你也是個民辦教師，連個宣傳欄也保護不好，很不稱職。」她被教訓得哭了起來，恨不得咬柯和貴幾口。還是胡華好，安慰了她，把宣傳欄整理好了。

李秀雲憋足了一肚子氣，正要出在柯和貴身上，沒想到柯和貴一回到房裡，倒地就睡，她能不更加氣惱嗎？

李秀雲做好了飯，叫良敏、良文圍著桌子吃起來。

「媽媽，我去叫爸爸吃飯。」良敏說。

「不要去叫，讓他去死！」李秀雲喝住良敏。

良敏夾了些菜在碗裡，偷看了媽媽兩眼，出門去了。良敏悄悄地走到爸爸身旁，用手輕輕地搖著爸爸喊叫：「爸爸，吃飯呀。」

柯和貴從昏迷中醒來，看到女兒紅潤的臉蛋掛著淚珠，一雙小手捧著碗，送到自己嘴邊，又勾起傷痛來，大滴淚水滾出眼眶，說：「爸爸不餓。」

「爸爸，你病了嗎？」

「沒病，我起來。」柯和貴說著，強支身子，站起來，雙手做了個拳擊的架式，又說：「你看，爸爸身體棒極了。」

良敏笑了。

這時，柯和貴感到一陣頭暈目眩，連忙又蹲下，雙手從背後支撐在地上，向著女兒傻笑。

「良敏，你學你爸發神經呀？快點吃完，我要洗碗了。」李秀雲在廚房裡叫。

良敏端著碗，一邊走，一邊大口地吃。

柯和貴定了一下神，清醒了許多，體力恢復了好些，感到肚子餓了，就起身，洗了手臉，盛飯吃。鍋裡只剩下鍋巴了。柯和貴刮了一大碗鍋巴，把桌上的剩菜剩湯倒碗裡，吃了。

「看你爸爸，一身泥土，衣服髒死了，活像個瘋子！」李秀雲撇著嘴巴，對良文說。

「爸爸像個瘋子嗎？」柯和貴笑著問良文。

「像。」良文點點頭，說。

「爸爸等下子去洗個澡，換乾淨衣服，就又像老師了。」柯和貴摸著良文的頭，笑著說。

柯和貴脫下衣褲，只穿件背心短褲，端上臉盆毛巾，擔著水桶，帶良敏、良文一起去大塘洗冷水澡。柯和貴讓孩子在塘岸上玩，自己跳下塘，用肥皂把全身擦拭一遍，游了幾圈。上岸擦身子，感到乾爽涼快。他給孩子們洗了，到水井挑了擔水回家。他和孩子換了乾淨衣服，端了小椅子，到大門外場地上乘涼。

天黑了，柯和貴教孩子認星星，講神話故事。李秀雲也收拾梳洗了，提了把小椅子到場地上，在離柯和貴一丈多遠的地方坐著，打著蒲扇。

「秀雲，你坐過來一點，聽我講故事。你也是個孩子呀，聽故事，學點聰明。」柯和貴打趣地說，想緩和氣氛。

「哪個聽你說廢話？我看不出你有什麼聰明。」李秀雲氣鼓鼓地說。

「你這個人怎麼成天愁眉苦臉的？有那麼多生氣的事？」柯和貴不高興了，質問。

「和你在一起，哪有開心事？」李秀雲惡狠狠地反問。李秀雲對柯和貴說話，從沒有細軟話，體貼話，儘是粗重話，反詰句。她繼續說：「你自以為有本領，把我和孩子弄到鬼窟窿來，又嚇人，又受人氣。」李秀雲說著，哭起來了，控訴著柯和貴的罪行，把遇到的那三樁倒楣事和胡華的幫忙敘述了一遍。

「你說的那些事是小麻煩呀。你總不能這麼快就忘記了，生產隊裡『三基本』和水利工地做苦工的事吧？」柯和貴心平氣和地勸慰著，「為人不自在，自在不為人。你要比過去，看未來。未來，我們的日子會越來越好的。你有了民辦指標，好好地學完初中課程，就可以獨立教書。幹了幾年民辦，再去努力轉正，你就是公辦教師，我們的日子不是更好些了嗎？那時，我們的大煩惱就沒有了。」柯和貴盡可能把家庭前景描繪得如畫似錦，讓李秀雲歡樂起來。在柯和貴看來，李秀雲的自私狹隘和壞脾氣，是社會造成的，自己也有責任。社會環境惡劣，人心險惡，影響著人性的惰落，也影響著李秀雲；社會重男輕女，使李秀雲知識水準低，看不清是非。自己家庭貧苦，工資也不高，使李秀雲生活吃苦。他就一直原諒李秀雲。他堅信只要李秀雲能聽自己教導，增長知識，進教師隊伍，入了文明階層，改變了家庭困境，性格脾氣會變好的。

「我只讀了小學三年級，又忘了那麼多年，能讀得進書嗎？再說，知識有什麼用呢？掙不來錢，換不來豬肉。你有那麼多知識，連老婆孩子養不活，我再不聽你的鬼話去讀那撈什子的書了。」李秀雲說。

「讀書是難，不是縫衣服、納鞋底那麼容易。但你要耐下性子讀書。知識能使人聰明起來，懂事起來。我們要靠知識生存。你現在讀書有些難處，怨不得我，只能怨你原來沒讀完初中。」柯和貴說。

「我若是讀完了初中，知識就高了，還嫁你這個沒本事的猴頭嗎？」李秀雲蠻橫起來了，猛地向柯和貴衝出去一個千斤油鼓撞。

柯和貴受到這重重的一擊，啞了，氣得渾身發抖，憤怒地瞪著身旁一丈多遠的那個黑影，真想跳過去狠狠地揍她一頓，或者用最惡毒的語言反擊她。但是，柯和貴記起了高雲英的警語：「你和李秀雲結婚要有充分的思想準備，要有蘇格拉底和林肯那樣深廣的氣量和巨大的忍受力。」柯和貴忍了，摟緊懷裡的兩個孩子。那兩個孩子聽到媽媽的嚎聲，嚇得緊偎在爸爸懷裡。

李秀雲看到柯和貴不做聲了，以為柯和貴說不過自己，心裡有勝利的喜悅，就繼續向柯和貴發起進攻，說：「你有胡華老師一半的本事，我倒服了你。」李秀雲這第二次擊出的千斤油鼓撞的力量遠遠大於第一次。李秀雲這個愚笨的女人根本不懂得：一個妻子用自己心目中所愛慕的男人去詆毀自己的丈夫，是犯了大忌，是會引出丈夫的疑心和嫉妒心，會製造家庭災難。幸好，柯和貴在男女方面不敏感，毫無經驗，才沒去追究李秀雲那句的內涵。

柯和貴聽了李秀雲的話，心裡好笑，說：「你說別人，我倒不知。說胡華，我太了解了。他心地好，待人忠誠，工作認真；虛榮心強，心胸狹隘，膽小怕事，知識低，本領差。他到區裡專案組工作，是我保薦的。他和鄧河流要下放到小學去，他怕名聲不好聽，急得哭了，是我向伍組長說情，讓他到李山下小學當校長。他女兒初中畢業，想搞個民辦指標，提了包白糖和一個罐頭，跑了十幾趟，沒有人接，也沒人給他辦事，他女兒還在生產隊受罪。當然，他是你的老師，學生崇拜老師是情理之中的事。但你不要把他自吹自擂的話當真了。」

李秀雲聽了這些話，心裡平靜了些。她知道胡華為女兒的民師指標跑了很久，還求過柯和貴，柯和貴專為他找伍組長，被伍組長批評了一頓。而自己的民師指標，柯和貴沒費吹灰之力就弄到手了。但是，在李秀雲心裡，還是認為，胡華比柯和貴有本領，聰明多了。她聽胡華說，那是柯和貴碰巧與伍組長熟，才弄到了民師指標。胡華還對她說，柯和貴畢業分配時，是他要鳳凰中學領導接受了柯和貴，是他推薦柯和貴去搞專案、招生工作，是他推薦柯和貴去縣裡寫縣誌，是他做媒把她嫁給了柯和貴，這次又是他要李山下接受了她一家人戶口。今日，柯和貴說的與胡華說的不一樣，她當然只相信胡華說的是對的，柯和貴說的是鬼話。

李秀雲的生活是很實際的，有錢花，有餘糧，有威風凜凜的丈夫給她帶來的虛榮，使她在她所認識的女人範圍內受到尊重、誇讚、羡慕，成為人上人。她相信「隨夫貴，隨夫賤」的信條，要死死地控制住丈夫，去為她爭得她所希望的利益、榮譽，還要不斷地擴充自己的利益和榮譽。在利益和榮譽上，她容不得他人來分享，來侵佔。一旦她發現有人來分享和侵佔她的利益和榮譽，她就要毫無人性地去與那人作殘酷的鬥爭。如果對方是弱者，她就吃掉或者驅趕出她的利益範圍；如果對方是強者，她就攜帶自己的所得利益逃避。李秀雲的鬥爭對象是自己看得見、摸得著的，是小範圍的，是直接的，首先是家庭成員，再次是兄弟姐妹、親戚朋友。她覺悟不到在她觸覺範圍外的對象也在間接地強有力地危害她的利益和榮譽。她怕「官」，不願參加群體鬥爭。所以，李秀雲的鬥爭是單個地進行的，不是群體行動。這種鬥爭只能製造家庭悲劇，製造罪犯，不具有共同的、社會的價值意義。這就是有識之士所說的「窩裡鬥」、「一盤散沙」、「野蠻愚昧」等「民族劣根性」。當然，像李秀雲這樣農民，在極度貧困中渴望有大救星，會被煽動起來為生存進行群體鬥爭。在鬥爭中，她(他)們極富仇恨性、殘酷性和鬥爭精神。鬥爭的方式不外乎三種：盜匪活動，暴民運動，為政治陰謀家賣命的農民起義，鬥爭的結果仍然是絕大多數農民受壓迫剝削。她(他)們始終沒有自覺意識，不能主宰自己的命運。所以孫中山先生萬分感嘆：「知難行易。」

李秀雲到柯和貴家裡，直覺到的第一個鬥爭對象是寄人籬下的弱小的高雲英母子。在李秀雲看來，不三不四的高雲英，竟然以柯和貴義嫂名義占一間房了住下來，侵佔著自己的利益和榮譽，真是不知羞恥。李秀雲以家庭主婦身份，驅趕了高雲英母子。她由勉強地與高雲英打招呼，到不理不睬，到冷臉相待。她還沒頭沒腦地找柯和貴吵鬧。高雲英是個明白人，過了春節就離開了柯和貴的家。

李秀雲直覺到的第二鬥爭對象是哥嫂，第三個鬥爭對象是母親。李秀雲了解到柯和貴與柯和仁雖然自然分開生活，但沒正式分家，房產不清晰，經濟有來往。這是李秀雲所不能容忍的。在高雲英走後半個月，李秀雲就對柯和仁夫婦發起進攻。她對柯和仁板著臉，瞧不起石小春，吆喝子龍，跟柯和貴亂吵。母親李氏是個明白人，認為「樹大開叉，人大分家」，李秀雲沒錯。母親就請柯和義夫婦主持公道，給柯和仁和柯和貴分家。柯和義夫婦就把柯和仁夫婦、柯和貴夫婦叫到自己家裡，商量分家的事。那時分家沒有什麼私產，只有房屋和一些罎罎罐罐。柯和仁已分開生活了，炊具雜什之類沒什麼可分了，新做的房屋也不欠債，只有房屋分一下就行了。柯和貴高姿態地說，新房歸哥嫂，老屋堂前歸公，給母親住，一間住房、一間廚房、一間廁所歸自己。柯和貴還表態：母親跟自己一起生活，每月給哥嫂兩元錢買油鹽。李秀雲一聽，立即哭著退場，回到老屋裡，哭叫起來。柯和義批評柯和貴沒事先與李秀雲商量好，一個人瞎說。

柯和貴回到房裡找李秀雲商量。李秀雲哭得成了淚人。

「你不用哭了，我倆先商量好。我哥嫂是忠厚人，好說。」柯和貴說。柯和貴是個重孝悌義氣、輕私利的人，他還是頭一次遇上與親人爭財產，心裡很痛苦。他忍著性子勸解妻子。

「我的命怎麼就這樣苦呀？頭一個丈夫打罵我，後一個丈夫是一個讀書人，卻一點不關心我，只體貼兄弟母親。」李秀雲哭著說。

「秀雲，我早就告訴你了，我是母親守寡養大的，是哥嫂供給讀書的，我要盡孝盡義。今日，我比哥嫂生活得好些，理應關照他們。」柯和貴說。

「我和你生活好什嗎？每天在生產隊裡受苦受累，沒幾件好衣服，沒幾件像樣的傢俱，住的是幾百年的老屋。你離不開母親哥嫂，就去與母親哥嫂廝守一輩子，不該娶老婆害人呀！」李秀雲憤憤地哭叫。

「你這傢夥好不通情理！」柯和貴被激怒了，喝道，「我告訴你，兄弟是手足，老婆是衣裳，手足不能斷，衣裳可以換。你如果要我做不孝不義的人，那你就走！」

「你今日倒說起這種傷人心的話來了。你當初為什麼不說？」李秀雲發狠起來了，罵道，「你以為你這猴相是美男嗎？你以為你這傻相是好漢嗎？有哪個通情理的女人看得上你？只有我在苦難中被你騙來了，倒楣了。」

柯和貴聽了這種粗俗無情的辱罵，忍受不住了，揚手打了李秀雲兩耳光，喝道：「快滾！」

柯和貴氣忿忿地跨步出門，來到柯和義的家，說：「商量不通。就按我說的處理吧。」

「不行。」柯和仁說，「我與你嫂子商量了，房產就按你說的分，每月兩元錢的事不提了。」

「這也行。」柯和義說，「以後你哥嫂有什麼大困難，你關照一下。現在把嬸娘的贍養問題說一下。」

「我單獨生活。我眼下還能自己養活自己，等到走不動、爬不動時，他兄弟倆分期養我。我暫時住在和仁新屋廂房裡，等秀雲生了，再幫她帶孩子。」

柯和貴低頭沒做聲。他想起了郭素青的話：「我要看你婚姻生活的痛苦，看你結婚後不能盡孝悌的痛苦。」

柯和義叫張愛清去勸說李秀雲。李秀雲挨了柯和貴兩耳光，並沒有「快滾」。她不是個大膽的潑婦，也不是個浪漫的少女，她死愛面子，很講究實際生活。眼前明擺著一個很實際的面子問題：自己已離婚一次，再離婚就沒臉面了；柯和貴每月有固定工資，農民卻沒有。她經張愛清的勸說，知道每月不給柯和仁兩元錢了，母親也分養了，實際上勝利了，也就不再吵鬧了，收拾東西去了。

李秀雲的生活圈更加縮小了，鬥爭對象轉到了眼前的丈夫。她逐漸地了解了柯和貴的兩點：第一，心地善軟。她一哭一鬧，柯和貴雖然發火，過一下子就善軟下來了。鬧分家時，柯和貴打了她，但過後向她道歉，還說收回那句：「兄弟是手足，老婆是衣裳」的話。她要做的是，不讓柯和貴的善軟施到別人身上去。第二，有能力。只要柯和貴定下決心去辦一件事，是能辦成的。她要控制的是，不讓柯和貴的能力去為別人辦事，只能為她辦事。她的方法是，拿著鞭子狠抽柯和貴的背脊，讓柯和貴一心一意地為自己創造利益和榮譽。李秀雲也了解自己：做家務活，安排家庭，講衛生，她比別的農婦強；但在生產隊裡背「三基本」，爭勞日，爭工分，爭口糧，她比不上那些吃苦耐勞、潑辣強悍的農婦。她本是一等女勞力，一年的工分只有三十六元，卻自己養活不了自己，嫁到柯和貴家的頭一年就超支三十二元，等於一分也沒掙到，還賠出一年的收入，一粒口糧也沒拿回。後來，她生孩子了，柯和貴要隊長把她降到三等女勞力，她仍超支七十一元。李秀雲不檢查自己的過失，不說自己無能，反而責怪柯和貴無能，養不活老婆。她逼著柯和貴想法子把她從「三基本」中解放出來，來到陳嶽山分部學校生活。

到了陳嶽山分部學校，李秀雲用不著在生產隊受苦果，上工地做苦工了，也不操心吃不飽了，心情暢快了，人也白胖了。她聽李青松老師說：「師娘，柯老師不當高中主任來教小學分部，實在太虧了，工作量加重了，面子也丟了，名譽大跌，前途大損。他為的是關心你。你可要體貼關心柯老師呀。」她認為李青松說得有理，就對柯和貴態度好了許多。她聽柯和貴勸告，好好讀書，做個教師，永遠擺脫生產隊那個苦海。她耐心學習了幾個月，感到讀書真難，學習進步不大，就決心不去學了。她想：「十個花仙女，頂不上一個癩頭漢。」女人的幸福還是靠男人。她就用這類話頂撞柯和貴。柯和貴沒法子，只好由她。李秀雲又發現柯和貴一學期要回去三、四次探望母親、哥嫂，心中就警惕起來，擔心柯和貴把錢給母親、哥嫂花，特別是石小春有心臟病，要花不少錢。她又發現那個走了的高雲英寫信來，擔心那不要臉的寡婦來向柯和貴叫困難，撈錢用。她為這兩件事與柯和貴爭吵起來，並且還為一些雞毛蒜皮的事吵鬧，弄得柯和貴不得安寧。

這一次，柯和貴被一個青年女人叫去五天，說是寫縣誌，鬼知道是幹什麼。她不擔心柯和貴去幹什麼鬼事，只擔心柯和貴亂花錢。現在柯和貴回來了，成了那個鬼樣子，她能不氣惱嗎？

李秀雲衝擊了柯和貴一陣子，心裡的氣泄了好些，就把話題集中到花錢的事。她問：「我從你衣袋裡只掏出二十一元五角二分錢，這個月的工資還有十二元九角八分，用到哪裡去了？」

柯和貴聽了這話，早有準備，就向李秀雲說寫縣誌時用的生活費、抽煙錢、車費的數字，把這個月的三十四元五角的工資錢算得不差一分。還說原來借了縣誌辦公室二十元沒還，下兩個月還清。

李秀雲感到工資錢算清楚了，柯和貴沒亂花錢，也就不氣惱了。她又隨口衝著說：「石小春說你被一個說普通話的青年女人叫去了，是不是那個陶英寡婦的兒子沒錢讀書，要你關照？」

柯和貴一聽這話，心裡一震：沒想到嫂子失口說出郭梅青，李秀雲又說出高雲英來。他是決不能讓李秀雲知道郭素青的事的。他反應很快，立即回答說：「那個女青年是縣誌辦公室收發員小明，當然說普通話。你以後再不要說陶英是寡婦了，人家有丈夫了，還生了個女孩，比我們生活好得多了。」

「爸爸，我要睡了。」良敏說。

柯和貴只顧說話，聽良敏一說，才知道良文在懷裡睡著了。他抱起兩個孩子進房，放到床上，拉亮電燈，把帳裡的蚊子打盡，把帳關好，又來到場地上。李秀雲見時間晚了，也進屋睡去了。

柯和貴獨自坐在場地上。夜闌人靜，上、下門的燈光都熄了，沒有月亮，只有螢火蟲在稻苗上、地坑上飛竄；山黑黝黝的，樹林裡沒有蟬鳴，只有樹葉偶爾發出沙沙的微弱聲音；這山屋學校的確是個鬼窟窿，陰氣重重，一片死寂。柯和貴卻喜歡這種死寂。他望著綴滿星星的浩瀚夜空，玄想著在太空裡的神話傳說，幻想著郭素青化入宇宙中的飄零轉悠的靈魂，聯想著「人生天地之間，若白駒過隙，忽然而已」，感嘆著「把酒當歌，人生幾何」，禁不住潸然淚下。

屋裡傳出了李秀雲粗重的鼻息聲，柯和貴從翩翩浮想中回到了現實生活，回憶起擇偶時的往事。

柯和貴一參加工作，就有人說媒，因為心裡戀著郭素青，就一一拒絕了。他在頭學期收到郭素青兩封信後，再也收不到郭素青的回信了。一年過去了，他不知道郭素青那邊發生了什麼事，心中著急，就找高雲英商量。高雲英說：「郭素青不是個見異思遷的人，可能出現了意外，你應該親自跑一趟，去查明情況。」柯和貴擔心冒冒失失地去找郭素青，會為難郭素青，給郭素青造成不好的名聲，就沒去了。柯和貴又接連給郭素青寫去三封信，卻石沉大海，杳無音信。又過了半年，柯和貴對郭素青心灰意冷了，母親又催他早日結婚，就開始接受說媒了。說媒的人大多數是農村媒婆，在男女兩邊吹牛亂說，真是「媒人不說謊，神仙沒人當」。柯和貴看了三、五個女青年，雙方都不滿意。不是柯和貴嫌女方粗俗愚昧，就是女方嫌柯和貴身材矮小，呆頭呆腦。只有好友胡華介紹的遠在百里外的女學生李秀雲才使柯和貴認真起來」

李秀雲經胡華的手轉給柯和貴三封信和一張三個姑娘的合影照，信中言詞切切，相片中的李秀雲也高大貌美。柯和貴一時委決不下，就帶著三封信和照片回家，徵求高雲英的意見。

柯和貴對高雲英十分尊重敬仰，認為高雲英分析力強，看問題透徹，是女中英豪，認為高雲英是真正愛護自己的親嫂子，那份叔嫂之情比石小春還真，還純。

高雲英接到柯和貴的三封信和一張相片，聽著柯和貴的簡述，心裡撲通地跳。她強壓住激動的情緒，不致亂了方寸，等到柯和貴說完後，輕聲地問：「你不等郭素青了嗎？」

「不是我不等，而是等不著，一年多了，她不回信。郭素青那樣高雅的女人，追求的男人肯定多，都會比我強，我不能去破壞她的幸福。再說，我倆的所謂愛情，是不懂事的青年學生鬧著玩的戀愛遊戲，現在遊戲結束了。」柯和貴說。

「你真的想找老婆了？」高雲英笑著問。

「真的。」柯和貴不會說謊，「我原想事業有成後再成婚，現在看來前途渺茫，無事業可成，母親又在催著我成婚。我想男大當婚，找個平庸的女人，過著平庸的家庭生活吧。」

「你太悲觀了。」高雲英說。她頓了一下問：「你的擇偶標準是什嗎？」

「我聽胡華、鄧河流等朋友談過，我們這個時代沒有愛情可言，要根據自己的條件選擇對象。我個子矮小，女人必須高大，體重在一百二十斤以上，改變後代體形；我是個小知識份子，有什麼秘密話要說，寫個字條給她，她認得，不需別人念；不能太醜太傻，具有被塑造成一個知識份子的料子。就是這三個要求。」

高雲英聽著，笑出聲來，笑得那麼嫵媚動人。她笑了一陣，鄭重其事地說：「你把自己看得太輕了，要求太低了。你把李秀雲的信和照片給我看，是相信我，那我就瞎子算命，八字直扯，你不介意吧！」

「我是把你當作親嫂子、師娘給你看的，你當然要說真實話。我帶著你的參考意見去見李秀雲，會認識得更清楚些。」

高雲英聽了這話，心中掠過一片陰影。她說：「那就讓我好好看看，冷靜想想，你不要打擾。」

柯和貴就拿著一本書，到石巷裡坐著看去了。

高雲英把椅子靠在堂屋床邊，靠床坐著，手中捏著那信和照片，心裡很不平靜。

高雲英對柯和貴的認識雖比郭素青晚，但比郭素青站得高，看得透。郭素青的認識帶有少女的激情，是直覺的。高雲英的認識是冷靜的、理性的、經驗的。汪仁船曾對高雲英稱讚柯和貴是奇才，隱德如玉盤盛珠，光彩照人。所以，汪仁船臨難前向柯和貴托孤，可見對柯和貴的信任了。高雲英到柯和貴家一起生活，對柯和貴的認識更深入了一步，感到「水不可鬥量，人不可貌相」這句俗語的真理含量。

高雲英曾有過「從一而終」的思想，但活生生的令人可敬可愛的柯和貴在眼前不斷地晃動著，使她心神不定，最後對柯和貴產生了愛情。高雲英對柯和貴的愛情不敢表白出來，其原因有三：其一，柯和貴在與郭素青談戀愛，她自認為不如郭素青，希望柯和貴能有郭素青這樣的女子去做賢內助，去愛撫安慰；其二，她是個有孩子的少婦，在中國的婚姻習俗中就失去了優勢。柯和貴在男女婚姻上是個很傳統的人，她擔心羞辱了柯和貴；其三，柯和貴一直把她當作師娘、親嫂子對待，畢恭畢敬，這就造成了一條道德鴻溝，兩人都不敢逾越。所以，高雲英把對柯和貴的愛情深埋在心底，成了一種隱情。今日，柯和貴與郭素青的關係斷了，提出了這麼低的擇偶標準，要去找李秀雲這樣農村女子，高雲英心底的隱情就泛出來了，使心裡起了波瀾，隱隱作痛。

高雲英心情起伏一陣，想：「不知那李秀雲是個怎樣的女子？有知有識、溫柔淑靜，能給柯和貴帶來家庭幸福，那當然是件好事，我不會去插足。如果無知愚昧，粗俗性暴，給柯和貴帶來不幸，我有責任阻止。」

高雲英定下了這個想法，就看起那信和照片來。照片上有三個農村青年女子，站在兩邊的只有

十八、九歲，神情驚慌，是少女第一次照相。柯和貴說中間的是李秀雲，二十二、三歲，高個肥胖，蒙胸黑洋布長袖衫，黑褲，黑鞋，白襪，滿臉微笑，神情自若，有照相經驗。那胸前鼓騰起來，兩隻大奶鬆垂，成橢圓形。三封信，都只寫了大半頁抄寫紙，有的字形難辨，只能從上下文的連讀中猜到。字行不平直，全向右方斜上，有的上拱下彎。可推測到李秀雲心浮氣躁。第一封信，稱「柯和貴老師」，說話客氣，說是從胡華老師信中認識了柯和貴，對柯和貴表示敬愛之情。自我介紹很謙虛，說自己外貌一般，家窮，讀書不多，找對象東不成，西不就，成了大姑娘，總想找一個知書識理的老師為伴侶。第二、三封是給柯和貴的回信，直呼「親愛的柯和貴」，語句粗俗，有些肉麻；句子不通順，錯別字多，只有頓號標點。高雲英在對比三封信中，猜測第一封信是有人代寫，讓李秀雲轉抄的。三封信中的內容表現出李秀雲很大膽，沒有少女的羞澀，很有婚姻和家庭生活經驗，懂得男人的一些心理。通過對照片的觀察和對信的閱讀，高雲英對李秀雲有一個整體的初步的認識：已婚，又離婚，可能生過孩子，知識低，教養差，粗野性蠻，狹隘自私，不知關懷體貼人，急於獲得滿意的婚姻生活，是個可憐可惡的山村少婦，是個包辦婚姻受害者或婚姻受騙者。

「柯和貴怎麼能和李秀雲這種類型的女人結合呢？」高雲英激動起來，「我要警告柯和貴，只能同情李秀雲，不能戀愛李秀雲。」

高雲英知道，柯和貴根本不懂愛情，更沒有婚姻生活經驗，只憑自己的善心，把同情與愛情混為一談，甚至把道義上的同情放在愛情之上。在胡華的撮合下，柯和貴和李秀雲見面，聽到李秀雲的哭訴，肯定會產生巨大的同情而與李秀雲結合。高雲英由此推測，她沒有見到過的胡華，可能也是個過著沒有愛情的婚姻生活的人，把婚姻生活看得很淡，出於好心，把兩人撮合在一起，算是做了件好事。如果月下老人硬要用紅繩把兩個知識層次、性格品質不相容的男女捆在一起，那將是個婚姻悲劇，要麼離婚，要麼男女雙方終生痛苦。

高雲英想到這裡，精神亢奮起來。她自認為不如郭素青，但遠遠超過了李秀雲。她想：柯和貴把李秀雲的信和照片給自己看，是不是也在表示一種難言之苦的愛呢？高雲英被鼓舞起來，一種雌性的自然嫉妒情緒升起，那埋藏在心裡的隱情洶湧起來，決定爭奪柯和貴，大膽向柯和貴求愛。

「我怎麼向柯和貴表白呢？」高雲英的理性在問自己，「弄錯了，就把純潔的叔嫂感情撕破了，內外不好見人。」高雲英想得很細。她想到找母親談，但馬上被否定了，有些話不好意思說。她想到只有找張愛清談，張愛清也有那種經歷。如果張愛清和柯和義勸不動柯和貴，她就離開這個家，避免與李秀雲那種女人發生衝突。

高雲英想好了，有些疲勞了，斜靠床沒打盹起來。

柯和貴會在石巷裡看書，一看就入迷了。

「和貴呀，你這個書呆子，只顧看書，把陶英妹一個人悶在屋裡。你應該去與人家說說話呀。」張愛清收工回了，風趣地說。女人的眼睛是厲害的，張愛清瞄到了屋裡打瞌睡的高雲英。

「啊，我正要向她問話哩，一看書就忘了。」柯和貴恍然大悟，起身進屋。

他看到高雲英雖是個有孩子的少婦，但年齡只有二十四歲，比柯和貴小一歲。她來柯和貴家快兩年了，生活安定，精神愉快，孩子又斷奶了，人就白胖起來。此刻，她向左邊側身子斜躺，左手肘枕在頭下，右手伸放在床沿。右腳伸直，左腳向左斜開，拱住身子，白襯衣下擺折皺開了，露出又白又軟的一圈腹肌，腹肌下垂，遮住碧綠的褲腰，就像綠葉襯著白花。她腮肉細膩白嫩，兩條柳葉眉彎在額下；圓領衫的藍邊上，脖肉柔厚，臂膀渾圓。胸扣張開，白絲布透出挺起的乳峰，奶溝又深又軟，白玉一窩。下腹部有個隆起的三角處，弧溝分明。北京綠的褲腳搓到膝彎處，腿肚圓滾雪白，烏青的脈絡鮮明。高雲英的這副體態，有東北少女的貌美，曾經吸引過汪仁船，當然為一般男人所傾倒。

這時，站在離高雲英五、六尺遠的柯和貴，瞬間也為之一動，一線憐愛油然而升，一股慾念蹦蹦在窟，真想走上前去，親吻兩下。但是，他的兩腳被釘在地上，又是那座名叫道德的高山鎮壓住情慾的小烏龜。柯和貴連忙轉身子，面向門外，喘息著，自我感嘆：「自然的慾念衝動好厲害，會使一個人道德敗壞。趕快找個老婆結婚，免得做出意想不到的越軌行為。」

這時，母親帶著濤瀾來了。濤瀾蹦蹦跳跳到高雲英面前，叫醒了媽媽。柯和貴拉過濤瀾摟在懷裡。母親做飯去了。

「和貴，你叫我怎麼說呢？」高雲英坐正身子，感到難為情。

「你就瞎子算命，八字直扯吧。」柯和貴撿起高雲英的話說。

「我要先聽聽你的看法。」高雲英把球踢過來了。

「我認為李秀雲符合我所說的三個要求。胡華說她做家務事快手快腳，料理生活精明能幹；說她只讀小學四年級，但天性聰明，成績好。我外貌醜陋，很多女人瞧不起我，李秀雲願意配我，我萬幸了。」柯和貴說。

「那我就要負責任地談談我的看法。」高雲英認真地說，「我猜，李秀雲已婚，脾氣不好。」高雲英就語氣委婉地談了整體看法，又語重心長地說：「你與李秀雲在知識層面和性格上差距太大，沒有感情基礎，更沒有共同志趣。婚後，你倆除開解決衣食和男女生活外，再也沒有多少知心話可談，沒有多少事可商量。我還要正告一點：你必須有充分的思想準備，要有蘇格拉底和林肯對待妻子的那種深廣的宇量和巨大的忍受力。我希望你在決定終生大事之前，不要行事唐突，要三思慎行。最好還徵求一下和義哥、愛清嫂的意見。」

柯和貴聽著，微微點頭，表示尊重高雲英的意見。這時，母親喊走柯和貴去挑水。

高雲英抱著孩子，拿著信和照片到張愛清家去了。高雲英幫張愛清生火做飯，讓張愛清看信和照片。張愛清看後，對李秀雲的看法與高雲英大同小異。兩個女人議論一番。女人最了解女人的心思，張愛清是過來人，早就看到了高雲英愛柯和貴，想從中撮合。今日，柯和貴要去娶李秀雲，張愛清就有機會來摸清高雲英的底細了。張愛清現身說法，談了與柯和義的結合經歷，又旁敲側擊，逼出高雲英吐出了隱情。張愛清拍了胸脯，保證說退李秀雲的事，把柯和貴和高雲英捆在一起。

柯和貴回來了，柯和貴的母親也叫吃飯了，高雲英帶著孩子吃飯去了。

晚上，張愛清派小柳去叫來了柯和貴。柯和義、張愛清、柯和貴三人坐在小天井裡聊起來。一片月光從天井投下來。小天井內朦朦亮。

「和貴弟，你與郭素青斷了聯繫後，就悲觀了，瞧不起自己了，降低標準了，去找李秀雲那種類型的女人為伴了，是嗎？」張愛清拿著信和相片，首先發難，「我看你的條件很好，能找到與你相當的有愛情的伴侶。」

「郭素青不給我回信了，說明看不起我。這年月，大家顧肚皮子也顧不上，哪有愛情可言呀？青年人結個婚，生子育女，盡個孝道，就行了。」柯和貴十分悲傷。

「我告訴你，你與我的情況一樣，單憑說媒，就比不上一個無知無識的體格魁梧的莊稼漢，當然沒有愛情。只有理解你的、有知識的女人才不看外貌，賞識你，愛你。特別是有患難之交的男女才愛得真摯。」柯和義說。他談了不娶李紅的原因，談了與張愛清的戀愛經過。

「你與愛清嫂是特殊情況，我可沒那幸運。」柯和貴笑著說。

「你比和義幸運多了，愛你的人遠在天邊，近來眼前，不需你像和義一樣去冒險鬥爭。只不過你比和義更像木頭人，駑頑不敏，感覺不到，還請人到百里外說媒，娶素昧平生的李秀雲。」張愛清不苟言笑地說。

「你是指高雲英嗎？」柯和貴怯怯地問。

「是呀，你還有靈性！」張愛清笑了。她把高雲英從外到內描述了一番，誇高雲英是個外美內慧的難得女人，說汪仁船真會識人，批評柯和貴在花樹下聞不到花香，看不到花美，是個木頭疙瘩。

柯和貴聽著張愛清的話，心中產生了一陣陣悸栗，一片片羞恥。他低頭掩飾著，等到張愛清說完後，就抬頭正經八百地說：「嫂子，你可不能說這種話呀，高雲英是個仙女，我也不能產生那種無恥的邪念呀！」

「那怎麼是邪念呢？你要娶妻，高雲英不能守寡，這是月下老人把你們牽到一個屋頂下了，是天意。照你那樣說，我與你愛清嫂不也是邪念的結合嗎？」柯和義以兄長的尊嚴口吻批評柯和貴說。

「我沒有侮辱你與愛清嫂的意思。你與愛清嫂本有相愛的基礎，與丹青哥只是族兄弟關係，你倆的結合是天經地義的。我與高雲英的關係不同，汪仁船是我的恩師、義兄，就像關羽與劉備那樣，高雲英是我的師母、義嫂。汪仁船臨難前向我托孤，是相信我是個義重如山的人，會幫助高雲英母子脫險，會尊重高雲英，保護她母子生存下去，不會羞辱高雲英。我怎麼能占她為妻呢？」

「如果高雲英自願放棄師母、義嫂的身份嫁給你呢？」張愛清正色問道。

「嫂子，你不要說這種羞煞我的話了。」柯和貴激憤起來，說，「如果她有那種邪念，是她自己的事，我可不能有。我不能將自己陷於不孝不義之中，不能讓自己的靈魂終生痛苦。」

「你說話太絕了。」柯和義說，「依我看，汪仁船向你托孤，不僅是要你保護他妻子安全生存，還要你與高雲英結合，給他妻子幸福。如果你娶李秀雲，逼走高雲英母子，使孤兒寡母無著落，你才是不孝不義的人。如果李秀雲私利愚蠻，對嬸娘和和仁夫妻不好，你就一點孝悌之情也沒有了，那才後悔莫及，幾方都苦不堪言。」

「我相信李秀雲不會愚蠻到不可教育改造的地步。我會盡心盡力幫高雲英找個適合的人，安穩她。」柯和貴說。

「你以為李秀雲是個性格未熟的中學生那麼好教化的嗎？天真！」柯和義批評說。

「告訴你，有許多縣、區幹部都在追高雲英，高雲英像你一樣強，全拒絕了，單等你。」張愛清說。

「不用說了。我寧可終生不婚，也不能霸高雲英為妻。」柯和貴產生了逆反心理，無可商量地說，「嫂子，時間不早了，你們明天還要出工，不要為我的婚事多操心了。」柯和貴說罷，走了。

「和義呀，這和貴比你還迂拙頑冥百倍。你們是哪塊風水地出的怪物？」張愛清說。

柯和貴回到自己的堂屋裡，躺在母校的床上。因為哥哥柯和仁去了水利工地，母親陪石小春睡去了。柯和貴聽到內房裡高雲英的嘆息聲。因為柯和義夫婦把柯和貴與高雲英的關係捅開了一個天窗，使柯和貴惴惴不安，他不好意思像往日一樣去探問高雲英有什麼不舒服。柯和貴躺在床上睡著了，直到雞啼二遍了，才迷糊起來，做了個惡夢。

夢中，蓮河槍聲大作，烈焰騰空，在蓮河鎮指揮部裡，柯和貴受汪仁船重托，掩護高雲英母子向蓮河方向逃難。跑到蓮河橋，高雲英抱著孩子落水了，柯和貴奮不顧身地跳下蓮河。他不知道自己會有那麼大力氣，一下子抱著高雲英母子，遊到河中沙灘上。高雲英身子那麼柔軟，對著他笑。他這才發現高雲英只穿一條褲衩和短罩衫了，渾身濕漉漉的，差不多全裸。他嚇得鬆開手，把高雲英母子放在沙灘上，自己站著。這時，一梭梭子彈在頭上飛過，他正要抱起高雲英母子再逃，汪仁船從彈雨中跑過來了，站在他們面前。汪仁船身上有十幾個彈孔，渾身是血，但站著沒倒下。汪仁船的身體在奇怪地變大，高到天空中去了。

「柯和貴，我以為你是關雲長，托你保護我的妻兒。你卻頓生邪念，猥褻高雲英，想霸為妻子，你的孝義到哪裡去了？你是人還是畜？」汪仁船大吼。

柯和貴仰面望著汪仁船，說明他是在入水救高雲英母子，還說：「孟子曰：『嫂溺，援之以手，權也。』我是在救嫂子和侄兒呀。」

可是，那高雲英沒理會汪仁船，緊緊地摟住柯和貴的脖子，微笑著，用嘴唇親吻柯和貴的臉。柯和貴被臊得滿面通紅，喝道：

「放開手！」

柯和貴這一喝，把自己喝醒了。

天濛亮了，晨光從窗子映進堂屋，屋裡一邊灰暗，一邊朦朧。柯和貴的頭部在床上窗戶那邊，就看清了床邊站著高雲英，穿著褲衩，掛著胸罩，面向柯和貴微笑。

「嫂子，你回房去吧。」柯和貴小聲哀求。

「我有話找你說，你到裡房來。」高雲英小聲說，進房去了。

高雲英回到房裡，躺在床上，等著柯和貴來，心裡緊張得如十五隻吊桶，七上八下。

高雲英採取剛才的大膽行動是張愛清的主意。張愛清說她就是這樣征服了柯和義的。

原來昨晚，在柯和貴去了張愛清家後，高雲英洗沐後，帶著兒子去睡。她躺在床上，想著張愛清教的法子，心裡麻亂。她想到柯和貴對自己恭敬、坐懷不亂的樣子，想起阮籍哭嫂的故事，也許只有憐愛之心，卻無戀愛之情，張愛清的主意也許會被柯和貴誤以為自己輕浮下賤，失去了柯和貴的尊重。她又想起柯和貴對自己熱情關心，忠心耿耿，還把郭素青的事全部告訴自己，把李秀雲的信和照片給自己，也許柯和貴像自己一樣，深埋著戀愛隱情，只是囿於傳統道德，難於啟齒，張愛清的主意也許能一下子炸掉道德高山，拆開傳統藩籬，一蹴而就。高雲英反覆權衡利弊後，決定大膽採用張愛清的主意。她不知道張愛清、柯和義與柯和貴的談話結果，只是等待著柯和貴回家。

夜深了，高雲英聽到柯和貴推開大門，上床睡覺，在床上轉側。高雲英故意嘆息，想柯和貴進房，房門沒關。過了好長時間，傳來了柯和貴鼻息聲。高雲英摸下床，來到柯和貴床邊。借著晨曦，高雲英看清了睡在床上的柯和貴，穿著藍短褲白背心，身軀清瘦。這是一個有德有才、有智有勇、正直善良的書生，又是一個自受勞苦、為弱者創造幸福、受惡勢力打擊的賢士，疼愛、敬仰、憐憫……許多感情一齊湧上高雲英心頭，那淚水也隨之湧出眼眶。「他多麼需要女人的慰撫啊！」高雲英心裡在說。她不由自己地俯身去撫摸柯和貴的臉龐，肩胛，摟住柯和貴的脖子，吻著柯和貴的額頭。這種愛，不僅是雌性對雄性的性愛，更重要的是情投意合、充滿深情、超越外表美醜的人道的愛。她聽到了柯和貴含糊的夢囈，聽清了「放開手」的聲音。她的癡情被驚醒了，嚇得鬆手站起來。她本想逃回房去，但想到在這節骨眼上，也許柯和貴醒來，會拉住她的手，說出求愛的話，或者一時衝動，猛地把她扳倒在床上，那就一切完滿了。高雲英就壯膽站在床邊，注視著柯和貴。柯和貴醒了，就說了那句話，她也無奈地隨口回答了那句話。

高雲英回到房裡，屏息而聽。她聽到柯和貴下床，開大門，出去，直到大天亮了，母親回家，柯和貴才回家。高雲英終於弄明白了，柯和貴對她母子的關心純粹是像關羽一樣在履行一種崇高的義務和責任，對她母子的愛憐是像阮籍同情嫂子，賈寶喜歡丫環們那樣的人道行為，沉重的傳統道德枷鎖完全封鎖了柯和貴對她產生愛情的牢門，她與柯和貴的結合完全沒指望了。高雲英現在所思考的是拿怎樣的臉面去見柯和貴。她思忖了好一陣子，找到了一個說法，可以騙住毫無邪念的善良的柯和貴，恢復原有的關係。

卻說柯和貴等高雲英進房後，氣呼呼地起床，開大門，到下頭林散心。他忿忿地想：「沒想到她這樣風騷，怎麼能打我的主意呢？怎麼對得起愛她的英雄一世的汪仁船大哥呢？要是關公在場，恐怕揮起青龍偃月刀把她給斬了。」

柯和貴氣惱地散步著。天亮了，他怒氣衝衝的心裡平穩些，又想：「高嫂子做錯了什麼呢？她不是一直那樣隨便與我說話嗎？有時兩人對坐著談一個通宵，我能憑她穿著短褲與我說話就怪她下流嗎？她在這裡快兩年了，從沒有風言風語，她是貞潔高尚的，我錯怪了她。」柯和貴這樣一想，就自責起來：

「也許是我昨晚受了和義哥、愛清嫂的挑動，在潛意識產生了邪念，做了那個邪惡的夢，醒來時碰巧看到她站在床前，就用自己齷齪的念頭去評判她，反誣她。」

柯和貴想到這裡就往回走。他站住了，想：「我有何面目去見高嫂呢？」這時，柯法善來了，兩人打了招呼。柯和貴心中有了個小主意：「只好扯個小謊應付過去。」

柯和貴回家，刷洗了，進房去找高雲英說話。高雲英連忙穿衣坐起，兩人相對，都裝作若無其事的樣子，心裡都局促不安。

「高嫂，對不起。我早晨上廁所，碰到小時一起放牛的柯法善，他找我說事去了，沒按時來與你說話。你有什麼事要說呢？」柯和貴說。

高雲英看柯和貴那表情，心裡明白柯和貴在說謊。從不說謊的人是神情不安的。她猜到柯和貴在自責，就順著意思說：「我們叔嫂本來是相敬如賓，又無拘無束的。今早我想找你說件事，沒想到你迴避我。我想，不知我有什麼使你不滿意呢？還是你認為你要娶媳婦了，我住在這裡不方便呢？」

「我絕對沒那個意思，你不要那樣去想。」柯和貴急忙辯白。

「我相信你不會說謊。你這樣一說，我的心情就舒坦了。」高雲英說，「你也不用自責，我要找你說的事是，這兩年來，我母子感謝你、母親、哥嫂的關照。我總不能在這裡住一輩子，喝了你和李秀雲的喜酒後，我要去蓮水縣，找長遠落腳的地方。」

「你去蓮水縣我不放心，你就在這裡找個伴侶，我幫你介紹。」柯和貴說。

「終身大事，別人不能包辦。你不也是這樣嗎？我自有我的主張。」高雲英笑著說。

柯和貴啞口無言。

吃過午飯，柯和貴騎著車返校去了。

欲知後事如何，且聽下文分解。

第四十七回 受害女吐苦結良緣 中山狼見機狂野志

卻說柯和貴別了高雲英，回到鳳凰中學。胡華又給他轉來李秀雲一封信，信寫得很短，只說要與柯和貴見面談一談，見面地點在飛燕區大眾食堂，時間是九月十五日上午十點，說了她的衣著樣式、顏色特徵。九月十五日剛好是星期天，說明李秀雲心細。

柯和貴看了信，問胡華：「李秀雲結過婚嗎？」

胡華聽了心裡一征，知道柯和貴把李秀雲的信和相片給有經驗的人看了，知道瞞不住，立即回答道：「結過。山裡姑娘都是父母包辦婚姻。李秀雲被父母強迫著嫁給她表兄。但她一直反抗。哭哭啼啼，跑來跑去，沒在婆家住上一個月，鬧了一年後才離婚。詳細情況你去問她自己。你是不是因為這個不去與李秀雲見面呢？」

「不會。我還沒那麼拘泥於舊禮教。」柯和貴說。他心裡對李秀雲的遭遇同情起來，對李秀雲的反抗讚賞起來。

「這就對了。」胡華面有喜色，說，「初夜權是陳腐的道德觀念。像李秀雲這樣已婚又受過挫折的女人，找到了她樂意的男人，會拼命維持家庭生活，體貼丈夫公婆。」

「我同意你的看法。按時赴約，見見面，談談看，再作決定。」柯和貴說。

「我提醒你，你太不修邊幅了。遠看衣衫近看人，你要縫一套新衣服去。」

「我家做了新屋，在教育組借了兩百元，每月工資扣二十元，只剩下九元五角做生活費了，沒錢縫衣服。」柯和貴說。

「我有一套新衣服，你穿著吧。」胡華說。他想：「她見著衣服就等於見著人了。」

柯和貴點了點頭。

「李秀雲是飛燕區河橋公社二大隊八小隊人，離飛燕區有二十五、六里，沒有客車，要步行。你在十二點鐘見不到她，就到她村裡去，找一個叫余嫂的幫你說合。千萬不要直接到她家裡，怕壞她名聲。」胡華說著，簡介了余嫂的情況，又給柯和貴畫了張去李秀雲家的路線圖。胡華又說：「你這個星期六去，千萬不要向別人說你去找老婆，也不要提李秀雲已婚的事，青年男女的名聲重要呀。」

「感謝提醒。」柯和貴說。

一個星期過去了，星期六中午，柯和貴穿了胡華的那套衣服：白底淺黃條子襯衫，的確良藍褲，借了鄧河流五元錢，在鳳凰街買了頂草帽，寫上「柯和貴」三個大字，乘車去飛燕區。他傍晚到了飛燕區，下了旅社，第二天在大眾食堂吃了早點，就坐在食堂大門處等李秀雲。

柯和貴看了看表，九點零六分，就悠悠地走出大眾食堂，一邊走，一邊觀察著街上來往的青年女人，想看到相片上李秀雲模樣的人。他走到南街口，向河橋公社方向的土路望瞭望，沒有看到有青年女人走來。他在南街口一處顯眼的電杆用粉筆寫了幾個大字：「秀雲，我在大眾食堂門前等你。胡華。」他回到大眾食堂門前，坐在門外側邊的石板上，把草帽放在身邊，讓「柯和貴」三字向著街上。他的目光在街上睃巡，不放過每一個青年女人。從山裡來的青年女人，大都營養不良；或面黃肌瘦，顴骨高聳；或脖子肥大，眼珠突出；或嘴唇包不住門牙，牙齒蠟黃；或跨步太大，踏腳太重……柯和貴同情這些山裡人，又害怕李秀雲是這個樣子。十點零十分了，柯和貴看到從街的南頭走來兩個青年女人：一個苗條，身高在一米七以上，穿著時髦，像個城裡人；一個微胖，身高一米六左右，穿著藍花白襯衫和舊藍布褲。兩個女人徑直向大眾食堂走來，從柯和貴身邊擦過，走進食堂，轉了一圈，又出門，走到街心。那苗條的說句什麼就走了，那微胖的走到食堂大門北側蹲下，與柯和貴隔著一個賣乾魚的小攤子。柯和貴就與賣乾魚的人聊起來，故意說出胡華、柯和貴的名字。可是那微胖的女人心事重重，只顧看街上，沒聽柯和貴與攤主人談話。這時，街上一個中年男子向這微胖的婦人打招呼，走了。柯和貴連忙追上那個中年男人，問他是不是河橋公社二大隊人。那男的答應「是」。柯和貴轉頭看那微胖的女人，不見了。他的目光在街上轉了圈，看到那女人站在大眾食堂對面的供銷社櫃檯旁，向食堂這邊張望。柯和貴現在肯定了那微胖的女人就是李秀雲。

這活生生的李秀雲是個什麼模樣呢？沒有營養不良症；肌膚不很白，卻柔嫩，沒有日曬雨淋中產生的黝斑和僵硬；眉毛比郭素青、高雲濃黑，眼睛大，水靈靈的；臉肥圓胖，厚嘴唇，圓下巴；一條粗大的辮子拖到臂部，胸高臀豐，只是腰圍大些；體重約在一百三十斤以上。李秀雲是健康的，漂亮的。

柯和貴相中了，走到李秀雲面前問：「你認識胡華老師嗎？」

李秀雲笑了，說：「我叫李秀雲。胡華老師在哪裡？」

「我叫柯和貴，胡華老師沒來。」

「你是柯和貴？」李秀雲笑了，她看到了兩年前胡華的那套衣服，顯出吃驚的神色。她在想：「胡華說柯和貴人材不美可不准呀。眼前的柯和貴屬一般人材。柯和貴一副斯文相，目光英俊，是胡華所說的知識高、心地善的讀書人，不像前夫那樣橫暴。」

「快到吃中飯時間了，你走了二十多里，肯定餓了，我們先到食堂吃點東西，再找地方說話。」柯和貴關心地說。

「好吧。」李秀雲表現得十分溫順。

在食堂坐好，柯和貴要李秀雲點飯菜，李秀雲就點了兩碗牛肉麵。兩人吃著，有個乞丐上前。柯和貴拿了一個空碗，倒了半碗麵條給乞丐。李秀雲也學著從碗裡撈了一筷麵給乞丐。李秀雲的這一個動作給柯和貴一個很好的印象：善良。

兩人吃完麵條，來到飛燕鎮西邊的烈士陵園裡的一個涼亭坐下。這種帶傳奇色彩的會面，使兩個青年人很快樂。李秀雲在心裡佩服柯和貴聰明，心細，能想出那麼多主意，在人山人海中找到自己。李秀雲掏出口袋裡柯和貴給她寫的兩封信，證明她就是李秀雲。柯和貴要她當面朗讀。李秀雲讀起來，讀得很通順，一邊讀，一邊咯咯地笑。這給柯和貴的印象很好，感到李秀雲有些知識，心細、樂觀、大方、脾氣好，那張愛清、高雲英隔靴抓癢的評價太離譜了。

柯和貴為了試探李秀雲的誠實和是否真的愛自己，就說：「從你的信、相片和今天的接觸，我感到你不像不懂婚姻生活的大姑娘。」

「是的，我結過婚，又離過婚了。我要對你說真話，免得你以後知道了，看不起我，婚後不和睦，油鹽醬醋茶，各人有所愛，你願意不願意娶我，今日給我個明白答覆，我不會怪你的。」李秀雲臉上出現了陰雲，態度誠懇。她心裡在想：「幸虧胡華及時寫信告訴我了，不然我一時不好回答。」

柯和貴一時沒直接答覆李秀雲，只是說要聽聽李秀雲以前的婚姻情況。李秀雲講述起來了。

李秀雲十五歲讀小學三年級時，母親要她嫁給外婆家一個房表兄，說是「骨肉還鄉，親上加親」。她沒見到那個表兄，就同意了。表兄上門定對象。她看到表兄面凶，說話又粗又髒，心裡害怕起來，就對母親說不同意。母親埋怨她說：「你以前同意了，現在親戚上門了，我怎麼對得住娘家？不同意也得同意。」她天真無知，聽了母親的話，沒反抗。母親不讓她讀書了，怕她變心。十八歲那年，她正過麻疹，疹苗出了一半，出嫁日子到了，她藉口不肯去。母親說：「看定的時辰，不能改變。」母親叫人搬了個竹床讓她躺著，用床單蒙住身子，像抬死人一樣把她抬到了婆家。公婆還通情達理，說等疹苗出齊後再成婚。由於路上受了風，麻疹內毒沒全部排出，過了麻疹後，就有了後遺症，每到冬天，腳臁上皮破流毒水，到熱天才好。

李秀雲一邊說一邊哭，講到這裡，把褲腳卷起，讓柯和貴看腳臁。柯和貴看那腳臁，沒有疤痕，皮膚焦紫，與腿肚的白皮膚不相一致。他同情地去撫摸了兩下。

李秀雲繼續講述。

成婚後，她上床不脫衣服，丈夫就用牛鞭子抽打她，把斧頭磨快，要殺她。她被強暴了。她偷跑回娘家，母親罵她，趕她。她到伯娘家住，母親又不准伯娘留她。丈夫家派人來接她。她無路可走，想到死，在過河橋時，趁人不注意，跳進河裡。接她人連忙呼救，把她拉上岸，抬回婆家。她甦醒了。丈夫並不同情她，罵道：「你這婊子，想用尋死嚇人嗎？老子不怕。你再不服我，我就用斧頭砍死你。」那夜，她又被強暴了。天不亮，她又逃回娘家。母親十分冷漠，說夫妻打架是常事，不相信女婿那樣兇惡。母女倆正說著，丈夫找上門了。母親批評女婿說：「你本來配不上秀雲，是我強迫她上你家門。你要秀雲回心轉意，就不能打她，要用好活安慰她。」丈夫聽到岳母編排自己的不是，火冒三丈，粗文爛白地罵起岳母娘：「你生得個好破屄呀，不讓老子入，讓別人入呀。原來是你這老屄教成這個樣子。老子就是要打，三句好話抵不上一耳巴。」丈夫罵著，抓起一支扁擔，向李秀雲橫掃過來。李秀雲嚇得撲倒在地，扁擔從頭上橫掃過去，打到站在旁邊的李秀雲堂兄的屁股上，被堂兄接住。丈夫就與堂兄打起來了。丈夫的行為激起了在場的族人憤怒，把丈夫轟走了。這下子，李秀雲母親才知道李秀雲吃了苦頭，留下了她。過了幾天，李秀雲丈夫在李秀雲舅父陪同下來了，向岳母娘下跪磕頭，向李秀雲求情。舅父又擔保李秀雲再不會挨打受罵了。李秀雲母親動搖了，說女人離婚醜，女兒不能老死在娘家，勸李秀雲回婆家去。李秀雲可沒動心，嚇得逃到姑媽家躲起來了。後來得到胡華的幫助，教李秀雲單方面跑到區裡去離婚，沒男方同意，離不開。那時法院又不立離婚案。李秀雲就這樣躲著，等著。沒口糧，她到稻田麥地拾落穗，挖野菜，抽竹筍，補充姑媽家糧食不足。等了兩年多，丈夫找到了女人，才與李秀雲離婚了。一離婚，就有人說媒，母親又逼著她嫁人。再婚，李秀雲就有主見了，謹慎了。她心裡定下兩個基本條件：嫁個斯文溫和的人，不參加生產隊勞動。胡華說幫她的忙。後來，胡華在「教師回原籍」政策中調到鳳凰區了，就給她介紹了柯和貴。

李秀雲敘述完了，哭成了個淚人。

柯和貴聽著，也禁不住流了淚，他心中同情、憐愛、欽佩、憤恨、妒忌……多種情感絞紐，憤恨那不通人性的包辦婚姻惡俗和李秀雲前夫的野蠻施暴的獸性，妒忌李秀雲前夫的豔福，欽佩李秀雲的抗爭精神，同情天真無邪的少女的遭遇，憐愛如花似玉而又遭到摧殘的李秀雲……柯和貴心中又升起了一種強烈的正義感：救救弱女！他要娶李秀雲，把她從惡勢力中、從苦難中拯救出來，給她安慰、愛撫、安全、幸福。

柯和貴掏出毛巾給李秀雲擦淚水。那經過淚水洗抹的臉龐柔滑嬌滴，秀色可餐。柯和貴十分疼愛地捧住李秀雲的臉，親吻起來，說：「一切都過去，你會有新的生活。」

李秀雲立即雙臂挽住柯和貴的脖子，接吻柯和貴的嘴。

一陣疼愛過去了，性愛隨之而來。柯和貴初次受到女人的吻摸，心臟劇跳起來，血管奔突起來，下意識地伸手去揉搓那異性的部分。

「柯和貴是個正派人，你要在他面前表現貞節，不要讓他認為你淫蕩。」李秀雲在如癡如醉中，耳邊響起了胡華的話，一下子驚醒了，從柯和貴懷裡掙脫開，說：「和貴，你還不是我丈夫，我不能偷情。婚後，我這身子就是你的了。」李秀雲說著，坐正身子。

柯和貴也清醒了，坐好，心想：「她是個貞節的女人。」

「你什麼時候能上我家定婚期？」李秀雲問。

「不出半個月，我約胡華一起來。」柯和貴說。

「時間不早了，我要回家了。」李秀雲望望斜西的太陽說。

柯和貴一看手錶，已是下午四點二十六分，已過了五個多小時。

兩人走出陵園，說著笑著，過山穿壟，不知不覺走到了第六個公里牌，太陽掛山口了。李秀雲要柯和貴轉回旅社去。柯和貴給了李秀雲五元錢和十斤糧票，才戀戀不捨地分手。

說也怪，柯和貴見到李秀雲，就沒了君子思想，顯露出雄性氣魄，男人勇氣，敢談情，敢作愛。如果讓郭素青、高雲英、李秀雲站在一起讓男人來選擇，喜歡豐腴的就選高雲英，喜歡玲瓏的就選郭素青，喜歡性情文雅溫良的就把郭素青、高雲英一起選了，落選的只有李秀雲。可是，柯和貴這人古怪，偏偏選劣等馬騎。這是什麼原因呢？除了上文所述的道德障礙的原因外，可能還有雄性的自然屬性的原因，其中暗帶著傳統的夫權思想。柯和貴在郭素青、高雲英面前感到自卑，失去了男性的雄風，不敢有愛；而在李秀雲面前感到是強者，是愛護雌性的雄性，敢憐敢愛。當然這些都是潛意識的活動，不被人有意識地感覺到。人的心態變化多麼微妙啊！

柯和貴與李秀雲的婚期定於陽曆元旦。接新人時，高雲英作為伴娘隨柯和貴、胡華一起去了李秀雲的家。他們在李秀雲家住了一宿。高雲英憑女人的本能警覺到胡華與李秀雲的眼神、表神和接觸不正常，就注意起來。這使胡華和李秀雲也警惕起來高雲英來，與高雲英結下了怨恨。

李秀雲成了柯和貴家的主婦，就背著柯和貴在高雲英母子面前耍起主婦威風來。高雲英盡可能避著，也不跟柯和貴、母親等人說破。柯和貴渾然不覺。

過了春節，高雲英就向柯和貴、母親、哥嫂、和義夫婦告別，要回蓮水縣去。柯和貴和母親百般挽留不住。高雲英實在捨不得這個家，臨行前，到柯和仁、石小春家哭了一場，到柯和義、張愛清家哭了一場，陪著母親哭了一夜。一大清早，高雲英母子向李秀雲告別，李秀雲沒起床，冷冷地說了一句：「希望姐姐早日再婚。」柯和貴、母親、柯和仁、石小春、柯和義、張愛清一直送到大路邊，上了去縣城的客車。

「和貴，你送小高母子到縣城轉車。」柯和義說。

「這個自然。」柯和貴說著，抱起濤瀾上車。

到了縣城長途客車站，柯和貴替買了車票，兩人在候車室坐著說話。高雲英總是淚水漣漣的。柯和貴也很悲痛，說過兩個月去看望她母子，囑咐高雲英有空來玩。

快上車了，高雲英突然對柯和貴說：「你是善良誠實的人，待友太真。我有句話悶在心裡兩個多月了，現在不能不說了。胡華這人，狹隘自私，奸詐不正，眼放邪光，是個小人，不可太信。」

「我聽懂了。」柯和貴笑著說。他心裡在想：「高雲英是對李秀雲有偏見，責怪胡華不該做這個媒，也就看偏了胡華。對胡華，有誰比我了解他呢？雖然狹隘自私，但不奸詐，不害人，待朋友真，講義氣，心地好。」

高雲英走了，柯和貴回到家裡。李秀雲就審問是不是替高雲英買了車票，柯和貴騙她說「沒有」。柯和貴並不責怪李秀雲的審問，認為這是女人正常的守財心和妒忌心。

高雲英一走就是五年多了，柯和貴退隱到這山屋裡來。柯和貴一心一意地為解脫李秀雲的苦難，給李秀雲創造安樂而奔波、勞苦、犧牲，可是李秀雲不識好歹，不顧環境的許可，一個勁地在生活上向上攀比，沒事找事地吵鬧，弄得柯和貴心神不安，而又無可奈何。

「秀雲的劣性暴露無遺了。高雲英呀，你真看得准，看得遠呀，我服了你了！」柯和貴望著東北邊蓮水縣的天空自嘆。他喃喃自語：「與別人不和，可以不理睬，與妻子不和，要睡在一個床上，怎麼能不理睬呢？正是豆腐掉進灰堆裡，拍不得，洗不淨，煩死人了！」

「跟秀雲離婚，把高雲英接回來。」柯和貴又一次產生這個念頭。他知道高雲英還在守寡養子。在與哥嫂分家時，柯和貴曾產生過這個念頭。那時，柯和貴認為李秀雲在生產隊做得難，才不賢德，就原諒了，那念頭很快消失了。現在好不容易使她安閒起來，她還不滿足，亂吵亂鬧，怎不使柯和貴又生離婚的念頭呢？

「還不夠離婚條件。」柯和貴又自我解愁，「她的狹隘自私，亂吵亂鬧是為了這個家，為了孩子再過好些。她屋內事還殷勤，料理家務還精明，不好吃懶做，又守婦道，比那些逞強悍婦、叫街潑婦好。如果離婚，她就痛苦得要去自殺的。」柯和貴這樣一想，那離婚念頭又消失了。他又想起了高雲英的話：「『你與李秀雲結婚必須有充分的思想準備，要有蘇格拉底和林肯那樣深廣的宇量和巨大的忍受力。』好吧。我就包容起來，忍受下去吧，讓『雷鳴過後，必有暴雨』，不把妻子給的痛苦分給別人。」

柯和貴回憶了那麼多，想了那麼多，夜已深了。他想到明天一大早要去叫學生上學，有些準備工作要做。他就進了教室，打掃一遍，又摸黑挑了一擔水，把桌凳擦洗乾淨，去辦公室備了一個小時的課，伏在桌子上睡著了。

卻說柯和貴退隱到陳嶽山分部學校，不去關心政治了。但是，政治不放過他。

毛澤東逝世了，「反擊右傾翻案風」運動變成了「深入揭批『四人幫』運動」。「四人幫」被逮捕了，那些入閣和沒入閣的大大小小的造反派頭目被當作「四人幫」的爪牙紛紛落網，洪峰、孔紅衛被捕了。造反派的一般成員也被一網打盡，進學習班，遭批鬥。「三結合」領導班子中的「青」的位子，由保皇派頭目去填空了。保皇派全部起來了，與老幹部一起，懷著極大的仇恨和瘋狂的報復心理，「上掛下連」「下批上聯」，全面地向造反派圍剿，其規模之大、鬥爭之兇殘是五七年反右運動不可相比的。柯和貴當然逃脫不了這個劫難。

柯和貴感覺到危險的陰影向他逼進。他想與李秀雲商量，做個心理準備，但幾次話到嘴邊，看到李秀雲那個烏臉相又咽下去了。這樣的大事與李秀雲是沒得商量的，弄不好，沒事倒被她鬧出事來，有事會被她鬧得更慘。他只好自己悄悄地做些預防工作，把書籍資料重新清理一番，把保存下來的文化大革命資料和自己寫的政論文、日記全部燒了，唯獨捨不得燒掉幾本小說稿，藏在櫃底夾層裡。他跑到伍光華老師處打聽運動消息。伍老師告訴他，趙來鳳來教育組揭發柯和貴是「四人幫」的爪牙，沒人理她。她又跑到區「揭批『四人幫』辦公廳室」去揭發，碰上辦公室工作人員鄒美日，說她才是「四人幫」爪牙，她被嚇得躲起來了。伍光華警告柯和貴說：「你不要出山來了，以免引起人注意。等這陣風頭過去，再到高中去當主任。」柯和貴真的不出陳嶽山分部了，買東西叫李秀雲去。

誰知在紅石區「揭批『四人幫』辦公室」主任陳繼烈的日記本裡，柯和貴被列為「四人幫」第一號爪牙。

卻說陳繼烈在洪荒湖水利工地營救周雷霆將軍立了大功，隨即由南湖公社副書記升為第一書記，區委黨委。現在，他又兼任紅石區「揭批『四人幫』辦公室」主任。陳繼烈熱衷於運動工作，對運動工作得心應手。他以為這運動主任一職比公社書記更重要，是黨對自己的信任，是晉升的好機會。他一上任，就雄心勃勃，要在紅石區抓出一個典型的小「四人幫」反革命組織來，讓紅石區運動成為全縣、全省乃至全國的樣板，讓自己的名字和功績登上《人民日報》，被中央領導人知道。陳繼烈有如此遠大的革命理想，他的死對頭柯和貴在鬥爭對象中就首當其衝了。陳繼烈認為，在全區乃至全縣、全省像柯和貴那樣符合「上掛下連」、「下批上聯」的「四人幫」爪牙的典型一個也沒有，只要把柯和貴定性為「四人幫」爪牙、現行反革命份子，就會帶出一大批大大小小的「四人幫」爪牙，弄得好，還能掛到中央去，他就能去見葉帥和華主席了。

陳繼烈看准了柯和貴問題，要搶在鳳凰區運動之前抓住柯和貴。陳繼烈運籌帷幄，親臨前線，把區運動重點放到南柯大隊，把老支書柯鐵牛和老民兵連長柯國慶找來，經過密謀，確定了紅石區「四人幫」反革命集團組織：王洪文式的蛻化變質份子柯和丁，反動文痞柯和貴，狗頭軍事柯慶如，白骨精張愛清。

陳繼烈就把南柯大隊「四人幫」情況和運動的搞法向區委書記劉耀武作了彙報。劉耀武聽了很高興，眼冒火星，說：「老子一看到那些造反派就有恨，一看到那些臭老九就有火。柯和貴那傢夥是雙料貨，要狠狠地打擊，判他的刑。」陳繼烈就和瞿思危合計組成了紅石區運動領導小組，陳繼烈為組長，瞿思危、柯鐵牛為副組長，從南湖中學調來語文教師趙光明負責材料，抽調一百五十名立場堅定、鬥爭性強的青年革命幹部、轉業軍人組成運動工作隊，開赴南柯大隊。

運動工作隊一進村，就分別把柯和丁、柯和貴、柯慶如、張愛清抓捕歸案。接著，陳繼烈親自主持召開南湖公社全體社員參加的批鬥「四人幫」大會，把柯和丁、柯和貴、張愛清、柯慶如押上臺，在每人脖子上掛上紙牌，在牆壁、馬路上刷寫打倒這四人的大標語，造成浩大的政治聲勢，鼓舞革命者鬥志，使階級敵人感到恐怖。

批鬥會雖然沒有什麼有力的揭發材料，只是呼口號，打人，但是，的確製造了聲勢，使全社男女老少都知道「四人幫」是些什麼人。社員們只聽說過「四人幫」，但記不清姓名；現在知道了，「四人幫」是南柯村的四個人。那張愛清、柯慶如大家還不熟悉，柯和丁是人人皆知的公社革委會副主任，打罵過人，是壞傢夥。柯和貴是老師，雖說沒在南湖公社教過書，可在洪荒湖水利工地帶領民工造周雷霆將軍的反，救過民工中的老人、母親、嬰兒，大家很崇拜他，說他是個大善人，大英雄。可見，那「四人幫」中有壞人，也有好人。但不管怎麼壞，總比為周將軍帶女人、守門檻的陳繼烈、劉耀武那些傢夥好多了。從此，幾十年後，南湖公社中老人一提起「四人幫」，並不知道是江青、張春橋、王洪文、姚文元，只知道是柯和丁、柯和貴、張愛清、柯慶如四人。只說「四人幫」好，說搞「四人幫」的陳繼烈壞。這真是陳繼烈創造的偉大奇跡！

批鬥大會開後，把與四人有關係的南柯人抓了一百三十多個，進入學習班，開展攻心運動，深揭四人罪行。運動搞了一人多月，綜合出四人的罪行：柯和丁本是被革命老幹部李得紅要處死的現行反革命份子，在文化大革命中進行報復，組織反革命組織「紅旗農民革命軍」，打擊老幹部柯鐵牛、柯國慶，鑽進革命的「三結合」政權，排擠老幹部劉耀武，利用權力姦淫婦女四人，是王洪文式的蛻化變質份子。柯慶如是國民黨反動政府的偽保長，亡我之心不死，文化大革命中參加柯和丁的反革命組織，是反革命雙料貨，反革命組織的狗頭軍師。張愛清是惡霸婆，反革命份子柯和貴的堂嫂，曾陷害過革命幹部柯國慶，是地道的白骨精。柯和貴是破產地主子弟，明火執杖地進行反革命活動，公開組織和號召柯和丁等反革命份子組織成反革命組織「紅旗農民革命軍」，打擊老幹部柯鐵牛、柯業章，迫害革命將軍周雷霆，侮辱老幹部劉耀武，發動洪荒水利工地反革命暴亂，與縣孔紅衛、市洪峰、省朱邦國等「四人幫」爪牙關係密切，是典型的「四人幫」爪牙，現行反革命份子。

在陳繼烈看來，南柯「四人幫」是典型的反革命集團，鐵證如山，罪惡累累，可以上縣公安局預審股定性了。陳繼烈指導趙光明寫了《綜合報告》，派瞿思危、趙光明去找預審股審批。

公安局預審股李成才親自審閱了瞿思危、趙光明送來的材料，然後對瞿思危、趙光明說：「就整個材料來看，四個人的問題是各自孤立的，沒有共同的反革命綱領和反革命組織活動。至於『紅旗農民革命軍』，那是文化大革命初期的一般群眾組織，全國遍地皆是，絕大多數人都加入了這種群眾組織，不屬於反革命組織。這四個人，只有柯和丁與四個婦女通姦才算得上有犯罪問題，是刑事案，不屬於反革命罪。柯和貴是學生造反派頭頭，沒有參加爭權鬥爭，沒有打砸搶罪行，屬於一般造反派的思想改造問題，可以批判，不能定為反革命份子。柯慶如只有歷史反革命問題，張愛清只有階級成份問題。我要提到一個重要材料問題，洪荒湖水利工地事件，大家都清楚，我也在場，是市委解放書記親自處理的。如果把這個事件說成是反革命暴動，那就把解放書記等一大批革命幹部牽進去了，也有你們劉書記、陳書記的份兒，那就要打倒一大批革命幹部。我看最好不要提那個事件了。瞿思危，你是一個老公安，在辦案中，不能把自己混同於一般黨政工作人員和老百姓，要堅持法律和政策標準。這次運動的重點是整鑽進革命政權裡的『四人幫』爪牙和打砸搶分子，不是普通的群眾。你在紅石區要卡關呀。」

瞿思危被說得低頭不作聲。

瞿思危、趙光明把材料帶回來，向陳繼烈、劉耀武作了彙報。

「他媽的！那個李成才小工商業主出身，也是個臭老九。和尚不親帽子親，他同情柯和貴。我看把他包庇反革命份子的罪行也一起搞。」劉耀武氣憤地說。

「李成才是公安局幹部，是市公安局局長周國家的同學，搞他，會適得其反。」瞿思危說。

「我看這樣吧。我們一方面與周雷霆將軍取得聯繫，尋求上級支持；另一方面對那四個人分別開小門爭會，逼他們坦白交待，發動群眾深揭出有力材料來。」陳繼烈說。

「對！李成才看到周將軍出面了，還不被嚇得屁滾尿流嗎？」劉耀武高興了。

「還要找到解放書記，了解他對洪荒湖水利工地事件的看法。」陳繼烈說。

瞿思危、趙光明又去黃土市找周將軍、解放書記。過兩天，兩人回來了。

瞿思危說：「周將軍聽了又高興，又憤怒。他指示我們，鬥爭柯和貴時通知他，他要親自槍斃柯和貴。」

「好呀！」劉耀武叫起來。

陳繼烈沒出聲，心裡高興。周將軍一到，槍斃柯和貴，就有轟動效應了，運動就達到自己預料的效果。

「可是，解書記指示說：不能讓周將軍介入運動，水利工地的事不要提了。如果發生了嚴重的違法違紀事件，運動的領導人要撤職坐牢。」趙光明補充說。

「你瞿思危是豬腦袋嗎？怎麼能向解書記說周將軍的事呢？你看，這不泡湯了嗎？」劉耀武洩氣，埋怨瞿思危。他又問陳繼烈：「我不理解解放書記為什麼作這個指示？」

「解書記在位在職，所以謹慎行事。」陳繼烈說。他心裡也涼了一大截。過了一會兒，他鼓勵大家說：「我們不能洩氣，要把運動搞好。現在重點要搞柯和貴問題。只要抓到柯和貴的犯罪證據，就能把他定性為反革命份子，運動就勝利了。今晚在區小禮堂鬥爭柯和貴，給他個下馬威，定能逼他交待罪行。」

「堅決把那小子的反革命氣焰壓下去！」劉耀武惡狠狠地叫。

晚上，陳繼烈親自主持召開了區小禮堂批鬥柯和貴會議，參加會議的是各大隊、各機關一、二把手，這些人本是打人好漢，戰鬥英雄，又經過陳繼烈、瞿思危的思想武裝，個個早已怒氣衝衝，呲牙咧齒，專等嘶咬。

欲知柯和貴性命如何，且聽下文分解。

第四十八回　異夢人對陣角心智　同骨肉附炎坑斯文

卻說參加批鬥柯和貴會議的人都是如狼似虎、又經過教唆的支書、大隊長、主任。柯和貴被押進會場，會場上就響起一片令人毛骨悚然的嘶吼聲、叫罵聲。柯和貴沒有理會，默默地坐在主席臺前一個高木凳上。

陳繼烈首先講話：「柯和貴同志犯有嚴重錯誤，站錯了隊，走錯了路，上了『四人幫』賊船。我們本著治病救人的方針來挽救柯和貴同志。希望柯和貴同志不要抵抗黨和運動，要認清形勢，主動交待問題，承認錯誤，回到黨和人民這邊來。」

批鬥開始了，有順序地一個接一個，批鬥柯和貴。有的揭露柯和貴的反動家史，有的攻擊柯和貴的反動社會關係，有的誹謗柯和貴的祖父、父親，有的挖苦柯和貴體型瘦小……每個人都要叫罵一陣，或給柯和貴一耳光，或按壓一下柯和貴腦袋，或扯一下柯和貴的頭髮，手腳並不重狠。柯和貴不屑一顧，充耳不聞。只有區郵電局局長范昌義，一口武漢腔，說的一句諷刺話引起了柯和貴的注意：「柯和貴，你自以為行俠仗義，有所謂知識份子的正義感，竟敢黃鼠狼冒充烏龍過江，去與周將軍作對，你這不是雞蛋碰石滾，自找死嗎？」

瞿思危批鬥了。柯和貴振作起精神聽。柯和貴要從公安特派員的話中猜到專案級掌握了自己多少材料。瞿思危養成了審訊的職業病，揭發或批判一個問題時，逼著柯和貴回答「是」或「不是」。柯和貴裝作十分老實的樣子，每問必答，如「是」，「是反革命份子」，「是『四人幫』爪牙」，「小人知罪」，「罪該萬死」，「死有餘辜」……這一問一答，成了滑稽小品戲了，引得與會者有的暗笑，有的叫罵助興，有的高興得起哄，嚴肅的批鬥氣氛沒了，歡樂哄亂起來。陳繼烈氣得臉色鐵青，哭笑不得，又不能當場阻止瞿思危不斷地問，更不能阻止柯和貴不斷地答。

瞿思危揭發柯和貴姑父時問：「你姑父是大惡霸，這說明你的血管裡流著反革命的血液，骨子裡充滿反黨反人民的天性。回答！是不是！」

柯和貴卻沒有回答，只是嗤笑。

「給老子回答！」瞿思危喝道。

「回答！回答！回答！」眾人起哄。大家都想欣賞這個反革命份子的滑稽表演。

「這個問題，我要多回答幾句。陳書記允許了，我才回答。」柯和貴說。

「知無不言，言無不盡。你說吧。」陳繼烈無可奈何地說。

柯和貴一字一句地說：「我姑父被鎮壓時，我只四歲，姑母死時我只五歲，其反動性對我影響不大。至於血液和天性問題，大家知道，姑父姑母比不上伯父伯母更親。瞿神探的伯父伯母是不法地主份子，他的血管和骨子裡就有反革命性。當然，瞿神探與伯父伯母劃清了階級界限，親自把伯父打成不法地主份子送進了牢裡，藉口說看了《白毛女》激發了階級仇恨，私自端槍槍斃了伯母。但不管怎麼說，那血液和天性還留在瞿神探的體內，無法排除乾淨。今晚，瞿神探在大庭廣眾面前論起血液和天性問題，真令我沒有臉面，無地自容。我回答：我與瞿神探都是天生的反革命份子。」

眾人起哄。

「你這個混蛋！入你娘的十八代！」瞿思危失態了，吼罵起來，跳過去，用力猛提柯和貴的衣領後面，大吼：「站起來！」

誰知柯和貴的外夾衣只是披在肩上，沒穿上袖子。瞿思危用力過猛，提起的是一件夾衣，柯和貴身子沒動，瞿思危的身子卻向後重重跌倒在地。

倒在地上的瞿思危大叫：「反動傢夥打人！快上，打死柯和貴！」

第一個回應瞿思危命令的是全區聞名的鬥爭性最強的王山大隊支書王仁海，朝柯和貴膝蓋踢兩腳，將柯和貴連人帶凳打翻。英雄好漢們見狀，爭先恐後，蜂擁而上，毆打柯和貴。柯和貴這個頑固不化的反動傢夥被打倒了，還被踏上幾十腳。如果不是范昌義等幾個人怕出人命，上前勸架，柯和貴恐怕永世不能翻身了。

不知過了多久，柯和貴覺得有人扶著他，向他口裡灌熱水。他甦醒過來，發覺自己不是倒在區小禮堂地上，而是躺在關押人一個多月的小黑屋裡。屋裡點著一支白蠟燭，有微弱的光。他的床沿坐著兩個人：范昌義和區衛生院屈醫生。范昌義在給他灌藥。

「你們走吧，不要受牽連。」柯和貴說。

「我們不是同情你這個反革命份子，是請示了陳書記來給你療傷的。你還沒交待反革命罪行，黨組織要你活一段時間。」范昌義說。

柯和貴看到了范昌義說話時目光飽含同情。

「柯和貴，你的脫臼的關節被接上了，沒有骨碎傷，只有肌肉筋絡傷，吃些藥，休息幾天就會好。你要按時服藥，不要與生命賭氣。」屈醫生說。

「柯和貴，我警告你，放老實一點，不要嘴快牙尖，不然，還要吃皮肉苦。」范昌義說。

兩人走了。

柯和貴感到渾身疼痛，快天亮時，疼痛集中在兩膝和脊椎骨。在動物世界裡，生命力和自愈力最強的可能是人。到了太陽出山時，柯和貴就能扶床站起來了，知道餓。柯和仁每天一大早就送飯來，柯和貴吃了個大飽。柯和貴自己不流淚，也不要哥哥哭。

約九點，柯和貴被帶到區運動辦公室，接受突擊審訊。

辦公室裡坐著三個人：陳繼烈、瞿思危、趙光明。在辦公桌對面，有把高腳凳，柯和貴默默地把凳子拉向牆邊，靠牆坐下。

柯和貴面色蒼白，臉掛青紫，雙手撐在凳上，以減輕腰部的壓力；兩腳踏在凳子橫杠上，不使腳下吊；面孔緊綁，極力不露出痛苦的表情；兩眼平視，放出輕蔑的光。

陳繼烈欣賞著柯和貴的狼狽相，心中樂道自己的藝術造作。他在暗罵：「入你娘的！老子與你鬥了十幾年，今日終於打敗了你。你死到臨頭，還能骨傲嘴硬嗎？」陳繼烈恨不得撲上去，卡住柯和貴那一上一下的喉結，使柯和貴嘔出反革命罪行，使自己大功告成。但是，陳繼烈記住了古訓：小不忍則亂大謀。他要誘惑柯和貴交待問題，就裝出對柯和貴十分憐憫的樣子。他用充滿同情友愛的語氣說：「和貴同學，昨晚你態度不好，激發了革命幹部的階級仇恨，發生了過火的革命行動，我制止也來不及了。你也搞過專案工作，應該體諒到革命群眾的鬥爭大方向始終沒錯，今天，黨組織是來找你談心。你上有老母，下有妻子兒女，她們都在為你給『四人幫』賣命而傷心。你不顧自己的生命，也應該盡孝盡愛吧。只要你把問題講清楚了，你就可以馬上回家，告慰家人。」陳繼烈說著，給柯和貴遞了一支煙，給點燃。

柯和貴抽著抽，冷笑，不答。

「你不相信我？」陳繼烈問。

柯和貴點點頭。

「和貴同學，我倆雖然不是親兄弟，但是是同學，同事，斯文同骨肉吧。以前，我倆都年輕氣盛，有些摩擦，但現在都到『而立之年』了，成熟了，再不能鬧彆扭了。退一萬步說，我與你前世無怨，今世無仇，有什麼理由要有心害你呢？我倆今天坐的位置不同，是黨的工作的需要。你對我應該有起碼的信任呀。」陳繼烈動之以情，曉之以理。

「和貴表弟，你我都是南柯村人，是表親。昔日，你父母還關心過我。昨晚，你刺傷了我，我也衝動了，鬧了一場。今天，我不計較你。只要你坦白，還不都是革命同志嗎？」瞿思危也消去了往日兇神惡煞相，溫和地說。

「看來，兩位是要與我推心置腹地談話了。我們都互相知根知底，我是個書呆子，不會說謊話、假話。如果我說話使你們不大滿意，你們能沉住氣聽下去嗎？」柯和貴說。

「當然能。」陳繼烈說，「我們今天是談心，有什麼說什麼。」

「這次運動很大，我挨整是肯定的。我本應該在鳳凰區受批鬥的，兩位搶先把我從深山窩里拉到紅石區，說明兩位記得我，關心我。運動總是要有人搞的，兩位不搞，黨組織也會派別人來搞。我對搞運動的人沒有怨恨。為了不失兩位希望，我就把我的問題交待清楚。」柯和貴一掃往日的傲氣。

陳繼烈聽著，不斷地點頭表示贊同，心裡卻在說：「文人怕毒打，硬漢怕軟誘。老子一硬一軟，總算把這傢夥制服了。」

瞿思危聽著，暗暗用手指敲著趙光明的記錄紙，示意作好筆錄。

趙光明聽著，對柯和貴崇敬和同情之情一下子消失了，向柯和貴投去了鄙夷的目光，抽開筆蓋，寫起來。

柯和貴交待起問題來。他敘述了自己上北京串連見到偉大領袖毛主席，拜訪北京大學反革命學生領袖；敘述了組織反革命組織北崗師範毛澤東思想紅衛兵，與反革命份子洪峰同流合污，到永安縣串連反革命份子孔紅衛組織「紅旗公社」反革命組織；敘述了與反革命份子柯和丁相勾結，組織反革命組織「紅旗農民革命軍」，揪鬥革命老幹部柯鐵牛；敘述了反對陳繼烈、革命老媽媽趙來鳳鬥爭資產階級份子李衡權，上告革命老媽媽趙來鳳戳屍殺人的革命行動是犯罪，使革命老媽媽精神受傷害；敘述了帶領民工圍攻革命大功臣周雷霆將軍，使周將軍不能及時行男女之樂；承認辱罵劉書記、陳書記是皮條客、守床鬼的錯誤，使兩位書記名聲受損；承認了侮辱瞿神探恩將仇報、無法無天的錯誤，玷污了瞿神探的威名。柯和貴說了兩個多小時，還在生動地講個不停，看那勢頭要說三天三夜。

趙光明一個勁地記，經常轉動手中鋼筆，看來記累了。柯和貴好像擔心趙光明記不下來，說一段就停一下，等到趙學明一停筆，又講起來。

陳繼烈、瞿思危開始很高興，一邊聽，一邊點頭。可是，越聽越不對味口，陳繼烈面露不悅，瞿思危臉有慍色。

「停下來！」瞿思危怒吼，「避重就輕，只說組織知道的，不說暗中活動。你在裝老實，假交待，與老子兜圈子，玩戲法。」

柯和貴嘎然而止，用舌頭舔了舔乾燥的嘴唇，伸手向陳繼烈要煙抽。

「柯和貴，」陳繼烈沒理睬柯和貴要煙的動作，語帶殺氣地說，「我們以誠相待，好心勸說，你卻虛情假意，借機講起了你的英雄事蹟來。看來，你是不願合作了？」

「陳書記，你剛才主動給我煙抽，現在我討也不給了，看來，你也是虛情假意了。」柯和貴抓住小節，插科打諢，幽默諷刺。

「給你。」陳繼烈被將了一軍，丟給柯和貴一支煙。柯和貴接了煙，下位走到瞿思危面前說：「表兄，有火氣呀。給我一個火吧。」

瞿思危強捺怒火，給了火。

柯和貴回到座位上，抽了兩口煙，說：「我剛才交待的都是真實問題呀。」

「你要交待你的反革命秘密活動，交待見不得人的反革命思想。」瞿思危露真相了。

「柯和貴，我們給你的機會和時間不多了。你如果要演戲，你和你的家人將是一個悲劇。」陳繼烈也露相了，威協著說。

「我剛才說的都是實話，你們不愛聽。大概你們愛聽屈打成招的假話。現在我說一段話，你們如果心中沒鬼，就應把這段話記錄下來，並且在上報材料上也附上去。」柯和貴說。他猛吸幾口煙，正了身子，全忘了身上痛苦，目光嚇人，聲音鏗鏘：「我是深知陳繼烈、瞿思危的。陳繼烈像他老媽趙來鳳一樣，瘋狂殘忍，又勝於趙來鳳，野心勃勃，是個心狠手辣的陰謀家。瞿思危專施酷刑，專造冤案，是個酷吏。他們花費那麼大的人力物力到南柯大隊去，絕不是什麼搞揭批『四人幫』運動，更不是為了黨的事業搞治病救人，而是為了個人的野心和政治前途，去製造特大冤案，搞出個所謂運動典型，使他們的名字轟動全縣、全省、全國，欺上瞞下，假立功名，企圖連升幾級。我明白地告訴你們，我寧可死於刑，決不死於法，不會屈打成招，不會與你們合作，不會使你們滿意！」

趙光明停下筆，一個字也沒記。他被柯和貴的出乎意料的言論驚呆了，注視著柯和貴正氣浩蕩的面容，心中充滿敬意。

瞿思危氣得屁股在位上扭動，斜視陳繼烈，不敢發作。

陳繼烈的臉白一塊，烏一塊，門牙緊咬下唇。驀地，陳繼烈張開口，露出門牙，厲聲叫道：「你算什麼東西？在我眼裡，你只是一堆爛狗屎！我需要搞你來立功升官嗎？」

被戳到痛處的人，當然要掩飾傷口，就像劉邦的心窩挨了箭，卻說是腳趾被射傷了那樣，這是中國政治家的謀略。

「我即便是一堆爛狗屎，也決不去肥你陳繼烈菜園地裡的一株菜！陳繼烈，告訴你，在我身上，你是撈不到稻草去表功的！你在政治上、權勢上得勝，而我在人格上、道義上得勝。你還有什麼招數，都拿出來吧。」柯和貴針鋒相對，毫不妥協。

這是一場心智上、人格上、思想上的交鋒！

「你這傢夥，真是草狗婆上轎——不識抬舉！我們早就掌握了你的全部材料，只是想你走坦白從寬的道路，你偏要走抗拒從嚴的道路。老子不把你打成現行反革命份子，就不叫瞿神探！」瞿思危拍著桌子，站起身，賭著狠，狂喊。

「瞿思危，你那製造蘆湖劫財殺人冤案的神探我清楚，你那私自槍斃親伯母的好意我也清楚。我現在要瞧瞧你把我打成現行反革命份子的神功了！」柯和貴就是這個強勁，不怕吃皮肉苦，不向惡勢力讓步，嘴巴硬，專揭惡人的傷疤。

「老子掐死你？」瞿思危再也按捺不住了，暴跳起來，要衝上去。

趙光明死勁攔住，陳繼烈也揮手制止。

「腐儒舌劍！」陳繼烈諷刺著。他喝道：「來人，把柯和貴押去管制勞動！」

兩個民兵進來了，挾住柯和貴。其中一個民兵問：「押到哪裡去！」

「押到湖汊生產隊去，管嚴！」瞿思危命令道。

柯和貴被押走了。

面對柯貴這塊茅坑裡又硬又臭的石頭，足智多謀、英明果斷的陳書記黔驢技窮了，實在拿不出什麼招數來。他不知道運動的下一步搞什麼。撈不著柯和貴的要害材料，那個李成才又卡關：不給柯和貴戴上現行反革命份子帽子。打不倒柯和貴，單抓到一個強姦犯柯和丁，這運動不是白搞了嗎？他陳繼烈不但不能立功晉升，反被上級輕視，這真是「抓雞不著，反蝕一把米。」如果運動就此結束，放回柯和貴，撤回工作隊，不但被上級輕視，還會遭群眾嘲笑，更不是上策。這真是：「捉賊容易放賊難。」陳繼烈此時的心理狀態，正像那曹操向許褚下軍令「雞肋，雞肋」一模一樣。

老天爺有時也不公正，助紂為虐。陳繼烈正在進退維谷中，南湖中學校長鄧河流送來了重要情報，使陳繼烈大喜過望。

鄧河流並不是運動工作隊隊員，但階級鬥爭覺悟高，自覺革命精神強，主動向陳繼烈揭發柯和貴的反革命罪行。他說：「一九七二年夏的一天中午，我和胡華到柯和貴房裡去玩，看到柯和貴在寫小說。柯和貴看到我倆，就停筆來說話。我看那稿子的題目是：《新上任的黨委書記》。現在分析起來，那新上任的黨委書記肯定是柯和丁，那小說是想通過歌頌柯和丁來歌頌『四人幫』和『四人幫』爪牙。我想，我是個共產黨員，有敵情，要主動向黨組織彙報。」

陳繼烈聽後，興奮得拍著桌子歡叫：「毛主席說：『利用小說反黨，是一大發明。』這是一個極其重要的反動材料。」

陳繼烈立即召開瞿思危、趙光明、鄧河流四人會議，討論如何把《新上任的黨委書記》的稿子弄到手。討論的結果是：不審問柯和貴，以免洩露機密，直接到柯和貴家裡去找。先引誘柯和貴的老婆找出來，不行，就抄家。

鄧河流出謀說：「我與柯和貴只有一般的同事關係，很難叫柯和貴老婆交出小說稿。胡華與柯和貴老婆關係密切，是柯和貴老婆的老師，又是柯和貴的說媒人，叫胡華去包成功。」

「我與胡華同事了一年多，知道胡華是個膽小骨軟、見利忘義的人，一定會與我們合作。瞿特派同鄧校長一起去鳳凰區李山下小學，把胡華叫來。」陳繼烈說。

吉普車一出發，胡華就來了。陳繼烈下階迎接，與胡華握手言歡，進了辦公室。胡華受寵若驚。

「胡校長，好幾年沒見面了，你活年輕了。」陳繼烈笑著說，「我倆雖然同事不長，但我一直敬佩你的學識和人品。今日，我倆又走到一起來了。」

「感謝陳書記的關懷。不知陳書記叫我來有什麼事！」胡華點頭哈腰，極力討好。

「入黨了嗎?」陳繼烈不正面談問題，轉而關心胡華的政治前途。

「寫了兩次申請了，組織上還在考驗我。」胡華不好意思地說。

「這個問題好解決，在運動中立功嘛，你在鳳凰區那邊領導層不太熟，被委屈在一個小學當校長，真是大材小用。只要你願意，可以調到南湖中學當個主任。你和鄧校長是同學，和我是同事，許多事情都好商量解決。」陳繼烈十分關切地說。

「那要陳書記提攜了。」胡華高興得笑曲了鼻子，笑歪了嘴巴，把頭點得像雞啄米一般。

「打開窗子說亮話吧。今天叫你來，是為柯和貴的事。柯和貴和我們都是同事，斯文同骨肉嘛。他犯了嚴重錯誤，我們理應同情他，幫他，救他。可是，他恃才傲物，把別人的好心當惡意，不承認錯誤。運動越深入，對柯和貴越不利。為了使柯和貴早日低頭認錯，改邪歸正，回家與家人團聚，就必須找到使柯和貴心服口服的材料。請你，就是要你與我們一起來挽救柯和貴。」陳繼烈很有同事感情地說。

「柯和貴是個強脾氣的人，服軟不服硬，我去找他談，叫他認錯。」胡華連忙表態。

「不是要你去找柯和貴談話，是要你去找柯和貴老婆找出一篇小說稿，交給組織審查。」瞿思危沒那麼多彎曲，把話直接撞破了。

「什麼小說稿呀？」胡華一下子想不起來，摸著腦袋說。

「胡華呀，叫你讀書，你是一隻豬。你這人怎麼這大忘性呀？就是那天中午我倆看到的那篇《新上任的黨委書記》。」鄧河流見陳書記那樣器重胡華，頓起妒心，乘機貶低胡華，表現自己的聰明才智。接著，他繪聲繪色地描述了那天中午到柯和貴房裡去的情景。

「啊，我記起了，有這麼一回事。」胡華高興地叫起來。

「今天，黨交給你一項重要任務：找柯和貴老婆，把小說稿拿來。」陳繼烈說。

「胡華，擺在你面前的只有兩條路：一條是站在黨和人民一邊，完成黨交給的任務，成為黨的一員；另一條是站在柯和貴一邊，包庇柯和貴，像柯和貴一樣，反黨反人民，進學習班，受批鬥，開除公職，戴上反革命帽子，或坐牢，或回家管制勞動。」瞿思危擺出審犯人的面孔，說。

胡華一聽，心裡害怕起來。他是見過那批鬥的慘景的。他在心裡怨恨起柯和貴來：「沒想到柯和貴把自己也牽進去了。這是交友不慎，反受其害。」他立即選擇了第一條路，說：「我與柯和貴只有工作和生活關系，沒有政治關係。他反黨反人民，我當然要向他作無情的鬥爭。我向黨組織保證：只要柯和貴的小說稿還在，我一定能要他老婆交出來。」

吉普車載著四個人出發了。

現在來認識一下鄧河流和胡華。

鄧河流大胡華兩歲，大柯和貴十歲，是紅石區南湖公社鄧山泉村人。胡華是鳳凰區李山下村胡家垸人。兩人小學一畢業，都上了「大躍進」時的縣簡易師範，成了同班同學。在簡師讀了兩年書，胡華被分配到飛燕區河橋公社二大隊小學八小分部學校，鄧河流被分配到鳳區祥吉公社三大隊小學。在教師回原籍政策時，胡華回到鳳凰區。此時是貧宣隊管校，不講知識，胡華就進了鳳凰中學。鄧河流也拉動鳳凰中學貧宣隊的關係，上調到鳳凰中學，不回原籍了。這就有幸與柯和貴、陳繼烈同事了。在恢復教學秩序時，胡華就下到李山下小學，鄧河流也因原籍到鄧山泉小學。鄧河流運氣好，一回到山泉小學，就碰上了「鬥批改」工作隊進村，隊長叫金大炮。一進村，金大炮就開展反對封建迷信活動。鄧河流帶領學生砸了鄧家祖宗堂的神龕，打了鄧家西山廟的菩薩，趕了守廟的鄧家兩個老太婆，得到金隊長的賞識。金大炮有個嗜好，喜歡肥胖的女人，私下對鄧河流說，愛上了鄧河流肥胖的房弟媳秦氏。鄧河流就從中牽馬帶皮條，讓金大炮與秦氏通姦。鄧河流官運亨通了，入了黨，上調到南湖中學當校長。「物以稀為貴。」那時一個學區中教師入黨的只那麼一兩個，鄧河流也就合理合法地在南湖中學坐上第一把交椅。按常理說，鄧河流只那麼點知識，那點能耐，被教師戲稱為鄧家三個「傻怪物」中的第一個，撈個中學校長，應該滿足了。但是，「天高高不過人心」，鄧河流卻不滿足。他認為自己不是黃鼠狼，而是烏龍，要過江入海，成大氣候。當了中學校長後，他就日夜尋找鬥爭立功的機會，想向上騰升。柯和貴被捕後，鄧河流就逐月逐日地回憶與柯和貴的交往，挖掘出柯和貴的反動言論。他想出了看到柯和貴那篇小說稿時，竟高興得跳起來，立即奔跑去向陳繼烈彙報了。他看到他的彙報得到陳書記的高度重視，心想這下子立了大功，可以上調到教育局當局長或者到什麼公社當書記了。此刻坐在車上的鄧河流心花怒放。

胡華比鄧河流的官運就差多了，千求萬討後弄了個小學校長，就呆住了，不能向上浮動。但胡華有豔福，千方百計地把小他十一歲的情人李秀雲弄到了身邊，能時而偷偷嘗新。柯和貴犯案後，胡華經常以關心部下家屬和朋友妻小的名義與李秀雲幽會。但他從良心和朋友感情上講，希望柯和貴不受大難，早日回家。沒想到柯和貴案牽連到自己身上，他可不願受連累搭進去，要想盡辦法自保。此刻坐在車上的胡華心中喜憂參半。欣喜的是，那李秀雲像只小母狗一樣聽他使喚，只要那小說稿在家裡，他一開口，李秀雲就會盡心盡力地找到。找到了小說稿，他就雙豐收了：一方面，他升官了，另一方面，柯和貴成了現行反革命份子，沒氣力了，他與李秀雲來往的膽子大了，用不著那樣提心吊膽。但他要控制李秀雲不能與柯和貴離婚，以免飛了或者纏住自己。憂慮的是，如果柯和貴把那小說稿毀了，那陰毒的陳繼烈和傻蠻的鄧河流不會放過他，把他與柯和貴一起打倒，一切就完蛋了。

柯和貴遇上了這兩個小人，那就像孫臏遇上龐涓那樣了，能不受臏刑嗎？

吉普車裡，趙光明與司機排坐，後排三人，鄧河流居中，瞿思危居左，胡華居右。鄧河流不把胡華放在眼裡，一個勁地與瞿思危說著別人不笑自己笑個不停的幽默話。胡華被冷落在一旁，插不上話。胡華因此妒忌鄧河流，心裡在罵：「你神氣什嗎？鄙視老子讀書是隻豬，你才是隻豬。二十歲小學畢業，小學三年級的語文也教不來，靠打菩薩、拉皮條入個黨，撈了個中學校長。無恥！下賤！」

「咕隆」一聲，車停了，胡華、鄧河流身子向前一傾，額頭碰到前排椅前背，只忍著痛，不好意思呻吟出醜。

「你們三人下車去。」瞿思危命令著，「胡華，全靠你了！」

鄧河流神氣飽足地走在前頭，胡華低頭跟著，趙光明殿后。三人走到陳嶽山學校屋場上，聽到了讀書聲。原來柯和貴被抓半個月後，上、下門隊長請了初中畢業的陳宏圖代柯和貴上課。場地上，柯和貴五歲的女兒良敏帶著三歲多的兒子良文在玩。

「伯父來了，伯父來了。」良文看見胡華就喊。

胡華還沒答應，鄧河流迎上去了，拉著良文問：「認識我嗎？」

良文搖搖頭。

「我也是你伯父，跟你爸爸玩得可好哩。」鄧河流笑著要抱良文。

良文不作聲，嚇得向後退，眼睛望著胡華。

「不用害怕，他是鄧校長，是你伯父。」胡華說。

良文相信胡華的話，讓鄧河流抱。

「我們進屋去吧。」趙光明對胡華說。他很討厭鄧河流。

屋裡，李秀雲在一邊縫補衣服，一邊用一隻腳踏著搖籃，搖籃裡睡著五個月的女兒良慧。她見胡華帶了個陌生人來，很客氣地讓座，倒開水。胡華向李秀雲介紹了趙光明。

「秀雲，柯和貴交待說寫了本小說，稿子在家裡，你去找去出來給組織審查。審查了，就放和貴回家。」胡華說。

那李秀雲果然在胡華面前馴服，聽話，就倒箱倒櫃，卷被翻衣，把房中和辦公室裡所有的書本紙張都拿出來，讓胡華、趙光明尋找、查看。弄了好一陣子，找不著那小說稿。

「秀雲，你仔細想一想，柯和貴還在哪裡放了書本。如果找不著那小說稿，柯和貴就不能回家了，你被連累了也要去勞動改造。」胡華說。

李秀雲一聽那「勞動改造」四個字，被嚇得哭了：「那討不得好死的傢夥！叫他不要去亂管事，他要充好漢去管，與周雷霆作對，有好下場嗎？又寫什麼鬼小說，來害死人。我前世遭孽，跟了這書呆子，書瘋子。」

「嫂子，你不要聽胡校長瞎說。你不用怕，盡力找，找不著，不關你的事。」趙光明說。

「這就奇了！我和老鄧分明看清了柯和貴寫小說，今日卻找不著。是不是他早就把小說稿燒了。」胡華說。

「去年年底，他是燒了一大堆書本字紙。」李秀雲說。

這時，鄧河流抱著良文進房來了。

「良文，怎麼能要伯伯抱呢？」李秀雲認識鄧河流。結婚時，鄧河流到柯和貴家賀喜，與李秀雲開過玩笑。

「你不要說話。」鄧河流板著面孔，斥責李秀雲。他又吻著良文的臉，笑著說：「良文，你是個聰明孩子，幫爸爸收拾書時，是放在這櫃底嗎？」

「是。」良文指著衣櫃。

鄧河流放下良文，蹲在櫃底邊翻，但是找不著。

「啊，可能在衣櫃底夾層裡。」李秀雲說。說著拿來菜刀，撬開底板，果然有個很淺的底斗，鋪有小說稿。

鄧河流把所有稿子拿出來，一清理，共有三篇：《新上任的黨委書記》、《一張規劃圖》、《邢太婆》。

「哎呀，現在沒事了。」胡華鬆了一口氣。他對李秀雲說：「秀雲，你我沒事了。」

「他能回來嗎？」李秀雲吃驚地問。

「柯和貴只能聽天由命了。」胡華說。

「我這命怎麼這樣苦呀，我和孩子怎麼活下去呀！」李秀雲哭了起來。良敏、良文見到媽媽哭了，都哭起來，搖籃裡的良慧也哭起來。

「嫂子，這獨屋不能住了，搬回去吧。」趙光明說。

「回去要背『三基本』的，暫住一段時間再看。」胡華說。他看到鄧河流還蹲在地上翻看小說，就說：「我們完成任務了，走吧。」

「走你個頭！像你那樣傻能完成任務嗎？」鄧河流向胡華發脾氣，想居功己有。

「老鄧，你怎麼亂發脾氣呀？若不是胡校長與這一家人熟，能找到小說稿嗎？」趙光明說，「快走，不要節外生枝。」

三人走了。

「拿到了嗎？」瞿思危看到三人來到車前，急著問。

「拿到了，有三篇，超額完成任務了。」鄧河流揚著手中的小說稿，笑著說。接著，他吹噓自己哄良文、翻櫃底的聰明才智來。

的確，鄧河流這類人有他固有的聰明才智，就像狗有狗的聰明，老鼠有老鼠的聰明那樣。這種地痞流氓的聰明才智，是善良人、聖賢人所沒有的，所不理解的。

「可能還有其他的反動材料。」瞿思危機警起來。

「屋裡被翻了個底，再沒有了。」趙光明說。

「把那婊子帶走，也許能審出一些問題來。」瞿思危說。

「她只讀個小學三年級，不懂那些政治問題。把她帶走了，那三個孩子不死在獨屋裡嗎？」胡華為己為她，要保護李秀雲，就壯膽說。

「革命犧牲了那麼多烈士，死幾個反革命崽子算什嗎？」瞿思危殘忍地說。

「瞿特派，李股長要你講法度，弄不好，對你不利。」趙光明提醒說。

瞿思危聽了這話，才在位上坐穩，沒下來。

「開車。」趙光明對司機說。

四人回到區運動隊辦公室已是傍晚了。鄧河流把稿子都交給陳繼烈。陳繼烈如獲至寶，表揚了胡華、鄧河流。陳繼烈叫胡華不要走了，留在專案組幫趙光明寫材料，又叫鄧河流帶著區裡的接受證明，去把胡華調到南湖中學當主任。

陳繼烈得到了柯和貴的小說稿，就像一個角鬥的武士得到能置對手於死地的武功秘訣。他帶著小說稿，走進房，關起門，研讀起來。他讀著讀著，被吸引住了，稱讚起來：「好筆法」，「好詞句」，「神了」……他一口氣讀完了三篇小說稿，自言自語起來：「柯和貴確實是個人才，可惜與老子作對，不為老子所用。」他在讀第二遍時，拿起紅芯圓珠筆，用毛澤東的文藝標準，尋找稿子中的反動言論。他把小說中反面人物的話都當作柯和貴的反動言論，打上紅杠杠，寫上眉批，還摘錄一些。他讀了一夜，才批判完畢，上床去睡，一直睡到吃午飯。

吃過午飯，陳繼烈請示了劉耀武，召開了運動小組負責人會議，對小說稿作了批判報告。他簡介了《新上任的黨委書記》的內容：「小說敘述望天湖缺堤抗洪事件，是以三年前南湖缺堤為素材的。小說把缺堤和抗洪不力的原因歸在縣、區、社三級老幹部的腐敗無能上，極力醜化老幹部，把老幹部貶為反動的愚昧的惡勢力，用來反襯新上任的黨委書記辛名舉。小說歌頌辛名舉有知識，有能力，思想新，憂國憂民，關心群眾疾苦，敢於向所謂的腐朽勢力老幹部作鬥爭，敢於運用憲法中的人民選舉制，把中國的繁榮昌盛寄託在辛名舉這些所謂新型年輕的幹部身上。小說主人公辛名舉是什麼樣的人呢？是北京大學經濟系大學生，受到校黨委和工作組的壓制起來造反，搞絕食鬥爭。造反成功了，當上了造反派頭目，調到西江省當革委會副主任，入了黨，自願到長安縣望天湖區當區委書記，碰上了望天湖缺堤、抗洪事件。陳繼烈簡述了小說內容，批判說：「辛名舉是個諧音，即新民主，就是主張資產階級革命家孫中山的三民主義，反對馬列主義、毛澤東思想，顛覆無產階級專政。辛名舉是『四人幫』的代名詞，歌頌『四人幫』篡黨奪權，歌頌青年學生造反派頭目通過和平演變方式，使黨變修、國變色，演變成西方的資產階級民主制。小說是徹頭徹尾的反黨反人民的大毒草，是資產階級向無產階級奪權的宣言書。由於作者語言功底厚，藝術技巧高，使小說具有很大的迷惑性，很強的感染力和煽動力，毒性很重很大。柯和貴知道自己寫的小說是大毒草，所以秘藏著，等待政治氣候適宜再拋出去。說句老實話，即使是『四人幫』也不會容忍這篇小說的反動性，只有蔣介石和美帝國主義者才歡迎這篇大毒草。」陳繼烈作出結論說：「單憑這篇小說，就可以把柯和貴定性為『利用小說反黨』的現行反革命份子，國民黨和美帝國主義的文化特務份子。」

與會者洗耳恭聽。劉耀武雖然不懂小說，但聽到南湖缺堤抗洪的事，膽顫心驚起來，心裡在罵：「他媽的！柯和貴用小說告老子狀。南湖缺堤的事被上級知道了，不是要老子的命嗎？非整死那傢夥不可！」瞿思危聽了大叫：「老子說柯和貴是天生反革命份子吧！現在有證據了。」鄧河流聽了喜形於色，晃動兩腿，自以為覺悟高、聰明，發現了階級敵人，自信這次非晉升不可。胡華聽了，又驚又喜，驚的是沒料到柯和貴那麼反動，自己險些牽進去了；喜的是自己脫了干係，立了功，上調到南湖中學當主任。趙光明聽了，急求原稿，想一睹為快。

與會者議論了一番後，陳繼烈佈置了下一步運動工作：一、趙光明、胡華日夜突擊，整理材料，寫出綜合報告，上交縣「揭批『四人幫』辦公室」批准召開全區鬥爭大會。二、陳繼烈親自帶瞿思危、趙光明到縣公安局找李成才要求拘捕柯和丁、柯和貴、柯慶如、張愛清四人。三、鄧河流組織全區會畫畫的教師，在南柯祖宗堂創辦「揭批『四人幫』鬥爭」的泥塑展覽館，讓全區、全縣幹群參觀，製造轟動效應。

陳繼列安排了工作後，感到很疲勞，就打算趁這個空兒，回到南湖公社自己的宿舍休息兩天，享受一下。

為什麼陳繼列、鄧河流要處心積慮地陷害柯和貴而柯和貴寧死不屈呢？

有詩云：

同是斯文人，為何分善惡？
一保天性善，一染習性惡。
求自由是善，圖功名是惡；
善性終為善，惡心總行惡。

有詞曰：

折桂令

咸陽百二山河，（為）兩字功名，幾陣干戈。能言陸賈，良謀子牙，豪氣張華。
醅淹千古興亡事，傲殺人間萬戶侯。似杜工部，伴陶淵明。醒（和）醉爭甚麼？

注：1.折桂令，詞牌名，又名《天香引》、《蟾宮曲》、《秋風第一枝》。中呂宮，53字，前片三平韻，後片三平韻，一仄葉。2.「咸陽百二山河」三句，指楚漢爭鬥，馬致遠句。這裡引用來表示鄙視陳繼烈、瞿思危、鄧河流、胡華等人爭功名利祿的壞心術和惡行為。3.「醅淹千古興亡事，傲殺人間萬戶侯」，白樸句。醅淹，借濁酒淹沒。意思是：忘記了或笑談王朝興亡的歷史資料。4.傲，輕蔑。殺，極其，副詞。5.陸賈，西漢功臣，有辯才。子牙，西周功臣，善計謀。張華，晉代文人，作《鷦鷯賦》，自喻豪志。杜工部，即杜甫，棄官流浪，住草堂，寫真實詩。陶淵明，視做官為誤入樊籠，歸隱田園，自食其力。6.「醒（和）醉爭甚嗎？」，馬致遠句。陸賈、子牙、張華是醉者，是功名利祿之徒，是帝王的幫兇；杜工部、陶淵明是醒者，是不受功名利祿所束縛的追求自由平等的文人。這是兩種根本不同的文人，是爭論不出什麼結果的。這就類比了陳繼烈、瞿思危、鄧河流、胡華等輩與柯和貴、趙光明就是那兩種不同的文人。

欲知柯和貴結局如何，且聽下文分解。

第四十九回　陳書記神遊天安門　蕭瘋子義丟革命刀

卻說陳繼烈連續作戰了五個月，心勞力拙。現在鬥爭有了好的轉機，但也精疲力竭，實在需休養幾天。他佈置了工作後，正好有幾天的空餘時間，就回到南湖公社自己的宿舍休息起來。他叫公社廣播員小劉服侍他洗了熱水頭，沖了冷水浴，頓感一身爽快輕鬆。他躺在房中一把竹疊長椅上，點上一支煙，悠閒地抽著。他想著鬥爭大會即將召開，泥塑展覽館半月後可以開館展覽，總算有了驚人的成績。他預想著縣委、市委領導的讚揚和垂青，幢景著自己的錦繡前程，微笑著，閤上眼皮，做起美夢來。

在夢裡，陳繼烈來到村裡的一口大水井旁。這大水井，四周用大方石砌成井牆；井牆高出地面三尺，圍成一分地面積大的方井口；井門是石柱框。春夏，井水上漲到井口，人們站在石井臺上打水；秋冬，井水下落，人們要到井裡，下石階打水；旱季，井水一直下落到二十多米深的一個圓形井洞，人們要下兩百級石階，轉三個彎，才能打到水。這井水來自地層深處，清澈，甜口，滋養著全村一千多人口。陳繼烈小時就愛喝這井水，同小夥伴一起到這井邊、井裡玩。現在，陳繼烈來到這井旁，提只小水桶，下到最底層，打了半桶水，提到井臺上，坐在井門石板上，用小木瓢舀水喝。井旁有個大場地，供村裡集會、唱戲、放電影用。陳繼烈一邊喝著井水，一邊看電影。

陳繼烈看到了銀幕上出現了偉大領袖毛主席，還有周總理，周雷霆將軍。周雷霆將軍頭戴五星兵帽，腰束寬軍皮條，皮條上插著兩支手槍，站在毛主席身旁護衛著。毛主席也一身戎裝，紅光滿面，面孔慈祥，向著陳繼烈招手，微笑。毛主席一步一步地走出銀幕，來到陳繼烈面前。周雷霆將軍向毛主席介紹了陳繼烈，保薦陳繼烈。毛主席俯下身向陳繼烈要井水喝。陳繼烈連忙跪下，用木瓢舀了水，舉過頭頂。他聽到了毛主席喝水聲，倍感榮幸和自豪。他就唱起歌來：

「最響亮的歌是《東方紅》，最偉大的領袖是毛澤東。毛澤東，毛澤東！你是世界人民心中的太陽，你是人類解放的指路明燈。……」

他唱著，可是那嗓子不爭氣，高不到「3．」、「5．」上去（注：「3」、「5」是高音，上面應該加上高音符號），發出吱呀的嘶碎聲來。他被嚇得不敢唱了。

「這井水真甜真爽嘛。」毛主席說話了，「這井在四十八年前，是我和江西老表一起挖的，我的警衛員陳新國最賣力。你們看，那石柱的字還在嘛。」

陳繼烈聽了這話，目光從腋下穿過去看石柱，有一行豎寫的字：「吃水不忘挖井人。」陳繼烈悟出了一個道理：「我之所以那麼聰明，有謀略，有雄心，有勇氣，原來是喝了這井水，井水裡溶溢著毛主席的天才智慧。」陳繼烈又聽到一個歷史事實：「原來祖父是毛主席的警衛員，我的背景樹大根深。」陳繼烈又怨恨起爹娘來了：「為什麼不早點告訴我呢？不然，我早就上北京見毛主席了，早就登上天安門了，還輪得到華國鋒去接毛主席的班嗎？」

「起來吧，小鬼，無產階級不興跪拜禮嘛，」毛主席摸著他的頭，親切地說，「是小周告訴我，你是陳新國的孫子。我可找你幾十年了。聽說你敢於鬥爭，善於鬥爭，好嘛，是烈士的好後代。你現在到了『而立之年』了，成熟了嘛，可做我的接班人了嘛。」

陳繼烈聽得渾身熱血沸騰，細胞跳舞。他能跟毛主席一起去了。他十分感激周將軍，他知道周將軍在報水利工地的救命之恩。

陳繼烈仍然跪著，抬起頭，看到毛主席是那樣魁梧、偉大。他向毛主席彙報了挖出柯和貴等一批妄圖顛覆無產階級專政的現行反革命份子。

「我知道了，你的鬥爭成績轟動了全國，《人民日報》、中央廣播台都報導了嘛。我今天是專程來接你去中央的嘛。起來，走吧。」毛主席那溫暖的大手牽住了陳繼烈的手，說。

陳繼烈這才發現在井口旁場地上停著一架中國民航大客機。他跟著毛主席，小心地攙扶著毛主席，一起上了飛機。飛機飛上了天空，滿天的雲著了火，紅紅的。他在紅色海洋裡飄飛了一陣子，飛機降落了，是天安門廣場。陳繼烈跟著毛主席下飛機，穿廣場，登上天安門城樓。他站在毛主席的左邊，周恩來站在毛主席的右邊，周雷霆站在毛主席的背後。陳繼烈知道他站的是林彪原來站的位置，是毛主席接班人站的位置。

「我聽說能找到你，就把林彪逼死了，把『四人幫』剷除了。你知道你的真實身份嗎？你是我的私生兒子嘛。」毛主席飽含革命的激情說。

「啊——」陳繼烈驚喜得叫起來，「我的血管原來充滿著主席的血液。」他激動了，連忙跪下，抱住毛主席的大腿，大喊：「父親！」

「起來嘛，向全黨全軍全國人民作報告。」毛主席說。

陳繼烈面向天安門廣場。廣場上人山人海，紅色波浪翻滾。陳繼烈把嘴巴對準擴音器，大聲講起來。他講了他領導的紅石區揭批「四人幫」運動的偉大成績，講了與柯和貴反革命集團作你死我活的階級鬥爭歷程。他聽到自己的聲音在天安門上空回蕩，聽到了廣場上驚天動地的高呼聲：「敬祝陳書記身體健康！永遠健康！！永遠健康！！！」他突然產生了一個奇怪的念頭：把毛主席推下城樓去，讓人們高呼「陳主席萬歲！萬歲！！萬萬歲！！！」但是，他害怕城樓上站滿了的老帥、老將們，就收起了那個念頭，繼續講他的鬥爭事蹟。

陳繼烈講得感到唇焦舌燥，想喝水，眼睛去找那水井，卻是一片白光，刺得他睜不開眼睛。他向左邊看毛主席，不見了；向後看周將軍，也不見了；向前看天安六廣場，也不見了；眼前只是白茫茫一片。他感到眼皮有些脹，用手去揉，揉開了眼皮，看見了房間熟悉的物件，原來他在自己房間裡，躺在竹椅上，剛才出現的奇景是一個美夢。

太陽快下山了，晚霞一片紅，一束餘輝透過西窗玻璃，正射在陳繼烈臉上。陳繼烈不願那美妙的夢景瞬間消逝，就闔上眼皮，回味著，想連續那個美夢。但是那夢境過去了，續接不起來。

陳繼烈的疲勞消除了，身體內有一股能量在竄動，兩胯間豎起一根棒子。他站起來，小便一次，洗了個冷水臉，喝杯冷飲，精神亢奮起來，肉體的需求特別旺盛。

「小劉，過來。」陳繼烈向門外喊，又躺在竹椅上。

小劉是省城上山下鄉知青，資本家出身，沒有回城，已二十五歲了。陳繼烈調到南湖公社時，在蘆葦大隊湖汊生產隊發現了成熟飽滿得要裂開皮肉的小劉，就表現出極其關心知青的樣子，把小劉調到公社當廣播員。小劉來公社後，陳繼烈經常關心她，許諾在兩年內讓她回城。不久，陳繼烈就誘姦了小劉。

小劉一進門，習慣地關門，上閂。陳繼烈慾火如焚，一下子抱住小劉，使勁地吻，抓摸，把小劉的衣服剝光，轉著小劉的光身子，欣賞著那一身肥白柔嫩的肉，欣賞著那丘丘壑壑，目光落到那白窩裡的一塊黑下的紅縫中。陳繼烈和小劉溫存了一個多小時，一直到吃晚飯的鐘聲敲響。

「小劉，你跟著我吧，我會寵幸你，讓你幸福。」陳繼烈說。

「你答應讓我回城的，可不能不講信用呀。」小劉一邊穿衣服，一邊說。

陳繼烈休息了三天後，趙光明的綜合報告寫好了。陳繼烈帶著瞿思危、趙光明先到縣「揭批『四人幫』辦公室」辦了鬥爭柯和貴四人的批示，又去找縣公安局預審股股長李成才審批拘捕柯和貴四人。李成才審查了材料後，批准拘捕強姦犯柯和丁、反革命份子柯慶如，批示鬥爭大會後釋放張愛清，說柯和貴問題複雜，要親自審訊後作決定。

鬥爭大會在紅石區廣場召開。

鋪天蓋地的大標語，凡是能寫字的地方寫上了，公路上也刷寫了石灰大字。幾條最醒目的大標語是：打倒反動文痞柯和貴！打倒現行反革命份子柯和貴！柯和貴有罪，罪該千車碾，萬人踏！「柯和貴」

三個大字都是倒斜著寫的。

全區六萬多人把會場擠滿，人頭攢動。會場四周有荷槍實彈的大批民兵守衛，一隊民警巡邏。主席臺搭得高大寬闊，有八排座位，前三排坐的是縣委、革委、「運辦」領導、縣公安局預審股股長李成才和區主職領導。劉耀武、陳繼烈、瞿思危、趙光明、胡華和「紅半天」尹苦海坐在前排。台前左角站著手持關公大刀的蕭己巳瘋子。

大會按慣例一項一項的地進行，到第六項押罪犯上臺，四個罪犯在八個民兵押送下在台前右側站成一排，每個罪犯都帶上手銬，脖上掛了木牌。瞿思危走到台前，對著擴音器向大會逐一介紹罪犯：「第一個是反動文痞柯和貴，第二個是強姦犯柯和丁，第三個是歷史反革命份子柯慶如，第四個是白骨精張愛清。」

鬥爭開始了，控訴聲，吆喝聲，口號聲，一陣接一陣。

鬥爭了兩個多小時，台下有個中學生高喊：「我要鬥爭柯和貴。柯和貴有罪！罪該萬死！」

臺上尹苦海站起，手指台下，扭頭對區、縣領導說：「那就是五好接班人柯天任，柯和貴的嫡侄。」

「好！柯天任同志，上臺來！」陳繼烈指著柯天任叫。他呼起口號來：「與柯和貴劃清界限！反戈一擊有功！」

柯天任上臺了，揭發起來：「三年前，我就知道柯和貴是暗藏的反革命份子。我揭發反革命份子柯善良，柯和貴趕回家，訓斥我不該揭發柯善良，罵我，打我，強迫我按他規定的反毛主席接班人五個條件的『五點』去做資產階級接班人。」柯天任說著，從口袋裡掏出一張紙，揚起來說：「這就是柯和貴口授給我的『五點』記錄。」

尹苦海高呼口號：「得道多助！失道寡助！柯和貴不得人心！眾叛親離！」

柯天任繼續揭發批判。

這時，柯和貴四歲多的兒子良文悄悄走上台，來到柯和貴身後，把炒熟的南瓜籽往柯和貴褲袋裡塞。柯和貴的注意力集中聽柯天任的話去了，沒注意到良文在身後。

柯天任揭發批判到「不能虐待俘虜」時，怒不可揭，走到柯和貴身旁，狠狠地向柯和貴脖上打巴掌。

「子龍哥，你怎麼打我爸爸？」良文氣憤了，質問著，也用小拳打柯天任的屁股。

「反革命小崽子，滾開！」柯天任提腳踢在良文背上。

那良文受到這重重一腳，向柯和貴前面滾去。快到台邊時，柯和貴眼疾手快，見到有個孩子要掉下臺去，奮不顧身地抱住小孩。他一看，是兒子，咽著嗓子問：「良文，你怎麼到這種地方來？」

「是民兵押來的。媽媽，姐姐，妹妹都來了。」良文指著下臺處說。

「快從那邊下臺去。」柯和貴指著右邊下臺處說。

良文走到台邊，柯和仁伸手抱住。

柯和貴抬頭從萬人叢中分辯出李秀雲的身影，不禁淚水淋淋，顧不著自己是階下囚，高聲叫喊：「秀雲，看管好孩子！」

瞿思危感到那恐怖而激烈的鬥爭氣氛被柯和貴父子破壞了，憤怒起來，走到蕭己巳身旁，嘀咕一陣。

蕭己巳滿臉絡腮鬍子動了動，傻笑了兩聲，就握刀向柯和貴那邊走。

臺上臺下一下子肅靜了，萬條目光集中在蕭己巳身上。人們知道，只要臺上有領導給蕭己巳作指導，只要蕭己巳成了這個架式，就有被鬥爭的人慘死或癱瘓在關公大刀下。蕭己巳是瘋子，沒有法律責任，主持人和教唆人自己沒打人，也沒有法律責任。在這之前，柯和貴曾對利用蕭己巳打人的事評論說：「這是瘋人政權！」但他不責怪蕭己巳，還同情蕭己巳，路上碰到蕭己巳，給錢和糧票，還給煙抽。

柯和貴看到蕭己巳向自己走來，本能地護住身上要害部位，準備挨刀。

會場上充滿了瞿思危所需要的恐怖氣氛。

「打倒柯和貴！」台下有人給蕭己巳助威，想看到一幕驚險刺激的戲。

蕭己巳走到柯和貴身旁，揚起刀。

萬人睜目，想看清那痛快的一刀，看清那臺上噴湧出的血。

可是，蕭己巳沒砍下去，而是揚手把大刀換了個位置，手捏大刀的那頭，刀把向上，舉著，向前跨一步，放過柯和貴，向柯和丁肩膀上打下去。柯和丁「哎呀」一聲，矮下身子。蕭己巳又打了一刀把，回到原處，照樣站著，面向大眾傻笑。

萬眾失望，同時鬆了一口氣，嘰嘰喳喳地議論起來。

瞿思危見狀，氣得眼冒金星，心裡在罵：「那瘋子是傻子，聽不懂老子說的話。」他又走到蕭己巳身旁，小聲把話說明，命令道：「去打柯和貴！」

蕭己巳聽了，臉色變了天，烏了；鬍子動了動，豎了；提起關公刀，朝台板上猛一戳，「砰隆」一聲，怒目環視瞿思危，喊道：「你叫老子打柯和貴，老子就是不打柯和貴！柯和貴每次給老子錢用，給老子煙抽。你給老子什嗎？我們獨山村人說，柯和貴是好人，是好漢，老子就是不打好人，不打柯和貴！」

瞿思危吃了一驚，向後退了兩步：「瘋子，滾下臺去！」

蕭己巳握起關公刀，刀尖反向瞿思危。

瞿思危又向後退了兩步，從腰間拔出手槍，指著蕭己巳吼道：「你敢砍老子，老子就槍斃你！」

會場又肅靜了，罩著恐怖氣氛，萬目投向蕭己巳和瞿思危兩人，希望看到殘忍的鬥殺。

「滾就滾！入你娘的十八代！老子再不上這台了！」蕭己巳收住架式，把關公刀向瞿思危面前一丟。「噹啷」一聲，大刀在台板上跳動幾下，躺平了。蕭己巳縱身跳下臺來，叫罵著衝出會場。台下騷動起來，有人趕著去看蕭己巳，去問蕭己巳，去罵蕭己巳，去誇蕭己巳。一動百動，一片騷亂。

陳繼烈看到蕭己巳下臺去了，走到擴音器前向台下喊：「安靜下來，安靜下來，民兵和幹部維護秩序，共產黨員，共青團要起模範作用，警惕階級敵人的破壞活動！把柯和貴的老婆逐出會場！」

柯和貴看到幾個民兵押著李秀雲和小孩子出會場，擔心孩子受到閃失，就向陳繼烈大叫：「不要株連我的妻子兒女，要殺要剮，我一人承擔。」

瞿思危指揮四條大漢把柯和貴打倒，按翻在臺上。

柯和貴想抗議，但喉嚨被一雙大手掐住。此時，柯和貴腦海裡浮現出一個鏡頭：譚嗣同、李大釗、方志敏、江竹筠、周文雍在臨刑前的激昂演說，英勇高呼。而他現在還沒犯死罪，卻不能置辯一詞。他心裡在喊：共產黨比慈禧、北洋軍閥、國民黨、蕭己巳還瘋狂，更慘無人道。

台下更亂了。人們在向前擠動，踮起腳看柯和貴挨打；又有人擠著去看柯和貴妻子兒女的情景，去看蕭己巳又跳又罵，……人浪此起彼伏，忽左忽右。

劉耀武走到台邊，左手叉腰，右手指指這邊，指指那邊，連連發喊：「那裡有反革命，給我抓起來！」

今天的劉耀武喊破嗓子也沒用，會場亂得一發不可收勢：有人向會場外衝，民兵用槍桿阻攔，巡警鳴槍示威，一些民兵也趁機向天放槍玩子。萬人驚慌了，害怕發生武鬥，拼命奪路向會場外跑。

陳繼烈一看這不可收拾的局勢，心焦如焚。他靈機一動，對著擴音器大喊：「今天對敵鬥爭的大會開得很好，是個勝利的大會！游鬥開始，把罪犯押下去！散會！」

罪犯被押下臺去了，臺上的縣區兩級領導講話機會沒了，也紛紛下臺去。

陳繼烈留下了區運動領導小組和材料人員，還有尹苦海、柯天任。他作了下一步工作指示，強調提前辦完「揭批『四人幫』鬥爭泥塑展覽館」，指示趙光明重寫柯和貴綜合報告，把基調定在柯和貴是現行反革命份子上，不要定在應逮捕的罪犯上，好讓李成才批准。

陳繼烈指示完，讓眾人散去，留下尹苦海和柯天任。陳繼烈看中了柯天任這根革命的好苗子，看中了柯天任是插在柯和貴心窩裡的一把刀子。陳繼烈用十分關切的口吻詢問了柯天任的年齡和政治表現。陳繼烈表揚柯天任說：「你今天向階級敵人柯和貴炸開了重型炮彈，還要繼續搜查柯和貴的反動材料。你立場堅定，鬥爭性強，大義滅親，為黨為人民立了大功。十五歲了，要爭取入黨，劉胡蘭也是十五歲入黨的嘛。」

柯天任聽著，不停地「嗯，嗯」。他想著尹代表的教導：「忠於上級領導」，就對陳書記說：「我忠於陳書記，牢記陳書記的教導。」

陳繼烈又和尹苦海交換了如何培養柯天任的意見，就走了。

卻說柯和貴四人被押下臺，走到公路旁停著的兩輛解放牌卡車邊。車上站有持槍的民兵和員警，每輛車車廂尾站有兩個大漢。

「柯和貴，上這輛車。」第二輛車上有個大漢喊。

柯和貴腰腿都受了傷，人又矮小，從車尾上不上去，就伸出雙手向那兩個大漢救助說：「請拉我一把。」那兩個大漢一齊上前，一人拉住柯和貴的一隻手，像拖一隻死狗一樣向車上猛一提一拖，又向車廂前一推，柯和貴就跌倒在車廂上。兩個大漢又提起柯和貴，拖到車的前面攔板，兩隻大手抓住柯和貴的頭髮，使柯和貴的頭抬起亮相；兩隻手緊攀柯和貴兩肩頭，兩隻膝蓋頂住柯和貴屁股，使柯和貴僵直在前欄。

柯和貴經過這一提，胸腹的皮肉被車尾鐵坎擦破；被這一拖，腳背皮肉翻開；被這一推，跌倒，手銬切破手腕而出血。柯和貴被挾得硬綁綁地直立著，渾身疼痛難忍。他斜視了一眼那兩個大漢，素不相識，卻對他極端仇恨。他再一次感受到：被毛澤東思想武裝起來的革命者，對人類充滿仇恨，全部獸性化了。

兩輛卡車載著四名罪犯游鬥。第一輛載著柯和丁、柯慶如，第二輛載著柯和貴、張愛清。遊鬥到傍晚，卡車向縣城開去。來到監獄的大門前，柯和丁、柯慶如被押下車。柯和貴也準備下車，被左邊的大漢按住，喝道：「想坐牢，還沒到時候。」柯和貴站住了，望著柯和丁、柯慶如進了監獄大門的背影，心中一陣劇痛和內疚：「是我害了你倆，我應該替你倆坐牢。」卡車轉回了，張愛清被押回了家，柯和貴被押到湖汊生產隊勞改。

對於蕭己巳和陳繼烈、瞿思危誰最瘋狂，柯平斌有一首順口溜：

說瘋狂

人說蕭己巳是瘋子，我說蕭己巳是呆癡。蕭己巳生理不健康，又遭到李得紅的迫害和唆使，有過一些瘋狂舉動，但是良心未逝。

人說陳繼烈是英雄，瞿思危是豪傑。我說陳繼烈和瞿思危，受到功名利祿誘惑。陳繼烈陰險毒辣無惻隱，瞿思危兇惡殘酷心地黑。陳繼烈是盜鼠，瞿思危是烏賊。

僭主是最大的瘋子，在瘋狂地竊國。陳繼烈瞿思危是小瘋子，是害民的瘋狂蟊賊。

蕭己巳才不是瘋子，善惡是非自明白。

注：僭主，蘇格拉底說：「僭主都是瘋子。」僭主，是君主，是皇帝，是獨裁者。

欲知柯和貴命運如何，且聽下文分解。

第五十回　趙光明動了惻隱心　李成才守著法度關

卻說柯和貴又被押回湖汊生產隊，隊裡的幹部群眾都來看望，有的給推拿，有的給敷草藥，有的老大娘給餵熱湯，有的大嫂給洗熱水……柯和貴的疼痛很快被解除了，體力很快得以恢復。

柯和貴到湖汊生產隊快兩個月了，區「運動」派了兩個青年轉業軍人監管柯和貴。柯和貴靠他善良的本性和高尚的人格很快感動和吸引了隊裡的幹部和群眾，軟化了兩個監管人員，人們對於柯和貴表示同情、惋惜。柯和貴實際上沒有受到監管，願勞動就勞動，願看書就看書，還與監管人員下棋，說笑。有一次，監管人員小邱從南柯開會回來，風趣地對柯和貴說：「文痞子，這下子你可出名了，你的鬼相被塑成幾十尊泥菩薩，全區、全縣人都在輪流參觀你，南柯祖宗堂可熱鬧了。」柯和貴也很詼諧地說：「這是托毛主席的陰福，得力我的同學陳繼烈和同鄉瞿思危的抬舉，才使我有這大名聲，才使我成了一個活菩薩，受萬人禮拜。」

一天早飯後，柯和貴在給監管人員講唐詩，趙光明來了，說要提審柯和貴，叫兩個監管員迴避一下。

趙光明小聲對柯和貴說：「柯老師，陳繼烈、瞿思危本是要你坐牢的，公安局預審股股長李成才講法度，不批准。現在，要給你戴現行反革命的帽子，李成才說要親自提審你後才作決定。今天下午，李股長來審訊你，這是關鍵一次，你要作好思想準備。」

「感謝你，小趙。」柯和貴很客氣地說。

「我收到了你的兩封信。一封是省文藝雜誌《春潮》編輯部小說組的。信中說準備發表《新上任的黨委書記》，但要你作幾處重大修改，把題目改為《新複職的老書記》，把『辛名舉』改成『邱愛民』，對人物外貌、性格按老幹部形象重作刻畫。只可惜你身陷囹圄了。」趙光明表示惋惜、羨慕。

「小趙，我如果沒有身陷囹圄，也不會按編輯部的要求去作修改的。寫作是個人的事，按別人定的主題去寫，是寫奏摺小說，我不會那樣寫。」柯和貴在寫作上也是犟脾氣。

「還有一封信，是你在北崗師範時的同學樊福寫的，樊福在自己受到批判時，向組織揭發你，立功贖罪。他揭發你在北崗師範的造反罪行，還揭發你跟著汪仁船在蓮河一司造反，但沒說出具體事實。汪仁船和蓮河一司是省報登了的我省最大的反革命份子和最大的反革命集團，你若是與之有關，那可吃不消了。」趙光明說。

柯和貴立即機警起來。汪仁船和蓮河一司問題一直是他心中的一塊心病，一旦被查出來了，他真的吃不消。陳繼烈、瞿思危之所以沒查出柯和貴與汪仁船、蓮河一司的關係，是因為六六年五月永安縣劃歸到黃土市，與北崗市脫離了行政關係。柯和貴萬萬沒料到同班同學、造反派戰友樊福是軟骨頭、賣友求榮，這個時候寫信來揭發自己。柯和貴腦海裡一陣沸騰後，作了個「死不承認」的決定，任憑陳繼烈去查，聽天由命。同時，他對趙光明也警惕起來，說：「小趙，你別聽樊福胡說八道，沒有那回事。」

趙光明猜到柯和貴的謹慎，笑著說：「肯定有那回事。但是，你放心，我沒有把樊福的信交給陳繼烈他們。不然，他們派人去一查，你早就坐牢去了。現在，我把樊福的信給你，你自己毀掉。」

柯和貴接過樊福的信，看了一會，就劃根火柴燒了。他對趙光明的警惕消除了，激動地雙手握住趙光明，熱淚盈眶，心裡在說：「趙光明有一顆聖潔的心，是落到牛糞堆裡的一顆明珠。」他又問：「小趙，你是怎麼得到那封信的？」

「陳繼烈通過組織關係通知了鳳凰郵局，凡是你的信都要轉到紅石區郵局，紅石郵局轉到『運辦』，我是材料員，第一個收到郵局轉來的郵件。」趙光明說。他頓了一個，又說：「我要走了，等一下，由小邱兩人押你到區『運辦』，讓李股長提審。」

趙光明走了。柯和貴送到大門外，望著趙光明的背影消失。

卻說趙光明，在本性上和柯和貴是同一類型的人，只是性格有差異：趙光明沉靜穩重，優柔謹慎；

柯和貴剛烈衝動，果斷勇為。趙光明小柯和貴兩歲，上縣高中不到一年就文化大革命了，聽過柯和貴在縣高中成立紅旗公社時的演講，高中畢業後成了回鄉知青。趙光明岳母娘家是鳳凰區和平公社人，他愛人是柯和貴學生。趙光明到岳母家小學教民辦。在全區教師集會時，趙光明喜歡到鳳凰中學柯和貴處玩兒，砌磋文學。趙光明雖然年輕，卻一副老夫子相：戴近視眼鏡，髮長右順；大熱天長褂長褲，鈕子扣得整齊，滿頭大汗也不鬆開鈕子。別人諷刺他知識不多，卻裝個淵博的孔夫子樣子。他不激烈抗辯，只是微笑，和氣斯文。柯和貴卻從不向他說風涼話，還批評諷刺他的人說：「人各有志，人各有好。」趙光明對柯和貴一直很敬佩，敬佩柯和貴的學識，敬佩柯和貴的與人為善品質，敬佩柯和貴的大智大勇，敬佩柯和貴的堅強意志，敬佩柯和貴人格魅力。趙光明的父親在任南湖漁場場長時，與劉耀武拉關係，使趙光明上了縣師範讀書，畢業後到南湖中學教書。後由劉耀武推薦到區「揭批『四人幫』運動辦公室」搞材料。趙光明入了染缸，卻身出污泥而不染，仍保住了善良純潔的心。他在敬佩柯和貴的感情上，又增加了同情的成分，總想不露聲色地暗中保護和解救柯和貴。

趙光明到了區「運辦」後，李成才來了。趙光明作為李成才的陪審記錄員，張羅了一陣審訊室，與李成才並排坐著，等待柯和貴。

柯和貴被押進審訊室。趙光明向柯和貴介紹說：「這就是縣公安局預審股李股長。」

柯和貴在對面的高椅上坐下，看那李成才，伏在桌上寫字，一頂大蓋帽和一支手槍放在桌上，一身警服，五十多歲，長臉，黑膚，中等身材，髮茬花白。

李成才寫完了什麼，抬起頭，目光犀利，顯出普通公安人員的威嚴和煞氣。他按照一般程式審完柯和貴的姓名，性別，籍貫，出身，就審問實質問題。

問：你在北崗師範讀書造反時是頭頭嗎？

答：是。開始是宣傳委員，主編《長江評論》，後來造反派分裂，發生武鬥，就成了逍遙派。

問：你主編《長江評論》寫了哪些反動文章？

答：所寫的都是當時社會出現的思潮內容，不是我的獨創。

問：你參加幾次打砸搶活動？

答：我反對武鬥，辭去了總部負責人，沒有參加任何打砸搶活動。

問：你與省革委副主任朱邦國、市革委副主任洪峰、縣革委副主任孔紅衛一起幹了哪些犯罪事實？

答：我不認識朱邦國，與洪峰是師範時的同學，洪峰當了頭頭後搞武鬥，我就與他沒聯繫了。與孔紅衛在大串連時認識，我發動他成立了永安縣高中紅旗公社，大串連後就失去聯繫了。

問：孔紅衛是你串連發動的，他幹的罪行與你沒份兒嗎？

答：如果一個共產黨犯罪，難道他的入黨介紹人也有罪嗎？子犯法，父無過。

問：你教育你的侄兒柯天任「不准虐待五類份子」，這是保護階級敵人，主張階級鬥爭熄滅論。

答：這與《三大紀律、八項注意》中的「不准虐待俘虜兵」的意思是一樣的，主張不能在肉體上摧殘敵人，要在思想上改造敵人。這不是階級鬥爭熄滅論，更不是保護敵人。對這一罪狀，你作何解釋？

問：你召開打倒革命老幹部柯鐵牛大會，這是犯罪事實嗎？

答：是事實，但不是犯罪。當時批鬥當權派是全國普遍現象。何況柯鐵牛根本不是什麼革命老幹部，而是為惡一方的地痞，黨的蛻化變質份子，南柯人個個想誅之。

問：你的《新上任的黨委書記》是歌頌柯和丁和「四人幫」爪牙嗎？

答：柯和丁和「四人幫」爪牙不值得我歌頌。我寫小說不是為某個人寫傳記，是想寫出一個農民所理想的好官。

問：你在小說中借用反面人物之口惡毒攻擊黨和人民，這是犯罪事實吧？

答：不是事實。如果那樣理解小說，那麼《紅岩》、《李自成》中的反面人物說的話，就是革命作家借反面人物之口來攻擊黨和人民了的罪證。

問：你寫的望天湖缺堤事件是不是南湖缺堤事件？借此惡毒誹謗縣、區、公社三級黨委呢？

答：是，又不是。說是，我是以南湖缺堤的場景來寫的。說不是，那缺堤情景又揉進別的缺提和抗洪素材，其中的情節、人物都是虛構的。小說不是真人真事，不存在誹謗誰。如果有人硬去套小說中的人物和情節，要麼是他們不懂小說創作，要麼是他們被小說無意中打到了痛處，就像癩頭忌諱「光」、「亮」一樣。

李成才聽了這話，突然拿起手槍向桌上一拍，喝道：「你在跟我狡辯，不承認犯罪事實。你是鐵心走抗拒從嚴的道路了！」

趙光明吃了一驚，停住手中的筆。

柯和貴冷笑一聲，幽默地說：「上游的狼要吃下游的羊羔，就逼著羊羔承認弄髒了上游狼的溪水。我是下游的羊，任你們去拿什麼罪名來吃我吧！」

「你語詞鋒利，出口傷人，我看沒有什麼好下場！」李成才沒有被激怒，輕輕地說了一句，又去記錄。他寫了一會，抬起頭，說：「現在休息，下午再審。你看看這記錄，有不真實的提出來，如果真實，就簽名。」

柯和貴看了李成才的記錄，裡面沒有添加不實之詞，就簽了名，按了手印。他又在趙光明的記錄上簽了名，按了手印。

下午，李成才更加嚴厲，柯和貴更加激昂，兩人對駁了一個多小時，李成才讓柯和貴走了。

趙光明送柯和貴出門，小聲地埋怨說：「李股長是個有知識的真正的執法人員，你太激動了，惹怒了他，對你不利。」

柯和貴小聲地說：「李成才五十多歲了，只撈個股長，可見不是阿諛逢迎之輩。再說我決不會屈服於恫嚇和折磨。」柯和貴還有一句話沒對趙光明說：「李成才是我外婆家的同房表兄。」

趙光明看到陳繼烈、瞿思危來了，就高喊那兩個監管人員，把柯和貴押走。

在審訊室裡，陳繼烈、瞿思危呈上《報告》，請李成才批准將柯和貴定性為現行反革命份子。

李成才嚴肅地批評瞿思危說：「小瞿，你是老公安了，人家沒有反革命罪證，怎能憑個人的怨恨就去定性為現行反革命份子呢？」

「李股長，柯和貴幹了那麼多反黨反人民的罪行，還不是反革命份子嗎？」陳繼烈說。他知道瞿思危不敢與李成才爭辯。

「你把柯和貴的罪證拿出來，我們來討論討論。」李成才冷冷地說。

陳繼烈把柯和貴的材料敘述了一遍，還是那幾個材料。

「你們掌握的那些材料，構不成犯罪，是思想問題。陳書記，你也是個知識份子，怎麼連敵我矛盾和人民內部矛盾也劃分不開呢？」李成才毫不客氣地反駁陳繼烈。

陳繼烈不服，說了一通革命大道理。

李成才不願聽，連忙收拾東西，站起身，激憤地說：「你們是糊塗官打糊塗老百姓，我不能像你們那樣，我要執法辦案。」

李成才說著，也不向誰打招呼，出門去了。瞿思危趕上去請李成才吃飯。李成才不答理瞿思危，揚長而去。

在辦公室，陳繼烈僵坐在椅子上。

劉耀武惱火地說：「我早就說過，李成才同柯和貴都是臭老九，你們不信，現在信了吧？」

「我們花了那麼多的人力物力，造成了那麼大的聲勢，結果只抓出一個強姦犯和一個歷史反革命份子，那算什麼『揭批「四人幫」運動』呢？算什麼全縣運動樣板呢？」瞿思危憂心忡忡地說。

「大家想想，把柯和貴打成現行反革命份子還有沒有補救辦法？」劉耀武說。

「市法院院長黃武的父親和我祖父一起在湘鄂贛搞過革命，前幾年，黃院長還來看望我父母。我們帶著柯和貴材料去找黃院長批復，估計能成功。」陳繼烈說。

「這辦法好，繞過李成才這一關。黃院長批復了，李成才還不像只乖狗一樣服了嗎？」劉耀武說。

「小趙，你把柯和貴的材料重新整理一番，《綜合材料報告》也重寫，要抓住要害，寫得簡潔些，太長太繁了，黃院長沒時間看的。」陳繼烈指示趙光明說。

趙光明點了點頭，心裡在罵：「一群陰毒的惡棍，如此處心積慮地害人，真是少有！」

第二天，趙光明請假回家，跑去找柯和貴，說了李成才的意見和陳繼烈要去市法院找黃武院長批復。

柯和貴聽了，沉吟了一下，說：「小趙，如果《綜合報告》能拖到元旦寫完，我就有救了。因為元旦社論一出來，運動就轉向了，這是二十多年來政治運動的一個特點。」

「離元旦還有十八天，」趙光明說，「那我就裝病住院，邊治病邊寫。」

「小趙，這只是我的願望。你要把握分寸，不能讓我連累了你。我相信，黃武院長也不會輕易批復的。即使批復了，我相信不出三年，我會把案子翻過來。」柯和貴說。

「做三年反革命份子，要吃多大的苦頭呀。只要有一線希望，我要努力救你。」

「如果連累到你，我寧可被定為反革命份子。」柯和貴再次叮囑，「你千萬小心！」

趙光明回到區「運辦」，重新整理柯和貴材料。到了第三天中午，趙光明拿著區衛生院證明找陳繼烈請假，說：「我雖然住院了，但我知道我的工作的重要性和保密性，我決定帶病完成黨組織交給的光榮任務。」

「小趙，你這種帶病工作的精神可佳。如果讓別人來寫，要重新熟悉材料，也寫不好，更重要的是還會洩密。那就辛苦你了。」陳繼烈表揚了趙光明。

趙光明住在醫院，寫寫停停。陳繼烈、瞿思危的運動熱情也冷了好些，不去逼趙光明。

一晃就到了元旦。在元月五號，陳繼烈、瞿思危、趙光明三人上市法院找黃武院長。

黃武院長就是前二十九回所寫的北崗師範文化大革命工作組的那個黃武。黃武在七一年複職北山崗市文化部部長，後調到黃土市法院任院長。沒想到柯和貴政治生命再次落到了黃武手裡，這真是：冤家路窄，凶多吉少。

黃武院長在辦公室接見了陳繼烈三人，問候了陳繼烈的父母，關切地問了陳繼烈的工作情況。陳繼烈順勢談了紅石區揭批「四人幫」運動，重點談了抓出「四人幫」爪牙柯和貴的材料，請求黃院長批示。黃武聽到柯和貴這個名字很耳熟，就答應看材料，讓陳繼烈三人到法院接待室等候結論。

黃武翻開材料看，果然是十年前在北崗師範讀書的那個柯和貴。黃武回憶起來。那柯和貴人小膽大，第一個寫工作組的大字報，題目是《黃武在運動中扮演什麼角色》，文筆犀利，情緒激昂；第一個吵著要他批准去北京串連，第一個批鬥他，驅趕工作組。後來，又是柯和貴膽大包天，不怕背包庇「走資派」的罪名，把他從累得疲憊不堪的繁重勞動中解脫出來，讓他坐在房裡看書寫反省。前年，黃武作為市農村工作隊的一名領導人去永安縣水利工地，看到柯和貴帶領民工造周雷霆的反。今日，紅石區報來材料，如果黃武有怨氣，一揮筆，柯和貴就成了現行反革命份子；如果黃武有好感，一揮筆，柯和貴就漏網了。黃武心裡在說：「這關係到一個人的政治生命，不能憑感情辦事。我必須慎重。」黃武先看《綜合材料報告》，再查找證據，在自己的工作筆記本上記下柯和貴的主要罪證要點。黃武對照現有的政策法令，認為柯和貴不屬於敵我矛盾，而屬於人民內部矛盾，是知識份子的小資產階級思想改造問題。「為什麼紅石區不找永安縣公安局預審股而來找我批復呢？這不合法律程式呀。」黃武這樣一想，感到其中有蹊蹺，就順手給永安縣公安局預審股股長打電話，叫李成才股長到市法院來。

不到一個小時，李成才乘警車到了市法院黃武辦公室。黃武又叫陳繼烈三人同來。瞿思危一看到李成才，就溜了。

「紅石區『運辦』把柯和貴材料送到我這裡來，我剛才看過。按司法程式應先由李股長審批。所以我把李股長請來。現在先讓李股長看看材料，我們再來討論解決。」黃武說。

「紅石區『運辦』把柯和貴材料兩次遞送到我那裡，我又下去親自提審過柯和貴，對材料我不需看了，爛熟於心。今日到了黃院長這裡，就讓黃院長定奪吧。」李成才說。

「在討論之前，我先說明一點。辦案人員是不能像普通群眾組織那樣隨便，要把握政策法令尺度，不能夾雜個人的感情。既然李股長熟悉柯和貴材料，先讓李股長談談看法。」黃武聽了李成才的話，更感到其中有鬼，十分嚴肅地說。

李成才就講起來了：「材料中列舉柯和貴有六條罪狀，我看一條也不能成立。第一條，文化大革命中的『三種人』。柯和貴在發生武鬥前，是學生造反派的頭目之一，在武鬥之後就主動辭職，做了逍遙派。柯和貴沒有入革委會，也沒有參加打砸搶。他不是『三種人』中的任何一種。第二條，柯和貴是『南柯四人幫反革命集團』中的主犯。所謂『南柯四人幫反革命集團』是子虛烏有的，四人之間只有宗族關係，沒有政治關係。柯和丁是強姦犯，柯慶如是歷史反革命份子，張愛清是反動家屬，柯和貴是鳳凰高中教師，各自的問題互不關聯，更沒有什麼反動政治綱領和反革命組織活動，怎麼能硬拼湊出一個『四人幫』呢？第三，柯和貴利用小說反黨，借用小說在反面人物之口攻擊黨和人民。柯和貴所寫的三本小說，就整體來看，思想內容有問題，但不反動。小說中有反面人物，反面人物是作者貶斥的人物，怎能說是作者自己的思想表現呢？第四，柯和貴煽動製造水利工地反革命暴亂，打擊老將軍周雷霆同志。這個事件大家都清楚，是解放書記親自處理的，柯和貴當時配合處理的態度很好。如果說那個事件是反革命暴亂，就牽進去一大批幹部和群眾。第五，柯和貴向後代灌輸反革命思想，為資產階級培養接班人。證據就是柯和貴教育侄兒柯天任的那『五點』要求。我看那『五點』要求，是一個家長對兒女的正當的道德要求，沒什麼反動革命思想。第六，柯和貴為鳳凰區紫金山大隊反革命份子翻案。在『一打三反』運動中，紫金山大隊有個革命老媽媽趙來鳳隨便殺人、戳屍。柯和貴將這件事上告到當時的省、市、縣革委會，當時的上級領導發了文件，制止了這種惡性事件，我那裡還有這個案件的檔案。如果要把這個案件翻出來重新審查，柯和貴是反對『打砸搶』的，要受懲罰的卻是另有惡人了。我多次告訴紅石區『運辦』領導同志，柯和貴的問題屬人民內部矛盾，是思想問題，不是反革命問題。紅石區『運辦』領導同志糾纏不放，今日又鬧到市法院來，總要有個明確結論了吧。」

陳繼烈聽了李成才的發言，很惱火，就針鋒相對地逐條陳述柯和貴罪狀，反駁李成才，論證柯和貴是貨真價實的現行反革命份子。

黃武聽了兩方面不同意見，伏在桌上寫了兩張便箋。他放下筆，兩肘支在桌上，兩手相互握著，平靜地對陳繼烈說：「陳書記，你看過元旦社論嗎？中央政策在轉變，文化大革命結束了，揭批『四人幫』運動也結束了，全黨工作重點轉移到經濟建設上來，政治工作的重點是糾正冤假錯案。對於柯和貴問題，我贊同李股長的看法。我寫了內容一樣的兩張字條，一張給你們區『運辦』，一張給縣公安局預審股，就算是我的批復吧。你們再不要向上報了，柯和貴問題就這樣了結。」

陳繼烈接過便箋一看：

永安縣，紅石區「運辦」領導同志：

柯和貴材料已審閱，批復如下：柯和貴同志問題屬人民內部矛盾，是知識份子思想問題。迅速讓柯和貴同志返校工作，在工作中改造思想。所整理的柯和貴所有材料退還給柯和貴同志，由其本人處理。

黃土市中級人民法院院長黃武

一九七八年元月五日

黃武把另一張便箋給李成才時說：「李股長，所帶來的柯和貴材料你拿去當面交給柯和貴同志，鼓勵他不要有思想包袱，要好好工作。柯和貴是個人才。」

「黃院長，材料是區『運辦』專案組搞的，就讓專案組的趙光明同志退給柯和貴同志吧。這樣，對專案組和柯和貴同志雙方都好。」陳繼烈請求著，說。

「這很好，有錯就糾。我是顧及你們的面子，才叫李股長去處理。我明白告訴你們，柯和貴案件是個冤假錯案，迅速糾正。你們再搞下去，是要追究責任的。」黃武嚴肅地說，「好吧，散會。」

陳繼烈、趙光明回到區裡，瞿思危已回到區裡了。陳繼烈向劉耀武作了彙報。

「這不行，材料不能退，柯和貴不能立即去教書。我看把柯和貴送到紅石高中耐火磚廠去勞改。高中校長邱遠乾同志是兩個覺悟都很高的老同志，讓他監管柯和貴，再看一看形勢作處理。」劉耀武說。

「我同意劉書記的看法。小趙，把柯和貴材料給瞿特派保存，你去押柯和貴到紅石高中耐火磚廠去。黃院長的批復是絕密文件，不准向外洩露。」陳繼烈說。

「陳書記，我是公安人員，要講法度。我不能保存柯和貴材料，你自己保存吧。」瞿思危立即聲明。他不願為柯和貴問題連累自己了。

「好，我來保存。我相信以後會用得上。」陳繼烈說。他又說：「春節前把工作隊撤回，說是放春節假，順勢收場。」

「只好這樣了。」劉耀武說。

趙光明到湖汊生產隊去押柯和貴到紅石高中耐火磚廠，對柯和貴說了黃武批示是人民內部矛盾，在工作中改造思想，隱去了退材料和迅速返校的內容，因為他擔心柯和貴去向陳繼烈要材料，鬧出事來。

柯和貴心中一顆石頭落地了。他了解到黃武院長就是北崗師範工作組組長黃武，心想：「沒想到黃武不記舊仇，有度量，牛糞堆裡又有一顆珍珠了。」同時，柯和貴更堅定了一種信念：「我母親一生行善，感動了李成才，我善待趙光明，我把黃武從勞改中解脫出來，這些都是善舉。善有善報，惡有惡報，不是不報，時候未到。」

柯和貴一到紅石高中耐火磚廠，就向廠長沈光請假回家探望家人。沈光是普通教師，不敢作主，帶著柯和貴去找校長邱遠乾。

邱遠乾在牛湖區當區委副書記主管招生工作，又犯了強姦女知青錯誤，降職調回到紅石高中當校長，以度晚年。他看了趙光明交來的陳書記要他嚴管柯和貴的信，正伏在桌上向沈光寫嚴管柯和貴的指示，沈光卻帶柯和貴來了。他聽到沈光說柯和貴要請假回家，頭也不抬，威嚴地教訓柯和貴說：「柯和貴，你不要忘記了自己在勞動改造。你給我放老實一點，服從沈廠長管制，每月向我作一次思想反省彙報，每月回家一天。聽清楚沒有？」

「邱校長，你官大官小還是那個老樣子呀。」柯和貴揶揄著說，「二十年來，你養成了鬥人害人的毒癮了，大概歇了兩三年，毒癮又發作了，想在我身上過毒癮，是嗎？」

「你給老子住口！」邱遠乾一聽，暴跳如雷，猛拍桌子，失去了威嚴，吼起來。

「喲，蠻好玩的！我剛才與獅子、老虎打架回來，又碰著了一隻老瘋狗，真倒楣！」柯和貴不發怒，冷嘲熱諷，狠敲邱遠乾的天靈蓋，「邱遠乾老傢夥，你老了，不行了，爪子不尖了，門牙不利了，經不停住我反擊。我告訴你，我到你這裡來，是為沈光老師解脫責任。現在沈光老師沒責任了，我當著你面回家去。你白受氣，白挨我的棍子。你現在只能去向你的新主人哭訴我的罪行。」柯和貴認為對邱遠乾這種狗一樣的人，是無法談論人格尊嚴的，只能搏鬥，打其天靈蓋，擊其七寸。

柯和貴說完，猛地轉身，揚長而去。

「沈光，抓住那傢夥！」邱遠乾狂叫起來。

沈光沒有動，平和地對邱遠乾說：「邱校長，不要氣傷了身子，你聽我說。柯和貴是不吃硬的，區委那樣死整他，沒整軟他。現在，區委奈何人不得，交給我們來啃這塊硬骨頭，我們能啃動嗎？我看區委放他回校，柯和貴又那麼強硬，說明柯和貴沒有什麼大問題，我們又何必去得罪他呢？不如做個順水人情，把柯和貴當作普通教師對待。」

「柯和貴有沒有大問題，我不管，我只能按上級指示辦事，管制他。他不服管制，我就向上級彙報。沈光，我們一起去區委彙報吧。」邱遠乾果然黨性很強。

「今天高爐要大出磚，我離不開，你去彙報吧。」沈光說完，就走了。

邱遠乾一個人去找陳繼烈彙報了情況。

陳繼烈聽了，擺出很大度的模樣，息事寧人地說：「我們共產黨員是講革命人道主義的，柯和貴雖然是個罪犯，但十個月沒回家了，就讓他回去一趟吧。」

邱遠乾討了個沒趣，但實在想不通：「今天這些年輕革命幹部的階級立場和鬥爭精神抵不上自己年青時的十分之一。要不是自己老了，沒權了，我早就把柯和貴那小子送進牢裡了。」邱遠乾回憶起自己整柯丹青和王熾興時的光榮鬥爭史和勇氣，心中湧起一種青春的鬥志，手心癢癢的，渾身一陣痙攣，真像發了毒癮一樣。他激動了好一會兒，才平靜下來，嘆息一聲：「唉，歲月不饒人，老了。」他走了一里多路，又嘆了一口氣：「唉，我那雞巴不爭氣，老是衝動，使我節節下降，失去了權力，落到受柯和貴那小子的氣的地步。」

邱遠乾回校了，烏著臉，對沈光說：「以後按廠裡普通工人管理柯和貴。」

沈光一聽，心裡清楚柯和貴沒大問題，邱遠乾白受氣。

卻說陳繼烈為什麼要邱遠乾對柯和貴實行革命的人道主義呢？因為陳繼烈擔心邱遠乾那只老狗再去咬柯和貴，咬急了，柯和貴背冤單上告，李成才那傢夥來給柯和貴開會退材料，他欺上瞞下的陰謀就破產了，那後果不堪設想。他就給邱遠乾一個信號，不要嚴管柯和貴，順其自然，熬到過春節，他就好收場了。

陳繼烈一邊穩住柯和貴，一邊指揮工作隊撤退。紅石區「揭批『四人幫』運動」就這樣收場了。雖然紅石區「揭批『四人幫』運動」沒抓出什麼「四人幫」爪牙和現行反革命份子，但是，影響很大，縣、市廣播電臺和報紙都作了大幅報導，縣「運辦」、縣革委都下了參觀泥塑展覽館的紅頭文件，陳繼烈、劉耀武、瞿思危的名聲很大。三年後，劉耀武升為縣委副書記、書記。陳繼烈升為區委書記、縣長。瞿思危升為縣公安局刑偵大隊隊長、縣公安局局長。胡華調到南湖中學當了教導主任，入了黨，在抓教學質量時又回到小學當校長。鄧河流升為鳳凰區教育組組長，後來當到縣長。

卻說柯和貴氣了邱遠乾後，像一匹脫了轠的野馬，直奔陳嶽山學校。

欲知後事如何，且聽下文分解。

第五十一回　柯和貴情感受創傷　小良敏身心遭摧殘

卻說柯和貴回家心切，專揀捷近的小路走，一口氣走了四十多里。他走著，看到鳳凰山頂了，看到鳳凰山腰了，看到鳳凰山腳壟畈了。他翻過一個小山坡，拐過一個小山彎，看到那條狹長的陳嶽山壟畈了，看到陳嶽山的下門、中門、上門了，看到陳嶽山學校了。柯和貴不願意走村莊經過，不願意碰上熟人。他彎了一段小路，走進陳嶽山學校對面山坡的松樹林裡。柯和貴背靠一棵大松樹站住，喘息著，望著那陳嶽山學校孤獨的青磚瓦房。

學校放學了，校舍背後那片高大的樹林遮住了西沉的太陽的餘輝，一片弧形陰影罩住了校舍，使那孤獨的房子顯得冷清，孤單，寂寞，陰森。

柯和貴死盯著那獨屋的場地，大門，側門，窗戶，目光在搜巡那熟悉的身影。他看到妻子端了一個澡盆到場地外土坎上倒水，看到了大女兒和兒子出門，跑到北側菜園地，兒子蹲下在拉屎，女兒驚恐地向陰暗的樹林張望。過了好一會兒，女兒和兒子才進屋去，關了門。柯和貴離開那熟悉的獨屋和妻子兒女二百八十六天，卻像離開了二百八十六年。他像死裡逃生那樣百倍思念妻子兒女，他像生死離別那樣百倍戀愛妻子兒女。「妻子兒女呀，我株連了你們，害了你們！」柯和貴痛苦地低聲喊叫。他像小孩子一樣哭了，抹了一把鼻涕，又抹了一把眼淚。

柯和貴，這個在強權惡勢力面前響噹噹、硬棒棒的漢子，酷刑毒打下也死不低頭，堅硬如鐵。現在，他面對著妻子兒女，卻怯弱鬆軟下來，心腸寸寸斷裂，產生一股強大的負罪感。他懺悔起來：「我再也不去管政治上的事了，再也不能讓妻子兒女、母親哥嫂受人欺負、忍受痛苦了。」

柯和貴站了約半個小時，看到那樹林的陰影蓋了屋場，伸向田畈，向他的腳下爬上來。他拖著千斤重的腳步，走出樹林，下了山坡，走過田塍，上土坎，過場地，來到大門洞。

「誰呀？」屋裡傳出了李秀雲的聲音。那聲音很大，有驚恐的顫聲。每到傍晚放學後，這獨屋就沒人敢來了。李秀雲就在放學時吃晚飯，洗完了就關門，不敢出屋了。她一聽到大門洞有腳步聲，就大聲地問。那不是在問來人，是在壯膽，呼救。

「我呀。」柯和貴應著。

「媽媽，是爸爸。」這是良文的聲音。

「良文，你從門縫向外望望。」這是李秀雲的聲音。

柯和貴看到門縫的下部分被一個身體堵住，一隻小孩的眼睛向外張望。柯和貴知道妻子兒女們成了驚弓之鳥，不覺一陣心酸，眼淚出來了，咽著嗓子說：「良文，爸爸回來了。」

門開了，良文沒撲上來，卻向後退，注視著柯和貴，像是在看一個陌生人那樣的吃驚。李秀雲在給剛洗過頭的良敏梳頭，沒抬眼，可是眼中淚珠雨點般落到良敏頭髮上。良敏瞪著兩隻大眼睛斜看著柯和貴，好像不認識似的。

「你終於回來了！你終於回來了！」李秀雲開口了，重複著同一句話，一樣的語氣，一樣的節拍。

柯和貴注視著李秀雲：剛洗過頭，半濕半乾的頭髮蓬鬆在肩背上；原來微胖的臉腮癟下去了，佈滿雀斑；袖管顯得大了好些，手臂顯得長了好些，手背皺深乾枯。

「辛苦你了！」柯和貴深情地說。

「妹妹，爸爸回來了。」良文快活地跟良慧說話。

柯和貴這才發現在靠房門牆邊的小椅上坐著一歲多的小女兒良慧。良慧很瘦，眼窩深，額頭前聳，面皮鬆弛打皺，頭大頸細，一隻手指放進口裡吮吸著，睜著大眼，默默地看著柯和貴。

「良慧，我的女兒，讓我抱抱。」柯和貴抱起良慧，坐在小椅上，親吻著，心如刀割。他知道這孩子營養不良，有疳積病。

「爸爸，二喜一掌把我打在地上，還罵你是『四人幫』。」良文撅著嘴訴苦。

「你走後，伍組長來過兩次，說你沒事，還交待胡華老師把你的工資和我的民師補貼每月送來。」李秀雲哭著說。

「二喜還叫人鬥爭我姐姐，我姐姐哭了。」良文搶著說。

「每逢太陽下山，這屋子就陰暗了，我趕快給孩子們吃飯、洗沐，不敢亮燈，關門睡覺。這獨屋多嚇人呀！只有聽到上下門有人叫喊，聽到馬路上汽車響聲，我才心裡好受些。」

「那天鬥爭你，我上臺去了，像個討米囝，低著頭，站在你身後，把瓜子塞給你褲袋。你不理我。」

「我叫弟弟不要去的，他偷偷地跑上去了。」良敏說。

「子龍哥打你，我長大了也要打他。」良文氣憤地說。

柯和貴被勾起了對那殘酷鬥爭情景的回憶，想到良文當時多麼危險啊。他流著淚，吻著良文的額頭，說：「一切都過去了，你好好讀書，不要去報仇打人。」

「胡華講義氣，經常來看望我和小孩。」李秀雲說。

「每次打雷下雨，奶奶就跑來了。奶奶好大膽呀，不怕打雷，不怕鬼。」良敏說。

「奶奶是個行善的人，什麼都不怕，雷公鬼神都保護她。」柯和貴笑著說。可心裡一陣痛楚，七十多歲的老母親還要來回跑百里遠看護媳婦孫輩們。柯和貴暗中叫苦：「老娘呀，我不孝呀！」

「爸爸，你還去挨鬥爭嗎？」良文問。

「爸爸再不會挨鬥爭了。」柯和貴苦笑著說。

「爸爸，你是『四人幫』嗎？」良敏問。

「爸爸不是『四人幫』，爸爸是老師。」柯和貴說。

「媽媽，爸爸不是『四人幫』，是老師。」良文高興地跑過去扯著母親的衣擺說。

「好，好。」李秀雲破涕為笑，連連答應。她給良敏梳完了頭，說：「良敏，到廚房裡去生火，煮麵條給你爸爸吃。」

良敏走到房門檻，站住了，眼睛望著屋外的昏暗，充滿恐懼。

「站著幹什嗎？快去呀。」李秀雲吆喝良敏。

柯和貴意識到了良敏受的驚嚇太多太重，就抱著良慧站起來，走出房門，對良敏說：「不用怕，學著爸爸，天不怕，地不怕。」

柯和貴走進廚房，扯亮了電燈，向耳鍋打了水，坐在灶前，生起火來。

柯和貴摸著良敏的頭，疼愛地問：「二喜怎樣鬥爭你？」

良敏哇哇地哭起來，泣不成聲。良文搶著東一句西一句地說。柯和貴從良文、良敏的零亂敘述中，腦海裡浮現了一幕良敏受孩子們鬥爭的慘景來——

在剝打第二季苧蔴的一個下午，夏末的夕陽金光燦燦。陳嶽山學校對面坡地上，成熟的苧蔴地一塊地連著一塊地，像青色氈篷一個包連著一個包。有塊冬瓜形的蔴地，攔中被撕開了一個口子，口子上面翻飛一團團灰白色的蔴葉，像蝴蝶在飛翔，那是剝蔴人甩出的蔴葉。下門生產隊的社員在那個口子裡剝蔴。

在下門田畈的小路上，一隊紅小兵在走著。紅小兵隊長二喜走在前頭，吹著「噓噓」的口哨聲。紅小兵們昂首挺胸，腳步按著哨聲，很整齊。他們還唱著《紅孩子》歌：「準備好了嗎？時刻準備著，我們都是毛主席紅小兵……」喊著口號：「打倒『四人幫』！打倒柯和貴！」他們穿著顏色不一的破舊褲衩，赤膊赤腳，皮膚曬得黑不溜秋的，像電影裡的一群小乞丐。他們來到那塊冬瓜形蔴地邊，站住。

「隊長，給我們佈置任務。」二喜向生產隊長請示。

隊長從蔴地裡走出來，手裡捏著一把長蔴皮，對紅小兵們說：「今天，你們把地裡的蔴鞭剝淨，自己打，自己曬，曬乾後交二喜過稱記賬，賣了錢，一半上交生產隊，一半歸你們買心愛的東西。」隊長又問孩子們想買些什麼。

孩子們踴躍發言：

「我買一條軍皮帶。」

「我買一本《長空比翼》。」

「我買一個本子。」

「我買一支鉛笑。」

……

「好，現在兩人一廂，開始勞動。」隊長說。

孩子們蹦蹦跳跳，自由組合，兩人一廂，從地頭起，剝起蔴鞭來。

這時，良敏、良文站在屋場上，看著對面的紅小兵唱歌，剝蔴，很好奇，很羡慕，就過壟到蔴地上。良文折蔴骨玩，良敏也學著剝蔴鞭。

突然，「噓——」的一聲，二喜吹起口哨，大聲喊：「紅小兵們，抓四人幫呀！」

良敏、良文一聽到「四人幫」三個字，嚇得轉身就跑，良敏的襪子後擺被掛在蔴骨上，跌倒在地上，小花鞋被甩出去了，兩隻腳丫翹起，辮子被穿在蔴骨上，頭髮散了，那脫開纏力的蔴骨振動起來。那纏辮子的紅布片掛在蔴骨上，像旗幟一樣在飄動。

二喜衝上來了，提起良敏，喝道：「站好！」

在良敏跌倒的地方，蔴骨被壓倒了一小塊，出現一個空氹。良敏站在空氹中，用目光去找弟弟，良文跑到壟畈上了。

「捆起來！」有幾個紅小兵叫喊。

二喜就把良敏的雙手反扣到背後，用蔴皮纏住。

良敏低著頭，蓬著頭髮，汗水把亂髮粘貼在額上，臉上。她圓圓的大眼睛湧出淚珠，一顆一顆，和汗水一起滴在腳丫上。她感到腳板踩在蔴骨上，很疼痛，但不敢移動。她斜眼看著紅小兵們，一個個威武雄壯，兇神惡煞，隨時都要撲上來打她，撕她，咬她，吞她。

「鬥爭四人幫大會開始！」二喜昂頭揚手，大聲宣佈。

良敏趁這個機會，極力保持上身穩定，輕輕地把腳板移動到柔軟的蔴葉上。她發現蔴骨茬上有殷紅的血，知道自己的腳板被刺破了。她不由得渾身哆嗦起來，忍不住嗚嗚地哭出來。

「你還哭？放老實一點！」一個紅小兵按了按良敏的頭，喝道。

良敏嚇得不敢哭出聲來。

「你是不是四人幫？」

「是。」

「你爸爸是不是大壞蛋？」

「不是。」良敏小聲地回答。

「大聲一點。」紅小兵們怒吼。

「二喜呀，你過來。」二喜的媽媽在喊，「柯老師對你那麼好，你怎能說他是壞蛋？」

「我們到山下小學本部開會，胡校長說全國都在打倒四人幫，打倒柯和貴，四人幫、柯和貴都是大壞蛋！胡校長還要我們揭發柯和貴的罪行。你不打倒四人幫柯和貴，你就是四人幫柯和貴的爪牙。」二喜用革命道理教育媽媽。

社員們都停下剝蔴了，看著孩子們鬥爭「四人幫」。他們憐愛良敏，但誰也不敢作聲，不敢制止這種鬥爭。因為雖然這事是孩子們在幹，但是有一種無形可以置人於死地的強大魔力在震懾著大人們。

在孩子們鬥爭得如火如荼的時候，李秀雲從地頭上衝過來，一把摟住良敏，解開了手上蔴片，抱起來，打了兩耳光，哭著罵：「你這小婊子，誰叫你到這裡來惹是非的，把老娘的心焦碎了！」

李秀雲抱著良敏走到地頭，向地上一摜，喝道：「快回去！」

良敏雙手支在地上，掙扎起來，嗚嗚地哭著，光著腳丫向家裡走去。

李秀雲跟在後面，用蔴骨一邊打著良敏的頭，一邊罵。

二喜看到這場鬥爭遊戲沒演完，氣得揚起拳頭，領著紅小兵們高唱：

「帝國主義者，地主和反動派，我們的精神使他們害怕！……」

這一幕情景，使柯和貴萬箭穿心，憂憤如焚。柯和貴在想：「陳繼烈、劉耀武、瞿思危、鄧河流鬥爭我，是有政治野心，是踩著別人的屍體去成就自己的政治業績，去升官發財。二喜他們鬥爭良敏是為了什麼目的呢？他們什麼目的也沒有。他們本是天真無邪的孩子，又受過我兩年的教育，在我離開半年後，就性惡起來，無緣無故地仇恨恩師，像虐待小動物一樣虐待可愛的良敏。這難道只是胡華一番話教育成這個樣子嗎？這難道僅僅是荀子所說的『人之初，性本惡』嗎？顯然，根本原因不是這些。根本原因是什麼呢？」柯和貴憂思起來。他感悟到了一些，心裡產生一個明確的道德宗旨：「救救孩子！用愛心，用善性教育孩子，極力抵消煽動仇恨、鼓勵鬥殺、蒙蔽天良、愚弄本性的強制性奴化教育的作用，極力抗拒來自暴政險惡勢力和來自社會黑惡勢力對孩子們的影響和引誘。」柯和貴想到這裡，又不禁感嘆起來：「哎，在那根深蒂固的帝王思想文化傳統包裹中，在那堅不可摧的獨裁制度統治下，教育也惡性化了，教師也奴化了，一個能獨立思考的正直善良的教師又能與之奈何呢？」

柯和貴痛苦地思索一陣子，把驚若寒蟬的良敏摟在懷裡，安慰著說：「良敏，不用怕了，爸爸回來了，爸爸會保護你的，再沒有人敢鬥爭你了。」

「你一走，二喜還不是要欺負良敏嗎？我對二喜好好說，二喜不聽。我又去找新國老師說，陳老師說他不敢制止紅小兵們鬥爭四人幫的事。有什麼辦法呢？」李秀雲說。

「我有辦法。」柯和貴說，「我不打不罵二喜，要二喜他們與良敏和好。」

麵條煮熟了。柯和貴去把陳新國鎖著的大門扭開，把堂屋和兩邊教室的電燈都扯亮，白色的燈光從門窗、瓦楞射向四周，獨屋一片輝煌。柯和貴又在堂屋生起一個火塘，屋裡暖和起來。這燈光，這火光，趕走了黑暗，驅散了鬼氣，驅消了孩子們心裡的陰影，消除了恐懼，帶來了光明，帶來了溫暖。一家人在堂屋裡有說有笑地吃起麵條。

吃了麵條，孩子們在烤火。柯和貴去洗了澡，獨自來到場地，唱起歌來。他先唱了楊慎的《臨江仙》「滾滾長江東逝水」，又唱起兒歌《金竹葉》。他飽含感情，歌聲嘹亮。歌聲回蕩高空，轟鳴山谷，使山林震顫，使鬼神驚駭，給人勇氣，給人歡樂。李秀雲敢大聲說話了，良敏、良文在場地上蹦跳，良慧咯咯地笑。下門、中門、上門的大人小孩走出了屋子，向獨屋眺望，側耳細聽。一會兒，王婆張嬸，大伯小叔，大嫂小妹，陳新國老師，二喜等學生，都向學校走來，獨屋裡坐滿了人。人們是用悲哀的聲調慰問柯和貴，接著被柯和貴的若無其事的說笑感染了，都說笑起來。獨屋裡熱鬧到下半夜。

第二天一早，柯和貴找陳新國談話，說自己要到鳳凰高中去教書，不會回到陳嶽山學校來取代他，叫他好好地做代課老師。柯和貴跟陳新國講教育經驗，講用愛心、用善性教育學生。上午，柯和貴代陳新國給全校學生上語文課，在黑板上寫了一首兒歌《金竹葉》：

金竹葉

金竹葉呀——，銀竹葉呀——，我唱兒歌說一說呀——
——。我愛你呀——，你憐他呀——，世上萬物是一家呀——
——。
可憐那烏龜水裡爬呀——，烏龜還有兩塊板呀——。可憐那螺絲
沒眼睛呀——，螺絲還有一個殼呀——。可憐那黃鱔沒有腳呀——
——，黃鱔還有一條腸呀——。可憐那燕子飛過梁呀——，燕子
還有八根須呀——。可憐那野雞翅難飛呀——，野雞還有一身毛呀
——。可憐那窮人吃不飽呀——，窮人還有五升麥呀——。
可憐那和尚拜菩薩呀——，和尚還有三爐香呀——。可憐那道士打
叮噹呀——，道士還有七道符呀——。可憐那泥匠把牆糊呀——
——，泥匠還在六方磚呀——。可憐那富人九歸算呀——富人還算
是財主呀——。可憐那書生十年苦呀——，書生還有一支筆呀——
——。
一支筆呀——，四篇文呀——，金榜題名喜煞人呀——
——。金竹葉呀——，銀竹葉呀——，做件蓑衣擋風雪呀——
——。

《金葉竹》是永安縣流行的一首兒歌，三十多歲的人都會唱，後來，只准唱《毛主席語錄》和革命歌曲，不敢教了。柯和貴懂音樂，把老人唱變了調的地方都改正過來了。柯和貴唱起來更好聽。他先

自己唱了一遍，引起了孩子們的興趣後，再教唱。柯和貴採用先統唱、再分組比賽唱的教學方法，在一節課的時間就教會了學生。學生們能唱了，柯和貴就教認字，使學生又能朗誦出來。他又逐字逐句地講，使學生懂得歌詞的意思。在講解時，柯和貴找出了一至十的數詞和量詞，講詞語知識。柯和貴講了水裡動物、兩棲動物、飛鳥等動物知識，又講了窮人、富人、和尚、道士、泥匠、書生等各種職業的人。最後，柯和貴抓住「可憐」一詞，講「可憐」就是同情、善心、友愛的意思，教育學生不能虐待動物，要愛護小動物，要尊重各種職業的人，要尊敬老師，友愛同學，愛護小同學，不能互相仇恨，不要參加鬥殺。柯和貴教育每個學生要用好自己手中的那支筆，好好讀書，上中學，上大學，做個有知識、有道德的人。

柯和貴在上完課後，說：「同學們，我今天在陳嶽山學校給你們上最後一節課，你們上中學了，我又給你們上課。我在鳳凰高中等著給你們上課。」

同學們一齊鼓掌，高喊：「柯老師好！柯老師好！」

柯和貴這堂課，收效很快，二喜等孩子向師娘道歉，帶良敏、良文一起玩。十年後，二喜他們成人了，仍然牢記這首兒歌，牢記柯老師的教導。二十年後還教自己的孩子唱這首兒歌，像柯老師那樣給孩子講兒歌。

對於柯和貴的妻子兒女遭受株連，柯平斌有打油詩一首：

誰說「最狠最毒婦人心」？婦人是奴家，
卑賤懦弱受人欺，又有何狠毒心？
我說「最狠最毒帝王心」，帝王是主公，
用功名思想製造惡風俗，還要誅滅九族。

柯和貴在家裡住了五天，給良慧治好了病，才回到紅石高中耐火磚廠。

欲知後事如何，且聽下文分解。

第五十二回　王局長仗義結公案　李孺人藉端生內亂

卻說柯和貴回到紅石高中耐火磚廠，邱遠乾沒過問他，沈光叫他隨便找一點活幹。

快放寒假了，縣文教局王明法副局長到紅石高中檢查校辦工廠。王局長看見柯和貴在做耐火磚，就問邱遠乾：「鳳凰高中的柯和貴怎麼到這裡來做耐火磚呢？」

邱遠乾就向王局長講柯和貴是「四人幫」份子，被紅石區「運辦」抓來批鬥，講柯和貴立場如何反動，態度如何頑固不化。

王局長沒聽完，就快步走到柯和貴面前，找柯和貴先談話。柯和貴把前前後後的經過說了一遍。王局長在兼任縣誌編寫組組長時認識了柯和貴，對柯和貴的學識和為人很了解。聽了柯和貴的敘述，王局長立即批評紅石教育組組長和邱遠乾說：「一個中學骨幹老師被整了近一年，並且是從鳳凰區拉到紅石區來批鬥，教育局被蒙在鼓裡。你們的黨性到哪裡去了？」

「這是紅石區黨委搞的，我們沒奈何呀！」教育組長說。

「你們對紅石區黨委無奈，為什麼不向文教局報告？文教局也有『揭批「四人幫」運動領導小組』呀，我就是組長，專管全縣文化教育界的運動。你們的眼裡沒有條條的上級，只有塊塊的上級。你們是教育局任命的呀。我看紅石區、鳳凰區的教育組長和高中校長都不稱職，這麼大的問題不向文教局通氣。」王局長越說越激動。他最後說：「我決定，柯和貴立即恢復工作，到鳳凰高中任教。我回局後，給鳳凰教育組掛個電話。」

「王局長，是不是等我們去請示一下紅石區黨委再作決定。」邱遠乾小聲說。

「整柯和貴時，你們請示過文教局嗎？你去請示你的上級，我的決定由柯和貴執行，與紅石區黨委無關。」王局長義憤填膺，說完，乘車走了。

這王明法是華中師範學院畢業的，一身正氣，水準高，個性強，看得准，決斷快，與柯和貴有某些共同之處。

王局長一走，教育組長怕惹禍上身，也走了。唯有邱遠乾心裡害怕交不了差，跑步去找劉耀武、陳繼烈彙報突發事件。

劉耀武一聽火了，吼道：「姓王的是個副局級，算個雞巴毛！不要聽他的，你要嚴管柯和貴。」

陳繼烈一聽，沉住氣了，不敢把事情鬧大，又想把柯和貴捏在手中，就學著毛澤東評價翦伯贊的口吻說：「柯和貴是塊臭豆腐，聞起來臭，吃起來還香嘛。他在高中教語文是個好手，就讓他在紅石高中任教，邊工作邊反省。你和教育組長一起去文教局說紅石高中缺語文教師，點名把柯和貴調到紅石高中來，王明法和柯和貴就鬧不成了。」

邱遠乾就去約教育組長，一起先去穩住柯和貴，再去辦調動手續。邱遠乾和教育組長趕到紅石高中耐火磚廠，卻不見柯和貴蹤影了。

原來，柯和貴聽了王局長的話後，立即作出決定：趕快離開這個狼虎之地。他連忙去收拾東西，把日用品卷在被裡，捆了被子，挾著，不聲不響地揀小路跑了。

柯和貴走出紅石區地界，就像破籠而出飛到天空的自由的小鳥，感到快樂。他回到陳嶽山學校，先回到自己窠窩的受驚小鳥那樣感到安全。他放下被卷，高興地對李秀雲說：「一切不幸都過去了，我自由了，明天就到伍光華老師那裡去報到，到鳳凰高中去上班。」

柯和貴還有許多高興的話要說，卻被李秀雲當頭一盆冷水潑來，啞了口。李秀雲一聽，並不高興，嘟囔著：「犯了法回來還那麼高興，那些不犯法的人還不成天高興嗎？害得我在這鬼窟窿擔驚受怕一年多。」

柯和貴把話頭咕咚咕咚咽進肚裡了。近一年來，他沒睡好，沒安靜過，承受不斷的外來打擊，忍受誹謗和羞辱。現在，外患過去了，劫難過去了，是值得慶幸和高興的。他聽人說過：外患能遏制內亂，使內部團結起來。他滿以為經過這次外患，能與李秀雲建立新的和睦的夫妻關係，形成和諧的家庭氣氛，夫妻有說有商量地生活下去。誰知李秀雲「本性難移」，又沒事找事，無端生非，造起內亂來。這倒被另一句俗話言中了：外患過去了，內亂即起。柯和貴實在再也承受不了內亂的精神壓力了，何況李秀雲所製造的內亂都是一些無聊的毫無價值的雞毛蒜皮的事。柯和貴要不計較，要迴避，只想好好睡一覺，安靜一下。柯和貴默默地去挑水。

李秀雲把柯和貴的被卷抱到堂屋打開，拆線。她一邊抽縫線，一邊嘮叨：「這好的被套，被你那腳爪戳破了。睡覺也像個不懂事的小孩，沒爺娘教導。」

柯和貴不理她，一心燒水，準備洗澡。

不理別人是可以的，不理老婆是不行的。柯和貴需要換乾淨衣服，不得不問李秀雲：「秀雲，我的換洗衣服在哪裡？」

「在住房裡。你自己去找。」李秀雲仍在拆被套，說。

柯和貴進了住房，在衣櫃床頭找遍了，就是找不著自己的乾淨衣服。柯和貴知道，李秀雲放東西只講整齊，不懂歸類；放的東西很難找；也知道，李秀雲告訴別人拿東西，只說大方位，不指明具體的位置，以為別人像她那樣清楚她放東西的地方。因為這一點，良敏每次找不著東西而挨打挨罵。柯和貴一時找不著，但不願去招惹李秀雲，站在房裡觀察、分析能放衣服的地方。他又找了十幾分鐘，失敗了，不得不向李秀雲說：「衣服在哪裡？你說具體一點不行嗎？」

李秀雲沒答應，氣呼呼地跑進屋裡，在衣櫃旁一張小方桌的書報堆裡打開一個報紙包，把柯和貴的衣服拿出來，一件一件地甩向柯和貴。她一邊甩，一邊嘟嚕：「巴掌大的房子，你就找不著衣服了？

衣服就在你眼前。別人說你聰明，在我面前你是個傻子。」

柯和貴連忙去接衣服，那衣服在飛動，有兩件落到地上。

「你的手沒長羅紋嗎？拿個衣服也拿不穩。」李秀雲甩完了衣服，說著，氣呼呼地去了。

柯和貴站住了，氣得渾身火燎燎的。

李秀雲所造的事，雖說是無聊的毫無價值的雞毛蒜皮的事，但是不斷地生出這樣的煩人瑣事，日積月累，能不「有聊」、「有價值」嗎？不理行嗎？

柯和貴洗完澡，就去睡覺。柯和貴一覺醒來，一看鬧鐘，睡了三個多小時。他精神一爽，伸了兩下手臂，起床。他早把李秀雲的壞脾氣忘記得一乾二淨了，哼著曲子，去洗臉漱口，準備來與李秀雲商量家事。

柯和貴的性格就是這樣，有著尖銳對立的兩極：在大是大非面前，在惡勢力面前，毫不含糊，觀點鮮明，口誅筆伐，牙尖語利，勇往直前，寧死不屈，是智者，是猛士；在小事小節面前，在家人朋友面前，渾渾噩噩，唯唯喏喏，忍氣吞聲，深俗和光，承擔責任，諒解寬恕，是傻子，是懦夫。

柯和貴回到房中，看見李秀雲在縫補衣服，烏著臉，噘著嘴，一副生氣不饒人的神態。柯和貴開起玩笑來：「秀雲呀，我去給你買個掛鏡，你掛在臉前，看你自己的相，是觀音姥母呢，還是灶師老爺？為人不自在，自在不為人。沒有什麼大不了的事。把煩惱丟開，想些快活的事。」

「生成的臉相，做不出來。與你這種鈍鐵無鋼的男人在一起，能不煩惱嗎？不管是哪個女人與你生活，都快活不起來。」李秀雲對柯和貴是沒有溫柔可言的。

柯和貴說：

「我要與你商量件家事。我到高中上班，暫不能帶家人去。你安心在這裡住半年。我再接你去。」

「在這鬼窟窿，我一天也住不下去了。」李秀雲態度堅決。

「你原來說只要不背『三基本』，什麼地方都能活下去。現在忘啦？要求更高啦？」柯和貴說，「你只不過是夜晚害怕，我每夜回來。」

「你養不活老婆孩子，就不應該結婚！」李秀雲瞪著眼，發怒了。

柯和貴啞了，知道說不通了。

「為什麼不說話呀？沒理了吧。」李秀雲自以為自己有理，柯和貴理虧。

「理有直理橫理。你盡扯橫理，就處處有理。」柯和貴又說話了，「我本不想急去求人，過了一載半年，我幹出成績來了，再順其自然地接你到高中去打雜工或者住閒房。你這樣逼我，我只好去向人下跪作揖了。」

「你驕傲什麼呀？養不活老婆孩子，應該求人。」李秀雲又打鞭子。

「我想，伍光華老師那裡好說，高中校長王國光不大熟悉，要買兩斤白糧去拜訪一下，表示對他尊重。明天，你給我兩元我。」柯和貴說。

「我這裡只有十五元錢了。春節時要買些年貨吧，我娘的禮節總不能少吧。」

「你怎麼只有十五元錢了？我每月三十四元五角，你每月民師補助十五元，每月共有四十九元五角，胡華每月送多少錢來？」柯和貴第一次提出家庭賬目來。

「胡華每月送來三十六元。他說扣除陳嶽山學校上交費、報紙費了。三十六元，每月給你兩元，我到娘家送了三次禮，一家人要吃穿，還能剩多少？」

柯和貴相信李秀雲的精打細算，能守財，即使對娘家也不照顧。但是，他不相信胡華，就說：「我在學校時，報紙是各人訂的，上交費是從學生學費中扣除。我不在學校了，就不是李山下小學的人，怎麼能從我工資中扣除上交費、報紙費？他又沒給你送來一張報紙。胡華是個自私小氣鬼，糊弄了你，把扣的錢落了自己的腰包了。」

「你這人怎能胡亂汙人清白呢？他那樣關心我們，怎會糊弄我呢？他是個誠實膽小的人，肯定其中有理由，不會亂扣錢。」李秀雲為胡華辯護。

「我不過是隨便說說，你不計較就算了，不就是十幾元錢嗎？扣就扣了。」柯和貴糊裡糊塗地說。

柯和貴在本子上預算起春節期間的開支來，還預算了十元錢的治病開支，約需六十元，這就要借支明春的工資了。每當這時候，柯和貴就惦記起老母親和哥嫂的困苦來。自從李秀雲進門後，柯和貴就被郭素青、高雲英、柯和義預言中了：成了不孝不悌的人，還與老親戚都斷絕了關係。哥嫂每次到他家來，李秀雲板著面孔，不打招呼，不做飯。柯和貴到老家去，一回來，李秀雲就像審犯人一樣問把錢給了母親、哥嫂沒有。為了這些，柯和貴曾與李秀雲爭吵幾次，有一次打起來。李秀雲比柯和貴在陳繼烈等人面前表現得還寧死不屈，使柯和貴無可奈何。柯和貴不願向外人宣傳妻子不賢德，就悶在心裡，很痛苦。這一次預算春節的開支，柯和貴想起母親和哥嫂，心裡更隱隱作痛起來。「打虎要靠親兄弟。」他這次在劫難中，只有哥哥每天送飯，只有母親日夜啼哭。柯和貴決定說服李秀雲，不為孝，不為悌，為了良心得到安慰，春節要關照一下母親和哥嫂。

「秀雲，你娘家那邊只去你娘和你哥兩家吧。你堂哥就不送魚肉了。」柯和貴故意說不去李秀雲堂哥家。

「我堂哥是我娘養大的，還不像親兄弟一樣。你犯法，他那麼遠來看望你，你就這樣不要良心了？還有我舅舅家，今年也要送年禮，他看望了我。」李秀雲說。

「那好吧。」柯和貴一計算，共要二十元錢。他說：「秀雲，今年春節，要買點東西看望我母親和哥嫂，你就答應吧。」

「誰，你把我娘家與你這邊相比嗎？我娘家是親戚，應該送年禮，你這邊是一家人，送什麼年禮？虧你還是個讀書人，連這一點也分不開。」李秀雲一聽到說柯和貴母親和哥嫂，就像聽到仇人的名字一樣怨恨起來，爭吵起來。

「就按你說的理，我母親、哥嫂與我們是一家人，我們總該關照關照他們吧。自從分家後，我們沒養母親一天，沒給哥嫂一元錢，這就沒當成一家人了。我心裡不安。」

「你母親為什麼要你一個人養？你哥嫂為什麼要你關照？你是個富翁嗎？我跟你過了一天好日子嗎？你去跟你母親、哥嫂一家人吧，我走路。」李秀雲哭鬧起來。

「我母親六十九歲了，我該養老了。我哥嫂比你苦多了，我應該關照。這次不管你怎麼哭鬧，我是回家去定了。你有膽子就向外人哭訴嗎？」柯和貴把話說絕了，沒有餘地了。

「跟著你這個爛草無絨的男人，我活夠了。明天去離婚！」李秀雲把手中縫補的衣服向柯和貴擲去，哭著，走出房門。

「你跟著我活夠了，可以去離婚，我會陪你去的。」柯和貴毫不妥協。

柯和貴心裡煩透了，躺身在床。他想：「這種女人實在蠻橫無理、粗俗不堪，造得人日夜不寧。她要離婚，就隨便吧。」過了一會兒，他又想：「離婚，對孩子不利，我有三個孩子呀。明天，她不提離婚的事，我也不提；她若提起，我就叫胡華來勸勸她。萬一勸不住，就沒辦法了。」

卻說李秀雲，口裡說吵著離婚，心中也不願去離婚。她已離婚一次，再離婚，她沒臉面見娘家的人。娘家的人都尊重柯和貴，說柯和貴是個好人。離婚了，她可要背壞名聲。李秀雲也不是一個一無是處的女人，喜歡做家務活和針線活；與外人交往，忠厚老實，不花言巧語；雖然脾氣壞，愛吵鬧，但不尋死覓活地放潑，吵鬧了照常幹家務事，照常吃飯，照常有秩序地生活。李秀雲到外面轉了一圈，回到廚房，燒火做飯起來。

第二天一早，柯和貴向李秀雲要兩元錢，李秀雲嘛著嘴，不作聲，給了。柯和貴接了錢，提了個布包，去找供銷社的一個學生，買了兩斤白糖，放在布背包裡。他先去找伍光華。柯和貴到了伍光華的家，送了一包白糖給師娘。伍光華見到柯和貴很高興，說接到了王局長的電話，祝賀柯和貴脫險了，告誡柯和貴再不要去管政治上的事了，叫柯和貴到鳳凰高中找王國光報名上班。在閒聊中，伍光華說今年春節，魚肉供應很緊張，拿著供應證排隊也買不到，叫柯和貴把供應證給教育組會計，在教育組來拿年貨。柯和貴很感激伍老師的關懷。伍光華觀察到柯和貴有難言之隱，就主動詢問。柯和貴說明年春天想把家屬一起帶到鳳凰高中住閒房。伍光華告訴柯和貴，先找高中校長王國光，他只能暗中斡旋。

柯和貴辭別了伍光華，趕回家，拿了供應證，給了教育組會計，又借了四十元錢。

柯和貴到鳳凰高中找到了王國光校長。王國光也祝賀柯和貴沒事了，還告訴柯和貴，學校要殺兩頭豬分給教師，叫他立即來上班幾天，分半股豬肉去。柯和貴表示感謝。柯和貴提到明春帶家屬一起上班，王國光感到為難，說柯和貴剛一上班就帶家屬，怕教師說三道四。柯和貴感到失望了，就沒有強求了。王國光看到柯和貴沮喪的神色，告訴柯和貴打出伍組長的牌子，他就好說話了。他教柯和貴說：「減輕值日教師負擔，派李秀雲打鐘。李秀雲有個民師編制，學校再多少補貼些錢。」柯和貴一聽有轉機，就跑到伍光華那裡說了。伍光華給王國光寫了個便箋。王國光又告訴柯和貴，學校寒假要教師守校，叫他立即搬到學校來，就更好說話了。守校還有三斤肉，五斤魚和十元錢的補助。柯和貴一聽高興了。

柯和貴一家住進了鳳凰高中。

在鳳凰高中，柯和貴任畢業的文科班班主任和語文，還兼任高一（3）班語文，教學任務如牛負重。

鳳凰高中接連兩年升學考試「剃光頭」，學校名聲不大好。可是，柯和貴好運，也連帶著他的文科班轉了好運，高考考上本科兩人，專科四人，中專九人。一炮打響，鳳凰高中名聲大振，王國光也一鳴驚人。柯和貴在鳳凰區本來有好名望，這下子更是眾口皆碑。柯和貴一家人在鳳凰高中住穩了，李秀雲也因此隨夫而貴，心情快活起來，身體白胖起來，人也年輕漂亮了好些。

在豺狼當道的社會裡，柯和貴能夠掙扎出來，獲得平靜生活，這是有人性原因的。對此，柯平斌有順口溜云：

人性本善，建造互愛社會；惡欲膨脹，強人變為豺狼。
豺狼當道，畢竟豺狼不是人類，泯滅不了人性。
人心向善，終究善人互通情理，抗拒得了獸性。
善有善報，惡有惡報；不是不報，時候未到。

可是，李秀雲不是個有福氣的人，製造了大內亂。

欲知李秀雲製造何種大內亂，且聽下文分解。

第五十三回　眾夫人探隱私開心　癡嫂子樂外戀露餡

卻說李秀雲從孤獨寂寞的陳嶽山分部學校住進了鳳凰區最高學府，很滿意。鳳凰高中教師多，學生成人了，一天到晚有歌聲，有說笑聲，有各種競賽，有許多傳聞，充滿著青春的活力，生活豐富多彩。她再不孤單了，不受驚嚇了。鳳凰高中吃食堂，大家飯菜一樣，經常變換飯菜花樣，她再不生火做飯、砍柴摘菜了。她只打鐘，打鐘只要按時按刻，用不了大力氣，髒不了身手，她再不去與粗魯的女社員比幹重活了，不受蠻橫的小隊幹部吆喝了。在鳳凰高中，與柯和貴來往的是當地的體面人物，這些人原來在她心目中是高不可攀的大人物，現在在柯和貴面前卻「大」不起來了，還恭維柯和貴，向柯和貴請教，也就順著十分恭敬她，誇讚她，她再不感到自卑渺小了，反而瞧不起那些曾歧視過她的女社員、大小幹部。李秀雲生活在這種環境下，心情愉快了，臉有笑容了，身體白胖了，年輕了漂亮了好些。

在鳳凰高中除了李秀雲，還有四戶家屬，王校長的愛人馬嫂，大李秀雲五歲；方副校長的愛人盧姐，小李秀雲三歲；魯工會主席的愛人彭嫂，大李秀雲兩歲；石團委書記的愛人小張，小李秀雲九歲。李秀雲雖然與柯和貴關起門來愛爭吵，脾氣壞，但對外人性格內向，忠厚老實，不搬弄是非，不與人口角，更不叫罵。加之新來到鳳凰高中，一切感到新鮮，心情也好，待人就更溫順，更熱情了，與那四個女從合得來。當這個女人說那個女人是非時，李秀雲只是笑，不附和，也不傳話。所以外人都說柯和貴老師討了個漂亮賢慧的老婆。

俗話說：三個女人一台戲。鳳凰高中有五個女人，能不唱戲嗎？戲有台前戲、台後戲，李秀雲唱不起台前戲，就有人給她編排台後戲，搬弄起李秀雲的是非來。搬弄是非是女人的特徵，嗜好，特別愛好搬弄男女間行為不檢點的是非。女人搬弄是非，並不顧你是她親戚朋友，還是好人壞人，為了逞能，為了獵奇，為了開心，照搬不誤。女人觀察男女間的關係有種特別的本領，很細微，很準確，哪怕空穴來風，卻一猜就十有八、九。這大概是雌性天生的嫉妒性、好奇性、敏感性。

李秀雲來到鳳凰高中，安逸了，三個月後，感到體內有種不可名狀的煩躁，弄得成日心神不安，她就溜石板起漣漪，挖窟窿生蛆蟲，找柯和貴磨牙，絮叨柯和貴這也不是，那也不對，向孩子亂發脾氣。柯和貴顧及影響，只是說一句房內話：「就你的知識本領，到了這一步，還有什麼不滿足的？你真是好了傷疤忘了痛，閑得無聊，自找煩惱呀。」柯和貴不與她吵，默默地從繁重的工作中抽出時間來提開水，端飯菜，打鐘，照顧小孩。李秀雲第一次覺得柯和貴說得有道理，自己不應該有那個壞性子。但是，她總有一股無名之火在燒。只有他們的大媒人胡華偶爾來時，勸導一陣，脾氣才好得七、八天。柯和貴看到了李秀雲有了一個好的轉變，她每月要抽出兩個星期日的時間到南柯村去看望母親，回來時，脾氣就好多了。

李秀雲來鳳凰高中第九個月，學校的四個婦女好像有了共同的對立面，互相間矛盾緩和下來，一團和氣，經常聚在一處，喁喁私語起李秀雲。

「馬嫂，你看出來了吧，那胡華大老遠的跑來找柯老師玩是假，找李秀雲玩是真。」彭嫂說。

「我一看那一對賊男女的賊眼神就清楚了。我猜胡華與李秀雲早就交股了。什麼師生關係，什麼知心朋友，為了兩人暗中來往，合謀讓李秀雲嫁給柯和貴，糊弄柯和貴那書傻子。」馬嫂說。

「看上去，李嫂那麼忠厚老實，沒想到也偷漢子。」盧姐說。

「俗話說：悶裡悶，偷人瘟。悶聲悶氣，悶在房裡的女人，才悶出好大的騷性，偷起漢子來可淫蕩哩。」彭嫂說。

「胡華有哪一點比得上柯老師？削臉，白眼，黑皮，鴨公腳；狹隘，自私，知識低，沒男人的氣質，只是有張討女人歡喜的說謊賣乖的狐狸嘴。我師娘真是瞎了眼，偷他不值得。」小張忿忿不平。

「油鹽醬醋米，各人心下愛。說不一定胡華那東西管用，有你們沒嘗到過的滋味。」馬嫂笑著說。眾婦女咯咯地笑起來。

「柯老師是個大聰明人，不會覺察不到吧？」盧姐說。

「聰明有各種各樣。柯和貴哪有那種小聰明呀？他是註定要做一輩子王八了。」彭嫂說。

「柯老師是個正經人，肯定想不到那上面去。要是柯老師覺察到了，哪能受得了那口氣，還不一腳把那婊子踢出門外去嗎？好戲在後頭哩。」馬嫂說。

「沒想到柯老師聰明一世，糊塗一時，被一個小人和一個女人賣了。真氣人！」小張義憤填膺。

「你這小婊子，愛上柯和貴了嗎？那你去抱打不平，偷柯和貴一次，氣一氣李秀雲呀。」馬嫂笑著說。

小張羞紅了臉，說：「柯老師是我的班主任，我尊重他，同情他呀！」

「馬嫂，柯老師確實是個大英雄，娶了李秀雲那樣粗俗的女人是冤了，還要戴綠帽子。實在令人同情，令人義憤。我也不服。」盧姐說。

……

四個女人的竊竊私語不翼而飛，在校園內外傳揚開了。這真是：好事不出屋，歹事傳千里。外面議論紛紛揚揚，只有柯和貴、李秀雲、胡華三人閉目塞聽，照常做事生活。時間久了，柯和貴偶有耳聞，但他置若罔聞，暗自發笑。柯和貴對妻子和朋友是深信不疑的。他認為那些流言蜚語是閑得發慌的缺德的人在捕風捉影地尋開心，消愁解悶，不理睬它就沒事了。

有一次，小張向柯和貴暗示出李秀雲與胡華的事，柯和貴嚴厲教訓小張說：「你年紀輕輕，又有知識，不學好，卻去與那些無知的嫂子一起無事生非，惡語傷人，我看你以後如何做人？」

小張氣得流了淚，啞了口。

柯和貴就是這樣地堅決維護妻子的貞操和聲譽，不讓謊言重複一萬遍就成了事實，讓那些無聊無恥的人看不到精彩的戲，提不起興趣，那謠言就不攻自破了。但柯和貴不願把謠言告訴李秀雲，怕她傷心，更不安寧。果然，過了一段時間，有關李秀雲的緋聞慢慢地息風息煙了。

一般來說，男女之間的隱私生活，旁人只能猜測，能見到事實的就少了。況且，「狗屌入狗屄，不與你干涉。」你背後說說倒可以，若去干涉，就自找麻煩了。「捉賊拿髒，捉姦拿雙。」那是很難、很費勁、得罪人的事，不是有極大怨仇，誰願去做那打狗殺滅頭的事呢？所以，男女之間的隱私生活，只要自己不露餡，大都帶進了墳墓，不為人所知。男女之間的隱私，要露餡出來，只有兩種情況：一種是，當事人得意忘形，色膽包天，不慎失言，露出行藏來；另一種是，當事人被人盯住跟蹤，捉拿住了，拷打審問，堅持不住，交待出秘密來。

從大的道理和經驗看來，一個女人，家庭教養差，受的正規教育少，身上保留的動物性就多而強，道德、道義的自控力就少而弱，不去追求人的精神生活，專一追求「食」、「色」的滿足。在「食」滿足後，就安逸了，就去強烈地追求「色」的滿足。這就是所謂「安逸多淫慾」、「獸慾橫流」現象。這種安逸的女人為了偷情，還有許多世俗的不道德的理由為之辯護，並不認為自己背叛丈夫，也不認為偷情是傷風敗俗。除了性愛，別的都不懂。這種安逸的女人與出賣肉體的妓女是不同的。安逸的女人是自覺地去追求肉體滿足，尋求性享受；而妓女是為家庭生活和生存被迫出賣肉體，只有性痛苦。就這一點而言，妓女的情操就比這種安逸的女人高尚多了。

請不要誤會，我這段文字是撇開男人，專論一種女人，並無重男輕女的夫權思想，卻是在呼喚婦女應該享有男人平等的權利，應該覺醒起來。

卻說李秀雲並不知道有關自己的流言蜚語，坐在一堆屎上不覺臭，仍然我行我素。

九月開學後，教學工作很忙。柯和貴就對李秀雲說：「這個月，你不要去看望母親了，要守在學校裡打鐘，料理家務。我抽不出時間幹家務活。再說，我替你打鐘多了，影響也不好。」

李秀雲懂這個理，學校領導照顧她打鐘，是因為柯和貴教學能力強，一人擔一人半的工作量。她就答應了九月份不出遠門。

胡華在揭批「四人幫」運動中為陳繼烈立了功，調到南湖中學任教導主任，考試制度恢復後，他不能勝任，被下到南柯小學當校長。新學期開學時，他也很忙，沒時間來探望柯和貴夫婦。

到了九月下旬，每晚洗澡後，李秀雲感到特別燥熱。她讓孩子們自己玩，自己睡，讓柯和貴替她打晚自習鐘，就搬張竹床到樹蔭下乘涼。女人到了三十多歲，又不養嬰兒，是性慾旺盛時期。躺在竹床上，李秀雲只穿條短褲，掛個胸罩（那時婦女不時興乳罩），露著豐臀雞胸，吊膀拱腿，是個半裸體。在陰暗中，白胖的肉體特別引人注目。李秀雲安逸地躺著，想入非非，目光在路上、走廊上、操場上遊移，搜巡著成年男人的身軀，渴望有強壯的雄性來襲擊她。可是，在文明之地的鳳凰高中，沒有人失去理智去強暴可敬可畏的柯和貴的老婆。李秀雲在性慾的煎熬中默默地熬著時間。下晚自習了，學生們湧出教室，校園內一片亂哄哄的。李秀雲連忙端了竹床進房。她畢竟是個師娘，不能在學生面前失體面。

柯和貴的宿舍房是個長房，中間用硬紙殼隔成兩間，前間作廳堂用，架了一個孩子們睡的床，後間是柯和貴夫婦的臥室。李秀雲進房後，讓孩子們睡了，自己進後間，熄了燈，在安靜的昏暗中，繼續著性滿足的美好回憶和想像。

這一夜，柯和貴主持召開了語文組的教學研究會，直到下一點才回房。他輕手輕腳，生怕驚醒夢中人。他先洗了個冷水臉，又去檢查了孩子的蚊帳，摸進房裡，在李秀雲腳下那頭躺下，很快入睡了。

在睡夢中，柯和貴好像在結婚的那個房間，他赤身躺在床上，李秀雲赤身站在床沿，蹺起一隻腳伸到他的兩胯間磨搓。柯和貴感到那力太重了，有些隱隱作痛，就縮著身子，減輕那摩擦力。他又感到，李秀雲在那一頭，抓住了他的腳板，在揉搓那毛茸茸、肉軟軟的部位，還聽見李秀雲的哆聲哆氣。他醒了。他感到是夢，又不是夢，他的一隻腳板真的被李秀雲抓著。

「還沒到日期呀。」柯和貴說，也沒有驚動李秀雲。

柯和貴是個很怪很機械的人，像安排課程表一樣安排性生活的時間，每星期二和星期五一次，今天是星期一，還差一天。他決定不去理睬李秀雲，閉眼就睡。可是，那邊的動作越來越密，越來越大，使柯和貴睡不著。隨之，他的性慾也來了，就爬到李秀雲那頭，做起那事來。

柯和貴結婚八年多以來，夫婦倆的性生活從不自由暢快，勉勉強強的。李秀雲說她沒有性慾，結婚是為了應付丈夫，為了生子育女，有個安生的家。柯和貴主要是憑這一點堅信李秀雲不會偷情。

可是，今夜大不相同。李秀雲特別主動，淫蕩，作出許多交合動作和姿勢，發出許多淫言穢語，激得柯和貴雄性勃發，神魄顛倒。柯和貴想欣賞一下李秀雲的淫態，伸手去拉亮電燈，李秀雲卻把電燈拉熄了。在狂戀中，李秀雲一邊盡情的享受，一邊胡說八道起來。

「我倆玩得多火熱呀。胡華夫妻不好，就沒有這份親熱了。」

「大概沒有。」柯和貴隨口答道。

「他不與老婆交配，怎會生孩子呀？」

「他老婆偷人生的。」柯和貴笑著說。

「他老婆那個醜相，鬼要。」

「胡華可能是想女人想狠了，才不嫌老婆醜，去幹他老婆。」

「是的。他把老婆當作別的女人幹了。」李秀雲說。

柯和貴立即機警起來，高雲英的警語和小張的暗示在腦海裡一閃。他有心引誘李秀雲說：「胡華如果玩了你，就日夜想你，睡不著覺，熬不往了，把老婆當作你幹起來。」

「真的？你說說看，胡華怎樣想我？」

柯和貴憑自己的想像和李秀雲的體態，說出胡華想李秀雲時可能的逼真動作。李秀雲聽著，做出一些柯和貴意想不到的淫亂動作來，含糊不清地喊出胡華的名字來。在這時的李秀雲，十分單純，容易受騙上當，把與胡華的性交過程說個一清二楚。

兩人雲雨完後，李秀雲清醒了，知道失言露餡了，解釋說：「我那是與你恩愛，說著胡華好玩，你可別當真呀。」

但是，遲了，柯和貴堅信不疑了。柯和貴一旦去弄清一件事，就沒有傻氣，並且很機警，反應快，有辦法。他對李秀雲說：「要想人莫知，除非己莫為。你與胡華的事，外面早傳開了。你如果是我的妻子，就不要向我隱瞞，說個清楚。」

如果這時李秀雲發起脾氣來，死不認賬，指責柯和貴為了性快樂，引誘妻子亂說淫穢話，並且，從此與胡華一刀兩斷，跟柯和貴恩愛，那才是柯和貴所願意聽到的、看到的。可是，李秀雲這種女人，頭腦簡單，大小事不分，性子直，不會說謊，她聽了柯和貴的話，認為瞞不住了。又，她認為柯和貴在她面前一直懦弱，屙尿高不了三尺。她並不害怕柯和貴與她離婚，因為有胡華接受她；她有足夠的理由辯護與胡華戀愛、來往。柯和貴必須作出讓步，不干涉她與胡華的來往，柯和貴不是一直讓著自己嗎？

「我說給你聽著玩子，你可不能起妒心呀。」李秀雲說。她從與胡華戀愛時說起，一樁一樁不漏，直說到上個月與胡華最後的一次性交。她說得繪聲繪色，說得像竹筒裝豌豆，倒個一乾二淨。

柯和貴聽著，每一個細節都像一把刀子在割他的腸子，一陣一陣地疼痛。他忍著，把話題深入到感情上，說：「胡華大你十二歲，外表也不美，你喜歡他什麼呢？」

「他斯文，聰明，好心地，時刻關心我。他教我，如何反抗父母包辦婚姻，如何對付那個野蠻的男人，如何去離婚，如何與你成婚，如何控制你。在你受批鬥時，他一心一意地安慰我，我崇拜他，愛他。你呢？你不懂女人，有哪個女人愛你？你哪是他的對手？」

柯和貴聽得怒火與爐火交織，心中暗忖：「那傢夥是獵色騙子，騙了她，也騙了我。」柯和貴壓抑著胸中的火，說：「胡華並不是只玩你一個女人，他又沒有娶你為妻，你怎麼會相信他一心一意地愛你呢？你不感到受了他的欺騙嗎？」

「俗話說：偷人是美女，爬灰是好漢。他向我坦白了，他弄了五個女人。他有本領取得女人的歡心，女人心甘情願地為他獻身，說明他是條好漢呀。像你一樣沒女人要，算什麼男子漢？」李有雲笑著說。她又說：「胡華對我說，在他玩的女人中，我最年輕，最漂亮，最聰明，他對別的女人只是玩玩，離得開。對我是真心真意地愛，離不開。我十五歲讀三年級時，胡華是我的班主任，他叫我當學習委員。那個初夏的下午，放學了，我送作業本到他房裡，他說給我講一首《女兒樂》的詩。我站在桌前，他站我背後。他在桌子的一張紙上寫一句，講一句。最後一句最好玩：『女兒樂，一個雞巴往裡鑿。』我聽了又好玩，又羞澀。我第一次感到與男人貼得緊緊的，背上受到男人胸脯的壓迫，屁股溝裡有根硬肉棒在頂動，腮上有個喘著粗氣的男人嘴巴在親吻。我感到舒服，又有點害怕，扭頭去看房門，房門上了閂，心裡才不害怕了。我巴不得他抱緊我。我的奶子有手掌在揉搓，又有嘴在吮吸；腹部有一隻手在滑動，一直滑到我的兩胯間。我那下身流水了，需要男人了。他退下我的一條褲腿，將我攀轉身，面向他。他坐在椅上，讓我騎上他的雙腿上。他拉著我的手去解他的褲扣，掏出好東西。那東西真好看，像眼鏡蛇，眼大頭大身軀直，青筋暴露，紫紅放光。他拿那東西的嘴去吮去揉我的東西，弄得嗒嗒的響。我不害羞了，用我那肉孔去蓋他那東西。他只讓蓋住一個頭，說：『我愛你，疼你，不忍心害你。你若懷孕了，你嫁不出去，我要坐牢。』我知道他是正經人，好心人，真心愛我，不是侮辱我，不是玩弄我。要是遇上別的男人，能忍得住嗎？從那以後，我心神不安，每看到他，好像他沒有穿衣服，只看見他那個硬雞巴。這一年，我母親就不要我讀書了，強迫我嫁人。我要出嫁的前一個月，他叫我去。我倆就做了那天傍晚沒做完的事，他那東西弄得我好舒服，使我一直忘不了。做完了那事，我說我不嫁別的男人，只嫁他。他說他一時離不了婚，叫我先嫁過去，再離婚嫁他。我聽了他的話嫁過去了。我與那個男人合不來，只想著他，就去向他哭訴。他聽了也哭了，就做那事滿足我。他是個好心人，說那個男人也怪可憐的，叫我不要因為他離婚。後來，我堅決要離婚，他就幫我離婚。我離婚後，他與他老婆鬧離婚。沒想到上級搞什麼教師回原籍，他就調回鳳凰區了。我倆後來通信。他說他有兩個孩子，父母堅決反對離婚。他想到孩子，也就心軟了，不想離婚。他說他給我介紹個年輕老師，叫柯和貴，知識高，心地善。我想，不管那柯和貴好不好，反正有胡華關照，我就同意了。他告訴我把不幸的婚姻告訴你，你會同情我。果然，按著他的主意，我倆成了。」

李秀雲的話句句是利箭，射中柯和貴的心窩，柯和貴的心在冒血。他保持平靜，說：「在與我結婚前，你與他做那事，我能容忍。在與我結婚後，你還與他來往，你不感到對不起我嗎？」

「很多人都想娶我，都娶不著。你娶了我，是胡華的恩賜，是我屈了身，是你有福氣，我有什麼對不起你的呢？」李秀雲不服氣，說，「我本是胡華的人，胡華講義氣，把我讓給你了，是為你好，也是為我好。我能不憑良心、拒絕他嗎？我說，你也不能太自私小氣了，應該報答他呀。」李秀雲在這種場合下把與胡華的事不當一回事，毫無內疚，不知羞恥，還是那樣對柯和貴噘著嘴，烏著臉，毫不留情地說著撞擊的話。

柯和貴肝膽俱裂，再也按捺不住胸中的火了，猛地坐起，怒喝道：「住口！兩隻禽獸，恬不知恥！」

「你還敢發我的火！」李秀雲吃了一驚。她第一次看到柯和貴對自己那樣憤怒。一下子接受不了，也坐起來，吼道：「這樣的事，是我和胡華兩人興起來的嗎？普天下哪有好漢美女不是這樣幹的嗎？只有傻男醜女才幹不來！你幹得來嗎？有女人要你嗎？」

柯和貴氣得渾身發抖。他真想把眼前的這只白鴨婆撕成碎片。但是，他站著沒動。

那不識好歹的李秀雲卻還在喋喋不休：「原來，你是個騙子，騙我說出了真話，就抓我的小辮子，發我的火。胡華才沒有騙我，他叫我對你不要說他的事，叫我好好地與你一起生活，人家的心腸多好。我真後悔沒聽他的，被你騙了。我告訴你，我就是愛他，你敢拿我怎麼樣？」

柯和貴的五臟六腑，處處受傷，處處劇痛。這創傷向心靈深處滲下去，胸部有一股血腥氣湧起，一股濃血升到喉頭。他想咽下去，但那濃血直升竄到嘴邊，他連忙趴到床邊，吐了一口，兩口。他拉亮電燈，看到地上一片殷紅。他連忙起床，一陣天旋地轉。他扶住的桌子邊，站定，穿了衣服，走到前間，倒了杯開水，嗽了口，咽了兩口。他想轉移注意力，不去想李秀雲的事，以免太傷身心。但是，沒成功，他理不清亂麻，解不開鬱結。他走出房去，來到操場，徘徊著。他想痛哭，想發洩，但在校園內不敢。他走出校門，來來田野上，走到一條溪水旁，在一塊水沖石上坐下，痛哭起來。

這時，繁星滿天，鉤月西沉，涼氣襲人，萬籟俱寂。

柯和貴傷心著，頭腦一片混亂。痛苦，憤怒，恥辱，仇恨，等等不良情緒在胸中絞紐，翻滾，那善良，平和，自尊，愛心，等等美好的情緒被排擠出心中，種種險惡的報復念頭一個接一個在串連。俗話說：殺父之仇莫如辱妻之恨。柯和貴不僅是妻子受辱，而且是妻子和朋友聯手欺騙他，出賣他，侮辱他。他能不痛苦、能不憤怒嗎？

在柯和貴心中，那種種惡劣的情緒在迅速膨脹起來，從胡華、李秀雲的身上擴充到自己兒女的身上，心裡在叫罵：「那些小雜種一個也不是我生的。」

「當，當，當。當當當……」起床鐘響了。

柯和貴連忙站起身來，向學校走去。

欲知柯和貴如何報復，且聽下回分解。

第五十四回　愛兒女和貴吞怨恨　撕面紗胡華顯真相

卻說柯和貴聽到學校起床鐘響了，連忙起身。他咳了幾聲，知道自己著涼了。他想到要帶早操，還有一節早自習，趕忙回家，加了衣服，刷洗了，就去了操場。

吃早飯了，柯和貴不想回去，打算跟教師一起到食堂吃飯。但他轉念一想，這會引起老師們的猜疑，詢問起來，不好回答。他不願家醜外揚，打算暗暗地處理李秀雲的事。他回家了。李秀雲坐在外間小椅上，頭也不抬，板著面孔，在生氣。柯和貴懷著敵意瞪了她一眼，沒作聲，氣鼓鼓地走進後間，倒床便睡。

「你不吃飯嗎？還不去打飯？」李秀雲用生硬的語氣詰問柯和貴。

柯和貴不理睬她。過了十幾分鐘，工友來喊李秀雲打飯菜。李秀雲帶著良敏去打飯菜，也不叫柯和貴，和孩子們一起吃起來。

柯和貴的目光從房門斜望過去，第一次注意李秀雲吃飯的的樣子，大口大口地咀嚼著飯菜，吞下去時脖子一張一縮，發出骨碌的聲音。他心裡在罵：「真是一隻扁毛動物，只知吞食、性交，不通天理人情。」

「爸爸，你去吃飯呀。」良文端著碗走到柯和貴面前，說。

「滾開！我不是你爸爸！」柯和貴怒吼。

良文傻了眼，受了驚，「哇——」的一聲哭了，把碗放在桌上，不吃了。

良敏讀小學二年級了，連忙上去勸爸爸，「爸爸，你吃了飯再發脾氣呀。」

「我也不是你爸爸，走開！」柯和貴怒火未熄。

良敏一聽，也哭了。

李秀雲一聽，火了，端著碗，站在房門，惡狠狠地說：「你要賭狠嗎？我不怕你。你若中途退縮，就不是你娘生的！」

李秀雲的話火上燒油。柯和貴霍地蹦起來，趕上前，用力一巴掌，打飛了李秀雲手中的碗。那碗飛落在地上，碎了，飯菜灑了一地。柯和貴又向李秀雲一腳踢去，罵道：「不要廉恥的賤貨，快滾！」

李秀雲一個趔趄，險些倒下去了。她靠牆站穩了。李秀雲著實受了一驚，沒想到一直忍讓善軟的柯和貴，今日如此暴怒、強硬。她哭了，便沒上前去抓打柯和貴，口裡仍然不甘示弱，喊道：「你有什麼權利叫我滾？這個家是我的，要滾，你滾！」

柯和貴看到李秀雲那副驚嚇的樣子，沒上前來還擊，知道李秀雲是個忠厚不放潑的女人，心軟了一大截，平靜了好些。他說：「擺在你面前只有兩條路：第一，你帶著你的孩子滾開，我盡義務，按時付生活和孩子讀書費；第二，你和你的孩子留下，我滾出這個家，仍然照付生活費和孩子讀書費。你立即作出選擇。」

「虧你是個讀書人。別人說你有氣量，我說你是個小氣鬼。為了那點小事，就把一個家庭給拆散了。」李秀雲仍然堅持自己有理，不認錯道歉。她又說：「我同你一起活膩了，要離婚正合我心意哩。我今天出去一趟，明天答覆你。」

「這很好。你去找胡華商量，越快越好。我一看到你就作嘔，一聞到你是臭的。」柯和貴極力挖苦、諷刺。

「我馬上走。我有人要，看有哪個女人要你？」李秀雲也賭起狠來。

「我這一輩都不要女人，所有的女人都是臭的！」柯和貴叫喊起來。

實在的，從以後很長一段的時間，柯和貴一看到女人就歪過臉去。女人那些吸引男人的異性特徵，令柯和貴作嘔。這大概是一種性變態。

李秀雲一扭頭，衝出門去，頭也不回地走了。

李秀雲一走，柯和貴就感到餓了，去吃起來。

柯和貴吃著，看那三個孩子，縮在牆角下，抱成一團，驚恐地望著他，彷彿三隻小羊羔懼怕他這頭惡狼去嘶咬他們。柯和貴停住了吃飯，放下碗，面向孩子們。三個孩子縮得更緊，在發抖。

柯和貴頓時淚如泉湧，一下子跪在三個孩子面前，哀聲說道：「孩子，我的孩子，爸爸嚇壞了你們，爸爸傷害了你們，爸爸對不起你們，爸爸有罪！」

「爸爸，你剛才好凶呀。」良敏哭著說。

柯和貴上前，把三個孩子緊緊地摟在懷裡，哭喊：「孩子無罪！孩子無罪！天呀，你為什麼要這樣糟蹋我，折磨我呀！」

柯和貴支援不住身子，倒在地上，吐了幾口血痰。

「爸爸，你今天怎麼會成這個樣子？」良敏哭著，抱著爸爸的頭。

「孩子，你們不懂。等你們長大了，懂事了，我也不能說明。」

「爸爸，你好可憐呀！」良文撲在爸爸身上哭。

「是呀，爸爸是個可憐蟲！但是，爸爸絕不會讓你們成為可憐蟲。爸爸要你們好好讀書，上大學，個個成為有知識、明白事理的人，成為幸福的人。」柯和貴說。他心裡在喊：「孩子們，我不會讓災難降臨到你們頭上的，我不會讓我女兒背著媽媽的不貞節的名聲去遭人嘲弄、羞辱的。我要把李秀雲的醜事埋在心裡，帶進墳墓裡去。與李秀雲離婚後，我再不會娶女人了，為了孩子們活下去！」

柯和貴叫孩子們吃飯，叫良敏上學。囑咐孩子們不要把家裡吵架的事對外人講。

柯和貴被折騰了一夜一天，又著涼了，額頭發熱，腦袋疼痛，胸中悶煩，疲憊不堪。他決定去看醫生。他強支著身子起來，洗沐了臉手，去找周主任替打一天鐘。柯和貴去衛生所看了病，拿了藥，回到房裡，服藥睡了。

卻說李秀雲氣忿忿地走了。一路上，她恨咧咧地罵柯和貴：「不憑良心的痞子！恩將仇報的流氓！不識好歹的傻子！不通情理的瘋子！」

按李秀雲的思維方式來思考問題，自己從來沒錯，錯的是柯和貴；自己從來有理，無理的是柯和貴。胡華講義氣，把最心愛的人送給柯和貴，自己只能偷偷情，柯和貴卻罵胡華是禽獸，不允許胡華與她來往，這不是不憑良心，恩將仇報嗎？她李秀雲是人人愛、個個追的美女，配給人人嫌、個個棄的醜柯和貴，柯和貴不但不得愛惜，甘拜下風，還對她又罵又打，這不是不識好歹的傻子嗎？自己的老婆有人愛，有人要，丈夫應該感到自豪光榮，卻被柯和貴罵成是不要臉的賤貨，這不是不通情理的瘋子嗎？現在好了，她離開了那個痞子、流氓、傻子、瘋子，去跟那個良心好、講情義、真心愛她、捧她的胡華一起生活了。她想起上個月在胡華房裡兩人那相愛的情景，真使人陶醉。胡華說：「今世若能和你做一天一夜的真夫妻，死也瞑目。看來不行了，只好等到來世。」她也那樣說了。她懂得胡華說「看來不行了」的意思，那是有兩個顧慮：一是她是柯和貴的老婆，他怕失了情義；二是兩邊都有孩子了，擔心負擔太重。現在用不著有這兩個顧慮了，她與柯和貴離婚，就不是柯和貴的老婆了。她離婚後，到娘家住一段時間，等到胡華離婚後再去明媒正娶。她決定不帶小孩子，讓柯和貴那傻子去撫養孩子；她也不要胡華帶小孩子，讓他那傻老婆帶孩子。她要胡華調得遠遠的，兩人在一起成為幸福的夫妻。她相信把這些說給胡華聽，胡華會喜不自勝。她相信胡華有能力把她帶在身邊，日夜不離。她設想和胡華應該有一個愛情的結晶——兒子。她真後悔不該與胡華早生一個兒女，不然，把那個兒女帶過去就行了。只是胡華良心太好，做事太謹慎了，害怕生了個孩子像他，種下禍根。所以，他每次射精時就把雞巴拔出來射精，虧他忍得住。就這一點來說，胡華就比柯和貴高尚得多了。

李秀雲憧憬著與胡華在一起的未來幸福生活，滿心歡喜，腳步特別輕快。

李秀雲來到南柯小學，正是午睡時間。要見到情人了，她心裡一陣激動，真有「一日不見，如隔三秋」之感。往日，李秀雲要在校門口張望一下，再偷偷地溜進側門，拐進一道隔牆巷，進入胡華的房裡。胡華來南柯小學當校長後，住在較偏僻的南頭房，南頭房靠著院牆側門，出入方便。胡華在他的房門與院側門之間做了一道隔牆。他對老師們說是夏日隔西曬，冬日擋西北風，而對李秀雲說是為了她進房隔人耳目。李秀雲聽了胡華說出這道隔牆的作用，心中感到胡華是多麼愛她，為她費盡心機，為她敢奉獻。今日，李秀雲心情不同，她即將要和胡華成為正式夫妻，即將以校長夫人身份公開出入學校大門，用不著偷偷摸摸了，就大搖大擺地從大門進去，走進胡華房裡。

胡華正準備午睡，穿背心褲衩，用蒲扇打帳內蚊蟲。他一見到李秀雲來了，就嬉皮笑臉，猛撲上去，雙掌捧住李秀雲的兩腮，去狠吻那個梭形的嘴孔。胡華沒有樂而忘憂，小聲問：「有人看到你來了嗎？」

往日，李秀雲聽到這句問話，總是搖搖頭，或者說「不知道」。這次李秀雲卻回答：「你為什麼這麼膽小？老是一見面就說這句話。我可不怕。」

「小傻瓜，我倆是偷情，若是被人發覺了，我這校長就當不成了。」胡華說。說著，他出房門，來到巷裡，觀察一番，見到老師們都午睡了，值日教師也不見了，就回到房，抱著李秀雲求歡起來。

「我有話要對你說。」李秀雲推開胡華。

「想煞我了，有話等一下再說。」胡華左手摟著李秀雲的腰，右手去剝衣服。

李秀雲心裡清楚，每次見面，胡華不准她說別的話，急著要作那事。李秀雲認為這是真情實愛，依著他。做了那事後，胡華又逼著她走，怕有人發覺。李秀雲認為這是小心謹慎，為了愛得長久，也依著他。李秀雲總覺得胡華有理，自己是不懂事的。

胡華很快地剝光了李秀雲的衣服，又要李秀雲為他脫衣，以表示李秀雲是愛他的，是心甘情願。

李秀雲熟練地脫了胡華的背心褲衩。一雄一雌兩隻光溜溜的大白猩猩立在房子中間，互相觀賞，調情，又自然地相吸引，膠在一塊。兩人站著大動一會，又縮身動作一會，才上床。一個仰在下面，極盡淫態，香津顆顆，呻吟不已，目瞪口呆；一個騎在上面，大抽大進，大汗淋漓，淫語串串，氣喘如牛。兩人如膠似漆，極盡雲雨之樂。

高潮過後，雙雙癱軟在床上。

「你愛我嗎？」李秀雲就這個空兒問。

「愛煞了。」

「是愛我這個人，還是只愛那張肉屄。」

「整個都愛，更愛那肉屄？」胡華笑嘻嘻地答。

李秀雲問什麼，胡華就答什麼。

說了一陣話兒，胡華起來穿好衣服，逼著李秀雲快起來，穿衣走開。

李秀雲卻躺著不動。

「你怎麼這個樣子呢？」胡華見到李秀雲反常，站在床邊，俯身急問。

李秀雲這裸體側身姿勢很美。但是，胡華並不具有對人體美的藝術鑒賞能力，只有在那肥嫩漂亮的性肉體中得以發洩的獸性。現在，他得到了性滿足，注意力集中到享受後的安全無恙方面去了。他對這具肉體毫無興趣了，並且對賴在床上不起來的李秀雲產生了厭惡感，心裡在罵：「不要臉的賤貨，蕩婦！蠢貨！」但是，他為了長期使用這具肉體，沒有發脾氣，裝著笑臉，拍著李秀雲的胯子說：「小騷貨，小傻瓜，快起床，快穿衣，再和孤老把話拉。」

李秀雲咯咯地笑起來，起床穿衣。

李秀雲就是喜歡胡華會玩，討女人歡心的這一套。在胡華面前，她永遠是個小學生，是個不懂事的乖乖聽話的小傻瓜。但是，在柯和貴面前，她卻是大人，是個雌風凜凜的女皇。

李秀雲穿好衣裳，坐在床沿上。

「你快回到柯和貴母親那裡去，我等一會兒來與你說話。」胡華打開房門，右手指向門外。

「我有秘密的事與你商量。這事不能讓柯和貴母親知道。」李秀雲一本正經地說。

「除了我倆偷情，還有什麼秘密呢？」胡華急了。

「有。」李秀雲說得很認真。

「那你就坐在椅上，我坐在小凳上，像個談正經事的樣子。」胡華把高背椅調了個方向，叫李秀雲坐正，自己面向門外，坐在矮凳上。他看了看表，很不耐煩地說：「時間不早了，你快說吧。」

「你說你真心愛我，我現在要你娶我。」李秀雲說。

「我愛你是真，但不能娶你，因為你是我好朋友柯和貴的老婆呀。」

「如果我不是柯和貴的老婆呢？」

「我早就娶你了。我真後悔，不讓你嫁給柯和貴。」胡華順著李秀雲的意思討好地說。

「我馬上與柯和貴離婚，就不是柯和貴的老婆。如果你對我是真心的，你也離婚，我在娘家等你八年、十年。」李秀雲態度堅決。

「那可不行。你離婚了，還是柯和貴離婚了的老婆，我娶你，就是不仁不義。俗話說：朋友妻，不可欺；朋友妾，不可滅。」胡華一聽李秀雲要來真格，就堅決否定了李秀雲想法。他又找了一套人倫道德，胡亂掩飾自己，欺騙那個「小傻瓜」。胡華怕李秀雲造亂子，又強調說：「你千萬不能起與柯和貴離婚的念頭。」

「你把我介紹給柯和貴時，我不願意，只願意等你。你叫我先嫁給柯和貴，等你離婚後，我再與柯和貴離婚，我倆成真正夫妻。我聽了你的話，過來了，你卻一直不與你老婆離婚，藉口說我是柯和貴的老婆，不能娶。你當初為什麼這樣說？我告訴你，這次再不允許你找藉口了，我已經走上了絕路。」李秀雲把與柯和貴爭吵的事敘述了，又把在路上想好的癡心話向胡華說了。

胡華一聽，嚇得渾身冒冷汗。他害怕柯和貴報復，害怕被開除黨籍和撤銷校長職務，害怕家破人亡。他萬萬沒想到這個一直任他蒙蔽、任他擺佈的女人竟然蠢到把偷情的事也抖出來了，他能用種種歪理欺騙李秀雲，卻欺騙不了柯和貴。柯和貴一旦注意了他，就一眼識破了他，會置他於死地，他抵擋不了柯和貴。現在，他竟然要被一個女人斷送一切。瞬刻間，他仇恨起眼前的這個女人，坐在他眼前的這具他所喜愛的肉體變成了一具發臭的死屍，使他噁心作嘔了；坐在他眼前的這具任他發洩取樂的肉體，是只又醜又蠢的瘋母狗，豬婆，令他氣惱、憤怒。危險在向自己逼近。他必須保全自己，把這個傻瓜女人拋出去擋一陣子，然後絕了她的幻想，不與她來往。他恨不得立即用褲帶勒死她，以絕後患。胡華可沒柯和貴那高的修養，那大的臨危不懼的膽略，那強的自控力，他騰地而起，指著李秀雲咆哮：「你瘋了，你這大傻瓜，你不是要我的命嗎？」

李秀雲大吃一驚。她從來沒有看到胡華這樣恐慌，憤怒，從來沒有受到胡華這樣粗暴對待。她哭了，哀聲說：「上個月，你還說今生今世與我作一天一夜的真夫妻，死也瞑目。我也是這個心願。我與柯和貴在一起活膩了。你如果真心愛我，就應該救我，我現在走投無路了。」

「你活膩了嗎？那你去死呀，為什麼要害我？」胡華並不憐憫李秀雲的哀哭。他正色道：「你為什麼滿足不了？為什麼總想討新鮮生活？柯和貴為你作了那大犧牲，為了你不背『三基本』，他不去當高中主任，屈身到小學分部去；為了你，放下架子去求人，把你弄到鳳凰高中打鐘，過安逸生活。還有第二個男人這樣愛妻子嗎？你為什麼不撒泡尿照照自己，翻開肚腸想一想。『你是什麼人？』我告訴你，你又懶又傻，無知無識，不知滿足，白日做夢，不知體貼親人，專造麻煩。像你這種女人，與柯和貴活不下去，就與任何人也活不下去，與我更活不下去。唯有柯和貴才有能力養活你，才有度量容忍你。換了一個別的男人，你就要遭毒打，被拋棄。」胡華一個勁地貶斥李秀雲。李秀雲想辯解，被胡華制止住：「你不要插話，讓我把話說完。」胡華繼續地說：「你不知天高地厚地衝擊柯和貴，說柯和貴又醜又傻，沒女人要。你是一隻雞，柯和貴是一隻大雁，你怎麼認識得了他？追柯和貴的女人是有高知識、大聰明、大賢慧的女人。」胡華就把郭素青、高雲英與柯和貴的關係說了。胡華說：「柯和貴是講孝悌忠義才沒娶那兩個女人。加上我從中挑撥，勸他娶你。你配得上柯和貴嗎？你這是雞配了大雁。你生在福中不知福，憑你那傻腦袋去胡思亂想，製造麻煩，你應該嗎？」

「聽你這樣說法，你說你愛我，娶我，都是欺人的，是假話？」李秀雲驚問。

「說假也不假，說真也不真。」胡華獰笑著說，「我的老婆會幹活，你會快活。家中老婆給我幹活養家，野老婆給我快活享受，我何樂而不為呢？如果我不要會幹活的老婆，去娶你這只會快活的老婆，我就生活不下去了，還有什麼快活？我明白告訴你，我愛你，是你那張供我享樂的又不需花錢的又肥又嫩的肉屄，並不愛你這個傻女人。要我娶你，是絕對不可能的。你給老子快滾出去！再不要進我的門了！」

「你這負心漢！沒良心的大騙子！」李秀雲終於醒悟了，大哭大叫，一頭撞過去，抓咬胡華。

胡華怒火中燒，用力一掌，把李秀雲打倒在地，又一腳尖，踢在李秀雲屁股上。他頓生惡念，猛撲在李秀雲身上，雙手掐住李秀雲脖子，口中惡狠狠地罵：「你這婊子，你反抗我，我讓你死！」

李秀雲本能地用雙手攀住胡華雙腕，減輕喉部壓力；屈起膝蓋，向胡華胯襠猛頂。胡華被頂得「哎呀」一聲，雙手捂住胯間，退身到門邊。

這時，走廊上傳來叫聲：「胡校長，發生了什麼事呀？」接著有腳步聲走來。

不約而同，胡華連忙坐在小凳上，李秀雲也坐到椅子上，低下頭。

值日教師走到了門口。

「小李與柯和貴吵嘴，跑到我這裡來告狀。說不定我這個媒人還要到鳳凰高中去盡職一次呢。」胡華笑著對值日教師說。

值日教師看到房門開著，兩人端正坐著，沒有什麼秘密可疑，就走了。

「我與你一刀兩斷，把我照片還給我。」李秀雲說。

「還就還，誰稀罕？像你這樣供男人享樂的女人到處都有，你以為我離不開你嗎？」胡華說著，從箱底翻出李秀雲十八歲時照的全身相片，丟給李秀雲。

李秀雲這一動作很聰明，既試探出了胡華的真實心跡，又收回了物證，不讓胡華以物證威挾，還可把相片給柯和貴，證明她與胡華一刀兩斷了，證明這次到南柯來不是與胡華商量害柯和貴，而是收回相片。其實，李秀雲的天性並不愚鈍，只是家教差，上學校時間短，見識短淺，不能識破一些人和事，被世俗的惡習裹上了一層污垢。現在，那污垢受到這一次大震動，裂開了縫，開始剝落。

李秀雲收好相片，對胡華咬牙切齒地說：「我要報仇的。我要告訴柯和貴，你是為了玩我才給柯和貴做媒，你如何教我騙取他的信任，你如何帶人拿去他的小說稿陷害他，你如何對我說希望柯和貴坐牢，你好安心玩我……」

「你敢害老子，老了就先殺了你，要你也沒得好下場！」胡華截斷李秀雲的話，叫著衝上前，給了李秀雲兩巴掌。胡華敢對李秀雲如此倡狂，是因為他知道李秀雲只那麼大的量，膽小怕事，老實忠厚，不是大膽的狠毒的潑悍女人。

李秀雲挨了兩巴掌，果然沒還手，也不叫喊，只是呆望著胡華。她第一次看到自己可敬的人，兇惡自私，通體黑暗，充滿陰謀，處處為己，時時害人，可嫌可惡。她第一次看到自己可愛的人，醜陋不堪，高額削臉，平胸歪腳；眼睛白多黑少，發出淫邪的光。她傷心，她恐懼，她悔恨，她惱怒，她不願看到這醜惡的小人，不願在這骯髒的房子多呆一分鐘了。她猛起身，兩腳跨出房門，頭也不回地走了。

李有雲走出學校側門，走到公路上，來到一個岔路口，站住了，像個迷路的小孩子，不知去向。她感到十分口渴，頭疼腦悶，接著天旋地轉，一切都倒過來了。她到一家代銷店買了一瓶汽水喝了，才穩住身子，靜下心來。

「向何處去？」她想。她無臉去見柯和貴，也無臉回娘家，更無臉在娘家住下來。「只有死路一條了。」她痛苦地想。「生命是最寶貴的，自殺是最愚蠢的。」她的耳邊響起了柯和貴的話。「柯和貴實在是明大理的人，說得多深刻啊！」她心裡在說，「我對柯和貴實在太過分了，對不起柯和貴。一切是胡華那個壞蛋害的！」她最後決定，到柯和貴母親那裡住一夜再說。她到代銷店去買了一包冰糖和兩包紅糖，去看望母親，看望柯和仁、柯和義。

李秀雲來到南柯老屋，先看望了母親，又看望了柯和仁、柯和義，親切地喊「母親」，喊「哥哥」，叫「嫂嫂」，表現出一家人十分親熱的感情。母親、柯和仁、柯和義、張愛清都感到十分詫異。母親看到李秀雲臉有淚痕，神情沮喪，就關切地詢問。李秀雲沒有說出與柯和貴、與胡華爭吵的事，只是說為打飯菜的事，柯和貴發脾氣，打了她，她就賭氣跑回家了。母親聽了，去找柯和義、張愛清商量，說自己去勸柯和貴。柯和義聽了，心中悟出柯和貴絕不會因為小事趕李秀雲出門，其中必有蹊蹺。他對李秀雲說：「嬸娘快七十歲了，不能走那麼遠的路。明天，我同你一起去。」

第二天，吃過早飯，柯和義、李秀雲一起來到鳳凰高中柯和貴住房。柯和貴上課去了。良文說爸爸吐了血，打了吊針，還在吃藥。

柯和義聽了，心中明白：肯定柯和貴夫婦發生了重大糾紛。柯和義見到李秀雲那個羞愧的樣子，不見了李秀雲蠻橫的脾氣，也不追李秀雲發生了什麼事，只對李秀雲說：「秀雲，你要想一想，你夫婦都三十多歲的人了，一群孩子，要夫妻和睦，家庭和諧。柯和貴是對得住你的，為了你是盡心盡力了的。你的脾氣要改一改，說話語氣要細軟些。我等一下找和貴談話，你不要插話，不要去爭個輸贏。你像沒發生事一樣，照常打鐘，照常料理家務，善待和貴。和貴多麼需要你的安慰呀。」

李秀雲沒作聲了，點了點頭，眼淚流出來了。

下課了，柯和貴回到房裡，看見柯和義、李秀雲，熱情地跟柯和義打招呼，不理睬李秀雲。李秀雲裝作不在乎的樣子，帶著良文、良慧收拾屋裡的東西，去打鐘。

柯和義、柯和貴進到後間坐定。柯和義不問柯和貴夫婦伴嘴的事，只揀柯和貴感興趣的話題來說，如南柯村最近發生的事，國內外新聞，哲學、政治經濟學。柯和貴也不提與李秀雲爭吵的事，順著柯和義的話題談。這些話題，減輕了柯和貴的精神痛苦，轉移了柯和貴注意力。柯和義特別悲痛地談起國難，談起一些所見所聞的家庭的悲劇，影射柯和貴要避免家庭災難。柯和貴心領神會，只是不直接談到自己的家庭。兄弟倆談了一節課，就吃午飯了。

李秀雲在食堂裡要了一盤帶肉片的青菜和一缽蛋湯，招待柯和義。一切好像什麼事情也沒發生。柯和義吃了午飯走了。

其實，柯和貴在李秀雲出走後，已經作好了一個決定，兩個準備。他決定為了孩子，為了母親，自己吞下怨恨，承受痛苦，不讓災難降臨到孩子身上，不把李秀雲不貞節的事張揚出去，讓孩子們產生精神痛苦。他的兩個準備是：如果李秀雲離婚，他把離婚的責任挑起來，說是自己脾氣不好，把李秀雲氣走了；如果李秀雲回心轉意，不離婚，回來了，他也接受李秀雲，讓一家人強扭在一起，糊裡糊塗過下去。現在李秀雲回來了，又默默地工作，做家務事，他就不會重提過去的事。也默不作聲地過日子。

但是，柯和貴有了一個變化，沒有性慾了，對女人麻木了，對那些嫂子、小妹像對待男朋友一樣。他也不和李秀雲同床，和良文一起睡在前間，讓良敏、良慧同李秀雲一起睡在後間。柯和貴這種心理上和生理上的變異是一種病態，直到三年後，遇上了改革開放，才不治而愈，恢復了健康。

有詞詠柯和貴曰：

集賢賓

詠柯和貴

拾金不昧避家禍，沐浴祖恩。橫吹蘆笛吐苦，低泣耕牛。母親慈垣善性，良師獲秘消憂。淚彈不盡窗前滴，何緣故、同類相仇？且伏案把書讀，科考春風悠。

荒唐世事假作真。我只保天真。反「演變」、又「文革」，爭鬥不休。空對江天凝咽，跟巴河王仁舟。骨錚錚，兒女情柔。笑儒冠，蝸角功名求；未饒先哲，燈下寫了書無數。

注：1.集賢賓，詞牌名，仙呂宮。平韻。雙調格式：2.慈垣：《道德經》裡的詞語。3.淚彈不盡窗前滴：晏幾道詞句。4.笑儒冠：陸遊詞句。5.蝸角功名求：蘇軾詞句。6.空對江天凝咽：柳永詞句。7.燈下寫了書無數：黃庭堅詞句。

欲知後事如何，且聽下回分解。

國家圖書館出版品預行編目資料

湖村裡的夢幻（卷四） / 柯美淮著
-- 初版 -- 臺北市：博客思出版事業網：2016.7
ISBN：978-986-5789-95-4（全套：平裝）

857.7　　　　　　105001476

現代文學 24

湖村裡的夢幻（卷二）

作　　者：柯美淮
編　　輯：高雅婷
美　　編：林育雯
封面設計：塗宇樵
出 版 者：博客思出版事業網
發　　行：博客思出版事業網
地　　址：台北市中正區重慶南路 1 段 121 號 8 樓之 14
電　　話：(02)2331-1675 或 (02)2331-1691
傳　　真：(02)2382-6225
E—MAIL：books5w@yahoo.com.tw 或 books5w@gmail.com
網路書店：http://bookstv.com.tw/ http://store.pchome.com.tw/yesbooks/
http://www.5w.com.tw、華文網路書店、三民書局
博客來網路書店 http://www.books.com.tw
總 經 銷：成信文化事業股份有限公司
電　　話：02-2219-2080　傳 真：02-2219-2180
劃撥戶名：蘭臺出版社　帳號：18995335
香港代理：香港聯合零售有限公司
地　　址：香港新界大蒲汀麗路 36 號中華商務印刷大樓
C&C Building, 36,Ting, Lai, Road, Tai,Po, New,Territories
電　　話：852-2150-2100　傳真：852-2356-0735
總 經 銷：廈門外圖集團有限公司
地　　址：廈門市湖裡區悅華路 8 號 4 樓
電　　話：86-592-2230177　傳 真：86-592-5365089
出版日期：2016 年 7 月 初版
定　　價：共四冊，新臺幣 2400 元整（平裝，套書不零售）
ISBN：978-986-5789-95-4